Knaur.

Knaur.

Über die Autorin:

Heidi Rehn wurde 1966 in Koblenz geboren und wuchs in einer Kleinstadt am Mittelrhein auf. Sie studierte Germanistik, Geschichte, BWL und Kommunikationswissenschaft in München. Nach dem Magisterexamen war sie zunächst Dozentin an der LMU, anschließend PR-Beraterin in einer Agentur. Seit mehr als zehn Jahren arbeitet sie als freie Journalistin und Autorin. Sie lebt mit ihrer Familie in München.

HEIDI REHN

DIE WUND-ÄRZTIN

ROMAN

Knaur Taschenbuch Verlag

Besuchen Sie uns im Internet:
www.knaur.de

Originalausgabe April 2010

Redaktion: Regine Weisbrod
Umschlaggestaltung: ZERO Werbeagentur, München
Umschlagabbildungen: plainpicture;
Bridgeman Art Library / © Victoria Art Gallery, Bath
and North East Somerset Council
Satz: Adobe InDesign im Verlag
Druck und Bindung: GGP Media GmbH, Pößneck
Printed in Germany
ISBN 978-3-426-50537-3

4 5 3

Warum verlieben sich Frauen immer wieder
in Männer, die das Schicksal ihnen nicht
bestimmt hat, so daß diesen nur die Wahl bleibt,
wider das eigene Wesen zu handeln oder sie zu hassen?

MARGUERITE YOURCENAR (1903–1987)

Der Fangschuß
Aus dem Französischen von Richard Moering,

Für Lilli und Beatrix

50 km
N
W
O
S
Teutoburger Wald
Weser
Leine
Magdeburg
Harz
Halle
Köln
Weimar
Marburg
Amöneburg
Thüringer Wald
Rhein
Westerwald
Werra
Fulda
Rhön
Vogels-
berg
Lahn
Taunus
Mosel
Frankfurt
Main
Spessart
Königsberg
Hass-
berge
Oden-
wald
Haßfurt
Würzburg
Bamberg
Steiger-
wald
Tauber
Ochsenfurt
Pfälzer-
wald
Rothenburg
Nürnberg
Ansbach
Neckar
Regensburg
Schwäbische Alb
Donau
Strasbourg
Vogesen
Schwarzwald
Tübingen
Ulm
Augsburg
Landsberg
München
Freiburg
Memmingen
Konstanz
Lech
Basel
Zürich
Innsbruck
Inn
Meran

Prolog

MAGDEBURG
Ende Mai 1631

Für einen Moment wurde es totenstill in dem schmalen Hof. Mitten im Zank hielten die beiden Mädchen inne. Der eben noch straff gespannte Stoff schlackerte schlaff in ihren Händen. Ein Ruck würde genügen, ihn der anderen zu entreißen. Keine von beiden aber wagte, sich zu rühren. Stocksteif standen sie einander gegenüber, die Augen weit aufgerissen. Angst und Anspannung spiegelten sich darin.

Im Gebälk der nahen Scheune knarrte es. Eine Latte krachte herunter. Für einen quälend langen Moment kehrte die Stille wieder zurück, bis die hölzerne Scheunenwand unter gewaltigem Getöse in sich zusammenstürzte. Haushoch wirbelten Funken auf, Ascheregen rieselte nieder. Schreckensbleich stierten die kleine Blonde und die schmächtige Rothaarige in das Flammenmeer.

Dort, wo eben noch die Scheune gestanden hatte, tanzte nur mehr dichter, stinkender Rauch. Das Holz am Boden glühte. Begierig leckte das Feuer an den Balken entlang. Abermals brauste der Wind in den Hof, wehte eine weitere Wolke Asche und Glut herein. Undurchdringlicher Qualm umnebelte die Kinder. Das Luftholen wurde zur Qual, jeder Atemzug biss schmerzhaft in die Brust. Abrupt drehte der Wind und riss das Feuer mit sich herum, um es zum nächsten Hof zu jagen. Das Prasseln der Flammen wurde leiser, und die

Hitze schwand so rasch, wie sie gekommen war. Hustend und spuckend rangen die Mädchen nach Luft.

Seit dem frühen Morgengrauen wütete das Feuer in der ehedem so prächtigen Stadt an der Elbe. Satt aber war es noch lange nicht. Stunde um Stunde fraß es sich durch die Gassen, leckte mit tausend Zungen in die Höfe und Häuser hinein, um binnen Augenblicken mit abertausend hungrigen Flammen aus den Fenstern zu schlagen. Auf der Straße wälzte sich der Zug der Fliehenden vorbei. Verzweiflungsschreie hallten von den rußgeschwärzten Mauern wider. Von der sanften Maisonne war nirgendwo etwas zu ahnen.

»Gib endlich her!« Als Erste erwachte die blonde Elsbeth aus der Erstarrung. Entschlossen zerrte sie an dem Stoff, den die beiden Mädchen in Händen hielten. Durch den Ruck wurde auch die rothaarige Magdalena wieder lebendig. Erstaunt blickte sie Elsbeth an. Die Augen ihrer Cousine verengten sich zu schmalen Schlitzen, die sonst so vollen Lippen bildeten gerade Striche in dem ebenmäßigen Gesicht. Energisch hielt sie den Stoff fest. Straff wie eine Flagge spannte er sich zwischen ihnen.

»Er gehört mir!« Magdalena stemmte den rechten Fuß in den Boden, lehnte den Oberkörper zurück und legte ebenfalls alle Kraft in ihr Ziehen. Nur weil Elsbeth ein gutes Stück größer war als sie, sollte sie nicht wieder die Oberhand behalten. Sie fuhr sich mit der Zunge über die aufgesprungenen Lippen und schmeckte die salzigen Tränen, die ihr die Wangen hinunterkullerten.

»Nein, mir!« Wut funkelte in Elsbeths Augen. Die alabasterweißen Arme schimmerten im Feuerschein. Ein Heiligenschein aus gelbroten Flammen umkränzte ihren Kopf. Kein Zweifel: Der dunkle Taftrock würde sie in eine wahre Prinzessin verwandeln. Darum sollte sie den Rock auch nicht haben! Magdalena kniff ebenfalls die Augen zusammen und klammerte die kurzen Finger um den Stoff. Auch sie würde wunderschön darin sein. Schon sah sie den stolzen Blick ihres Vaters vor sich. Ihre smaragdgrünen Augen würden mit dem tannengrünen Stoff um die Wette leuchten, kühn würde sich der Taft beim Tanzen bauschen. Die Traumbilder schienen ihr mit einem Mal so wirklich, dass sie erst wieder verschwanden, als ihr der harte Stoffwulst in die Handflächen schnitt und der Schmerz sie jäh in den kahlen Hof zurückholte. Die roten Locken klebten ihr auf der Stirn, sie wegzuwischen, fehlte die Zeit. »Lass los!«

»*Mir* hat ihn Babette geschenkt!« Entschlossen zerrte Elsbeth ein weiteres Mal an dem Stoff.

»Du lügst! Sie ist meine Mutter! Deshalb hat sie den Rock *mir* gegeben!« Wütend stampfte Magdalena auf und versuchte gleichzeitig, den glatten Taft festzuhalten.

»Nein, mir!« Elsbeth genügte ein neuerlicher Ruck, um Magdalena ins Straucheln zu bringen. Ein lautes Ratschen war zu hören. Haltlos purzelten beide Mädchen nach hinten und betrachteten entsetzt die Fetzen in ihren Händen. Sofort stimmte Elsbeth ein markerschütterndes Schreien an.

Im selben Moment schoss Magdalenas Mutter Babette um die Ecke, einen großen Berg Weißzeug vor der Brust, die ansehnliche Beute vormittäglichen Mausens in der frisch eroberten Kaufmannsstadt. Ein Blick auf die jammernde Elsbeth und die stumm dasitzende Magdalena genügte. Zornig warf sie das Weißzeug zu Boden, ohne auf den Dreck zu achten, und verpasste Magdalena rechts und links zwei Maulschellen. »Dich werd ich lehren, deiner armen Cousine alles wegzunehmen! Bist du denn zu gar nichts zu gebrauchen?«

Elsbeths neuerliches Aufschreien unterbrach ihr Schimpfen. Magdalena nutzte die Gelegenheit, sich unter der halberhobenen Hand wegzurollen. Nach einem kurzen Blick auf Babette, die sich besorgt über die wimmernde Elsbeth beugte, beschloss sie wegzulaufen, hinaus auf die Gasse, hinein in das unübersichtliche Menschengewühl, weiter, immer weiter, einfach dem Strom der Fliehenden hinterher. An einer Straßenecke geriet der Zug ins Stocken, kam schließlich ganz zum Stehen. Rechts und links brannten die Häuser lichterloh. Das stete Prasseln schmerzte in den Ohren, die Hitze nahm den Atem. Ein süßlicher Geruch breitete sich aus. Verbranntes Fleisch! Magdalena stockte das Herz. Kaum wagte sie Luft zu holen. Gleichzeitig wurde die Enge um sie her unerträglich. Schulter an Schulter stauten sich die Menschen, schimpften und schrien, weil es nicht mehr weiterging. Angst packte Magdalena. Sie konnte nicht mehr länger in der Menge ausharren, sie musste weg. Wohin? Sie reckte und streckte sich, doch es nutzte nichts. Mit ihren sechs Jahren war sie einfach zu klein, um über die anderen hinwegsehen zu können. Flink duckte sie sich und versuchte, zwischen den Beinen der Großen nach vorn zu schlüpfen. Als auch das nicht gelang, beschloss sie, einen anderen Weg zu suchen. Sie zwängte sich an der Menge vorbei in ein halbwegs intakt aussehendes Gemäuer. Ächzend schwang eine Tür auf. Dahinter empfingen sie nichts als rauchende Schuttberge, Wände und Mauern waren eingestürzt. Das Feuer hatte auch hier ganze Arbeit getan. Mitten in einer einsam aus Trümmern aufragenden Wand entdeckte sie eine weitere Tür. Als sie sie öffnen wollte, hob ein ohrenbetäubender Lärm an.

»Nicht!« Jemand riss sie fort. Im selben Augenblick stürzte auf der anderen Seite der Tür ein brennender Balken herab und riss die gesamte Wand mit sich zu Boden. Verwundert fand sich Magdalena zwei Schritte neben der Stelle, an der sie eben noch gestanden hatte, und betrachtete die hoch aufschlagenden Flammen.

»Glück gehabt.« Die Stimme kam von dicht neben ihr und gehörte einem rotblonden, kräftigen Jungen, der sie um mehr als zwei Köpfe überragte. Sie schätzte ihn auf mindestens zwölf, also gut doppelt so alt wie sie. Erleichtert lächelte er sie an. In seinen tiefblauen Augen und dem durchdringenden Blick blitzte etwas auf, was sie tief im Innersten berührte. Sofort fasste sie Zutrauen und schob ihre kleine Hand in die seine.

»Komm mit. Hier können wir nicht bleiben«, sagte er und zog sie fort. Hand in Hand kletterten sie über die glimmenden Trümmer, suchten sich zwischen den Ruinen einen Weg und erreichten bald eine Straße. Auch die war voller Menschen. Die Richtung, die sie einschlugen, schien dem Jungen zu gefallen. Zufrieden schmunzelte er, umfasste ihre Hand noch ein wenig fester und reihte sich mit ihr in den Strom der Fliehenden ein. Wenig später bereits gelangten sie zu einem Tor, das aus der Stadt hinausführte.

»Wo gehörst du hin?« Kurz vor dem Tor zog er sie in eine Mauernische. Verwundert bemerkte sie, dass seine Stimme zitterte. Sie blickte zu ihm auf, konnte aber nicht viel von seinem Gesicht erkennen. Der vorragende Mauersturz überschattete seine Augen. Die Menschen drängten so dicht vorbei, dass sie Mühe hatte, nicht mitgerissen zu werden. Alte, Junge, Männer, Frauen, Kinder rempelten sie an, Bürger und Habenichtse schoben vorbei, alle geeint in der Sorge, sich aus dem brennenden Inferno zu retten.

Jetzt erst überkam sie die Furcht. Babettes wutverzerrtes Gesicht tauchte vor ihr auf, Elsbeths siegesgewisses Lachen.

Unwillkürlich klammerte sie sich an dem fremden Jungen fest. Bei ihm könnte sie doch einfach bleiben, fortan immerzu in diesen wundervollen blauen Augen versinken! Die Seinen nahmen sie vielleicht freudig bei sich auf. Doch da schob sich das Gesicht ihres Vaters vor ihre Augen. Sie meinte zu hören, wie er zärtlich nach ihr rief. Dabei war es ihr halbwüchsiger Retter, der sie am Arm fasste und noch einmal fragte: »Wo gehörst du hin?«

»Zu den Pappenheimerschen.« Ohne nachzudenken, kamen ihr die Worte über die Lippen, die der Vater ihr eingeschärft hatte. Stolz fügte sie hinzu: »Wir kämpfen für die gerechte Sache des Kaisers!«

In den Mundwinkeln des Jungen zuckte es. Ein Beben lief durch seinen dünnen, langen Körper. Er räusperte sich, bevor er heiser erklärte: »Dann bring ich dich eben dorthin.« Wie selbstverständlich reihte er sich bei den vorbeiziehenden Söldnerweibern ein. Keine achtete auf die beiden. Hochbepackt mit Beute, eilten sie zur Elbe, um mit einem der vielen Kähne auf die östliche Flussseite überzusetzen, wo sich das Quartier der kaiserlichen Truppen befand. Jemand half ihr ungefragt in den Kahn. Sie zögerte, fürchtete, ihr junger Retter nutzte die Gelegenheit, sie im Stich zu lassen. Dann aber tauchte sein rotblonder Haarschopf neben ihr auf, und sie griff beruhigt nach seiner Hand.

Friedlich schlummerte das Heerlager im milchigen Licht der schrägstehenden Nachmittagssonne. Die zigtausend Soldaten- und Trossweiberfüße hatten längst die zart keimenden Frühlingsblumen auf den Wiesen ringsum niedergetrampelt. Den Geruch des lichterloh brennenden Magdeburg in der Nase, schien es Magdalena, als ströme ihr nun aus jedem Winkel üppiger Maiduft entgegen. Begierig sog sie ihn ein. Endlos weit erstreckte sich das Lager: Zelte reihten sich an Zelte, Wagen an Wagen, dann folgten wieder Zelte, dazwischen waghalsige Verschläge aus Decken, Ästen und dornigem Gestrüpp, bevor die Gassen abermals breiter und die Unterkünfte wieder prächtiger wurden. In jedem Winkel tummelten sich Männer, Frauen und Kinder, Soldaten und Handwerker. Dazwischen feilschten Marketender und Huren mit ihrer Kundschaft, buhlten Spielleute und Wahrsagerinnen um Aufmerksamkeit. Das Gerassel der Säbel, das Klirren der Klingen und das Knacken der Gewehre waren vertraute Musik in Magdalenas Ohren, selbst die dumpfen Befehle, mit denen ein Feldwebel seine Rotte durch die Gassen scheuchte, wurden zu beruhigendem Gesang. »Da lang!« Ihr rechter Zeigefinger schnellte nach vorn. Noch bevor der Junge sich besinnen konnte, führte sie ihn zielsicher durch das Gewirr der Zelte und Gassen, so wie er sie vorhin durch die Trümmer Magdeburgs gelotst hatte.

In weiter Ferne verklangen die letzten Schüsse und Explosionen. Auch der Trubel im Lager wurde bedächtiger. Bis zur Unterkunft der Eltern am östlichen Rand war es noch ein gutes Stück zu gehen. Überrascht bemerkte Magdalena, wie die Schritte ihres Retters zögerlicher wurden, und seine Hand fühlte sich feucht an. Sie beschloss, ihn abzulenken. Munter plapperte sie davon, wie Babette, Elsbeth und sie gleich bei Tagesanbruch zum Mausen in die Stadt aufgebrochen waren. Nach der Aufzählung all der vielen Stoffe, Kleider, Töpfe und Tücher, die sie aus den Häusern geholt hatten, ging sie dazu über, zu erklären, dass Elsbeth die Tochter der Schwester ihrer Mutter war, die im letzten Winterlager gestorben war. Auch dass sie mit der schönen Cousine um den tannengrünen Taftrock gestritten hatte, verschwieg sie nicht. Erst als sie zu der Stelle kam, wie er sie vor dem brennenden Balken gerettet hatte, hielt sie erschöpft inne und warf ihm einen ängstlichen Blick zu. Beharrlich starrte er nach vorn. Ein bitterer Zug umspielte seine Mundwinkel, und auf der Wange glitzerte eine Träne. Hastig wischte er sie fort. Es sah nicht so aus, als wolle er noch mehr von ihren Geschichten hören. Also schwieg sie.

Lange liefen sie nebeneinander her. Magdalena wurde müde und stolperte bald mehr, als dass sie ging. Doch der Junge verlangsamte seinen Schritt nicht. Glutrot leuchtete die Sonne schließlich in ihren Rücken auf, entzündete am Abendhimmel dasselbe Feuer wie am Tag die hungrigen Flammen in der Stadt. Um die Erinnerung zu verscheuchen, richtete Magdalena die Augen stur nach vorn, Richtung Osten, wo irgendwo das Zelt der Eltern sein musste. Endlich tauchte ein gutes Stück entfernt von den übrigen Leiterwagen die vertraute Silhouette eines einzelnen Fuhrwerks mit einem angrenzenden Zelt auf.

»Meister Johann!« Magdalenas Stimme überschlug sich vor Freude. »Der Wagen da vorn gehört Meister Johann, unserem Feldscher. Endlich sind wir da!«

»Bist du sicher?« Ihr Retter gab sich keine Mühe, die Enttäuschung in seiner Stimme zu verbergen.

Heftig nickte sie und fragte, als er stehen geblieben war: »Du hast wohl keinen mehr, zu dem du gehen kannst? Komm doch mit! Meister Johann wird wissen, wo du hinkannst, wenn du sonst niemanden mehr weißt.«

»Meinst du?« Schüchtern sah er sie an.

»Ganz bestimmt.«

Ein Zug der Erleichterung huschte ihm über das Gesicht. Zwei helle Falten gruben sich oberhalb der Nasenwurzel ein.

Tastend suchte er mit den Fingern unter seinem Hemdkragen und zog behutsam etwas darunter hervor: eine Lederschnur mit einem honiggelben Stein. Im letzten Licht der untergehenden Sonne glich er erstarrtem Feuer. Etwas Schwarzes schien darin gefangen.

»Hier, für dich. Der passt auf dich auf, damit dir nichts Böses geschieht. Mit seiner Hilfe findest du künftig auch allein zu deinen Leuten zurück.«

»Auch ohne dich?«

»Auch ohne mich.« Eine Spur zu hastig beugte er sich herunter und band ihr die Schnur um den Hals. Dabei hörte sie ihn leise aufschluchzen.

»Danke«, sagte sie und steckte den Stein unter ihr Hemd. Niemand sollte den Schatz entdecken, vor allem nicht Elsbeth, ihre habgierige Cousine.

»Wie heißt du eigentlich?« Noch einmal suchte sie den Blick seiner tiefgründigen blauen Augen, spürte den Strudel darin, der sie mit sich fortreißen wollte.

»Eric.«

»Danke, Eric, für den Stein. Auch dich werde ich jetzt immer wiederfinden können, ganz gleich, wo du steckst.«

Verschwörerisch zwinkerte sie ihm zu. Dann wandte sie sich um und führte ihn zu Meister Johanns Wagen. Kaum waren sie auf wenige Schritte heran, kam ihr Vater unter der Plane des angrenzenden Zeltes hervor.

»Vater!« Magdalena flog ihm in die Arme. Freudig drückte er das Mädchen an sich und vergrub das Gesicht in ihren roten Locken. Schließlich drehte er sich zu ihrem jungen Retter um. Sobald er seines Gesichts gewahr wurde, setzte er sie ab und trat zwei Schritte zurück. Dabei erblasste er, das Lächeln in seinen Augen erstarb. »Nein!« war alles, was er herausbrachte.

Bestürzt verfolgte Magdalena den plötzlichen Sinneswandel. »Das ist Eric. Er hat mich aus dem Feuer in Magdeburg gerettet und zurückgebracht.«

Zur Bestätigung wollte sie den Stein unter ihrem Hemd hervorziehen und dem Vater zeigen. Der aber schüttelte den Kopf. Wortlos wandte er sich ab und zog sie ohne weitere Erklärung mit sich fort.

Erster Teil

Belagerung

FREIBURG IM BREISGAU

Juli bis August 1644

1

Viel zu schnell war die Nacht vorüber, viel zu früh graute der Tag. Eine Taube begann ihr aufdringliches Gurren, eine Amsel stimmte tiefkehlig in den morgendlichen Gruß ein. Magdalena schmiegte den schmalen Körper an Erics nackte Brust. Verträumt fuhren ihre Fingerspitzen die Adern seiner muskulösen Oberarme nach. Winzige Schweißtropfen perlten auf der sonnengebräunten Haut. Zärtlich saugte sie die mit den Lippen auf und sog seinen Geruch ein. »Ich liebe dich.«

»Ich dich auch.« Sacht presste er sie auf den Rücken, ließ den Blick über ihren bloßen Leib gleiten und hauchte einen sanften Kuss mitten darauf. Ihr Atem ging schneller. Ein leichtes Zittern durchlief sie. Schaudernd vor Wonne, stellten sich ihr die Nackenhaare auf.

»Wie gut, dass wir uns wiedergefunden haben«, flüsterte sie und schnappte spielerisch mit den Zähnen nach seinem Ohrläppchen. »Ich kann mir gar nicht mehr vorstellen, wie ich je ohne dich und deine Liebe sein konnte. Das will ich nie mehr erleben.«

»Ich hoffe nicht, dass du das jemals musst.« Mit einem leidenschaftlichen Kuss verschloss er ihre Lippen und begann abermals, ihren alabasterweißen Körper mit Liebkosungen zu verwöhnen. Eine neue Woge der Lust durchflutete sie, bis ein lauter Trompetenstoß sie auffahren ließ.

Erschrocken sahen sie einander an. Abermals ertönte die Fanfare. Unruhe machte sich unterhalb ihres Liebesnestes breit. Es befand sich auf dem Heuboden einer Scheune in der Freiburger Gerberau. Dort hatten die Zimmerleute der Kaiserlichen, zu denen Eric seit einigen Jahren gehörte, Quartier bezogen.

»Ob es tatsächlich losgeht?« Magdalena spähte durch die Giebelluke auf den Hof hinunter. Im diffusen Graublau der Dämmerung liefen ein gutes Dutzend Zimmerleute zusammen. Schwere Schritte knallten auf dem Steinboden, Holzdielen knarrten, Rufe wurden laut. Manche der Männer knöpften sich noch im Laufen die Hosen zu und gähnten herzhaft, andere wirkten bereits hellwach und für alles gerüstet. Übermütig schwenkten sie die breitkrempigen Hüte, schulterten die Äxte und schoben sich Zangen und Hämmer in die Gürtel. Sie hatten es eilig, zum Schanzenbau vor den Toren der Stadt auszurücken.

»Da übt gewiss einer, damit er das Trompeten nicht verlernt.« Eric pustete eine rotblonde Haarsträhne aus dem Gesicht und machte nicht die geringsten Anstalten, sich zu erheben und den Kameraden zu folgen. Stattdessen begann er, die Strohhalme aus Magdalenas roten Locken zu zupfen. Es war bereits die zweite Nacht, die sie gemeinsam auf dem Heuboden verbrachten. Noch immer bekam er nicht genug von ihr, wie seine gierigen Küsse bewiesen. »Vergiss doch endlich die Franzosen! Auch wenn sie letztens ehrenvoll mit Pauken und Trompeten aus Freiburg abgezogen sind, sind sie vorerst geschlagen. Unser tapferer Mercy jagt ihnen viel zu viel Angst ein. Solange er mit seinen Truppen hier ist, trauen die sich nicht wieder zurück. Der Bau von neuen Schanzen hat also noch viel Zeit. Unterdessen sollten wir uns lieber Wichtigerem widmen.« Damit wollte er sie von neuem sanft, aber entschieden ins Heu ziehen.

»Du redest, als wärst du immer schon einer von uns gewesen.« Magdalena widersetzte sich erfolgreich seinem Begehren und betrachtete nachdenklich den Geliebten. Das sanfte Licht der Morgendämmerung hob die Konturen seines wohlgestalteten Körpers hervor. Selbst im Sitzen war Eric sehr groß. Die meisten Männer des Regiments überragte er um einige Handbreit. Sein muskulöser, sonnengebräunter Oberkörper zeugte von der harten Arbeit, die er als Zimmermannsgeselle zu verrichten hatte. Die feingliedrigen Hände mit den langen, grazilen Fingern verrieten, dass er eigentlich nicht zu dieser Arbeit geboren worden war. Auch das Profil seines Gesichts wies edle Züge auf. Hell flimmerte der Bartflaum auf Kinn und Wangen. Wenn er lächelte, so wie im Moment, gruben sich auf beiden Seiten des Mundes zarte Grübchen ein. Ebenmäßig blitzten die weißen Zähne zwischen den Lippen hervor. Schweren Herzens unterdrückte Magdalena den Wunsch, ihn abermals zu umarmen. Ihre kleinen, apfelgleichen Brüste dürsteten nach der Berührung mit seiner warmen Haut, vorwitzig reckten sich die Brustwarzen hervor. Gewiss aber war es besser, sie ließen es für dieses Mal bewenden. Die Aufbruchsstimmung unten im Hof wurde dringlicher. Bedauernd sprang sie auf, schlüpfte in das leinene Mieder, knöpfte es zu und streifte sich den Rock über. Abschließend fuhr sie mit den schlanken Fingern durch das gelockte, offen fallende Haar. Dabei verharrte der Blick ihrer smaragdgrünen Augen weiterhin auf Eric. Sie liebte ihn, wie sie noch nie einen Menschen geliebt hatte. Seit ihrer ersten Begegnung, nachdem er seine Familie bei der Magdeburger Hochzeit verloren und sie aus den Trümmern der brennenden Stadt gerettet hatte, zog er im kurfürstlich bayerischen Heerestross mit. Jahrelang hatten sie sich aus den Augen verloren, bis sie sich erst in diesem Frühjahr wiedergefunden und rettungslos ineinander verliebt hatten. Seither teilten sie jede freie Minute miteinander. Keiner konnte ahnen, wie viel Zeit ihnen vergönnt war. Umso wichtiger war es, dass sie jeden Augenblick miteinander auskosteten. Längst hatte sie das Gefühl, jedes einzelne Haar seines Körpers zu kennen, jeden Gedanken in seinem Kopf erraten zu können, bevor er ihm selbst überhaupt bewusst wurde. Und dennoch spürte sie, dass etwas an ihm ihr fremd blieb, trotz aller Liebe und Vertrautheit nicht so recht in ihr Leben im Tross passen wollte.

»Du täuschst dich gewaltig.« Zärtlich strich sie ihm über die glattrasierte Wange. »Vater meint, die Franzmänner warten nur auf Verstärkung aus dem Hinterland. Sobald die eintrifft, schlagen sie von neuem los. Immerhin liegt Turenne kaum zwei Meilen von hier auf dem Batzenberg mit zehntausend Mann bereit. So schnell geben die Franzosen Freiburg nicht auf, noch dazu, wenn auch der Weimarer an ihrer Seite gegen uns mit von der Partie sein will.«

»Wenn dein Vater das sagt, wird es schon stimmen, meine kleine geliebte Söldnerin. Dann ist es erst recht höchste Zeit, dass wir zuvor noch unsere privaten Angelegenheiten regeln. Wer weiß, wie viel Zeit uns bleibt.« Lächelnd kniff er sie in die Wange und küsste sie erneut leidenschaftlich auf den Mund. »Tut mir leid, dass ich vergessen habe, wie sehr dir als Soldatentochter das Verständnis für die kriegerischen Ränke im Blut liegt. Ich dagegen bleibe wohl für immer der unbelehrbare Kaufmannssohn, der nie verstanden hat, was da gespielt wird. Wahrscheinlich bin ich dir ganz und gar verfallen, weil mir einzig die Liebe zu dir noch das Überleben garantiert.«

Ehe sie sich versah, hatte er ihr den Rock hochgeschoben, das Mieder geöffnet und das unterbrochene Liebesspiel wieder aufgenommen. Dabei störte ihn die Unruhe im Hof nicht im Geringsten, auch das abermalige Trompetensignal beachtete er nicht. Ganz im Bann seiner Zärtlichkeiten, vergaß auch sie bald, was um sie herum vorging. Er hatte recht: Die wenigen gemeinsamen Stunden waren zu kostbar, um nicht in vollen Zügen genossen zu werden.

Die Sonne stand bereits hoch am Himmel. Vorwitzig kitzelte ihr Strahl Magdalenas Nasenspitze. Sie öffnete die Augen und blinzelte in die gleißende Helligkeit hinein. Es dauerte eine Weile, bis sie begriff, wo sie sich befand. Eric lag noch immer quer über ihren Oberschenkeln. Seine Haut glitzerte schweißnass. Sie waren beide noch einmal eingeschlafen.

»Los, du Faulpelz! Es ist lichter Tag! Wenn wir uns nicht vorsehen, kommt uns doch noch jemand auf die Schliche.« Sie schob ihn weg und klaubte ihre Kleidungsstücke aus dem Heu zusammen. Behende schlüpfte sie hinein und half auch ihm, sich anzukleiden und die verräterischen Strohhalme aus Hemd und Haar zu entfernen. »Dein Meister vermisst dich bestimmt schon. Auch Meister Johann wird nicht gerade erfreut darüber sein, dass ich mich den ganzen Morgen noch nicht habe blicken lassen. Dabei habe ich ihm versprochen, beim Anrühren neuer Salben zu helfen. Wenn es zum Gefecht kommt, müssen wir auf alles vorbereitet sein.«

»Meine tapfere kleine Wundärztin! Wie brav du immerzu an deine Pflichten denkst.« Sanft versetzte er ihr einen Nasenstüber. »Ich male mir lieber nicht aus, wie fürsorglich du all die Verletzten behandelst und wie zart du ihnen die Salben auf die Wunden streichst. Nur zu gern wäre ich auch mal einer deiner Patienten. Dann müsstest du mich mit sehr viel

Hingabe gesund pflegen.« Seine Finger liebkosten ihr spitzes Gesicht, fuhren die Bögen ihrer hohen Wangenknochen nach.

»Wünsch dir das lieber nicht! Oder hast du schon vergessen, wie viele uns unter der Hand wegsterben? Von all den Toten nach einer missglückten Operation ganz zu schweigen.«

»Meister Johann und dir sagt man Zauberhände nach. Es muss lange her sein, dass euch beiden ein Patient gestorben ist. Überall in Armee und Tross erzählt man sich eure Wundertaten.«

»Es ist beileibe kein Zuckerschlecken. Von ganzem Herzen wünsche ich mir, dich nie als Patienten vor mir liegen zu haben. Dich zu pflegen geht auf andere Weise sehr viel besser.« Von neuem schlang sie die Arme um ihn und küsste ihn. Widerstandslos ließ er es geschehen, dann aber unterbrach er ihre Zärtlichkeiten und sah sie mit ernster Miene an.

»Viel lieber wäre mir etwas ganz anderes.« Entschlossen umfassten seine Hände ihr spitzes Kinn. Seine blauen Augen versanken in ihren grünen. Es war ihr, als könne er bis auf den Boden ihres Innersten blicken, jedes Geheimnis tief in ihr aufspüren. »Tag und Nacht will ich mit dir zusammen sein, offen und ehrlich mein Leben mit dir verbringen. Wir müssen endlich einen Weg finden, uns nicht mehr heimlich treffen zu müssen. Ich liebe dich, und alle Welt soll das wissen!«

Ehe sie sich versah, nahm er sie hoch und wirbelte sie ungestüm über den Scheunenboden. Die Balken ächzten unter seinen tänzelnden Schritten. Schon geriet er ins Straucheln und ließ sie mitten ins Stroh fallen. Sie kreischte vor Freude auf und balgte noch ein wenig mit ihm herum. Dann aber wurde sie wieder ernst. »Lass gut sein, Eric. Wenn uns jemand hört und hier oben zusammen findet, gibt es nur Ärger.« Bei diesen Worten spürte sie wieder diesen eigenartigen Stich in der Brust, den sie stets empfand, wenn ihr bewusst wurde, wie erbittert sich ihre Familie gegen ihn stellte. »Du weißt, dass es nicht geht.«

Sie senkte den Blick und versuchte, die düsteren Erinnerungen zu verdrängen. Schon damals, als Eric sie aus Magdeburg hinausgeführt und dem Vater zurückgebracht hatte, war dessen feindliche Haltung offenbar geworden. Seither hatte der Vater alles darangesetzt, ihn aus ihrem Umfeld zu verbannen. Warum, hatte er ihr nie erklärt. Wüsste er, dass sie sich längst wieder getroffen hatten und ein Liebespaar geworden waren, geriete er außer sich vor Zorn.

»Wie vernünftig du sein kannst.« Bedauernd küsste Eric sie in den Nacken, spielte abermals mit ihrem Haar. Sein Blick glitt in weite Fernen, bis er sich auf einmal kerzengerade aufrichtete und sie voller Unternehmungslust an den Schultern packte: »Lass uns weggehen von hier, weit weg von Heer und Tross und all dem erbärmlichen Kriegsgemetzel. Irgendwohin, wo es keine Rolle spielt, dass du eine Söldnertochter und ich ein heimatloser Geselle bin. Wo uns keiner kennt und keiner etwas gegen unsere Liebe hat.«

»Weggehen?« Unwillig schüttelte sie seine Hände ab. »Wohin? Wie stellst du dir das vor? Dieses erbärmliche Kriegsgemetzel, wie du es nennst, ist alles, was ich kenne. Es ist mein Zuhause. Damit lebe ich, dafür lebe ich. Schließlich bin ich Wundärztin.«

»Als Feldscherin oder Wundärztin findest du jederzeit auch anderswo dein Auskommen. Verletzte und Kranke gibt es überall, selbst jenseits der Schlachten, und das mehr, als dir lieb sein kann.«

»Die gehen aber wohl kaum zu einer Frau, um Hilfe zu erhalten, noch weniger zu einer wie mir, die sie nicht kennen. Dir wird es als Zimmermannsgeselle nicht anders ergehen. Oder denkst du, in einer fremden Stadt oder einem unbekannten Dorf wird man uns mit offenen Armen empfangen? Niemand will uns haben. Söldnerkinder sind wir beide, verlottertes Volk, heimatloses Gesindel, marodierendes Pack. Das gilt für mich ebenso wie für dich, auch wenn du das nicht wahrhaben willst.«

»Das stimmt doch nicht. Wir haben ein ehrbares Handwerk erlernt. Außerdem gibt es noch die eine oder andere Verbindung meiner verstorbenen Eltern. Vielleicht hilft uns einer der alten Freunde weiter, irgendwo Fuß zu fassen.«

»Hat dir einer dieser angeblichen Freunde deiner Eltern in den letzten Jahren jemals geholfen? Hat dir jemand beigestanden, nachdem du bei der Magdeburger Hochzeit alles verloren hast? Komm, Eric, vergiss diese Träumerei. Im Tross liegt unsere Zukunft, hier können wir tun und lassen, was wir wollen. Wir werden gewiss einen Weg finden, dass wir unsere Liebe bald offen zeigen können.« Zärtlich legte sie ihm die Hand auf die Wange. Er hauchte einen Kuss auf ihre Finger.

»Im Tross werden wir keine gemeinsame Zukunft haben. Das weißt du genauso gut wie ich.« In seiner Stimme schwang Bitterkeit mit.

»Es ist das einzige Leben, das ich führen kann.« Sie spürte, wie die plötzlich aufsteigenden Tränen das Sprechen erschwerten. »Oder glaubst du im Ernst, du kannst mich auf Dauer in ein Haus einsperren, an den Herd ketten und mir ein Kind nach dem anderen machen, während du dich munter draußen herumtreibst?«

»Dich unglücklich zu sehen, ist das Letzte, was ich will.«

Seine Worte rührten sie. Gebannt wartete sie, ob er noch mehr sagen würde. Als er schwieg, wandte sie sich ab und ging zur Leiter.

»Warte.« Hastig kam Eric ihr hinterher. Dabei nestelte er etwas aus den Tiefen seiner Hosentaschen und ließ es dicht vor ihrer Nasenspitze baumeln. Ihr wurde heiß vor Scham, als sie erkannte, was es war: der kostbare Bernstein, den er ihr in Magdeburg geschenkt hatte. Sie musste ihn verloren haben, als sie sich im Heu gebalgt hatten – und sie hatte es nicht einmal gemerkt! Eric hielt das kostbare Stück noch ein Stückchen höher, mitten in die warmen Sonnenstrahlen, die durch die Luke im Giebel fielen.

»Du musst besser auf ihn aufpassen«, sagte er und knüpfte ihr behutsam das ledernde Band um den Hals. »Der Stein ist das Einzige, was mir von meiner Familie geblieben ist. Du bist damit alles, was ich jetzt noch habe. Ich liebe dich, Magdalena, für immer und ewig.«

Ihm versagte die Stimme. Wieder fielen sie einander in die Arme und verharrten fest ineinander verschlungen. Als sie sich endlich von ihm löste, nahm sie den honigfarbenen Stein in die Hand und betrachtete ihn versonnen. Noch immer streckte das schwarze Insekt darin seine Glieder aus, für alle Ewigkeit in der Bewegung erstarrt. Behutsam umfasste sie das kostbare Stück und presste es fest gegen die Brust. In Zukunft würde sie besser darauf achten. Eric hatte recht: Der Stein war mehr als ein Talisman. Er war das Zeichen ihrer Zusammengehörigkeit, ihrer ewigen Liebe, ganz gleich, was noch kommen mochte. Ein warmer Strahl durchlief ihren Körper, ließ sie die Kraft fühlen, die ihr der Stein spendete. Vorsichtig versenkte sie ihn wieder an seinem gewohnten Platz, der warmen, tiefen Spalte zwischen ihren Brüsten. Dann hob sie den

Kopf und sah Eric in die tiefgründigen Augen. »Auch ich liebe dich, Eric. Mein ganzes Leben will ich an deiner Seite verbringen. Nichts soll uns je voneinander trennen. Das schwöre ich dir!«

2

Kurz darauf eilte Magdalena aus dem Quartier der Zimmerleute Richtung Münster. Von dem kleinen Zwist mit Eric über ihre gemeinsame Zukunft schwirrte ihr der Kopf, andererseits fühlte sie sich von tiefer Liebe zu ihm durchströmt. Es musste eine Lösung geben, dass sie miteinander leben und beide ihre Zukunftsträume verwirklichen konnten! Als sie um die nächste Hausecke bog, stolperte sie über ein Ferkel, dem eine Frau hinterherjagte. Sicher hatte sie das Tier gerade günstig erstanden, um es für den nächsten Winter zu mästen. Seit dem letzten Winterlager im badischen Durlach war Freiburg die erste Stadt, in der sich das kurfürstlich bayerische Heer unter Mercy nebst zugehörigem Tross für längere Zeit aufhielt. Jeder nutzte die Verschnaufpause, sich mit Vorräten einzudecken und frisch Erbeutetes bei den Händlern und Kaufleuten in bare Münze umzuwandeln.

Die Belagerung der Stadt hatte erstaunlich wenig Kraft gekostet. Nach der Kapitulation hatte man die Franzosen wohlgemut mit klingendem Spiel und fliehenden Fahnen abziehen lassen und sich anschließend umso gieriger an die Plünderung gemacht. Trotz der sechsjährigen französischen Besatzung hatten die Freiburger einiges an Hausrat und Vorräten gehortet, was sich einzuverleiben lohnte. Entsprechend vielfältig war das Angebot, das sich nun auf dem Münsterplatz und überall in den Straßen und Gassen der Stadt fand. Nicht nur

Marketender hatten ihre Stände aufgeschlagen. So manches Trossweib und sogar Söldner boten ihre frisch erworbenen Schätze feil.

Laut pries einer mehrere dicke Stapel feinsten Papiers an, die er wohl aus einer Druckerei entwendet hatte. Ein anderer versuchte, kupferne Kochtöpfe und Pfannen zu Geld zu machen, blitzblank gewienert, kaum verbeult oder von Ruß geschwärzt. Neben ihm wartete eine Frau in Magdalenas Alter mit allerlei Schuhen und Schusterflickzeug auf, was sogleich eine Handvoll Interessenten anzog. Mit Kennermiene prüften sie die Qualität der Sohlen und Leisten. Eine andere versuchte es mit einem saftigen Schinken und einem halben Dutzend Würsten, die sie sich um den Hals geschlungen hatte. Der Duft nach frisch Geräuchertem war zwar äußerst verführerisch, der Preis aber, den sie dafür verlangte, verdarb nicht nur Magdalena gleich wieder den Appetit. Noch war die Frau guter Dinge, dass sie dennoch bald auf ihre Kosten kommen würde.

An einer Kiste mit Büchern blieb Magdalena stehen. Vielleicht fand sie darin ein Werk über Heilkunde, das sie noch nicht kannte. Der Händler bemerkte ihr Interesse und verfolgte argwöhnisch, wie sie sich über die Buchrücken beugte und die Titel las. Dabei fiel sein Blick in den Ausschnitt ihres Mieders. Rasch legte sie die Hand darauf, damit er den Bernstein nicht entdeckte.

»Suchst du was Bestimmtes?« Offensichtlich hatte er den Stein unter dem Mieder nicht entdeckt, sondern eine andere Art der Bezahlung im Sinn. Er leckte sich mit der Zunge über die Lippen und rückte dicht an sie heran. Sein Atem roch faulig, und aufs Waschen verzichtete er wohl gern zugunsten eines Trinkgelages.

»Hab nichts gefunden. Danke.« Rasch drehte sie sich um und mischte sich abermals in das Gewühl. Gerade trieb ein Junge eine Handvoll magerer Ziegen vorbei, die aufgeregt meckerten, als Magdalena sie ungeduldig beiseiteschob. Kurz darauf stieß sie gegen eine Frau, die an einer Hauswand kauerte und ein Huhn rupfte. Ein kleines Mädchen zu ihren Füßen versuchte, die Federn in ein Leinensäckchen einzusammeln. Als Magdalena ihm ausweichen wollte, schlitterte sie über das glitschige Straßenpflaster. Der heftige Gewitterschauer vom Tag zuvor hatte selbst mitten in der Stadt seine Spuren hinterlassen. Das Pflaster glänzte im Schatten noch immer nass, sofern es zwischen dem angeschwemmten Unrat überhaupt zu erahnen war. Die Stadtbäche, die Freiburg durchzogen, quollen über von schlammigem Wasser. Wo der Boden nicht gepflastert war, standen selbst jetzt noch tiefe Pfützen. Der sonst festgestampfte Lehm war vielerorts aufgeweicht. Jenseits des Walls wälzte die Dreisam endlose braune, schäumende Fluten vorbei.

Ungern malte Magdalena sich aus, wie es in den windigen Unterständen und Planwagen des Lagers außerhalb der Stadttore an diesem Vormittag zugehen mochte. Inzwischen brannte die Sonne zwar wieder vom Himmel und trocknete, was der Regen gestern durchweicht hatte. Dafür aber schürte die Hitze den Durst. Wohl dem, der ein schattiges, kühles Plätzchen fand und Gelegenheit hatte, seinen Durst zu stillen! Sauberes Trinkwasser würde schnell knapp werden. Schon sah sie vor sich, wie viele Durchfallpatienten demnächst bei ihr um Hilfe anstehen würden. Über diesen Gedanken wuchs die Vorfreude auf den Brunnen im Hof der Apotheke, in der Meister Johann derzeit logierte. Dort würde sie sich gleich ungestört erfrischen können. Das mehrstöckige, schmale Eckhaus befand sich in einer ruhigen Straße südlich des Münsters. Dank des Reichtums seines eigentlichen Besitzers wies es außer dem sauberen Brunnen im Hof noch vielerlei weiteren Komfort auf.

Bevor Magdalena die Offizin trat, betrachtete sie prüfend ihr Gesicht im frisch polierten Glas der Eingangstür. Die roten Locken steckte sie fester unter das helle Kopftuch. Ihre schmalen, eng beieinanderliegenden Augen wirkten leicht verquollen, ein Tribut an die lange Nacht mit Eric. Katzenaugen nannte er sie zärtlich, was sowohl die ungewöhnliche Form als auch die hervorragende Sehkraft bestens beschrieb. Das spitze Kinn war leicht gerötet, wie so oft, wenn sie direkt mit Heu in Berührung kam. Das fiel bei den Temperaturen aber gewiss nicht auf. Insgesamt konnte sie zufrieden sein mit ihrem Spiegelbild. Die Linien ihres Gesichts waren ebenmäßig. Zart, wie es war, wirkte es dennoch offen und unterstrich den neugierig der Welt zugewandten Blick. Mochten die Bürgerlichen in den Städten das rote Haar und die grünen Augen mit Argwohn betrachten, in Regiment und Tross erregte sie damit keinerlei Aufsehen. Dort lebten Rothaarige und Blonde, Weißhäutige und Dunkle, Kroaten wie Dänen, selbst Katholische und Protestantische friedlich mit dem ursprünglichen Kern der Pappenheimerschen zusammen. Letztlich kämpften sie alle für denselben Herrn: den Kaiser.

Sie befeuchtete die schmalen Lippen, damit sie richtig glänzten, und schob die Lederschnur des kostbaren Bernsteins unter den Stoff ihres Mieders. Schwungvoll drehte sie sich einmal um die eigene Achse, dass sich der weite Rock aus buntbedrucktem Kattun, den ihr der Vater vor wenigen Tagen geschenkt hatte, lustig aufbauschte. Zweifelsohne handelte es sich um ein Beutestück aus den Truhen des wohlhabenden Kaufmanns, in dessen prächtigem Haus die Eltern untergekommen waren. Stolz streckte sie die Fußspitzen unter dem Saum hervor. Auch ihre kleinen, schmalen Füße konnten sich sehen lassen, steckten sie doch in ebenfalls neuen, rotgefärbten Lederschuhen. In der Kammer der Apothekergattin war sie gestern erst darauf gestoßen. Noch waren sie vorn nicht abgestoßen, sondern lediglich staubig. Rasch polierte sie die Spitzen mit einem Rockzipfel glatt. Gutgelaunt sprang sie die drei Stufen zur Tür nach oben und drückte die Klinke.

Die Glocke tönte hell, als sie den Verkaufsraum betrat. Sogleich umfing sie der erfrischende Duft von Minze. Sie brauchte einen Moment, um sich an das düstere Licht in der Offizin zu gewöhnen. Blinzelnd glitt ihr Blick über den Raum. Büschel frischer Minze hingen zum Trocknen an einer Stange vor einem dunklen Eichenregal. Darauf reihten sich große, mit Pergament verschlossene Tonkrüge sowie bauchige Schraubgläser. Sorgfältig beschriftete Schilder wiesen auf getrocknete Blätter sowohl von heimischen wie auch von exotischen Heilpflanzen aus fernen Gefilden.

Die Tür zum angrenzenden Laboratorium öffnete sich, und der eigentliche Hausbesitzer, ein hagerer Mann mit einer schlohweißen Haarmähne, trat heraus. Müde schlurfte er zum Tresen, der sich wie ein mächtiger Riegel quer durch die gesamte Breite des Raumes spannte.

»Euer Meister ist nicht da. Lediglich Rupprecht ist hinten im Laboratorium und geht mir mit den Salben zur Hand.«

»Wo ist Meister Johann denn hin?« Ohne ihm viel Beachtung zu schenken, wollte sie sich an ihm vorbeidrängen, um zu erkunden, was Rupprecht, der zweite Feldschergehilfe, trieb. Hoffentlich hatte Meister Johann nicht sein Versprechen gebrochen und ihm das Rezept für seine berühmte Wundersalbe verraten.

Der blasse Apotheker versperrte ihr den Weg. »Wo wird er schon sein? Wahrscheinlich beim Würfeln oder Kartenspielen. Euer Vater hat ihn gerufen. Die beiden zechen doch wohl gern miteinander.« Sein Tonfall ließ keinen Zweifel, wie liederlich er dieses Verhalten fand. Kaum merklich schüttelte er den Kopf. »Dabei macht er eigentlich einen ganz soliden Eindruck. Zum ersten Mal hatte ich bei eurem Auftauchen das Gefühl, all meine Schätze hier«, seine Arme kreisten durch die Luft, um das gesamte Inventar der Offizin zu umfassen, »fielen endlich einmal den Richtigen in die Hände. Gestern Nachmittag noch haben wir Schulter an Schulter im Laboratorium die verschiedensten Mixturen ausprobiert. Wir könnten viel voneinander lernen.«

Die Augen hinter den runden Brillengläsern blickten traurig. Abermals schüttelte er das Haupt. Magdalena fühlte sich bemüßigt, ihn zu beruhigen: »Macht Euch keine Sorgen. Bei Meister Johann sind Eure Vorräte an Kräutern und Pigmenten wirklich bestens aufgehoben. Hat er Euch nicht schon vorgeführt, wie viele verschiedene Wundpflaster er herzustellen weiß? Soweit ich mich erinnere, wart Ihr ganz begeistert, weil Ihr sie noch nicht alle kanntet.«

»Ja, ja«, murmelte der Weißhaarige, schien aber nicht restlos überzeugt. Sie legte ihm die Hand auf den Arm und fügte hinzu: »Auch mit den fertigen Tinkturen und Rezepturen weiß er etwas anzufangen. Außerdem reißt er die Gerätschaften und Waagen, all die Tiegel, marmornen Mörser und die sündhaft teuren Destilliergefäße ganz gewiss nicht einfach an sich, um sie beim nächsten Marketender schnell zu Geld zu machen. Das wird er alles für seine Feldscherei verwenden und auch uns Gehilfen stets zu einem sorgfältigen Umgang damit anhalten. Verlasst Euch darauf.«

»Derzeit sieht der sorgfältige Umgang wohl eher so aus, dass er sich mit meinen Apparaturen Schnaps brennen wird, den er abends mit seinen Kumpanen versäuft. Meine Bestände an Aquavit und die Kisten mit dem Konfekt hat er sich jedenfalls schon einverleibt, um in seiner Kartenrunde Eindruck zu schinden. Ach, ihr Trossleute seid doch alle gleich. Wie konnte ich nur ernsthaft glauben, Meister Johann wäre eine Ausnahme?«

Noch bevor Magdalena einen weiteren Versuch zur Ehrenrettung ihres Lehrmeisters unternehmen konnte, wurden sie unterbrochen.

»Magdalena, endlich!« Unwirsch schob sich Rupprecht aus dem Laboratorium nach vorn in die Offizin. Die wendige, sehr kleine Gestalt, die Magdalena kaum überragte, ließ ihn neben dem weißhaarigen Apotheker wie einen unbedarften Lehrjungen wirken. Sie wusste, wie sehr er unter seiner wenig eindrucksvollen Erscheinung litt. Wie sie zählte er bereits achtzehn Jahre und arbeitete ebenfalls als ausgelernter Wundarztgehilfe bei Meister Johann. Da man ihm das allerdings nicht ansah und ihn deshalb nicht sehr respektvoll behandelte, war er oft übel gelaunt. Auch jetzt schien er nicht gerade gut aufgelegt. »Dein Vater sucht dich. Komm mit!«

Als er sie zur Tür drängte, stieß er gegen einen Korb mit Lavendel, der vor ihm auf dem Tresen stand. Im letzten Moment konnte Magdalena ihn auffangen und verhindern, dass sich die getrockneten Rispen über den Boden ergossen. Rupprecht quittierte das nicht einmal mit einem Lächeln. Seine schwarzen Locken wippten, als er ruckartig den Kopf hob und sie in seine finsteren, nahezu schwarzen Augen schauen ließ. Trotz seines Ärgers schimmerte Sorge darin. Er streckte die Hand mit den dunkelbehaarten Fingern nach ihr aus, hielt aber auf halber Höhe inne.

»Was ist denn los?« Ungeduldig sah sie ihn an.

»Mach schnell«, sagte er leise.

»Ist was mit meiner Mutter oder mit …?« *Fritzchen,* hatte sie sagen wollen, wagte es aber nicht, den Namen ihres wenige Wochen alten Bruders auszusprechen: Es durfte einfach nicht sein, dass schon wieder ein Kind ihrer Eltern so kurz nach der Geburt starb! Ihr schwindelte. Dabei hatte es so gut ausgesehen. Eine leichte, rasche Geburt war es gewesen während des Marsches von Überlingen in den Breisgau, ohne alle Schwierigkeiten, fast, als wäre es nichts, so ein Bündel Mensch lebend aus sich herauszupressen. Selbst Roswitha, die alte Hebamme und Vertraute Meister Johanns, hatte das hinterher gemeint.

Rupprecht nickte nur, während er sie aus der Offizin zog. Auch im Freien gewährte er ihr keinen Moment, sich zu fassen. Rücksichtslos eilte er ihr durch das Gewimmel unweit des Münsters voraus. Die Angst legte sich wie ein schwerer Umhang aus Blei auf ihre Schultern. Jeder Schritt schien ihr wie ein gewaltiger Kraftakt, trotzdem hatte sie rasch zu ihm aufgeschlossen. In ihrem Kopf überschlugen sich die Gedanken. Was war nur mit dem Kleinen? Hatte die Mutter ihm vor lauter Liebe und Fürsorge Schlechtes getan? Ihn zu fest gedrückt, zu warm in Kissen gepackt, zu eng gewickelt? Nur zu gut erinnerte sie sich an sein verzweifeltes Keuchen, weil ihm beim Trinken an Babettes prallem Busen die Luft weggeblieben war. Wie oft hatte sie in den letzten Tagen deswegen mit der Mutter gestritten! All ihre Vorwürfe und Ratschläge hatte Babette jedoch unwirsch zurückgewiesen. Mit ihren vierzig Jahren war sie schließlich keine unbedarfte Wöchnerin. Mehr als ein Dutzend Geburten hatte sie hinter sich. Lediglich Magdalena, ihr erstes und damals noch uneheliches Kind, hatte überlebt. Kein Wunder, dass Fritzchen, inzwischen immerhin schon sechs Wochen alt, neue Hoffnungen geweckt hatte. Meinte es das Schicksal so schlecht mit ihr, dass es ihr diesen Wunsch wieder zunichtemachen wollte?

»Beeil dich!« Energisch fasste Rupprecht Magdalena am Arm.

»Ich tue, was ich kann.« Sie keuchte. Die Seiten schmerzten, ihr wurde schwindlig vor Anstrengung, aber sicherlich auch vor Angst.

Rupprecht gab nichts auf ihren Zustand. »Meister Johann und Roswitha sind schon lange bei deinen Eltern. Überall haben wir dich gesucht, aber du warst nirgends zu finden. Hast wohl wieder was Besseres zu tun gehabt, was?«

Ein seltsamer Blick streifte sie. Plötzlich ahnte sie, dass er wusste, wo sie gesteckt hatte.

»Warum bist du nicht gekommen und hast mich geholt?«

»Hättest du das wirklich gewollt?« Noch bevor sie etwas erwidern konnte, fügte er hinzu: »Ist dir eigentlich klar, was das für deine Eltern bedeutet?«

In seiner Frage schwang mehr mit als nur Sorge um ihre Eltern. Er war doch nicht etwa eifersüchtig? Abrupt blieb sie stehen, zwang ihn, ebenfalls innezuhalten. Prüfend musterte sie ihn. Ja, das war es: Er konnte es selbst nicht ertragen, dass sie sich mit Eric traf! Wie hatte sie die ganze Zeit nur so blind sein können? Viel zu sehr war sie in den letzten Tagen mit Eric beschäftigt gewesen. Deshalb waren ihr wohl die Veränderungen bei Rupprecht entgangen. Nein, sie musste ehrlich mit sich sein: Sie hatte es nicht sehen wollen. Immerhin war er seit Kindertagen ihr Gefährte. Niemand war ihr so vertraut, nicht einmal Eric. Darüber aber sollte sie nicht jetzt nachdenken, da es um das Leben ihres kleinen Bruders ging. Sie gab sich einen Ruck. »Geh zurück und lass mich allein. Das ist meine Familie, nicht deine.«

Verblüfft starrte er sie an. Sie wartete seine Reaktion nicht ab, sondern verschwand um die nächste Ecke. Bis sie das Haus des Kaufmanns erreichte, in dem ihre Eltern logierten, wagte sie es nicht, sich umzudrehen. Dennoch war sie sicher, dass Rupprecht ihr nicht folgte.

Eine gespenstische Ruhe empfing sie in der kühlen Diele des mehrstöckigen Anwesens vis-à-vis der Martinskirche. Außer Atem stürmte sie die Treppen in den ersten Stock hinauf, wo ihre Mutter im weitläufigen Schlafgemach der ursprünglichen Hausbesitzergattin residierte. Gerade streckte sie die Hand nach der Türklinke aus, da ertönte ein Schrei. Verwirrt schoss sie herum.

»Wo kommst du jetzt her?« Wie aus dem Nichts stand Elsbeth vor ihr und verstellte ihr den Weg.

Im düsteren Flur war es zwar angenehm kühl, dennoch spürte Magdalena, wie ihr die Hitze ins Gesicht stieg. »Was schleichst du dich hier herum? Warum bist du nicht drinnen bei Babette und dem Kleinen?«

»Das fragst ausgerechnet du?« Kerzengerade richtete sich die Cousine auf, verschränkte die Arme vor der Brust und blickte von oben auf sie herab. Sie war gut einen Kopf größer als Magdalena. Die wasserblauen Augen funkelten zornig im dämmrigen Licht. Energisch warf sie das lange blonde Haar zurück, das sie wie immer offen trug. Ihrer einnehmenden Schönheit war sie sich sehr bewusst. »Warum stehst du nicht selbst längst am Krankenbett deiner Mutter und tust alles, um deinem kleinen Bruder das Leben zu retten? Das wäre doch eher die Aufgabe der Tochter als der Nichte, noch dazu, wenn das verehrte Fräulein Tochter Wundärztin ist, eine allseits hochgepriesene mit angeblichen Zauberhänden noch dazu!«

»Lass mich durch!« Magdalena wollte sie beiseiteschieben, doch sie war nicht stark genug und musste abwarten, bis Elsbeth den Weg freigab. Dazu war diese aber nicht bereit.

»Eins lass dir gesagt sein«, hob sie an, »du bist keineswegs die Bessere von uns beiden. Nur weil ich die Tochter von Babettes verstorbener Schwester bin und vor meinem prügelnden Stiefvater bei euch Zuflucht gesucht habe, musst du mich nicht behandeln wie eine Leibeigene.« Ihre Stimme ging in ein wütendes Zischen über: »Statt dich mit zwielichtigen Schurken wie diesem Eric im Stroh zu wälzen, hättest du heute Nacht lieber hier sein und der armen Babette helfen sollen. Vielleicht wäre es dann gar nicht erst so weit gekommen mit dem Kleinen. Aber du hattest ja wieder Besseres im Sinn als das Wohl deiner Familie. Du denkst immer nur an dich.«

»Halt endlich die Klappe und lass mich vorbei!« Magdalena gab sich alle Mühe, ihre Stimme fest klingen zu lassen. Doch sie hörte selbst, wie sehr man ihr das schlechte Gewissen anmerkte.

Die Cousine kostete das in vollen Zügen aus. »So viel Undank hat deine arme Mutter wirklich nicht verdient. Glaub mir, eins weiß sie genau: Wenn ihr jetzt auch dieser Sohn im Kindbett verreckt, trägst du allein die Schuld daran.«

»Du bist wohl die Letzte, die das entscheiden kann. Noch ist gar nicht klar, was ihm fehlt und ob man überhaupt etwas für ihn tun kann.«

»Ob man *jetzt* noch was für ihn tun kann, solltest du eher sagen.« Elsbeth stemmte die Hände in die Hüften. »So wie es aussieht, hätte man ihm in den ersten Stunden nämlich noch ganz sicher helfen können. Dein Meister Johann und die alte Roswitha, auf deren Hebammenkünste du so gern schwörst, haben das beide sofort gesagt.«

Magdalena schnappte nach Luft. Am liebsten hätte sie sich auf die Cousine gestürzt und ihr die Augen ausgekratzt. Insgeheim musste sie ihr jedoch recht geben. Schon den ganzen Weg über hatte sie sich mit ähnlichen Vorwürfen gequält: Wäre sie letzte Nacht bei Babette geblieben, statt in Erics Arme zu sinken, hätte sie Fritzchen wohl vor Schlimmem bewahren können. Sämtliche Mahnungen zum Beispiel wegen der vielen Federkissen, die Babette auf den Kleinen türmte, hatte sie als bloße Eifersucht ihrer Tochter gedeutet. Kein Wunder also, dass Magdalena nach einem neuerlichen Streit verärgert weggestürmt war.

Bei all der Lust und Wonne, die sie bei Eric gefunden hatte, war ihr die Sorge um den Bruder völlig entfallen. Hätte sie nicht eine Nacht darauf verzichten können?, fragte sie sich bangen Herzens. Noch dazu, da sie sich dann den Streit mit Eric über ihrer beider Zukunft erspart hätte. Hätte, immerzu dieses quälende »hätte«– es half nichts: Für Vorwürfe war es zu spät. Sie musste zu ihrem Bruder. Eine vage Hoffnung, ihn zu retten, gab es vielleicht noch.

3

Als Magdalena das Schlafgemach betrat, empfing sie unheilverkündende Stille. Die dicken, roten Vorhänge vor den beiden Fenstern waren fest zugezogen und verwandelten das einfallende Sonnenlicht in ein geheimnisvolles Glühen. Gespenstisch zuckte der Lichtschein flackernder Kerzen über die Silhouetten der Anwesenden. Klopfenden Herzens trat Magdalena näher. Auf ihr Räuspern erfolgte keine Reaktion. Sacht berührte sie Roswitha, deren halbkahler Schädel auf dem krummen Buckel sich deutlich von den anderen Umrissen abhob, an der Schulter. Die alte Hebamme fuhr zusammen, bevor sie sich umwandte. Dabei schwankte ihr gedrungener Körper beträchtlich. Das Schnaufen verriet, dass ihr selbst diese kleine Anstrengung Mühe bereitete. Trotz dieser Schwerfälligkeit entfaltete die langgediente Wehmutter im Notfall eine Wendigkeit, von der manch Jüngere nur träumen konnte. Bittend sah Magdalena auf sie hinunter. Roswitha war der einzige erwachsene Mensch, den sie kannte, der ihr nur bis zur Schulter reichte. Der Blick, den sie ihr aus den wässrigen, trüben Augen zuwarf, war nicht eben freundlich, doch das musste nichts heißen. Selten sah Roswitha jemanden sonderlich erfreut oder gar liebenswürdig an. Ihre Zuneigung pflegte sie auf andere Art zu zeigen. Außerdem erschwerten die vielen Falten, die Mimik des runden Mondgesichts zu erkennen.

»Was?« Das heisere Krächzen aus dem kleinen Mund mit den überraschend guten Zähnen zu hören beruhigte Magdalena. Es klang nicht anders als sonst. Schnaubend machte die Hebamme Platz, damit sie an das Bett treten konnte. Nach einem flüchtigen Blick in die Runde erkannte Magdalena neben der gedrungenen Gestalt ihres Vaters die beeindruckende Figur Meister Johanns sowie überraschenderweise auch den massig wirkenden Hagen Seume, seines Zeichens Regimentsprofos und zweiter Taufpate ihres Bruders. Seiner Position entsprechend war Seume auch jetzt feudal gekleidet. Golden flimmerten die Tressen am Rock, bunte Litzen zierten das helle Wams. Ein so hoher Besuch am Krankenbett war kein gutes Zeichen, wenn auch die Mienen der Männer abweisend, aber nicht sonderlich traurig schienen. Vorsichtig linste sie zu dem eigentlichen Patienten, von dem zunächst kaum mehr als ein dunkelbehaartes Köpfchen zu erkennen war. Friedlich schlummerte er in den Armen der Mutter, und die lag hellwach in der prall aufgebauschten Spitzenbettwäsche der vor wenigen Tagen davongejagten Kaufmannsgattin. Babettes kastanienbraunes Haar fiel locker auf die Schultern herab. Ein blütenweißes Leinennachthemd, sicherlich ebenfalls aus dem Bestand der Geplünderten, hob sich umso heller davon ab. Ihre Wangen glühten, die Stirn glänzte. Vorwurfsvoll blitzten ihre grünen Augen Magdalena an. Der zierliche Mund spitzte sich bereits, auch das Kinn ragte vorwitzig auf. Noch aber sagte sie nichts. Aufdringlicher Rosen- und Lavendelduft umgab sie. Wie immer hatte sie in ihrem Eifer übertrieben und ein besonders dickes Büschel der getrockneten lila Pflanzenstengel in einem Krug mitten auf dem Nachtkästchen drapiert und eine große Schale Rosenblätter gleich danebengerückt. Nun schien das selbst ihr den Atem zu nehmen. Übertrieben fächelte sie sich mit der freien Hand Luft zu und hüstelte trocken.

»Was willst du?«, fragte sie endlich mit ihrer viel zu schrillen Stimme und schob sich ein Stück höher in die Kissen. »Reichlich spät ist es. Dass du dich überhaupt noch hertraust! Wo hast du dich herumgetrieben, wenn ich als deine Mutter mal bescheiden nachfragen darf?«

Missbilligend glitt ihr Blick über die Tochter. Verlegen zwirbelte Magdalena an einer Locke, ärgerte sich aber im nächsten Moment, dass Babette sie überhaupt verunsicherte. Schon nickte die Mutter dem Vater zu, wie um ihm ein Zeichen zu geben, dass es an ihm war, eine ordentliche Standpauke zu halten. Er aber reagierte nicht. Abermals senkte sich bleiernes Schweigen über die Anwesenden. Unbehaglich rekelte sich der Vater, ein dicklicher Mann Mitte vierzig. Auch wenn er es selbst nicht zugeben wollte, waren ihm die zwei Jahrzehnte, die er unter den Waffen lag, deutlich anzumerken. Die grauen Augen entbehrten jeglichen Glanzes und blickten flatterig in die Welt. Seine fleischigen Finger fuhren über die schlechtrasierten Wangen, wobei der Stumpf des linken Zeigefingers deutlich sichtbar wurde. Erst im letzten November hatte der Vater die Fingerkuppe in der ruhmreichen Schlacht bei Tuttlingen verloren. Magdalena hatte die Wunde versorgt. Sein spitzer Bauch, der sich unter dem Wams abzeichnete, wackelte, weil er statt loszuschimpfen immer unruhiger auf den Fußspitzen wippte. Dankbar suchte Magdalena seinen Blick. Nur zu gut wusste sie, wie sehr ihm an ihr lag. Fritzchen hin oder her – sie war bislang sein einziges Kind geblieben, mit dem er vernünftig sprechen konnte. Auch wenn sie nur ein Mädchen war, hatte sie ihm in den letzten Jahren durch ihre Klugheit und ihr Geschick als Feldscherin so manchen Anlass für eine stolzgeschwellte Brust gegeben. Selbst das Exerzieren hatte sie sich als kleines Mädchen von ihm beibringen lassen. Magdalena meinte, so etwas wie Zustimmung in seinen Augen zu entdecken, gleichzeitig blitzte Traurigkeit darin auf. Ahnte er etwas von ihrer Liebe zu Eric? Wenn sie doch nur wüsste, was ihn so gegen ihn aufbrachte!

Meister Johann sah geflissentlich beiseite, Roswitha schnaubte. Lediglich Hagen Seume tat es der Mutter nach und musterte Magdalena gründlich vom Scheitel bis zur Sohle. Schamlos glotzte er ihr schließlich direkt auf den Busen. Unwillkürlich fasste sie sich ans Mieder und zog es enger zusammen. Daraufhin verzog er den Mund zu einem breiten Grinsen.

Der Vater ging indes noch immer nicht auf Babettes stumme Aufforderung ein. Kurz entschlossen nahm sie es deshalb selbst in die Hand, ihrem Ärger Luft zu verschaffen: »Während du dich offenbar mit einem Burschen im Heu vergnügt hast, ist dein Bruder fast erstickt. Tiefblau angelaufen war der arme Wurm schon. Kaum ein Schnaufen hat er mehr herausgebracht. Zum Glück war deine Cousine da und konnte zu Roswitha und Meister Johann laufen. Elsbeth weiß wenigstens, was sie zu tun hat.«

Im selben Moment trat die Erwähnte auf leisen Sohlen ins Zimmer. Eine leichte Röte überzog ihr engelsgleiches Gesicht, was es umso anziehender machte. Theatralisch streckte Babette die freie Hand nach ihr aus. Nicht weniger eindrucksvoll sank Elsbeth ihr zur Seite nieder und blickte lächelnd auf Fritzchens Köpfchen.

»Verzeih. Das habe ich nicht gewollt«, murmelte Magdalena. Versonnen fuhr Babette Elsbeth durch das offene blonde Haar, eine Geste, zu der sie sich in Magdalenas Gegenwart gern herabließ.

»Keine Sorge«, krächzte Roswitha, »Fritzchen ist schon wieder über den Berg. Die Hitze und das Gewitter gestern haben ihm wohl arg zugesetzt. Außerdem hat er kaum Luft bekommen. Kein Wunder, wenn er in so viele Schichten Spitzen und Leintücher gewickelt ist. Dass er da nicht trinken kann, sich vor lauter Durst aber verschluckt, ist doch klar. Ein paar Lagen weniger um den armen Wurm herum, und schon geht es ihm sichtlich besser.«

Sie schnaubte noch einmal betont, dann wandte sie sich ab, tätschelte Magdalena die Wange und wackelte ohne weiteren

Gruß davon. Meister Johann folgte ihr. Als sich die Tür hinter ihnen schloss, hörte man, wie sie draußen im Weggehen ein angeregtes Gespräch begannen. Wie gern wäre Magdalena ihnen gefolgt! Das Gesicht der Mutter aber ließ es ihr angeraten sein, vorerst zu bleiben. Hagen Seume nutzte die Gelegenheit, sich ebenfalls wortreich zu verabschieden. Dabei warf er Magdalena noch einen zweideutigen Blick zu und stolzierte hocherhobenen Hauptes hinaus.

»Ja, also«, sagte der Vater zögerlich und machte Anstalten, ebenfalls das Weite zu suchen. Babette allerdings ließ ihm das nicht durchgehen. »Willst du nicht endlich deiner Tochter sagen, was sich gehört? Oder muss ich wieder alles allein …«

»Reg dicht nicht auf. Das schadet nur dir und dem Kleinen«, sagte der Vater und beugte sich vor, um Fritzchen über das Köpfchen zu streicheln. Das besänftigte die Mutter. Unwillkürlich versetzte sie Elsbeth einen Stups mit dem Ellbogen und schob sie zur Seite. Beleidigt erhob sich die Cousine. Offensichtlich war sie enttäuscht, dass Magdalena ohne die gewünschte Schelte davonkam. Ihnen beiden blieb nichts anderes, als Seite an Seite abzuwarten, bis Babette die vorübergehende Eintracht mit Vater und Sohn wieder löste.

Der Kleine lag mit rosigen Wangen an Babettes üppiger Brust. Zwischen all den Kissen und Decken, die sich weiterhin um ihn türmten, war er kaum zu sehen. Friedlich schlummerte er, während Babette ihn lächelnd betrachtete und der Vater ihn sanft liebkoste. In ihren Augen lag so viel Glück, dass es Elsbeth einen tiefen Stich versetzte. Mit solch einer Liebe war sie noch nie bedacht worden. Wie viel besser mochte das sein als alle hitzigen, rasch verfliegenden Wonnen mit ungestümen Burschen im Heu! In diesem Moment wünschte sie sich nichts sehnlicher, als ein eigenes Kind in Armen zu halten. Das würde ihr endlich die Wärme schenken, die sie bislang vergeblich gesucht hatte. Schon spukte ihr eine Idee durch den Kopf, wie sich dieser Wunsch rasch erfüllen ließe.

Auch Magdalena fühlte sich ausgeschlossen aus der familiären Vertrautheit. Das wollte sie Babette jedoch nicht zeigen. Leise drehte sie sich um und schlich zur Tür. Kaum hatte sie die erreicht, da hörte sie die Mutter rufen: »Nicht so eilig, mein Fräulein! Dein feiner Zimmermann kann ruhig noch ein bisschen warten. Wird ohnehin Zeit, dass er seinem Meister zur Hand geht, statt bei dir zu liegen.«

Boshaft lachte sie, während Magdalena die Wangen zu glühen begannen. Kaum wagte sie, den Vater anzusehen.

»Welcher Zimmermann?«, fragte er tonlos, um gleich, als er Babettes triumphierende Miene sah, nachzusetzen: »Doch nicht etwa …?«

»Genau der!«, fiel Babette ihm ins Wort. »Das hättest du nicht gedacht, dass dein Augenstern mit dem Sohn deines Todfeindes anbändelt, was?«

»Wieso wisst ihr …?« Ein rascher Blick auf Elsbeths befriedigtes Lächeln bestätigte Magdalena den ungeheuren Verdacht: Die Cousine war ihr nachgeschlichen und hatte anschließend nichts Eiligeres zu tun gehabt, als die Mutter über ihre Entdeckung zu unterrichten. Ihre Gedanken überschlugen sich. Wenn ihre Eltern es nun ohnehin schon wussten, war vielleicht endlich die Gelegenheit, nachzufragen, warum sich der Vater so vehement gegen Eric sperrte. Was hatte Babette da eben mit »Sohn deines Todfeindes« gemeint? Waren die Eltern ihr nicht auch eine Erklärung schuldig?

»Das ist nicht wahr, Magdalena, oder?« Eher traurig als wütend sah der Vater sie an. »Sag mir jetzt sofort, dass du nicht mit Eric Grohnert zusammen bist.«

Beim Aussprechen des Namens zitterte seine Stimme. Wie die Mutter es vorhergesehen hatte, machte ihm weniger die Tatsache zu schaffen, dass sie sich körperlichen Freuden hingab, als vielmehr die Erkenntnis, mit wem sie es trieb. Der Triumph, einen Keil zwischen Vater und Tochter zu treiben, sollte Babette nicht auch noch gegönnt sein! Sanft berührte Magdalena seinen Arm.

»Was ist mit dir und Erics Vater?«, fragte sie vorsichtig. »Seit dreizehn Jahren ist er tot. Sein Sohn hat mir damals in Magdeburg das Leben gerettet. Warum kann dich diese selbstlose Heldentat nicht für ihn gewinnen?«

»Das sind uralte Geschichten.« Der Vater wich ihr aus. Ohne sie noch einmal anzusehen, stellte er sich ans Fenster, schob mit der Hand die Vorhänge auseinander, so dass ein gleißender Sonnenstrahl hereinfiel, und starrte blicklos nach draußen. »Darüber will ich nicht mehr reden. Eins jedoch musst du wissen: Dieser Eric bringt dir Unglück, seine ganze Familie bringt Unglück. Am eigenen Leib haben ich und die Meinen das erfahren müssen.«

»Warum willst du mir nicht endlich sagen, was damals geschehen ist? Was hat Erics Vater dir und deiner Familie angetan?« Magdalena bebte am ganzen Körper, konnte ihre Stimme kaum beherrschen. Der Vater schüttelte nur den Kopf.

Erst als Babette hörbar die Luft einzog, um sich in das Gespräch einzuschalten, sprach er endlich weiter: »Alles haben sie uns genommen. Sogar meinen Bruder. Tot ist er, weil Erics Vater ihn vernichtet hat. An dem Kummer sind am Ende auch meine Eltern zugrunde gegangen. Deshalb habe ich es in der Heimat nicht mehr ausgehalten und bin fort, ganz weit fort. Bis ich mich in Ulm von den Pappenheimerschen habe anwerben lassen und da endlich auch mein Glück an der Seite deiner Mutter gefunden habe.«

Langsam wandte er sich wieder um und sah sie offen an, während Elsbeth und Babette gebannt vom Bett aus zuhörten. »Versuch, Eric Grohnert zu vergessen, mein Kind. Das ist das Beste für uns alle.«

4

Am Abend des folgenden Tages verließ Rupprecht das Haus des Apothekers und brach zu seinem üblichen Rundgang durch die Stadt auf. Die rot verglühende Sonne warf bereits lange Schatten auf das Pflaster, und ein sanfter Wind strich durch die aufgeheizten Häuserschluchten. Nach dem heftigen Gewitter vor zwei Tagen war das Wasser in den kleinen Kanälen endlich abgeflossen. Die Pflastersteine und Lehmböden waren dank der Hitze längst wieder trocken, und der strenge Unratgeruch war verflogen. Von den Wasseradern inmitten der Stadt ging endlich wieder wohltuende Erfrischung aus.

Geduldig beobachtete Elsbeth aus einer Nische auf der gegenüberliegenden Straßenseite das Eckhaus. Aus Angst, auf Meister Johann oder gar Magdalena zu treffen und unangenehme Fragen beantworten zu müssen, hatte sie nicht zu Rupprecht ins Laboratorium gehen wollen. Auch mochte er es nicht besonders, wenn sie dort auftauchte. Das hatte er sie bereits am gestrigen Tag spüren lassen. Dennoch war sie sich sicher, dass sie nicht mehr lange würde warten müssen. Seinen anfänglichen Vorbehalten zum Trotz hatte er das Beisammensein mit ihr am Ende sehr genossen. Bei der Erinnerung kicherte sie in sich hinein: Reichlich unwirsch hatte Rupprecht zunächst auf ihre Avancen reagiert, als sie ihn unter einem Vorwand in die abgeschiedene Scheune am Wall gelockt hatte. Erst hatte er wohl gar nicht glauben mögen, dass sie, die blonde, hochgewachsene Schönheit, ihn, den etwas kümmerlichen, verschrobenen Gehilfen des Feldschers, zu umgarnen begann. Unbeholfen hatte er abgewartet, als sie sich an ihn geschmiegt und ihm einen tiefen Blick in ihr Mieder erlaubt hatte. Sie hatte schon etwas direkter werden und ihn aufreizend mit den Schenkeln berühren müssen, bis er begriff. Aber erst als sie ihm den Arm um die Schultern gelegt und einen langen Kuss auf die Lippen gepresst hatte, war er vollends überzeugt gewesen und hatte sich ihr hingegeben. Überraschenderweise hatte er sich dann als wahrer Meister der Zärtlichkeiten erwiesen. Stille Wasser gründeten eben tatsächlich tief.

Sie kicherte abermals. Gedankenverloren streichelte sie sich in Erwartung der neuerlichen Wonnen über den Körper. Allein bei der Erinnerung an seine Berührungen begann es in ihr zu lodern. Kein Zweifel: Er musste sie verhext haben! Warum sonst hielt sie, der die Männer aus den unterschiedlichsten Rängen des Regiments zu Füßen lagen, sich ausgerechnet an diesem zu klein geratenen Feldschergehilfen für ihre unerfüllten Sehnsüchte schadlos? Oft schon hatte sie ihr Glück bei anderen Männern gesucht, dabei jedoch nie das gefunden, was Rupprecht ihr geschenkt hatte. Eine Fügung des Schicksals, dass ihre Wahl bei ihrem Vorhaben auf ihn gefallen war.

Endlich öffnete sich die gegenüberliegende Tür. Ein Schatten trat heraus.

»Rupprecht?« Leise rief sie seinen Namen und ging ihm entgegen. »Schön, dass du kommst.«

»Grüß dich.« Zu mehr kam er nicht. Aufgeregte Stimmen näherten sich von rechts. Bald wurde ein Mann erkennbar, der Kleidung nach ein einfacher Söldner, der ein aus voller Kehle schreiendes Kind auf den Armen trug. Unablässig redete er auf das Kind ein. An seiner Seite lief eine Frau, deren zu locker gebundenes Kopftuch bei jedem Schritt ins Gesicht rutschte. Auch sie sprach ohne Unterlass auf das erbärmlich zeternde Kind ein. Männer und Frauen aus dem Tross begleiteten sie.

»Rupprecht, endlich!« Der Mann wirkte erleichtert, als er die Apotheke erreichte. »Mein Junge braucht dringend Hilfe. Sind Meister Johann oder Magdalena da?« Ohne die Antwort abzuwarten, schob er den Gehilfen beiseite und stürmte in die Offizin, die anderen hinterher.

»Spricht nicht eben für deinen Ruf, dass sie erst nach dem Meister und meiner Cousine fragen.« Elsbeth schüttelte den Kopf, weil Rupprecht sich dennoch anschickte, ebenfalls in die Apotheke zu gehen. »Was willst du da? Wenn sie deinen Rat nicht suchen, kannst du ebenso gut mit mir kommen. Ich wüsste einen besseren Zeitvertreib für dich, als den anderen die Salbentiegel zu halten.«

»Lass!« Ungehalten ging er hinein. Weil sie ihn ungern für diesen Abend aus den Augen verlor, folgte sie ihm.

Drinnen empfing sie wildes Stimmengewirr. Dank ihrer Größe konnte sie über die Köpfe der anderen hinwegsehen. Wie erwartet erspähte sie Magdalenas zierliche Gestalt vorn am Tresen. Der Mann hatte sein Kind darauf gebettet. Die Frau, offensichtlich die Mutter, stand dicht daneben und sah unruhig zwischen Magdalena und dem Kind hin und her. Angst, allerdings auch vorsichtige Zuversicht, endlich Hilfe zu finden, spiegelten sich auf ihrem Gesicht wider. Besorgt beugte sich Magdalena über das Kind. Sein Schreien war mittlerweile in ein klägliches Wimmern übergegangen. An der gekrümmten Haltung des schmächtigen Körpers waren die Schmerzen deutlich abzulesen.

Als Elsbeth sich nach vorn drängte, entdeckte sie auch die Ursache der Qual: Der rechte Arm des Kindes war völlig verbrannt. Am Unterarm warfen sich große Blasen, teilweise hing die Haut schon in Fetzen und gab das nackte, wunde Fleisch preis. Entsetzt wandte Elsbeth sich ab. Dabei traf sich ihr Blick mit dem Rupprechts, der neben Magdalena stand. Ein Ruck ging durch seinen Körper, als er Elsbeths Aufmerksamkeit gewahr wurde.

»Wärm mir je einen Krug Wein und Olivenöl und bring mir von hinten rechts im Regal die Hanfessenz, die ich heute Mittag frisch angerührt habe.« Magdalena erteilte Rupprecht ruhig, aber bestimmt ihre Anweisungen. Er jedoch runzelte die Stirn und machte keine Anstalten, ihrer Bitte zu entsprechen. Stattdessen sagte er: »Wir sollten den verbrannten Arm nahe gegen das Feuer halten und Salz hineinstreuen. Auch in Honigwasser genetzte Leintücher, die man über die Wunde legt, ziehen die Hitze heraus.«

Überrascht sah Elsbeth ihn an. Er widersprach doch nicht etwa ihretwegen seiner geliebten Magdalena? Bislang schien es ihn nie gestört zu haben, wie selbstverständlich die Cousine davon ausging, dass er sich ihr unterordnete.

»So?« Auch Magdalena war erstaunt. Nicht eben überzeugt von seinem Vorschlag, sah sie ihn an. Behutsam streichelte sie unterdessen dem wimmernden Kind über den Kopf. »Mag sein, dass deine Methoden einem erwachsenen Patienten gut anstehen, Rupprecht. Dies hier aber ist ein kleines Kind, das unerträgliche Qualen erleidet. Die Hanfessenz beruhigt es, so dass ich die Wunde mit dem Wein auswaschen und säubern kann, um sie anschließend mit warmen Olivenölumschlägen zu bedecken. Das fördert die Heilung und verhindert wulstige Narben. Meister Johann würde es nicht anders machen. Also tu endlich, worum ich dich bitte, bevor das Kind hier noch unnötig lange leidet.«

Rupprecht erblasste. Offenbar wurde ihm gerade bewusst, dass er seiner geliebten Magdalena vor zahlreichen Zuhörern in den Rücken gefallen war. Nichts wollte er weniger, als ihr zu schaden, trotz allen Bemühens, gleichzeitig vor Elsbeth gut dazustehen. Ob des Zwistes zwischen den beiden Feldschergehilfen hatten die Umstehenden zu reden aufgehört. Einzig das Weinen des Kindes durchbrach das Schweigen. Als Erste fasste sich die Mutter des kleinen Patienten: »Die rote Magdalena soll tun, was sie für richtig hält. Sie hat viel von dem Meister und der alten Roswitha gelernt. Ich vertraue ihr. Macht endlich, damit mein Kind nicht mehr leidet!«

Rupprecht warf einen fragenden Blick auf den Vater. Dessen Entscheidung sollte den Ausschlag geben. Auch die Frau und Magdalena sahen den Söldner erwartungsvoll an. Das behagte ihm ganz und gar nicht. Scheu sah er von seiner Frau zu Magdalena, dann zu den Umstehenden, bevor er sich endlich Rupprecht zuwandte und leise bat: »Bitte holt den Wein und das Öl.«

Das Ausatmen der Leute in dem engen Raum schien wie aus einer Kehle zu folgen. Elsbeth musste an sich halten. Wie konnte Magdalena Rupprecht das antun! Immerhin hatte er ihr zuliebe klein beigegeben. Staunend beobachtete Elsbeth, wie er sich trotz seiner erkennbaren Wut den Anweisungen fügte.

»Wollt ihr nicht lieber doch den Meister selbst fragen?« Schlagartig verstummte das Gemurmel. Elsbeth trat einen Schritt vor und sah ihrer Cousine herausfordernd ins Gesicht.

»Immerhin seid ihr beide seine Gehilfen, habt beide viel von ihm gelernt. Wenn ihr euch nun nicht einigen könnt, was das Beste für das Kind ist, sollte er entscheiden. Nicht dass das Kind einer falschen Behandlung wegen unnötig Schmerzen ertragen muss.«

Wie um das Gesagte zu unterstreichen, schrie das Kind plötzlich gellend auf.

»Tut endlich was, egal, was, nur helft meinem Kind!« Die Mutter geriet außer sich.

»Hau ab und lass uns unsere Arbeit tun!« Magdalenas smaragdgrüne Augen funkelten zornig. Rupprecht wirkte noch immer etwas unentschlossen. Erst als ihm einer der Umstehenden einen Stoß in die Seite gab, setzte er sich in Bewegung. Die Stimmung in der Offizin hatte sich gegen ihn gekehrt. »Ich hole dir, was du willst«, sagte er und verschwand im Laboratorium.

»Es war nur ein Versuch, den Streit zu beenden.« Elsbeth zuckte die Schultern. Wenn keiner ihre Mühe honorierte, mischte sie sich eben nicht mehr ein.

Der Posten gegenüber der Apotheke schien ihr weiterhin eine gute Zuflucht, um Rupprecht unbeobachtet abzupassen. Sie musste nicht lang ausharren, bis er herauskam. Ihre Vermutung, dass er Magdalena lediglich die gewünschten Heilmittel bringen und sich dann sofort aus der Behandlung zurückziehen würde, bestätigte sich. Zufrieden, ihn wenigstens so weit gebracht zu haben, dass er der Cousine nicht noch die Tücher zum Verbinden wie ein geringer Handlanger reichte, lächelte sie ihm entgegen. Seine närrische Verliebtheit in Magdalena würde gewiss nicht mehr lange sein Hirn trüben. Die Stunden, die sie beide miteinander verbrachten, würden das Ihre beitragen, dass er sich von dem Schatten löste und bald die ihm zustehende Position beim Feldscher einnahm. Ein weiteres Mal beglückwünschte sie sich zu dem Geistesblitz, dem unauffälligen Burschen für eine Weile ihre Gunst zu schenken. Durch ihn würde sie nicht nur ihren Kinderwunsch erfüllen, sondern auch Magdalena einige Steine in den Weg legen können. Die Cousine würde schon sehen, dass sie nicht für alle die beliebte kleine Wundärztin war, der die Herzen zuflogen. Doch jetzt galt es erst einmal, Rupprecht zu genießen.

»Schön, dass du kommst.« Wohlgemut zog sie ihn in einen benachbarten Hof, wo sie vor fremden Blicken sicher sein konnten.

»Was sollte das vorhin? Mit Magdalena komme ich schon allein zurecht.« Sein Grollen hinderte ihn, ihr Lächeln zu erwidern.

»Das weiß ich doch. Mir ging es nur darum, den unnötigen Streit zu beenden. Schade, dass du es nicht hast darauf ankommen lassen, wem von euch beiden Meister Johann recht gegeben hätte.« Sie streckte die Hand aus, um ihm über die Wange zu streicheln. Nichts lag ihr ferner, als den Zwischenfall in der Apotheke ausgerechnet jetzt zu diskutieren. Wenn er nicht begriff, dass sie nur zu seinem Wohl gehandelt hatte, war es ohnehin sinnlos. Dann wollte sie sich lieber gleich mit anderem beschäftigen. Angesichts des lauter werdenden Säbelrasselns wussten sie nicht, wie viel Zeit ihnen blieb.

»Ihr natürlich, das weißt du doch so gut wie ich.«

»Warum hast du dann überhaupt widersprochen?« Entgegen ihrer Absicht konnte sie das Thema doch nicht ruhenlassen. Verflixt, schalt sie sich, am Ende streiten wir uns jetzt auch noch deswegen. »Vergiss es«, schob sie also rasch nach. »Wenn du nicht willst, dass ich offen für dich eintrete, werde ich es nicht wieder tun. Das verspreche ich dir.« Feierlich hob sie die Hand zum Schwur und lächelte.

»Was willst du eigentlich von mir?«

»Das weißt du doch. Wir sind verabredet. Oder hast du etwa was Besseres vor?« Sie bemühte sich, belustigt zu klingen, und suchte seinen Blick. Um ihr ins Gesicht sehen zu können, musste er den Kopf heben. Sie störte das nicht. Vielleicht war gerade das der besondere Reiz, der von ihm ausging? Aufmunternd schwang sie sich ein wenig hin und her, nestelte wie zufällig an den Knöpfen ihres Mieders und hob den Saum des Rockes, um ihre Fußspitzen zu betrachten. Interessiert glitt ihr Blick dabei auch über seine Gestalt. Das Hemd war fleckig, weil er wohl beim Mischen der Tinkturen nicht sonderlich achtsam vorgegangen war. Auch die hellen Kniehosen wiesen deutliche Spuren seiner Arbeit auf. Lediglich die hohen, schwarzen Stiefel wirkten ordentlich gebürstet. Dass er bei den zierlichen Füßen überhaupt passendes Männerschuhwerk fand? Wahrscheinlich stopfte er die Spitzen mit Stroh aus.

»Komm, lass uns keine Zeit vertrödeln.« Sie hakte sich bei ihm ein und schob ihn wieder zur Straße. Ohne ein weiteres Wort folgte er ihr gehorsam wie ein kleiner Junge zu dem geheimen Ort und ihren verbotenen Spielen.

Als der Hahn den neuen Tag begrüßte, schreckten Elsbeth und Rupprecht aus tiefem Schlaf. Verstört sah er sie an. Offenbar verstand er nur sehr zögerlich, warum er mit ihr nackt in einer dämmrigen Scheune lag. Verärgert scheuchte er eine Schwalbe fort, die über seinem Kopf ihr Nest an der rückwärtigen Wand ansteuerte. Elsbeth schmunzelte. »Dir scheint es hier nicht sonderlich gut zu gefallen. Bereust du die Nacht etwa?«

»Du nicht?« Er raffte seine Hose und sein Hemd zusammen und zog sich an.

»Warum sollte ich? Wir hatten doch viel Spaß miteinander.«

»Ach, Elsbeth!« Die Hose halb über den Knien, hielt er inne und sah sie mit seinen dunklen Augen an. Sein trauriger Blick rührte sie. »Du weißt genau, dass wir beide das nicht aus Liebe füreinander tun. Weder du noch ich wollen einander wirklich. Wenn wir uns streicheln, sind wir beide in Gedanken bei anderen.«

»So?« Sie lachte, als zöge sie die Wahrheit seiner Worte in Zweifel. Den kurzen Anflug von Unsicherheit in seinen Augen genoss sie. Gern ließ sie ihn ein wenig zappeln, bevor sie sich zu einer Erwiderung entschloss. »Das ist aber nicht eben schmeichelhaft für mich. Wenn ich daran denke, was du mir letzte Nacht alles ins Ohr geflüstert hast, müsste ich dich allein deswegen zum Beichten schicken. Ganz zu schweigen davon, was du noch mit meinem Körper angestellt hast. Ich hatte nicht den Eindruck, dass du währenddessen in Gedanken anderswo warst. Aber letztlich ist es mir gleich. Zumindest dein Körper war mit seinem ganzen Verlangen bei mir.«

Sie zwinkerte ihm verschwörerisch zu und sprang splitternackt auf. Breitbeinig stellte sie sich über ihn. Ihre prallen Brüste baumelten aufreizend hin und her. Sie schob das Becken vor, um ihn noch ein wenig mehr zu reizen. Ob er wollte oder nicht: Ihm blieb nichts anderes übrig, als ihr mitten in die unbedeckte Scham zu sehen. Triumphierend bemerkte sie, wie er abermals unsicher wurde und schluckte, bevor er sich abrupt zur Seite rollte, um sich aus der misslichen Lage zu befreien. Eine Weile kehrte er ihr den Rücken. Gnädig ließ sie ihm Zeit, sich zu beruhigen. Schließlich war er nicht der Erste, mit dem sie ihre Spielchen trieb. So viel Vergnügen wie mit ihm aber hatte sie schon lange nicht mehr gehabt.

»Was spricht dagegen, sich ein wenig Spaß zu gönnen?« Langsam ging sie um ihn herum, baute sich abermals dicht vor ihm auf. »Keiner von uns weiß, was morgen ist, wie viel Zeit uns allen bleibt. Was sollen wir da unerfüllbaren Träumen nachhängen? Alles, was zählt, ist das Jetzt. Morgen kann es schon zu spät sein. Längst werden die Schanzen vor der Stadt verstärkt. Nicht weit im Westen gießen die Franzmänner neue Kugeln und wetzen die Messer für das nächste Gefecht. Auch die Unsrigen scheinen sich auf das Treffen zu freuen. Solange wir noch können, sollten wir das Leben in vollen Zügen genießen. Wenn nicht mit jenen, die wir uns erhoffen, dann wenigstens mit denen, die uns wohlgesonnen sind. Das Einzige, was zählt, ist das gute Gefühl. Sei froh, dass du Gelegenheit hast, es auszukosten.«

Ehe er es sich versah, sank sie neben ihm auf die Knie, zog ihm die Hosen wieder aus und begann, über die dunkelbehaarten Beine zu streicheln. Und auch wenn sie immer noch nicht seinen geheimen Sehnsüchten entsprechen mochte, gefiel es seinem Körper unübersehbar. Ihr war es gleich, ob er von Magdalena träumte, wenn er ihre Brüste knetete. Bald schien auch er nichts mehr darauf zu geben und ließ sich gern wieder in den Augenblick mit ihr fallen.

Die Sonne war längst aufgegangen, als Elsbeth sich zum Quartier der Tante schlich. Der Turm der Martinskirche warf seinen morgendlichen Schatten auf das Haus, das von außen still und verlassen aussah. Leise öffnete sie die Tür und schlich hinein. Das Knarren der Balken über ihr verriet, dass Babette in ihrem Gemach im ersten Stock hin und her ging. Vermutlich trug sie den Kleinen umher, damit er wieder einschlief.

Ansonsten war es mucksmäuschenstill. Die Bediensteten waren mit den ursprünglichen Besitzern geflohen, und der Onkel exerzierte vermutlich mit seinen Rotten draußen vor dem Wall oder vergnügte sich mit Hagen Seume und den anderen Offizieren bei einem Gelage. Elsbeth genoss es, in Ruhe durch die Räume im Erdgeschoss zu schlendern. Wie gern spielte sie Bürgersgattin und probierte das Leben in einem solchen Anwesen aus! Anders als Magdalena war sie das unstete Umherziehen im Tross gründlich leid. Auch als Eheweib würde sie Gelegenheit finden, sich weiter zu vergnügen. Dafür standen ihr dann aber auch noch andere Annehmlichkeiten zu. Außer einem eigenen Kind, das sie mit Liebe überschütten würde, wünschte sie sich nichts mehr als ein Dasein als brave Ehefrau an der Seite eines soliden Handwerkers oder Kaufmanns.

Ihre Finger fuhren über eine Anrichte aus schwarzem Kirschholz, rückten eine Schale aus buntem Glas zurecht und wischten den Staub von einem silbernen Leuchter. Die intakte Einrichtung des Gebäudes verriet, dass der Besitzer, ein wohlhabender Kaufmann, vor dem Eintreffen der Kaiserlichen Hals über Kopf geflohen war. Offenbar verdankte er seinen lohnenden Geschäftsverbindungen nicht nur die reichen Besitztümer, sondern auch die schnelle Fluchtmöglichkeit. Nur die wenigsten, dafür sicherlich wertvollsten Stücke seines Besitzes hatte er mitgenommen. Gemälde und Teppiche sowie Geschirr und Krüge aus Zinn, die er zurückgelassen hatte, waren Ausdruck seines unermesslichen Reichtums.

Gern malte Elsbeth sich aus, ihm leibhaftig gegenüberzutreten. Ihre anmutige Erscheinung würde ihn verleiten, sie zum Bleiben aufzufordern. Wenn er auch verheiratet sein mochte, so würde sie als seine heimliche Geliebte nicht minder gern in seinem Haus wohnen. Versunken in ihre Träume, ging sie in die Wohnhalle. Jedes Mal wenn sie an den Regalen mit Zierat vorüberkam, musste sie sich beherrschen, nicht eines der Stücke an sich zu bringen. Wie viele Gulden ließen sich wohl für dieses bunte Gefäß aus Glas oder die zierlich bemalte Schale aus Ton erzielen?

Längst hätte sie ihr Säckchen, das sie stets am Gürtel unter dem Rock mit sich trug, ordentlich füllen können. Auch in der Küche und im Keller gab es genug Dinge, die sie unbemerkt hätte wegschaffen können. Wenigstens eine kleine Entschädigung für das ihr vorenthaltene Glück als anständige Bürgersfrau sollte sie sich beschaffen. Gestern aber hatte die Tante sie wie aus heiterem Himmel gewarnt, ob zufällig oder weil ihr doch etwas aufgefallen war, ließ sich nicht feststellen. Vielleicht rührte es auch von dem Ärger, den Magdalena ihr durch das Techtelmechtel mit Eric eingebrockt hatte. Sollte Babette Elsbeth beim Stibitzen erwischen, würde sie sie fortschicken. Zu oft, so behauptete die Tante, hätte Elsbeth sie bereits bestohlen. Als ob die Speckseiten und das Weißzeug, das Babette letztlich selbst irgendwo hatte mitgehen lassen, groß ins Gewicht fielen! Viel zu viel hatte die Tante in den letzten Tagen schon zu den Marketendern geschleift. Dabei gehörte ihr nichts in diesem Haus rechtmäßig. Trotz der Wut über die Ungerechtigkeit hatte Elsbeth beschlossen, sich künftig zu beherrschen und nichts mehr heimlich zu verscherbeln. Von Babette fortgeschickt zu werden – was das hieße, malte sie sich jeden Abend aus: das Dasein im Hurenlager am anderen Ende des Trosses, fernab von jeder Möglichkeit, schnell wieder zu rechtschaffenen Regimentsangehörigen wie Onkel und Tante, Cousine und Feldschergehilfe Rupprecht zurückzukehren. Warum nur musste sie seit Jahren dieses erbärmliche Dasein als lästige Nichte fristen und immer brav schlucken, wenn die Tante sie ermahnte?

»Elsbeth?« Ungeduldig rief Babette durchs Haus. Wie hatte sie nur wieder gehört, dass sie gekommen war? »Wo steckst du?« Das klang sehr verärgert. Elsbeth beeilte sich, nach oben zu kommen.

»Willst du so enden wie meine missratene Tochter?« Ihre Tante wartete gar nicht erst ab, bis sie wieder zu Luft gekommen war, sondern stapelte gleich die verdreckten Windeln auf ihren Armen. »Das gehört ordentlich ausgekocht. Oder soll ich das etwa alles allein machen? Möchte wissen, was in euch gefahren ist, mich hier allein zu lassen. Es ist unglaublich. Weder meine Tochter noch meine Nichte scheren sich darum, dass ich die nötige Ruhe im Wochenbett habe. Denkt ihr, die Aufregungen um den Kleinen gehen spurlos an mir vorüber?« Demonstrativ hob die Tante die Hand an die Stirn und atmete laut. Dabei machte sie allerdings einen durchaus erholten, ausgeschlafenen Eindruck. Um sie nicht weiter zu erzürnen, verkniff sich Elsbeth eine Erwiderung und schickte sich an, mit der schmutzigen Wäsche zu verschwinden.

»Hiergeblieben! Noch bin ich nicht fertig!« Babette stemmte die Hände in die Hüften. In dem weißen Nachthemd, mit der verrutschten Haube auf dem Kopf und den nackten, platten Füßen wirkte sie lächerlich, aber das störte sie nicht im Geringsten. »Wenn du meinst, du kannst mich für dumm verkaufen, dann irrst du dich. Ich kriege mehr mit, als dir lieb sein kann. Deiner Mutter, also meiner armen Schwester, Gott schenke ihr eine fröhliche Auferstehung«, bei diesen Worten bekreuzigte sie sich, »habe ich zwar auf dem Sterbebett versprochen, mich deiner anzunehmen. Das gilt aber nicht für den Fall, dass du zur Hure wirst.

Und so, wie es aussieht, bist du wohl auf dem besten Wege dahin.«

Durchdringend sah sie sie an. Elsbeth erwiderte den Blick, ohne mit der Wimper zu zucken. Sollte die Tante doch drohen und wüten. Im Zweifelsfall würde sie Babette daran erinnern, wer sich gern Hagen Seume unter die Plane zog, wenn der Onkel den Versehrtenzug ins Krankenquartier begleitete. Auch dass Magdalena lang vor der ordentlichen Hochzeit das Licht der Welt erblickt hatte, fügte sich nicht in Babettes Traum von einer anständigen Existenz.

»Nur weil du mir verraten hast, dass Magdalena sich hinter meinem Rücken mit dem Lumpen Eric Grohnert trifft, hast du nicht gleich freie Bahn. Wie ich höre, bist du keinen Deut besser als deine Cousine. Glaub nicht, ich hätte nicht mitbekommen, dass du die Nächte mit irgendwelchen Burschen verbringst. Obendrein bestiehlst du mich hinterrücks. Ist das deine Art von Dankbarkeit dafür, dass ich dich aus den Händen deines Stiefvaters befreit habe? Ach, im Grunde kann es mir egal sein, was du tust. Zur Not gibt es immer noch deinen Stiefvater, der dafür sorgen muss, dass du nicht im Hurenlager endest. Wenn ich mich nicht täusche, wird er dich auch jetzt noch mit offenen Armen empfangen.«

Bei der Erwähnung des Stiefvaters zog sich Elsbeths Magen zusammen. Bevor sie zu dem zurückkehrte, brannte sie lieber durch oder verdingte sich als Trosshure. Er war es gewesen, der ihr als Zwölfjähriger die Unschuld geraubt hatte, und das nur, weil Babette sie während eines Winterlagers nicht bei sich hatte unterbringen wollen! Seither machte er stets unflätige Bemerkungen, wenn sie ihm im Lager über den Weg lief. Leider war er nach wie vor im selben Fähnlein wie ihr Onkel.

»Eins lass dir gesagt sein«, sagte die Tante, »mich täuschst du nicht. Ich weiß genau, was du vorhast: Dem einfältigen Rupprecht hast du dich an den Hals geworfen, damit er dir ein Kind macht. Denkst wohl, der heiratet dich und bleibt mit dir hier in Freiburg in der Apotheke, was? So dumm kannst auch nur du sein! Armes Gör, dass du doch nur die falschen Eigenschaften von meiner kleinen Schwester geerbt hast. Bild dir nur nicht ein, ich zieh dich hinterher aus dem Elend wieder raus!«

5

Grell schrie ein Verletzter auf. Der Schrei verfing sich in dem grob verputzten Gemäuer, hallte lange nach und erinnerte in nichts mehr an einen menschlichen Laut.

Obwohl das Brüllen und die Schmerzenslaute seit Tagen nicht mehr zu verstummen schienen, traf dieser eine Schrei Magdalena mitten ins Herz. Kurz richtete sie sich auf und sah sich um, das Leintuch dabei fest auf die klaffende Wunde an der linken Schläfe des Mannes auf dem Tisch gepresst. Ihr erschöpfter Blick kam schließlich wieder auf ihm zu ruhen. Fast schon friedlich lag er da. Wenigstens war er endlich dank des Branntweins eingeschlafen und nahm von dem Elend in dem notdürftig zum Lazarett umfunktionierten Gehöft nichts mehr wahr.

Das Bauernhaus lag in den Wäldern zwischen Slierberg und Wonnhalde südwestlich von Freiburg. Längst glich es eher einem Bienenstock denn einem Lager für Verwundete. Dicht an dicht reihten sich die Tische und Bänke aneinander. Schon den zweiten Tag taten Magdalena und die anderen Wundärzte ihr Möglichstes, die Söldner zu behandeln. Von Sonnenaufgang bis weit nach Sonnenuntergang standen sie an den Operationstischen. Klaffende Wunden galt es zu nähen, zerfetzte Gliedmaßen zu amputieren oder tückische Geschosse aus den Leibern herauszuoperieren. Pausenlos tupften sie den Schweiß von fiebrigen Gesichtern, verbanden Wunden, legten dick mit Salben bestrichene Kräuterpflaster auf, spendeten den Sterbenden Trost und drückten den Toten die Augen zu. Kaum hatte einer seinen letzten Atemzug getan, wartete schon der nächste Verwundete auf den frei gewordenen Tisch.

Magdalena atmete tief ein und aus. Endlich stoppte die Blutung bei dem Patienten, und sie konnte den Wundbalsam dick auf die Schläfe streichen. Roter Mangold färbte die Paste aus Baumöl, Terpentin, Kamillen- und Johannisblüten ein. Begierig schnupperte sie daran, um den Verwesungsgestank, der in dem feuchten Gemäuer hing, für ein paar Augenblicke zu vergessen. Schließlich bereitete sie ein Pflaster aus getrockneten Eibischblättern und legte den Kopfverband an. Unterdessen versorgten Meister Johann und Rupprecht die Wunden am restlichen Körper des Mannes, bis sie das Zeichen gaben, ihn fortzuschaffen. Helfer brachten ihn auf die andere Seite des Raumes, wo die bereits Behandelten vor sich hin dämmerten. Und schon wurde der nächste Patient auf den Tisch gehoben.

Seit zwei Tagen tobte die Schlacht zwischen den kaiserlich-bayerischen Truppen auf der einen und den französisch-weimarischen auf der anderen Seite. Mit den kalten Unwetterwolken zu Wochenbeginn war auch die erwartete Verstärkung für die Franzosen von den Vogesen herübergezogen. Zwar kämpften die Kaiserlichen strategisch günstig von oben vom Slierberg aus gegen den Feind, zudem war den Franzmännern vom ununterbrochenen Regen das Pulver nass geworden, während die Kaiserlichen das ihrige in einigermaßen trockenen Unterständen lagern konnten. Dennoch bewiesen die Feinde weiterhin bewundernswerten Kampfesmut und setzten immer wieder von unten herauf mit neuen Angriffen nach. Magdalena wusste genauso wenig wie die anderen Feldscher, den wievielten Anlauf sie gerade unternahmen, die Schanzen zu brechen. Ein halbes Dutzend mochten es gewiss schon gewesen sein. Keiner zählte das noch, genauso wenig wie einer von ihnen wusste, wie viele Beine er bereits abgesägt und wie viele Augenpaare er gnädig zugedrückt hatte.

Magdalenas müder Blick fiel auf Rupprecht, der gerade die Lederriemen um die Handgelenke des Verwundeten festzurrte. So wurde er selbst dann noch auf dem Tisch gehalten, wenn er sich mit letzter Kraft gegen die unerträglichen Schmerzen aufbäumte. Zum Zeichen, dass alles bereit war, nickte Rupprecht.

»Steck ihm das Holz zwischen die Zähne«, schrie sie Meister Johann zu. Mit glasigen Augen sah er zu ihr. Sie erschrak: Machte er etwa schlapp? Wie so viele andere Wundärzte neigte auch er dazu, nicht nur den Verwundeten vor einem Eingriff einen Schluck aus dem Branntweinschlauch zu gönnen. Bislang jedoch hatte er sich stets in der Gewalt gehabt und rechtzeitig aufgehört. Noch nie war er wegen Trunkenheit ausgefallen. Sollte das ausgerechnet jetzt passieren, hatten sie ein Problem: Dem Mann vor ihnen musste der Unterschenkel abgenommen werden. Das konnten sie nur zu dritt bewerkstelligen. Weit und breit aber war kein Ersatz für Meister Johann zu finden.

»Was-n-loss?« Mehr als ein unverständliches Lallen brachte er nicht heraus.

»Rupprecht! Mach du«, entschied Magdalena und beobachtete besorgt, wie Meister Johann zu ihr ans Tischende torkelte. Seine Fahne raubte ihr den Atem. Sie schnappte angestrengt nach Luft. Als wäre das ein Zeichen, ging plötzlich ein Ruck durch seinen Körper. Er rülpste, dann griff er sich die Säge und besah sich das zerschossene Bein. Ein-, zweimal schwankte er noch, bis er zu seinem Gleichgewicht fand. Sie stellte sich dicht neben ihn, um im Notfall einspringen zu können. Der Feldscher war entschlossen, sich keine weitere Blöße zu geben. Kurz nickte er ihnen zu, dann beugte er sich abermals tief hinunter und setzte die Säge an, bis er den besten Winkel gefunden hatte. Seine dicklichen Finger zitterten. Durch das Sägeblatt setzte sich das deutlich fort. Magdalena fasste sich an den Bernstein, wagte aber nicht einzugreifen. Auch Rupprecht am anderen Ende des Tisches sah mit großen Augen herüber. Der schwierigste Part des Eingriffs stand unmittelbar bevor. Das rechte Bein des Mannes war vom Knie abwärts völlig zerfetzt. Es würde nicht einfach sein, einen sauberen Schnitt zu vollbringen. Inständig flehte Magdalena, es möge auch dieses Mal alles gutgehen und der Patient den Eingriff überleben.

»Der muss wohl direkt in eine Kugel hineingelaufen sein«, sagte Rupprecht mitten in ihre Gedanken hinein und versuchte sich in einem schiefen Grinsen.

»Du weißt genau, dass ich solche Scherze nicht mag.« Der Meister warf ihm einen gereizten Blick zu. Auf einmal sprach er wieder klar und deutlich.

Magdalena nahm den mit Extrakten von Mohn, Alraunen und Bilsenkraut getränkten Schwamm vom Nachbartisch. Ohne ein weiteres Wort reichte sie ihn Rupprecht, damit er ihn dem Mann auf Nase und Mund drückte. Das würde dem Patienten die Sinne noch stärker benebeln als der Branntwein, so dass Meister Johann sich unbehelligt von Schmerzensschreien und Aufbäumen dem zerschossenen Bein widmen konnte.

»Ich glaube, wir können das Bein retten.« Als wäre seine Aufgabe am Kopf des Verwundeten beendet, schlenderte Rupprecht zu Meister Johann und Magdalena. »Schaut: Der Knochen liegt zwar frei, aber Muskeln und Sehnen sind nur wenig zerrissen. Das lässt sich gut wieder zusammenflicken, vor allem, wenn einer so geschickt ist wie du, Meister. Wahrscheinlich wird er zwar den Fuß nicht mehr bewegen können, aber ein steifer Fuß ist allemal besser als gar keiner.«

Regelrecht besessen schien Rupprecht von der Idee, so dass er gar nicht wahrnahm, wie wütend der Feldscher ihn ansah. Schon schwollen ihm die Adern an den Schläfen. Das ohnehin schon rotverschwitzte Gesicht färbte sich noch dunkler. Magdalena fasste sich ein Herz und sagte so unbekümmert wie möglich: »An den Rändern sieht die Wunde aber gar nicht gut aus. Das Licht hier drinnen ist viel zu schlecht, als dass wir es wagen sollten, die Wunde unter diesen Umständen zu säubern. Du weißt, Rupprecht: Wenn wir etwas übersehen, was herausgeholt werden müsste, stirbt uns der Mann spätestens morgen elendiglich am Wundfieber. Nein, der Meister hat recht: Das Bein muss ab. Besser, er überlebt mit einem Bein, als dass er mit beiden stirbt.«

»Schön, dass du mir zustimmst, mein Kind.« Der Zorn des Feldschers war nicht zu überhören. »Statt so kluge Reden zu schwingen, soll Rupprecht mir lieber endlich eine Laterne holen.«

Er gönnte seinem Gehilfen keinen Blick. Bevor Rupprecht widersprechen und die überflüssige Diskussion fortsetzen konnte, versetzte Magdalena ihm einen Schubs, damit er der Anweisung nachkam. Rasch schlang sie zum Abbinden des

Blutflusses ein Leinen um den Oberschenkel des Patienten. Während sie auf Rupprechts Rückkehr warteten, prüfte der Feldscher ein letztes Mal sorgfältig, wo er die Säge ansetzen wollte. Endlich kam Rupprecht mit einer Laterne zurück.

»Halt die Lampe weiter nach unten, sonst sehe ich nichts.« Langsam begann der Meister mit der Arbeit. Magdalena presste die Lippen zusammen und warf sich quer über den Patienten, um ihn niederzudrücken. Sicher wäre es geschickter gewesen, Rupprecht an ihren Platz zu lassen und selbst dem Meister zu leuchten. Nun war es dafür zu spät. Schon bewegte Meister Johann die Säge gleichmäßig auf und ab.

»Verdammt!« Abrupt hielt er inne, nahm die Säge von der rechten in die linke Hand und knetete die klammen Finger. Vorsichtig richtete Magdalena sich auf. War es ihm doch zu viel? Bang sah sie zu Rupprecht, dessen Gesicht im Lichtschein der Laterne starke Zweifel am Verhalten des Meisters verriet. Nicht auszudenken, wenn er jetzt versagte! Ähnliches schien auch der Feldscher selbst zu denken. Er fluchte. Hastig hauchte er in die Hand, um die Finger aufzuwärmen und beweglicher zu machen. Dann ging es endlich weiter. Blut spritzte ihnen entgegen, Knochen knirschten, der Leib auf dem Tisch bebte und zitterte. Im Delirium gab der Mann ein seltsames Stöhnen von sich. Magdalena konzentrierte sich ganz darauf, den Körper unten zu halten. Von der Anstrengung schwollen ihr die Ohren zu. Bald hörte sie nichts mehr von dem Schreien und Brüllen um sich herum. Dafür ging es bei Meister Johann schneller und leichter mit der Säge. Schließlich war es vollbracht. Dumpf fiel der nunmehr nutzlose Unterschenkel zu Boden. Der Feldscher ließ die Säge sinken. Rasch sprang sie ihm zur Seite, den Stumpf zu versorgen. Rupprecht stellte die Lampe ab und reichte ihr die Nadeln.

Nun war es an Meister Johann, die Haut über den Schnitt zu ziehen, damit sie die beiden Wülste zusammenflicken konnte. Erschöpft betrachteten sie schließlich ihr Werk.

»Er lebt!«, stellte sie nach einem Blick zum Tischende fest. Rupprecht hob nur kurz den Kopf, schien aber keine Freude über die gelungene Operation zu empfinden. Offenbar wurmte es ihn noch immer, dass seine Einschätzung so schnell verworfen worden war.

»Gut gemacht!« Meister Johann trug ihm nichts nach, sondern legte ihnen beiden die Hände auf die Schultern und drückte sie an sich. »Was täte ich nur ohne euch? Gehilfen wie ihr sind ein wahrer Glücksfall!«

Stolz über das Lob, lächelte Magdalena, während Rupprecht weiter schwieg.

»Lasst uns weitermachen. Der Nächste wartet schon«, sagte der Meister und deutete mit dem Kopf auf den Tisch, auf den einer der Helfer den nächsten Verwundeten gelegt hatte. »Willst du dieses Mal ran, Rupprecht? Ich muss mir kurz die Finger wärmen.«

6

Mitten in dem üblichen Tumult im Lazarett erhob sich draußen vor dem Gehöft plötzlich ohrenbetäubender Lärm. Selbst die verzweifelten Schmerzensschreie wurden übertönt. Die Tür schwang auf, und jemand brüllte: »Die Franzmänner kommen!«

»Rette sich, wer kann!«, schrie einer der Feldscher. Im nächsten Moment gab es kein Halten mehr. Wie auf Kommando ließen die Wundärzte die Instrumente fallen, die Helfer ließen die Verwundeten los. Jeder, der noch in der Lage war, auf eigenen Beinen zu stehen, erhob sich und versuchte, aus dem Bauernhaus zu fliehen. Ein rücksichtsloses Schieben und Drängen begann. Das Einzige, was zählte, war, den eigenen Kopf zu retten. Weil es viel zu wenige und nur schmale Türen gab, entbrannte ein heftiger Kampf darum, nach draußen zu gelangen. Schließlich schlug jemand die Fenster ein, um auch durch diese Öffnungen fliehen zu können.

»Lass mich durch, du Hundsfott!«

»Scher dich zum Teufel, du alte Vettel!«

»Aus dem Weg, du Hurensohn!«

»He! Wer wird einen alten, hilflosen Mann über den Haufen rennen wollen?«

Tische stürzten um, Holz zersplitterte, Balken barsten, Tontiegel sprangen entzwei. Manch einer benutzte den Nächstbesten, um mit dem Stiefel auf ihn zu steigen und aus dem Fenster zu klettern.

Starr vor Entsetzen verfolgte Magdalena das Geschehen. Längst hatte sie in dem Getümmel Meister Johann und Rupprecht aus den Augen verloren. Verwirrt versuchte sie, einem Mann, der lediglich an der Schulter verletzt war, von einem der Tische zu helfen und ihn zur Tür zu geleiten. Immer wieder blickte sie sich verzweifelt um. Wo waren der Feldscher und Rupprecht hin? Nachdem sie den Verwundeten mit Mühe nach draußen gebracht hatte und sich dem nächsten Hilfsbedürftigen zuwenden konnte, erspähte sie aus den Augenwinkeln, dass Meister Johann weiter hinten im Raum Gleiches tat. Gewiss versuchte auch Rupprecht, denen, die noch zu retten waren, gegen die rücksichtslosen Kameraden beizustehen. Wie vielen sie letztlich auf die Beine und ins Freie geholfen hatte, hätte Magdalena irgendwann nicht mehr zu sagen vermocht. Es schien ihr eine Ewigkeit, seit die Tür aufgeflogen und das Chaos ausgebrochen war. Irgendwer musste schließlich einen der Tische ins prasselnde Kaminfeuer gestürzt haben. Blitzschnell griffen die Flammen auf das Holz über. Wie gebannt starrte Magdalena auf die Feuerstelle. Ihre Kräfte schwanden, ihr wurde schwindelig, in den Ohren rauschte es. Das lang verdrängte Bild aus dem brennenden Magdeburg schob sich vor ihre Augen: unzählige fliehende Menschen, die nackte Angst, nicht mehr lebend davonzukommen. Sie kniff die Lider zusammen, umklammerte den Bernstein auf der Brust und begann inständig zu beten.

»Magdalena!« Aus weiter Ferne drang eine wohlbekannte Männerstimme schwach an ihr Ohr. Der Tonfall klang vertraut. Viel zu vertraut, wie sie im nächsten Augenblick mit Schrecken feststellte.

»Magdalena!«, hörte sie noch einmal. Kein Zweifel: Die Stimme gehörte einem geliebten Menschen. Allmählich erwachte sie aus ihrer Starre, öffnete vorsichtig die Augen und blinzelte ins Halbdunkel. Grausig war der Anblick, der sich ihr bot. Sie wusste nicht, wie lang sie so dagestanden und um Beistand des Allmächtigen gefleht hatte. Einzig die Kraft des Bernsteins hatte sie gespürt. Um sie herum war es still und leer geworden. Der brennende Tisch war in sich zusammengefallen. Dank der festen Ummauerung des Kamins und des Steinbodens hatte das Feuer nicht weiter um sich greifen können. In der Stille aber hörte sie außer dem ruhigeren Prasseln des niedergebrannten Feuers immer wieder diese schwache, geliebte Stimme, die ihren Namen rief.

Das Innere des Bauernhauses war völlig verwüstet, die Türen aus den Angeln gerissen, selbst die Fensterläden zerstört. Bis auf die Toten und Sterbenden befand sich außer ihr niemand mehr in dem behelfsmäßigen Lazarett. Die Franzmänner aber waren auch nicht gekommen. Das Stöhnen um sie herum wurde leiser. Einer weinte und rief verzweifelt nach seiner Mutter, ein anderer versuchte sich in einem letzten Vaterunser. Von einer Bahre nur wenige Schritt entfernt ragte eine Hand empor. Es sah aus, als winke sie ihr zu.

»Magdalena!« Das Rufen wurde schwächer. Voll böser Ahnungen schlich sie hinüber.

Auf der Trage unweit der unverputzten Hauswand lag ein Mann, das Gesicht verquollen, der Leib zerschossen, mehr konnte sie in der Dämmerung nicht erkennen. Noch einmal wandte sie sich zum Kamin, griff sich eines der brennenden Holzscheite und ging wieder zu der Bahre zurück, um den Verletzten anzuleuchten.

»Mein Mädchen!«

Der Vater! Sie zuckte zurück. Nein, das konnte nicht sein, durfte nicht sein! Langsam sank sie zu Boden, leuchtete die Gestalt an und zog im nächsten Augenblick das Licht zurück. Der Anblick war nicht zu ertragen.

»Vater!« Sie nahm seine Hand und drückte sie. Kaum spürbar erwiderte er den Druck. Auf seinem zerschossenen Gesicht wurde trotz aller Wunden so etwas wie ein Lächeln erkennbar. Das Weiß der Augäpfel leuchtete im Schein des Holzscheits hell auf. Warum hatte sie ihn nicht schon früher gefunden? Jemand hätte ihr Bescheid sagen müssen, damit sie nach dem verletzten Vater hätte sehen können. Vielleicht hätte sie vor einigen Stunden noch etwas für ihn tun können. Nun aber war es zu spät. Sie spürte, wie ihr die Tränen in die Augen stiegen, Verzweiflung sie überkam. Gerade noch konnte sie sich zurückhalten, nicht weinend über ihm zusammenzusinken. Der zerschossene Körper hielte die Belastung gewiss nicht mehr aus.

»Lass – mich – nicht – allein«, flüsterte er. Nach jedem Wort musste er innehalten, mühsam Speichel und Blut hinunterschlucken und neue Kraft zum Weiterreden sammeln.

»Nicht, Vater«, erwiderte sie und legte den Zeigefinger auf die Lippen. Die letzten Momente seines Lebens sollte er sich nicht noch durch unnötiges Reden quälen. Behutsam strich sie ihm über das schweißnasse Haar, rang sich ein aufmunterndes Lächeln ab. Sie wollte etwas sagen, doch ihr fehlten die Worte. Also blickte sie ihn einfach nur stumm an. In ihrem Innern tobte ein heftiger Kampf. Einerseits wollte sie ihn in Ruhe einschlafen lassen, andererseits haderte sie mit sich, ob sie nicht doch rasch aufstehen und drüben an ihrem Tisch nach schmerzlindernden Kräutern oder wenigstens nach dem Schlauch mit Branntwein suchen sollte.

Draußen wurde es wieder lauter. Zweifelsohne näherten sich die kämpfenden Truppen. Piken und Säbel klirrten gegeneinander, dazwischen fielen immer wieder einzelne Schüsse. Befehle erklangen. Die Franzosen mussten den Berg von der Westseite her erstürmt haben und in die Schanzen der Bayerischen eingedrungen sein. Versprengte Rotten hielten dagegen. Lange würden sie dem Ansturm gewiss nicht standhalten können.

Magdalenas Herz klopfte schneller. Sie konnte nicht weg. Sie musste bei ihrem Vater bleiben. Er durfte nicht allein sterben. Noch schien er zum Glück nichts von der Gefahr draußen zu ahnen.

»Mutter – und – Fritz«, mühte er sich nach einer Weile wieder und versuchte den Kopf zur Seite zu drehen, um ihr in die Augen sehen zu können. Ein gurgelndes Geräusch entschlüpfte seiner Kehle. Bläschen von Speichel und Blut quollen heraus. Sacht schüttelte sie den Kopf und bedeutete ihm, nicht weiterzureden. Gleichzeitig hoffte sie, dass die Feinde sich noch ein wenig Zeit ließen. Wenigstens das Sterben des Vaters sollten sie nicht stören.

»Mach dir keine Sorgen um die beiden«, sagte sie lauter als nötig, damit er von den Geräuschen draußen nichts hörte. Er würde sie fortschicken, wenn er wusste, was da vor sich ging. »Ich werde gut auf sie aufpassen. Fritzchen ist über den Berg. Er wird zu einem strammen Burschen heranwachsen. Darauf kannst du dich verlassen. Das verspreche ich dir.«

Sie erneuerte den Griff um seine Hand, spürte, wie sein Atem zögerlicher ging, die Brust sich kaum mehr hob und senkte. Rasch fühlte sie den Puls, konnte ihn kaum mehr finden. Umso erstaunlicher, dass er sich plötzlich aufbäumte, ihre Finger umklammerte, ihren Blick suchte und deutlich sagte: »Versprich, dass du Eric vergisst. Er ist dein Verderben!«

Ein Zucken fuhr durch seinen Körper. Er rollte mit den Augen und bewegte ein weiteres Mal tonlos die Lippen, als wollte er etwas hinzufügen, doch er brachte keinen Laut mehr heraus. Stattdessen sprudelte noch einmal Blut. Im nächsten Moment riss er entsetzt die Augen weit auf, als erblicke er die Hölle vor sich. Dann brach sein Blick, und er kippte jäh nach hinten.

Behutsam bettete Magdalena ihn zurück auf die Trage und strich ihm die Augen zu. Eine eisige Faust umklammerte ihr Herz. Nicht allein das grausige Sterben ließ sie erschauern. Den nahen Tod vor Augen, hatte der Vater sie ausgerechnet vor dem Mann gewarnt, den sie mindestens ebenso liebte wie ihn. Wie konnte er von ihr verlangen, ihn zu vergessen? Sie würde es nicht ertragen, nach dem Tod des geliebten Vaters auch Eric zu verlieren. Beide waren ihr die liebsten Menschen.

Nein, unmöglich, des Vaters letzte Bitte zu erfüllen und von Eric zu lassen. Das würde sie nicht überleben! Sie war froh, dass er gestorben war, noch bevor sie ihm den Schwur hatte leisten können. Ihr Magen krampfte sich zusammen. Bitter stieg ihr die Galle auf. Sie schluckte und würgte, fühlte, wie ihr die Sinne schwanden. Hastig presste sie die Hände auf den Leib. Taumelnd erhob sie sich, ging ein paar Schritte zur Seite und erbrach sich, bis sie sich völlig leer fühlte. Eric vergessen – warum verlangte der Vater das von ihr?

Ihre Hände zitterten, als sie sich das verschwitzte rote Haar aus dem Gesicht strich, das spitze, zarte Kinn trocknete. Sie erinnerte sich daran, wie Eric damals zu ihnen gestoßen war, wie er sie gerettet hatte aus der brennenden Stadt, sie begleitet hatte ins Lager. Eine mittellose Waise war er gewesen, die bei dem Fall Magdeburgs alles verloren hatte: seine Familie, sein Zuhause, seinen Besitz. Schutz hatte er im Tross gesucht und gefunden. Es war die einzige Möglichkeit, in Zeiten wie diesen weiterzuleben. Ein neuerlicher Stich fuhr ihr durchs Herz: Der entsetzte Blick, mit dem der Vater Eric damals angesehen hatte, stand ihr wieder vor Augen. Blass wie ein Leintuch war er geworden, als stünde der Teufel vor ihm. Trotzdem hatte er sich später seiner erbarmt und ihn zu Meister Rott, dem Zimmermann, gebracht, damit er einen festen Unterschlupf im Tross fand. Ein seltsamer Zufall, dass Eric und sie sich vor wenigen Monaten wiedergetroffen und ihre große Liebe zueinander entdeckt hatten. »Vorsehung«, hatte sie es genannt und wusste auch jetzt, dass es gegen den letzten Willen ihres Vaters ihr Schicksal war, an Eric festzuhalten. Ihre Wangen wurden nass vor Tränen. Sie schmeckte das Salz, wenn sie sich mit der Zunge über die Lippen fuhr.

Unter großer Anstrengung gelang es ihr, zu dem Leichnam

des Vaters zurückzukehren und mit gesenktem Blick ein Gebet für ihn zu sprechen. Ein letztes Mal berührte sie sein Gesicht und streichelte zärtlich seinen Arm. »Gott schenke dir eine fröhliche Auferstehung«, murmelte sie und hoffte, dass seine Seele im Jenseits angekommen war. Die sterblichen Reste würde sie irgendwo begraben müssen. Zu schrecklich war die Vorstellung, sie schutzlos zurückzulassen. Aber wo? Und wie sollte sie das ohne Hilfe bewerkstelligen? Ein Musketenschuss schreckte sie auf. Die kämpfenden Soldaten kamen zurück. Wieder suchten ihre Finger nach dem Bernstein. Ihr Herzschlag wurde ruhiger, sobald sie die Wärme des Steins fühlte. Nein, Eric würde sie nie verlassen. Der Vater hatte geirrt: Eric war gewiss der Letzte, der sie ins Verderben führen würde.

7

Wie und wann sie aus dem Bauernhaus gelangt war, daran konnte sich Magdalena später nicht mehr erinnern. Sie wusste nur noch, dass sie lange betend neben dem toten Vater gesessen und auf irgendein Zeichen gewartet hatte, was sie mit der Leiche tun sollte. Schließlich waren die Geräusche der Kämpfenden in die Ferne gerückt. Bald darauf hatte sie den Leichnam des Vaters aus dem Gehöft gezerrt, ihn in die Grube neben dem Stall geworfen und notdürftig mit Erde und Stroh bedeckt. Inständig hatte sie ihn und auch den Allmächtigen um Verzeihung für das unwürdige Grab gebeten. Aber ein Grab in der Jauchegrube war allemal besser, als gefleddert zu werden, sobald Marodeure das Bauernhaus fanden. Nach einem kurzen Gebet im strömenden Regen hatte sie das Gehöft schließlich verlassen.

Inzwischen war es finstere Nacht. Verloren irrte sie durch den Wald. Selbst durch die dichten Zweige der Tannen und Kiefern war der Regen zu spüren. Ein scharfer Wind heulte zwischen den riesigen Baumstämmen. Magdalena war nass bis auf die Knochen und fror. Die Locken klebten strähnig am Kopf. Das Tuch hatte sie sich zum Wärmen um den Hals gebunden, was aber nur für kurze Zeit nutzte. Mieder und Rock trieften vor Nässe. An den Sohlen ihrer viel zu feinen Apothekersgattinnenschuhe klebte die aufgeweichte Erde und erschwerte das Gehen. Der weiche Waldboden ließ sie immer tiefer einsinken. Mehr als einmal war sie versucht, sich einfach an einem Baumstamm niedersinken zu lassen. Etwas stimmte nicht mit ihr. Im Kopf schwindelte es sie, die Übelkeit schwand nicht. Nie zuvor hatte ihr ein Einsatz derart zu schaffen gemacht wie dieser am Slierberg. Wahrscheinlich war es der Schock des toten Vaters wegen. Schon schluchzte sie wieder auf, schmeckte abermals bittere Galle im Mund. Erschöpft erbrach sie sich an einem Baumstamm. Als sich ihre Eingeweide nicht mehr krampften und der Brechreiz abebbte, richtete sie sich auf und horchte in die unheimliche Stille des dunklen Waldes. Die Soldaten beider Seiten hatten sich gewiss in ihre Stellungen zurückgezogen. Keiner wollte sich unnötig den Gefahren der Nacht aussetzen. Bis zum Anbruch des Tages sollte auch sie abwarten. War es erst wieder hell, konnte sie den Weg zurück zu den Kaiserlichen finden und den Franzosen ausweichen. Langsam sank sie an einem breiten Kiefernstamm nieder, schlang den Rock um ihre angewinkelten Beine und hauchte sich mit ihrem eigenen Atem Wärme in die Hände.

Die Ruhe tat gut. In blinder Verzweiflung war sie vorhin zunächst einfach nur bergab gerannt, hatte gehofft, so irgendwann auf einen Posten der Kaiserlichen zu treffen. Dann aber hatte sie das Gefühl für die Richtung verloren. Angst war in ihr aufgestiegen. Wenn sie Pech hatte, lief sie unten am Fuß des Berges den Franzmännern und ihren Verbündeten, den Weimarischen, in die Arme. Also war sie wieder bergauf gestolpert. Aber auch da bestand die Gefahr, in die Hände der Feinde zu fallen. Mercy und seine Leute hatten sich vor den anrückenden Franzmännern offenbar immer weiter zurückgezogen. Doch wohin? Nein, es war besser, sie ließ es fürs Erste damit bewenden und schöpfte Kraft für den neuen Tag. Ihr Kopf sackte auf die Knie. Sie legte die Arme darum. Das Letzte, was sie wahrnahm, war der Geruch der feuchten Baumwolle, vermischt mit dem Harz, das vom Berühren der Baumrinden an ihren Fingerkuppen klebte.

Magdalena erwachte, als Stimmen an ihr Ohr drangen. Vorsichtig hob sie den Kopf. Tatsächlich, da waren Menschen. Sie sprachen sogar Deutsch. Das musste nichts heißen, dennoch klopfte ihr Herz schneller. Hoffnung keimte in ihr. Der Morgen dämmerte. Außerhalb des Waldes mochte es bereits viel heller sein. Die dichten Zweige ließen kaum Licht durch. Die ersten Vögel zwitscherten, Tauben gurrten, nicht weit entfernt krähte sogar ein Hahn. Wahrscheinlich lag ganz in der Nähe ein Bauernhof. Auch der Regen hatte nachgelassen. An Magdalenas Platz unter der Kiefer war der Waldboden fast trocken. Die Stimmen kamen näher, ließen sich mehr und mehr unterscheiden. Es waren drei Männer, dessen war sie sich bald sicher. Doch dann erkannte sie den Weimarer Akzent. Fieberhaft suchte sie die Umgebung nach einem besseren Versteck ab.

»Was haben wir denn da?« Zu spät! Einer der Soldaten hatte sie entdeckt. Wahrscheinlich hatte der helle Rock sie verraten. Im anbrechenden Tageslicht war er leicht zu erspähen. Sie verfluchte ihre Eitelkeit. Warum trug sie nicht mehr den grauen, alten?

»Keine Bewegung!«, brüllte ein Zweiter und legte mit der Pistole auf sie an. Noch hatten sie also nicht bemerkt, dass sie eine Frau war. Doch das würde ihr nicht helfen. Ein Entkommen gab es nicht, nur einen kleinen Aufschub, in dem die Furcht noch wachsen würde, bis sich die Männer auf ihr wehrloses Opfer stürzten. Bedächtig schob sie sich mit dem Rücken an dem Baumstamm in die Aufrechte, tastete mit den Fingerspitzen die Rillen der Rinde hinauf. Das Harz verklebte alles. Goldene Tropfen wie Bernstein. Sie musste auf einmal lächeln, trotz der Gefahr. Die Übelkeit schwand, sie fühlte sich kräftiger. Zum Zeichen, dass sie unbewaffnet war, hob sie die Hände.

Die drei Soldaten trugen die Armbinden der Weimarer. Kurz durchzuckte sie die Idee, sich die Schnur mit dem Bernstein vom Hals zu reißen und weit fortzuschleudern. Vielleicht lenkte das die Männer ab. Wertvoller Schmuck mochte in ihren Augen mehr wert sein als das kurze Vergnügen mit einer hilflosen Frau. Noch während sie darüber nachdachte, rumorte es wieder heftiger in ihrem Bauch, und sie brachte es nicht über sich, den Stein zu opfern.

»Ein Weibsbild!«, jauchzte der Erste auf.

»Ich fass es nicht!«, rief der Zweite.

»Die gehört mir! Ich hab sie zuerst entdeckt.« Der Dritte stieß die beiden anderen zur Seite und rannte geradewegs auf sie zu. Ungeduldig zerrte er an seinem Gürtel, begann bereits im Laufen, die Hose aufzuknöpfen.

»Dir pressiert's aber!«, lästerte der Erste, der es allerdings nicht weniger eilig hatte, sich untenherum frei zu machen. Ein

Pistolenschuss zerriss die Luft. Während die beiden halbnackten Soldaten mit heruntergelassener Hose und deutlich angeschwollenem Glied stehenblieben, lachte ihr Kamerad schallend über den gelungenen Streich.

»Ich bin zuerst dran, merkt euch das!« Triumphierend kam er auf Magdalena zu. Die Hände streckten sich ihr bereits entgegen. Gierig leckte seine Zunge über die Lippen, da ertönte abermals ein Schuss, und der Mann kippte vornüber. Entsetzt sah sie auf.

»Wenn du nicht warten kannst, trifft es dich genauso«, raunte der Schütze seinem schreckensbleich gewordenen Kameraden zu. Gehorsam stolperte der mit seiner heruntergerutschten Hose zur Seite und nahm die Hände hoch. Die Pistole weiter auf ihn gerichtet, schritt der zweite Soldat auf sie zu. Als sie ihn bereits hätte berühren können, hielt er plötzlich an.

»Da herüber«, befahl er seinem vor Angst schlotternden Kameraden und deutete mit der Pistole an, wohin er gehen sollte. »Knie dich hin und leg die Hände an den Kopf.«

»Nicht!«, flehte der. »Du kannst sie haben, ganz allein. Lass mich nur leben! Bitte!«

Braune Brühe wurde an den Innenseiten seiner nackten Oberschenkel sichtbar. Zäh rann sie herab. Der Gestank war unerträglich. Magdalena würgte es erneut. Sie wollte den Blick abwenden, doch es gelang ihr nicht. Wie gebannt starrte sie weiter auf den armen Tölpel. So viel hatte sie schon ertragen müssen, doch das hier übertraf alles bislang Dagewesene. Den anderen dauerte das Flehen des Kameraden nicht im Geringsten. Kurz drehte er sich zu Magdalena um: »Bin gleich bei dir, mein Täubchen. Mach dir schon mal schöne Gedanken!«

Flüchtig warf er ihr eine Kusshand zu, bevor er gemächlich zu seinem Kameraden ging und ihm die Pistole an den Kopf setzte. »Nein!«, brüllte der noch, doch der Mann kannte kein Erbarmen und erschoss auch ihn.

Magdalena schloss die Augen und dachte an Eric. Die Finger um den Bernstein geklammert, flehte sie: »Bitte lass mich nicht im Stich!« Wenn der Mann so erbarmungslos seine Kameraden tötete, nur um sie für sich zu haben, wollte sie sich gar nicht ausmalen, wie er gleich über sie herfallen würde. Ihre einzige Hoffnung war, dass es schnell vorüberging. Sich an der Todesangst der anderen zu weiden, schien seine größte Lust. Die wenigstens konnte sie ihm bieten, ohne sich verstellen zu müssen.

Plötzlich erklang ein fürchterlicher Schrei. Sie fuhr herum. Ein Ast sauste zischend durch die Luft. Auch der Soldat schaute verblüfft. Im nächsten Moment traf ihn das tückische Geschoss am Kopf, und er fiel um. Magdalenas Herz überschlug sich. Noch lag der Soldat am Boden. Ob er tot war oder nicht, spielte keine Rolle. Losrennen musste sie. Die Gelegenheit nutzen und einfach laufen, egal, wohin.

Ihre Beine aber gehorchten nicht. Tief krallten sich ihre Finger in die Baumrinde. Ein Splitter bohrte sich unter ihren Nagel. Sie empfand keinen Schmerz, nur Verwunderung. Noch immer konnte sie sich nicht von der Stelle bewegen. Es war, als klebte sie fest.

»Magdalena!« Eine vertraute Stimme erreichte ihr Ohr. Nein, sie musste sich täuschen. Abermals erklang die Stimme. Eric! Auf dem weichen Waldboden spürte sie Schritte. Ganz dicht mussten sie hinter ihr sein. Mit dem Rücken am Stamm wandte sie sich um und sah in Erics Gesicht. Erleichtert sank sie in seine Arme.

Hand in Hand kämpften sie sich wenig später durch das Gestrüpp am Waldsaum. Das muntere Plätschern eines kleinen Bachlaufs begleitete sie bereits eine ganze Weile und wies ihnen die Richtung, um endlich ins sichere Freiburg zu gelangen. Zu ihrer Rechten schälten sich Sonnenstrahlen durch die lichter werdende Wolkendecke. Der Himmel klarte auf, der Regen zog weiter. Noch war der Boden feucht genug, dass ihre Schritte lautlos waren. Das Laub der Büsche und Sträucher bot ihnen ausreichend Schutz, um nicht entdeckt zu werden. Linker Hand zogen sich Laubbäume und dichtes Gestrüpp den Berg hinauf. Irgendwo oben auf der Kuppe musste der Bauernhof liegen, in dem Magdalena ihren Vater in die Grube hatte werfen müssen. Ob sie jemals zurückkehren und ihm ein richtiges Grab schaufeln konnte? Bei dem Gedanken schluchzte sie laut.

»Bist du wahnsinnig?« Verärgert fuhr Eric herum. »Hinter jedem Busch können Weimarische oder Franzosen lauern. Vielleicht haben sie die drei anderen schon gefunden. Gnade uns Gott! Für deren Tod werden wir beide büßen müssen.«

Sie passierten die rauchende Ruine einer Mühle, die wohl erst in der letzten Nacht abgebrannt war. Eine einzelne Mauer ragte brusthoch daraus hervor. Weit und breit war niemand zu sehen.

»Lass uns kurz rasten«, bat Magdalena und ließ sich erschöpft nieder. »Ich kann nicht mehr.«

Es schwindelte sie, gleichzeitig spürte sie wieder heftige Übelkeit in sich aufsteigen. Eric musterte sie besorgt, bedeutete ihr, leise zu sein, und verschwand im Dickicht. Bald kam er mit einer Handvoll Beeren zurück. Während sie sich gierig darauf stürzte, kroch er zum Bach und brachte in den zur Kuhle geformten Händen einige Spritzer Wasser. Trotz der

Stärkung fühlte sie sich weiterhin zittrig und schwach. Das rührte nicht allein vom Schock des Erlebten und der Trauer um den toten Vater. So schmerzhaft sie waren, aber solche Erlebnisse war sie von klein auf gewohnt. Zu viele Menschen, die ihr lieb waren, hatte sie sterben sehen. Auch dass sie dem Vater das erhoffte Versprechen schuldig geblieben war, reute sie nicht. Mit einem Mal begriff sie, woher die Kraftlosigkeit rührte. Dass das allerdings nicht der geeignete Zeitpunkt dafür war, wurde ihr im nächsten Moment bewusst. Zu lange schon war sie Wundärztin, um nicht zu fühlen, dass sie ihre ganze Stärke jetzt selbst brauchte und nicht noch ein zweites Leben in sich heranwachsen lassen konnte. Und doch würde sie freudig die zusätzliche Last tragen. Immerhin war es ein Kind der Liebe, das unter ihrem Herzen wuchs.

»Wir müssen weiter«, mahnte Eric. »Die Ruhe täuscht. Wir sind noch lang nicht in Sicherheit. Die Unsrigen haben die Franzmänner zwar gestern Nacht vom Slierberg zurückgedrängt, doch du hast selbst erlebt, dass immer noch einzelne durch den Wald ziehen. Ein zweites Mal mag uns das Schicksal nicht gewogen sein.«

»Warte, nur einen kleinen Moment noch, dann geht es wieder.« Sie legte ihm den Kopf auf die Schulter, schloss die Augen und atmete tief durch. »Dich hat der Himmel geschickt, Eric, weißt du das? Wieso bist du eigentlich hier? Woher hast du gewusst, in welcher Bedrängnis ich war?«

Ihre Fingerkuppen streichelten sein rotblondes Haar, ihre Augen glitten über das markante Profil seines geliebten Gesichts, als müssten sie sich vergewissern, dass er leibhaftig neben ihr saß.

»Ich habe nicht einmal geahnt, dass du es bist. Wie sollte ich auch?« Versonnen sah er zum Himmel, verengte die Augen, als suchte er dort oben nach einem Zeichen, dann wandte er sich ihr wieder zu. »Der gestrige Tag war furchtbar. Nie hätte ich geglaubt, dieser Hölle noch einmal zu entrinnen. Wieder und wieder sind Enghien und seine Truppen gegen unsere Stellungen angestürmt und haben sie teilweise erheblich zerstört. Fast kam es mir vor wie damals in Magdeburg. Nur dass es nicht an allen Ecken und Enden gleichzeitig zu brennen begann.«

Er senkte den Kopf und hielt sich die Hände vors Gesicht. Mehrere Atemzüge lang kämpfte er mit den schrecklichen Bildern der Vergangenheit. Auch ihr war, als sähe sie das Lodern der Flammen wieder vor sich, hörte das verzweifelte Schreien der Menschen, die dem Inferno nicht mehr entrinnen konnten. Ihre Finger suchten den Bernstein.

»Plötzlich aber wurde es ruhig«, sprach Eric weiter. »Wir bekamen den Befehl, die Gelegenheit zu nutzen und die Schanze eine halbe Meile bergaufwärts stärker zu befestigen. Das rettete mir das Leben. Die Nacht habe ich dort oben verbracht, mich erst im Morgengrauen hinausgewagt. Dann sind die Schüsse gefallen. Warum ich ihnen gefolgt bin, kann ich dir nicht sagen. Als ich gesehen habe, dass einer bereits zwei halbnackte Kameraden totgeschossen hatte und eine dritte Gestalt an einem Baum bedrohte, wusste ich, was zu tun war.«

»Ich weiß jetzt, warum deine Mutter dir den Bernstein gegeben hat. Er ist wirklich ein Schutz. Inständig habe ich gefleht, du mögest bei mir sein, und wie aus dem Nichts bist du aufgetaucht. Dank seiner Hilfe hast du mir jetzt schon zum zweiten Mal das Leben gerettet. Wer aber behütet dich, wenn ich den Stein bei mir trage?«

Sie löste den Knoten an dem Band, um es ihm um den Hals zu legen. Er hielt sie zurück. »Um mich musst du dir keine

Sorgen machen. Solange ich weiß, dass der Bernstein dich beschützt, wird es auch mir gutgehen.«

Innig umarmte er sie. Sie spürte die Kraft seiner Muskeln und das gleichmäßige Pochen seines Herzens und fühlte sich geborgen. Wie hatte der Vater sie nur vor einem solchen Beistand warnen können? Eric war nicht ihr Verderben, er war ihre Rettung, wie sie gerade wieder erlebt hatte. Wie gut, dass sie dem sterbenden Vater den Schwur schuldig geblieben war.

»Der Wurf mit dem Holzstück war großartig.« Ihre Stimme klang heiser. Verlegen räusperte sie sich.

»Nicht umsonst arbeite ich als Zimmermann. Was glaubst du, womit wir uns die Zeit vertreiben, wenn wir mal nicht schanzen müssen?« Verschmitzt zwinkerte er ihr zu.

Gern hätte sie den Moment weiter ausgekostet. Seine Gegenwart tat so gut und tröstete sie über allen Schmerz hinweg. Schon schmiegte sie sich enger an ihn. Er aber drängte zum Aufbruch. »Nicht hier. Heute Nacht haben wir wieder unseren Heuboden. Der ist mir allemal lieber als diese halbzerschossene Mühle, wo jederzeit ein Franzmann auftauchen kann.«

»Dass du so vernünftig sein kannst!«

»Man soll sein Schicksal nicht unnötig herausfordern.«

8

Der Regimentsprofos Hagen Seume hatte es sich nicht nehmen lassen, Babette die traurige Nachricht vom Ableben ihres tapferen Gatten persönlich zu überbringen.

Seitdem herrschte Stille im Schlafgemach. Einzig das Surren einer dicken Fliege war zu hören, bis das Mittagsläuten an der nahen Martinskirche begann. Bald stimmten weitere Kirchenglocken in das Geläut ein. Die Sonnenstrahlen, die durch die halbgeöffneten Vorhänge fielen, warfen goldenes Spätsommerlicht auf den Dielenboden. Der Geruch von sonnengewärmtem Holz und reifem Obst mischte sich mit dem Duft von Babettes Lavendelstrauß.

Besorgt äugte Elsbeth zur Tante, die halb aufgerichtet, aber immer noch reglos in ihren Kissen verharrte. Elsbeth war auf das Schlimmste gefasst. Sollte die Tante zusammenbrechen, stand sie nahe genug, ihr helfend beizuspringen. Sie sollte wissen, auf wen sie im Angesicht eines solchen Schicksalsschlags zählen konnte. Der Säugling lag kaum sichtbar an Babettes Brust, Gott sei Dank zu winzig, etwas von der Tragweite des Geschehens für sein weiteres Leben ahnen zu können. Die Tante spitzte mehrmals den Mund, als wollte sie etwas sagen. In Elsbeths Körper spannten sich die Muskeln. Gebannt sah sie in das runde Gesicht, das vor der weißen Bettwäsche umso blasser wirkte. Doch Babette schwieg.

Seume hielt sich direkt neben dem Bett, den breiten Hut in der rechten Hand, die linke auf dem Säbelknauf. Trotz seines anmaßenden Habitus war ihm anzumerken, wie nah ihm der Tod des langjährigen Freundes und Zechkumpans ging. Anders war nicht zu erklären, dass er sich nach der erschöpfenden Slierbergschlacht noch auf den Weg gemacht hatte, um die Mitteilung höchstpersönlich zu überbringen. Magdalena hatte ihn gleich nach ihrer Rückkehr über den Unglücksfall informiert, das wenig ruhmvolle Grab in der Jauchegrube allerdings verschwiegen.

Seine klobige Figur wirkte gedrückt, der breite Schädel regelrecht in die Schultern eingesunken. Selbst der sonst so weit vorragende Bauch schien erschlafft. »Im furchtlosen Kampf gegen den gottlosen Feind hat es ihn übel erwischt. Gott hat ihm jedoch noch die Gnade gewährt, sein ihm wohlgefälliges Leben im Angesicht Eurer braven Tochter auszuhauchen«, sagte er, noch einmal denselben Satz wiederholend, den er inzwischen schon mindestens dreimal von sich gegeben hatte. Babette schien es nicht aufzufallen. Leer starrte sie geradeaus, auf einen nur für sie sichtbaren Punkt irgendwo auf der gegenüberliegenden Wand. Nicht einmal das greller werdende Sonnenlicht, das über ihr Gesicht wanderte, brachte sie zum Blinzeln.

»Gott schenke ihm eine fröhliche Auferstehung«, murmelte Seume und bekreuzigte sich.

»Wenigstens war er im Sterben nicht allein.« Leise räusperte sich Elsbeth und hoffte, dass der Trost, den sie Babette spenden wollte, die ersehnte Wirkung erzielte.

»Als ob das Weib ihm noch hätte helfen können.« Wutschnaubend schoss die Tante aus den Kissen empor. »Die wird schon ihren Grund haben, sich nicht bei mir blicken zu lassen. Oder habt Ihr meine Tochter irgendwo gesehen, mein lieber Seume?«

Gebannt blickte sie auf den Profos. Der senkte den Kopf und betrachtete angestrengt seine Stiefelspitzen. Offenbar beschämte es ihn, ihr auch zu Magdalena nichts Gutes sagen zu können.

»Wusste ich es doch!« Babette geriet in Fahrt. Laut zeterte sie weiter: »Nicht mal dem eigenen Vater kann das Weib helfen. Dabei vollbringen sie und ihr besoffener Meister doch angeblich eine Wundertat nach der anderen. Ausgerechnet beim eigenen Fleisch und Blut aber versagt ihre Kunst. Das stinkt doch zum Himmel! Zu nichts ist das Miststück zu gebrauchen.«

»So dürft Ihr nicht reden! Wenn Magdalena ihren Vater hätte retten können, hätte sie es gewiss getan. Aber nicht einmal Meister Johann hat noch was ausrichten können. Für ihn kam jede Hilfe zu spät. Euer Mann war einfach viel zu schwer verwundet.« Aufrichtig bemühte sich Seume, die ungeheure Anschuldigung zu entkräften. »Zudem haben die elenden Hundsfotte von Franzosen nicht einmal das Lazarett verschont, so dass sich kaum einer von dort retten konnte.«

»Ach, das sagt Ihr doch alles nur, um mich zu beschwichtigen. Interessiert Euch meine Tochter? Wenn Ihr Glück habt, hebt sie den Rock für Euch.« Bitterkeit schwang in ihren Worten mit. »Das Weib ist doch froh, dass die Franzmänner ihren Vater aus dem Weg geräumt haben. Jetzt kann sie sich ungestört mit dem Zimmermannslumpen vergnügen.«

»Tante, sag so was nicht!« Elsbeth trat ans Bett und legte Babette die Hand auf die Schulter, über sich selbst erstaunt, wie selbstverständlich sie die Cousine verteidigte. »Magdalena hat ihren Vater zutiefst geliebt und bewundert. Nie im Leben freut sie sich über seinen Tod.«

»Das stimmt, Verehrteste. So wie Euer Mann über sie gesprochen hat, waren die beiden ein Herz und eine Seele. Sie war sein ganzer Stolz. Das gilt umgekehrt genauso.«

Seumes Blick streifte Elsbeth, wie um sich weiterer Unterstützung zu versichern. Dass er so schwülstig von Magdalena schwärmte, wunderte sie nicht. Nur zu gut erinnerte sie sich an die Blicke, die er ihr letztens zugeworfen hatte. Ganz ohne Hintergedanken pries er die Cousine also nicht an.

»Habt Ihr schon einen Hinweis, wo Magdalena überhaupt steckt?«, fragte Elsbeth ihn leise. »Nicht einmal Meister Johann und Rupprecht konnten uns etwas sagen. Seltsam, als wäre sie vom Erdboden verschluckt. Hoffentlich geht zumindest dieser Kelch an meiner Tante vorüber. Reicht gerade, dass sie ihren Mann verloren hat. Auch wenn sie es sich nicht anmerken lässt: Magdalena zu verlieren wäre ein weiterer schwerer Schlag.«

Gerade wollte Seume sich äußern, da kam vom Flur her eine aufgeregte Stimme näher. Es polterte, als rückte eine ganze Armee an. Etwas fiel krachend zu Boden, daraufhin ertönte ein ungeheuerliches Fluchen, begleitet von abermaligem Scheppern. Elsbeth musste schmunzeln. Es war nicht zu überhören, wer da unterwegs war. Im nächsten Moment flog die Tür auf, knallte schwungvoll gegen die rückwärtige Wand, prallte zurück und wurde abermals weggestoßen. Blinzelnd stand die alte Hebamme Roswitha im Rahmen, dann hatte sie sich zurechtgefunden und watschelte auf ihren krummen, kurzen Beinen ins Zimmer.

»Keine Sorge, Babette, deine Tochter wenigstens lebt.« Das Krächzen ihrer Stimme veränderte sich nicht einmal, wenn sie eine frohe Nachricht zu überbringen hatte. Ihrem runden, runzeligen Gesicht war die Freude dagegen deutlich anzumerken. Die schmalen Lippen lachten von einem Ohr zum anderen, selbst die trüben Augen schienen ein wenig zu glänzen.

»Gott sei Dank!«, rief Elsbeth. Auch Seume brummte erleichtert und drehte den Hut schneller in der Hand.

»Sagst du denn gar nichts?« Roswitha ging zum Bett und sah Babette vorwurfsvoll an. Ehe die sich wehren konnte, schlug sie die Decke zurück. Es kümmerte sie nicht, dass Seume dadurch Babettes halbentblößte Brust zu sehen bekam, an der Fritzchen schon geraume Zeit nicht mehr nuckelte. Geschickt pflückte die Hebamme den Mund des Kleinen mit ihren knotigen Fingern von der Brustwarze und hob ihn hoch.

»Komm schon, mein Söhnchen! Mir machst du nichts vor. Hast doch gar nicht mehr richtig getrunken. Tief und fest schläfst du schon, stinkst aber wie ein Schwein. Höchste Zeit, dass du gewickelt wirst. Nicht, dass deine Schwester nachher kommt und dir als Erstes den dreckigen Hintern sauber wischen muss.«

Zärtlich herzte sie das Kind. Zu sehen, mit welcher Selbstverständlichkeit sie das tat, schmerzte Elsbeth. Warum hatte sie kein menschliches Wesen zum Liebkosen? Babette dagegen atmete erleichtert auf. Anscheinend war sie froh, den Kleinen für eine Weile los zu sein, was sie jedoch nie offen zugegeben hätte. »Wo steckt Magdalena? Warum kommt sie nicht selbst? Immerhin bin ich ihre Mutter!« Beleidigt zog sie die Decke wieder über die Brust. Seume entfuhr ein bedauerndes Seufzen.

»Sie wird schon wissen, warum. Vorerst ist sie drüben bei mir und schläft sich aus. Das alles war schlimm genug für sie.« Roswitha dachte nicht daran, auf Babettes versteckte Eifersucht einzugehen. Wie immer fühlte diese sich von Magdalena schlecht behandelt. Stattdessen beschäftigte sie sich damit, Fritzchen in frische Leintücher zu wickeln.

Babette besann sich wieder auf ihre Rolle als trauernde Witwe. »Was wird überhaupt jetzt aus uns?«

Mit großen Augen sah sie Seume an. Den Kopf leicht schräg gelegt, rang sie sich ein schmerzliches Lächeln ab und drehte gedankenverloren die Schnur an ihrem Nachthemd, was seine Wirkung nicht verfehlte. Diensteifrig buckelte er. »Keine Sorge, Verehrteste, ich lasse Euch nicht im Stich. Das bin ich Eurem Gatten wohl schuldig. Mehr als zwei Jahrzehnte war er ein treuer Söldner der kurfürstlich bayerischen Armee und außerdem mein Freund.«

»Das will ich meinen!« Babette fiel ihm ungeduldig ins Wort. »Seit Ulm ist er schon dabei, das wisst Ihr so gut wie ich. Sold aber hat er in all den Jahren nur äußerst selten bekommen. Besteht wenigstens jetzt die Aussicht, dass man mir etwas zahlt? Sonst weiß ich doch gar nicht, wie ich zurechtkommen soll, gerade so kurz nach der Geburt unseres Sohnes. Ach, wenigstens war meinem armen Gatten noch das Glück vergönnt, den Kleinen auf den Armen zu halten. Gott schenke ihm eine fröhliche Auferstehung!« Theatralisch ausholend schlug sie das Kreuz auf der Brust.

»Was ist mit deinem Bruder in Köln? Warum gehst du nicht zu ihm?« Stolz auf diesen Einfall, zupfte Elsbeth am Ärmel des blütenweißen Nachthemds der Tante. Mit einem »Lass mich!« schüttelte die sie verärgert ab.

»Macht Euch keine Gedanken«, Seume drückte wichtigtuerisch seine Brust heraus, »höchstpersönlich werde ich …«

»Pah! Das will ich sehen, mein Lieber!«, krächzte Roswitha dazwischen, die soeben mit dem frisch gewickelten Kind in den Armen zurück ans Bett trat. Laut lachte sie auf. Fritzchen hob kurz den Kopf, verzog das knitterige Gesichtchen zu einer Grimasse und verharrte mitten in der Bewegung, um sogleich friedlich weiterzuschlafen.

»Wollt Ihr etwa höchstpersönlich dem Kurfürsten die Truhen mit Gold rauben, damit die arme Babette ein paar Gulden sieht?« Dass sie einen ranghohen Offizier vor sich hatte, hielt Roswitha nicht davon ab, ihre Meinung offen kundzutun. »Wenn ich das recht überblicke – immerhin kenne ich viele Söldnerfamilien –, hat bislang kaum einer je seinen vollen Sold bekommen, erst recht nicht, wenn er das Pech hatte, auf dem Feld der Ehre zu bleiben. Die Witwen lässt der Herr Kurfürst gern im Regen stehen. Können sich ja als Trosshuren verdingen, dann haben die anderen auch was davon!« Höhnisch lachte sie auf. »Am Ende kann einer schon von Glück sagen, wenn er nach dem Ehrentod wenigstens halbwegs angezogen in ein ordentliches Grab gelegt wird. Die meisten Toten enden doch splitternackt als Fraß für die Krähen. Viel Aufhebens macht jedenfalls keiner um die Leichen, sobald ihnen alles Brauchbare wie Stiefel, Hosen und Rock abgenommen ist. Sind sowieso immer viel zu viele, die nach einer Schlacht herumliegen.«

»Red nicht so dumm daher, altes Weib!« Verärgert setzte Seume sich seinen Hut auf und schob die Hebamme beiseite. »Kannst froh sein, dass ich um deine Verdienste als Wehmutter weiß, sonst würde ich dich jetzt für dieses respektlose Verhalten an den Pranger stellen.« Hastig verabschiedete er sich von Babette, drängte Elsbeth grob beiseite und eilte hinaus.

Roswitha wartete kaum ab, bis sich die Tür hinter ihm geschlossen hatte, bevor sie weiterblaffte: »Wollen wir hoffen, dass es deinem Mann nach dem Sterben nicht so übel ergangen ist wie den anderen. Vielleicht hat sich doch einer seiner armen Seele erbarmt und ihn wie einen ordentlichen Christenmenschen unter die Erde gebracht.«

»Halt endlich deinen Mund! Wenn ich Pech habe, hast du mir gerade alles verdorben.«

»Was sagt denn Magdalena?« Elsbeth fasste sich als Erste wieder. »Sie war doch bei ihm, als er starb. Hat sie ihm denn kein Grab schaufeln können?«

»Wie denn, als Frau, allein im Schlachtgetümmel?« Roswitha warf ihr einen verächtlichen Blick zu. »Da sieht man es wieder: Selbst wer wie du sein ganzes Leben im Tross verbringt, hat noch lange keine Ahnung, was bei so einem Gefecht wirklich los ist. Einen Tag solltest du mal da draußen mit dabei sein, einmal so tüchtig wie deine Cousine bei den Verwundeten zur Hand gehen. Dann würdest du nicht mehr so einfältig fragen, warum Magdalena ihrem Vater kein Grab geschaufelt hat.«

Schon wollte Elsbeth ihr widersprechen und auf ihre Hilfe bei der Tante hinweisen, da wandte sich Roswitha bereits an Babette: »Auch dir würde es gut anstehen, dich nicht wochenlang faul im Bett zu rekeln, sondern dem Beispiel deiner Tochter zu folgen und was Sinnvolles zu tun.«

»Was fällt dir ein?« Sofort plusterte Babette sich auf. »Was weißt du schon von mir? Du bist wirklich die Letzte, die mir Vorwürfe machen darf. Soweit ich mich erinnere, bist du nicht eben freiwillig als Hebamme im Tross. Ganz schön lang hast gerade du dich geziert, bis du bereit warst, etwas Sinnvolles für die tapferen Soldaten und ihre Frauen zu tun.« Der Blick, mit dem sie die Hebamme bedachte, verriet, dass sie darauf brannte, ihr gutgehütetes Geheimnis auszuplaudern.

Roswitha aber blieb stumm. Offensichtlich wollte sie Babette nicht den Gefallen tun, sie am Reden zu hindern.

»So?« Neugierig spitzte Elsbeth die Ohren. Seit langem brannte sie darauf, mehr über Roswitha zu erfahren. Unter den Frauen im Tross wurde so manches gemunkelt. Mehr als einmal hatte sie die seltsamsten Geschichten gehört, angefangen bei abenteuerlichen Gerüchten, sie sei die Geliebte Pappenheims gewesen, was angesichts ihrer Hässlichkeit kaum zu glauben war, bis hin zu der wenig phantasievollen Behauptung, sie habe früher mit Meister Johann das Zelt geteilt und gemeinsam mit ihm der dunklen Magie angehangen. Am überzeugendsten fand Elsbeth bislang die Version, Roswitha habe wegen ihrer geheimnisvollen Kenntnisse als Hexe in ihrer Heimat verbrannt werden sollen und unter falschem Namen im Tross Unterschlupf gefunden. Dass ausgerechnet die Tante die Wahrheit über Roswithas Vergangenheit wusste und erst jetzt damit herausrückte, ärgerte sie ein wenig. Warum hatte sie ihr noch nie etwas davon verraten?

»Täusche ich mich, oder bist du nicht die feine Roswitha Muckenthaler, die Witwe eines seinerzeit hochdekorierten Offiziers, die sich nur allzu gern als Erste aus der Beute bedient und all den Schmuck und die feinen Kleider einverleibt hat? In Truhen mit Goldmünzen sollst du gebadet haben, bis dein Mann damals in Österreich einen schmachvollen Tod erlitt. Dann war es schnell aus mit deiner Vornehmheit. Nur weil du zu hässlich warst, um dich als Hure zu verdingen, hast du dein Glück als Wehmutter versucht. Außerhalb des Trosses wollte dich sowieso keiner haben.«

»Ach?« Enttäuscht über die wenig aufregende Geschichte, entfuhr Elsbeth ein Seufzer. Roswitha verzog keine Miene, sondern beschäftigte sich aufmerksam mit Fritzchen, der immer noch an ihrer Schulter schlief.

»Tu nicht so, als ginge dich das alles nichts an!« Babette geriet in Wut, mit der Enthüllung keine Empörung geerntet zu haben. Kampflustig nahm sie ihren Säugling aus den Armen der Hebamme und zischte: »Ich jedenfalls bin die Letzte, die von einem Weib wie dir an den Pranger gestellt werden darf. Seit Jahrzehnten ziehe ich brav und klaglos an der Seite eines nicht minder braven Söldners mit dem Heer durch die Lande. Genauso wie mein tapferer Mann habe auch ich alles dafür aufgegeben, den gerechten Kampf für die Sache Gottes, der katholischen Kirche und des Kaisers zu führen. Ein Kind nach dem anderen habe ich zur Welt gebracht, eine Fähigkeit, die du, soweit ich weiß, selbst nie gehabt hast. Ein Kind nach dem anderen habe ich in meinen Armen sterben sehen. Nie aber habe ich mich darüber beschwert, dass mir nur ein einziges Kind geblieben ist und dass ausgerechnet du und Meister Johann mir dieses eine Kind abspenstig gemacht habt, damit es als Wundärztin bei jeder Schlacht sein Leben und sein Seelenheil aufs Spiel setzt. Gott sei Dank ist sie wenigstens stark und klug, dass das auch jetzt wieder gut ausgegangen ist. Nicht auszudenken, wenn Gott mir auch noch meine Tochter genommen hätte, gerade jetzt, wo mein armer Gatte so kläglich dahingerafft wurde!« Wieder schlug sie sich mit der freien Hand ein Kreuz vor der Brust. »Jetzt also ist gewiss nicht der rechte Zeitpunkt, mir solch unverschämte Lügen an den Kopf zu werfen, wie du vermaledeites Weib es gerade eben getan hast.«

Einen Moment herrschte Stille.

»Bist du fertig mit deinem selbstgefälligen Jammern und Wehklagen?« Das Krächzen Roswithas, mit dem sie das Schweigen brach, klang noch barscher als sonst. »Ein Wunder, dass du in dem ganzen Sermon überhaupt ein Wort über Magdalena verloren hast. Sonst hat man ja immer den Eindruck, du verschwendest keinen einzigen Gedanken an sie. So eine tüchtige, tapfere Tochter hast du eigentlich gar nicht verdient. Wenn ich sie nicht mit eigenen Händen aus deinem Leib herausgezogen hätte, würde ich nie und nimmer glauben, dass sie dein eigen Fleisch und Blut ist. Wie ich dich kenne, hast du ihr gleich als Erstes die Schuld am Tod deines Mannes in die Schuhe geschoben, weil es ihr nicht gelungen ist, ihn zu retten. Du hast ja nicht die leiseste Vorstellung, wie es zugeht am Rand eines Schlachtfelds. Lieber hockst du hier in deinem sicheren Nest und jammerst allen die Ohren voll, dass sie dich allein lassen. So warst du schon immer: Statt stolz auf die Leistungen deiner Tochter und deines Mannes zu sein, beklagst du stets nur dein eigenes Schicksal. Dein Spatzenhirn reicht eben einfach nicht aus, mehr vom Krieg zu sehen und zu begreifen.«

»Was fällt dir ein, du alte Vettel?« Das Aufbegehren der Tante klang allerdings schon kleinlauter, und Roswitha ließ sich nicht beirren: »Deinen Eigennutz erkennt man schon daran, dass du nichts Besseres im Sinn hast, als Seume gleich nach Geld zu fragen. Als hätte dein Gatte dir nicht alles besorgt, was in seiner Macht stand. Kisten voll Tand hat er sogar in allergrößter Gefahr noch für dich zusammengerafft, selbst hier in Freiburg hat er dich wieder in einen Palast gebettet. Aber ganz gleich, welche Schätze er dir zu Füßen gelegt hat, dir war es immer zu wenig, du undankbares Weib! Genauso wirst du nie begreifen, was du an deiner Tochter hast.«

Verächtlich drückte sie ihr das Leintuch, das über ihrer Schulter gelegen hatte, in die Hand. Bevor Babette auch nur eine Silbe erwidern konnte, drehte sie sich um und watschelte hocherhobenen Kopfes hinaus.

»Warte!« Elsbeth lief ihr hinterher.

»He, Elsbeth! Wo willst du hin?« Schrill gellte die Stimme Babettes durch die offene Tür. Als ihre Nichte nicht reagierte, wurde die Tante deutlicher: »Dummes Miststück!« Schon flog eines der Kissen durch die Luft. »Meinst wohl, fortan mit Roswitha besser klarzukommen als mit mir. Dann viel Glück mit der alten Vettel! Wenn du jetzt mit ihr gehst, brauchst du nicht mehr zurückzukommen. Ich werde auch allein zurechtkommen. Klaust mir eh nur das Weißzeug unterm Hintern weg. Scher dich zum Teufel, du elende Hure!«

Elsbeth versuchte, nicht hinzuhören. Wie oft schon hatte sie das Gezeter ertragen? Es lag auf der Hand, dass die Tante nun, da der Onkel tot war, nur noch eins im Sinn hatte: sich und Fritzchen zu retten. Einen Teufel würde sie tun und ihr, der längst lästig gewordenen Nichte, hinterherrennen. Das hatten Babettes Andeutungen Seume gegenüber schon ahnen lassen. Da konnte sie auch gleich freiwillig gehen. Magdalena befand sich in einer ähnlichen Lage. Um die würde die Tante auch nicht lang herumschleichen. Also sollte Elsbeth sich wohl eher an die Cousine halten. Die wusste sich wenigstens zu helfen. Vielleicht kamen sie zu zweit besser klar.

Unten im Erdgeschoss, kurz vor der Haustür, blieb Roswitha stehen.

»Was ist mit Magdalena? Wie geht es ihr?«, fragte Elsbeth, sobald sie neben ihr stand.

»Was fragst du?« Prüfend glitten die wässrigen Augen der Alten über ihre Gestalt. Dass sie dank Babette ihre wenig ruhmreiche Vergangenheit kannte, schien sie nicht zu stören, vielmehr wunderte sie sich über ihr plötzliches Interesse an Magdalena. Trotzig hielt Elsbeth dem argwöhnischen Blick stand.

»Hast wohl begriffen, dass du nicht mehr allein auf Babette setzen solltest, was? Ganz so einfältig, wie ich dachte, bist du also doch nicht. Um es kurz zu sagen: Es geht ihr den Umständen entsprechend.«

»Den *Umständen* entsprechend?« Als Elsbeth das kurze Flackern in Roswithas Augen sah, begriff sie sofort. »Na, das trifft sich ja.«

»Wie meinst du das?« Ganz so schlau, wie die Alte tat, war sie wohl doch nicht. Elsbeth schmunzelte. Das wiederum genügte Roswitha, um ebenfalls zu verstehen. Mit Kennerblick musterte sie Elsbeths dralle Brüste, gewahrte auch das leicht vorgeschobene Becken. Und so erwiderte die erfahrene Wehmutter das wissende Schmunzeln.

»Wenn ich dir einen Rat geben darf«, krächzte sie, »halte dich trotz allem weiter an deine Tante. Mir scheint, die wird sich bald schon ein neues Nest suchen. Das wird dir bestimmt besser anstehen als das Dasein im Tross, gerade unter diesen Umständen. Magdalena dagegen kommt hier schon klar. Anders als du ist sie für das Trossleben geschaffen.«

9

Vergebens wartete Magdalena in den folgenden Nächten auf dem Heuboden. Roswitha hatte nichts dazu gesagt, dass sie kurz nach ihrer Rückkehr gleich wieder verschwunden war. Doch Eric tauchte nicht auf. Wieder und wieder spähte sie durch die Luke im Giebel, durchstreifte schließlich sogar die Ställe und angrenzenden Verschläge in der Unterkunft der Zimmerleute. Eine gespenstische Stille lag über allem. Niemand begegnete ihr, keine Nachricht erreichte sie. Besorgt suchte sie schließlich in der näheren und weiteren Umgebung nach Erics Meister Antonius Rott. Ihn aber fand sie ebenso wenig wie die beiden anderen Gehilfen des Zimmermanns.

»Die Zimmerleute sind nicht die Einzigen, die nach der Schlacht oben auf dem Berg spurlos verschwunden sind«, erklärte ihr ein zahnloser Soldat, der sich drei Häuser weiter in einem kleinen Hof neue Kugeln für seine Muskete goss. An der Behendigkeit, mit der er zu Werke ging, erkannte sie, dass er weitaus jünger sein musste, als sein zerfurchtes Gesicht und die spärlichen Haare auf dem vernarbten Schädel vermuten ließen. Wahrscheinlich hatte er dem Tod im letzten Moment entrinnen können und als Preis für sein Weiterleben die Jugendlichkeit opfern müssen. Nicht einmal der Anblick einer einsamen Frau, der sonst selbst den müdesten Lenden der Greise Lebendigkeit verlieh, schien bei ihm Wirkung zu zeigen.

»Hast du nicht mitbekommen, dass wir nur deshalb gesiegt haben, weil Mercy die Heilige Jungfrau um Beistand angefleht hat?« Er trat näher an sie heran und sprach leiser, als gelte es, ihr ein großes Geheimnis anzuvertrauen. »Ihr zu Ehren lässt unser Feldherr oben auf dem Slierberg eine Kapelle bauen. Aussehen soll sie wie die Santa Casa in Loreto. Wahrscheinlich sind die Zimmerleute da oben und werkeln schon kräftig mit Hammer und Axt. Sag aber niemandem, dass du das von mir weißt. Scheint noch ein Geheimnis zu sein.«

»Danke«, beeilte sich Magdalena zu sagen und wollte fort. Auf dem Slierberg würde sie Eric rasch finden. Der Zahnlose hielt sie am Arm zurück. »Ich an deiner Stelle würde nicht da hinaufgehen. In den Wäldern treiben sich immer noch die Franzmänner rum. Die werden sich freuen, einen Rock wie deinen zu finden. Ehe du dich versiehst, spreizen sie dir die Beine und lassen dich teilhaben an ihrer Seuche. Die edlen Herren aus dem Westen teilen nun einmal gern alles mit uns, vor allem ihre Krankheiten. Verfluchte Hunde!«

Zornig ballte er die Hand und fuchtelte damit wild durch die Luft. Da begriff sie, wo er seine Jugend verloren hatte: nicht im mutigen Gefecht auf dem Feld, sondern im Bett, im schmachvollen Kampf gegen die französische Seuche. Sosehr er das offensichtlich bereute: Von so manch anderem hatte die Seuche weitaus mehr als nur Zähne und Haare gefordert.

»Wie lang werden die für die Kapelle wohl brauchen?«, fragte sie. »Wir müssen doch weiter, den feigen Franzmännern hinterher. Es kann doch nicht sein, dass wir hier in Freiburg hocken und fromme Häuser bauen, während die in den Vogesen neue Kräfte sammeln, um uns wieder anzugreifen.«

»Sag das mal unserem allerhöchsten Feldherrn, dem Kaiser! Mercy und von Werth wollten den Fliehenden nachsetzen. Von ganz oben wurden sie zurückgepfiffen: Die Stadt wäre ohne Schutz, hieß es. Also haben sich die Unsrigen wieder hinter den Wall zurückgezogen. Zähneknirschend müssen sie den nächsten Befehl abwarten. In jedem Fall muss die Stellung hier gehalten werden, koste es, was es wolle. Stell dir vor, die Franzosen haben den Sieg einfach für sich reklamiert! Dabei haben die oben am Slierberg mehr Seelen verloren, als in einer einzigen Nacht in Paris geboren werden.«

Zornig funkelten die hellgrauen Augen in seinem blassen Gesicht. Magdalena schüttelte seine Hand ab. Schaudernd dachte sie an ihr Erlebnis mit den drei Soldaten letztens im Wald. Noch einmal wollte sie das Schicksal nicht herausfordern. Also wartete sie lieber bei Meister Johann in der Apotheke auf Erics Rückkehr. Wenn die Soldaten sich dort mit Branntwein versorgten, erfuhr sie als eine der Ersten wichtige Neuigkeiten. Gewiss würden sie erzählen, wenn die Kapelle fertig war und die Zimmerleute heimkehrten.

Über dem Anrühren von Salben und dem Mischen von Arzneien vergingen die Tage. In der Offizin an Rupprechts Seite und mit dem Feldscher zu arbeiten, fand Magdalena allemal besser, als bei der Mutter und der Cousine drüben im Kaufmannshaus zu sitzen und dem kleinen Fritz beim Wachsen zuzusehen. Weil sie es dem sterbenden Vater versprochen hatte, suchte sie die Mutter zwar brav jeden Abend auf, schlich sich bei Einbruch der Dunkelheit aber gleich wieder davon. Die Nächte verbrachte sie nach wie vor auf dem Heuboden in der Gerberau. Irgendwann, so träumte sie, würde Eric wieder auftauchen.

Bald fühlte sie sich immer elender. Ein ungewöhnlich eisiger

Augustwind hatte den Franzosen und Weimarischen zwar die dunklen Regenwolken nach Westen hinterhergefegt. Danach hatte die Sonne wieder die Herrschaft übernommen und Land und Leute rund um Freiburg kräftig aufgewärmt. Die dunklen Schatten auf Magdalenas Gemüt aber wollten nicht weichen. Die Ungewissheit über Erics Verbleib lastete schwerer auf ihr als die Trauer um den Vater. Denn die Erinnerung an die letzten Augenblicke mit ihm wurde von dem unerfüllbaren Wunsch getrübt, sie solle endgültig von Eric lassen. Sie aber sah keinen Grund, die Feindschaft ihrer beider Väter fortzusetzen. Eric wusste sicher ebenso wenig davon, sonst hätte er es längst angesprochen. Voller Sehnsucht dachte sie an die Nächte mit ihm. Das Betrachten des honiggelben Bernsteins mit dem rätselhaften Insekt, den sie sich während der Stunden auf dem Heuboden vor Augen hielt, schenkte ihr allerdings keinen rechten Trost mehr. Es schien, als weiche mit jedem Tag die einstige Stärke aus dem Stein wie aus ihrem Körper, der immer noch von ständiger Übelkeit gequält wurde.

Gleich bei ihrer Rückkehr vom Slierberg hatte Roswitha die wahre Ursache erkannt und sie beglückwünscht. Noch aber war Magdalena weit entfernt, sich über die Schwangerschaft zu freuen. Abgesehen von der Sorge um Eric machte ihr auch der Zustand selbst erheblich zu schaffen. Kaum zu glauben, dass Frauen das seit Menschengedenken geduldig ertrugen. Morgens schon fehlte ihr die Kraft aufzustehen. Hatte sie es dann endlich geschafft, sich zu erheben, überkam sie heftiger Würgereiz, kaum dass sie in der Aufrechten war. Tief in ihrem Innern keimte die Gewissheit, dass dieser Zustand nur vorübergehender Natur war, dass bald schon bessere Zeiten folgten. Sie fühlte sich jedoch zu ausgelaugt, um tatsächlich auf ein gutes Ende zu hoffen. Wie sollte sie auch, seit mit

Eric der wichtigste Mensch in ihrem Leben fehlte? Dass ihr Vater gestorben war, war schlimm. Allerdings hatte er als Soldat tagtäglich mit dem Tod rechnen müssen. Seit Jahren hatte er sie deshalb darauf vorbereitet, ohne ihn zurechtzukommen. Dass aber möglicherweise auch Eric und damit ihre Zukunft verloren sein konnte, empfand sie als unerträglich, selbst wenn sie wusste, dass fortan ein Teil von Erics Seele unter ihrem Herzen zu einem neuen, eigenständigen Wesen heranwuchs.

»Es gibt etwas zu feiern. Die Kapelle auf dem Slierberg ist fertig«, berichtete ihr eines Morgens ein Soldat, der einen Schlauch Branntwein in der Apotheke abholte. »Morgen wird sie geweiht.«

Seine Augen blitzten vor Freude, und auch Magdalena konnte zum ersten Mal wieder lächeln. Endlich war die Ungewissheit der letzten Tage verflogen. Sie musste sich beherrschen, nicht aufzujuchzen: Meister Rott und seine Gesellen würden nach getaner Arbeit in die Stadt zurückkehren! Womöglich konnte sie in dieser Nacht wieder in Erics Arme sinken. Ihre Finger zitterten, als sie dem Korporal den Branntwein übergab. Kaum hatte sie die Geduld abzuwarten, bis er ihr das Geld dafür in die Hand gezählt hatte. Hastig übertrug sie Rupprecht die Aufsicht über die Offizin und stürmte davon.

In dem kleinen Gehöft in der Gerberau, in dem außer den Zimmerleuten noch andere Handwerker hausten, war es noch immer still. Die letzten Hühner waren lange geschlachtet und in einigen der unzähligen hungrigen Bäuche verschwunden. Lediglich ein paar dürre Tauben gurrten unter dem löchrigen Dach, und eine schwarze Katze streunte durch die leerstehenden Gebäude. Sie kreuzte Magdalenas Weg von links nach rechts. Hastig schlug sie ein Kreuz. Für alle Fälle warf sie außerdem drei Steine über die Katzenspur und schloss die Augen, um fest an Eric zu denken.

»Suchst du immer noch nach deinem Zimmermann?« Plötzlich stand der Zahnlose dicht hinter ihr. »Es heißt, die Kapelle oben auf dem Slierberg ist fertig. Hier unten aber sind die Zimmerleute nicht angekommen. Das Letzte, was man von ihnen weiß, ist, dass ein halbes Dutzend bewaffneter Franzosen sie abgeführt hat. Weiß der Teufel, was die mit denen vorhaben. Nach dem Gemetzel letztens bestimmt nichts Gutes.« Verächtlich spuckte er vor ihr auf den Boden, wischte sich laut schniefend den triefenden Mund und schlurfte davon.

»Hör auf mit deinen Hirngespinsten!«, rief sie ihm nach. »Die Franzmänner haben sich längst verzogen und wagen es nicht, einem von uns zu nahe zu kommen, geschweige denn, ihn mitzunehmen.«

Als der Mann verschwunden war, kroch sie auf den Heuboden hinauf. Dort würde sie warten, bis Eric zurückkehrte. Lange konnte das nicht dauern. Sie rief sich seinen Anblick ins Gedächtnis, seine geschwungenen blonden Wimpern, die tiefgründigen blauen Augen. In Gedanken war er stets bei ihr, wo immer er auch stecken mochte. Warm flutete es durch ihren Körper. Beruhigt sank sie ins Heu und schlief ein.

10

Doch auch am nächsten wie auch am übernächsten und am darauffolgenden Morgen erwachte Magdalena stets allein. Eric kehrte ebenso wenig zurück vom Slierberg wie die anderen Zimmermannsgesellen. Sosehr sich Magdalena dagegen sträubte: Sie gewöhnte sich mehr und mehr an den Zustand des Wartens, wie sie sich schon an so vieles in ihrem Leben gewöhnt hatte.

Über Wochen saßen die Heere beider Lager nun schon in der Freiburger Gegend fest. Vor allem die Dörfer im Süden und Westen der Stadt hatten nicht nur die Last des Gemetzels zu tragen: Wie Heuschrecken fielen Tausende Soldaten und ein Vielfaches an Trossleuten über die Getreidespeicher und Vorratskammern her. Es war immer wieder das gleiche Spiel: Erst gab es in den Quartieren, die das kaiserliche Regiment für sich reklamierte, alle erdenklichen Vorräte im Überfluss, dann fraßen Söldner und Tross im Handumdrehen alles kahl. Auf ihrem morgendlichen Gang quer durch die Stadt zum Apothekerhaus konnte Magdalena beobachten, wie die Lage von Tag zu Tag schlimmer wurde: Hatte vor einiger Zeit noch reges Feilschen und Handeln der Marketender, Söldner und Weiber das Treiben rund um das Münster bestimmt, so wurden die Rufe, mit denen sie nun ihre Waren feilboten, stetig leiser. Kaum einer wollte mehr Tand kaufen, alle hatten nur noch eines im Sinn: etwas zu essen zu bekommen. Die Preise für Brot und Korn stiegen ins Unermessliche, kaum einer hatte noch Nahrungsmittel im Angebot, während die Preise für einst so begehrte Beutestücke wie Hausrat und Zinn ins Bodenlose stürzten. Davon gab es schließlich mehr als genug.

Was aber nützte das prächtigste Tafelsilber, wenn man nichts auf dem Teller liegen hatte, um es zu benutzen? Nicht einmal ein schöner Rock oder ein feinbesticktes Halstuch rief noch Freude hervor. Dagegen fanden selbst die dürrsten Hühner oder eine verschimmelte Speckschwarte gierige Abnehmer, auch wenn dafür ein Dutzend Taler verlangt wurde. Das

Einzige, was günstig blieb und nie auszugehen schien, war der Branntwein. Außerdem boten sich mehr und mehr Huren immer billiger an, um die hungrigen Mäuler ihrer Lieben zu stopfen.

Der Alkohol und die aussichtslose Lage, in der sich letztlich jeder befand, taten ein Übriges, dass es nicht allein bei solcher Hurerei blieb. Bald wurde an allen Straßenecken zu jeder Tages- und Nachtzeit ausgelassen gespielt, getanzt, gesungen und geliebt. Anderes hatte man schließlich nicht mehr. Solange keiner wusste, was der nächste Tag brachte, wollte man das Leben im Jetzt in vollen Zügen genießen.

Magdalena ahnte bereits, bei wie vielen Männern und Frauen sie bald wieder die ersten Zeichen der Franzosenkrankheit behandeln musste. Eben erst hatte sie bei einer Frau ein auffälliges Knötchen an der Scheide entdeckt, drei weiteren gingen bereits die Haare aus, eine fünfte kämpfte mit hohem Fieber und Wahnvorstellungen. Rupprecht und Meister Johann hatten von einigen männlichen Patienten mit den gleichen Anzeichen berichtet. Roswitha dagegen hatte erzählt, dass sie nach Haselwurz und anderen Tinkturen gefragt worden war, die die monatlichen Blutungen fördern oder die ungewollte Leibesfrucht gleich radikal austreiben sollten. Ein Wunder, dass der Mangel die Fruchtbarkeit nicht eindämmte!

Verdorbene Mägen, Durchfall und Hautausschläge galten schon als harmlose Erscheinungen, die es fortan auch immer häufiger zu behandeln gab. Aus purer Not gingen die meisten Frauen dazu über, Sägespäne unter den Brotteig zu mischen und Dreck in die Suppe zu werfen. So gewann die dünne Brühe im Kessel wenigstens etwas an Farbe und Festigkeit. Manch unbekanntes Kraut oder seltsamer Pilz fand sich ebenfalls in den Töpfen wieder, nicht immer zum Wohl der Menschen, deren einziger Kampf in diesen Tagen dem Knurren der Mägen galt.

Alles in allem bot sich also auch in Freiburg das übliche Bild, wenn sich die Heere über Wochen in einer Gegend festgesetzt hatten. In der Regel wies das auf einen baldigen Abzug hin, unabhängig davon, wie die Kämpfe zuvor ausgegangen waren. Magdalena jedoch fürchtete den Moment, in dem das Aufbruchssignal ertönte. Solange sie keine Nachricht von Eric hatte, wollte sie in Freiburg bleiben. Das aber würde auf Dauer nicht möglich sein. Allein bei dem Gedanken stieg in ihrer Kehle bittere Galle auf. Es würgte und schüttelte sie, dass sie sich kaum aufrecht halten konnte. Ohnehin erschwerte ihr der eigene Zustand, mit den Beschwerden der anderen gelassen umzugehen. Zusätzlich machte ihr Babette zu schaffen. Der Tod des Vaters und die Tatsache, dass ausgerechnet Magdalena die letzten Worte mit ihm gewechselt und ihm die Augen zugedrückt hatte, waren ein steter Quell für Streit.

Wie gut, dass Babette weder ahnte, worum der Vater Magdalena zuletzt gebeten hatte, noch, wie schmählich sie ihn in der Jauchegrube hatte bestatten müssen. Als sie an diesem Morgen die Tür des Kaufmannshauses erreichte, stand ihr wieder einmal der entsetzliche Anblick vor Augen.

»Wie man hört, sind die Zimmerleute nicht mehr aufgetaucht. Dein Eric hat dich also endgültig im Stich gelassen?« Die Arme vor der Brust verschränkt, wartete Elsbeth bereits auf sie. »Mach dir nichts daraus, meine Liebe, so sind sie alle: Gegen das Vergnügen im Heu haben sie nichts einzuwenden; da tauchen sie jeden Tag zuverlässig auf. Wenn es aber darum geht, für die Folgen des Stelldicheins einzustehen, ist es vorbei mit der Zuverlässigkeit, und sie hauen ab.«

»Was redest du da für einen Unsinn?« Magdalena spürte,

wie ihr die Röte ins Gesicht stieg. Wider ihren Willen fühlte sie sich ertappt. Woher wusste die Cousine, dass sie sich von Eric im Stich gelassen fühlte? Wieso sprach sie überhaupt schon von ihrer Schwangerschaft? Mit keinem Menschen außer mit Roswitha hatte sie darüber geredet. Elsbeth aber wäre bestimmt die Letzte, mit der die alte Hebamme darüber plaudern würde. Erics spurloses Verschwinden war allerdings kein Geheimnis. Dass die Zimmerleute um Meister Rott nicht vom Bau der Kapelle zurückgekehrt waren, sorgte bereits seit längerem für die abenteuerlichsten Gerüchte im Tross. Trotzdem wollte Magdalena nicht gerade mit der Cousine darüber sprechen. Hastig versuchte sie, sich an ihr vorbeizudrücken.

»Brauchst dir nicht einbilden, dir wäre nichts anzumerken.« Elsbeth ließ sie nicht durch. Krampfhaft bemühte sie sich um einen freundlichen Ton. So leicht es ihr fiel, die Männer zu umgarnen, so schwer tat sie sich mit Magdalena. Vielleicht lag es an den vielen Jahren, in denen sie gemeinsam um die Gunst der Tante hatten buhlen müssen. Jetzt aber galt es, das zu vergessen. Sie hatte schließlich ein Ziel: Magdalena davon zu überzeugen, dass sie sich fortan zusammentun mussten. Wenn Babette von ihrer Schwangerschaft erfuhr, würde sie sie hochkant hinauswerfen. Schlimmstenfalls würde sie abermals bei ihrem schrecklichen Stiefvater enden, und dagegen erschien selbst das Hurenlager als reinstes Paradies. Im Bündnis mit Magdalena bestand ihre einzige Chance, dem zu entgehen.

Erneut versuchte sie, ein Gefühl von Vertraulichkeit bei der Cousine zu wecken. »Sei froh, dass nur ich es bin, die dich darauf anspricht. Ein kleiner Rat: Du verhältst dich viel zu auffällig. Wenn du nachts aus dem Haus schleichst, um in deinem Liebesnest auf Eric zu warten, höre nicht nur ich die Balken knarren. Babette hat mich schon mehrmals danach gefragt, wohin du schleichst. Lange kann ich ihr nicht mehr die Geschichte von einem Patienten erzählen. Außerdem bemerke nicht nur ich deine ständige Übelkeit. Du siehst aus wie ein Gespenst, hast dunkle Ringe unter den Augen, dazu kommen die eingefallenen Wangen sowie das ständige Würgen und Schnaufen. Einfältig wie eine Nonne müsste man sein, würde man sich nichts dabei denken. Sei also auf der Hut: Deiner Mutter ist dieser Zustand seit zwanzig Jahren vertraut. Oder soll ich dir aufzählen, wie oft sie schon in anderen Umständen war? Schon länger hast du dir keine Leinenstreifen aus unserer Kiste oben in der Kammer geholt. Auch das hat deine Mutter bemerkt. Da du wohl kaum Meister Johann um Leinen bittest, wenn du deine Blutungen hast, wird sie sich auch darauf einen Reim machen.«

Insgeheim musste Magdalena ihr recht geben: Einer Frau wie Babette, die ihr halbes Leben nahezu jedes Jahr in anderen Umständen gewesen war, konnte sie nichts vormachen. Zufrieden über die offenkundige Wirkung, die ihre Worte erzielt hatten, stemmte Elsbeth die Hände in die Hüften und sah von oben auf Magdalena hinab. In der milden Augustsonne glänzte ihr Haar golden. Stolz ließ sie es über die Schultern fallen. Magdalena sollte ruhig merken, wie betörend es war, ihre Freundin und Verbündete zu sein.

»Wenn du es genau wissen willst: Drüben im Apothekerhaus habe ich viel feineres Leinen gefunden«, erwiderte Magdalena dennoch schroff. »Wenn du magst, bring ich dir später welches mit.«

»Danke, nicht nötig. Die nächsten Monate brauche ich auch keines mehr.« Elsbeth strich mit der Hand über den leicht vorgewölbten Unterleib. Versöhnlich schlang sie schließlich Magdalena den Arm um die Schulter und zog sie zu sich heran. »Lass uns zusammenhalten. Babette wird uns beide nicht mehr bei sich haben wollen, wenn sie weiß, dass wir schwanger sind. Gemeinsam aber wird es uns gelingen, uns im Tross durchzuschlagen.«

»Daher also weht der Wind.« Verärgert befreite sich Magdalena aus der Umarmung und trat zwei Schritte zurück.

»Es ist nicht so, wie du denkst. Schon länger will ich dich bitten, mir zu verzeihen.« Elsbeths Stimme wurde schmeichlerisch. »Dass ich deinen Eltern von Eric erzählt habe, war keine böse Absicht. Babette hat mich ganz harmlos danach gefragt. Wie sollte ich ahnen, dass sie ihn so heftig ablehnen? Erst recht das mit deinem und seinem Vater – nie im Leben wäre ich auf die Idee gekommen, dass eure beiden Väter bis aufs Blut …«

»Hör endlich auf damit. Ich kann es nicht mehr hören.« Magdalena presste sich die Hände auf die Ohren.

Elsbeth dagegen versuchte nun erst recht, sich anzubiedern: »Verzeih, ich wollte dich nicht wieder daran erinnern. Freuen wir uns lieber auf unsere Kinder. Wenn wir Glück haben, kommen sie zur selben Zeit zur Welt. Mit Rat und Tat können wir uns zur Seite stehen, unsere Kinder gemeinsam aufziehen und uns gegenseitig eine Familie sein.« Abermals drückte sie Magdalena versöhnlich an sich.

Der aber behagte die plötzliche Vertrautheit immer weniger. »Von wem bist du schwanger? Doch nicht etwa von …?«

»Ein Wort zu Rupprecht, und ich erzähle Babette sofort, dass du ein Balg von Eric im Leib trägst!« Mit einem Mal war Elsbeths Stimmung umgeschwenkt. Noch bevor sie begriff, welch entscheidenden Fehler sie damit beging, brauste sie weiter auf: »Dass er der Vater ist, wird deine Mutter über alle Maßen freuen. Ein weiterer Rat von mir: Fang nicht wieder mit den vermeintlichen Vergewaltigungen an. Deiner Mutter machst du nichts vor. Da sie weiß, mit wem du seit Wochen ins Heu gegangen bist, kann sie zwei und zwei zusammenzählen.«

»Misch dich nicht in meine Angelegenheiten.« Magdalena war fast erleichtert, dass Elsbeth in die altbekannte Manier zurückgefallen war. Rasch unternahm sie einen weiteren Versuch, an der Cousine vorbei ins Haus zu gelangen.

Elsbeth hielt sie am Handgelenk fest. Wenn es auf die friedliche Art nicht ging, musste ihr es eben anders gelingen, Magdalenas Unterstützung zu erhalten: »Ein Balg von Eric – wirklich unfassbar! Am Ende sieht man dem Wurm den Vater auch noch an. Ich kann mir gut vorstellen, dass noch so manch anderer im Lager die alten Geschichten kennt und sich seinen Teil dabei denkt.«

»Hör endlich auf!« Entschlossen schubste Magdalena die Cousine beiseite, doch unerbittlich spielte Elsbeth auch den letzten Trumpf noch aus: »Wenn das herauskommt, wird sich dein Vater im Grab umdrehen. Oh, entschuldige, ich vergaß: Dein Vater hat ja gar kein richtiges Grab.«

Einen Atemzug lang herrschte eine gefährliche Stille. Schon fürchtete Magdalena, Elsbeth würde offen aussprechen, was sie noch keinem hatte eingestehen wollen: dass sie den Leichnam ihres Vaters in der Jauchegrube hatte versenken müssen. Als ihr klarwurde, dass Elsbeth davon nichts wissen konnte, gewann sie einen Teil ihrer Sicherheit zurück. »Wie willst du eigentlich meiner Mutter deine Schwangerschaft erklären? Meinst du nicht, sie jagt dich ebenfalls davon, wenn sie davon erfährt?«

»Lass das mal meine Sorge sein.« Elsbeth gab sich selbstsicherer, als sie sich fühlte. »Seltsam, dass du immer noch glaubst, du kommst damit durch. Ich meine mich gut zu erinnern, wie auch dein hochgeschätzter Meister Johann nicht eben schmeichelhaft von deinem geliebten Eric gesprochen hat. Ist er nicht ein alter Freund deines Vaters? Damals in Magdeburg war er es doch, der deinem Vater geholfen hat, Eric am anderen Ende des Lagers unterzubringen, weit weg aus seinem Blickfeld. Gewiss wird er sich ebenfalls sehr freuen, wenn ich ihm sage, dass du ein Kind von Eric erwartest. Eine schwangere Gehilfin ist für einen Trunkenbold ohnehin nicht zu gebrauchen.«

»Bevor du mir Furcht einjagen kannst, verbündet sich eher Mercy mit den Franzmännern.« Magdalena versuchte sich in einem aufgesetzten Lachen, das ihr allerdings gründlich misslang. Längst war klar, dass Elsbeth es ernst meinte mit ihren Drohungen. Die schwarze Katze von links letztens war ein eindeutiges Zeichen gewesen. Seither wandte sich das Schicksal mehr und mehr gegen sie.

»Stimmt, du bist ja unverletzlich, weil du diesen Bernstein hast. Eric hat ihn dir geschenkt, damit dir nichts geschieht, wenn er nicht persönlich auf dich aufpassen kann, nicht wahr? Pass lieber gut auf, dass du den Stein nicht auch noch verlierst. Oder dass du ihn versetzen musst, weil dir und dem Balg sonst nichts mehr zum Leben bleibt.«

Magdalena verschlug es die Sprache. Dass die Cousine auch von ihrem geheimsten Schatz wusste, brachte sie vollends aus dem Konzept. Böse blitzten Elsbeths blaue Augen auf. Selbst der goldene Schimmer ihres blonden Haares konnte nicht verhindern, dass sie eher einer Hexe denn einem Engel glich.

»Lass mich endlich durch«, murmelte Magdalena nur und

hastete, sobald Elsbeth den Weg freigab, in den ersten Stock hinauf.

Babette residierte noch immer in dem ausladenden Bett der Kaufmannsleute. Der Tod ihres Mannes war ihr ein willkommener Anlass, sich eine ähnlich lange Kindbettzeit zuzugestehen, wie sie sonst nur Damen von Rang in prunkvollen Palästen zukam. Das Resultat fiel zu ihrer größten Zufriedenheit aus: Tag für Tag machte Hagen Seume seine Aufwartung. Seine Schuldgefühle, das Gemetzel am Slierberg überlebt zu haben, während sein bester Freund gefallen war, suchte er dadurch zu bekämpfen, dass er Babette begehrte Speisen wie Fleisch, helles Brot, Obst sowie genießbaren Wein zu beschaffen wusste. Auch die Frau des Feldwebels bemühte sich, sie mit Kuchen und Konfekt bei Laune zu halten, um ihrer Pflicht als Fritzchens Patin nachzukommen.

Gerade stand wieder ein Korb mit Schinken, süßem Gebäck und reifen Zwetschgen sowie ein paar Birnen auf dem Nachttisch. Angesichts dieser Kost wurden ihr selbst Roswithas bittere Sticheleien und Magdalenas abweisende Haltung erträglich. Lediglich Elsbeths Anwesenheit störte sie mehr und mehr. Zwar hatte sie der Schwester auf dem Sterbebett versprochen, sich um sie zu kümmern, bis sie ordentlich verheiratet war. Lange Jahre hatte sie es sogar genossen, das hübsche Kind um sich zu haben. Doch in letzter Zeit wurde sie zunehmend lästig. Die lüsternen Blicke, die die Männer in Heer und Tross auf sie warfen, entgingen ihr schließlich nicht. Ungeduldig sah sie Magdalena entgegen. Sosehr sie sich immer wieder über sie ärgerte, so gut tat es doch hin und wieder, sich mit ihr zu besprechen.

»Schön, dass du endlich kommst«, empfing sie die Tochter im Befehlston und stopfte sich rasch noch ein Stück Kuchen in den Mund. »Gerade hat mir ein Bote Nachricht von meinem Bruder aus Köln geschickt. Du weißt schon, der Fassbindermeister, der dort mit seinem Sohn lebt.«

Ein lautes Schmatzen begleitete das Abschlecken der zuckerverklebten Finger. Magdalena spürte, wie ihr Magen rumorte. Süßes widerte sie seit einigen Tagen regelrecht an.

»Was schreibt er denn?«, fragte sie so beiläufig wie möglich. Dunkel erinnerte sie sich daran, dass die Mutter schon vom letzten Winterquartier aus versucht hatte, mit dem Bruder Verbindung aufzunehmen. Seit der damals erlittenen Totgeburt hatte sie dem Vater in den Ohren gelegen, das Söldnerdasein aufzugeben und sich fern des Krieges in einer Stadt wie Köln niederzulassen. Babette träumte davon, ein ehrbares bürgerliches Leben ähnlich dem ihres Bruders zu führen. Nicht umsonst hatte der Vater in seinem früheren Leben einmal Kaufmann gelernt.

»Bist du neugierig?« Aufreizend schwenkte Babette den Brief hoch über dem Kopf und fächelte sich Luft zu. Magdalena zuckte mit den Schultern. Letztlich interessierte es sie nicht im Geringsten, was dieser fremde Onkel schreiben mochte. Stattdessen nahm sie Fritzchen und wickelte ihn mit geübten Handgriffen aus den Windeln. Aufmerksam untersuchte sie, wie er sich entwickelte. Sein Bäuchlein war weich und rund, der Nabel gut verheilt. Sanft liebkoste sie ihn, wischte ihn sauber und bestrich die wunde Haut am Po mit rotem Johanniskrautöl.

Wie erwartet, wurde Babette darüber ungeduldig. Des Lesens war sie nicht mächtig. Vielleicht hatte ihr also doch noch niemand das Schreiben vorgelesen, und sie wusste ebenfalls noch nicht, was der Bruder nach so vielen Jahren mitzuteilen hatte.

»Du musst ihn mir nicht vorlesen.« Babette lächelte triumphierend. »Die Feldwebelin hat das eben höchstpersönlich schon getan.«

Ihr Blick spiegelte deutlich den Stolz wider, dass eine hochgestellte Frau sie im Kindbett aufsuchte, mehrfach sogar, weil der Tod eines so langgedienten Soldaten wie des Vaters selbst angesichts der zahlreichen anderen Toten für Aufsehen sorgte. Ungeduldig bedeutete sie Magdalena, ihr den noch nackten Säugling zu reichen, und machte sich selbst daran, ihn in frische Leintücher zu wickeln. Zwischen die riesigen Kissen gebettet, schlummerte Fritzchen alsbald ein.

Magdalena trat mit dem Brief ans Fenster. Die hellen Sonnenstrahlen wärmten ihr den Rücken. Neugierig wanderte ihr Blick über das Papier. Es fiel nicht leicht, die ungelenken, oft unvollständigen oder seitenverkehrt geschriebenen Buchstaben zu entziffern. Auch klangen die gewollt vornehmen Formulierungen abenteuerlich.

»Was sagst du zu dem Vorschlag?« Babette schlug das Federbett zurück und schwang den massigen Körper über die Bettkante. Dicke blaue Adern mäanderten über ihre stämmigen Beine. Knapp unterhalb des Knies schwollen sie zu regelrechten Knoten an. Sobald Babette merkte, dass Magdalena sie anstierte, zog sie den Stoff des Nachthemds darüber und erhob sich. »Ich finde es sehr großzügig von meinem Bruder, dass er uns bei sich aufnehmen will. Obendrein ist sein Sohn eine hervorragende Partie für dich. Die Frau Feldwebel hat mir bereits zugesichert, mein Anliegen zu unterstützen. Die nächste Gelegenheit, ins Rheinland zu fahren, werden wir also annehmen.«

»Du vielleicht, ich aber nicht.« Magdalena wunderte sich selbst, wie entschlossen sie klang.

»Was?« Mit einem Ruck zog Babette die Ränder ihres Hemdes über der Brust zusammen. Das brünette Haar, das erst wenige graue Strähnen aufwies, fiel weich auf die Schultern. In Momenten wie diesen, die immer seltener wurden, meinte Magdalena zu ahnen, welche Schönheit ihre Mutter einstmals gewesen sein musste. Gut konnte sie nachvollziehen, wie zornig es sie stimmte, ihre Schönheit allein dafür eingebüßt zu haben, Jahr für Jahr ein Kind zu gebären. Trotz aller Mühen hatte bislang nur Magdalena, die zierliche, rothaarige Tochter, aus dieser reichen Kinderschar überlebt. Und ausgerechnet sie hatte so gar nichts von der früheren Schönheit der Mutter geerbt! Ein Zeichen aus dem Reich der Finsternis, wie Babette gern betonte, wobei sie vielsagend die Augen rollte und Magdalenas lockiges, rotes Haar abschätzig musterte. Magdalena musste an die Andeutungen über die Feindschaft ihres Vaters mit Erics Familie denken. Ob die am Ende mit Babette zu tun gehabt hatte?

»Wenn du meinst, ich gebe mein Leben als Wundärztin im Tross auf, um einen törichten Fassbindersohn zu heiraten, täuschst du dich gewaltig.« Wütend schleuderte sie der Mutter den Brief gegen die Brust.

»Was fällt dir ein, du dumme Gans?« Babettes Busen bebte vor Empörung. Der Duft nach Kamille und Seife, der von ihr ausging, reizte Magdalena zum Husten. Darauf nahm die Mutter keine Rücksicht. »Wenn ich sage, wir gehen nach Köln und du heiratest den Sohn meines Bruders, dann tust du das! Dein Vater hätte es nicht anders gewollt.«

»Lass Vater aus dem Spiel! Dass du deine einzige Tochter verschacherst, um ein festes Dach über dem Kopf und eine ordentliche Fleischbrühe im Topf zu haben, ist wohl kaum in seinem Sinn. Warum, denkst du, hat er damals zugestimmt, dass ich bei Meister Johann das Handwerk des Wundarztes erlerne? Doch nicht, um es bei erstbester Gelegenheit an den Nagel zu hängen und in einem schäbigen Fassbinderhaushalt zu versauern.«

»Sprich nicht so von dem großzügigen Angebot, das mein Bruder uns macht!«

»Großzügiges Angebot – dass ich nicht lache! Denk doch mal nach: Glaubst du nicht, es wird einen triftigen Grund geben, dass er dir ausgerechnet dann eine Unterkunft anbietet, wenn er seinen Sohn zu verheiraten hat? Warum dient er den wohl ausgerechnet seiner mittellosen Söldnernichte an? Bestimmt nicht, weil er sich auf unsere Verwandtschaft besinnt und uns etwas Gutes tun will. Wer eins und eins zusammenzählt, begreift sofort: Sein Sohn kriegt keine Frau! Den will einfach keine. Da er aber ein Weib braucht, die ihm einen Erben schenkt, muss die lästige Söldnernichte her. Die ist allemal besser als gar keine Frau im Haus.«

Babette schnappte nach Luft. Da hatte Magdalena einen Einfall, mit dem sich gleich zwei Fliegen auf einen Schlag erledigen ließen: »Preis ihm doch Elsbeth an! Damit bleibt alles in der Familie, und Elsbeth ist obendrein eine weitaus ansehnlichere Frau als ich. Das betonst du doch sonst so gern. Mit der könnte dein Fassbinderneffe sich überall in Köln sehen lassen.«

Eigenartigerweise erregte dieser Vorschlag erst recht Babettes Zorn: »Du weißt genau, dass ich Elsbeth nicht mit nach Köln nehmen kann. Niemals würde mein Bruder sie in seinem Haus dulden. Immerhin hat er sich seinerzeit mit Elsbeths Mutter, unser beider Schwester, gründlich überworfen. Deren Schamlosigkeit anderen Männern gegenüber war stadtbekannt. Also völlig unmöglich, dass er sich jetzt deren Tochter als Eheweib für seinen Sohn ins Haus holt. Die ganze Stadt würde ihn verhöhnen! Abgesehen davon, dass man nie sicher weiß, was Elsbeth so alles im Haus klaut und beim nächsten Marketender verhökert.«

»Solltest du nicht anständiger von der Tochter deiner verstorbenen Schwester reden? Du bist die Letzte, die über Schamlosigkeit und Raffgier herziehen sollte. Vom Hang zum Klauen mal ganz zu schweigen.«

Patsch! Für diese Äußerung verpasste die Mutter ihr eine kräftige Maulschelle. Bestürzt fasste Magdalena sich an die brennende Wange, ließ sich davon aber nicht zum Schweigen bringen: »Willst du wirklich mich deinem ehrbaren Bruder als Schwiegertochter ins Haus schleppen? Jeder, der rechnen kann, weiß, dass ich lange vor deiner Hochzeit mit Vater gezeugt wurde. Hast du nicht selbst erzählt, dass dein Bruder und deine Eltern drei Kreuze gemacht haben, als du mit Vater in den Tross gezogen bist? Nicht von ungefähr trage ich deshalb auch den Namen der biblischen Sünderin.«

Gerade holte die Mutter zu einer weiteren schlagkräftigen Zurechtweisung aus, da hielt sie inne, lauschte angestrengt zum Bett hinüber und bedeutete Magdalena Stillschweigen. Aus dem riesigen Kissenlager erklang ein leises Stöhnen und Rumoren, dann wurde es wieder ruhig. Babettes ständige Sorge um Fritzchens Wohlbefinden schmerzte Magdalena. »Weißt du, was, Mutter? Heirate deinen Neffen doch selbst!« Sie verließ das Schlafgemach und knallte die Tür hinter sich zu.

»Wenn du jetzt gehst, will ich dich nie mehr im Leben wiedersehen!« Babettes Stimme schrillte durch die geschlossene Tür. »Nie im Leben bist du meine Tochter, du erbärmliche Zimmermannshure!«

Fritzchen war von dem Lärm aufgewacht. Bis auf die Treppe hörte Magdalena sein empörtes Schreien. Sie unterdrückte den Wunsch, zurückzulaufen und ihn Babettes übertriebener Fürsorge zu entreißen. Doch sie konnte sich nicht mehr um ihn kümmern. Mit der Mutter musste er allein zurechtkommen. Bald würde er stark genug sein, ihr standzuhalten.

11

Außer Atem und noch immer bebend vor Empörung sowohl über Babettes Vorhaben als auch über Elsbeths Auftritt, erreichte Magdalena das Eckhaus des Apothekers. In den Gassen ringsum war es zu ihrem Erstaunen menschenleer. Zwar hatten sich schon in den letzten Tagen die Händler mehr und mehr zurückgezogen, weil es immer weniger zu feilschen und anzubieten gab. Dennoch hatte in der Stadt nach wie vor reger Trubel geherrscht. Not und Hungerleiden waren für Söldner und Trossleute kein Grund, die Spielkarten wegzustecken und auf das fröhliche Zechen und Huren zu verzichten. Waren die Wunden des letzten Gefechts erst einmal verheilt, konnte die Zeit bis zum nächsten Kampf erbärmlich lang werden.

Wer sich nicht mit Würfeln und Tändeln die Zeit vertrieb, widmete sich dem Auskurieren von Wehwehchen und Krankheiten. Allein am gestrigen Tag hatten Meister Johann, Rupprecht und Magdalena bis weit nach Sonnenuntergang Patienten versorgt. An diesem Mittag aber schienen auch die Jammerlappen wie vom Erdboden verschluckt, genauso wie die Spielsüchtigen und Trunkenbolde.

Mit düsteren Vorahnungen riss sie die Eingangstür der

Apotheke so ungestüm auf, dass die Glocke aus der Aufhängung sprang und scheppernd zu Boden fiel. Trotz des Lärms aber regte sich in der Offizin nichts. Befremdet blieb Magdalena vor dem schweren Tresen stehen und wartete, bis sich ihre Augen an das dürftige Licht gewöhnt hatten. Dabei wanderte ihr Blick über die Regale mit den Kräutervorräten. Die Reihen mit den Schraubgläsern und Tonkrügen hatten sich in den letzten Tagen stark gelichtet. Auch die Büschel mit Minze fehlten. Schwach nur ließ sich der Geruch noch erschnuppern.

Beunruhigt ging sie in das Laboratorium, doch auch hier empfing sie lediglich bedrückende Stille. Niemand machte sich an den Destilliervorrichtungen oder sonstigen Geräten zu schaffen, keiner rührte Salben an oder probierte neue Rezepturen aus. Der Abmarsch von Heer und Tross musste unmittelbar bevorstehen, anders war es nicht zu erklären, dass weder der Feldscher noch sein Gehilfe, nicht einmal der Apotheker in der Offizin anzutreffen waren. Wahrscheinlich waren alle drei damit beschäftigt, Meister Johanns Planwagen auf der rückwärtigen Gasse mit all den wertvollen Kräutern, Tinkturen und Essenzen zu füllen, die sie von hier zum nächsten Gefechtsort fortschleppen wollten.

Noch während sie darüber nachsann, ob sie nachsehen sollte, erhoben sich im angrenzenden Hof laute Stimmen. Eine Frau schien sich mit einem Mann zu streiten. Im nächsten Moment flog die Hintertür auf, und ein junges Fräulein stürmte herein, dicht gefolgt von dem Apotheker. Sie schienen Magdalena nicht zu bemerken, die vor dem schmalen Regal an der Seitenwand im Halbdunkel stand. Unwillkürlich presste sie sich noch enger dagegen und beschloss, erst einmal zu lauschen, worum es bei der Auseinandersetzung ging.

»Bild dir nicht ein, ich heirate diesen Hagestolz! Keinen Tag halte ich das in seinem Haus aus.« Die junge Frau nestelte am Kopftuch, bis sie die Zipfel unter dem Kinn gelockert hatte. Sobald sie das Tuch abgenommen hatte, schüttelte sie die Haare auf und fuhr mit den Fingern durch die borstigen Strähnen, bis die braunen Locken ihr Haupt munter umsprangen. Erst als sie den Kopf wieder ruhig hielt, wurde Magdalena sich der Ähnlichkeit bewusst, die die Gesichtszüge des jungen Fräuleins mit denen des Apothekers aufwiesen. Offensichtlich handelte es sich um seine Tochter, die sich da gerade in ihren Unmut hineinsteigerte: Sie hatte die gleiche, leicht nach oben ragende Nase, die gleiche Kinnpartie und eine ähnliche Art, durch herabgezogene Mundwinkel Missfallen zu bekunden, wie der weißhaarige Apotheker.

»Wie redest du über deinen künftigen Ehemann? Du kannst von Glück sagen, dass er dich in Zeiten wie diesen überhaupt zum Altar führen will.«

»Das Glück ist wohl eher auf deiner Seite. Oder soll ich dir vorrechnen, welche Vorteile du dir durch meine geplante Verbindung mit dem Stadtkämmerer sicherst?« Die junge Frau stemmte die Hände in die Seiten und maß den Apotheker mit abschätzigem Blick. Die beiden waren nahezu gleich groß, wobei die Tochter imposanter wirkte, weil ihr Körper weitaus üppiger als der ihres hageren Vaters war.

»Nicht zu glauben, wie gewissenlos du mich verschacherst. Dass Mutter das zulässt!« Noch einmal schüttelte sie vehement den Kopf, da holte der Apotheker blitzschnell aus und versetzte ihr eine schallende Ohrfeige. Verblüfft hielt sich die Tochter die brennende Wange.

»Du vergisst wohl, was dir ansteht: dich brav und sittsam in das zu fügen, was wir für dich arrangiert haben. Jedes andere

Mädchen in Freiburg würde sich glücklich schätzen, eine solche Partie zu machen.«

»Wenn ich aber nicht will? Vater, begreif doch: Ich kann das nicht! Ich kann diesen eigenartigen Kauz nicht heiraten und künftig seine Ehefrau spielen. Ich bin für ein solches Leben nicht geschaffen! Mir wird übel, wenn ich nur daran denke, was mir bevorsteht.«

»Was stellst du dir denn vor? Wofür ist dein Geschlecht denn geschaffen: um als Gattin und Mutter den Haushalt zu führen! Du wirst diesen angesehenen, rechtschaffenen Mann heiraten. Gebildet ist er obendrein. Was glaubst du, warum deine Mutter und ich in den letzten Wochen alles darangesetzt haben, deine Ehre zu bewahren? Warum wir dich oben auf dem Dachboden versteckt und dem Lumpenpack nie gezeigt haben? Damit keiner dieser Soldaten sich an dir vergeht und deine Zukunft zerstört. Schau dich doch um: All meine Schätze musste ich diesem Söldnerpack in den gierigen Schlund werfen, um deine Unschuld zu beschützen. Das alles zerrst du jetzt in den Dreck und stellst uns durch deinen Ungehorsam bloß!«

Das Gesicht des Apothekers war für Magdalena nicht mehr zu erkennen, weil er ihr vollends den Rücken gekehrt hatte. Sein ganzer Leib bebte. Umso besser sah sie das Antlitz der Tochter.

»Ungehorsam – du bist gut, Vater! Erst darf ich jahrelang an deiner Seite alles lernen, was es über die Heilkräfte der Kräuter und Pflanzen zu wissen gibt, du zeigst mir sogar, wie man Salben und Pasten rührt oder Erkrankungen erkennt und behandelt, so dass ich mir die größten Hoffnungen mache, und hinterher ende ich trotzdem als willenlose Ehefrau am Küchenherd. Das begreife ich nicht! Wäre ich doch nur als

Junge zur Welt gekommen, dann könnte ich mein Hirn gebrauchen und so leben, wie ich es möchte, ohne dass ein Vater oder ein Ehemann oder sonst ein Mann kommt und mir Vorschriften macht.«

Laut schluchzte sie auf, Tränen liefen ihr über die Wangen. Am liebsten wäre Magdalena zu ihr gestürzt und hätte sie in den Arm genommen, um sie zu trösten. Mühsam hielt sie sich zurück, biss sich auf die Lippen und umklammerte mit den Fingern das Regal, bis es weh tat. Gleichzeitig pries sie sich glücklich, das Schicksal der Apothekertochter nicht teilen zu müssen. Gerade hatte sie sich der ungewollten Ehe mit dem Vetter entzogen. Undenkbar, die Freiheit des Trosslebens einer Ehe wegen aufzugeben! Warum nutzte die Apothekertochter nicht auch die günstige Gelegenheit und lief einfach davon? Schon überlegte sie, wie sie ihr ein Zeichen geben konnte, um mit ihr über eine mögliche Flucht in den Tross zu reden, da bemerkte die Apothekertochter ihre Anwesenheit.

»Wer ist das?« Ihr rechter Zeigefinger schnellte nach vorn. Vor Aufregung überschlug sich ihre Stimme. »Wohl noch so eine Hure, wie sie jetzt überall in der Stadt herumlungern! Elendes Soldatengesocks! Pack dieses Weib und wirf sie raus, Vater!« Wahllos griff sie nach dem Nächstbesten, was ihr zwischen die Finger kam, und schleuderte es mit voller Wucht Richtung Magdalena. Gerade noch rechtzeitig konnte die sich unter dem Glaskolben ducken, der durch die Luft auf sie zusauste. Die Scherben des zerborstenen Glases rieselten auf sie herab. Mühsam klaubte sie die aus ihren Haaren und eilte in gebückter Haltung an den beiden vorbei aus dem Laboratorium.

Wie sie vermutet hatte, stand Meister Johanns Wagen in der Gasse hinter dem Hof. Die Münsteruhr schlug gerade zur

Vesper, als Magdalena ihn erreichte. Die ersten Kisten waren bereits aufgeladen, ein halbes Dutzend stand noch auf dem Pflaster neben mit Stroh ausgepolsterten Körben, die bauchige Glaskrüge mit Aquavit enthielten. Unter der Wagenplane hantierte Rupprecht herum, darum bemüht, die kostbaren Destilliergeräte, die sie aus dem Laboratorium gemaust hatten, für die holprige Fahrt über Land in weiteren Körben mit Stroh zu sichern.

»Wann geht es los?«, fragte sie.

»Bei Tagesanbruch.« Meister Johann klang zufrieden. »Zusammen mit Hauptmann Isel bringen wir die Geschädigten an die Bergstraße und bereiten dort das nächste Winterquartier vor. Komm, steh hier nicht rum! Es wäre einfacher, wenn du Rupprechts Part im Wagen übernimmst und dort oben alles Zerbrechliche verpackst. Dann kann er die restlichen Kisten aus der Apotheke holen.«

»Gleich«, sagte sie. »Ich muss nur noch mal kurz weg.«

Schon wollte sie kehrtmachen und zur Gerberau zu ihrem Versteck im Heuboden laufen. Wenn sie schon die Zimmerleute von Meister Rott nicht antraf, wollte sie wenigstens dem Zahnlosen eine Nachricht für Eric übergeben. Gewiss würde er bald dort auftauchen und nach ihr suchen.

»Nichts da. Wir brauchen dich jetzt hier.« Ungewohnt barsch stellte sich der Feldscher ihr in den Weg. »Was immer du vorhast: Es muss warten, bis wir gepackt haben.«

»Ich bin gleich zurück.« Sie versuchte, sich an ihm vorbeizuzwängen.

»Etwa so, wie letztens nach der Schlacht am Slierberg?« Er packte sie am Arm und zog sie dicht zu sich heran. Trotz der groben Geste wirkte er nicht wütend, sondern eher traurig. Seine vorquellenden grauen Augen schimmerten wässrig, sein

Kopf war noch röter als sonst, die Ader an der rechten Schläfe pulsierte bedrohlich. »Ach, Magdalena, Mädchen, wenn du wüsstest, welche Sorgen ich mir gemacht habe.« Seine Stimme zitterte. Er räusperte sich, bevor er weiterreden konnte: »Fast war ich mir sicher, dich nie mehr wiederzusehen. Zwei Tage warst du spurlos verschwunden. Nichts habe ich von dir gehört. Nicht einmal Rupprecht hatte eine Ahnung, wo du stecken könntest. Und das, während die Feinde da oben in den Wäldern hinter jedem Busch lauerten!«

Sie wollte etwas erwidern, da fiel er ihr ins Wort: »Wenn du bei deinem Liebsten bleiben willst, ist das bitter für mich. Trotzdem werde ich deine Entscheidung hinnehmen. Ich bin der Letzte, der sich deinem Glück in den Weg stellt. Überleg es dir jedoch gut, ob Eric Grohnert es wert ist, dass du alles, was dir lieb ist, für ihn aufgibst. Deine Entscheidung wird endgültig sein. Danach kannst du nicht mehr zurück.«

Durchdringend sah er sie an. Sein Atem roch nach Minze, also war die Zeit des wüsten Zechens vorbei. Seine Augen blickten ungewöhnlich klar, sein Gesicht verriet die Sorgen, die er sich machte. Erschöpft befreite sie sich aus seinem Griff und sank zu Boden. Er ließ sie gewähren, bedeutete sogar Rupprecht durch einen Wink mit der Hand, sich zurückzuziehen. Ihr schwirrte der Kopf. Auch ihr Magen rebellierte wieder, so dass sie würgen musste. Sie hustete und schluckte, bis Meister Johann sich zu ihr bückte und ihr den Rücken klopfte.

»Warum bist du so blass? Was ist denn los?«

»Geht schon«, presste sie hervor und versuchte, sich ganz aufs Denken zu konzentrieren. Unwillkürlich spielte sie mit der Lederschnur am Hals und kaute darauf herum. Nach dem Tod ihres Vaters waren Meister Johann, Rupprecht und die alte Hebamme Roswitha die Einzigen, auf die sie zählen konnte. Solange sie nicht sicher wusste, wann und ob Eric zurückkehrte, tat sie gut daran, auf die drei zu bauen. Als Frau allein, noch dazu in wenigen Monaten mit einem kleinen Kind, konnte sie nicht in Freiburg bleiben.

»Wann brechen wir auf?«, fragte sie und erhob sich mit zittrigen Knien. Eiskalt baumelte der Bernstein bei jeder Bewegung auf der nackten Haut zwischen ihren Brüsten.

Zweiter Teil

Lager

Mittelhessen

Sommer 1646

1

Der Morgendunst löste sich auf und hinterließ eine blaugrau gefärbte Landschaft. Weißgelb schälte sich die Sonne hinter der Silhouette des kegelförmigen Berges heraus. In einem Busch stimmte eine Amsel ein Loblied auf die frühe Tagesstunde an. Aus weiter Ferne tschilpte eine fröhliche Antwort herüber. Aufgeregt hüpfte ein Rotkehlchen von Ast zu Ast und stieß dabei ein scharfes »Zick-zick« aus. Magdalena entdeckte auch einen Gimpel, der die rote Brust der aufgehenden Sonne entgegenreckte. Sein klagendes Rufen lockte weitere Artgenossen an. Schon streckte Magdalena die Hand nach ihm aus, da schreckte ein Schuss die Vögel auf. Empört flatterten sie davon. Magdalena suchte die Berghänge und die weite Ebene nach dem Schützen ab. Bis zum Horizont erstreckten sich die Äcker und Felder. Nirgends war der Störenfried zu sehen. Alsbald senkte sich die Ruhe des frühen Morgens wieder über das Land. Wahrscheinlich, dachte Magdalena, hat einer der Wachposten oben auf dem Berg eine Taube gejagt, um sich eine spärliche Fleischeinlage für den Suppenkessel zu beschaffen.

Einer stolzen Königin gleich thronte Amöneburg oben auf dem Berg. Magdalena war der Anblick vertraut. Mehrmals schon hatte das Regiment in den letzten Jahren in der Gegend gelagert. Sie legte das Messer, mit dem sie einige Stengel Nelkenwurz geschnitten hatte, in den Korb und setzte sich auf einen Stein. Die kleine Verschnaufpause tat gut.

»Träum nicht!« Das Krächzen Roswithas klang liebevoller, als die barsche Aufforderung glauben machte. Lächelnd watschelte sie herbei. Selbst im Sitzen war Magdalena nicht viel kleiner als die Hebamme. Schon sprach sie weiter: »Die Stadt hat schon was. Gut, dass es die Unsrigen in diesem Sommer endlich geschafft haben, die Schweden davonzujagen. So oft schon haben wir hier gelagert und sind am Ende doch unverrichteter Dinge abgezogen. Höchste Zeit, dass wir endlich da oben unsere Fahnen hissen konnten. Schade nur, dass die Heringfresser die Vorratslager so gründlich geplündert haben. Der Sieg hat uns also nicht die Mägen gefüllt. Zudem sind sich die Herren Offiziere leider nicht einig, ob wir noch vor dem Herbst Richtung Süden ziehen und uns bei den Bayern endlich satt fressen dürfen oder ob wir halb verhungert noch ein paar Wochen hier bei Amöneburg abwarten sollen, bis die Schweden zurückkehren.«

»Was du schon wieder alles weißt.« Magdalena zwirbelte gedankenverloren an einer ihrer roten Locken, die unter dem hellen Kopftuch hervorgerutscht waren. Versonnen blickte sie Richtung Berg.

»Ich bin halt nicht so verliebt wie du.«

»Was?« Abrupt drehte Magdalena sich um. Ein verschmitztes Lächeln huschte über das faltige, wettergegerbte Gesicht der Hebamme.

»Brauchst dir nichts denken, mein Liebes.« Sie tätschelte ihr die Wange. Die helle Haut glühte, dass die Sommersprossen darauf kaum mehr zu sehen waren. »Ich freue mich doch, dass du endlich wieder an so was denkst. Darfst deiner Cousine Elsbeth nicht allein das Feld überlassen, erst recht nicht, wenn sich so ein schmucker Bursche für dich interessiert. Das Leben ist zu kurz, um jahrelang Trauer um Eric zu tragen. Oder willst du fortan wie eine Nonne leben? Dann kannst du auch gleich hinter Klostermauern verschwinden. Dafür ist das Dasein im Tross beileibe nicht geeignet. Brauchst nicht denken, du wirst Eric untreu, wenn du deine Fühler nach ein bisschen Liebe ausstreckst. Er hätte es bestimmt nicht anders gehalten. Wenn ich mich recht entsinne, war er alles andere als ein Trauerkloß.«

Bei der Erwähnung ihres seit zwei Jahren verschollenen Geliebten entfuhr Magdalena ein tiefer Seufzer. Auch wenn es längst eine Tatsache schien, sträubte sie sich nach wie vor, an seinen Tod zu glauben. Abend für Abend erzählte sie ihrer kleinen Tochter Carlotta, dass er bestimmt noch irgendwo lebte und eines Tages auftauchen und sie beide zu sich nehmen würde. Zwar verstand das knapp fünfzehn Monate alte Mädchen kaum, wovon sie sprach, doch eines Tages würde sie es ganz sicher begreifen. Jedenfalls brabbelte Carlotta bereits jetzt fröhlich »Eric« vor sich hin. Magdalenas Cousine Elsbeth, die sich seit ihrer Totgeburt um die Kleine kümmerte, hatte es längst aufgegeben, etwas dagegen einzuwenden.

»Der Sohn des Stadtkommandanten macht übrigens einen ganz guten Eindruck.« Verschwörerisch zwinkerte Roswitha ihr zu. »Mit einer klugen Frau wie dir kann er bestimmt was anfangen. Musst ihn nur überreden, sich endlich fürs Heer anwerben zu lassen. Oder willst du in diesem Nest da oben versauern? Auch was das Zustandekommen eines Treffens mit dir betrifft, ist der Gute noch ein bisschen einfallslos. Dass er gestern bei der Geburt seines Neffen so nachdrücklich auf deiner Anwesenheit bestanden hat, war einfach zu auffällig. Eine alte Hebamme wie ich reicht wirklich aus, wenn eine

Frau mit dem dritten Kind niederkommt. Nichts lag quer, nichts Ungewöhnliches gab es zu befürchten. Selbst das Mutterkorn weiß ich nach so vielen Jahrzehnten als Wehmutter noch zu dosieren, damit bei einem vorübergehenden Stillstand alles wieder in Gang kommt. Als der Gute obendrein so ungeschickt um dich herumgeschlichen ist, war allen klar, was er von dir will.«

Bei den letzten Worten ging ihr Krächzen in ein heiseres Lachen über, das alsbald in einem übel klingenden Husten endete. Besorgt klopfte Magdalena ihr auf den Rücken, froh über die erzwungene Pause. Schließlich war sie sich selbst noch nicht schlüssig, wie sie sich zu ihrem neuen Verehrer stellen sollte. Zumindest in einem Punkt hatte Roswitha recht: Wenn er in Amöneburg bleiben wollte, würde sie ihn sogleich wieder verlassen. Ihr stand nicht der Sinn danach, die brave Bürgersgattin zu spielen.

»Statt auf andere zu achten, musst du mehr auf dich selbst aufpassen, Roswitha. Drüben im Lager leg ich dir gleich einen Wickel auf die Brust und gieß dir einen Salbeitee auf. Dieser Husten ist ja nicht mit anzuhören. Kein Wunder, dass die Frauen ihre Kinder seit Tagen lieber ohne Probleme aus dem Leib herauspressen. Wer dich husten hört, tut alles, dich schnell wieder fortzuschicken. Ausgerechnet bei der Hitze und wo es kaum sauberes Wasser gibt, muss dich eine Erkältung quälen.«

»Mich quält gar nichts. Statt Wasser gibt es wenigstens ausreichend Aquavit. Weißt ja, dass Kümmel und Anis auch in flüssiger Form das Beste gegen Husten sind.«

»Leider beweist uns das Meister Johann jeden Tag aufs Neue. Eifere du ihm bitte nicht nach.«

»Keine Sorge, du kennst mich: Alkohol gebrauche ich

wirklich nur, um meinen Patientinnen Leiden zu ersparen. Schlimm genug, dass du in den letzten Monaten mehr oder weniger schon den Feldscher ersetzen musstest. Wenn du jetzt auch noch Hebamme spielen sollst, kommst du gar nicht mehr dazu, dich um deine Kleine zu kümmern.«

»Elsbeth wäre das ganz recht. Dann hätte sie Carlotta endlich für sich.« Bei diesen Worten huschte abermals ein Anflug von Traurigkeit über ihr Gesicht. Trotz der Dankbarkeit, die sie der Cousine gegenüber empfand, weil sie als Amme für die Kleine eingesprungen war, als sie den Säugling nicht hatte stillen können, stieg Eifersucht in ihr auf. Unwillkürlich tastete sie mit den Fingern nach dem Bernstein, der unter dem Mieder zwischen ihren Brüsten baumelte. Wie immer, wenn sie den Stein befühlte, durchströmte sie eine wohlige Wärme, und Zuversicht und Stärke kehrten zurück.

»Was reden wir hier unnützes Zeug, Roswitha! Wir sollten uns besser sputen und Kräuter sammeln. Der Tag scheint wieder heiß zu werden.«

»Ja, du hast recht«, krächzte die Alte. »Der Schuss vorhin hat wohl nichts zu bedeuten. Von den Schweden ist weit und breit nichts zu sehen. Also steht uns ein weiterer Tag bevor, an dem wir uns ungestört um unsere Pflanzenvorräte kümmern können.«

»Aber nur, wenn wir jetzt die Körbe füllen.«

Gut gestimmt stapften sie los. Am Waldsaum entdeckten sie Nelkenwurz, bevor sie auf das freie Feld traten und zu den Äckern und Wiesen in der Talsenke rund um die mittelhessische Stadt marschierten. Entlang der ausgetretenen Wege stießen sie auf Gänsefingerkraut. Auch ersten Ackerrittersporn entdeckten sie bald. Rasch waren die Körbe gut gefüllt, und sie schickten sich an, zum Lager auf der östlichen Seite zurückzukehren. Plötzlich aber hielt Roswitha inne und fasste nach Magdalenas Arm. Warnend legte sie den Finger auf die Lippen und wies mit dem Kopf nach Süden. Verwirrt folgte Magdalena ihrem Blick und starrte gebannt in die angegebene Richtung. Die Sonne war inzwischen über dem Bergrücken aufgetaucht und schickte die ersten Strahlen in die Ebene. Mehrere dunkle Punkte tanzten in der Ferne auf und ab. Je länger sie hinsah, umso klarer zeichneten sich die Umrisse ab. Bald wusste sie, worum es sich handelte: ein Trupp bewaffneter Männer!

Erschrocken schlug Magdalena die Hand vor den Mund. Der Schuss vorhin war also doch nicht harmlos gewesen. Offenbar war er nicht oben auf dem Berg abgegeben worden, sondern hing mit dieser Rotte zusammen. Hätten sie das doch gleich ernst genommen! Immerhin war es noch keine zwei Tage her, dass unweit des Lagers drei kaiserliche Soldaten heimtückisch überfallen und niedergestochen worden waren. Magdalena war selbst hinzugerufen worden, die Toten zu untersuchen.

Trotz all des Schrecklichen, was sie als Wundärztin bereits gesehen hatte, war sie entsetzt gewesen: Wie beim Schlachten von Schweinen waren die Leiber der Soldaten entzweigeteilt und an Pfählen aufgeknüpft worden. Auf einem Fetzen Papier, das in einer der Taschen steckte, stand, dies sei die Rache für die Greueltat an drei jungen Frauen, die vor einiger Zeit auf dem Weg zur Lache im Nordosten der Stadt überfallen und geschändet worden waren. Wer hinter dem Überfall auf die Frauen steckte, ob Kaiserliche oder marodierende Schweden oder gar Männer aus der Stadt, war noch ungeklärt und würde das wohl auch bleiben. So etwas geschah in Kriegszeiten einfach zu oft. Augenscheinlich aber hatte es die Stadtbewohner zu dem hinterhältigen Übergriff auf die Soldaten angestachelt. Um deren feige Meuchelmörder zu fangen, hatte der Profos Hagen Seume Suchtrupps losgeschickt und sich selbst an die Spitze eines solchen gestellt, damit den Marodeuren endlich das Handwerk gelegt wurde.

Die Blicke der beiden Frauen trafen sich. Sie kannten sich lange genug, um zu wissen, dass sie dasselbe dachten: Vielleicht waren die Heranrückenden diejenigen, die die Frauen überfallen hatten! Die Marodeure würden sich freuen, zwei weitere nahezu wehrlose Weiber allein und weit entfernt vom Lager anzutreffen. Zum Weglaufen war es zu spät: Der Schutz bietende Waldsaum am Berghang war zu weit entfernt. Auch sonst bot sich in der weiten Ebene, die seit Jahrhunderten als Ackerfläche diente, kaum eine Möglichkeit, sich zu verbergen.

Wie auf Kommando tasteten sie nach ihren Messern, mit denen sie die Kräuter abzuschneiden pflegten, und nickten sich zu. Bevor sie sich ergaben, würden sie wenigstens einem der Halunken die Kehle durchschneiden.

Schon kamen die tanzenden Punkte näher. Es waren fünf, alle zu Fuß unterwegs. Stille senkte sich über sie. Lediglich die Schritte der schweren Männerstiefel knallten auf den trockenen Lehmboden. Drei von ihnen trugen Messer, Säbel und Gewehre. Die breitkrempigen Hüte tief in die Gesichter gezogen, zerrten sie die beiden anderen, die barhäuptig waren, ungeduldig zwischen sich her. Offensichtlich handelte es sich um ihre Gefangenen. Als sie Magdalena und Roswitha erreichten, versetzte einer von ihnen den beiden in der Mitte einen kräftigen Tritt und bedeutete den anderen, die Gefangenen ebenfalls loszulassen.

Aufjaulend stürzten sie zu Boden. Ihre Körper wiesen Spuren von Misshandlung auf: Rücken, Beine und Arme waren übersät von blutigen Striemen. Aufgesprungene Lippen, blaue Flecken auf den Wangen sowie angeschwollene Augenpartien ließen erkennen, dass auch ihre Köpfe nicht verschont worden waren.

»Sieh an, die rote Magdalena und die alte Roswitha.« Derjenige von den dreien, der offenbar das Kommando führte, brachte sich breitbeinig, die Daumen in den Gürtelschlaufen der Hose, vor ihnen in Position. Seine Stimme war dunkel und rauh. Magdalena warf zwar noch einen kurzen Blick auf seine rote Armbinde, doch längst war klar, dass es sich bei den dreien um Angehörige ihres Regiments handelte. Woher sonst kannte der Mann ihre Namen? Prüfend sah sie ihm ins Gesicht. Die dicke, blaurot geäderte Knollennase war das Auffälligste, die dünnen Lippen und das ebenmäßige Kinn nichts Besonderes. Die Wangen waren glatt rasiert, das Haar ordentlich gestutzt. Nichts an ihm war ihr vertraut. In den letzten Jahren hatte sie so viele Soldaten behandelt, dass sie sich kaum an jeden einzelnen erinnern konnte. Die Geretteten vergaßen dagegen oft ein Leben lang nicht, dass sie ihnen geholfen hatte. Gut möglich, dass es sich bei diesem hier um einen ehemals Verletzten handelte, den sie vor Schlimmem bewahrt hatte.

Auch an keinen der Begleiter, die sie nun ebenfalls genauer musterte, konnte sie sich erinnern. Doch auch diese lächelten ihr anerkennend zu. Darüber wich ihre Furcht. Neben ihr ächzte und schnaufte Roswitha, ohne eingeschüchtert zu wirken.

»Wer seid ihr und was tut ihr mit den beiden da?«, krächzte sie, während sie sich die beiden Gefangenen genauer besah. »Weshalb habt ihr die zwei so zugerichtet?«

»Wenn ich euch sage, wer die sind, fragt ihr euch, warum wir sie nicht gleich gevierteilt und zerhackt haben, damit die

Krähen ein leichtes Fressen haben. Verdient hätten sie, dass die Vögel ihnen bei lebendigem Leib die Augen auspicken.« Der Anführer streckte die Brust heraus. Als die Frauen ihn nicht wie erhofft zu den Einzelheiten seiner Heldentat ausfragten, schob er nach: »Das sind die Schurken, die unsere tapferen Soldaten auf dem Gewissen haben. Die feigen, hinterhältigen Drecksäcke, die sich im Dunkeln heranschleichen, um unsere Männer niederzustechen. Hat wohl seinen Grund, dass sie den offenen Zweikampf fürchten wie der Teufel das Weihwasser. Schaut sie euch gut an, dann seht ihr selbst, dass sie keinen Mumm in den Knochen haben. Solche wie die können nur aus dem Hinterhalt heraus angreifen. Elende Halunken! In der Hölle sollen sie schmoren bis in alle Ewigkeit!«

Angewidert spuckte er vor den Gefangenen aus, die sich wimmernd vor Schmerzen auf dem Boden wanden. Schon versetzte ihnen einer der Söldner Tritte in die Eingeweide. Als sich der eine daraufhin aufbäumte, begann der zweite Soldat, mit der bloßen Faust auf ihn einzuschlagen, bis er kraftlos wie ein Sack Mehl wieder zu Boden sackte. Schützend warf sich der zweite Gefangene über ihn. Da erst hielt der Anführer seine Kameraden zurück: »Lasst ihn leben. Seume will an ihnen ein Exempel statuieren. Weit sichtbar sollen sie am Galgen baumeln, damit jeder begreift, welche Strafe denjenigen erwartet, der sich gegen die Unsrigen stellt.«

2

Seit dem ersten Morgengrauen drängten die Menschen zum Richtplatz. Das Geviert trennte das wohlgeordnete Offizierslager mit den ausladenden, herrschaftlichen Zelten von den bunt durcheinandergewürfelten Unterkünften und niedrigen Erdhöhlen der einfachen Soldaten, an die sich die endlos scheinenden Reihen des Trosses anschlossen. Aus allen Winkeln des kaiserlichen Armeequartiers strömten die Menschen herbei, begierig auf das Spektakel, das sie erwartete: die Hinrichtung der beiden Soldatenmörder. Die viel zu engen Gassen des Lagers wurden dem Ansturm der Massen nicht gerecht. Bald stauten sich die Menschen zwischen den Verschlägen. Erste Stützpfähle fielen um, Zelte brachen ein, die behelfsmäßigen Dächer aus Zweigen und Moos wurden umgerissen.

Ungeduldig schoben sich die Neugierigen weiter, fluchten lauthals über umherliegende Hindernisse und beschimpften einander. Manch einer gebrauchte seine Ellbogen, um sich den Weg nach vorn zu bahnen. Empört flogen daraufhin die ersten Fäuste durch die Luft, einige verteilten gar Kopfnüsse, um sich ein Durchkommen zu verschaffen. An vielen Ecken kam es zu handfesten Raufereien. Wer dabei zu Boden ging, hatte Pech, weil ihn die Nachfolgenden erbarmungslos überrannten. Mütter schrien verzweifelt nach ihren Kindern, Väter hielten Ausschau nach ihren Weibern, Kinder weinten, weil sie im dichten Gewühl der Körper kein bekanntes Gesicht mehr ausmachen konnten.

Seit Tagesanbruch rief das rhythmische Trommeln die Scharen herbei. Groß und Klein, Männer wie Frauen versetzte es in einen seltsamen Taumel. Ungnädig brannte die Sonne auf den Platz. Beim Errichten des Quartiers vor einigen Wochen waren die schattenspendenden Bäume größtenteils abgeholzt worden. Lediglich den Lauf des kleinen Flusses Ohm weiter östlich sowie einige Stellen des Offizierslagers säumten noch hinreichend große Stämme. Je länger die Menschen der

Sonne ungeschützt ausgesetzt waren, desto unberechenbarer wurden sie.

Doch es war nicht die Sonnenglut allein, die den gefährlichen Rauschzustand verursachte. Reines Trinkwasser war längst ebenso knapp wie Brot oder gar Fleisch, wohingegen Wein und Bier in erstaunlichen Mengen verfügbar waren. Nüchtern blieben deshalb die wenigsten, von den Kindern einmal abgesehen. Unter leeren Bäuchen, die ebenfalls zu Raserei führten, litten alle gleichermaßen. Der beißende Geruch nach Fäulnis, der über den Zelten und Planwagen hing, tat ein Übriges, die Menschen zu martern.

Magdalena schien es, als müsste sie immerfort langsamer atmen, was zu einer weiteren Trübung der Sinne führte. Die Junihitze war unerträglich und ließ alles vergammeln. Gleichzeitig rückten die Abfallgruben stetig näher ans Lager heran. Kaum einer nahm die Mühsal noch auf sich, den Unrat zu den Gruben zu schleppen. Auch die weiter draußen liegenden Latrinen und Aborte wurden nicht mehr aufgesucht. Stattdessen verrichtete jeder sein Geschäft gerade da, wo es ihn überkam. Höchste Zeit, dass es endlich wieder regnete. Das Wasser würde nicht nur den Dreck wegspülen, sondern auch die Menschen aus ihrer Trägheit reißen.

Magdalena spürte, wie die dumpfen Trommelschläge in ihrem Innersten widerhallten, ihren Körper in ähnliche Schwingungen versetzten wie die ihrer Mitmenschen. Unwillkürlich schaukelte sie die kleine Carlotta im Takt der Pauken auf den Hüften. Trotz des dichten Getümmels schien das einjährige Mädchen Gefallen daran zu finden. Munter patschte es die Händchen gegeneinander, stieß die Beinchen vergnügt gegen Magdalenas Leib und jauchzte vor Freude.

»Lass uns weiter nach vorn gehen«, schrie Elsbeth in Magdalenas Ohr. »Von hier aus sehen wir nichts.« Flink schob sich die Cousine bereits zwischen den vor ihr stehenden Männern hindurch und zog Magdalena am Handgelenk hinter sich her. Immer wieder sah sie das helle Kopftuch in der Menge aufblitzen. Elsbeths Körpergröße war ein immenser Vorteil. Sie sah nicht nur über die Köpfe der anderen hinweg, sondern konnte auch von weitem den besten Durchschlupf erkennen. Magdalena fiel es weitaus schwerer, in der dichten Menge voranzukommen. Den meisten reichte sie gerade bis zur Schulter. Drehte sich einer zu heftig um, bekam sie einen schmerzhaften Hieb vor die Brust. Mit der Kleinen auf dem Arm wagte sie kaum, entschiedener zu drängeln. Eine ganze Zeit nach Elsbeth erreichte Magdalena endlich die vorderen Reihen. Sie wunderte sich, kaum ein bekanntes Gesicht in der Menge auszumachen. Die Leute ihres Fähnleins mussten in einer anderen Ecke des Richtplatzes auf das Schauspiel warten. Entgehen lassen würde sich das Spektakel niemand.

»Macht Platz für die rote Magdalena«, raunte ein alter Soldat ehrfürchtig und bahnte ihr eine Gasse. Wenigstens einer, der sie erkannte. »Sicher braucht der Profos dich gleich. Die elenden Halunken werden so tun, als könnten sie nicht mehr auf eigenen Füßen zum Galgen laufen, und lautstark nach dem Wundarzt rufen.«

»Um unsere Soldaten hinterrücks zu meucheln, waren sie noch stark genug.« Eine Frau mittleren Alters schüttelte verärgert den Kopf, so dass ihre borstigen, braunen Haarfransen aus dem Kopftuch rutschten. Trotz ihrer Empörung musterte sie Magdalena neugierig. Ihre Lippen verzogen sich schließlich zu einem Lächeln, und sie rückte etwas zur Seite, um ihr eine bessere Sicht zu ermöglichen.

»Gleich erhalten die Schurken ihre gerechte Strafe.« Wie selbstverständlich drängte sich Elsbeth in die Lücke und zog damit die Aufmerksamkeit der Frau auf sich. »Hoffentlich spricht sich das bei den Leuten in Amöneburg rum. Dort hätte man eigentlich die Galgen aufbauen sollen. Dann würden die sehen, wie ihre Kameraden für die schändliche Tat büßen.«

»Da oben ist gar kein Platz für die Galgen«, stellte Magdalena klar. »Ganz abgesehen von den Zuschauern. Viel zu eng stehen die Häuser beieinander. Nicht einmal einen ordentlichen Marktplatz gibt es.«

»Das weißt du wohl von den Besuchen bei deinem neuen Kavalier?« Verschmitzt lächelnd knuffte Elsbeth sie in die Seite. Magdalena war froh, dass die anderen die Bemerkung nicht hörten.

»Außerdem residieren unsere Feldherren und Marschälle in den wenigen Häusern, die noch nicht abgebrannt sind. Von dem gewaltigen Ansturm bei einer Hinrichtung wollen die wohl kaum gestört werden.« Stolz, etwas beitragen zu können, streckte der Alte die schwache Brust heraus.

»Schade, dass die feinen Bürger von Amöneburg nicht sehen, wie die Halunken aufgeknüpft werden.« Die Augen der Braunhaarigen blitzten. Sie ballte die Fäuste, als wollte sie eigenhändig auf die Delinquenten losgehen. »Elende Verräter sind das. Verdienen gar nicht, dass die Unsrigen sie vom Joch der Schweden befreit haben.«

Magdalena ließ sich nicht vom Zorn anstecken. Ihr gestriger Besuch bei der Familie des Stadtkommandanten hatte ihr einen ernüchternden Einblick in die wahren Verhältnisse in der Stadt gewährt. Seither hatte sie beschlossen, die Bemühungen ihres neuen Verehrers nicht mehr zu beachten. Zu ungewiss war ihr seine Haltung. Laut sagte sie: »Die Stadtbewohner sind fast alle fort. Kaum einer kann also noch von der Hinrichtung beeindruckt werden. Die meisten sind gleich mit den schwedischen Truppen abgezogen. Sieht ganz so aus, als hätten die Bürger sich während der Besatzungszeit mit Wrangels Mannen verbrüdert und wollten gar nicht von uns befreit werden.«

»Von einer echten Befreiung kannst du sowieso nicht reden. Immerhin haben sich unsere Feldherren mit den Schweden verständigt, dass die Heringfresser kampflos abziehen und uns die Stadt übergeben.« Der alte Soldat machte keinen Hehl daraus, wie beschämend er die Umstände fand, die zur Einnahme geführt hatten. Eine richtige Schlacht wäre ihm allemal lieber gewesen.

»Sag ich doch, dass das Verräter sind. Gehören alle gleich mit aufgeknüpft. Eine Frechheit, dass sich unsere Feldherren auf den Kuhhandel eingelassen haben und die Schweden abziehen ließen.« Das Gesicht der Braunhaarigen lief vor Empörung rot an.

»Die sind es gar nicht wert, dass wir unsere Köpfe für sie hinhalten.« Der alte Soldat schien ehrlich entrüstet. Selbst nach fast dreißig Jahren Krieg fiel es ihm schwer zu begreifen, dass die Kaiserlichen nicht überall als Befreier vom schwedischen Joch bejubelt wurden und dass die Feldherren sich die Gelegenheit für ein ordentliches Gefecht hatten entgehen lassen.

»Du hast recht: Was kümmern uns die undankbaren Schweinehunde aus der fremden Stadt? Wahrscheinlich sehnen die sowieso nur die Rückkehr der Schweden herbei. Viel wichtiger ist, dass diese Mörder da vorn endlich am Galgen baumeln.« Damit verschränkte die Braunhaarige die Arme vor der Brust und drehte den Kopf, um das Geschehen auf dem Richtplatz besser im Auge zu haben. »Wie man hört, warst du dabei, als die beiden Meuchelmörder gestern früh gefasst wurden«, wandte sie sich kurz darauf an Magdalena.

»Was du nicht sagst!« Dem Alten stand vor Staunen der Mund offen. Sicherlich erhoffte er sich einen ausführlichen Bericht, gespickt mit all den grausamen Einzelheiten, die nur ein Augenzeuge wissen konnte.

»Los, erzähl ihm schon von deiner neuesten Heldentat«, raunte Elsbeth ihr ins Ohr und schickte sich an, Carlotta zu nehmen. Zunächst wehrte sich die Kleine heftig, die Arme der Mutter zu verlassen. Es kam sogar zu einem kleinen Gerangel. Magdalena nahm das jedoch kaum wahr. Zu tief war sie in ihre Gedanken versunken, sah wieder vor sich, wie die drei Söldner die beiden Gefangenen vor ihren Augen malträtiert hatten. Erst als Elsbeth etwas grober wurde und beinahe der Stoff von Magdalenas Mieder zerriss, weil Carlottas Fingerchen sich darin verhakten, wurde sie aufmerksam. Doch da war es bereits zu spät. Carlotta hatte sich beruhigt und lehnte ihr rotblondes Köpfchen Daumen lutschend an die Schulter der Cousine. Elsbeth herzte und liebkoste sie wie eine echte Mutter. Schweren Herzens musste Magdalena mit ansehen, wie Carlotta Elsbeths pralle Brüste betatschte und sie darüber zu vergessen schien.

»Was ist denn genau passiert, als ihr die Schurken gefunden habt?« Ungeduldig riss der Alte an Magdalenas Ärmel. Auch die Braunhaarige wollte nicht mehr länger auf die Folter gespannt werden: »Ist das ein Geheimnis, oder warum sagt uns keiner was?«

»Also gut, wenn Magdalena nicht will, erzähle ich es euch«, schaltete sich Elsbeth mit ihrer tiefen Stimme ein. Dass sich noch andere umdrehten, um ihr zuzuhören, bereitete ihr großes Vergnügen. Kokett wippte sie das Kind auf der Hüfte. Seiner rotblonden Haare und der tiefblauen Augen wegen musste man es für Elsbeths eigenes halten. Wie zufällig streckte Elsbeth ihren Busen heraus und genoss es sichtlich, dass sich der Alte bei diesem Anblick bereits die Lippen zu lecken begann. Kokett zwirbelte sie mit der freien Hand eine helle Locke und legte den Kopf leicht schief. Ihre himmelblauen Augen strahlten unbekümmert aus dem runden, ebenmäßigen Gesicht. Magdalena ließ sie gewähren. Anders als ihre Cousine hasste sie es, so viel Aufmerksamkeit zu erregen. Wenn Elsbeth sich einigermaßen an die Wahrheit hielt, waren die Leute sicher zufrieden.

»Noch ganz früh am Morgen war es, als Magdalena und die alte Hebamme Roswitha in der Ebene westlich von Amöneburg unterwegs waren, um Kräuter zu sammeln«, begann die Cousine ihren Bericht. »Statt auf die erhofften Heilpflanzen sind die zwei zufällig auf Seumes Männer gestoßen. Kurz zuvor erst hatten diese die beiden Schurken aufgegriffen. Gemeinsam gingen sie ins Lager zurück. Bei der anschließenden Befragung waren Magdalena und Roswitha natürlich dabei.«

Elsbeth sonnte sich in der ihr zukommenden Aufmerksamkeit und verstieg sich in grausame Einzelheiten. Mehrmals küsste sie Carlotta auf den Kopf und liebkoste sie, sobald sie merkte, dass die Frauen ihr dafür anerkennende Blicke zuwarfen. Den Männern zwinkerte sie dagegen aufreizend zu, was wiederum diesen gut gefiel.

Schweigend beobachtete Magdalena das Schauspiel. Schweiß stand ihr auf der Stirn, das Leinen ihres Mieders klebte nass am Rücken. Es war ihr, als durchlebte sie die nicht eben zimperliche Befragung der Gefangenen noch einmal. Wie Elsbeth sich trotz der grausigen Schilderungen so aufreizend gebaren konnte, war ihr ein Rätsel. Um zu unterstreichen, wie stolz sie auf Magdalenas Heldentat war, legte Elsbeth ihr die Hand auf die Schulter und strahlte sie an. Magdalena zwang sich ebenfalls zu einem freundlichen Gesichtsausdruck. Die Zuhörer klatschten begeistert in die Hände.

»Hoch soll sie leben!«

»Ein dreifaches Hoch auf die rote Magdalena!«

Schlapphüte flogen steil in die Luft, wild flatterten die roten Federn daran auf.

»Siehst du, so machst du dir Freunde«, raunte Elsbeth Magdalena triumphierend zu. Das einsetzende Trompetensignal bereitete dem Jubel ein jähes Ende. Alle wandten sich nach rechts. Der Trommelwirbel schwoll an. Noch einmal stieß der Trompeter in sein Instrument. Carlotta jauchzte und strampelte vor Freude. Elsbeth tat sich schwer, sie auf dem Arm zu halten. Einen Augenblick sah es aus, als torkele sie, und sie musste mit dem freien Arm durch die Luft rudern, um das Gleichgewicht zu halten.

»Gib sie mir!«, befahl Magdalena und holte sich ihre Tochter wieder zurück. Zufrieden presste sie die Kleine an sich und hauchte ihr einen Kuss auf die Stirn. Ihr Kopf kuschelte sich gegen ihre Brust, warm schmiegte sich der kleine Körper gegen den ihren. Sie fühlte eben doch, wer ihre wahre Mutter war. Eine Woge der Zärtlichkeit durchflutete Magdalena. Fast fühlte es sich an wie damals in Freiburg auf dem Heuboden, wenn Eric sie umarmte. Tränen stahlen sich in ihre Augen, rannen langsam die Wangen hinab. Wenigstens Erics Tochter konnte ihr keiner nehmen. Und den Bernstein nicht, der sie beide ganz im Sinne Erics beschützte. Suchend tastete die Kleine gerade unter dem Mieder nach der Lederschnur. Behende fasste Magdalena nach den winzigen Fingern und hielt sie davon ab. Niemand außer ihnen beiden durfte von dem Schatz wissen.

»Der Profos kommt!«, wisperte es in der Menge. Ehrfürchtig teilten sich die Neugierigen in zwei Gruppen, so dass sich dem Offizier und seinem Gefolge eine breite Gasse öffnete. Hagen Seumes massige Gestalt beeindruckte bereits ohne den reichgefederten Hut. Mit dem Kopfschmuck aber haftete ihm etwas Verwegenes an, was er durch das schwungvolle Schwenken der Kopfbedeckung gern unterstrich. In weiten Schritten holte er aus, dabei blinkte das dunkle Leder seiner frisch gewichsten Stulpenstiefel in der Sonne auf. An dem hüftlangen Rock, den er trotz der Hitze über dem Wams trug, fanden sich auffällige Perlenstickereien, Rosetten und Steppereien. Selbst das Band, mit dem seine Pluderhosen unterhalb der Knie gebunden waren, wies aufwendigen Zierat auf. Angesichts des geckenhaften Eindrucks, den Seume damit erweckte, musste Magdalena schmunzeln. Dabei kannte sie ihn schon so lange. Immerhin war er ein Freund ihres verstorbenen Vaters gewesen und der zweite Pate ihres kleinen Bruders, der mit der Mutter in Köln lebte. Um seiner Würde mehr Gewicht zu verleihen, umrundete Seume bedächtig den gesamten Platz. Ein knapper Befehl genügte, dass die Leute untertänig einen Schritt nach hinten traten. Erhaben schritt er ihre Reihen ab. Hin und wieder hielt sich einer die Finger an die Nase. Gewiss hatte Seume nicht am Duftwasser gespart, das er sich seit einigen Monaten von Magdalena mischen ließ. Der süßliche Moschusgeruch schwebte über den Menschen, überdeckte die der Hitze geschuldeten Gerüche.

Hinter Seume führten die Steckenknechte die beiden Gefangenen um den Richtplatz. Mit bloßen Füßen stolperten sie über die staubige Erde. An den Händen aneinandergefesselt, taumelten sie mehr übereinander, als dass sie noch gehen konnten. Blutig hing ihre Haut in Fetzen. Die Gesichter waren verquollen und von Blutergüssen entstellt. Die Nägel hatte man ihnen von den Fingerkuppen abgezogen. Selbst auf einige Entfernung waren die Schwellungen noch sichtbar.

»Schaut euch diese Sauhunde an!« Wie auf Befehl erhob sich das wütende Gejohle der Schaulustigen, die die Delinquenten anstarrten, als handelte es sich um wilde Tiere.

»Hängt sie auf!«

»Stecht die Schweine ab!«

»Aber nicht, bevor sie ihre Kumpane verraten haben!«

»Aufs Rad mit ihnen!«

»Lasst sie erst noch den schwedischen Trank probieren!« Das waren noch die harmlosesten Rufe, mit denen lauthals ein blutrünstiges Spektakel gefordert wurde. Das lange Ausharren der Menschen in der prallen Sonne heizte die Wut weiter an. Die Stimmen klangen bald schriller, die Forderungen wurden grausamer. Jeder wollte die Übeltäter mit eigenen Augen sehen und versuchte, sich noch ein Stück weiter nach vorn zu schieben. Bald warf der Erste Unrat in Richtung der Gefangenen, dem sogleich Holzstücke und Steine folgten. Allerdings trafen die Wurfgeschosse in den seltensten Fällen die Übeltäter vorne am Richtplatz, sondern landeten vielmehr auf den Schädeln und Leibern unbeteiligter Zuschauer. Einige Männer versuchten, die wütende Menge im Zaum zu halten. Schließlich schoss ein Steckenknecht zur Warnung in die Luft, was zumindest für einen Augenblick Ruhe einkehren ließ.

Unter den Galgenpodesten kam die kleine Prozession aus Seume, den beiden Übeltätern und den Steckenknechten zum Stehen. Unweit davon wurde ein Feuer geschürt, und ein

Knecht hielt Eisenstangen zum Erhitzen hinein. Zwei weitere Helfer schleppten stinkende Kübel Jauche herbei. Ein Raunen ging durch die Menge. Jeder wusste, was diese Vorbereitungen zu bedeuten hatten. Mit schreckgeweiteten Augen verfolgten auch die gefesselten Männer das Tun. Der eine begann, wild um sich zu schlagen, weshalb zwei weitere Soldaten herbeisprangen, um ihn festzuhalten. Der andere sank ohnmächtig zu Boden. Hilflos versuchten seine Bewacher, ihn wieder nach oben zu reißen, ließen es nach drei vergeblichen Versuchen allerdings sein.

Bei diesem Anblick drückte Magdalena der verblüfften Elsbeth entschlossen die kleine Carlotta in den Arm und schob dabei ungewöhnlich brüsk deren Händchen weg, das nach ihrer Brust grapschte. Dabei verspürte Magdalena einen kurzen Ruck am Hals, den sie sich nicht erklären konnte. Also verdrängte sie das ungute Gefühl und stürzte los, um Seume ihre Hilfe anzubieten. Die beiden Übeltäter sollten zumindest so weit wiederhergestellt werden, dass sie die ihnen zugedachte Strafe bei vollem Bewusstsein erhielten.

»Magdalena!« Energisch hielt sie jemand am Arm zurück. Wütend suchte sie den Mann abzuschütteln.

»Meister Johann braucht dich.«

Als sie den Namen des Feldschers vernahm, drehte sie sich um. Wie aus dem Nichts stand Rupprecht hinter ihr.

»Siehst du nicht, dass ich zu Seume will, um ihm mit diesen Schurken zu helfen?«

»Du musst mitkommen.« Rupprechts dunkle Augen verrieten keine Regung. »Darauf wird auch Seume großen Wert legen. Da vorne kann ihm einer der anderen Feldscher zur Hand gehen, drüben im Zelt von Meister Johann aber müssen wir drei gemeinsam ran, um noch etwas auszurichten.«

»Was ist passiert? Sprich nicht in Rätseln, sondern sag endlich, worum es geht.«

»Sie haben den dritten Mann gefunden.«

»Welchen dritten Mann?« Erstaunt löste sie sich aus seinem Griff und trat zwei Schritte zur Seite, damit sie etwas Abstand zu den Neugierigen bekamen.

»Den Kumpan von den beiden Schurken da vorn, die gleich am Galgen baumeln werden.« Breitbeinig stellte Rupprecht sich hin und verschränkte die Arme vor der Brust.

»Red keinen Unsinn. Da gibt es keinen dritten Mann. Das weißt du genauso gut wie ich. Die zwei waren allein. Selbst unter der Folter haben sie das noch geschworen. Die ganze Nacht war ich dabei, wie die Steckenknechte ihnen zu Leibe gerückt sind. Unmöglich, dass sie nichts davon preisgegeben haben.« Kurz blitzte die Erinnerung an die Schreie auf, mit denen die Männer letzte Nacht vergeblich um Gnade gefleht hatten. Unvorstellbar, dass sie der peinlichen Befragung standgehalten und den Hinweis auf einen Spießgesellen verschwiegen hatten.

»Komm mit, und du wirst mir glauben«, sagte Rupprecht bestimmt. »Drüben im Zelt liegt der dritte Mann. Ihm geht es nicht sonderlich gut. Du kannst dir vorstellen, dass diejenigen, die ihn aufgegriffen haben, nicht gerade zimperlich mit ihm umgesprungen sind. Bevor er zum Richtplatz ging, hat Seume ihn noch selbst angeschaut und ausdrücklich angeordnet, dass Meister Johann ihn zusammenflicken soll, damit er seine Hinrichtung erlebt. Wenn du dich nicht beeilst, wird der Schurke draufgehen. Schade ist es zwar nicht um ihn, aber ich weiß nicht, was Seume mit uns anstellt, wenn er den Kerl nicht eigenhändig aufknüpfen kann.«

»Ist ja schon gut, ich komme schon.« Obwohl sie sich ungern das Spektakel auf dem Richtplatz entgehen ließ, wusste sie, dass sie besser daran tat, Rupprecht zu folgen. Seume machte sie sich besser nicht zum Feind. Ein letzter Blick zu Elsbeth genügte, um zu wissen, dass weder die Cousine noch Carlotta sie in der nächsten Zeit vermissen würden. Gebannt starrten die beiden nach vorn, wo gerade einer der Steckenknechte unter dem Jubel der Zuschauer das Glüheisen zu einem der Delinquenten brachte.

3

Hastig eilte Magdalena hinter Rupprecht her, was angesichts des Aufruhrs im Lager nicht einfach war. Mehr als einmal war sie gezwungen, einen Haken zu schlagen, um den Entgegenkommenden, die weiterhin in großen Scharen zum Richtplatz strömten, auszuweichen. Rupprechts dunkler Wuschelkopf verlor sich im Gewühl. Seine fehlende Körperlänge machte er durch seine drahtige Figur wett. Flink wie ein Wiesel drückte er sich durch die engsten Löcher.

Außer Atem und schweißnass erreichte Magdalena Meister Johanns Wagen, der wie üblich etwas abseits der übrigen Trosswagen stand. Das Behandlungszelt war an der dem Lager abgewandten Seite aufgeschlagen. Kläglich drang das Stöhnen des Verwundeten nach draußen. Rupprecht hatte wohl recht mit seiner Behauptung, dass der Halunke bei seiner Ergreifung nicht gerade behutsam angefasst worden war. Sie konnte die Wut ihm gegenüber gut nachvollziehen. Zu tief hatte sich der Anblick der toten Soldaten auch in ihrer Erinnerung eingebrannt. Dass sie ihr Können ausgerechnet dazu einsetzen musste, feige Meuchelmörder für die Hinrichtung zu kräftigen, behagte ihr ganz und gar nicht. Mit einem flauen Gefühl im Magen öffnete sie die Zeltplane.

Ein strenger Geruch schlug ihr entgegen. Sie war einiges gewohnt, doch mit leerem Magen war der Gestank nach Blut, Schweiß, Urin und Erbrochenem noch schwerer zu ertragen als sonst, zumal die Hitze unter der Plane die Luft besonders stickig machte. Unerbittlich brannte die Vormittagssonne darauf nieder. Auch in dieser Ecke des Lagers fehlte es an Bäumen, die erholsamen Schatten hätten spenden können. Der breite Rücken des Feldschers verdeckte die Sicht auf die Matte. Magdalena reckte sich, um Meister Johann über die Schulter zu sehen. Dabei fiel ihr Blick auf den Branntweinschlauch. Gut gefüllt lag er griffbereit auf dem Boden neben Meister Johanns Knien. Nicht nur den Patienten würde er damit helfen, das Elend besser auszuhalten.

»Weißt du, was es mit ihm auf sich hat?«, fragte sie. Seltsamerweise hatte er das Gesicht des Patienten mit einem dünnen Leintuch bedeckt, das sich im Rhythmus des Luftholens hob und senkte. Magdalena wollte es wegnehmen, aber Meister Johann hielt sie zurück.

»Nicht! Ich sage dir Bescheid, wenn du es wegziehen kannst.« Als sie ihn fragend anstarrte, schob er nach: »Es hält die Fliegen ab.«

Ratlos zuckte Magdalena die Schultern. Es war nicht das erste Mal, dass Meister Johann sich solche Eigenartigkeiten erlaubte. »Nun sag mir schon, wie Seume dazu kommt, ihn für den Dritten im Bunde der Soldatenmörder zu halten«, drängte sie.

»Weißt du das nicht?« Ächzend erhob er sich vom Boden.

»Ich dachte bislang, es waren zwei«, sagte sie. »Von einem Dritten war nie die Rede. Ich war doch dabei, als die beiden anderen aufgegriffen wurden. Selbst unter der Folter haben sie keinen weiteren Namen genannt. Ich kann es einfach nicht glauben, dass es noch einen dritten Mann gibt.«

»Sag das nicht zu laut.« Eindringlich sah er sie an. »Seume mag nicht, wenn zu viel gefragt wird. Wir sollten ihm vertrauen. Er wird schon wissen, wen er hat gefangen nehmen lassen. Wir werden den Mann jetzt herrichten, damit er bei vollem Bewusstsein die gerechte Strafe für seine Übeltat bekommt. In ein paar Tagen schon wird er am Galgen baumeln, und Seume ist zufrieden.«

»Als ob wir nichts Besseres zu tun hätten.« Magdalena fühlte sich außerstande, klein beizugeben. »Der ausbleibende Regen und das fehlende Brot machen allen zu schaffen. Auf dem Weg zum Richtplatz habe ich gesehen, wie schon wieder einige Frauen Sägespäne unters Mehl gemischt haben, damit sie überhaupt was zum Backen zusammenkriegen. Ich wette mit dir, wir zählen heute Abend kaum bis fünf, da bringen die uns ihre Brut, weil die sich vor Leibschmerzen windet. Von all den anderen, die ihren Hunger mit Branntwein bekämpfen und deshalb unsere Kräuter brauchen, ganz zu schweigen.«

»Was kümmert es dich, dass wir den Schurken hier vor uns haben? Wie oft haben wir schon einen gesund gepflegt, nur damit er aufrecht unterm Galgen steht? Wenn du das nicht erträgst, dann bist du hier fehl am Platz.« Verärgert schnaufte der Feldscher auf und bückte sich nach dem Branntweinschlauch. Herausfordernd sah er sie an, während er zu einem kräftigen Schluck ansetzte. Sie ließ ihn nicht aus den Augen, verkniff sich allerdings eine Bemerkung.

In versöhnlichem Ton sagte er: »Sei gescheit, Magdalena: Gegen Seume aufzubegehren bringt nichts. Denk lieber an dein Kind. Wenn die Kleine jemals unbehelligt groß werden soll, um auf eigenen Beinen zu gehen, musst du tun, was Seume sagt.«

Es versetzte ihr einen Stich, dass ausgerechnet er sie an das Wohl ihrer Tochter gemahnte. Gemeinhin überging er das Vorhandensein der Kleinen. Als sie ihm seinerzeit die Schwangerschaft gebeichtet hatte, hatte er schwer mit sich gerungen, sie als Gehilfin zu behalten. Um nicht im Hurenlager zu enden, hatte sie ihm weisgemacht, das Kind entstamme einer Vergewaltigung. Weil sie dank ihres Geschicks als Wundärztin unentbehrlich für den Feldscher war, durfte sie schließlich bleiben. Zugute kam ihr obendrein, dass Elsbeth nach dem Verlust ihres eigenen Kindes Carlotta weitgehend versorgte.

»Trotzdem.« Wie ein bockiges Kind begehrte Magdalena ein letztes Mal auf. »Da stimmt was nicht.« Widerwillig machte sie sich daran, zusammen mit den beiden Männern den Zustand des Verwundeten zu prüfen.

Der Mann war auf das übelste zugerichtet. Ihn für die Hinrichtung zu heilen versprach alles andere als leicht zu werden. Die Haut über seinem Unterleib klaffte weit auseinander, die Gedärme quollen teilweise heraus. Der süßliche Geruch hatte die Fliegen angelockt. Einige krabbelten bereits über die Wunde. Meister Johann versuchte, sie zu verscheuchen; so schnell aber wollten sie sich das Festmahl nicht entgehen lassen. In der angespannten Stimmung im Zelt wurde ihr Surren unerträglich. Rupprecht begann, Arme und Beine des Mannes festzubinden, damit sie ungestört die Instrumente ansetzen konnten. Magdalenas Blick glitt über den halbnackten Leib. Wo er unversehrt war, verrieten sehnige Gliedmaßen und die muskulöse Brust, dass der Mann vor Gesundheit und Kraft gestrotzt haben musste. Die sonnengebräunte Haut schimmerte fiebrig. Magdalena war versucht, mit den Fingerkuppen über den zarten, blonden Haarflaum zu streicheln. Das erinnerte sie an Eric. Unterhalb der linken Achsel fiel ihr Blick auf ein Muttermal. Erschrocken zuckte sie zurück. Auf einmal kam es ihr seltsam vertraut vor, genau wie das Muster der blauroten Adern an den Unterarmen. Unsinn! Sie musste sich täuschen. Das war völlig unmöglich.

»Hol rasch die Instrumente. Wenn wir noch lange warten, ist er hin.«

Barsch riss Meister Johann sie aus ihren Überlegungen. Er hatte recht. Sie durfte nicht länger zaudern, sondern musste endlich etwas tun. Nach einem letzten Blick auf die Wunde am Unterleib kletterte sie in den angrenzenden Wagen, um das Nötige für die bevorstehende Operation zusammenzusuchen.

Die Tinkturen und Pflaster hatte sie rasch beieinander, auch die Suche nach Nadeln und dünnem Faden währte nicht lange. Ihr Blick fiel auf eine längliche Lederrolle, die sie noch nie gesehen hatte. Ein bestens sortiertes Wundarztbesteck mitsamt den schönsten Nadeln sowie blankpolierten Skalpellen und Scheren kamen darin zum Vorschein. Gewiss hatte Meister Johann es bei einem Bader im besetzten Amöneburg gefunden. Verzückt strich sie mit den Fingern darüber. Einen solchen Schatz wünschte sie sich auch. Die Klingen waren so scharf, dass sie sich beim Darüberstreichen in den Finger ritzte. Hastig saugte sie das Blut an, bis es aufhörte zu pochen, und packte mit der anderen Hand die Lederrolle. Darunter kamen einige Rollen Garn und ein Lappen, in dem die alten Nadeln steckten, zum Vorschein.

»Wo bleibst du nur?« Unwirsch schob Meister Johann seinen dicken Schädel unter die Wagenplane. Die Augen quollen ihm aus den Höhlen, langsam senkte sich der trübe Schleier des Alkohols darüber.

»Bin schon da!« Sie legte die Utensilien in ihren Rock und raffte ihn an zwei Enden zu einer Art Beutel. Ein letztes Mal wanderte ihr Blick durch den penibel aufgeräumten Wagen. Krüge und Kisten standen wohlgeordnet an der Seite, die Kräuter reihten sich kopfüber an einer Schnur zu fest gebundenen Büscheln. Ratsch! Ein hässliches Geräusch und ein Rucken bedeuteten ihr, dass sie mit ihrem Rock an einem Nagel hängengeblieben war. Sie taumelte, bis sie das Gleichgewicht wiedergefunden hatte. Dabei entdeckte sie die Ursache ihres Missgeschicks: Ein rostiger Nagel ragte genau in Taillenhöhe aus einer Kiste. Geschickt wand sie sich los. Der Riss im Rock war ärgerlich. Über eine gute Fingerlänge verlief er knapp neben der Seitennaht.

Sie griff sich einige Streifen sauberes Leinen und hoffte, es würde genügen, um den Patienten nach dem Eingriff zu verbinden. So wie seine Verletzungen ausgesehen hatten, benötigte sie gleich mehrere Lagen. Flink schnappte sie sich zudem einen zweiten Branntweinschlauch. Da Meister Johann dem Alkohol selbst so gern zusprach, schadete der gewiss nicht. Außerdem tupfte sie die Wunden gern damit aus. Aus purem Zufall war sie letztes Jahr nach dem Gefecht in Kirchhain, nicht weit von ihrem jetzigen Standort, darauf gekommen. Damals hatten sie kaum ausreichend Wasser gehabt, um die Wunden auszuwaschen. Deshalb hatte sie begonnen, den Verletzten mit Branntwein getränkte Lappen aufzulegen. Geschadet hatte es niemandem, im Gegenteil. Oft setzte danach sogar eine schnellere Heilung ein, und der gefürchtete Wundbrand blieb sogar ganz aus. Meister Johann hatte ihr Vorgehen gutgeheißen und billigte es auch jetzt, sofern sie genug Branntwein dafür übrig hatten. Das traditionelle Ausbrennen mit siedendem Öl und Glüheisen vermied er schon seit einigen Jahren. Dagegen setzte er auf die neuere Methode und legte ein Digestivum aus Eigelb, Oleum rosatum und Terpentin auf. Ein knapper Blick in ihren Rock bestätigte Magdalena, dass sie auch daran gedacht hatte.

»Endlich! Lange hält unser Patient nicht mehr durch, und du weißt, was das für uns bedeutet.« Der Meister würdigte sie keines weiteren Blickes, sondern griff gleich nach der Lederrolle. »Zusammenflicken müssen wir den wie einen löchrigen Strumpf. Rupprecht hat draußen schon das Feuer geschürt. Ich bring ihm die Nadeln, und du kümmerst dich darum, dass der Bursche uns in der Zwischenzeit nicht wegstirbt.«

Magdalena sah ihm nach, wie er in halb gebückter Haltung nach draußen kroch. Sobald sie sicher sein konnte, dass er sich nicht mehr umdrehte, kniete sie sich neben den Patienten und hob das dünne Leintuch auf dem Gesicht an.

Einen Augenblick war ihr, als stockte ihr Herzschlag. Mühsam schluckte sie, zwang sich weiterzuatmen. Vorsichtig wagte sie, erneut hinzusehen. Sie hatte sich nicht getäuscht: Vor ihr lag Eric! Noch lebte er. Lautlos begann sie zu weinen. Ob vor Freude oder Leid, hätte sie nicht zu sagen vermocht. Schwach keimte die Hoffnung in ihr, Carlotta würde ihren Vater nun also doch noch kennenlernen und Eric endlich von ihrem gemeinsamen Kind erfahren. Gleichzeitig erfasste sie wilde Verzweiflung: In wenigen Tagen würde er am Galgen baumeln.

Sie beugte sich über ihn, feierte mit jeder einzelnen Furche seines Gesichts ein stummes Wiedersehen und strich behutsam über das rotblonde Haar. Seit ihrem letzten Beisammensein in Freiburg vor zwei Jahren hatte er sich nur wenig verändert. Um Mund und Nase entdeckte sie die wohlbekannten, milden Züge, die im krassen Gegensatz zu seinen markanten Kieferknochen standen. Die beiden Falten oberhalb der Nasenwurzel waren tiefer geworden. Die Sonne hatte die Haut ringsumher gebräunt, so dass die Furchen zwei weiße Linien bildeten. Hell sprossen ihm die Bartstoppeln über Wangen und Kinn. Er hatte sich höchstens ein, zwei Tage nicht rasiert, legte sonst aber offenbar viel Wert auf sein Äußeres. Sein Haupthaar wirkte gepflegt und endete sorgfältig geschnitten in einer geraden Linie im Nacken. Noch einmal strich sie zärtlich darüber, fasste mit den Händen vorsichtig das Kinn. Eine warme Woge brandete durch ihr Inneres.

Im selben Moment durchzuckte sie ein jäher Schmerz. Wieso dachte sie, er sei noch derselbe, den sie damals in Freiburg geliebt hatte? Hielt Seume ihn nicht für einen heimtückischen Söldnermörder? Prüfend betrachtete sie sein Antlitz. Nein, völlig unmöglich. Alles in ihr sträubte sich zu glauben, die beiden Schurken am Richtplatz hätten einen weiteren Komplizen gehabt. Erst recht schien es ihr unvorstellbar, dass Eric dieser geheimnisvolle Dritte sein sollte. Hinterrücks Rache an jemandem zu nehmen war ganz und gar nicht seine Art.

»Eric!« Leise rief sie seinen Namen und wartete angespannt auf eine Reaktion. Die entsetzlichen Schmerzen hatten ihm das Bewusstsein geraubt. Sie setzte ihm den Branntweinschlauch an den Mund und kippte ihm die Flüssigkeit hinein. Davon erwachte er, prustete und spuckte. Der Alkohol brannte gewiss auf der wunden Haut und in der trockenen Kehle. Dennoch war es wichtig, dass er viel davon schluckte und in einen Dämmerzustand verfiel. Endlich schien die erhoffte Trübung der Sinne einzutreten. Die Augenlider fielen ihm zu. Einige Male riss er sie noch auf. Es kostete ihn zunehmend Kraft. Er stöhnte. Schließlich blieben die Augen geschlossen, seine Gesichtszüge entspannten sich. Magdalena schob ihm ein Stück Leder zwischen die Zähne. Sanft redete sie auf ihn ein, erzählte ihm unablässig von der kleinen Carlotta, tupfte ihm den Schweiß von der Stirn. Es beruhigte sie zu sehen, wie Friede in ihm einzukehren schien. Behutsam zog sie ihm das dünne Leintuch wieder über das Gesicht und hoffte, er war kräftig genug, den Eingriff durchzustehen.

»Ich operiere«, sagte sie, als Meister Johann und Rupprecht ins Zelt zurückkehrten.

4

Carlotta fand nicht lange Gefallen daran, wie die Steckenknechte die Delinquenten mit dem Glüheisen malträtierten. Bald stimmte sie ein ähnlich jämmerliches Geschrei an wie die beiden Männer, deren bloße Haut unter dem lauten Beifall der Menge versengt wurde. Elsbeth versuchte, die Kleine durch Hin-und-her-Wiegen zu beruhigen. Zu gern wollte sie dem Spektakel auf dem Richtplatz noch eine Weile zuschauen. Das dichte Gedränge machte es jedoch unmöglich, Carlotta ausgiebig zu schaukeln. Elsbeth spielte mit dem Gedanken, sie mit Hilfe des frisch eroberten Bernsteins zu besänftigen. Mehr als einmal hatte sie heimlich beobachtet, wie Magdalena diesen gutgehüteten Schatz unter dem Mieder hervorgezogen und ihn vor den Augen ihrer Tochter hatte baumeln lassen. Der Anblick des honiggelben Steins mit dem schwarzen Insekt faszinierte die Kleine meist so, dass sie darüber andächtig ruhig wurde. Weil Elsbeth aber eben erst die günstige Gelegenheit genutzt und der Cousine den wertvollen Stein entwendet hatte, wagte sie es nicht. Die Gefahr, dass jemand anderer den Stein entdecken und ihn ihr wieder wegnehmen konnte, war ihr zu groß. Bei einem der Händler würde man gewiss mehrere Speckseiten und einige Laibe Brot dafür eintauschen können. Allein bei dem Gedanken knurrte ihr der Magen. Vielleicht würde sie nachher sogar selbst den Stein für ein ordentliches Essen hergeben. Die Vorstellung, bald schon ein dickes Stück Speck in Händen zu halten, war äußerst verlockend.

»Hat wohl Hunger, die Kleine, was?« Die braunhaarige Frau neben ihr begann, mit der Zunge zu schnalzen und dicht vor Carlottas Augen Grimassen zu schneiden, um sie bei Laune zu halten.

»Magst du mit zu mir? Ich habe noch eine kräftige Brühe im Topf.« Der alte Soldat nutzte die Gelegenheit, sich vor Elsbeth in Positur zu schmeißen, und lachte zweideutig über sein knittriges Gesicht.

»Und als Lohn soll sie den Rock für dich heben?« Abfällig sah die Frau ihn an. »Dass du nicht selbst merkst, wie abstoßend du bist. Komm zu mir, meine Liebe, bei mir reicht es auch für deine tapfere Cousine. Bestimmt hat die großen Appetit, wenn sie ihre Arbeit als Wundärztin erledigt hat.«

»Wo drei satt werden, reicht es auch für einen Vierten, was? Da kann ich doch auch zu dir und meinen Löffel in deinen Topf stecken.« Erfreut schwoll die Brust des alten Soldaten noch weiter an.

Die Braunhaarige hatte genug Humor, seine Aufdringlichkeit leichtzunehmen: »Bring deinen Kessel noch mit, dann haben wir wenigstens genug Wasser drin!«

»Gern!« Er quittierte das mit einem prustenden Lachen. Elsbeth beschloss, sich unauffällig davonzustehlen. Sie hatte weder Lust, mit dem Alten eine wässrige Suppe zu löffeln, noch mochte sie das Geplapper der Frau über sich ergehen lassen. Gewiss fand sie anderswo ein Plätzchen, an dem man sie auf Vielversprechenderes als auf eine dünne Suppe einlud. Ohnehin war es Zeit, Carlotta die Brust zu geben, immer eine gute Gelegenheit, die richtigen Männer mit halbentblößtem Busen auf sich aufmerksam zu machen. Ein buntes Marketenderzelt, an dessen Spitze eine fadenscheinige Fahne im schwachen Luftzug wehte, erschien ihr geeignet für diese Zwecke. Immer wieder scharwenzelte hier einer vorbei, wenn sie Glück hatte, sogar einer der höheren Ränge. Gestern erst war sie von jemandem in den Offiziersbereich auf der anderen Seite des Lagers eingeladen und dort mit reichlich Essen und Getränken für ein bisschen Grapschen belohnt worden. Erschöpft sank sie im Schatten nieder und legte sich die schweißnasse Carlotta an die Brust.

»Ist halt doch kein Zuckerschlecken, so ein Kind!« Die krächzende Rabenstimme klang schadenfroh. Scheppernd fiel ein Kupferkessel um. Die Stimme fluchte, ihre Besitzerin stieß aber bereits gegen das nächste Hindernis, was dieses Mal ein dumpfes Geräusch verursachte. Abermals quittierte sie das mit wütendem Protest. Mit gemischten Gefühlen wandte Elsbeth sich um. Sie wusste auch ohne hinzusehen, dass die Hebamme Roswitha auf krummen Beinen angewackelt kam. Ungelenk stolperte sie über einen Haufen Lumpen, verhedderte sich mit den geschwollenen Füßen sogleich in einem Seil, warf beim Weitertorkeln noch einen zweiten Topf mit wässriger Suppe um und trat mitten in einen kleinen Berg aufgeschichteter Zweige, dass es knackte. Ein in die Erde gegrabener Backofen brachte sie schließlich zu Fall. Wie Strohhalme knickten ihre krummen Beine ein, und sie schlug der Länge nach hin. Mitleidlos beobachtete Elsbeth, wie sie sich mühsam wieder aufrappelte. So geschickt die alte Hebamme als Wehmutter sein mochte, so ungeschickt bewegte sie sich außerhalb des vertrauten Bereichs. Gerade darum liebte Magdalena die Alte abgöttisch. Elsbeth aber war der wabbelnde Strohsack nicht geheuer, obwohl sie bislang gut von ihr behandelt worden war.

»Hast du etwa schon genug von dem Schauspiel drüben auf dem Richtplatz?« Neugierig blinzelte Roswitha sie aus wässrigen Äuglein an. Fast versanken die ganz in den unzähligen Falten ihres Gesichts, das an einen eingelagerten Apfel am Ende des Winters erinnerte. Ähnlich vergoren roch die Alte, wenn auch ihr Mund stets frischen Minzgeruch verströmte. Auf die Pflege der erstaunlich weißen, guterhaltenen Zähne legte sie großen Wert.

»Der Kleinen war es wohl zu viel.«

»Wo steckt Magdalena?«

»Rupprecht hat sie gerufen. Es gibt wohl einen Schwerverletzten, den sie operieren müssen.«

»Hm«, krächzte Roswitha und wandte den Blick nicht ab. Unbehaglich rutschte Elsbeth mit dem Hintern nach hinten, bis sie einen Pfahl spürte, an den sie den Rücken anlehnen konnte. »Gute Gelegenheit für dich, mal wieder die Mutter zu spielen, was?«

»Was meinst du? Immerhin bin ich ihre Amme!« Ohne Grund meinte Elsbeth sich rechtfertigen zu müssen.

»Du weißt genau, dass Carlotta längst aus dem Alter raus ist, noch an der Brust zu liegen. Seit vier Wochen läuft sie schon.«

»Wenn es dir nicht passt, schau nicht hin. Magdalena hat nichts dagegen. Immerhin ist sie die Mutter.« Elsbeths Erwiderung fiel patziger aus, als sie beabsichtigt hatte. Schon ärgerte sie sich, der Alten von neuem auf den Leim gegangen zu sein.

»Gut, dass du es selbst sagst: Magdalena ist die Mutter und nicht du. Du bist nur die Amme. Wäre Magdalena damals nach der Geburt nicht an diesem heftigen Fieber erkrankt, hätte sie dich auch nicht gebraucht.«

»Und wer würde sich um den armen Wurm kümmern, wenn die gute Magdalena bei Meister Johann ihre Wunder als Wundärztin vollbringt?«

»Ist ja schon gut«, beschwichtigte Roswitha. »Ich will nur nicht, dass du vergisst, dass Carlotta nicht dein Kind ist. Frauen wie du, die ein totes Kind zur Welt gebracht haben, leiden oft darunter, dass andere Frauen gesunde Kinder haben, noch dazu, wenn sie ihre Ammen sind.«

Einen Augenblick lang fühlte Elsbeth sich regelrecht ins Gesicht geschlagen. Schnell aber fasste sie sich wieder, reckte das Kinn in die Höhe und sah von oben auf die alte Hebamme hinab. »Wer Schuld daran trägt, dass mein Kind tot zur Welt gekommen ist, steht wohl fest. Du tust besser daran, nicht immer wieder damit anzufangen. Nicht einmal gezeigt hast du mir das arme Ding. Wer weiß, warum. Sei froh, dass ich die Geschichte nicht dem Profos gemeldet habe.«

»Mir drohst du nicht! Viel zu lange bin ich Wehmutter, um nicht alles schon zigmal erlebt zu haben. Frauen, deren Kinder tot geboren werden, tun sich immer schwer, das zu begreifen. Trotzdem musst du das, Elsbeth. Manche Kinder wollen nun einmal nicht leben. Da kann niemand was dran ändern. Sei froh, das missgebildete Ding nicht gesehen zu haben. Es ist besser, dass du denkst, es wäre ein ansehnliches Kind gewesen. Wenigstens hattest du das Glück, gleich danach als Amme bei Magdalena einspringen zu können. Das hat dir viel Trost gegeben. Ich habe schon zu oft erlebt, dass Frauen nach Totgeburten anderen Frauen die Kinder gestohlen haben. Sie haben es einfach nicht ertragen, unnütz die Milch aus den schweren Brüsten tropfen zu sehen.«

Das war zu viel! Erbost sprang Elsbeth auf, und es war ihr gleich, dass die Kleine von der abrupten Bewegung erschreckt zu weinen begann. »Ich habe Magdalena nicht ihr Kind gestohlen! Sie selbst hat mir Carlotta anvertraut. Sie weiß nämlich sehr wohl, wie gut ich mich um sie kümmere.« Zornig blitzte sie die Alte an.

»Und du weißt sehr wohl, wie viel die Kleine Magdalena bedeutet.«

»Ach, red doch keinen Unsinn! Warum überlässt sie sie dann ständig mir? Für sie ist sie doch nur eine Last! Viel lieber, als sich um die Kleine zu kümmern, hockt sie doch drüben in Meister Johanns Zelt bei all den Siechen und Verletzten. Längst hat sie eingesehen, wie töricht es war, sich damals mit dem Halunken Eric einzulassen und ein Balg von ihm zu empfangen. Damals in Freiburg hat er die erstbeste Gelegenheit genutzt, sich aus dem Staub zu machen.«

Mit einem schadenfrohen Lächeln verfolgte sie, wie die Alte sich schwankend auf die Zehenspitzen zu manövrieren versuchte, um ihr leise zuzuzischen: »Du bist diejenige von uns beiden, die hier Unsinn verbreitet. Das kann schlecht für dich ausgehen, meine Liebe! Eine Mutter lässt nicht mit sich spaßen, wenn es um ihr Kind geht. Die Kleine ist für Magdalena das lebendige Band zu Eric, das Einzige, was die Franzmänner ihr nicht nehmen konnten, nachdem sie damals erst den Vater und wenige Tage später wohl auch Eric getötet haben. Nur durch Carlotta lebt er für Magdalena weiter.«

»Wenn du dich da mal nicht täuschst. Was passiert wohl,

wenn Meister Johann und Rupprecht erfahren, dass Magdalenas Kind von diesem windigen Burschen stammt? Bis heute glauben die doch, Magdalena wäre von einem Unbekannten geschwängert worden. Kaum auszudenken, wie sie darauf reagieren, dass ausgerechnet die edle, gute Magdalena sie so schamlos hintergangen hat. Dabei wissen wir alle genau, um wen es sich bei diesem blonden Eric aus Magdeburg tatsächlich handelt: um den Sohn des Todfeindes von Magdalenas Vater! Wenn rauskommt, dass ihr Kind von ihm ist, dann gnade ihr Gott!« Fest presste sie die Lippen auf Carlottas Köpfchen und schaukelte sie hin und her. Gierig fassten die Händchen der Kleinen nach den bloßen Brüsten.

Für eine Weile herrschte eisiges Schweigen.

»Kümmere du dich lieber darum, Magdalena nicht zu verärgern. Immerhin sorgt deine Cousine dafür, dass du jeden Tag was Ordentliches zu beißen hast und nicht im Hureneck landest.«

Ohne sie eines weiteren Blickes zu würdigen, drehte sich die Alte um und ging davon.

5

Bevor Magdalena die Operation begann, atmete sie mehrmals tief durch. Die stickige Luft im Zelt machte nicht nur ihr zu schaffen. Rupprecht und Meister Johann schwitzten ebenfalls, auch Erics nackte Brust glänzte feucht. Unter dem Leintuch musste sein Gesicht längst glühen. Hastig trank sie einen Schluck Wasser aus einem bereitstehenden Krug und benetzte sorgfältig die Lippen, damit die Erfrischung länger vorhielt. Ihre Finger zitterten. Instinktiv fassten die Hände zur Brust, suchten den Bernstein unter dem Mieder. Sie musste zur Ruhe kommen, alles um sich herum vergessen und sich allein auf die Behandlung konzentrieren. Der Bernstein würde ihr die Kraft schenken, die richtige Entscheidung zu treffen. Ein weiteres Mal holte sie tief Luft. Den Stein aber ertastete sie nicht. Fahrig strich sie über den Stoff. Nichts. Ihr wurde bang. Es musste eine Täuschung sein. Seit Jahren trug sie den Bernstein sicher unter dem Mieder. Nachdem Eric ihr damals in Freiburg vorwurfsvoll den verlorenen Stein vor Augen gehalten hatte, achtete sie noch besser auf ihn. Wahrscheinlich lag es an der Anspannung, dass sie ihn nun nicht gleich fand.

»Magdalena!« Rupprecht, der sich ihr gegenüber in Höhe von Erics Brust postiert hatte, um die Lampe zu halten, sah sie vorwurfsvoll an. »Fang endlich an, bevor uns der Kerl krepiert!«

»Ruhig Blut«, mahnte Meister Johann. Die dunklen Schweißflecke auf seinem Hemd verrieten, wie es um ihn stand. Wieder einmal war er nicht mehr in der Lage, selbst zu den Instrumenten zu greifen, und hatte widerspruchslos eingewilligt, dass Magdalena operierte. Bedächtig ließ er sich neben Erics Kopf nieder und hielt den Branntweinschlauch in der einen und den mit einem Kräutersud getränkten Schwamm in der anderen Hand. »Wenn wir uns gegenseitig angreifen, hilft das keinem von uns. Der Profos will den Mann lebend, um ihn zu hängen. Das wirst du schon hinkriegen, Magdalena. Mein Vertrauen hast du.«

Augenscheinlich war ihm klar, dass sie trotz des Tuches über dem Gesicht wusste, wen sie vor sich hatte, und in welcher Lage sie sich befand: Rettete sie Eric durch die Operation das Leben, wurde er hingerichtet. Starb er unter ihrem Messer, lud sie schwere Schuld auf sich und würde sie obendrein alle zusammen an den Galgen bringen. Mühsam schluckte sie. Die Sorge um den Stein musste sie vergessen. Es gab Dringenderes. Denk an Carlotta!, mahnte sie sich. Der Kleinen half es am wenigsten, wenn Eric unter ihren Händen starb. Überlebte er für ein paar Tage, konnte sie ihn wenigstens ein Mal sehen. Für sie musste es ihr gelingen, ihn zu retten.

»Verflucht noch mal, Magdalena, tu endlich was!«, schrie Rupprecht sie an.

Behutsam begann sie, die Wundränder zu säubern. Kleine Fetzen Stoff sowie einzelne Stückchen Dreck pulte sie mit einer Pinzette heraus. Nach jedem Handgriff säuberte sie die Spitzen des Instruments an Erics grobem Leinenhemd. Tief über ihn gebeugt, sammelten sich die Schweißtropfen an ihrer Nasenspitze. Sie seufzte vor Anstrengung. Eric antwortete mit einem Wimmern, das allmählich zu einem Wehklagen anschwoll. Unruhig begann er, den Kopf hin und her zu werfen. Das Leintuch über seinem Gesicht drohte herunterzurutschen. Rasch schob es Meister Johann wieder zurück. Das Fieber hatte Eric fest im Griff, sein Körper glühte, die Haut glänzte vor Feuchtigkeit.

»Festhalten!«, zischte Magdalena dem Feldscher zu. Gleichzeitig bedeutete sie Rupprecht, die Lampe niedriger zu halten. Auch wenn die Sonnenstrahlen durch den dünnen Stoff der Zeltplane drangen, reichte das gelbliche Licht für die schwierige Operation nicht aus. Erics Kopfbewegungen wurden heftiger, sein Stöhnen drängender. Schon versuchte er, den Oberkörper aufzurichten. Meister Johann musste alle Kraft aufbieten, ihn unten zu halten. Jede abrupte Bewegung mitten in der Operation konnte seinen Tod nach sich ziehen. Bald schwitzte Magdalena am ganzen Körper, konnte sich nicht einmal die Nässe aus dem Gesicht wischen, weil sie mit beiden Händen über der Wunde arbeitete. Die Schweißperlen rannen ihr die Schläfen hinab, sammelten sich am Hals zu kleinen Rinnsalen und sickerten von dort langsam in die Senke zwischen ihren Brüsten. Ihr Mieder klebte schwer auf der Haut. Vornübergebeugt schielte sie in den Ausschnitt. Erschrocken zuckte sie zusammen. Da fehlte wirklich etwas! Oder war es nur eine Täuschung? Ohne nachzudenken hob sie die Hand, wollte an den Stein fassen. Nichts!

»Bist du wahnsinnig? Was machst du da?« Rupprecht hatte seine Stimme nicht mehr im Zaum. Arme fuchtelten durch die Luft, Männerschreie gellten auf. Magdalena begriff nur langsam. Ihr wurde heiß und kalt zugleich. Gerade hatte sie den Patienten im Stich gelassen! Meister Johann konnte ihn nicht mehr halten. Erics Oberkörper schoss in die Höhe, und das mitten unter der Operation! Mund und Augen weit aufgerissen, schrie er wie wahnsinnig vor Schmerzen. Meister Johann versuchte, ihn wieder hinunterzudrücken, Rupprecht zappelte mit der Lampe, unschlüssig, was wichtiger war: weiter für ausreichend Helligkeit sorgen oder dem Feldscher beispringen. Entsetzt starrte Magdalena auf den offenen Bauch, das viele Blut. Die Wunde drohte durch die Bewegung immer weiter aufzureißen. Eric verblutete, und sie hatte Schuld daran!

Patsch! Eine Ohrfeige klatschte ihr ins Gesicht. Jäh erwachte sie aus der Erstarrung, Rupprechts wutverzerrtes Gesicht dicht vor Augen. Endlich besann sie sich wieder auf die Wunde vor sich. Aus den Augenwinkeln äugte sie ein letztes Mal in ihren Ausschnitt. Der Bernstein war verschwunden. Erneut wurde Erics Stöhnen lauter, sein Kopf bewegte sich rascher hin und her. Ihre Hände zitterten wieder. Kaum konnte sie die Pinzette halten. Sie schloss die Augen, zählte bis zehn, bat den Allmächtigen und sämtliche Engel und Heiligen um Beistand. Schwer atmend machte sie sich daran, die Arbeit fortzusetzen. Was nun allein zählte, war, die Wunde zu säubern und zu verschließen.

»Fertig!« Erschöpft richtete sie sich auf und legte Faden und Nadel beiseite. Ihr Blick fiel auf Rupprecht. Stumm hielt er die Lampe. Sie sah zum Feldscher. Einige Atemzüge lang hielten sie den Blick.

»Das Erste hast du überstanden«, sagte Meister Johann und nickte ihr zu. »Weiter geht es.«

Zeit zum Ausruhen war noch lange nicht. Sorgfältig wischte sie sich die blutigen Finger an einem Stück Leinen sauber.

»Meinst du nicht, er hat zu viel Blut verloren?«, machte Rupprecht Anstalten, das gewohnte Gespräch nach einer solchen Prozedur zwischen ihnen dreien in Gang zu setzen.

»Er wird es schon schaffen.« Das war das Einzige, was sie beizusteuern wusste. Mechanisch begann sie, das Digestivum mit den Fingerkuppen auf die Wunde zu streichen. Mit groben Stichen hatte sie die weit klaffende Haut zu einem Wulst zusammengerafft, wie sie es vor langer Zeit von Meister Johann gelernt hatte. Die riesige Naht zog sich quer über den Bauch und teilte ihn in zwei Hälften. Nach und nach bedeckte sie die blutunterlaufenen Stiche mit der Paste aus Eigelb, Öl und Terpentin, bis nichts mehr von ihnen zu erkennen war. Erst danach nahm Rupprecht die Lampe herunter. Beim abschließenden Verbinden musste er ihr zur Hand gehen, um Erics Leib anzuheben. Endlich war auch das vollbracht. Nicht ohne Stolz betrachtete Magdalena ihr Werk, drückte wie zufällig Erics Hand, die neben dem dick bandagierten Körper lag. Ihr war, als erwiderte er schwach den Druck. Ihr Herz raste. Bang blickte sie zu den beiden Männern hinüber.

Meister Johann hatte sich aufgerichtet und stützte sich auf Rupprechts Schultern ab. Sie brauchte gar nicht erst nach dem Branntweinschlauch zu sehen, um zu wissen, dass er leer war. Langsam schwankte der Feldscher auf sie zu und streckte die Hände aus, um ihr auf die Beine zu helfen.

»Gut gemacht, Mädchen.« Sanft tätschelte er ihr die Schulter. »Auf dich ist Verlass. Ein Feldscher muss nun einmal helfen, wenn ihm ein Patient gebracht wird, egal, wer oder was mit ihm ist. Das ist unser Beruf, daran müssen wir uns halten.«

Er wandte sich halb um und winkte Rupprecht zu sich. Wie um seinen Worten Nachdruck zu verleihen, legte er ihnen beiden die Arme um die Schultern und führte sie aus dem Zelt. Die Helligkeit der Nachmittagssonne blendete sie.

»Den da drinnen werden wir pflegen, bis er wieder ganz gesund ist. Und dann«, Meister Johann atmete tief ein, als müsse er für seine nächsten Worte alle Kraft in seinem müden Körper sammeln, »dann wird ihm Seume für den hinterhältigen Mord an unseren Soldaten die gerechte Strafe zuteilwerden lassen. Aber damit haben wir drei nichts mehr zu tun.«

Bei jeder Silbe war seine Stimme leiser geworden, bis er am Ende fast nur noch flüsterte. Aus der Ferne drang lautes Geschrei herüber und ließ seine Worte nahezu untergehen. Magdalena hatte dennoch jede Nuance registriert. Auf einmal hielt sie das Spiel nicht mehr aus und platzte heraus: »Hör auf, mir was vorzumachen. Ich weiß längst, dass Eric dort drinnen liegt.«

Der mächtige Körper Meister Johanns schwankte leicht, was daran liegen mochte, dass Rupprecht sich von ihm löste.

Mit erstarrtem Gesicht sah er sie beide an. »Warum habt ihr mir nichts davon gesagt?«

Als Meister Johann nicht antwortete, wandte er sich um und rannte davon, in die karge Ebene hinein, die sich auch südlich des Lagers noch einige Meilen weit erstreckte. Magdalena schaute ihm gebannt nach. Ein merkwürdiger Laut lenkte ihre Aufmerksamkeit wieder zurück auf den Feldscher. Über sein Gesicht lief ein Ausdruck von Ekel. Zum ersten Mal seit Wochen musterte sie ihn genauer. Wie hatte sie die Veränderungen so lange nicht wahrhaben wollen? Von seiner ehemals so imposanten Gestalt war kaum etwas geblieben. Nach wie vor hielt er zwar an den täglichen Ritualen des Bart- und Haareschneidens und des Waschens fest. Seine Schultern waren allerdings weit nach vorn gesackt, der Rücken wirkte bucklig. Der ohnehin recht kurze, breite Hals versank zwischen den Schultern, so dass der schwere Kopf nicht auf dem Nacken, sondern direkt auf dem Leib zu ruhen kam. Unstet wanderten die wasserblauen Augen hin und her. Die kugeligen Augäpfel drückten sich aus dem rotgefärbten Gesicht und schimmerten gelblich trüb. Mehrere Adern darin waren aufgeplatzt. Durch die hängende Unterlippe verstärkte sich der vermeintlich dümmliche Gesichtsausdruck, der seinen geistigen Fähigkeiten Hohn sprach. Sacht berührte sie ihn am Arm. Er zuckte nicht einmal zusammen. Da wusste sie, dass er ihr nicht weiterhelfen würde. Sie musste allein entscheiden, wie es mit Eric weitergehen sollte.

Wieder tastete sie mit den Fingern nach dem Bernstein, wieder griff sie ins Leere. Auch dieser Beistand fehlte. Ganz allein musste sie sich dem Schicksal stellen und hoffen, dass sich wenigstens für Carlotta alles zum Guten wendete.

6

Unter der erbarmungslosen Junisonne rannen die Tage dahin wie die Schweißperlen von den Schläfen. Am liebsten hätte Magdalena Tag und Nacht bei Eric gewacht, um sicherzugehen, dass ihn niemand erkannte. Mit Meister Johann und Rupprecht war sie sich einig, dass keiner erfahren sollte, wer als vermeintlich dritter Meuchelmörder in Meister Johanns Zelt auf die Hinrichtung wartete. Nach wie vor lag Eric reglos auf der Matte. Zwar war das Fieber gesunken, dennoch deutete nichts darauf hin, dass der Genesungsprozess voranschritt. Außer ihm aber gab es noch weitere Patienten, um die Magdalena sich kümmern musste. Also scheuchte der Feldscher sie immer wieder fort.

»Die Hitze bringt mich noch um.« Theatralisch wischte Elsbeth sich über die Stirn, als sie am frühen Morgen unter die Plane ihres gemeinsamen Zeltes kroch. »Nicht einmal nachts gibt es Abkühlung.«

»Vielleicht solltest du die Nächte nicht drüben bei den feiernden Offizieren verbringen. Mit all der Musik, dem Tanzen und Tändeln heizen die dir wohl zu kräftig ein. Wenn du da nicht mehr hingehst, findest du nachts bestimmt mehr Erfrischung.« Magdalena war damit beschäftigt, Carlotta in frische Leintücher zu wickeln. Obwohl sie die so dünn wie möglich um den kleinen Hintern schlug, waren sie der Kleinen lästig. Sie zerrte mit ihren Händchen daran, bis sich die Tücher lösten. Vergnügt gluckste sie, während Magdalena seufzend von vorn anfing.

»Du ärgerst dich doch nur, dass du neulich diesen feschen Kommandantensohn hast abblitzen lassen. An deiner Stelle würde ich mich auch in den Hintern treten: Immerhin sieht der Kerl nicht nur akzeptabel aus, sondern wohnt sogar noch oben in der Stadt in einem kühlen Haus. Statt hier unten weiter in der prallen Sonne bleiben zu müssen, könntest du es dir oben bei ihm gutgehen lassen. Einmal am Tag die Beine dafür breit zu machen, sollte dir das schon wert sein.« Kopfschüttelnd übernahm Elsbeth das Wickeln und bewies dabei weitaus mehr Geschick. Binnen kürzester Zeit war es vollbracht.

»Vielleicht sollte ich mal zu dem Burschen gehen«, sinnierte Elsbeth laut. »Kann doch sein, dass ich ihm auch gefalle. Pass doch heute mal selbst auf die Kleine auf.« Sie erhob sich und trat zu der Kiste, in der sie neben Leintüchern auch ein Stück Seife und eine kleine Phiole Rosenwasser aufbewahrten. Vergnügt summte sie ein Lied vor sich hin und machte sich für ihr Vorhaben zurecht. Ausgiebig bürstete sie ihr langes blondes Haar und betrachtete das Ergebnis in einer Spiegelscherbe.

»Viel Glück!« Magdalena schmunzelte über den Eifer der Cousine. Sollte sie doch ruhig mit dem Kommandantensprössling anbandeln. Ihr sollte es recht sein. Außerdem würde sie Carlotta heute gerne mit zu Meister Johann nehmen. Das lieferte ihr einen willkommenen Vorwand, die Wache bei Eric allein zu übernehmen. Mit dem Kind zwischen den Beinen konnte sie unmöglich die Patienten im Planwagen behandeln.

»Warte.« Elsbeth hielt sie am Handgelenk zurück. »Bist du wirklich sicher, mir diese gute Partie überlassen zu wollen? Wir können auch zu zweit zu ihm gehen. Vielleicht macht ihm das noch mehr Spaß.«

»Geh nur.« Magdalena befreite sich sanft. »Du weißt genau, dass ich für so was nicht geschaffen bin.«

»Du kannst aber doch nicht zeit deines Lebens Trauer um

Eric tragen!« Fragend sah Elsbeth sie an. Fast schien es, als musterte sie jede einzelne Sommersprosse, bevor sie auch das Grün der Augen prüfte und ihren Blick über das lockige, rote Haar wandern ließ. »Dazu bist du viel zu schön, glaub mir. Was ist eigentlich mit diesem geheimnisvollen Gefangenen, zu dem du ständig rennst? Ist der es wert, dass du dafür alles um dich herum liegenlässt? Vergiss nicht: Seume will ihn bald am Galgen zappeln sehen.«

Darauf erwiderte Magdalena nichts, sondern nahm Carlotta und ging. Der Feldscher erwartete sie bereits ungeduldig.

»Gut, dass du kommst. Oben im Wagen habe ich einen kleinen Jungen, der gestern Abend in einen rostigen Nagel getreten ist. Inzwischen hat er hohes Fieber. Wir müssen ihm den Fußballen aufschneiden, sonst übersteht er das nicht.« Damit wollte er sie mit sich ziehen, als er Carlotta bemerkte. »Warum hast du das Kind dabei? Kann Elsbeth sie nicht nehmen?«

»Heute nicht. Wo steckt Rupprecht? Er kann dir zur Hand gehen, während ich mit der Kleinen bei unserem Patienten bleibe.«

»Nein.«

Überrascht über seinen barschen Ton, starrte Magdalena ihn an. Meister Johanns Gesichtsausdruck ließ keinen Zweifel daran, dass es zwecklos war, ihm zu widersprechen. »Gut, dann bringe ich Carlotta ins Zelt und warte, bis sie eingeschlafen ist. Es wird nicht lange dauern, ich komme dann in den Wagen nach.«

Der Eingriff an dem Fuß des Jungen erwies sich als weniger schwierig als befürchtet. Vielleicht lag es auch daran, dass Meister Johann zu dieser frühen Stunde noch nicht so viel Branntwein getrunken hatte wie sonst. Seine Finger zitterten kaum, als er den Schnitt setzte. Geschickt entfernte er den rostigen Nagel und säuberte anschließend die Wunde, während Magdalena ihm leuchtete und gleichzeitig den wimmernden Jungen in Schach hielt. Bald war die Naht fertig, die heilende Paste darauf verteilt und der Verband angelegt.

»Danke, Meister.« Mit Tränen in den Augen drückte die Mutter des Kindes ihm die Hand. »Auf Euch ist doch immer Verlass!«

»Hier, für Eure Mühen.« Der Vater reichte ihm eine dicke Scheibe Speck. Für ein solches Stück wurde inzwischen gut ein Dutzend Gulden geboten. Gerüchte kursierten, dass gestern ein Söldner sein Gewehr für eine Schwarte Speck hatte eintauschen wollen.

»Behalt deinen Speck und sorg lieber dafür, dass der Junge künftig besser achtgibt, wo er hintritt.« Mit diesen Worten drängte Meister Johann den Vater aus dem Planwagen. Anschließend half er der Mutter, mit dem etwa fünfjährigen Buben auf den Armen hinunterzuklettern. Magdalena nickte zufrieden. Sie hätte es nicht anders gehalten. Noch waren sie nicht darauf angewiesen, sich derart ungebührlich für die selbstverständliche Rettung eines Kindes belohnen zu lassen.

»Das war es wohl für heute«, sagte der Feldscher. »Von mir aus kannst du dich also zu Carlotta ins Zelt hocken. Rupprecht kommt mit mir. Tut ihm sicher gut, mit an die Ohm zu gehen. Wir werden uns dort ein wenig erfrischen.«

Magdalena war dankbar für diesen Vorschlag, auch wenn sie genau wusste, was das hieß: dass sie mit den Offizieren würfeln und Karten spielen würden und dabei viel Branntwein tranken. »Geht nur, ich komme schon zurecht. Scheint ein ruhiger Tag zu werden.«

Die Krankenwache an Erics Seite verlief wie all die Tage

zuvor. Sein Zustand schien unverändert. Solange Carlotta in einer Ecke ruhig mit einer Lehmkugel spielte, wechselte Magdalena die Verbände und erneuerte die Salbenpflaster. Erleichtert stellte sie fest, dass die Wunden nicht mehr nässten. Als ihr Spielzeug sie zu langweilen begann, krabbelte Carlotta auf Magdalenas Schoß und zupfte an ihren offenen Haaren. Der Mann auf der Matte interessierte sie nicht im geringsten. Auch als Magdalena ihr erzählte, dass es sich um ihren Vater handele, zeigte die Kleine überhaupt keine Reaktion. Schließlich hielt sie Carlotta dicht an sein Gesicht, ließ sie das rotblonde Haar und die Nase berühren. Als sie auch das nicht beeindruckte, pustete Magdalena sich enttäuscht eine Haarsträhne aus der Stirn. Unter der Zeltplane staute sich die heiße Luft. Und Carlotta fuhrwerkte ununterbrochen mit ihren Fingerchen im Mund herum. Die langen Speichelfäden, die sich über das Kinn zogen und kleine Schmutzschlieren hinterließen, verrieten, dass sie zahnte. Sie begann zu quengeln und riss an Magdalenas Haaren. Ungeduldig löste sie sich daraus.

»Hier, nimm das«, versuchte sie die Kleine mit einer getrockneten Veilchenwurzel abzulenken und zeigte ihr, wie sie auf das weißliche Holz beißen konnte. Mit großen blauen Augen fasste Carlotta gierig danach. Eine Weile beschäftigte sie sich mit der Wurzel, steckte sie in den Mund und kaute darauf herum. Plötzlich aber hörte sie auf und hob den Kopf. Aufgeregt zeigten ihre feuchten Spuckefinger zur Zeltplane.

Frauenstimmen kamen näher, Elsbeth und Roswitha rückten an. Der Plan ihrer Cousine, sich beim Kommandantensohn anzubiedern, war also gescheitert. Vermutlich wollte sie Carlotta zum Stillen abholen, um sich von der Niederlage abzulenken. Roswitha folgte ihr, um das zu verhindern.

Um nichts in der Welt durften die beiden entdecken, welcher Patient hier im Zelt lag. Rasch sprang Magdalena auf und trat nach draußen. Hinter sich verschloss sie die Leinwand mit beiden Händen. »Carlotta hat noch keinen Hunger«, sagte sie eine Spur zu rasch. »Ich bringe sie später, wenn Meister Johann mich bei dem Verletzten ablöst.«

»Was?« Abrupt blieb Elsbeth stehen, stemmte die Hände in die Hüften und schenkte ihr ein falsches Lächeln. Die gute Laune vom Vormittag war verflogen. »Denkst du etwa, ich will dir deine Tochter wegnehmen? Wahrscheinlich hat dich die Alte hier aufgehetzt. Bring mir Carlotta, wann immer du willst. Später, nachts, morgen, es ist mir gleich.« Ihr rechter Arm vollführte einen weiten Bogen durch die Luft, ihre Stimme klang mit jeder Silbe schriller. »Um das ein für alle Mal klarzustellen: Ich will mich wahrlich nicht ständig mit dem Balg herumschlagen. Es gibt Besseres zu tun, als mir von deinem Bastard die Brust auszuckeln zu lassen und seine vollgeschissenen Windeln zu wechseln.«

»Beruhigend, dass du endlich Vernunft annimmst.« Roswitha verschränkte die kurzen Arme vor der Brust und musterte Elsbeth von oben bis unten.

Im selben Moment hob Carlotta drinnen im Zelt zu brüllen an. Erschrocken sahen sich die Frauen an, dann stürzten sie alle drei gleichzeitig ins Innere. Unter der Plane war es nahezu taghell. Carlotta hockte weinend auf dem Boden vor Eric, der leise stöhnte. Dennoch galt Magdalenas erste Sorge dem Kind. Zunächst war schwer auszumachen, weshalb es schrie. Behutsam hob sie die Kleine auf und redete tröstend auf sie ein. Dabei streichelte sie ihr zärtlich über Kopf und Wangen. Allmählich beruhigte sich Carlotta. Unterdessen besah sich die alte Hebamme seine Händchen. »Hat sich wohl auf die

Finger gebissen. Hast du ihr die Veilchenwurzel zum Kauen gegeben?«

Magdalena nickte und drückte sich den zitternden kleinen Leib enger gegen die Brust. Langsam wandte sie sich um. Dabei stieß sie gegen Elsbeth, die als Einzige nicht auf Carlotta achtete. Schreckensbleich starrte sie auf Eric.

»Er lebt!«, stieß sie hervor. »Dann stimmt also doch, was gemunkelt wird: Der dritte Mörder ist Eric! Bist du wahnsinnig, Magdalena? Hast du wirklich nichts Besseres zu tun, als Tag und Nacht bei diesem Halunken zu hocken? Damit bringst du uns alle noch an den Galgen!«

Langsam trat sie ein paar Schritte zurück und sah abwechselnd zwischen Eric, Magdalena und Roswitha hin und her. Dann lachte sie auf. »Jetzt wird mir alles klar! Du«, ihr Zeigefinger schnellte Richtung Roswitha, »warst natürlich die ganze Zeit eingeweiht. Kein Wunder, dass Rupprecht und Meister Johann so ungern Krankenwache schieben. Wer will schon neben einem Verräter sitzen und warten, dass er endlich die Augen aufschlägt, noch dazu, wenn Magdalena sich vor Sehnsucht verzehrt. So ein Pech, dass ich euch auf die Schliche gekommen bin. Ihr solltet euch was einfallen lassen, damit ich niemandem erzähle, wer hier von euch gesund gepflegt wird.«

Unsanft riss sie Carlotta aus Magdalenas Armen. Die wollte sich zwar wehren, merkte aber schnell, dass sie dem Kind damit weh tun würde. Roswitha schüttelte energisch den Kopf.

»Gib dir keine Mühe.« Magdalena bemühte sich um einen gelassenen Ton, wenn sie auch innerlich vor Wut bebte. »Seume weiß es natürlich. Immerhin hat er Eric zu uns bringen lassen.«

»Aber weiß er auch, wie du zu Eric stehst?« Um Elsbeths Mund zuckte ein böses Lachen. »Wenn er erfährt, dass Eric der Vater deines Kindes ist, wird er wohl kaum länger dulden, dass dieser ohne Wache bei Meister Johann im Zelt liegt. Ganz zu schweigen von den anderen Trossleuten. Wie werden sie sich freuen, dass Eric, der Verräter, von den Toten auferstanden ist.«

Rüde drängte Elsbeth Magdalena beiseite und verließ mit Carlotta auf dem Arm das Zelt.

»Vergiss nie, dass man den Ast, auf dem man selbst sitzt, nicht absägen sollte«, rief Magdalena ihr hinterher. Noch einmal drehte die Cousine sich um und winkte ihr, indem sie Carlottas kleinen Arm auf und ab bewegte und sie demonstrativ liebkoste. Begeistert quietschte die Kleine auf und strampelte mit den Beinchen. Das machte Magdalena es noch schwerer, die beiden gehen zu lassen. Betrübt sah sie ihnen nach, bis sie zwischen den Zelten verschwunden waren.

»Mach dir keine Gedanken. Elsbeth wird den Teufel tun und das mit Eric herumerzählen. Ich werde ihr später noch einmal klarmachen, wie sehr sie sich damit selbst schadet.« Roswitha trat zu ihr und legte ihr den Arm um die Schultern. Einen Moment spürte sie die beruhigende Wärme, die die alte Frau ausstrahlte.

»Du hast doch mitbekommen, wie egal ihr das ist.« Magdalena befreite sich vorsichtig aus der Umarmung und kroch ins Zelt zurück. Eine bleierne Erschöpfung drohte sich ihrer zu bemächtigen. Am liebsten hätte sie sich neben Eric ausgestreckt und dem ewigen Schlaf hingegeben.

Schnaufend folgte Roswitha ihr ins Zelt und fühlte ihr die Stirn, als befürchtete sie Fieber. Dann wandte sie sich Eric zu und untersuchte auch ihn, bevor sie Magdalena aufmunternd zuzwinkerte: »Der Bursche ist zäh. Ich bin mir sicher, in ein paar Tagen wird er kräftig genug sein, um aufzustehen.«

»Und dann? Es wird nur schlimmer: Je eher er zu sich kommt, desto rascher droht ihm die Hinrichtung.«

»Wer weiß, was geschieht?«, sagte Roswitha geheimnisvoll. Ihr trüber Blick wanderte durch das Zelt, als suchte sie etwas.

»Was soll denn schon Rettendes geschehen? Ach, Roswitha, ich fürchte, es gibt keinen Ausweg.«

»Gib nicht auf. Meinst du nicht, es war ein Fingerzeig des Schicksals, dass Eric zurückgekommen ist? Wir alle dachten, er sei tot, dabei hat er die ganze Zeit irgendwo gesteckt. Das muss etwas bedeuten! Es kann kein Zufall sein, dass er ausgerechnet jetzt bei dir und der Kleinen auftaucht. Du musst fest daran glauben, dann wird dir auch einfallen, wie du das für euch drei nutzen kannst.«

Magdalena warf der alten Hebamme einen überraschten Blick zu. »Mag ja sein, es bedeutet etwas, dass wir drei uns ausgerechnet jetzt wiedersehen. Aber wer weiß, ob Eric noch derselbe ist wie damals in Freiburg? Ob er mich überhaupt noch liebt? Vielleicht hat er mich längst vergessen, und es ist nur eine üble Laune des Schicksals, uns hier wieder zusammenzuführen. Immerhin sind seit jenem Sommer zwei Jahre ins Land gegangen. Da kann viel passiert sein. Möglicherweise hat er längst eine andere Frau getroffen und lieben gelernt, geheiratet, eine Familie gegründet. Schließlich muss es einen Grund geben, warum er nie nach mir gesucht hat, dem Regiment nicht hinterhergezogen ist, um mich zu finden. Dabei wäre es ein Leichtes gewesen, das zu tun.«

»Vielleicht war ihm das nicht möglich? Wegen der Franzmänner zum Beispiel. Du weißt, dass sie die Gefangenen zwingen, bei ihnen zu bleiben. Wir machen es meist nicht anders, gerade mit denen, die man ihrer Geschicklichkeit und Stärke wegen gut gebrauchen kann. Möglicherweise hat Eric sich erst vor kurzem befreit und nichts Eiligeres zu tun gewusst, als dir hinterherzuziehen. Dass sich die Kaiserlichen gerade hier in Mittelhessen befinden und die Schweden aushungern wollen, ist kein Geheimnis. Dass du weiterhin im Regiment als Wundärztin tätig bist, wird er ebenfalls schnell in Erfahrung gebracht haben. Also ist es reine Liebe, dass er jetzt hier vor dir liegt.«

»Und was ändert das, Roswitha? Seine Wunden habe ich nähen können, dennoch ist er zum Tode verdammt. Seume hat Meister Johann eingeschärft, dass wir ihn für eine aufwendig inszenierte Hinrichtung gesund pflegen müssen. Gelingt uns das nicht, wird er uns ebenfalls zur Rechenschaft ziehen. Immerhin ist Eric in seinen Augen ein gemeiner Soldatenmörder.«

»Das Märchen glaubst du wohl nicht etwa, Magdalena? Hast du nicht selbst gesagt, wie eigenartig es ist, dass Seume einen dritten Meuchelmörder präsentiert? Wir waren doch dabei, wie die beiden gefasst und unter der Folter verhört wurden. Traust du Eric tatsächlich zu, dass er mit solchen Verbrechern gemeinsame Sache macht?«

Beschämt senkte Magdalena den Blick. Ihre Wangen brannten. Natürlich hatte sie die Zweifel immer wieder geäußert. Weil sie allerdings in den letzten Tagen an Erics Krankenlager keine Antworten auf ihre Fragen gefunden hatte, war sie inzwischen so weit, Seumes Version zumindest nicht mehr laut anzuzweifeln.

»Warum sonst sollte der Profos Eric hängen wollen?«, sagte sie. »Er weiß, wer er ist. Damit ist ihm auch klar, dass es nicht wenige im Lager gibt, wie zum Beispiel die Zimmerleute, die hinter Eric stehen. Die wird er nicht gegen sich aufbringen wollen. Wenn er Eric nun also des Mordes bezichtigt, muss er dafür einen triftigen Grund haben. Und der kann nur lauten, dass er beweisen kann, dass Eric dabei war, als die Soldaten aus dem Hinterhalt erstochen wurden. Es sähe ihm doch ähnlich, dass er eine so abscheuliche Tat wie die Schändung der Frauen auf diese Weise rächt.«

»Rächen ja, aber nicht aus dem Hinterhalt. Magdalena, hör auf! Du kannst mir nicht weismachen, dass du das tatsächlich glaubst.«

»Was soll ich denn tun?«

»Das kann ich dir auch nicht sagen, dir nur den Rat geben: Hör auf deine innere Stimme! Ich weiß, dass ihr beide euch liebt, und ich weiß, dass es kein Zufall ist, dass ihr euch wieder begegnet seid. Alles andere wird sich finden. Du musst nur offen sein für das, was sich in dir drinnen regt. Immerhin ist er der Vater deines Kindes!«

7

Lange hallten die Worte Roswithas in Magdalenas Kopf nach, und sie begriff, dass die Hebamme recht hatte: Eric liebte sie noch immer und war einzig in die Gegend gekommen, um sie aufzuspüren. Sie musste etwas tun, ihn zu retten, noch bevor Elsbeth die Situation nutzen und Seume über die wahren Zusammenhänge aufklären konnte. Das war sie Eric und Carlotta schuldig. Ratlos betrachtete sie das Gesicht des geliebten Mannes. Wie er da auf der Matte lag, hatte es fast den Anschein, als schliefe er friedlich seiner Genesung entgegen. Behutsam tupfte sie ihm mit einem feuchten Schwamm die Lippen, fuhr zärtlich die sanften Linien um seinen Mund nach. Ein leises Stöhnen war die Antwort.

»Willst du nicht was essen?« Eine fröhliche Frauenstimme ließ sie herumfahren. Ohne dass sie es bemerkt hatte, war die Plane am Zelteingang aufgerissen worden, und aus einem runden, braungebrannten Gesicht strahlten sie zwei wasserblaue Augen an. Verwundert starrte Magdalena zurück, bis ihr nicht nur klarwurde, zu wem dieses Gesicht gehörte, sondern auch, dass die neugierige Hanna gerade ihr Geheimnis entdecken und Eric verraten konnte. Hastig sprang sie auf und drängte die Frau wieder hinaus.

»Was hast du? Warum gönnst du mir nicht mal einen kurzen Blick auf den gemeinen Schurken?« Schmollend ging Hanna beiseite. »Ich hätte wirklich gern aus der Nähe gesehen, wie so ein Halunke ausschaut.«

»Wie soll er schon ausschauen? Da gibt es nichts Besonderes zu sehen, sonst wäre es auch nicht so schwer, so einem wie ihm auf die Spur zu kommen.« Mit zittrigen Fingern umklammerte Magdalena noch immer die Zipfel der Zeltplane und hielt die beiden Enden dicht übereinander. »Hast du nicht was von Essen gesagt? Ich habe tatsächlich großen Hunger.« Auch wenn das nicht stimmte, so hoffte sie doch, Hanna damit abzulenken.

»Hier ist der Korb.« Die junge Frau, die in ihrem Alter war, sie aber wie so viele andere um gut einen Kopf überragte, zauberte einen Weidenkorb hinter ihrem Rücken hervor und hielt ihn ihr dicht vors Gesicht. »Weißt ja, dass meine Schwester dir immer und ewig dankbar sein wird, weil du ihren Mann wieder ins Leben zurückgeholt hast.«

»Das ist doch meine Aufgabe.« Magdalena war es unangenehm, dass viel Aufhebens um etwas gemacht wurde, was für sie alltäglich war: jemanden zu heilen oder ihm mit all ihrem Wissen beizustehen, um ihn vor Schlimmem zu bewahren. »Dass er sich an dem Hühnerknochen verschluckt hat, hätte wirklich übel ausgehen können. Zum Glück war ich in der Nähe und konnte gleich das Richtige unternehmen.«

»Viel hätte dieses Mal nicht gefehlt, und er wäre draufgegangen. Ganz blau war er schon. Ich glaube, meiner Schwester ist in dem Moment klargeworden, was sie wirklich an ihm hat, auch wenn er am nächsten Abend schon wieder sturzbesoffen vom Würfeln zurückgekrochen ist. Eine Frau allein mit zwei kleinen Kindern hat eben nicht viel zu lachen, vor allem, wenn sie ein Trossweib ist so wie wir. Ohne männlichen Beistand sind wir doch jeder Willkür ausgeliefert. Nur wer so gescheit ist wie du, kann sich als Frau allein durchschlagen.« Sie warf Magdalena einen bewundernden Blick zu.

»Du würdest das auch schaffen.« Magdalena versetzte ihr einen aufmunternden Schubs. »Sieh dir Roswitha und die anderen Hebammen an, auch so manche Marketenderin kommt ganz gut allein klar. Nicht jede endet gleich im Hureneck, wenn ihr Mann ins Gras beißt oder sie gar nicht erst einen abkriegt. Und selbst die Trosshuren bejammern nicht tagaus, tagein ihr Schicksal. Du kannst dich von deiner Schwester lösen und allein zurechtkommen, auch ohne Mann. Das Zeug, was Rechtes aus dir zu machen, hast du allemal. Frag doch Roswitha oder eine der anderen Wehmütter, ob sie nicht eine Hilfe gebrauchen könnten, oder Lene, die Marketenderin. Lang will die mit ihrem Kram wohl nicht mehr über Land ziehen, wie ich gehört habe. Eine gute Gelegenheit, bei ihr einzusteigen.«

»Ich weiß nicht.« Mit einem Mal hatte Hannas lustiges Gesicht alle Fröhlichkeit verloren.

»Du musst es natürlich wollen.« Magdalena wurde ungeduldig. Es war doch immer das Gleiche mit Frauen wie Hanna: Einerseits neideten sie ihr die Unabhängigkeit, andererseits waren sie zu bequem, selbst etwas zu tun, um ebenfalls so zu leben. »Einfach ist unser Leben natürlich auch nicht immer. Oft fragt man sich, ob es das alles wert ist oder ob so ein Leben an der Seite eines besoffenen Mannes nicht doch der einfachere Weg wäre.«

»Im Ernst?« Verblüfft riss Hanna die Augen auf. Inzwischen aber war Magdalena die Lust vergangen, das immer gleiche Gespräch fortzusetzen. Bevor Hanna wieder den üblichen Sermon über ihre ausweglose Lage als unverheiratete Frau anstimmen konnte, bückte sie sich lieber über den Korb und begutachtete die Schätze. Hannas Schwester zollte ihr aufrichtigen Dank, dass sie ihren versoffenen Mann wieder einmal vor dem vorzeitigen Ableben bewahrt hatte: ein Topf mit Brei, ein großer Kanten Brot sowie ein Stück Käse – das versprach ein ordentliches Mahl. Aber da Magdalena wusste, welches Opfer das für die Kinder bedeutete, sagte sie energisch: »Sag deiner Schwester, dass sie mir schon oft genug bewiesen hat, wie viel ihr meine Hilfe bedeutet. Ich kann das nicht annehmen.«

Hanna nickte, sichtlich froh, dass Magdalena nicht weiter darauf beharrte, sie zur Eigenständigkeit zu ermahnen. »Kommst du heute Abend mal wieder bei uns vorbei?«, fragte sie stattdessen. »Meine Schwester wird sich freuen, dich bei uns zu sehen. Bring auch Carlotta mit, dann kann sie mit meiner Nichte spielen. Du willst dich doch nicht ewig hier im Zelt verkriechen und diesen Mörder bewachen. Der alte Josef wird mit seiner Flöte kommen. Bestimmt wird es lustig, wenn wir dazu tanzen.«

Bei dem Gedanken leuchteten Hannas Augen wieder auf, und sie wiegte die Hüften in Vorfreude auf die Musik. Eine Strähne ihres dicken, braunen Haars ragte lustig in die Stirn. Unbekümmert pustete sie sie weg. Hanna war recht ansehnlich. Nicht zum ersten Mal wunderte sich Magdalena, warum sie nicht längst einen hartnäckigen Verehrer hatte. Selbst wenn die vom Alter in Frage kommenden Männer im Tross allmählich rar wurden, hatte eine Frau wie Hanna keine schlechten Chancen. Eine Andeutung Roswithas fiel ihr ein: Im letzten Frühjahr hatte Hanna sie um Hilfe gebeten, etwas Ungewolltes loszuwerden. Einen Trunk aus Mutterkorn oder Ähnliches hatte sie haben wollen. »Der alte Lump von Schwager hat wohl nicht aufgepasst«, hatte die Hebamme geknurrt und ihr das Gewünschte verschafft. Offenbar kroch also der von Magdalena bereits schon öfter Gerettete nicht nur zu seiner Frau unter die Decke. Hanna schien es zu gefallen, zwar einerseits das Vergnügen zu genießen, andererseits aber doch nicht die Gebundenheit einer Ehefrau ertragen zu müssen. Kein Wunder, dass sie sich schwertat, sich aus diesem Nest zu befreien.

»Mal sehen, ob Rupprecht rechtzeitig kommt, mich hier abzulösen«, sagte Magdalena und war froh, dass Hanna sich mit der vagen Antwort zufriedengab. Nachdenklich blickte sie ihr nach, wie sie im Trubel des Lagers verschwand, froh, selbst über ihr Leben zu bestimmen. Ihre Finger tasteten über das Mieder. Wie so oft in den letzten Tagen fiel ihr erst im letzten Moment wieder ein, dass der Bernstein verschwunden war. Vielleicht kam sie nachher endlich dazu, ausgiebig nach ihm zu suchen. Zunächst aber machte sie sich daran, im Zelt aufzuräumen. Die Instrumente mussten gesäubert werden, das überschüssige Leinen zusammengelegt und die Töpfe und Tiegel fest verschlossen werden. Zwischendurch sah sie immer wieder zu Eric. Sein Brustkorb hob und senkte sich schwach, aber beständig. Wenn sie ihn so liegen sah, kribbelte es nach wie vor in ihrem Bauch. Widerstandslos seinem weiteren Schicksal zuzusehen, würde sie nicht ertragen. Wie aber sollte sie ihn Seumes Händen entreißen, ohne selbst am Galgen zu enden?

Im orangefarbenen Licht der Spätnachmittagssonne kletterte sie schließlich in den angrenzenden Planwagen. Wie so oft trug sie die Tongefäße im gerafften Rock. Bei jeder Bewegung klirrten sie gegeneinander. Sie mahnte sich zu mehr Bedächtigkeit. Die Kräuter und Pasten waren kostbarer denn je. Seit Tagen war sie nicht vor dem Lager gewesen, um für Nachschub zu sorgen. Auch konnten sie derzeit bei keinem Marketender neue erwerben. Nach dem Abzug der Schweden waren die Kaiserlichen von sämtlichen Nachschublieferungen abgeschnitten. Umsichtig räumte sie die Utensilien an ihren Platz zurück. Dabei suchte sie gründlich zwischen den Tiegeln und Kisten nach dem verlorenen Bernstein. Jede Ritze zwischen den Holzlatten war ihr vertraut, jedes Wurmloch wusste sie blindlings mit den schlanken Fingern zu ertasten. Trotzdem wurde sie auch dieses Mal nicht fündig. Wo sonst als im Gewühl des Planwagens mochte der kostbare Schatz verlorengegangen sein? Deutlich stand ihr vor Augen, wie sie bei der Zusammenstellung der Hilfsmittel für Erics Operation mit dem Rock an einem rostigen Nagel hängengeblieben war. Dabei musste die Lederschnur mit dem Stein gerissen sein. Auf dem Richtplatz hatte sie das Schmuckstück noch gehabt. Carlotta hatte sich immer so gern an der Schnur festgekrallt, so auch an jenem Morgen. Ob dabei die Schnur gerissen war? Wenn der Stein im Gewühl des Richtplatzes verschwunden war, würde sie ihn wohl niemals wiederfinden. Verzweifelt wischte sie sich mit dem Handrücken den Schweiß von der Stirn. Um sich Luft zu verschaffen, knotete sie das Kopftuch auf und schüttelte die roten Locken, bis sie locker auf die Schulter fielen. Die Hitze war kaum auszuhalten. Mieder und Rock klebten schon wieder feucht auf der Haut. Sie rief sich zur Besinnung. Was stand sie untätig herum und grübelte über den Stein? Eric galt es zu retten! Das war das Wichtigste. Rasch kehrte sie zurück ins Zelt.

Eric hatte sich noch immer nicht gerührt. Einzig das Auf und Ab seines Brustkorbs deutete darauf hin, dass er lebte. Eine Zeitlang beobachtete sie seinen Atem, fühlte den schwachen Puls. Es konnte Tage dauern, bis sich sein Zustand spürbar veränderte. Würde sich Seume mit der Hinrichtung wirklich so lange gedulden? Nachdenklich knöpfte sie ihr Mieder wieder zu, strich den Rock glatt und trat vor das Zelt.

Wolkenfetzen verschleierten nun den Himmel, eine sanfte Brise strich über das Lager und spielte sanft mit den Stoffbahnen der Zelte und Wagen. Anders als am Nachmittag war kaum jemand in den Gassen zu sehen. Leise Flötenmusik tönte herüber, kurz darauf setzten Singen und Klatschen ein. Offensichtlich hatte der alte Josef beim Zelt von Hannas Schwester sein Flötenspiel begonnen. Magdalenas Blick glitt über die weite Ebene Richtung Westen. In großen Kreisen zogen zwei Krähen ihre Bahnen. Als führten sie eine rege Unterhaltung, krächzten sie abwechselnd auf. Grillen zirpten, eine dicke Hummel verirrte sich brummend in Magdalenas rotem Haar. Energisch schüttelte sie den Kopf, und die Hummel schwirrte davon. Magdalena wandte sich wieder dem Brachland zu. Der karge Lehmboden schimmerte gelblich. Der Himmel darüber wurde zunehmend grau. In der Ferne grollte es dumpf. Zaghaft regte sich Hoffnung auf ein Gewitter. Regen wäre ein wunderbares Geschenk. Das Licht wurde milchiger, die Wolken ballten sich zusammen. Flogen die Schwalben nicht schon bedeutend niedriger? Da durchschnitt ein einsamer Schuss die träge Sommerstimmung, und ein schwarzes Etwas stürzte vom Himmel. Wieder einmal hatte sich jemand aus der Luft einen Braten besorgt.

Ein Geräusch aus dem Zelt schreckte Magdalena auf. Beunruhigt spähte sie hinein. Es dauerte, bis sie sich wieder an die trüben Lichtverhältnisse gewöhnt hatte. Eric schien sich bewegt zu haben. Der Wasserkrug, der neben ihm gestanden hatte, war umgekippt und hatte sich über den festgestampften Lehmboden ergossen. Rasch ging Magdalena bis zur Matte und stellte den Krug wieder auf. Prüfend sah sie auf Eric. Ein leichtes Zittern durchlief seinen Körper. Mehrmals stöhnte er auf. Sein Gesicht verzog sich vor Schmerzen, die linke Hand fuhr in die Luft. Sanft, aber bestimmt presste sie sie zurück auf die Matte. Sie tupfte ihm den Schweiß von der Stirn. Seine Kiefer mahlten, die Augenlider flackerten. Mehrmals sah es so aus, als wolle er die Augen aufschlagen und mit ihr reden, doch nichts geschah. Endlich entspannten sich seine Züge wieder, das Flattern der Lider hörte auf, und sein Atem wurde gleichmäßig.

Ihre Hand blieb auf der seinen liegen. Wie winzig ihre Finger gegen seine waren! Plötzlich überkamen sie die Erinnerungen an den Sommer in Freiburg. Die lauen Nächte auf dem Heuboden, das gemeinsame Wachen im Mondschein. Zärtlich strich sie ihm über das helle Haar auf dem Handrücken, spürte den weichen Flaum unter ihren Fingerkuppen.

Ihre Kehle wurde trocken, der Hals eng. Dennoch kribbelte es wohlig in ihrem Bauch. Kaum merklich zuckte es in Erics Mundwinkeln. Es war ihr, als lächelte er. Die Furchen an seiner Nasenwurzel vertieften sich, dann glätteten sie sich wieder. Ohne weiteres Vorzeichen schlug er die Augen auf, sah erst gerade hinauf zur Decke, dann wandte er leicht den Kopf.

Magdalena hielt den Atem an.

Der erstaunlich klare Blick seiner tiefblauen Augen kam auf ihr zur Ruhe. Ihr wurde heiß. Die Wangen glühten, die Lippen bebten. Sie musste an sich halten, ihn nicht innig zu umschlingen.

8

Der Gewitterregen erquickte Land und Leute. Die warme Erde dampfte vor Freude. Beglückt tanzten die Menschen durch das langersehnte Nass, und Josef spielte dazu auf seiner Flöte. Jung und Alt sangen und lachten und vergaßen darüber die knurrenden Mägen und leeren Kochtöpfe. Die Erfrischung aber war nicht von Dauer. Noch vor Sonnenuntergang überzog das seit Wochen vertraute strahlende Blau wieder den Himmel. Glutrot färbte sich die Sonne und verkündete, dass sie auch am nächsten Tag die Oberhoheit über das Wetter beanspruchen würde. Der Geruch nach feuchter Erde und nasser Kleidung aber hing den restlichen Abend über dem Lager, vermischte sich bald mit dem von Lagerfeuer und Fackeln.

Bizarr huschten die Silhouetten der spielenden Kinder über den Lehmboden. Träge folgte Elsbeth ihnen mit dem Blick, wie sie zwischen Kisten und Zelten ihren Weg suchten, mal einem Erwachsenen ausweichen mussten, mal einem anderen auf die Füße traten oder flink zwischen den langen Beinen eines Dritten hindurchschlüpften. Fluchen und Schimpfen wurden laut, sobald sie etwas umstießen. Das focht sie in ihrem ungestümen Treiben nicht an. Unbeschwert verständigten sie sich über die Zelte hinweg, mitunter erhob sich dazwischen ein zartes Stimmchen, um einen Abzählreim oder ein kurzes Lied zu singen. Andere stimmten ein, bis ihnen das Singen zu fad wurde und sie wieder etwas Aufregenderes entdeckten.

Den ganzen Nachmittag schon sah Elsbeth ihnen zu und erinnerte sich daran, wie sie mit Magdalena, Rupprecht und den anderen Trosskindern fröhlich herumgetollt war. Langsam senkte sich die Dämmerung über das Lager. Als die Kinder vorhin ungestüm durch den Regenschauer getanzt waren, war Elsbeth versucht gewesen, es ihnen gleichzutun. Carlotta hatte sie jedoch daran gehindert. Erst hatte sie auf ihrem Schoß geschlafen, dann an ihrer Brust getrunken und sie auch danach nicht aufstehen lassen.

Die stickige Luft unter der Zeltplane ließ Elsbeth schläfrig werden, doch sie fühlte sich zu matt, einen kühleren Platz zu suchen. Carlotta lag schon wieder an ihrer Brust. Behutsam strich sie ihr mit der Hand über das rotblonde Köpfchen. Munter kräuselten sich die Haarbüschel darauf. Die blauen Augen hielt sie fest geschlossen. Die dünnen Lider flatterten, lila zeichneten sich die Adern darauf ab. Im Rhythmus ihres Atems bebten die Nasenflügel. Ein verstörendes Gefühl durchströmte Elsbeth, wie immer, wenn sie die Kleine betrachtete. Was wäre geworden, wenn sie letzten Sommer selbst ein lebendiges Kind geboren hätte? Roswitha hatte ihr nicht einmal verraten, ob es sich um einen Jungen oder ein Mädchen gehandelt hatte. Bevor sie den Wurm, den sie unter Mühen aus dem Leib gepresst hatte, anschauen konnte, hatte die Alte ihn verschämt beiseitegeschafft. Elsbeth lehnte den Kopf an den Pfahl, an dem sie saß. Manchmal träumte sie davon, dass es ein Junge gewesen war mit schwarzen Haaren und dunklen Augen, genau wie sein Vater. Hätte Rupprecht sich dann mehr um sie gekümmert? Vielleicht war es besser, dass das Kind nicht überlebt hatte. So konnte sie wenigstens für Carlotta da sein. Ohne sie hätte die Kleine keine Chance gehabt. Nicht zu ertragen, wenn auch sie gestorben wäre! Allein bei dem Gedanken wurden Elsbeths Augen feucht. Schniefend wischte sie mit dem Handrücken die Augenwinkel aus.

Durch den Tränenschleier verwandelten sich die spielenden Kinder vor ihr in Wesen aus dem Feenreich. Die nächtliche Schwüle tat ein Übriges, ihre sackähnlichen Kittel in Flügel zu verwandeln. Gleich würden sie abheben, mit den dünnen Armen und Beinen durch die Luft rudern, die langen Hälse mit den viel zu großen Köpfen neugierig in die Luft recken. Grillen zirpten, Lagerfeuer knisterten. An Elsbeths Brust schmatzte es herzhaft. Carlotta öffnete die Augen und wirkte einen Moment verwundert. Sobald sie ihre Tante entdeckte, verzog sich ihr Mund zu einem Lächeln. Wie liebte Elsbeth diese Momente! Beglückt herzte sie das kleine Grübchen auf Carlottas linker Wange, küsste das kaum wahrnehmbare Kräuseln der Nasenwurzel. Nie und nimmer wollte sie das missen. Was auch immer Roswitha und Magdalena meinten: Die Kleine würde immer ihr Kind sein!

Carlotta wurde unruhig. Der schmächtige Leib zitterte. Besorgt streichelte Elsbeth ihr über den Rücken. Darüber beruhigte sie sich wieder. Mit einem lauten Schnaufen entleerte sich ihr Darm. Fest presste Elsbeth den dünnen Leib an sich und erhob sich. Hinten in der Kiste waren noch ein paar saubere Leintücher.

»Pass doch auf!« Rupprechts Stimme klang wütend. Als sie hinterrücks unter der Zeltplane hervorkam, stieß sie mit ihm zusammen.

»Weißt du, wo Magdalena steckt?« Wie so oft würdigte er Carlotta keines Blickes. Auch sie sah er nicht an, starrte stattdessen zu dem benachbarten Zelt, vor dem eine hagere Frau emsig in einem Topf rührte.

»Was suchst du sie hier? Bei eurem Patienten wird sie sein. Tag und Nacht hockt sie dort. Ich jedenfalls kriege sie kaum mehr zu Gesicht, höchstens, wenn ich die Kleine zu ihr bringe oder zum Stillen abhole. Weißt du eigentlich, wer euer Patient ist?«

Neugierig musterte sie ihn, damit ihr keine Regung entging. Kaum vorstellbar, dass ihm die Wahrheit bislang entgangen war. Er musste Eric doch spätestens beim Operieren und Verbinden erkannt haben. Verändert hatte der Rotblonde sich in den letzten beiden Jahren kaum. Selbst bei dem schlechten Licht hatte sie gleich gewusst, um wen es sich handelte.

»Ich wüsste nicht, was dich das angeht.«

»Mich vielleicht nicht, aber Seume.« Aufreizend schob Elsbeth das Becken vor.

»Der weiß es.« Abermals wandte Rupprecht sich ab.

»So? Vielleicht den Namen, aber nicht mehr.« Dicht trat sie an ihn heran und gewährte ihm dabei einen tiefen Blick in ihr halboffenes Mieder. Auch wenn er vorgab, als interessiere sie ihn nicht mehr, wusste sie, dass er weiterhin empfänglich für ihre weiblichen Reize war. Keine Woche war es her, dass sie ihn wieder einmal hatte verführen können. Ganz enthaltsam konnte er eben auch nicht leben, gerade wenn er jeden Tag so eng mit Magdalena zusammenarbeitete, nach wie vor aber von ihr als Mann zurückgewiesen wurde.

»Könnte es Seume nicht interessieren, was Magdalena mit Eric verbindet?« Wie zufällig schob sie Carlotta vor ihren Busen und bemerkte lächelnd, dass Rupprechts Miene sich verfinsterte.

»Was weißt denn du?«, schnaubte er verächtlich.

»Mehr, als meiner Cousine lieb sein kann.«

»Wenn du dich da mal nicht täuschst! Statt solchen Unsinn zu erzählen, verrätst du mir jetzt besser, wo sie steckt.«

Breitbeinig verschränkte er die Arme vor der Brust. Schmunzelnd richtete sie sich zu ihrer vollen Größe auf und sah auf ihn hinab. Ihm blieb nichts anderes, als seiner geringeren Körperlänge wegen direkt auf ihren Busen zu schauen. Zufrieden wiegte sie sich vor ihm hin und her und hob Carlotta vorsichtig auf die andere Seite ihrer Hüfte. Das halboffene Mieder rutschte weiter auseinander und entblößte die weiße Haut ihres Busens. Rupprecht gelang es nicht, seine dunklen Augen von ihr abzuwenden. Das Auf und Ab seines Adamsapfels verriet angestrengtes Schlucken.

»Ich bin doch nicht Magdalenas Aufpasserin!« Schmollend verzog Elsbeth den Mund. »Oder meinst du, ich schleich ihr hinterher, so wie du?«

Vor Zorn lief sein Gesicht rot an. Sie lächelte. »Ich brauche sie nicht, um Appetit zu bekommen. Sollen wir mal schauen, ob es bei dir auch wieder von ganz allein klappt?«

Ohne sich um das Kind auf ihrem Arm zu kümmern, schmiegte sie sich eng an ihn und legte den freien Arm um seine Schultern. Im ersten Moment hatte sie das Gefühl, er ginge gern auf das Angebot ein. Dann fuhr ein Ruck durch seinen Körper, und er versteifte sich. Empört schüttelte er sie ab. »Wenn Magdalena bei dir auftaucht, schick sie zu Roswitha. Die braucht sie bei einer schweren Geburt. Ein Kind liegt quer. Weibergeschichten, um die sich besser Magdalena kümmert.«

Damit wollte er kehrtmachen, doch Elsbeth hielt ihn zurück. »Wenn Kinder quer liegen, dann haust du immer ab, was?«

Entsetzen huschte über sein Gesicht. »Fang nicht wieder damit an, Elsbeth. Was vorbei ist, ist vorbei. Tut mir leid, wenn du dir meinetwegen falsche Hoffnungen gemacht hast.«

»Falsche Hoffnungen? Ich? Ausgerechnet deinetwegen?« Ihre Stimme wurde schrill. »Was glaubst du, wer du bist?«

Die Kleine plärrte los. Elsbeth wiegte sie auf den Hüften. »Scht, ist ja gut!«, säuselte sie ihr ins Ohr, ließ Rupprecht dabei allerdings nicht aus den Augen. Im nächsten Moment versetzte sie ihm wütend einen Stoß gegen die Schulter. Er stolperte, blieb aber stehen. Das brachte sie noch mehr in Rage. Darüber fiel ihr nicht einmal auf, dass Carlotta aufgehört hatte zu weinen. Schritt für Schritt drängte sie Rupprecht vor sich her durch die Gasse und ließ ihm keine Gelegenheit, sich umzudrehen und wegzurennen. Er musste rückwärtsgehen, während sie ihn weiter lauthals beschimpfte. »Bist du dir überhaupt im Klaren, wie kümmerlich du ausschaust? Nicht mal bis zur Schulter reichst du mir! Bevor ich mich mit einem Zwerg wie dir abgebe, lege ich mich zehnmal lieber zu jedem anderen Mann!«

Ein hastiger Blick über die Schulter genügte ihr, um sich zu vergewissern, dass die Frau nebenan mit dem Rühren der Suppe aufgehört hatte und mit weitaufgerissenem Mund verfolgte, was Elsbeth Rupprecht entgegenschleuderte. »Hau nur ab, du elender Mistkerl, und kümmere dich um eure verfluchten Verwundeten! Meuchelmörder und Spitzel und andere Halunken sind das. Muss dir eine große Freude sein, mit bloßen Händen im stinkenden Gedärm dieser elenden Schufte zu wühlen!«

Im nächsten Moment senkte sie die Stimme, allerdings nur so weit, dass sie nicht mehr schrie, nebenan aber noch deutlich zu verstehen war. »Wenn das mal nicht mit dem Teufel zugeht, was ihr drei da in Meister Johanns Unterkunft treibt! Auffallen tut es mir schon länger, jetzt aber, wo Magdalena seit Tagen nicht mehr in unser Zelt zurückgekommen ist und auch das verlockende Angebot des Kommandantensohns abgewiesen hat, wird mir so manches klar: Weder Meister Johann noch Magdalena oder du habt eine Liebschaft. Das stinkt doch zum Himmel! Ihr drei seid euch nämlich selbst genug! Jeder andere stört euch wohl bei eurem Treiben. Pfui, ist das ekelhaft! Wahrscheinlich treibt ihr es besonders gern im Angesicht eurer halbtoten Verwundeten!«

Unfähig, etwas zu erwidern, schnappte Rupprecht nach Luft. Unter der Plane nebenan schepperte es, als der Topf mitsamt dem Löffel umkippte. Die hagere Frau war aufgesprungen und davongerannt.

»Du widerliches Miststück! Was meinst du, was du damit erreichst?« Rupprecht hatte seine nahezu schwarzen Augen zu einem schmalen Schlitz zusammengezogen. Finster wölbten sich die buschigen Augenbrauen darüber. Das Grübchen in seinem linken Mundwinkel wurde tiefer. »Alte Hexe!«, zischte er, dann drehte er sich um und ging.

Elsbeth sah ihm nach, bis seine mickrigen Umrisse von den Schatten der Wagen und Buden aufgesogen wurde. Für eine

Weile fühlte sie sich wie von einer schweren Last befreit. Fast war ihr zum Singen zumute. Selbst die schmachvolle Zurückweisung durch den Kommandantensohn verlor an Bedeutung. Auf einmal schien es ihr unwirklich, dass er sie ausgelacht und aus seinem Haus geworfen hatte, weil er nach wie vor auf Magdalenas Gunst hoffte. Armer Tölpel!, dachte sie mitleidig und lachte in sich hinein.

Carlotta schien zu spüren, wie sich ihre Laune besserte, und gluckste vergnügt. Elsbeth wiegte sie schwungvoll auf der Hüfte hin und her. Dabei summte sie ein Lied und kroch mit ihr zurück ins Zelt. In Magdalenas Kiste fand sie außer Leinen noch ein Stückchen Leder, das sie Carlotta in den Mund steckte. Begierig begann die Kleine, darauf herumzukauen, während sie sie von den schmutzigen Stoffstreifen befreite. Dabei kam etwas Helles, Gelbes auf dem Bäuchlein zum Vorschein. Der Bernstein! Wie hatte sie den vergessen können? Ein wahres Wunder, dass Magdalena ihn nicht schon entdeckt hatte. Anscheinend wickelte sie ihr Kind nicht, wenn sie es bei sich hatte.

Andächtig hob Elsbeth den Stein hoch und hielt ihn gegen das unruhig blakende Talglicht auf der Truhe. Golden leuchtete das Schmuckstück auf. Haarfein hoben sich die Einzelheiten des eingeschlossenen Insekts vor dem honiggelben Innern ab. Kaum konnte sie sich sattsehen an dieser Vollkommenheit. Erst Carlottas Quieken riss sie wieder in die Gegenwart zurück.

»Der wird uns Glück bringen, meine Kleine!« Freudig tätschelte sie Carlotta den nackten Bauch und ließ den Stein an der Lederschnur vor ihrem Gesicht pendeln. Aufmerksam folgte die Kleine ihm mit den blauen Augen und saugte weiter an dem Lederstück.

»Wird schon einen Grund geben, warum Magdalena ihn nie hergezeigt oder bei einem Händler eingetauscht hat. Ganz sicher verleiht der Stein besondere Kräfte. Oder er beschützt einen vor Unheil. Magdalena jedenfalls ist noch nie etwas Schlimmes passiert. Und das, wo sie doch seit zwei Jahren allein im Tross lebt.«

Obwohl sie wusste, dass Carlotta nichts von dem verstand, was sie sagte, konnte sie nicht aufhören zu reden. Insgeheim beruhigte es ihr Gewissen. Immerhin hatte sie der Cousine den Stein gestohlen.

»Wir werden schon sehen, was jetzt mit uns beiden geschieht.« Entschlossen knotete sie sich die Schnur um den Hals und schob den Stein unter das Mieder, wie sie es bei Magdalena beobachtet hatte. Länger wollte sie es nicht riskieren, das kostbare Stück bei Carlotta zu lassen. »Und ob es Magdalena schadet, wenn der Bernstein sie nicht mehr beschützt.«

Nachdenklich legte sie sich die Hand auf die Brust und tastete nach dem Stein. Dann lächelte sie zufrieden und wickelte Carlotta in trockene Tücher, bevor Magdalena auftauchen und das Linnen für sich zurückfordern konnte.

9

Vom Regen war nichts mehr zu spüren. Indes versank die Sonne als glühender Feuerball am Horizont. Zurück blieb ein leuchtendes Goldband, dessen Schlieren sich weit über den Abendhimmel ausbreiteten. Traurig beobachtete Magdalena das Schauspiel. Bernsteinfarben färbte sich das Firmament ein. Sie fühlte sich leer, bedauerte wieder einmal, den vertrauten Glücksbringer verloren zu haben. Ein schlechtes Zeichen. Je länger sie darüber nachgrübelte, wie sie Eric retten könnte, desto auswegloser erschien ihr ihre Situation. Aufgewühlt raufte sie sich die Haare. Jede Entscheidung ging zu Lasten eines geliebten Menschen. Unauflösbar war das Schicksal Erics, Carlottas und Meister Johanns miteinander verwoben.

Allmählich senkte sich die Nacht über das Lager. Höchste Zeit, zum Zelt zurückzukehren. Magdalena wandte sich vom Ufer der träge fließenden Ohm ab und trat den Weg vom östlichen Rand des Lagers quer durch das Quartier der Offiziere zu den Unterkünften der einfachen Soldaten an. Zügig schritt sie aus, stahl sich an dem Platz vorbei, auf dem die Offiziere beieinandersaßen, würfelten und Karten spielten. Ganz in ihre Partien vertieft, schien niemand von ihr Notiz zu nehmen, bis auf einmal eine heisere Stimme ertönte: »Sieh an, die rote Magdalena! Was schleichst du dich hier im Dunkeln herum? Komm ein bisschen her zu uns und vertreib uns die Zeit.«

Ehe sie sich versah, war einer der Männer aufgesprungen. Er legte den Arm um ihre Schultern und führte sie näher ans Feuer. Johlend wurde sie von gut einem Dutzend Offiziere begrüßt, darunter Korporale, Rottenführer und Steckenknechte. Einer von ihnen war der Anführer des Suchtrupps, der die beiden Soldatenmörder gefangen genommen hatte. Freudig nutzte er die Gelegenheit und erzählte seinen Kameraden, wie er sie und Roswitha draußen vor dem Lager getroffen und vor einem möglichen Überfall bewahrt hatte.

»Komm, nimm dir was von unserem Eintopf.« Schon reichte ihr jemand einen Löffel und wies mit dem Kopf auf einen Kessel, der über dem Feuer hing. Fackeln warfen ihren unsteten Schein auf die Versammelten, beleuchteten Buden und Zelte. Bald erspähte Magdalena auch eine Reihe Frauen, offenbar nicht allein Trosshuren, die mit den Offizieren ihren Spaß haben wollten. Sie trat zum Topf. Der verlockende Duft nach Gesottenem stieg ihr in die Nase, und ihr leerer Magen begann zu rumoren. Drüben im Wagen war zwar noch etwas gepökeltes Fleisch und zweifach gebackenes Brot, das war aber keine Verlockung im Vergleich zu diesem Eintopf. Dankbar schöpfte sie sich einige Löffel heraus. Die Männer setzten unterdessen das unterbrochene Spiel fort. Ein älterer Soldat bot ihr einen Schluck aus einem Branntweinschlauch an. Durstig von dem salzigen Fleisch, nahm sie auch das an. Dann verabschiedete sie sich.

»Schade, dass du nicht noch bei uns bleiben willst. Sind wir dir nicht gut genug? Dabei hätten wir dir viel Spaß zu bieten.« Der Anführer des Suchtrupps kniff einer der Frauen in die Wangen und gab einer anderen einen Klaps auf den Hintern, dass sie aufkreischte. »Aber eine Frau wie du gibt sich wohl nicht mit welchen wie uns ab, was? Mut und Tapferkeit von echten Kerlen locken dich offenbar nicht.«

»Es ist spät, und ich bin müde.« Rasch beeilte sich Magdalena, ihn durch eine ehrliche Antwort zu besänftigen. »Morgen muss ich schon sehr früh wieder raus. Meister Johann zählt auf mich.« Sie wollte gehen, doch es war zu spät.

»Warte.« Schon sprang der Anführer auf und hielt sie fest. Dabei fiel das Fass polternd um, auf dem er eben noch mit seinen Kameraden gewürfelt hatte. Schlagartig wurde es still, und die anderen unterbrachen ihr Spielen und Tändeln, um zu beobachten, was weiter geschehen würde. Magdalena wurde es unbehaglich.

»Du bist ein ansehnliches Weibsbild, und klug noch dazu.

Du hast doch ein Kind? Also lebst du nicht wie eine Nonne, sondern lässt schon mal einen unter deinen Rock.« Für diese Bemerkung erntete er schallendes Gelächter, was ihn weiter anstachelte. »Verrat uns doch, wie einer aussieht, der das darf! Ich bin sicher nicht der Einzige hier, der darauf brennt, das zu erfahren.«

Das Gebrüll der Männer wurde lauter.

»Das wüsste ich auch gern!«

»Wo steckt der Bursche?«

»Bring ihn her, damit ich ihn verprügeln kann!«

Die einen schlugen sich belustigt auf die Schenkel, die anderen starrten mit gierigen Augen und offenen Mündern auf Magdalena. Immer mehr kamen heran und bauten sich in einem Halbkreis um sie auf. Längst waren es zu viele, um einfach zwischen ihnen durchzuschlüpfen. So betrunken sie waren, würde es ihnen doch gelingen, sie festzuhalten. Auf eine Handgreiflichkeit aber sollte sie es nicht ankommen lassen.

Um Zeit zu gewinnen, ging Magdalena erst einmal auf das Spiel ein und hakte sich bei dem Anführer unter. Unauffällig zog sie ihn näher an die Feuerstelle, so dass sie sein Gesicht besser sah. Erwartungsfroh leuchteten seine runden Äuglein, die knollige Nase wurde rot.

Am nahen Flussufer zirpten Grillen, ein Käuzchen schrie. In der Ferne bellte ein Hund, verlegte sich alsbald aufs Heulen und schraubte sich dabei in schier unerträgliche Tonhöhen. Der Schuss aus einer Muskete setzte dem schrägen Nachtkonzert ein Ende. Als wäre das das erwartete Signal gewesen, legte sich plötzlich Stille über das Land.

»Gern erzähle ich dir das alles mal in Ruhe«, sagte Magdalena zu dem Mann. »Aber nur, wenn wir beide wirklich ungestört sind. Jetzt aber muss ich rüber zu Hagen Seume, ihn über den Zustand unseres Gefangenen unterrichten. Du weißt, wie ungeduldig der Profos sein kann. Wenn er noch länger auf mich warten muss, wird es Ärger geben. Nicht nur für mich, sondern auch für diejenigen, die mich aufgehalten haben.«

Schon als sie Seume zum ersten Mal erwähnte, hatte der Mann sie jäh losgelassen und sich aufgerichtet. Die weitere Erklärung wäre wohl gar nicht nötig gewesen, hatte ihr aber bei den Männern Respekt verschafft. So abrupt, wie sie vorhin ihr Grölen begonnen hatten, so rasch stellten sie es ein und machten ihr eine Gasse frei, durch die sie hocherhobenen Hauptes davongehen konnte. Keiner wunderte sich, warum sie erst die Einladung zum Essen und Trinken angenommen hatte, bevor sie angeblich so eilig zu Seume hatte aufbrechen müssen. Der Name allein verbreitete Schrecken. Keiner wollte ihm Anlass geben, sich seinetwegen zu ärgern.

Kaum hatte Magdalena die nächsten Zelte erreicht, huschte sie eilig in deren Schatten weiter. Sie wollte nur noch so schnell wie möglich auf ihre Seite des Lagers zurück. Zunächst führte sie das ein gutes Stück durch das Offizierslager. Viele Unterkünfte waren üppig verziert, wiesen selbst an der Außenseite bunte Stickereien auf. Fahnen und Federbüschel schmückten die gekreuzten Stangen, Fackeln sorgten für ausreichend Licht in den Gassen. Weil die Offiziere sich auf dem Spielplatz ausgelassen bei Musik und Wein vergnügten, waren die Zelte weitgehend verwaist. Lediglich ab und an verrieten Schatten vor einem schwachen Licht im Innern, dass man sich auch zu zweit bei einem trauten Stelldichein zu unterhalten wusste.

Die grau gewordene Plane einer schlichten Unterkunft, an deren Stirnseite eine weiß-blaue Fahne schlaff den Eingang markierte, weckte Magdalenas Aufmerksamkeit. Sie wusste, dass es sich um Seumes Zelt handelte. Eine seltsame Stimmung umgab es, gerade so, als wäre eine unsichtbare Bannmeile darum gezogen. Im Inneren sorgten mehrere Lampen für Licht, was helle Kreise auf die Leinwand warf. Schwarz zeichneten sich die Silhouetten zweier Gestalten davor ab. Sie beugten die Köpfe über einen Tisch, zeigten mit Fingern darauf, schienen sich allerdings nicht ganz einig bei dem, was sie miteinander besprachen. Gedämpft drangen ihre Stimmen nach draußen. Neugierig schlich Magdalena näher heran. Gerade noch rechtzeitig sah sie, wie sich Seume selbst mit seinen beiden Steckenknechten dem Zelt näherte. Die massige Figur war auch im Halbdunkel unverkennbar. Verwundert verbarg sie sich hinter einer hohen Kiste neben dem Zelteingang. Wer war in seinem Zelt, wenn Seume draußen unterwegs war?

Energischen Schritts hielt er darauf zu. Die lange Feder an seinem Schlapphut wippte im Rhythmus der Bewegung, das Leder seiner hohen Stiefelschäfte glänzte selbst im fahlen Mondlicht. Ein opulenter Siegelring blitzte an seiner rechten Hand auf, als er damit an die Hutkrempe fasste. Die Linke ruhte auf dem Griff seines Pallaschs. Bei jedem Schritt klirrte dessen breite Klinge gegen die Stiefelsporen. Ein eleganter Umhang verdeckte halb den dunklen Rock, den Seume darunter trug. Gegen den herausgeputzten Profos wirkten die beiden Steckenknechte in ihrer einfachen Soldatenkleidung blass. Die Federn an den breitkrempigen Hüten hatten schon bessere Tage gesehen, ausgebleicht von der Sonne, war ihre Farbe kaum mehr zu erkennen. Die hellen Lederröcke wiesen dunkle, speckige Flecken auf, die zu den Flicken auf den ebenfalls hellen Kniehosen passten. Quer darüber zogen sich die Patronengürtel und Pulvertaschen. Es fehlte jedoch gut die Hälfte der Knöpfe daran. Die recht neuen Stulpenstiefel schienen Beutestücke aus der jüngsten Besatzung zu sein. Das Leder glänzte zwar nicht, wirkte aber gepflegt. Der größere der beiden Steckenknechte hatte einen unförmigen Sack geschultert, in der freien Hand hielt er einen Weinschlauch. Der zweite Steckenknecht trug mit beiden Händen eine Kiste vor dem Bauch. Laut und unbekümmert redete Seume auf die beiden ein. Einzelne Satzfetzen wie »Morgen Abend«, »Ohne diesen Eric ist es leichter«, »Der Hundsfott hat uns gründlich über den Tisch gezogen« oder »Jetzt teilen wir allein unter uns« drangen an ihr Ohr. Magdalena beschloss, noch eine Weile in ihrem Versteck auszuharren. Nachdem sie Erics Namen gehört hatte, brannte sie darauf, zu erfahren, worum es ging.

Ein lautes Hallo erklang, als die drei das Zelt betraten: »Endlich! Wird aber auch Zeit, dass ihr kommt. Was bringt ihr Schönes mit?« Die beiden Unbekannten gingen händereibend auf die Neuankömmlinge zu. Kaum konnten sie es abwarten, dass der Sack geöffnet und die darin enthaltenen Schätze verteilt wurden. »Nicht so hastig! Es langt für alle«, dröhnte Seumes Bass. Stoff klatschte auf Stoff, Stiefel trampelten auf den Boden. Anscheinend kam es zu einem kleinen Handgemenge. Einer zischte etwas Böses, schließlich krachte ein Schemel auf den Boden, jemand fluchte. Offenbar stritten sie sich um das, was der Steckenknecht auf den Tisch schüttete.

»He, he«, meldete sich Seume erneut, doch erst als er laut »Es langt!« dröhnte, kehrte Ruhe ein. Wie auf Kommando traten die Schattenfiguren einen Schritt auseinander. Nun waren fünf Umrisse zu erkennen: Hagen Seume, flankiert von seinen beiden Untergebenen, sowie die beiden Männer, die im

Zelt auf seine Rückkehr gewartet hatten. Seume nahm etwas vom Tisch und lud dann die beiden Unbekannten mit einer Handbewegung ein, es ihm gleichzutun. Von dem kleineren Steckenknecht wurde der Weinschlauch herumgereicht. Eine Zeitlang waren die fünf mit Essen und Trinken beschäftigt. Sogar durch die Leinwand war das Schmatzen noch zu hören. Gerade als Magdalena überlegte, ob es sich lohnte, weiter zu spionieren, meldete sich einer der Unbekannten zu Wort: »Was ist jetzt eigentlich mit diesem Eric Grohnert?«

Das anschwellende Gemurmel verriet, dass auch die Knechte hellhörig wurden. Der Mann fuhr mit lauter Stimme fort: »Der Schuft liegt also halbtot drüben bei Meister Johann im Zelt. Nehmen der Feldscher und seine Gehilfen dir tatsächlich die Mär mit dem dritten Soldatenmörder ab? Immerhin war diese Magdalena dabei, als die echten Täter verhaftet und ausgiebig verhört wurden. Und es heißt, sie sei klug. Meinst du nicht, dass sie anfängt, Fragen zu stellen? Das könnte für uns gefährlich werden!«

Seume lachte auf. »Unsinn! Von einem Weib droht mir doch keine Gefahr, erst recht nicht von so einer kleinen Maus wie der!« Magdalena hielt den Atem an, während Seume weiter ausführte: »Ihr Vater war ein guter Freund von mir. Vor zwei Jahren ist er bei Freiburg gefallen. Ich bin der Taufpate ihres Bruders. Ansehnlich ist die Kleine trotz ihrer Klugheit: rote Locken und eine Figur, an der nichts schwabbelt, das hat was! Der muss man es nur mal ordentlich besorgen, dann weiß die schon, wo es langgeht.«

»Das willst du natürlich höchstpersönlich übernehmen, was?« Der Unbekannte schlug ihm mit der Hand auf die Schulter, die anderen Männer grölten los.

»Du hast recht: Höchstpersönlich und am besten sofort

sollte ich mich als alter Freund der Familie der Aufgabe widmen. Das bin ich nicht nur ihrem Vater – Gott hab ihn selig – schuldig.«

»Gib mir rechtzeitig Bescheid. Ich bin dabei. Auf die Kleine bin ich auch scharf.«

So ein Hundsfott! Dass der Prahlhans da drinnen sie ins Visier nahm, versetzte Magdalena derart in Rage, dass sie mit dem Fuß aufstampfte. Unglücklicherweise stieß sie dabei gegen einen Blechkessel, der scheppernd umfiel. Erschrocken machte sie einen Schritt zur Seite, stolperte über eine Schnur und verlor das Gleichgewicht. Um nicht gegen die Zeltplane zu kippen, streckte sie haltsuchend die Arme aus. Mit voller Wucht patschte ihre Hand auf die Leinwand. Verflucht! Jetzt war es nur noch eine Frage von Augenblicken, bis sie entdeckt wurde. Erstarrt harrte sie der Dinge, die geschehen würden.

Zu ihrer Überraschung passierte jedoch nichts. Die schwarzen Silhouetten im Zelt wandten sich zwar einmal kurz um und lauschten. Da es drinnen hell war, konnte der Schatten von außen nicht auf die Plane fallen. Die Männer setzten deshalb unbeirrt ihr Gespräch fort. Die Geschichte mit Eric ließ dem einen keine Ruhe. »Ob es damit getan ist, dass ihr die rote Magdalena nacheinander beglückt, bezweifle ich. Es geht um den Halunken Eric Grohnert. Mir wäre es lieber, du hättest den Schuft gleich bei der ersten Gelegenheit erledigt und irgendwo verscharrt. Schließlich hat er uns reingelegt, weil er uns viel zu hohe Preise für den Wein und die Fressalien abgeknöpft hat, noch dazu, wo er einen Großteil von dem Zeug aus unseren eigenen Nachschublagern im Süden bezogen hat. Und dann spielt sich dieser freche Kerl bei den Bauern im Spessart als Wohltäter auf und teilt den Gewinn mit ihnen.

Damit hetzt er die nur weiter gegen uns auf. Dass er ihnen Waffen aus den Magazinen der Regimenter besorgt, nenn ich echten Verrat. Dafür gehört er mehr als einmal am nächsten Baum aufgeknüpft! Glaub mir, Seume: Hättest du ihn gleich erschossen, hätte er die verdiente Strafe und würde längst in der Hölle schmoren. Und wir müssten uns keine Gedanken machen, ob uns einer diese blöde Geschichte mit dem Soldatenmord abnimmt.«

»Recht hast du«, stimmte sein Gefährte zu. »Es war nicht klug, diesen Eric ins Lager zu schleppen. Meister Johann hat ihn sofort erkannt. Auch seine Gehilfen werden wissen, wer er ist. Die Gefahr ist zu groß, dass sich Weitere finden, die sich seiner erinnern. Immerhin hat er lang genug im Tross gelebt, bevor er vor zwei Jahren in Freiburg verschwunden ist. Je länger wir damit warten, ihn aus dem Weg zu räumen, desto schwieriger wird es. Am besten, wir gehen sofort rüber und stechen das Schwein ab.«

Entsetzt hielt Magdalena den Atem an. Schon machte der Sprecher Anstalten, seinen Degen umzuschnallen und aufzubrechen.

»Hiergeblieben! Keiner verlässt das Zelt!« Seume versperrte ihm den Weg. Magdalena war, als könnten die da drinnen ihren Atem hören, so still wurde es. »Eric Grohnert wird demnächst am Galgen baumeln, genau so, wie ich es immer schon gesagt habe.«

Seumes Bass klang drohend. Selbst als bloßer Schatten verriet seine herausfordernde Körperhaltung, wie ernst es ihm war. »Vertraut mir. Nur zu gern werden die Leute glauben, er wäre der dritte Soldatenmörder. Wenn einige ihn wiedererkennen, umso besser. Seine ganze Familie ist damals in Magdeburg ums Leben gekommen. Nie hat er aufgehört zu behaupten, daran wären allein die Pappenheimerschen schuld. Dass der hinterhältige Mord an unseren Söldnern eine willkommene Gelegenheit für ihn war, endlich Rache zu nehmen, liegt also auf der Hand. Andererseits wird seine Hinrichtung für diejenigen, die an seiner Seite gegen uns Geschäfte machen, eine deutliche Warnung sein: Ihnen wird klar, dass sie besser damit aufhören, uns übers Ohr zu hauen. Und genau darum geht es mir bei dem Spektakel!«

»Dein Wort in Gottes Ohr.« Der erste Mann klang nicht überzeugt. »Ich verstehe, dass du für Grohnerts Komplizen ein Zeichen setzen willst, gerade, da wir nicht wissen, mit wem er hier im Lager unter einer Decke steckt. Trotzdem war es falsch, Grohnert erst noch aufpäppeln zu lassen. Wer sagt dir, dass er im Fieberwahn nicht was ausplaudert? Außerdem besteht die Gefahr, dass er abhaut, sobald er laufen kann. Dann wird es nichts mehr mit dem schön inszenierten Aufknüpfen.«

»Wie soll er abhauen, solange er noch nicht bei Bewusstsein ist? Also wird er auch nichts ausplaudern. Und selbst wenn: Wer soll ihm glauben? Öffentlich hängen aber muss er. Nur dann wissen seine Kumpane, dass er wirklich tot ist. Wirst schon sehen, wie schnell die angekrochen kommen, um künftig mit uns die geheimen Nachschublieferungen zu organisieren. Damit erschließen wir uns neue Quellen und haben den Handel im Lager künftig ganz allein im Griff, ohne lästige Konkurrenz, die noch einen auf Wohltäter macht. Obendrein kriegen die anderen Schurken gleich mit, dass mit uns nicht zu spaßen ist. Wer nicht aufpasst, baumelt schneller am Galgen, als er bis drei zählen kann.«

Magdalena hatte genug gehört. Schon lange ahnte sie, dass Seume mit seinem Tun unlautere Absichten verfolgte. Eric schien also seit längerem mit Heer und Tross durch seine Geschäfte in Kontakt zu stehen. Warum hatte er sich nicht bei ihr gemeldet? Je länger sie darüber grübelte, desto unwohler fühlte sie sich. Sie sollte endlich fort, hinüber zu Meister Johanns Zelt. Vielleicht wachte Eric endlich auf, und sie konnte ihn zur Rede stellen. Oder Roswitha war da. Die kluge Hebamme wusste sicherlich Rat.

Vorsichtig wagte sie sich aus dem Schatten, um hinter das nächste Zelt zu schlüpfen. Fast hatte sie es erreicht, da hörte sie hinter sich Stimmen. Ein Blick über die Schulter bestätigte ihre Befürchtung: Hagen Seume war vor sein Zelt getreten, um sich zu erleichtern. Aus den Augenwinkeln sah sie, dass Seume noch einen quälend langen Moment draußen verharrte und in die Nacht hinaussah. Dabei blickte er auch in ihre Richtung. Im fahlen Mondlicht blitzte das Weiß seiner Augäpfel auf. Hastig zog sie die Schultern ein und wagte kaum weiterzuatmen. Hatte er sie entdeckt? Waren sich ihre Blicke nicht gerade begegnet? Er schüttelte sich, sah noch einmal genau zu ihr herüber, als wolle er sich vergewissern, dann wandte er sich ab und ging ins Zelt zurück.

10

Ohne sich noch einmal umzudrehen, eilte Magdalena durch die Nacht. Weitläufig mied sie die Ecken, an denen weiterhin eifrig getrunken und gespielt wurde, als ginge die laue Sommernacht nie zu Ende. In den Gassen am äußersten Rand des Lagers hingegen herrschte gespenstische Stille. Dort konnte sie nicht nur den patrouillierenden Wachen besser aus dem Weg gehen, sondern auch den Betrunkenen, die mit ausgestreckten Armen und verzweifeltem Blick torkelnd den Weg zu ihrem Schlafplatz suchten. Endlich erblickte Magdalena Meister Johanns Wagen. Wenige Schritte waren noch zurückzulegen, dann war sie am Ziel. Unter einer halboffenen Plane schnarchte es laut, aus einer anderen Ecke drangen Gekicher und lustvolles Gestöhne herüber. Ein Kind weinte, eine Frau flüsterte so laut, dass jedes Wort gut zu verstehen war. Das Mondlicht tauchte die Wagen und Zelte in ein eintöniges Grau.

Plötzlich erklangen leise Stimmen, feste Männerschritte stapften über den Lehmboden. Gerade noch rechtzeitig wich Magdalena um die Ecke eines Planwagens. Zwei Wachposten staksten vorbei, die Musketen geschultert, Pallasch und Pistolen griffbereit am Gürtel. Aufgeregt redete der eine auf seinen Kameraden ein. Der lauschte ihm eifrig und nickte gelegentlich, dass die Federn am Hut wippten. »Hoffentlich haben Meister Johann und seine Gehilfen den Meuchelmörder bald so weit, dass er auf den Richtplatz kommt. Ich freue mich schon auf den Moment, in dem ihm der schwedische Trank kredenzt wird.«

»Wenn wir Pech haben, wird das ein kurzer Spaß«, erwiderte der zweite. »Am Ende geht der Sauhund schon gleich an dem Trank zugrunde, so schwer verwundet, wie der sein soll. Seumes Leute sind nicht eben zimperlich mit ihm umgegangen, als sie ihn aufgegriffen haben.«

»Den ganzen Bauch haben sie ihm aufgeschlitzt.« Schadenfroh rieb sich der erste die Hände. »Da wäre ich gern dabei gewesen.«

»Besser, dass du es nicht warst.« Der zweite klopfte ihm auf die Schulter. »Wahrscheinlich hättest du ihm gleich den Garaus gemacht, und nichts wäre es mit der schönen Hinrichtung. So werden wir bald noch ein ordentliches Spektakel erleben. Seume versteht es, dem Henker Lust zu machen, die richtigen Werkzeuge einzusetzen.«

»Vorher aber ist erst einmal die Kunst von Meister Johann gefragt.«

»Da kannst du beruhigt sein: Selbst wenn er sturzbesoffen ist, erweckt der Tote zum Leben.«

»Und seine kleine rothaarige Gehilfin erst! Wenn du die im Delirium vor dir hast, wirst du schon vor lauter Lust auf ein solches Weib gesund!«

Amüsiert schlugen sie einander auf die Schultern. Magdalena konnte sich kaum zurückhalten, zu den beiden zu stürzen und sie zur Rede zu stellen. Maulhelden wie diese kuschten in der Regel sofort vor ihr. Dabei ärgerte sie sich weniger darüber, wie sie über sie herzogen, sondern über die himmelschreiende Ungerechtigkeit, dass sie Eric für den Schurken hielten! Dabei war Seume derjenige, der alle im Lager schamlos hinterging. Fest an die hölzerne Seitenwand des Planwagens gepresst, atmete sie trotz ihrer Wut so flach wie möglich. Es dauerte eine halbe Ewigkeit, bis die beiden Wachleute vorüber waren und ihre Umrisse von den Schatten der Zelte aufgesogen wurden. Gerade wollte sie weiterschleichen, als ein Fauchen sie abermals zusammenfahren ließ. Wie ein Pfeil schoss eine schwarze Katze zwischen den Wagenachsen hervor und huschte geräuschlos zwischen ihren Beinen ins Zwielicht davon. Eine zweite folgte ihr dicht auf den Fersen und streifte mit steil aufragendem Schwanz Magdalenas nackte Wade. Die unerwartete Berührung machte sie schaudern. Die Tiere waren von links gekommen und nach rechts davongerannt. Ein schlechtes Omen, genau wie damals in Freiburg, als Eric spurlos verschwunden war. Entsetzt schlug sie ein

Kreuz vor der Brust. Vorsichtig nach allen Seiten spähend, schob sie sich aus dem Schutz des Wagens.

»Wusste ich doch, dass ich dich hier finde!«

Sie hielt inne. Das durfte nicht wahr sein! So schnell konnte Seume ihr nicht gefolgt sein. Unwillkürlich griffen ihre Finger an den Hals, suchten das Band mit dem hilfreichen Stein. Vergebens. Erschöpft ließ sie die Hand wieder sinken. Es gab kein Entrinnen.

»Du wirst doch nicht davonrennen wollen?«

Sie schloss die Augen und atmete tief durch. Seumes Bass dröhnte nah an ihren Ohren. Etwas Weiches schob sich ihr in die Seite, vermutlich sein praller Bauch. Schon umklammerten seine fleischigen Finger ihren Leib. Gänsehaut überlief sie. Seume ließ ihr keine Zeit, das Unglück lange zu beklagen. Heftig drängte er sich an sie. Sein alkoholgeschwängerter Atem schlug ihr ins Gesicht. Angewidert drehte sie den Kopf weg. Seine riesigen Hände packten sie an den Schultern und hielten sie fest. »Wo kommst du jetzt her? Täusch ich mich, oder warst du vorhin noch drüben, ganz nah bei meinem Zelt?«

Vorwitzig stieß sein wohlgenährter Wams gegen ihre Brust. »Lasst mich los!« Durch eine abrupte Drehung gelang es ihr, ihn abzuschütteln. Rasch schnellte seine zweite Hand hoch und griff ihr harsch an den Nacken. Wie ein kleines Kätzchen im Maul seiner Mutter zappelte sie in seiner Hand.

»Was hattest du da zu suchen?« Unvermittelt lockerte er seine Finger. Die unerwartete Freiheit brachte sie ins Schwanken, ein neuerlicher Vorwand für ihn, sie an den Armen zu fassen.

»Was wollt Ihr von mir?« Sie versuchte, ihn so unbekümmert wie möglich anzusehen. Seine Augen schimmerten glasig im Mondlicht. Als er schnaufte, roch sie abermals seinen weinsauren Atem. Den Mund zu einem frechen Grinsen verzogen, geriet er plötzlich ins Torkeln und stieß sie gegen den Wagen. Wie zufällig stützte er sich mit dem einen Arm an der Wand des Planwagens ab und presste die andere gegen Magdalenas Busen. Sie wand sich, konnte sich aber nicht befreien.

»Ein so schöner Abend, wie gemacht für ein Stelldichein. Ist doch schade für ein hübsches Ding wie dich, den allein zu verbringen. Und dann auch noch beim Lauschen! So was tut man doch nicht. Ts, ts, ts.« Er lachte hämisch auf. »Da weiß ich doch wirklich was Besseres für dich!«

Seine riesige Pranke krallte sich fest um ihren Busen. Vor Schmerz stöhnte sie auf, merkte aber im selben Moment, dass ihn das nur weiter reizte. Die zweite Hand umschloss ihren Oberarm wie eine Schraubzwinge.

»Komm schon, stell dich nicht so an!« Sein Atem wurde schneller. »Du weißt genau, dass ich mir das längst verdient hab. Seit Freiburg schon warte ich auf diesen Moment, mein Täubchen. Wart nur ab, was ich dir zu bieten habe. Dann wirst du dich nach keinem anderen mehr sehnen, das verspreche ich dir!«

Er packte sie an den Handgelenken und zog sie dicht heran. Ihre Nasenspitzen berührten sich fast, seine war violett angeschwollen und von vielen kleinen Adern durchzogen. Auf seinen Zügen lag eine Entschlossenheit, die sie dem Betrunkenen niemals zugetraut hätte.

»Was soll das? Lasst mich los!« Erneut wollte sie sich durch eine abrupte Windung befreien. Auch dieses Mal gelang es nicht. Sein Griff wurde fester und schmerzhafter.

»Bist wohl eine ganz Wilde! Genauso mag ich das!«

Grob schlang er ihr den Arm um die Hüften, presste seinen

Bauch gegen ihre Brust und versuchte gleichzeitig, ein Knie zwischen ihre Beine zu zwängen. Im letzten Moment schnellte ihre freie Hand nach oben und versetzte ihm eine schallende Ohrfeige. Die Wucht des Schlags war so heftig, dass ihm der Hut vom Schädel kippte. Spärlich ringelte sich das graue Haar um die im Mondlicht glänzende Glatze. Oberhalb des rechten Ohrs prangte eine wulstige Narbe. Überrumpelt ließ er sie los und hielt die Hand auf die schmerzende Wange.

»Verfluchtes Miststück! Was soll das?« Wut blitzte in seinem breiten Gesicht auf. Es lief rot an, dass die Adern an den Schläfen anschwollen. Schon wollte Magdalena sich unter ihm wegducken und davonschlängeln, doch noch immer umklammerte seine zweite Hand ihren Arm. Der Druck seiner Finger verstärkte sich. Es gelang ihr zwar, ein, zwei Schritte auszuweichen, dann aber stolperte sie. Seine blitzschnelle Reaktion überraschte sie abermals. Er riss sie am Arm herum. Dabei knackte ihr Handgelenk, jäh fuhr ihr der Schmerz durch die Glieder. Ungewollt prallte sie gegen ihn, versuchte, sich mit ausgestrecktem Arm abzufangen. Von dem Stoß strauchelte er, taumelte, verhedderte sich in der Stofffülle seines Umhangs. Geistesgegenwärtig zog er sie mit sich, und so fielen sie gemeinsam zu Boden.

Magdalena schrie auf. Eine Weile wälzten sie sich über den staubigen Boden. Sein Umhang sowie der ehedem so schmucke Rock waren bald ganz von Staub und Dreck überzogen. Immer wieder kam ihnen der dunkle Stoff in die Quere. Seume schien das wenig zu stören. Selbst als ein eindeutiges Reißen das vorläufige Ende seines prächtigen Putzes verkündete, rangelte er unbeirrt weiter. Mal presste er sie mit seinem schweren Leib auf die Erde, mal gelang es ihr, ihn so weit von sich wegzuschieben, dass sie wenigstens nach Luft schnappen konnte, bevor er sich wieder auf sie warf. Das Gewicht war seine stärkste Waffe, das begriff er selbst hinter dem dichten Alkoholschleier. Seine Finger wanden sich fest um ihr schmerzendes Handgelenk. Ihr blieb nur eine Hand, um sich zu wehren. Sie schlug und kniff, wo immer sie konnte. Stets musste sie auf der Hut bleiben, dass er die freie Hand nicht auch noch zu fassen bekam und sie vollends wehrlos machte. Dazu aber fehlte ihm die Behendigkeit. Beherzt spuckte sie und trat mit den Füßen wild durch die Luft. Endlich gelang ihr ein gezielter Stoß mit dem Knie in seinen Unterleib. Laut stöhnte er auf und wirkte für einen Moment geschlagen.

»Komm, mein süßes Kätzchen, zeig es mir endlich«, keuchte er jedoch schon bald darauf wieder lustvoll. Er drückte seinen Leib noch fester auf den ihren und begann, sich heftig an ihr zu reiben. Gleichzeitig gelang es ihm, abermals ein Knie zwischen ihre Beine zu zwängen. Unbeholfen zerrten seine Wurstfinger an ihrem Rock. Sein Atem wurde schneller, seine Hand grapschte nach ihrem Busen. Das Weiß seiner Augäpfel blitzte. Unbeschreiblicher Ekel würgte Magdalena.

Plötzlich schob sich von oben ein dunkler Schatten über sie. Seume lag mit dem Gesicht nach unten, deshalb nahm er es erst einen Wimpernschlag später wahr. Mit aller Kraft krümmte sie sich zusammen und schnellte im nächsten Augenblick nach oben. Ihr Kopf prallte gegen sein Kinn, seine Kiefer schlugen gegeneinander, gleichzeitig knirschte Holz. Sie hatte sich nicht getäuscht: Jemand schlug mit einem Knüppel auf Seumes Schädel ein. Das Holz barst, er jaulte auf und sank wie ein Sack Mehl zusammen. Sie konnte sich unter ihm wegdrehen, so dass er auf der nackten Erde zu liegen kam. Erleichtert atmete sie auf.

»Was hat cr dir getan?«

»Rupprecht!« Ihre Stimme überschlug sich vor Erleichterung. Selten hatte das lautlose Auftauchen des Gefährten sie so erfreut wie in diesem Moment. Er streckte ihr die Hand entgegen, um ihr aufzuhelfen. Dankbar griff sie danach, zuckte dann aber zurück. Seume hatte sie vorhin wohl doch zu fest angefasst. Kaum konnte sie die Hand bewegen. Rupprecht begriff sofort und stützte sie sanft am Unterarm.

»Hat das Schwein dich verletzt?« Besorgt besah er sich das Handgelenk, tastete vorsichtig die Knochen ab und prüfte die Beweglichkeit der einzelnen Finger. »Sieht nicht gut aus. Ein paar Tage wirst du sie ruhig stellen müssen. Ich lege dir sicherheitshalber eine Schiene an und trage eine Salbe auf. Komm mit!«

»Lass nur, das geht schon wieder. Bringen wir lieber Seume weg, sonst wird es furchtbaren Ärger geben. Immerhin ist er trotz allem der Profos.«

»Ein feiner Profos!« Angeekelt verzog Rupprecht das Gesicht.

Sie machte einen Schritt auf ihn zu, knickte ein und kippte nach vorn. Sogleich fing er sie auf. Als sie sich in seinen Armen wiederfand, wurde ihr bewusst, dass sie am ganzen Leib zitterte. Ungewollt klapperten ihre Zähne aufeinander. Der Körper versagte ihr den Gehorsam, und sie ließ den Kopf gegen Rupprechts Schulter sinken. Beruhigend legte er ihr die Hand auf den Rücken und strich sanft darüber. Seine Hand fühlte sich zart und weich an. Sie schloss die Augen und genoss es. Wie ein frisch geschlüpfter Schmetterling im Frühling entfaltete sich die Wärme in ihrem Körper, ähnlich dem Gefühl, das der Bernstein ihr sonst vermittelt hatte. Der Schreck von vorhin war bald vergessen, die Anspannung aus den Gliedern gewichen. Rupprechts Kopf legte sich auf den ihren, sein

Atem tanzte über ihre Nasenflügel. Sie hob den Blick und sah ihn dankbar an. Das Schwarz seiner Augen schimmerte.

»Was ist denn hier passiert?«

Unwillkürlich ließen sie einander los. Magdalena blinzelte ins Dunkel und sah, wie Elsbeth hinter dem anderen Ende des Wagens hervortrat. Das Wiegen der kleinen Carlotta auf der Hüfte machte sie selbst bei Nacht unverwechselbar. Schon streckte Magdalena ihre Hände aus, um das Kind zu nehmen, da wandte sich Elsbeth abrupt ab. Wenigstens schlief die Kleine und nahm nichts davon wahr, was um sie herum geschah.

»Rupprecht hat mich vor Seumes Übergriff gerettet.« Verschämt ordnete Magdalena ihr verrutschtes Mieder und deutete mit der gesunden Hand auf den Mann am Boden. Als habe er ihre Worte gehört, bewegte er sich. Ein Stöhnen verriet, dass er wieder zu Sinnen kam. Prüfend rieb er sich mit der Hand über den fast kahlen Schädel, tastete die wulstige Narbe entlang und setzte sich auf. Alle drei sahen auf ihn hinunter.

»Was ist? Was glotzt ihr so?« Verärgert blickte er von einem zum anderen. Schließlich rappelte er sich auf. Kaum stand er, beugte er sich nach vorn. Fast sah es aus, als kippte er erneut um. Er bückte sich jedoch nur, um nach dem Hut zu fassen. Ohne den Kopf zu heben, setzte er ihn auf und hüllte sich in den zerrissenen Umhang. »Weiber!« Grob stieß Seume Elsbeth beiseite. Magdalena und Rupprecht traten einen Schritt auseinander. Ohne sie eines Blickes zu würdigen, wankte Seume torkelnd zwischen ihnen durch.

Schweigend sahen sie ihm nach. Ein-, zweimal stolperte er über die eigenen Füße, doch jedes Mal fing er sich wieder. Schließlich blieb er stehen, stützte sich an einem Holzpflock ab und beugte sich nach vorn. Ein Schwall Erbrochenes ergoss sich auf den ausgetrockneten Boden. Jemand brüllte:

»Du Schwein! Kotz gegen dein eigenes Zelt!« Das aber störte ihn wenig. Noch ein zweites Mal verschaffte er sich Erleichterung und wartete eine Weile. Als nichts mehr kam, wankte er weiter und verschwand um die Ecke.

»Hoffentlich gibt das keinen Ärger!«, raunte Magdalena Rupprecht zu.

Der zuckte nur die Achseln: »Den Teufel wird er tun und das an die große Glocke hängen. Immerhin war er viel zu besoffen, um es dir zu besorgen.«

»Weil du rechtzeitig eingegriffen hast«, wandte sie ein.

»Vor der Jammergestalt musste Rupprecht dich doch nicht etwa retten?« Elsbeth lachte auf. »Seume kann ja froh sein, wenn er von allein wieder zu seinem Zelt zurückfindet. So besoffen, wie der ist, tut der keiner Fliege was zuleide.« Hochmütig warf sie den Kopf zurück. Dabei schwang das lange blonde Haar locker um den Hals und gab den Blick frei auf die reine, helle Haut darunter. Etwas Schwarzes, Dünnes zeichnete sich darauf ab.

Magdalena stockte der Atem: die Lederschnur! Eindeutig hing dort das Band, an dem ihr Bernstein befestigt war! Auf einmal wusste sie auch, wie ihre Cousine an das Schmuckstück gekommen war: Ganz genau hatte sie es wieder vor Augen, wie Elsbeth ihr auf dem Richtplatz Carlotta vom Arm genommen hatte. Dabei hatte die Kleine an ihr gezogen und gezerrt – und den Stein gleich mit erwischt. Den Zufall hatte Elsbeth sich zunutze gemacht. Dieses Miststück! Wie hatte sie nur verdrängen können, wie hinterhältig die Cousine sein konnte? Am liebsten hätte sie sich auf sie gestürzt und ihr den Stein gleich wieder entrissen. Dann aber hätte Rupprecht von dem kostbaren Schatz erfahren. Also musste sie sich etwas anderes einfallen lassen.

11

Meister Johann musste nach seiner Rückkehr nicht lange erklärt werden, was vorgefallen war. Zwar ließen seine schwankenden Schritte und der Alkoholdunst darauf schließen, dass er von einem ausschweifenden Trinkgelage kam, dennoch genügte ihm ein Blick aus den branntweingetrübten Augen, das Geschehene zu erfassen. Barsch wies er Rupprecht an, bei Eric zu bleiben, und half Magdalena behutsam in den Planwagen.

»Das hätte ich dir gern erspart, mein Mädchen.« Besorgt sah er sie an. Unwillkürlich strich er ihr mit seinen riesigen Fingern über die Wange. Erschrocken entdeckte Magdalena Tränen in den trüben Froschaugen.

»Dich trifft doch keine Schuld!« Ergriffen fasste sie nach seinen Händen. »Wie kommst du denn darauf?«

Der Feldscher senkte den schweren Kopf, bevor er leise sagte: »Lang schon habe ich es geahnt. Auch dein Vater hat bereits in Freiburg befürchtet, dass Seume sich an dich ranmacht. Seine Blicke damals waren eindeutig. Ein elender Hund ist das! Keine Ruhe wird er geben, bis er es endlich geschafft hat. Bei meiner Anna war es das Gleiche. Nur das Ende war noch schlimmer. Wollen wir hoffen, dass es nicht so weit kommt.«

Er schniefte, fuhr sich mit der Hand unter der Nase entlang. Magdalena beobachtete ihn besorgt. Ihr schien es, als spüre sie seinen Schmerz am eigenen Leib. Ruckartig hob er den Kopf und sah sie stumm an.

»Was meinst du damit?« Jäh fuhr ihr der Schmerz durch das verletzte Handgelenk. Sie hatte sich zu unbedacht bewegt. Um nicht aufzuschreien, biss sie sich auf die Lippen und bekämpfte den Drang, einfach loszuheulen.

»Ach, das sind alte Geschichten. Zum Teil kennst du die schon.« Tief atmete er ein, wie um sich Mut zum Reden zu machen. Mit einem kurzen Blick auf Magdalena vergewisserte er sich ihres Beistands, den sie durch ein Nicken bekundete. »Seume hat auch meiner Anna nachgestellt. Dass sie mich geheiratet hat, war für ihn kein Hindernis. Selbst als sie hochschwanger war, hat er sie nicht in Ruhe gelassen. Doch Anna war stark. Deshalb ist es ihm auch nicht gelungen, sie flachzulegen. Mit Haut und Haaren hat sie sich gewehrt, ihn mehr als einmal der Lächerlichkeit preisgegeben. Als er es eines Tages wieder einmal bei ihr versucht hat, ist sie gestürzt und so unglücklich mit dem Kopf auf einem Stein aufgeschlagen, dass sie keine zwei Stunden überlebt hat. Und auch das Kind in ihrem Leib konnte nicht gerettet werden, obwohl Roswitha es noch herausholte.«

Traurig schüttelte er den Kopf. Wieder standen ihm Tränen in den Augen. Dieses Mal war es an Magdalena, ihm mit der gesunden Hand zärtlich über die Wange zu streichen. Dankbar hielt er ihre Finger fest und drückte sie. Auf einmal aber ging ein Ruck durch seinen Leib. »Inzwischen lässt Seume wenigstens die schwangeren Frauen in Ruhe. Die Geschichte mit meiner Anna hat selbst ein Ungeheuer wie ihn nicht kalt gelassen. Sonst hat er sich leider nicht viel verändert, der alte Hurenbock.«

Behutsam schob er ihre rechte Hand weg und kletterte nach draußen. Mit einem brennenden Kienspan kam er wenig später zurück. Er entzündete eine Handvoll Talglichter und reihte sie um einen Schemel.

Magdalena bedeutete er, sich darauf zu setzen. Dann beugte er sich über den verletzten Arm und untersuchte behutsam das Handgelenk.

»Warum hat Roswitha das getan?«

»Was?« Erstaunt hob er den Blick.

Sie suchte nach den richtigen Worten, um ihm nicht abermals weh zu tun. »Die tote Anna aufzuschneiden. Hätte sie nicht merken müssen, dass das Kind ebenfalls tot ist?«

Brüsk ließ er ihre verletzte Hand sinken: »Roswitha trifft keine Schuld. Sie hat alles getan, um Anna und das Kind zu retten. Meine Anna war übrigens ihre Schwester.«

»Tut mir leid. Das wusste ich nicht.«

»Woher auch?« Wieder senkte er seinen Kopf und betrachtete das verletzte Handgelenk. So viele Fragen ihr auch noch auf der Zunge lagen, ließ sie es doch schweren Herzens dabei bewenden.

Mehrmals drehte er ihre Hand behutsam zur Seite, beugte das Gelenk vor und zurück und widmete sich den einzelnen Fingern. Nicht nur seine Trunkenheit war wie weggeblasen. Auch von der aufwühlenden Erinnerung an den schrecklichen Tod seiner Frau und ihres Kindes ließ er sich nichts mehr anmerken. Selbst nach all den Jahren musste es schlimm für ihn sein, Seume täglich um sich zu haben.

Doch nun war er wieder ganz der erfahrene Feldscher, der wahre Wunder zu vollbringen wusste.

»Endlich erfahre ich mal am eigenen Leib, was es heißt, von dir untersucht zu werden.« Aufmunternd lächelte Magdalena ihn an, um ihn abzulenken. Dabei stimmte das nicht ganz, denn sie hatte sich bereits einige Male als Patientin in seine Obhut begeben. Gerade als Kind hatte sie gern jeden Vorwand genutzt, sich von ihm behandeln zu lassen. So hatte er früh ihre Vorliebe und ihre Begabung für die Wundarzttätigkeit erkannt.

»Du hast schon immer einen Grund gefunden, in den Genuss meiner Salben zu kommen.« Erleichtert griff er ihre Worte auf und zwinkerte ihr zu.

»Reicht es denn wenigstens dieses Mal, damit du den berühmten Tiegel mit der uralten Rezeptur deines Meisters hervorkramst?«

»Auch ohne dass du dir das Gelenk hättest brechen müssen, hätte ich sie dir gegönnt. Du weißt doch, dass mir für dich nichts zu kostbar ist. Das bin ich der Tochter meines Freundes schuldig, noch dazu, wo sie meine beste Gehilfin ist.« Vorsichtig bettete er die verletzte Hand auf ihren Schoß und begann geschäftig in einer der hintersten Kisten im Wagenkasten herumzukramen. Schwer atmend kam er mit einem tönernen Gefäß zurück. Ein letztes Mal betrachtete er das Handgelenk. Dann endlich bestrich er es sorgfältig mit der Salbe, die er angeblich vor mehr als dreißig Jahren von seinem Meister bekommen hatte und die gut und gern noch weitere zwei Jahrzehnte aufbewahrt werden konnte, ohne dass sie in ihrer Wirkung nachließ. Magdalena sog den Geruch in tiefen Zügen ein. Die Bestandteile der alten Salbe waren ein großes Geheimnis. Um sich ganz auf den Geruch besinnen zu können, schloss sie die Augen. Die vorsichtig kreisenden Bewegungen des Feldschers auf dem lädierten Gelenk taten ein Übriges, sie in einen wohligen Zustand zu versetzen.

Bald war sie sich sicher, dass sie neben dem holzigen, leicht eukalyptusartigen Kampfergeruch auch Lein- und Lorbeeröl, Terpentin, Weihrauch und Myrrhe erahnen konnte. Es ging doch nichts über eine geschulte Nase! Aloe war in jedem Fall auch enthalten, ebenso Harz von einem Ölbaum. Und Wacholder natürlich. Die weiteren Spuren konnte sie nicht zuordnen. Seit Jahren wetteiferte sie mit Rupprecht darum, das Rätsel der Salbe zu lösen, kam aber auch jetzt nicht viel weiter. Viel zu schnell, wie sie fand, hörte Meister Johann mit dem Auftragen auf und begann, die Hand zu bandagieren. Dabei schiente er sie zuvor noch mit zwei Holzstöckchen, die er in der richtigen Länge bereits zur Hand hatte.

»Die nächsten Tage schonst du dich. Rupprecht und ich kommen mit dem, was zu tun ist, gut allein klar. Ich gebe Roswitha Bescheid, damit sie ein Auge auf Elsbeth und die Kleine hat. Carlotta wirst du natürlich vorerst nicht heben. Von mir aus hockst du einfach nur bei deinem Eric. Weiß sowieso niemand, wie lange dir das noch vergönnt sein wird.«

Traurig nickte er ihr zu. Es war das erste Mal, dass sie diese Regung im Zusammenhang mit Eric an ihm wahrnahm. Vielleicht teilte er die Feindschaft, die ihr Vater für den Geliebten empfunden hatte, doch nicht? Schon überlegte sie, wie sie ihn am geschicktesten dazu befragen konnte, da machte er Anstalten, sich von ihr zu verabschieden.

»Wo gehst du hin? Schläfst du nicht hier?«

»Ich habe noch etwas zu erledigen. Spätestens mittags bin ich zurück.«

Erstaunlich behende für einen schweren Mann seines Alters schwang er sich vom Wagenkasten. Die tiefe Dunkelheit verschluckte ihn. Gern wäre Magdalena ihm gefolgt, nicht allein, um zu sehen, wo er hinging, sondern auch, um ihn vor einer unüberlegten Handlung zu bewahren. Gleichzeitig wusste sie, dass ihr eine Einmischung in seine Angelegenheiten nicht zustand. Wie so oft beschlich sie das Gefühl, dass er ihr trotz aller Nähe fremd blieb. Weder wusste sie, wohin er jetzt schlich, noch, was er außer Spielen und Trinken noch trieb, wenn er gerade keine Wunden zu kurieren hatte. Bekümmert kletterte sie nach nebenan in das Zelt.

Die wohltuende Wirkung der Salbe ließ bereits nach. Zusammen mit den Gedanken um den verlorenen Bernstein, Meister Johann, den unberechenbaren Hagen Seume sowie die Sorge um Erics Rolle in alledem kehrten die Schmerzen zurück. Die restliche Nacht war eine Tortur, an Schlaf kaum zu denken. Unruhig wälzte sie sich auf der Matte, versuchte, das verletzte Handgelenk nicht mit ihrem Gewicht zu belasten. Immer wieder stöhnte sie auf, wusste allerdings selbst nicht mehr zu unterscheiden, ob vor Schmerz, Wut oder Enttäuschung. Schwerfällig drehte sie sich auf die rechte Seite und ließ ihren Blick durch das Zelt wandern.

Rupprechts schmächtiger Körper zeichnete sich dunkel auf der Matte gegenüber ab. Sein gleichmäßiger Atem verriet, dass er tief schlief. Sie sah weiter zu Eric. Lang ausgestreckt lag er auf dem Rücken, den Mund halbgeöffnet, stieß er schnarchende Laute aus. Ihr war, als bessere sich sein Zustand mit jedem Ton, den er von sich gab. Wann endlich öffnete er die Augen und beantwortete ihre Fragen?

Seumes böses Lachen hallte in ihrem Innern. Ein saurer Geschmack füllte ihren Mund. Die Augen wurden feucht. Lautlos begann sie zu weinen. Schwer atmend rollte sie sich auf den Rücken und legte die bandagierte Hand auf die Stirn. Zum Glück war die linke Hand verletzt. Damit war sie die nächsten Tage nicht völlig hilflos. Um sich abzulenken, richtete sie ihre Gedanken abermals auf den betörenden Geruch der Salbe, der auch durch das Leinen hindurch zu riechen war. Auf einmal meinte sie einen Blick zu spüren. Vorsichtig drehte sie sich um. Eric war aufgewacht und wandte ihr das Gesicht zu. Das Weiß seiner Augäpfel leuchtete im Dunkeln. Wahrscheinlich beobachtete er sie schon eine ganze Weile. Mühevoll robbte sie näher zu ihm. Sein Atem wurde lauter, bald spürte sie den kühlen Hauch auf ihrem Gesicht. Ihre Brust stieß sacht gegen seinen

Arm. Schon klammerten sich die Finger ihrer rechten Hand um die seinen. Er erwiderte den Druck. Im Dunkeln versanken ihre Augen ineinander. Fast wie in Freiburg, durchzuckte es sie. Plötzlich aber war da wieder Seumes höhnendes Lachen, seine Behauptung, Eric sei seit langem schon in der Nähe gewesen, habe dunkle Geschäfte mit dem Nachschub des Regiments getrieben. Prüfend musterte sie ihn. Sein Gesicht wirkte unschuldig, dahinter aber verbarg sich eine Lüge. Abrupt ließ sie seine Hand los, rollte sich auf ihre Matte zurück und kehrte Eric den Rücken.

»Magdalena?«

Überrascht fuhr sie herum. Das war doch Roswithas Stimme, die nach ihr rief. Offenbar war sie über ihren Grübeleien eingeschlafen. Das gelbliche Licht und die Hitze unter der Plane verrieten, dass die Sonne hoch am Himmel stand. Rupprecht war verschwunden, dafür kauerte die alte Hebamme neben Eric und benetzte ihm mit einem feuchten Tuch die Lippen. Magdalena verfolgte jeden Handgriff. Es fiel ihr schwer, sich vorzustellen, wie Roswitha als junge Frau ausgesehen haben mochte oder auch ihre Schwester, in die sich Meister Johann verliebt hatte. So sehr, dass er sich danach zu keiner anderen mehr hingezogen fühlte. Sie hatte überhaupt noch nie eine Frau gesehen, für die sich Meister Johann interessiert hätte.

»Was war letzte Nacht mit Seume? Deine Hand wurde ja versorgt, aber brauchst du noch was für andere Geschichten?«

Knapp wies Roswitha mit dem Kinn auf Magdalenas Unterleib und nestelte in den Tiefen ihrer Röcke herum, um eine ihrer Wunderpasten hervorzukramen. »Hast du dich da unten gut gewaschen?«

»Rupprecht ist rechtzeitig gekommen.«

»Gut«, war alles, was die Alte dazu sagte. Dafür, dass ihre eigene Schwester ein Opfer von Seumes Gier geworden war, wirkte sie sehr beherrscht. Eine Weile kümmerte sie sich weiter um Eric, untersuchte gründlich den Zustand der Verbände, schob seine Augenlider mit den Fingerkuppen auf. Magdalena hielt den Atem an. Eine so erfahrene Frau würde er nicht täuschen können. Roswitha hatte es nicht eilig. Ohne eine Miene zu verziehen, betrachtete sie ihn lange. Das leichte Zucken in seinen Mundwinkeln verriet ihn.

Kräftig ohrfeigte sie ihn auf beide Wangen, nahm sein Gesicht in die Hände und sah ihn eindringlich, aber keineswegs erzürnt an, bis er nachgab und tatsächlich die Augen öffnete.

»Wusste ich es doch«, murmelte sie und ließ ihn wieder los. »Mir kannst du nichts vormachen, mein Lieber! Dazu habe ich schon viel zu viele so wie dich da liegen sehen.« Sie versetzte ihm einen leichten Nasenstüber mit dem feuchten Tuch, wandte sich dann aber sofort Magdalena zu. Eric drehte ebenfalls den Kopf zur Seite, um sie anzusehen. Nichts in seinem Gesicht verriet, dass ihm die Bloßstellung unangenehm war.

»Und jetzt zu dir, mein Täubchen.« Roswithas Körper schaukelte bedenklich, als sie im Sitzen näher heranrutschte, ihre gesunde Hand nahm und sie sanft drückte. »Du musst besser auf dich aufpassen.«

Magdalena senkte die Augen. »Lass uns ein paar Schritte nach draußen gehen«, schlug sie vor.

Auf der dem Zelt abgewandten Seite von Meister Johanns Wagen fanden sie ausreichend Schatten. Dort waren sie außerdem weit genug von Eric entfernt, damit er sie nicht belauschen konnte. Gleichzeitig behielten sie die nähere Umgebung im Blick, um jeden rechtzeitig zu entdecken, der sich näherte.

Gerade wollte Magdalena etwas sagen, da hüpfte ein kleines Mädchen heran und reckte ihr neugierig das helle Gesichtchen mit den blonden Zöpfen entgegen: »Was ist denn da passiert? Jetzt hat sich die rote Magdalena selbst verletzt! Kannst du den anderen nicht mehr helfen?«

»Das geht schon wieder. Ich bin nur auf die Hand gefallen. Zum Glück hat Meister Johann gleich seine Wundersalbe dauf gestrichen, so dass sie bald wieder heil ist.« Mit der rechten Hand strich sie dem Mädchen über den Kopf.

»Hoffentlich stimmt das. Sonst haben wir niemanden, der uns gesund macht, wenn wir krank sind. Meine Mama sagt nämlich immer, du bist die Beste. Und das stimmt wirklich, das weiß ich!« Fest schmiegte sich die Kleine an sie und machte keine Anstalten, ihr jemals wieder von der Seite zu weichen.

»Lauf geschwind zu deiner Mutter«, krächzte Roswitha unterdessen. »Sag ihr, dass sie der Magdalena und mir nachher was zum Essen bringen soll, sonst fallen wir um vor Hunger. Dann kann euch erst recht keiner mehr gesund machen.«

»Mach ich.« Stolz, einen wichtigen Auftrag zu haben, sprang die Kleine davon, stieß jedoch bereits auf Höhe des nächsten Zeltes mit einer Frau mittleren Alters zusammen.

»Pass doch auf, freche Göre!« Sofort verpasste die Frau dem Kind eine Ohrfeige. Die schien das gewohnt zu sein. Weder zuckte sie, noch schrie sie auf, sondern rannte einfach davon. Eilig lief auch die Frau zu ihnen weiter.

»Roswitha, endlich!«, rief sie von weitem. »Bei meiner Marie ist es so weit. Komm gleich mit, nicht dass wieder was schiefgeht. Du weißt, wie sehr sie sich fürchtet. Beim ersten

Mal ist schließlich alles schlimm ausgegangen. Das darf nicht noch mal passieren.«

»Wird schon nicht. Fürchten braucht sich keine Frau. Seit Menschengedenken bringen wir Kinder zur Welt. Wenn du noch hierherkommen kannst, um mich zu rufen, bleibt genug Zeit, bevor ich mich auf den Weg zu deiner Marie mache. Reißt schon mal Leintücher zurecht und stellt einen Kessel Wasser aufs Feuer. Ich bin bald bei euch.« Energisch schob sie die Frau fort. »Zwei Sätze aber muss ich zuerst mit Magdalena reden, ohne dass du uns zuhörst, verstanden?«

Unwillig gab die Frau nach. Magdalena wartete, bis sie weit genug weg war, dann fragte sie: »Weißt du, wo Meister Johann steckt?«

»Sag nur, du machst dir Sorgen um ihn?« Das Krächzen der Hebamme verwandelte sich in ein heiseres Lachen. »Dabei solltest du ihn doch kennen, mein Täubchen! Falls du fürchtest, er hätte was Törichtes im Sinn und würde sich auf Seume stürzen, kann ich dich beruhigen. Nach der Geschichte damals mit seiner Anna – Gott sei ihrer armen Seele gnädig – hat er viel dazugelernt. Das heißt aber nicht, dass er seine Wut gegen Seume je begraben wird.«

»Und du?«

»Was?« Forschend sah Roswitha ihr in die Augen, dann begriff sie. »Er hat es dir also erzählt. Ja, Anna war meine Schwester. Und glaub mir, ich würde Seume nach wie vor am liebsten den Hals umdrehen, wann immer ich ihn sehe. Andererseits weiß ich, dass das Anna nicht mehr lebendig macht. Aber ich müsste meinen Kopf dafür hergeben und kann keine Kinder mehr auf die Welt holen. Also lass ich es schweren Herzens bleiben.« Sie atmete keuchend, dann hob sie den rechten Zeigefinger und sah sie aus ihren wässrigen Augen starr an. »Eines Tages wird es so weit sein, dass ich ihn ungestraft töten kann. Auch Meister Johann ist klug genug zu wissen, dass die Stunde der Rache kommen wird. Niemand entgeht seiner gerechten Strafe, auch ein Hagen Seume nicht, vertrau mir.«

Befriedigt nickte sie, dass die dünnen Haarsträhnen auf ihrem unbedeckten Schädel wippten.

»Dass der Feldscher sich wieder mal verzogen hat, ist aber nicht das Einzige, was dich umtreibt, nicht wahr?« Aufmunternd stieß sie Magdalena in die Seite. »Los, sag schon, was du noch auf der Seele hast. Wahrscheinlich betrifft es deinen guten Eric, sonst hättest du ihn wohl kaum allein gelassen und mich aus dem Zelt geführt.«

Magdalena lächelte, weil Roswitha sie wieder einmal durchschaut hatte, und berichtete dann, was sie bei Seumes Zelt aufgeschnappt hatte. Darüber wurde die Wehfrau ungewohnt still. Sogar das rhythmische Wippen ihres Körpers setzte aus. Nachdem Magdalena geendet hatte, wandte sie den Kopf zur Seite. Ihr Blick wanderte über den Horizont, als verfolgte sie dort in der Ferne etwas sehr Aufregendes. Unablässig mahlten ihre Kiefer gegeneinander, ohne auch nur den geringsten Laut von sich zu geben. Ihr Gesicht wurde zunehmend sorgenvoll.

»Hast du Eric schon danach gefragt?«, war alles, was sie sagte. Vorsichtig legte sie eine Hand auf Magdalenas Schulter, wartete allerdings ihre Antwort nicht ab, sondern fuhr gleich fort: »Eric und seine Leute sind Seume also übel in die Quere gekommen. Außerdem gibt es da noch andere hier im Lager, die ebenfalls in den Handel verstrickt sind und für die Seume auf Erics Kosten ein grausiges Beispiel setzen will.«

»Wüssten wir, wer das ist, könnten die uns helfen, Eric

fortzuschaffen. Gewiss werden sie alles daransetzen, ihn vor dem Tod zu bewahren.«

»Das glaube ich nicht, Kindchen! Echte Helden gibt es viel zu wenige. Diese Leute sind vielleicht froh, dass Eric aus dem Weg geräumt wird, weil das auch ihnen nutzt. Oder sie haben schlicht Angst, selbst am Strick zu enden. Seume ist sehr mächtig. Du weißt doch, wie die Männer aller Ränge vor ihm kuschen. Er hat es nur zu gut verstanden, aus dem langen Krieg Nutzen zu ziehen. Gleichzeitig hält er als Hüter von Recht und Ordnung die nötigen Fäden in der Hand, unliebsame Menschen aus dem Weg zu räumen. So wie er das jetzt gegen Eric einsetzt, wird er es zweifelsohne bei jedem tun. Deshalb wird es niemand wagen, Eric gegen ihn zu verteidigen.«

»Also wird uns keiner helfen, Eric vor dem Galgen zu bewahren.« Magdalena fühlte sich auf einmal trotz Roswithas Gegenwart sehr allein. Ihr Blick glitt über die Reihen der Zelte und Planwagen. Bislang war sie sicher gewesen, bei jeder Gefahr, jeder Unbill der Unterstützung der anderen sicher sein zu können. Sie selbst hatte es doch auch nie anders gehalten, wenn sie einer um Hilfe gebeten hatte, ganz gleich, worum es ging.

Roswitha beugte sich vor und wisperte: »Gerade du bist in Gefahr, Magdalena. Sobald Seume erfährt, dass Eric und du einmal ein Paar wart, wird er sich erst recht mit Genuss an ihm rächen wollen. Dass er dich letzte Nacht nicht nehmen konnte, wird ihm bitter genug aufstoßen. Noch dazu, da es Zeugen dafür gibt. Ein Mann wie er vergisst so was nicht. Sieh dich gut vor! Auch Elsbeth solltest du in nächster Zeit besser nicht mehr reizen, sonst verrät sie Seume wirklich noch alles.«

»Ausgerechnet Elsbeth, die gemeine Diebin!«

Empört schnaufte Magdalena auf, hielt sich im nächsten Moment aber die Hand vor Mund. Wie dumm von ihr! Damit hatte sie sich verplappert. Niemand sollte von dem Bernstein erfahren, nicht einmal Roswitha. Folglich durfte sie auch den Diebstahl nicht erwähnen.

»Ach, Magdalena!« Roswithas krächzende Altfrauenstimme wurde sanft. Sie streckte sich, um sie in die Arme zu nehmen und an sich zu drücken wie ein kleines Kind. Dankbar ließ Magdalena es geschehen. Ein wenig erinnerte es sie an die Umarmung Rupprechts letzte Nacht, nachdem er sie von Seume befreit hatte.

»Dass Elsbeth deinen Talisman hat, weiß ich doch schon. Viel zu leichtsinnig bist du damit umgegangen. Sei froh, dass es nur Elsbeth ist, die ihn stibitzt hat. So hast du gute Aussichten, ihn wiederzukriegen. Bei Gelegenheit versuche ich, sie zur Vernunft zu bringen. Wirst schon sehen: Am Ende bringt sie ihn dir aus freien Stücken zurück.«

»Warum sollte sie? Ich glaube außerdem nicht, dass irgendwer Elsbeth zur Vernunft bringen kann. Nicht einmal du. Sie weiß doch gar nicht, was das ist.« Verärgert befreite sich Magdalena aus der Umarmung und trat einen Schritt zurück. Der gemeine Verrat der Cousine, die ihr den wertvollen Stein abspenstig gemacht und sogar die Dreistigkeit besessen hatte, ihn offen zu zeigen, schmerzte sie. Dabei verstanden sie sich, seit sie sich gemeinsam um Carlotta kümmerten, deutlich besser als früher. Tatsächlich war es schon so gewesen, seit Babette nicht mehr im Tross lebte. Trotzdem aber hatte die Cousine sie hinterhältig bestohlen.

»Zügele deinen Zorn! Womöglich liegt dein Leben in Elsbeths Hand. Du wirst sie noch brauchen, also verscherze es dir nicht mit ihr.« Eindringlich sah Roswitha sie an, bis Magdalena verlegen die Augen senkte.

»Vorerst bist du diejenige, die zur Vernunft kommen muss, mein Kind«, sprach die Alte weiter. »Dir bleibt nicht mehr viel Zeit, dich zu entscheiden, was du mit Eric tust.«

»Wenn das so einfach wäre!« Magdalenas Stimme klang tränenerstickt. »Wer sagt mir außerdem, dass er noch derselbe ist wie damals in Freiburg? Ob ihm an mir überhaupt noch etwas liegt, ob er unser Kind will? Meister Johann, Rupprecht und du, ihr seid längst so etwas wie meine Familie. Soll ich euch für jemanden in Gefahr bringen, der womöglich ein Lump ist?«

»Schon damals in Freiburg hast du dich nicht darum geschert, was deine Liebe zu Eric für deine Nächsten bedeutet. Oder hast du vergessen, dass eure Väter Todfeinde waren? Deshalb ist dein Vater in den Krieg gezogen. Dennoch hast du weiter an Eric festgehalten. Also wirst du einen guten Grund dafür haben.« Wieder suchte Roswitha ihren Blick. Magdalena war, als sähe sie ihr direkt ins Herz.

»Immerhin hat er mit Seume krumme Geschäfte gemacht«, begehrte sie noch einmal leise auf.

»Vergiss, was du letzte Nacht von Seume gehört hast. Vertrau lieber deinem Gefühl. Das allein zählt.«

12

Das ersehnte Gewitter kehrte die nächsten Tage nicht mehr zurück. Elsbeth wischte sich den Schweiß aus dem Gesicht und bedauerte zutiefst, den Regen letztens nicht besser genutzt zu haben und wie die Kinder einfach durchs Nass gehüpft zu sein. Eine solche Gelegenheit zur Erfrischung schien vorerst in weite Fernen gerückt. Unerbittlich brannte die Sonne vom tiefblauen Himmel, und die Luft flirrte vor Hitze. Elsbeth tränten die Augen von der Helligkeit. Wenigstens musste sie ihr schattiges Plätzchen unter der Plane nicht so rasch verlassen. Frisches Wasser, Brot und Wein, sogar ein ordentliches Stück Schinken waren in Griffnähe. Die Versorgung klappte reibungslos. Nicht einmal Magdalena war das jemals so gut gelungen. Langfristig sollte sie sich von der Cousine befreien. Dass Carlotta ihr erhalten blieb, da würde sich schon ein Weg finden.

Stolz lachte sie auf. Die Schmach mit dem Kommandantensohn jedenfalls war vergessen. Der Dummkopf würde sich noch grämen, sie abgewiesen zu haben. Magdalena hatte er trotzdem nicht bekommen, und Elsbeth hatte es nicht mehr nötig, sich an einen so undankbaren Burschen wie ihn zu halten. Zufrieden lehnte sie sich mit dem Rücken an die Kiste und genoss die Zweisamkeit mit Carlotta. Zugegeben, der Preis, den sie für das angenehme Leben zahlte, war nicht ohne. Doch was hieß das schon in Zeiten wie diesen? Die Marketender verlangten bereits sechs Batzen für den Laib Brot, ein Maß Wein kostete einen ganzen Batzen. Nicht einmal der Erlös aus dem Verkauf des Bernsteins hätte lange vorgehalten.

Eine dicke Fliege brummte dicht vor ihrer Nase. Elsbeth verscheuchte sie mit der Hand. Von der Bewegung fühlte Carlotta sich gestört und seufzte. Behutsam nahm sie das Kind von der Brust, wartete, bis es aufgestoßen hatte, und legte es auf der anderen Seite an. Aufgeregt fuhr es mit den Fäusten durch die Luft und strampelte mit den Füßen gegen Elsbeths Bauch. Kurz darauf sanken Arme und Beine schlaff nach unten. Auch das gierige Saugen ließ nach, verwandelte sich in ein langsames Nuckeln, bis Carlotta schließlich die Brustwarze aus dem halboffenen Mund schlupfte, weil sie tief und fest schlief. Wieder einmal war die Kleine rundum satt geworden. Liebevoll beugte sich Elsbeth über sie und beobachtete ihr friedliches Schlafen. Dabei baumelte plötzlich der Bernstein vor ihren Augen. Vorsichtig bettete sie das Kind neben sich auf die Matte, fasste mit der freien Hand nach dem Stein und drückte ihn fest. Der hatte ihr wirklich Glück gebracht. Sie schmunzelte, mahnte sich aber gleichzeitig zur Vorsicht. Nicht dass jemand den Stein entdeckte und ihn ihr wegnahm. Beunruhigt schweifte ihr Blick umher. Niemand schien sie zu beobachten. Sicherheitshalber knöpfte sie ihr Mieder zu und verbarg den Stein unter dem Stoff. Einzelne Strähnen ihrer langen blonden Haare drapierte sie geschickt darüber, so dass auch die Lederschnur am Hals nicht auffiel. Endlich setzte sie den Weinschlauch an die Lippen und trank in kleinen Schlucken. Genussvoll spürte sie dem Wein nach, wie er durch ihre Kehle rann. Sie fühlte sich nicht nur erfrischt, sondern auch froh und wunderbar leicht. Wie gut, dass sie den Wein hatte. Ein Hoch auf Hagen Seume! Vergnügt gluckste sie und hätte sich beinahe verschluckt.

Rasch ließ sie den Schlauch sinken, wischte sich die Lippen und dachte an Seume. Ein Segen, dass sie ihm letztens nachts nachgegangen war: Männer wie er trugen schwer an einer Schmach, wie Magdalena und Rupprecht sie ihm zugefügt hatten. Gut, dass sie den rechten Trost für ihn gewusst hatte. Ihr Schaden war es nicht. Nicht nur, dass er seither Tag für Tag höchstpersönlich das Essen bei ihr vorbeibrachte. Zufällig hatte er dabei gestern auch seine Tabakdose verloren, was ihm wohl noch gar nicht aufgefallen war. Vorerst behielt sie das reichverzierte, goldene Stück bei sich. Durch einen Blick in die Kiste mit dem Leinzeug vergewisserte sie sich, dass die Dose noch da war. Möglicherweise konnte sie sie einmal gut gebrauchen. Verlor er seine Lust an ihr, hatte sie damit immer noch etwas, was sich bei den Marketendern eintauschen ließ. Ach, Seume war wirklich ein Glücksfall!

»He, Elsbeth!« Ein riesiger Schatten schob sich vor ihre Zeltplane. Was sollte das? Seume war doch erst da gewesen und hatte sich für den mitgebrachten Nachschub ausgiebig entlohnen lassen. Eigentlich hatte er danach mit seinen Männern aus dem Lager marschieren wollen, weitere Vorräte organisieren. Langsam ging der Wein zur Neige, Brot und Schinken reichten ebenfalls nicht mehr lange. Hatte er seine Pläne etwa geändert? Hoffentlich war er ihr nicht auf die Schliche gekommen und hatte das Fehlen der Tabakdose bemerkt. Ihre Ohren begannen zu glühen, während sie fieberhaft darüber nachdachte, wie sie den Schatz am besten verbarg. Die Kiste war das Erste, was er öffnen würde, wenn er ihr Zelt durchsuchen sollte. Ein anderes Versteck aber gab es nicht.

»Moment noch, ich bin gleich so weit!«, rief sie nach draußen.

»Mach schon! Vor mir brauchst du dich nicht erst schön machen. Wir haben doch keine Geheimnisse voreinander!«

Sie schob die goldene Tabakdose tiefer zwischen das Leinen und klappte die Kiste zu. Carlottas Lider zuckten im Schlaf. Wenn die Kleine aufwachte und losschrie, war alles zu spät. Seume mochte nicht, wenn das Kind zwischen ihnen herumkrabbelte. Rasch leckte sie die Finger, zwirbelte eine Strähne an der Schläfe, um das Haar lockiger zu machen. Im selben Moment wurde die Plane weiter aufgerissen, und Seumes hoch aufragende Gestalt versperrte den Eingang.

»Was hockst du hier herum und träumst?« Ungeduldig fuchtelte er mit der Pistole dicht vor ihrem Gesicht. »Mit der Ruhe ist es vorbei!«

Elsbeth stockte der Atem. Alles umsonst, er hatte sie durchschaut! »Was?« Sie erschreckte, wie schrill ihre Stimme klang. »Was tust du da mit der Waffe in dem engen Zelt? Bist du wahnsinnig?«

»Wenn hier einer wahnsinnig ist, dann du!«

Sie sank auf die Knie, hob die gefalteten Hände zu ihm empor und flehte inständig: »Verzeih mir! Ich habe das nicht gewollt. Es ist doch nur wegen dem Kind.«

»Was faselst du da für einen Unsinn?« Unwillig steckte er die Pistole weg und riss sie an den Händen hoch. »Reiß dich zusammen! Ein Weib, das durchdreht, ist das Letzte, was ich brauchen kann. Hast du nicht mitbekommen, was los ist? Die Schweden rücken an! Keine zwei Tage, und sie stehen vor uns.«

»Was?« Im letzten Moment konnte sie ein hysterisches Lachen unterdrücken. Carlotta wurde wach und greinte los, sie strampelte mit den nackten Beinchen und hieb mit den Fäusten in die Luft. Das Leinen um ihren Leib war zu locker. Entblößt lag sie da und schrie darüber noch mehr.

»Willst du den Schreihals nicht endlich zum Schweigen bringen?«, fragte Seume ungehalten. Sie tat wohl besser daran, alles zu tun, seine üble Laune nicht weiter anzustacheln. Hastig begann sie Carlotta zu versorgen. Das verschaffte ihr Gelegenheit, darüber nachzudenken, wie sie Seume auf andere Gedanken bringen konnte. Ging es ihm nicht um die Tabakdose, dann erhoffte er sich von dem Besuch bei ihr tatsächlich Ablenkung. Doch in ihrer jetzigen Situation würde es ihr nicht leichtfallen, ihm dazu zu verhelfen. Schlimmer noch: Fühlte er sich nach dem Akt weiterhin schlecht, schob er am Ende ihr die Schuld dafür zu. Wenn ihm dann noch auffiel, dass seine wertvolle Tabakdose seit einem Stelldichein bei ihr verschwunden war, gab es keine Rettung mehr. Während sie Carlotta mit zittrigen Fingern in ein frisches Tuch wickelte, drangen nach und nach Seumes Worte in ihr Bewusstsein vor: Hatte er nicht behauptet, die Schweden seien zurück? Entsetzt schloss sie die Augen. Im Falle eines Angriffs hatten die Kaiserlichen wohl kaum eine Chance, Wrangels Truppen noch einmal zu vertreiben. Zu lang schon harrten sie in der Gluthitze aus, um noch schlagkräftig gegen die Angreifer vorpreschen zu können.

»Du kannst dir ausrechnen, was das für uns heißt«, redete Seume weiter. »Anders als unsere verehrten Feldherren meinen, sind in den letzten Wochen nämlich nicht die Schweden ausgehungert, sondern wir. Deren Nachschublager liegen nicht weit entfernt, wir aber werden umständlich von Magazinen aus Franken versorgt. Bis Brot und Getreide bei uns ankommen, ist es längst hart und schimmelig. Wenn so manch einer nicht einen anderen Weg wüsste, an was zu beißen zu kommen, wären wir längst alle miteinander krepiert. Das aber ist denen da oben einerlei.« Er zeigte mit dem Finger in die Luft, um die Offiziersquartiere in der Stadt auf dem Berg anzudeuten. »Die hohen Feldherren debattieren derweil lieber bei ihren Festmählern, wie sie taktisch am besten vorgehen. Wenn du mich fragst, Elsbeth: Vor lauter Taktik geht bald gar nichts mehr. Wrangel und seine Mannen scharren mit den Hufen, um den schmachvollen Rückzug auszulöschen, zu dem wir sie im Juni gezwungen haben. Inzwischen haben sie sich genug Speck auf die Rippen gefressen, um schweres Gerät zu bewegen und Geschütze aufzufahren. Die Unsrigen aber sind platt von der Hitze und besoffen vom Wein, den sie sich in die leeren Bäuche kippen. Danken wir Gott, wenn wir hier wieder heil fortkommen!«

Verzweifelt schüttelte er den Kopf, so dass die auffällige Feder am Hut wackelte. Elsbeth beobachtete ihn beunruhigt. Dass er sich ausgerechnet in ihrem Zelt den Kummer von der Seele redete, behagte ihr ganz und gar nicht. Sie kaute auf ihrer Unterlippe. Sobald Carlotta sich beruhigt hatte, wandte sie sich dem grobschlächtigen Mann zu und versuchte, alle beunruhigenden Gedanken zu verdrängen und sich ganz auf seine Gegenwart zu konzentrieren. Darin lag ihre einzige Chance. Aufrecht stehend war er zu groß für das Zelt. Die lange Feder seines Hutes wurde an der oberen Plane platt gedrückt. Seume schien es nicht zu merken. Elsbeth reichte ebenfalls mit dem Kopf fast bis an die Decke. Ihrem Besucher konnte sie geradewegs in die Augen schauen. Das brachte ihn leicht durcheinander, wie sie am Flattern seiner Lider ablas.

»Woher weißt du das so genau mit den Schweden?«, begann sie ihm zu schmeicheln. »Du hast wohl überall deine Augen?«

»Was meinst du, was ich gemacht habe, nachdem ich heute früh von dir fort bin?« Entgegen ihrer Absicht fühlte Seume sich durch ihre Frage angegriffen. Böse blitzte er sie an. »Vor mich hin geträumt habe ich ganz sicher nicht. Ich bin ja nicht du! Käme ja nie zu was, geschweige denn zu all den Köstlichkeiten, die du dir auch so gern in deinen süßen Mund steckst.« Sein Blick fiel auf den Weinschlauch. Schlaff lag er am Boden, ein deutliches Zeichen, wie sehr seine Fähigkeiten als Proviantbeschaffer vonnöten waren. Noch immer etwas brummig, aber in Erwartung weiterer Entlohnung bereits eine Spur freundlicher, fuhr er fort: »Weit draußen war ich mit meinen

Leuten, ein ganzes Stück weg von unserem Lager. Mit eigenen Augen habe ich die Schweden kommen sehen. Ein Hagen Seume glaubt schließlich nur, was er mit eigenen Augen sieht!«

Anzüglich glitt sein Blick über ihren Körper. Lange würde sie ihn nicht hinhalten können. Er schien nicht in der Stimmung, ihr Spaß bereiten zu wollen, sondern suchte nur das eigene Vergnügen. Plötzlich rührte sich etwas in seinem Rücken.

»Magdalena!« Von ihrem erstaunten Ausruf fuhr auch Seume herum. Elsbeth hatte Mühe, sich zu beherrschen. Die Cousine konnte sie gerade am allerwenigsten gebrauchen.

Zunächst hatte es den Anschein, die zierliche Rothaarige kostete ihren geglückten Auftritt in vollen Zügen aus. Die gesunde rechte Hand in die schmale Hüfte gestemmt, hielt sie die bandagierte linke wie eine stumme Anklage vor die Brust. Lächerlich, darum so viel Aufhebens zu machen! Elsbeth schnaubte empört. Seume war in der besagten Nacht völlig betrunken gewesen, nicht mehr Herr seiner Sinne, geschweige denn seiner Lust. Es wäre geschickter, ihn nicht an die Schmach zu erinnern, die er vor ihrer aller Augen erlitten hatte. Warum aber sollte sie Magdalena vor seiner Laune warnen? Vielleicht konnte Elsbeth sogar Profit daraus ziehen, wenn Seume weiterhin wütend auf Magdalena blieb.

»Was fällt dir ein!« Seume gab sich keine Mühe, seinen Ärger zu verbergen. Elsbeth schloss die Augen. Auf den Lärm hin schrie Carlotta wieder los, so dass sie nicht verstand, was Magdalena erwiderte. Ungeduldig wiegte sie die Kleine und spitzte vergeblich die Ohren. Das Gebrüll überlagerte alles andere. Kurz entschlossen streckte sie Magdalena das Kind entgegen. »Am besten kümmerst du dich selbst um deine Tochter!«

»Was?« Erstaunt blickte Seume zwischen den beiden Frauen hin und her. »Die Kleine ist gar nicht dein Kind?«

»Was hat sie Euch denn erzählt?« Magdalena tat überrascht. »Die Amme ist sie, mehr nicht. Kurz nach der Geburt war ich schwer krank, und Elsbeths Kind kam tot zur Welt. Seither stillt sie Carlotta. Aber *mein* Kind bleibt sie natürlich trotzdem.«

Als interessiere ihn das tatsächlich, trat Seume näher an das Kind und betrachtete es neugierig. »Von wem ist sie? So rotblondes Haar und blaue Augen haben nur wenige. Du jedenfalls nicht.« Nachdenklich glitt sein Blick über Magdalena.

Die für ihr Alter erstaunlich große und kräftige Carlotta wirkte in der Tat überhaupt nicht wie ihr Kind, stellte Elsbeth mit Genugtuung fest. Das war die Gelegenheit, sich mit Seumes Hilfe ein für alle Mal der Cousine zu entledigen. Wieder zwirbelte sie eine ihrer blonden Haarsträhnen, legte den Kopf schief und sah Seume aus großen blauen Augen an. Dabei trat sie einen Schritt näher an Magdalena, die einen guten Kopf kleiner war. Eine vage Ahnung musste Seume doch kommen, wenn er die Cousine ansah. So viel Grips hatte selbst er, zu erkennen, dass eine zierliche, rothaarige Frau wie Magdalena einen großen, rotblonden Mann brauchte, um Mutter eines Kindes wie Carlotta zu werden.

»Was denkst du wohl? Du kennst ihn gut.« Ein kurzer Blick auf Magdalena, die kreidebleich geworden war, stachelte sie weiter an. »Er befindet sich gerade zufällig in …«

Schon wollte sie fortfahren, da schoss Magdalenas rechte Hand nach vorn und griff ihr an den Hals. Mit einem Ruck riss sie die Lederschnur entzwei und brachte den Bernstein an sich, um ihn Seume erbost vor die Nase zu halten. »Schaut Euch diese Diebin an! Bestiehlt die eigene Cousine. Was blüht ihr wohl für diese schändliche Tat?«

Hagen Seume wich verblüfft einen Schritt nach hinten, stolperte über die Windeln und fluchte laut, bevor er antwortete. »Wer sagt denn, dass Elsbeth den Stein gestohlen hat?«

Elsbeth atmete auf und streckte bereits die Hand aus, damit Magdalena ihr das Schmuckstück zurückgab. Endlich schien Seume zu begreifen, dass der passende Moment für eine Abrechnung gekommen war, und er sagte: »Es verhält sich doch wohl genau andersherum. Du hast den Stein gerade ihr entrissen, und das vor meinen Augen! Ein Hagen Seume glaubt nur, was er mit eigenen Augen sieht. Du bist also die Diebin, nicht Elsbeth!«

Brüsk fasste er Magdalena am Arm, dass sie vor Schmerz aufschrie, und machte Anstalten, sie mit sich fortzuzerren. Erst im letzten Moment fiel ihm auf, dass sie das Kind noch hielt. »Gib Elsbeth die Kleine und den Bernstein, und dann komm mit, bevor ich mich ganz vergesse.«

Sein Bass grollte wie ein gefährlicher Donner. Auch wenn sich Elsbeth eben noch über Magdalenas missliche Lage gefreut hatte, so schüchterte sie der gewaltige Zornausbruch nun doch ein. Derart wütend hatte sie Seume noch nicht erlebt. Hoffentlich ahnte er nicht, dass ihr Gewissen ihm gegenüber alles andere als rein war.

»Der Stein gehört ihr ebenso wenig wie das Kind«, zischte Magdalena. »Merkt Ihr denn nicht, welch schamlose Lügnerin sie ist? Wahrscheinlich hat sie Euch ebenfalls hintergangen. Schaut lieber nach, ob Ihr wirklich alles, was Euch lieb und teuer ist, noch bei Euch habt. In ihrer Gegenwart ist nichts sicher.« Durch eine flinke Bewegung befreite sie sich aus seinem Griff und wollte zu der Kiste stürzen.

»Nein!«, schrie Elsbeth und stellte sich ihr in den Weg. Wollte sie Schlimmeres verhindern, blieb ihr keine Wahl: »Sie hat recht. Der Stein gehört ihr. Ich habe ihn mir ausgeliehen, um die Kleine zu beruhigen.«

Schlagartig wurde es still im Zelt. Selbst Carlotta hörte auf zu weinen. Die drei Erwachsenen sahen sich verwundert an.

»Du elende Lügnerin!« Magdalena löste sich als Erste aus der Erstarrung und spuckte angewidert aus.

Bevor Elsbeth wusste, wie sie darauf reagieren sollte, machte Magdalena kehrt und rannte mit Carlotta auf dem Arm an Seume vorbei nach draußen. Der sah Elsbeth verwundert an, sagte aber noch immer nichts. Erst da spürte sie, wie die Schamesröte ihr Gesicht überzog. Unterdessen fasste sich Seume an die Brust und tastete von außen sein Wams ab. Wie durch einen Schleier hörte sie, dass er »Gemeine Diebin, meine Tabakdose« murmelte und ebenfalls auf dem Absatz umdrehte, um davonzurennen.

Erst eine ganze Weile, nachdem der Geruch seines aufdringlichen Parfums verflogen war, begriff sie, dass er wohl weiterhin nicht sie, sondern Magdalena für die Diebin hielt. Welch göttliche Fügung! Damit war nicht alles zu spät. Wie von selbst stand ihr eine Idee vor Augen, wie sie die Gelegenheit nutzen konnte. Dazu musste sie Magdalena unbemerkt die Tabakdose zuspielen. Zog sie das Diebesgut vor seinen Augen aus ihren Taschen, stieg sie bei ihm weiter in der Achtung. Gewiss würde er unter diesen Umständen ihrem Wunsch nachgeben und ihr das Kind zusprechen. Eine hinterhältige Diebin wie Magdalena gehörte schließlich hart bestraft. Undenkbar, dass das Kind bei ihr bleiben durfte.

13

Die Augen voller Tränen, sah Magdalena zunächst nicht, wohin sie rannte. Es war auch einerlei, Hauptsache, weit weg von Elsbeth und Seume. Als es ihr in den Seiten stach, blieb sie stehen, setzte Carlotta ab und rang nach Luft. Vorsichtig beugte sie den Oberkörper und presste die Arme gegen den schmerzenden Leib. Dabei baumelte ihr der honiggelbe Bernstein dicht vor der Nase. Langsam richtete sie sich wieder auf. Vergeblich wartete sie auf das Gefühl der Erleichterung. Sie war sich nicht mehr sicher, ob der Bernstein ihr weiterhin Kraft und Glück brachte. Nachdenklich ließ sie ihn durch die Hand gleiten, hielt ihn gegen die Sonne, dass er golden schimmerte. Carlotta reckte ihr die Ärmchen entgegen und brabbelte »Mama, Mama!«.

»Was?« Magdalena brauchte einen Moment, um zu verstehen. Eine angenehme Wärme durchflutete sie. Zum ersten Mal nannte Carlotta sie Mama! Verzückt hob sie die Kleine auf und tanzte mit ihr. Sie jauchzte vor Glück. Was auch immer passierte: Ihr Kind war wichtiger als alles andere. Weder der Bernstein, nicht einmal Eric konnten ihr ähnlich viel bedeuten wie Carlotta. Die Kleine begann zu zappeln. Magdalena setzte sie wieder ab. Unbeholfen zog sich Carlotta an ihren Beinen hoch, machte ein paar tapsige Schritte und strahlte sie an.

»Laufen kannst du auch schon! Du hast aber viel gelernt. Nicht mehr lang, und wir beide laufen um die Wette ums Lager.« Kaum hatte sie das ausgesprochen, überfiel sie tiefe Trauer. Was hatte sie über der Beschäftigung mit dem verwundeten Eric nicht alles bei ihrem Kind versäumt! Sie durfte die Kleine nicht länger so vernachlässigen. Kein Wunder, dass

Elsbeth die Mutterrolle immer stärker für sich beanspruchte. Andererseits hatte sie Seume vorhin noch mehr gegen sich aufgebracht. Vielleicht war es ein Wink des Schicksals, dass die Cousine als würdiger Ersatz für Carlottas weiteres Wohl jederzeit bereitstand.

»Wenn ich das überhaupt noch erlebe«, setzte sie leise hinzu und drückte das Kind fest an sich. Der Nacken der Kleinen war schweißnass, die rotblonden Locken klebten ihr am Kopf. Auch Magdalena schwitzte aus allen Poren. In der prallen Sonne konnten sie nicht bleiben. Einige dürre Weißdornsträucher verhießen Schatten. Erschöpft sank Magdalena zu Boden. Carlotta patschte in die Hände. Wenigstens ihr bereitete der Ausflug Spaß.

»Sieh mal, dahinten!« Magdalena bemühte sich um einen begeisterten Ton. »Die Stadt dort auf dem Berg haben unsere Truppen erobert. Mit Pauken und Trompeten haben sie die schwedische Besatzung davongejagt.« Sie wies auf die Silhouette Amöneburgs. Interessiert, als verstehe sie jedes Wort, folgte das Kind ihrem Blick. Vor ihnen erstreckten sich die brachliegenden Äcker, linker Hand schwoll die Ebene an zu dem Berg, auf dem die Stadt residierte.

»Und dahinten ist der kleine Fluss, der für all die vielen Menschen im Lager das Wasser führt.« Es mochte zwar noch gut eine halbe Meile weiter östlich sein, bis sich das Ufer der Ohm abzeichnete, dennoch waren die Bäume entlang des Flusslaufs gut erkennbar. Die Kleine zeigte mit dem Finger nach Norden, wo sich das Lager befand, und brabbelte.

»Ja, da ist unser Quartier.« Versonnen blickte Magdalena dorthin. Aus der Ferne strahlte das riesige Lager mit all den verschiedenartigen Zelten und Wagen, Unterständen und abgezäunten Flächen noch immer eine beeindruckende Würde aus. Sorgsam bewacht grasten Pferde und Zugochsen die Felder am Rand ab. Deutlich sah Magdalena, wie dürr die Tiere waren. Spätestens im nächsten Winterlager kamen wieder bessere Zeiten, wenn nicht schon bald nach dem Aufbruch aus dieser Gegend, tröstete sie sich. In Bayern, so hieß es, warteten gutgefüllte Magazine. Das ewige Auf und Ab von Not und Überfluss gehörte zum Leben im Tross wie die Nacht zum Tag.

Dicht aufgereihte Wagenkolonnen markierten den äußersten Rand des Lagers, die großen und kleinen Zelte der einfachen Soldaten schlossen sich in ordentlicher Linie dicht dahinter an. Die ehemals bunten, in der prallen Sonne längst verblassten Fahnen hingen schlaff an den Stangen, nicht weniger träge bewegten sich die kleinen Punkte der Menschen durch die Gassen. Es war einfach zu heiß.

Jäh zerriss ein kräftiger Trompetenstoß die Stille. Erschrocken schrie Carlotta auf und presste sich die Händchen auf die Ohren.

»Keine Sorge, alles in Ordnung«, beschwichtigte sie Magdalena und nahm sie schützend auf den Arm. Gebannt starrten sie beide zum Lager. »Das ist das Signal, sich auf die Rückkehr der Schweden vorzubereiten. Seume hat eben bei Elsbeth davon gesprochen.«

Anschwellender Trommelwirbel erklang. Zwischen den Unterkünften entfaltete sich hektische Betriebsamkeit. Zunächst drang nur einzelnes Rufen zu ihnen herüber, bald erhob sich allerdings ein solcher Lärm, dass die Stimmen nicht mehr unterscheidbar waren. Hunde bellten, mehrere Schüsse lösten sich. Dunkle Gestalten liefen aufgeregt hin und her.

»Nicht mehr lang, und die Infanteristen exerzieren durch die Lagergassen«, erklärte Magdalena weiter. »Die Musketiere polieren eifrig die Waffen, und die Kürassiere satteln die Pferde. Dann werden aus dem Tross diejenigen zusammengerufen, die beim Instandsetzen der Schanzen von Nutzen sind. Du wirst staunen, wie gut jeder weiß, was er zu tun hat.«

Mit der ausgestreckten Hand deutete sie an, wo sich die Anlagen befanden, die kurz nach der Ankunft des Heeres auf geeignetem Kampfgebiet einige Meilen weiter nordöstlich angelegt worden waren. »In der sengenden Hitze hat keiner mehr dafür gesorgt, dass die erhalten bleiben. Umso wichtiger ist es, sie jetzt in Schuss zu bringen. Da, schau, ein Trupp Zimmerleute schwärmt aus, am Berg Holz zu schlagen. Siehst du die breiten, dunklen Hüte und die scharfen Äxte? So hat dein Vater in Freiburg ausgesehen. Der war nämlich auch Zimmermann.«

Wie oft hatte Eric so vor ihr gestanden? Dass die Zimmerleute schon ausgeschickt wurden, wunderte sie. Wahrscheinlich waren die Männer in Regiment und Tross trotz des Schrecks über die Rückkehr der Schweden auch froh. Endlich wussten sie wieder, wofür sie die Schwerter schärften, ihre Kugeln gossen und die Kanonen putzten. Eine Aufgabe zu haben war allemal besser als das zermürbende Warten. Gerade in den letzten Jahren, in denen die großen Schlachten mit dem Feind seltener und die Pausen dazwischen immer ausgedehnter geworden waren, bot ein Kampf willkommene Abwechslung. Ein Gefecht mit Wrangels Regiment und seinen hessischen Verbündeten versprach davon mehr als genug, immerhin hatte die erhoffte Schlacht zur Eroberung der Stadt zum Verdruss vieler Soldaten gar nicht stattgefunden.

»Wir müssen zurück. Wenn uns tatsächlich ein Gefecht bevorsteht, gibt es viel vorzubereiten. Was denkst du, haben wir alles zu tun, bis wir im Lazarett die Verwundeten behandeln können? Dabei weiß ich gar nicht, wo ich die Kräuter für die Salben hernehmen soll. Diese Dürre lässt nichts mehr wachsen! Auch das Leinen ist knapp, vom Branntwein für die Betäubung ganz zu schweigen. Nicht nur Meister Johann wird sich wohl etwas zurückhalten müssen mit seinem Durst.«

Wieder meinte sie, Carlotta hörte ihr genau zu. Gerade das, was sie nicht auszusprechen wagte, schien sie am ehesten zu begreifen. Verständnisvoll schien die Kleine zu nicken, während sie kaum wagte, den Gedanken zu Ende zu denken: dass das Auftauchen der Schweden der richtige Moment für Seume war, Erics Hinrichtung anzusetzen. Das Schauspiel würde die Stimmung gewaltig anheizen. Voller Rachegelüste würden sich die Kaiserlichen danach den Feinden entgegenwerfen.

Die Erinnerung an Erics geheimnisvolle blaue Augen, mit denen er sie eindringlich ansah, raubte ihr den Atem. Auf die gleiche Art sah Carlotta sie gerade an. In diesem Moment begriff sie: Diese Augen brechen zu sehen, würde sie nicht ertragen. Die Zweifel an Erics Redlichkeit änderten nichts daran, dass sie ihn noch immer liebte. Roswitha hatte recht: Allein ihrer Liebe wegen musste sie ihn retten, ganz gleich, ob er ihre Gefühle erwiderte oder nicht.

»Nicht so hastig, Magdalena! Nur nichts überstürzen.« Eine wohlbekannte Stimme rief sie von der anderen Seite der Büsche. Meister Johann stand dort. Das Gesicht rot angelaufen, die Nase bläulich gefärbt, die Augen verquollen, wankte der kräftige Mann auf sie zu.

»Was machst du hier?« Während sie ihn musterte, fragte sie sich, wie es ihm gelungen war, unbemerkt an sie heranzukommen, und wie viel er von dem recht einseitigen Gespräch zwischen ihr und Carlotta gehört hatte. Jetzt erst fiel ihr der halbverfallene Verschlag ein paar Schritte hinter den Büschen auf.

Dort musste der Feldscher sich verborgen haben. War das der geheimnisvolle Ort, an den er sich in der letzten Zeit zurückgezogen hatte? Was hatte er dort getan, und wie hatte ihr der Unterstand entgehen können? Der Leichtsinn hätte tödlich für Carlotta und sie sein können!

»Was mache ich hier wohl? Herumstolzieren wie ein eitler Pfau.« Das Zwinkern misslang dem Feldscher gründlich, dennoch wusste sie, auf wen er anspielte: Hagen Seume.

»Deine Scherze bringen mich leider nicht zum Lachen.«

»Soll ich dir was anderes zeigen? Vielleicht habe ich da drinnen was, was dich aufmuntern kann.« Einladend wies er mit dem Kinn auf den Unterstand. Sosehr es sie reizte, in sein Geheimnis eingeweiht zu werden, zögerte sie, ihm zu folgen. Ein weiterer Trompetenstoß aus Richtung des Lagers bestätigte ihr, dass es nicht die rechte Zeit war.

»Hast du mitbekommen, was Seume gesehen haben will?«

»Ach, das alte Lügenmaul! Was hat er denn nun schon wieder?« Meister Johann winkte ab, als gelte es, eine lästige Fliege zu verscheuchen. »Da drin in dem Unterstand arbeite ich an einer ganz besonderen Tinktur. Wenn mir gelingt, umzusetzen, was ich im Kopf habe, dann ist es bald vorbei mit Seume, glaub mir! Ein Schluck davon, und er wird elend zugrunde gehen. Ein ganz besonderes Gift, nur für ihn, das wird die gerechte Rache sein für meine arme Anna und den Wurm, der nie hat leben dürfen!«

Als sie seinen Blick sah, lief es Magdalena kalt den Rücken hinunter. War der Feldscher verrückt geworden? Andererseits hatte sich keiner so gut im Griff wie er. Selbst nach einer durchzechten Nacht gelang ihm noch der schwierigste Eingriff.

»Lass uns deine Tinktur zu einem anderen Zeitpunkt bewundern.« Vorsichtig setzte sie Carlotta zu Boden. »Wir müssen ins Lager zurück und uns auf einen Angriff vorbereiten. Keine zwei Tage, meint Seume, und die Schweden stehen wieder vor uns.«

»Das hat er wohl mit eigenen Augen gesehen, was?« Verächtlich schnaubte Meister Johann. »Seume lügt doch, dass sich die Balken biegen. Wenn er die Schweden tatsächlich gesehen haben will, kann das kaum heute Morgen gewesen sein. Entweder stehen sie schon weitaus näher vor unserem Lager, dann aber müssten auch wir sie sehen, oder er sieht Gespenster. Es gibt nirgendwo Schweden, die noch zwei Tage bis zu uns brauchen.«

»Hm.« Wenn Magdalena mit etwas Abstand darüber nachdachte, musste sie ihm recht geben. Viel zu unbedarft hatte sie Seume vorhin geglaubt. Ihr Blick streifte Meister Johann. Eigentlich ein Wunder, dass der regelmäßige Alkoholgenuss nicht längst sein Hirn zerfressen hatte. Messerscharf denken und schlussfolgern konnte er noch immer wie kein Zweiter. Vielleicht arbeitete er in dem Verschlag nicht allein an einer giftigen Tinktur für Hagen Seume, sondern auch an einem Elixier, das ihm Wunderkräfte verlieh?

»Trotzdem ist klar, was das heißt: Seume kann es kaum mehr erwarten, Eric endlich am Strick baumeln zu sehen.« Meister Johann hob den Blick und schaute in die Ferne, als sehe er dort bereits den Galgen. »Wenn wir was für ihn tun wollen, dann jetzt, sonst ist es zu spät.«

»Was?« Vor Überraschung riss sie die Augen auf. Im ersten Moment glaubte sie, sich verhört zu haben.

»Was ist?« Meister Johann wirkte beleidigt. »So besoffen kann ich nie gewesen sein, um nicht zu merken, was los ist: Die Kleine da ist Erics Tochter. Das hast du vorhin doch selbst erzählt. Geahnt habe ich es zwar schon immer, aber meist sieht man das Offensichtliche nicht, wenn man es nicht sehen will. Zum Glück muss dein Vater das nicht mehr erleben. Noch oben im Himmel wird ihm das weh tun.«

Für einen flüchtigen Augenblick meinte Magdalena Trauer und Schmerz auf seinem Gesicht zu erkennen. Behutsam berührte sie ihn am Arm. Er machte eine Bewegung, wie um sie abzuschütteln. Gleich hatte er sich wieder in der Gewalt. »Lass uns endlich gehen. Zu viele Väter sind in dem verfluchten Krieg schon draufgegangen. Deshalb sollten wir etwas tun, um wenigstens der Kleinen den Vater zu erhalten. Rupprecht werde ich überzeugen können, uns zu helfen. Roswitha wird uns ebenfalls beistehen. Mehr sollten allerdings nicht eingeweiht werden. Deiner Cousine traue ich nicht über den Weg. Auch den anderen gegenüber müssen wir vorsichtig sein. Bislang ahnt zum Glück kaum einer, dass es Eric Grohnert ist, der als dritter Meuchelmörder von Seume hingerichtet werden soll. Hoffentlich hat Seume unsere Abwesenheit nicht genutzt, ihn aus unserem Zelt zu holen.«

»Daran habe ich noch gar nicht gedacht.« Magdalena erschrak. »Du hast recht: So kurz vor der Hinrichtung wird er ihn wohl kaum länger unbewacht bei uns liegen lassen.« Sie scharrte mit den Füßen über den Boden. Die Erde war so trocken, dass es staubte.

»Die Zeit ist knapp«, mahnte der Feldscher.

»Und was ist mit deiner Wundertinktur? Lässt du das alles einfach so zurück?«

»Wer soll was damit anfangen?« Meister Johann lachte und klopfte gegen seine Rocktasche. »Das Gift habe ich natürlich bei mir. Da drinnen stehen nur die Kräuter und Phiolen, aus denen es gemischt ist. Das kann ruhig hierbleiben. Von alldem haben wir in unserem Wagen mehr als genug. Es kommt nur auf die besondere Mischung an.«

»Wie du meinst.« Magdalena hob Carlotta wieder hoch. Die Kleine schlang ihr die Ärmchen um den Hals. Dabei stieß sie gegen den Bernstein. Die Lederschnur öffnete sich, und das kostbare Stück fiel zu Boden.

Ehe sie es verhindern konnte, bückte Meister Johann sich und hob es auf. Fasziniert hielt er sich den honiggelben Stein vor die Augen, ließ ihn im Schein der Mittagssonne funkeln. Zwischen seinen gewaltigen Fingern wirkte er winzig. Fast hatte es den Anschein, der Feldscher zerdrücke ihn mitsamt dem haarfeinen Insekt zwischen den Fingerkuppen. Anerkennend pfiff er durch die Zähne. »Woher hast du den? Der muss ein Vermögen wert sein.«

»Der ist unbezahlbar, zumindest für mich!« Rasch ließ sie Carlotta hinunter und schnappte sich den Bernstein. Die Kleine weinte. Mit wackligen Beinchen stand sie da und riss empört an ihrem Rock. Magdalena schenkte ihr keine Beachtung. Starr richtete sie ihr Augenmerk auf den Bernstein. Ein Glück, dass er nicht schon unterwegs verlorengegangen war! Sie wandte sich halb ab, legte die Schnur wieder um den Hals und verknotete sie dieses Mal sorgfältiger. Einen Moment umschloss sie den Stein mit den Fingern der gesunden rechten Hand und wünschte sich aus tiefstem Herzen, dass die Kraft, die er verströmte, wieder auf ihren Körper überging. Ein Ruck durchzuckte sie. Erleichtert richtete sie sich auf. Ja, das war es, was sie so lange vermisst hatte! Gleich fühlte sie sich besser.

Ein weiteres Mal wehte ein kräftiger Trompetenstoß herüber. Sacht vibrierte der Boden. Ein gutes Dutzend Reiter preschten vom westlichen Rand des Lagers herüber. Der

Staub, den die galoppierenden Pferde aufwirbelten, hüllte sie ein. Carlotta hustete, Meister Johann fluchte. Kaum war die Fahne zu erkennen, die den Reitern voranwehte.

Gebannt verfolgten sie das Schauspiel, das sich vor ihren Augen bot. Die Kürassiere waren nicht zu beneiden. Unter den Pappenheimerhelmen musste es bei den hohen Temperaturen kaum auszuhalten sein. Auch die schweren, ledernen Stulpenhandschuhe waren sicherlich eine Tortur. Dennoch saßen die Männer stolz in den Sätteln. Die Pistolen in den Halftern rechts und links wirkten nicht minder martialisch wie der lange Degen, der kampfbereit an der linken Seite steckte. Im Sonnenlicht blinkten die Harnische. Die lange Pause nach der letzten Schlacht hatte dafür gesorgt, dass jeder ihn auf Hochglanz poliert hatte.

Von dem glockenförmigen Haubenhelm mit dem breiten Nasenschutz wurde den Männern die Sicht so weit eingeschränkt, dass sie von Magdalena und Meister Johann keine Notiz nahmen. Trotz der mageren Zeiten strahlten die Männer der schweren Reiterei Überlegenheit aus. In weitem Bogen ritten sie zu dem Flüsschen hinüber und umrundeten das Lager an dessen weiteren Verlauf nach Norden. Bald waren sie nur mehr verschwindend kleine Punkte am Horizont, die in einer Wolke aus Staub munter auf und nieder zu hüpfen schienen.

»Wenn ich es nicht besser wüsste, könnte ich glatt meinen, du hättest mit deinem Bernstein die Reiter herbeigezaubert.« Meister Johann lachte auf, doch es war ein freudloses Lachen. »Pass auf dich auf, Mädchen! Wenn einer von deinem Schatz erfährt, kann es übel für dich ausgehen. Gier kennt keine Vernunft. In Zeiten wie diesen sowieso nicht.«

14

Auf dem Weg zurück ins Lager kamen Magdalena und Meister Johann immer mehr Menschen entgegen. Nicht allein die Zimmerleute machten sich auf, die Schanzen zu befestigen. Mehrere Rotten Söldner begleiteten die Trupps. Karren mit Holz und groben Steinen sowie Leiterwagen mit den unterschiedlichsten Werkzeugen folgten. Bald tauchten die ersten Geschütze auf, die auf dem Kampffeld in Stellung gebracht werden sollten.

Hinter der Reihe Planwagen, die das Lager nach außen abschirmten, erwartete Magdalena und der Feldscher eine ausgelassene Stimmung: Es gab kaum ein Zelt oder ein Verschlag, vor dem nicht ein Söldner am Feuer saß und Bleikugeln goss oder seinen Pallasch polierte. An anderer Stelle wurden Messerklingen geschliffen, das Leder der Pistolengürtel eingefettet oder Pulvertaschen geflickt. Die Söldnerfrauen machten sich an den Röcken und Hüten zu schaffen, nähten Knöpfe an oder stopften Löcher, während die Kinder aufgeregt zwischen den Erwachsenen umherhüpften. Die Trägheit, die sich in den letzten Wochen im Lager breitgemacht hatte, war verflogen. Nicht einmal das Jammern über die dürftige Kost und die wässrigen Suppen war noch zu vernehmen. Stattdessen schienen alle dem Aufeinandertreffen mit den Schweden entgegenzufiebern. Die Ersten stachelten bereits zu Wetten an, wie der langersehnte Kampf gegen die Heringfresser wohl dieses Mal ausgehen mochte.

»Sieh an, die rote Magdalena und Meister Johann! Hoffentlich habt ihr die richtigen Wundermittel beisammen, um uns zu retten, wenn sich doch mal eine schwedische Kugel in unsere Leiber verirrt.«

»So weit wird es nicht kommen. Bevor die überhaupt zum ersten Schuss anlegen, haben wir sie schon plattgemacht.«

»Wahrscheinlich haben sie sowieso wieder nur nasses Pulver dabei. Wisst ihr noch, wie es damals in Freiburg mit den Franzosen zuging? So werden wir es dieses Mal mit den Schweden halten.«

»Wollen wir hoffen! Für alle Fälle aber besorg ich mir trotzdem noch was von meiner Liebsten. Bei allem Respekt vor Meister Johanns Kunst hat es mir bislang immer Glück gebracht, eine Locke aus ihrem Haar unterm Hemd zu tragen.«

»Darf ich mir auch eine bei ihr auszupfen? Ich nehme aber lieber nicht die vom Kopf.« Das schmutzige Lachen ließ keinen Zweifel daran, welche Körperstelle der Soldat im Sinn hatte.

»Ein Splitter aus dem Galgen kann auch nicht schaden.«
»Oder die Kralle eines schwarzen Huhns.«

Die Vorschläge, welcher Art der Talisman sein sollte, der einen am besten vor Unglück in der Schlacht bewahrte, wurden immer abenteuerlicher. Meister Johann blieb nicht einmal stehen, um auf die Zurufe der Männer einzugehen. So schwer es Magdalena fiel, den Unsinn mit den Hühnerkrallen und Galgensplittern unwidersprochen zu lassen, so tat sie es dennoch dem Feldscher nach.

»Versprich mir eins!« Einer der Männer sprang zu ihr und verstellte ihr den Weg. »Wenn ich halbtot ins Lazarett gebracht werde, dann will ich nur von dir aufgeschnitten werden.« Hastig küsste der Mann sie auf den Mund, bevor er ihr den Weg wieder freigab. Einen anderen ermutigte das, sich ebenfalls vor sie hinzustellen: »Auch ich will nur von dir ins Jenseits befördert werden, sollte es so weit sein, meine hochverehrte Magdalena.«

Wie ein Höfling vollführte er eine tiefe Verbeugung vor ihr, streckte den Arm dabei nach einer weit ausholenden Bewegung ab und kreuzte die Beine zu einem Knicks.

»Wollen wir hoffen, dass es nicht so weit kommt.« Magdalena erwiderte die übertriebene Geste mit einem Lachen und schickte sich an, jedem weiteren Soldaten aus dem Weg zu gehen. Meister Johann war schon fast bei seinem Zelt angelangt. Sie beeilte sich, ihm zu folgen.

Auf den ersten Blick schien unter der Zeltplane alles friedlich. Eric lag ruhig auf seiner Matte, Rupprecht saß daneben und rührte in einem Tiegel eine hellbraune, dickliche Paste an. Überraschenderweise hockte Roswitha in einer Ecke und riss ein großes Leinenstück in lange Streifen. Beide waren so vertieft in ihr Tun, dass sie nicht bemerkten, wie Eric ihnen aus halbgeöffneten Augen zuschaute. Als er Magdalenas und Meister Johanns Auftauchen gewahr wurde, drehte er kaum merklich den Kopf zur Seite. Das leichte Zucken um seine Mundwinkel sollte sie wohl als Komplizin verpflichten. Knapp nickte sie, während der Feldscher sich nicht anmerken ließ, ob er das wahrgenommen hatte. Räuspernd verschaffte er sich Aufmerksamkeit. »Habt ihr nichts gehört?«

»Was denn? Dass es endlich wieder Regen gibt?« Rupprecht hob kaum eine Handbreit den schwarzgelockten Kopf und unterbrach das Rühren in dem Tiegel nicht. Das Kratzen des Mörsers auf dem rauhen Ton klang schauerlich. Die Paste, die er bereitete, roch seltsam. Es war schwer zu bestimmen, was er hineingegeben hatte. Gut duftendes Rosen- oder Lavendelöl sicherlich nicht.

»Die Schweden kommen zurück!« Beunruhigt über seine Begriffsstutzigkeit, schleuderte Magdalena ihm die Worte entgegen. Von der Matte meinte sie ein leises Aufstöhnen zu hören. Eric kniff fest die Lider zusammen, rührte sich ansonsten aber nicht. »Im ganzen Lager herrscht Aufruhr. Hört ihr nicht, wie sie überall mit den Säbeln rasseln, die Geschütze postieren, die Zimmerleute zum Schanzenbau zusammenrufen? Selbst die Kinder schleppen Werkzeug herbei. Das kann euch doch nicht entgangen sein.«

Entrüstet schüttelte sie den Kopf. Rupprecht hörte auf, in dem Tiegel zu rühren, und sah sie aus seinen dunklen Augen an. Bildete sie sich das nur ein, oder war er tatsächlich belustigt über ihre Aufregung?

»Dann wird es wohl Zeit.« Schwer keuchend rappelte sich die alte Hebamme vom Boden auf und band ihr Tuch über die spärlichen, gelbgrauen Haarsträhnen. »Ich sammle noch ein paar Kräuter und bereite einige Wundsalben vor.«

Sie ging aus dem Zelt, stieß dabei gegen den Wasserkrug und stolperte über Magdalenas Füße. Gerade noch konnte Magdalena sie vor dem Hinschlagen bewahren. Roswitha dankte es ihr mit einem Lächeln. Zärtlich tätschelte sie Carlottas Köpfchen, der sich zwischen Magdalenas Rockfalten verbarg.

»Die Kleine nehme ich am besten mit. Wenn sie Hunger kriegt, bringe ich sie zu Elsbeth.« Kurz nickte sie Meister Johann zu, bevor sie mit Carlotta auf dem Arm nach draußen verschwand.

»Rupprecht, lass uns zum Quartiermeister gehen und sehen, wie es um die Branntweinvorräte bestellt ist. Wenn der knapp wird, sieht es übel für die Verwundeten aus.« Kaum entfernten sich die Stiefelschritte Rupprechts und des Feldschers vor dem Zelt, sank Magdalena neben Erics Matte nieder.

»Wie geht es dir?« Sie fühlte seinen Puls, bevor sie sich die

Verbände auf seinem Leib besah. Das Fieber schien besiegt, die Wunden bildeten dicken Schorf.

»Ich habe dich vermisst, Magdalena.« Seine tiefblauen Augen suchten die ihren. Um seine Mundwinkel zuckte es. Die Härchen des rotblonden Bartflaums, der in den letzten Tagen an seinem Kinn gesprossen war, vibrierten im Luftzug ihres Atems. Mühsam machte er Anstalten, den Oberkörper aufzurichten, doch sie drückte ihn sacht zurück.

»Nicht! Noch sind die Nähte nicht verheilt.« Sie lächelte, obwohl sie spürte, wie ihr die Augen feucht wurden. Sein Aufwachen freute sie, gleichzeitig nagte die Angst in ihr, weil es Zeit wurde, ihn zur Rede zu stellen.

»Du weinst?« Er hob die Hand und berührte ihre Wange, streichelte sie. Sie hauchte ihm einen Kuss auf die Fingerkuppen und legte die Hand zurück auf die Matte.

»Wo hast du all die Zeit gesteckt?« Schroffer als beabsichtigt sprudelten die Worte aus ihr heraus. »Zwei Jahre warst du fort! Eine so lange Zeit ohne die kleinste Nachricht, wenigstens ein Lebenszeichen. Ich musste denken, du bist tot!«

Sie verschluckte sich fast an den Tränen, die in ihr aufstiegen. Eine Weile hielt sie inne, die smaragdgrünen Augen starr auf ihn gerichtet. Er sagte nichts.

»Dabei hast du über Wochen mit Seume Geschäfte gemacht, mit den Leuten aus unserem Fähnlein Handel getrieben. Warum hast du dich nicht auch bei mir gemeldet, mir wenigstens ein Zeichen geschickt, dass du noch lebst? Was ist mit dir passiert, Eric? Bin ich dir so einerlei?«

Er biss sich auf die Lippen und starrte an ihr vorbei in weite Fernen, bevor er sich zu einer Antwort durchrang: »Eins musst du mir glauben: Nichts hätte ich lieber getan, als sofort wieder zu dir zu gehen.«

»Warum hast du es nicht einfach getan?« Von neuem erschwerten Tränen ihr das Sprechen. Dann aber spürte sie Entrüstung in sich aufsteigen: »Seit Monaten hättest du das tun können! Ein Wort zu Seume oder zu einem anderen aus seinem Umfeld, und wir wären wieder zusammen gewesen.«

Er schwieg, schien nach den richtigen Worten zu suchen. Dann sagte er leise: »Es ging nicht. Du musst es mir einfach glauben, Magdalena, bitte!«

»Warum? Hast du eine andere? Hast du mich vergessen?«

»Nein, nie, das weißt du genau.« Er suchte ihren Blick.

Eine Weile hielt sie ihm stand, dann übermannte sie wieder die Empörung, und sie schnaubte verärgert. »Erzähl keine Lügen. Das ertrage ich nicht.«

»Das würde ich nie tun.« Angesichts ihres eisigen Schweigens setzte er nach: »Du weißt nicht, was das für Menschen waren, mit denen ich zu tun hatte.«

»Ehrbare Leute wahrscheinlich, die mit Hagen Seume Geschäfte machen.« Abermals entfuhr ihr ein verärgertes Schnauben. Sie verschränkte die Arme vor der Brust und drehte sich halb von ihm ab, um ihn nicht mehr direkt ansehen zu müssen. Mit schmerzverzerrtem Gesicht richtete er nun doch den Oberkörper halb auf. Sie verbiss sich eine weitere Warnung. Ächzend stützte er sich auf die angewinkelten Arme.

»Dass Seume und seine Leute ehrbar sind, davon bin ich ausgegangen. Ein unentschuldbarer Fehler. Aber wenn ich dich erinnern darf, Magdalena: Selbst dein Vater nannte ihn seinen Freund, bat ihn zum Taufpaten für deinen Bruder. Welche Schufte Seume und seine Leute in Wahrheit sind, das habe ich erst viel zu spät begriffen. Nach dem Jahr bei den Franzmännern, die uns damals verschleppt hatten, war ich froh, wieder unter Menschen zu sein.«

»Lüg nicht. Von Anfang an hast du gewusst, mit wem du es zu tun hast. Überhöhte Preise hast du von Seume verlangt, ihm die Sachen zum Kauf angeboten, die du zuvor aus den Magazinen der Kaiserlichen gestohlen hast. Und den Gewinn hast du hinterher mit irgendwelchen Bauern geteilt, die sich weigern, die Unsrigen zu unterstützen, obwohl wir sie vom Joch der schwedischen Heringfresser befreien und Tag für Tag unser Leben für sie riskieren.«

»Wer hat das behauptet?«

»Das spielt doch keine Rolle. Lass gut sein, Eric. Was interessieren mich diese Leute? Nur eines zählt für mich: Du standest die ganze Zeit mit Seume in Verbindung. Du hättest ihn fragen können, wo ich bin. Warum bist du nicht zurückgekommen? Hast du vergessen, was wir uns in Freiburg geschworen haben? Ich habe auf dich gewartet.«

Mit dem Handrücken wischte sie sich die Wangen, fasste nach dem Bernstein unter ihrem Mieder und zog ihn heraus. »Hier, das Zeichen deiner ewigen Liebe, an die ich mal geglaubt habe.«

Sie löste das Lederband und legte ihm den auch im trüben Licht klar scheinenden Stein auf die bandagierte Brust. Verwundert starrte er darauf.

»Magdalena! Das ist nicht dein Ernst!« Abrupt fuhr er hoch und stöhnte im nächsten Moment vor Schmerzen auf.

»Nicht!«, rief sie und half ihm, sich wieder flach auf der Matte auszustrecken.

Rasch prüfte sie die Verbände. Zum Glück war nichts passiert. Die Wunden waren inzwischen wohl doch schon so weit verheilt, dass sie nicht bei jeder unbedarften Bewegung aufplatzten.

»Du hast es eben gehört«, wechselte sie rasch das Thema,

»die Schweden rücken näher. Ich weiß nicht, was zwischen dir und Seume vorgeht, nur dass Seume dich unbedingt am Galgen sehen will. Das Einzige, was jetzt zählt, ist: Du musst so schnell wie möglich fort. Bevor die Schlacht ausbricht, wird er dich hängen wollen. Uns muss etwas einfallen, wie wir dich vorher in Sicherheit bringen.«

Sie wollte sich gerade abwenden, um das Leinen, das Roswitha vorhin gerissen hatte, aufzuwickeln, da hielt er sie am Arm zurück. »Warum tust du das, wenn du glaubst, ich liebe dich nicht mehr?«

»Frag besser nicht.« Vorsichtig löste sie seine Finger von ihrem Arm und rutschte von der Matte weg.

»Seume wird bald kommen und höchstpersönlich nach ihm sehen.« Auf einmal stand Rupprecht im Zelt. Wie so oft hatte er sich lautlos herangeschlichen. »Einer seiner Knechte hat mich gewarnt. Euch ist klar, was das bedeutet?«

Betretenes Schweigen füllte das Zelt. Magdalena spürte Schwindel im Kopf, gleichzeitig zitterten ihr die Beine. Rupprecht schien ebenfalls von Unruhe gepackt. Sein Blick wanderte rastlos umher. Mehrmals räusperte er sich. Seine Stimme war so leise, dass sie die Ohren spitzen musste, um ihn zu verstehen. »Im Lager wird schon eifrig getuschelt, dass es sich bei dem dritten Mörder um Eric Grohnert handelt. Manch einer erinnert sich gut an ihn, besser, als dir lieb sein kann.«

»Was meinst du damit?«

»Ganz so unauffällig habt ihr euch damals in Freiburg schließlich nicht verhalten. Dass du neun Monate später ein großes, rotblondes, blauäugiges Mädchen zur Welt gebracht hast, ist ebenfalls bekannt. Die Geschichte mit der Vergewaltigung hat noch nie sehr überzeugend geklungen. Und dass du jetzt unablässig Krankenwache hältst, haben mehr Leute mitbekommen, als dir lieb sein kann.«

»Was?« Trotz des Flüsterns hatte Eric alles verstanden. »Die Kleine ist unser Kind?«

»Wessen Kind soll sie sonst sein?« Magdalena versetzte es einen Stich, dass er es auf diese Weise erfahren musste. Gleichzeitig ärgerte sie sich, dass er nicht von selbst darauf gekommen war. Wollte er es nicht wahrhaben? Unwillkürlich fasste sie sich an die Brust, tastete vergebens nach der harten Erhebung, die sonst der Bernstein unter dem Mieder verursachte. Halb drehte sie sich zu Eric um und sah, dass er den Bernstein weggesteckt hatte. Ein Anflug von Furcht bemächtigte sich ihrer. War es nicht doch besser, sie nahm den Stein wieder an sich? Wenn sie ihn nicht trug, widerfuhr ihr nur Unglück, wie letztens nachts, als Seume über sie hergefallen war. Ihr Herz raste.

»Elsbeth steckt dahinter, nicht wahr? Sie erzählt das überall herum.« Auf einmal klang Magdalenas Stimme wieder entschlossen. Sie strich sich über die bandagierte Hand und bewegte vorsichtig die Finger.

»Ob Elsbeth dahintersteckt oder nicht, spielt keine Rolle. Für wie dumm hältst du eigentlich die anderen im Tross?« Rupprechts dunkle Augen verengten sich zu schmalen Schlitzen, sein bartloses Gesicht wirkte finster. Zumindest sprachen sie beide auf gleicher Höhe miteinander. Wenn er ausatmete, spürte sie den warmen Lufthauch auf der Nasenspitze. Schweigend verharrten sie voreinander. Das plötzliche Poltern und Fluchen aus dem benachbarten Planwagen löste die Erstarrung. Beunruhigt sahen sie einander an.

»Da ist jemand!« Schon sprang Rupprecht hinüber. Weiteres Rumpeln ertönte, gefolgt von leisem Fluchen und Schimpfen. Gebannt horchte Magdalena.

»Was hat das zu bedeuten?«, flüsterte Eric.

»Scht!« Warnend legte Magdalena den Zeigefinger auf die Lippen und nickte mit dem Kopf zum Planwagen.

»Roswitha, was soll das?« Rupprechts aufgebrachter Ausruf erklärte alles. Erleichtert atmeten sie auf. Wenig später humpelte die Hebamme, gefolgt von Rupprecht, ins Zelt. Dabei blitzte etwas in ihrer Hand. Magdalena brauchte nicht lang, um zu erkennen, worum es sich handelte.

»Das habe ich drüben im Planwagen gefunden. Kann mir einer erklären, was das hier soll?« Die wässrigen Augen der Alten verrieten, dass sie die Antwort längst wusste. Ihre Miene wirkte besorgt, als sie Seumes goldene Tabakdose in den schwieligen Händen drehte.

»Elsbeth war wohl schneller, als ich dachte. Und geschickter obendrein.« Magdalena nahm ihr das wertvolle Stück aus der Hand und betrachtete es. Wie bei einem Gecken wie Hagen Seume nicht anders zu erwarten, handelte es sich um ein äußerst kostspielig verarbeitetes Stück. Rubinrot funkelte ein runder Stein in der Mitte der reichverzierten Dose. Beim Aufschnappen des Deckels wurde ein Futteral aus dunkelrotem Samt sichtbar. Auf der Innenseite des Deckels fanden sich Seumes ineinander verschlungene Initialen. Die Reste grober Tabakbrösel verströmten einen süßlichen Geruch.

»Vermute ich also richtig, dass deine liebe Cousine das gute Stück mit Absicht bei uns versteckt?« Von unten herauf blinzelte Roswitha sie an.

»Wo war es?«, fragte Magdalena.

»In deinem Korb mit den getrockneten Salbeiblättern. War nicht schwer, darauf zu stoßen, aber dennoch nicht zu auffällig, dass einer Verdacht schöpfen könnte, es läge nicht ganz zufällig dort.«

»Könnt ihr mir mal erklären, wovon ihr da redet? Wessen Tabakdose ist das, und wieso sollte Elsbeth die in unserem Wagen verstecken?« Rupprecht war bemüht um einen strengen Ton.

»Bevor wir hier lange herumschwadronieren, bringe ich das Ding lieber in Sicherheit. Falls ihr es vergessen habt: Gleich taucht Seume mit seinem Gefolge auf«, krächzte Roswitha. »Bin schon sehr gespannt, wie Elsbeth es anstellen will, zum richtigen Zeitpunkt dazuzustoßen. Wahrscheinlich schiebt sie die Kleine vor. Die hängt gerade wieder an ihrer Brust. Mal schauen, ob mir zu alledem nicht was Gescheites einfällt.« Sie kicherte in sich hinein, schob die Tabakdose zwischen die unzähligen Lagen ihres Rocks und watschelte aus dem Zelt.

Rupprecht fuhr sich mit den Händen durchs Gesicht und blickte dann nach draußen, als gäbe es nichts Wichtigeres, als der davonstapfenden alten Hebamme nachzuschauen. Schließlich drehte er sich um. »Komm mit!« Ohne Magdalena Gelegenheit zu geben, sich zu wehren, zog er sie vor das Zelt und von dort einige Schritt weiter ins freie Feld hinein, wo sie keiner belauschen konnte, ohne dass sie ihn rechtzeitig entdeckten. »Hast du in den letzten Tagen überhaupt jemals daran gedacht, dass da drin nicht nur dein Geliebter aus Freiburg, sondern auch ein gemeiner Mörder liegt?«

Die Frage kam so überraschend, dass Magdalena eine Weile brauchte, bis deren Sinn zu ihr vordrang.

»Er ist nicht mehr derselbe, den du in Freiburg geliebt hast«, setzte er nach.

»Wir sind alle nicht mehr dieselben«, antwortete sie und wollte sich losreißen. Er hinderte sie jedoch daran.

»Nur mit dem Unterschied, dass wir für den Schurken unser Leben aufs Spiel setzen, ohne recht zu wissen, ob er es wirklich wert ist.«

»Dann tu es halt nicht.« Sie entriss sich seinem Griff.

»Du weißt genau, dass ich es allein dir zuliebe doch tun werde.« Zum Zeichen der Versöhnung streckte er die Hand aus. Sie schob sie fort und eilte ohne ein weiteres Wort zu Meister Johanns Wagen.

15

Nachdem sie Meister Johanns Wagen aufgeräumt hatte, drängte es Magdalena, Carlotta wieder zu sich zu holen. Angesichts des Bevorstehenden wollte sie ihr Kind um sich haben. Sie wusste Rupprecht zusammen mit Meister Johann bei Eric, so dass sie guten Gewissens fortgehen konnte. Vielleicht bestand doch noch Hoffnung, Elsbeth zur Vernunft zu bringen. Zu viel hatten sie gemeinsam durchgestanden, um jetzt auf einmal wie erbitterte Feindinnen gegeneinander zu kämpfen. Doch im Zelt waren weder ihre Cousine noch ihre Tochter. Stattdessen stieß sie mit Roswitha zusammen, die zwischen den Kisten, Decken und Kissen herumfuhrwerkte.

»Keine Sorge, die zwei tauchen schon wieder auf.« Schnaufend richtete Roswitha sich auf. »Und das mit der Tabakdose ist auch geklärt. Du kannst beruhigt zu Meister Johann gehen. Seume wird sich noch wundern, wo du steckst, wenn du nicht da bist. Das wäre viel schlimmer als alles andere.«

»Du hast gut reden!« Ohne es zu wollen, brach Magdalena plötzlich zusammen. Die letzten Stunden waren zu viel gewesen. Schluchzend warf sie sich der alten Hebamme in die Arme und weinte, als könne sie nie wieder aufhören. Sie fühlte, wie die knöchernen Finger der Alten durch ihr Haar strichen. »Scht, scht«, murmelte Roswitha in ihrem krächzenden Tonfall und wiegte sie wie ein kleines Kind.

»Elsbeth wird der Kleinen nichts tun«, versicherte sie Magdalena, nachdem deren Tränen versiegt waren. »Sie liebt sie wie ihr eigenes Kind.«

»Das ist es ja! Längst hat sie vergessen, dass Carlotta mein Kind ist. Merkst du nicht, was in ihr vorgeht? Wenn die List mit der Tabakdose nicht klappt, dann wird sie sich etwas anderes ausdenken, um mich von Carlotta zu trennen. Das Kind will sie haben, das ist Sinn und Zweck ihres Tuns.«

»Und wir werden das zu verhindern wissen. Elsbeth braucht dich viel zu sehr, um dich an Seume auszuliefern. Wer sorgt für sie, wenn nicht du? Du glaubst doch nicht im Ernst, dass Seume lange an ihr als Gespielin Gefallen findet, wenn sie immerzu das Kind bei sich hat. Da wird sie sich also bald entscheiden müssen: entweder das sorgenlose Dasein mit Seume oder das Kind und du. Was glaubst du, wie schnell ihr das klar ist? Also hör auf, dir ihretwegen Gedanken zu machen. Jetzt geht es um anderes.«

Entschlossen schob sie Magdalena aus dem Zelt und drängte sie, zu Meister Johanns Wagen zurückzukehren.

Die Abendsonne färbte den Himmel rot. Für einen kurzen Augenblick schienen die hellen Leinwände der Zelte und Planwagen zu glühen. Einzelne Wolkenfetzen und ein entfernt rumorendes dumpfes Grollen ließen vermuten, dass endlich ein Wetterwechsel bevorstand. Schon zogen die Vögel ihre Bahnen tiefer als während der vorangegangenen Tage. Das Tschilpen der Amseln schien Unheil zu verkünden. Statt der drückenden Hitze der letzten Wochen hing eine Schwüle in der Luft, die einem den Schweiß aus den Poren trieb. Auch der Gestank der Aborte am südwestlichen Rand des Lagers zog in einer schweren Wolke herüber.

Die Aufregung des Nachmittags hatte sich gelegt. Der Schanzenbau sollte erst bei Anbruch des nächsten Tages fortgesetzt werden, und die Kürassiere waren wohlbehalten von ihrem Übungsritt zurückgekehrt. Während die Tiere sich auf den gutbewachten Weideflächen ausruhten, würfelten und zechten die Reiter wie jeden Abend mit den Fußtruppen auf den verschiedenen Spielplätzen abseits der Zelte. Hin und wieder drang lautes Lachen herüber, auch das Anschlagen eines neuen Weinfasses wurde freudig begrüßt. Flöten und Lauten ertönten, hie und da erklang Gesang. Bald flammten Feuer auf, die für ausreichend Helligkeit sorgten, um die Punktzahlen der knöchernen Würfel zu erkennen. An den Holzspießen drehten sich gerupfte Vögel, selbst ein Kaninchen oder ein Hase fand sich gelegentlich über den Flammen und verströmte trotz des mageren Fleisches einen betörenden Duft. Frauen und Kinder hatten sich zusammengefunden, um Stockbrote zu backen.

Dass Hagen Seume bei Meister Johann eingetroffen sein musste, verrieten die beiden Steckenknechte, die rechts und links des Zelteingangs postiert waren. Magdalena entdeckte sie bereits aus einiger Entfernung. Breitbeinig standen sie da und versuchten durch ihre martialische Bewaffnung mit Pistole und Pallasch Eindruck zu schinden.

Im Gegensatz zu ihrem zerrissenen Zustand im Innern gab sich Magdalena nach außen fest und entschlossen. Je näher sie dem Zelt kam, umso grimmiger blickten die beiden Steckenknechte ihr entgegen. Aus dem Innern des Zeltes klangen aufgebrachte Männerstimmen.

»Was willst du?«, knurrte der größere der beiden, noch bevor sie einzelne Worte verstehen konnte. Drohend sah er sie an und schob seinen breitkrempigen Hut mit dem Zeigefinger nach oben. Im nächsten Augenblick wurde die Zeltplane zurückgerissen, und Hagen Seume schoss heraus. Magdalena sprang zur Seite und rempelte dabei den Steckenknecht an, der sie verärgert wegstieß.

»Es bleibt dabei: Morgen früh bei Tagesanbruch geht es los«, blaffte Seume. Ohne eine Antwort abzuwarten, setzte er sich den riesigen Schlapphut mit der überlangen roten Feder auf den Kopf und legte die Hand auf den Säbelgriff. Sein Blick fiel auf Magdalena. Einen Atemzug lang blickten sie sich in die Augen, dann verzog er die wulstigen Lippen zu einem hämischen Grinsen. »Da fällt mir noch was Wichtiges ein. Meister?«

Seine Stimme schraubte sich höher, während er sich zurückdrehte, um den Feldscher direkt anzusprechen, der noch im Zeltinnern stecken musste. Aber erst als Seume sich auffällig räusperte, begriff Meister Johann wohl, was von ihm erwartet wurde. In gebückter Haltung kam er unter der Plane hervor. »Ihr wünscht?« Aufreizend langsam trocknete er die Finger an einem Tuch, jeden einzeln, eifrig darauf bedacht, keinen Tropfen auf der Haut zu übersehen.

Seume musste beschlossen haben, den offenen Affront zu übergehen. Betont freundlich sagte er: »Lass mich und meine Männer noch einen Blick in deinen Wagen werfen. Zu gern möchte ich sehen, ob du alles für die morgige Tortur bereit hast.«

Ein Wink zu seinen beiden Knechten genügte. Schon eilten sie zu dem Wagen und kletterten in den Kasten hinauf. Seume baute sich breitbeinig an der Deichsel auf, steckte die Daumen locker in die Gürtelschlaufen und grinste über das ganze

Gesicht. Dass er etwas ganz Bestimmtes von der Aktion erwartete, war nicht zu übersehen. Kaum konnte er an sich halten, nicht gemeinsam mit seinen Männern in Meister Johanns Sachen zu wühlen. Zögernd stellten sich Meister Johann und Magdalena neben ihn. Der Feldscher wirkte inzwischen doch beunruhigt, weil er Seumes Absicht nicht erkannte. Magdalena aber wusste genau, was der Profos im Schilde führte. Fehlt eigentlich nur Elsbeth, dachte sie, als sie Rupprecht neugierig aus dem Zelt kommen sah und auch Roswitha mit ihrem typischen Watschelgang wie zufällig um die Ecke bog.

Die Steckenknechte polterten im Innern des Planwagens, dass Magdalena um die mühsam errungenen Vorräte an Kräutern und Tinkturen fürchtete. Meister Johann wies empört mit der Hand Richtung Plane, da schälte sich der kleinere der beiden Steckenknechte darunter hervor und verkündete enttäuscht »Nichts!«.

»Wie? Nichts? Was soll das heißen?« Brüsk zerrte Seume ihn herunter und kletterte selbst hinauf.

»He, was soll das?«, brauste Meister Johann auf. »Was tut ihr da eigentlich?«

»Lass nur«, flüsterte Magdalena und hielt ihn zurück. »Da passiert nichts. Vertrau mir.«

Im Wageninnern schepperte es erneut. Ein Glas fiel herunter und zerbrach klirrend. Meister Johann reckte wütend die Faust in die Luft und warf ihr einen vorwurfsvollen Blick zu. Besorgt bemerkte sie, dass sein Gesicht dunkelrot angelaufen war, die Adern an den Schläfen pochten. »Von wegen!«, knurrte er und machte Anstalten, weiteres Unheil zu verhindern. Seume stieß ihn allerdings mit einem heftigen Stoß vom Wagenaufbau und sprang mit zornigem Gesicht zu Boden, dicht gefolgt von dem größeren der beiden Steckenknechte.

»Wo steckt sie?«

»Was meint Ihr?« Rupprecht schaltete sich ein. Als Einziger hatte er die Szene gelassen aus dem Hintergrund verfolgt. Nun trat er gemessenen Schrittes hervor, verschränkte die Arme vor der Brust und hob stolz den Kopf. Seiner geringen Körperlänge zum Trotz wirkte er in dieser Pose sehr beeindruckend. »Sucht Ihr etwa eine besondere Salbe oder Essenz? Erklärt Euch, Seume. Welcher Art sind Eure Beschwerden? Wir müssen das wissen, damit wir Euch helfen können.«

Seine dunklen Augen blickten furchtlos. Magdalena biss sich auf die Lippen, um ein Schmunzeln zu verbergen. Rupprecht tat genau das, was in dieser Situation vonnöten war: Er baute Seume eine Brücke, ohne Ansehensverlust aus der Geschichte herauszukommen. Sollte er sich abermals bloßgestellt fühlen, wäre keinem von ihnen geholfen. Seume aber begriff gar nichts. Feine Kleidung allein genügte eben nicht, um über ausreichend Feinsinn zu verfügen. Mit einem verärgerten »Wir gehen!« wollte er den unrühmlichen Auftritt beenden. Das Auftauchen Elsbeths just in diesem Moment hielt ihn jedoch zurück.

Carlotta auf der Hüfte wiegend, schlenderte die Cousine aufreizend langsam aus einer der Zeltgassen herbei und genoss es offensichtlich sehr, von der gesamten Versammlung beobachtet zu werden. Im letzten Tageslicht funkelten ihre blauen Augen, das Haar glänzte golden. Sie schien zu ahnen, was vor Meister Johanns Wagen vor sich ging, vielmehr zu hoffen, dachte Magdalena spöttisch, dass Seume gerade die gestohlene Tabakdose gefunden hatte. Das betretene Schweigen musste Elsbeth als Bestätigung deuten. Um ihren Mund spielte ein triumphierendes Lächeln. Wie vorhin Seume, so schien auch sie es kaum mehr erwarten zu können, den Lohn ihrer List einzufahren.

»Was ist denn hier los?«, fragte sie und setzte die Kleine zu Boden. Erfreut lief diese auf unsicheren Beinen zu Magdalena und vergrub das Gesicht in den Falten ihres Leinenrocks.

»Wonach sieht es denn aus?«, krächzte Roswitha und setzte sich ebenfalls schwankend wie ein einjähriges Kind in Gang, um zu den anderen zu gelangen. Wie so oft stolperte sie über den einzigen Stein weit und breit, rempelte den Kleineren der beiden Steckenknechte an und fiel schließlich mit ausgestreckten Armen Seume entgegen. Wie um sich vor dem direkten Kontakt mit der Hebamme zu schützen, riss er aufgebracht an seinem Mantel. Dabei fiel etwas Goldenes zu Boden. Fassungslos sah er es an, während sich Roswitha bückte und es aufhob.

»Oh, Eure wertvolle Tabakdose! Da habt Ihr aber Glück, dass sie Euch genau vor die Füße gepurzelt ist. Stellt Euch vor, Ihr hättet sie anderswo im Lager verloren. Nie und nimmer hättet Ihr das gute Stück wiederbekommen. Ehrliche Finder«, damit streiften ihre wässrigen Augen Elsbeth, die mit offenem Mund dastand, »sind nämlich rar geworden in letzter Zeit!«

Sie vollführte einen unbeholfenen Knicks und reichte Seume die Dose. Er schnappte sie sich, blickte wütend zu Elsbeth, die ihn fassungslos anstarrte, und steckte das kostbare Stück in die Brusttasche seines Wamses. Aus den Augenwinkeln bemerkte Magdalena, wie blass die Cousine geworden war. Offenbar rechnete sie sich gerade aus, was der verpatzte Fund der Tabakdose bedeutete: dass sie sich damit nicht allein die Gunst Seumes gründlich verscherzt hatte, sondern dass auch alle Umstehenden über ihre fehlgeschlagene List Bescheid wussten. Zögernd versuchte sie, sich aus Seumes Blickfeld zu stehlen.

»Morgen früh also ist der Mann fällig«, rief Seume unterdessen Meister Johann zu, rückte sich den Hut zurecht und winkte den Steckenknechten. Hocherhobenen Hauptes marschierte er den beiden voraus. Der rote Federschmuck seines Hutes wippte wie ein sichtbares Zeichen seines inneren Aufruhrs.

Schweigend sahen die anderen ihm hinterher. Keiner wagte, sich zu bewegen. Lediglich Carlotta brabbelte vor sich hin, als wüsste sie eine Menge über das eben Geschehene zu erzählen. Meister Johann fasste sich als Erster.

»Morgen früh – ihr wisst, was das bedeutet«, sagte er zu Rupprecht und Magdalena. Elsbeth, die sich gerade unbemerkt davonschleichen wollte, rief er schroff zu: »He! Hiergeblieben!« Er deutete mit ausgestrecktem Zeigefinger auf sie. »Du bleibst mit der Kleinen drüben in eurem Weiberzelt. Ich brauche Magdalena die ganze Nacht bei dem Verletzten. Das Kind stört dabei nur. Bis der Bursche da drinnen bei Morgengrauen den Weg zum Galgen auf eigenen Beinen schaffen kann, müssen wir noch wahre Wunder vollbringen.«

Elsbeth zuckte mit den Schultern. Sie hatte wohl Besseres vor, als seiner Anweisung zu gehorchen. Also nahm Roswitha das Kind auf den Arm und zupfte sie am Ärmel. »Hast du nicht verstanden?«, krächzte sie. »Lass uns gehen. Ich bleibe heute Nacht bei dir, damit dir die Zeit mit der Kleinen nicht lang wird und du am Ende wieder auf törichte Ideen verfällst.« Vielsagend zwinkerte sie Magdalena zu. »Bis du Seume wieder unter deine Röcke lässt, solltest du ohnehin einige Zeit verstreichen lassen. Er kann sehr nachtragend sein.«

»Halt dein loses Maul, du stinkende Vettel!«, brauste Elsbeth auf und hob die Hand, um ihr eine Maulschelle zu verpassen. Damit aber konnte sie die Alte nicht im Geringsten einschüchtern. Blitzschnell griff sie Elsbeths Handgelenk und zog sie mit sich fort wie ein bockiges Kind.

16

Magdalena, Meister Johann und Rupprecht sahen den beiden schweigend hinterher. Ein dumpfes Grollen kündete vom Heraufziehen eines Unwetters. Am Horizont dräuten schwere, dunkle Wolken. Eine kräftige Windböe fegte von Westen her ins Lager, durchwühlte Magdalenas Haare und bauschte ihren Rock. Schlagartig erwachte sie aus ihrer Starre. Es blieb ihnen nur diese eine Nacht, Eric zu retten.

»Nicht verzweifeln!« Meister Johann legte ihr den Arm um die Schultern. »Noch ist es nicht zu spät, noch gibt es Hoffnung.«

»Lasst uns endlich loslegen.« Aufgeregt rieb Rupprecht sich die Hände. »Je länger wir warten, desto schwieriger wird es. Seume hat seine Leute zwar wieder mitgenommen, doch wir sollten damit rechnen, dass sie im Laufe der Nacht zurückkehren.« Um seine Entschlossenheit zu unterstreichen, krempelte er die Ärmel seines Hemdes auf.

»Du bist also doch mit von der Partie?« Prüfend sah Magdalena ihn an. Kaum merklich räusperte sich Meister Johann. Trotzdem konnte sie sich die nächste Frage nicht verkneifen: »Ich denke, du kannst Eric nicht ausstehen? Das hast du vorhin erst gesagt. Schon in Freiburg hast du keinen Hehl aus deiner Abneigung gemacht.«

Einen kurzen Moment hielt Rupprecht inne. Sein Mund verzog sich zu einem Lächeln, und in seinen dunklen, tiefliegenden Augen schien es hell aufzublitzen. »Jeder kann seine Meinung ändern, meinst du nicht?«

»So ist es recht, mein Junge.« Der Feldscher legte ihm die Hand auf die Schulter. »Also los, meine Lieben. Noch bewacht niemand unseren Wagen. Auch die Kürassiere hören bald mit dem Exerzieren auf. Das aufziehende Gewitter treibt die Leute in die Wagen und Zelte. Sobald es dunkel genug ist, müssen wir Eric fortbringen. Unser Wagen steht abseits von den übrigen. Wenn wir Glück haben, wird keiner so schnell etwas merken.«

»Ich weiß auch schon, wohin wir ihn bringen können.« Rupprecht platzte schier vor Unternehmungslust. »Auf der kleinen Bergkuppe südwestlich der Stadt gibt es einen Felsvorsprung. Darunter liegt ein großer Dachsbau. Das ist genau das, was wir suchen.«

»Ich weiß, welche Höhle du meinst.« Meister Johann rieb sich nachdenklich das Kinn. »Die ist wirklich bestens geeignet: verborgen genug, damit niemand sie findet, und gleichzeitig geräumig, so dass es ein riesiger Bursche wie Eric einige Zeit darin aushält. Schließlich muss er eine ganze Weile dort bleiben, um zu Kräften zu kommen, bevor er seine Flucht fortsetzen kann.«

»Ihr redet, als wüsstet ihr schon genau, was alles zu tun ist.« Magdalena haderte noch mit sich, ob sie sich über den Eifer der beiden freuen sollte oder nicht. »Es ist noch lange nicht damit getan, Eric nur aus dem Zelt wegzubringen. Spätestens im ersten Morgengrauen kommen die Steckenknechte zurück. Bis dahin müssen wir uns etwas einfallen lassen, wie wir sein Verschwinden erklären. Euch ist hoffentlich klar, dass wir drei sonst unsere Köpfe für sein Verschwinden hinhalten.«

»Natürlich.« Rupprecht wirkte ganz ruhig. »Wenn sie Eric nicht mehr bei uns finden, baumeln wir drei schon am Strick, noch bevor die Sonne richtig aufgegangen ist.«

»Mach keine Scherze.« Deutlich war Meister Johann der Unmut anzusehen. »Magdalena hat recht: Wir sollten uns jeden Schritt genau überlegen. Überstürztes Handeln bringt nichts.«

Ein weiteres Donnergrollen rief das nahende Gewitter in Erinnerung. Die ersten Tropfen fielen. Die ausgelassene Abendstimmung im Lager fand ein abruptes Ende. Eilig räumten die Frauen Töpfe und Kisten in die Unterstände und riefen nach den Kindern, die noch in den Zeltgassen tobten. Nach und nach wurden die Feuer ausgetreten, an denen sich die Männer zum Trinken und Spielen versammelt hatten. Sosehr sie den Regen herbeigesehnt hatten, waren sie nun doch missmutig, weil sie ihre Würfelpartien abbrechen mussten. Langsam trotteten die Söldner und Trossleute in die Unterkünfte.

»Na, Meister Johann, heute Abend gar keine Lust auf eine Erfrischung?«

»Du schuldest mir noch eine Revanche für das Würfelspiel von gestern, vergiss das nicht!«

Solange immer wieder jemand an ihrem Wagen vorbeikam, konnten Magdalena, Meister Johann und Rupprecht nicht weiterreden. Hin und wieder grüßten sie oder wechselten ein paar Worte mit einem der Vorbeikommenden.

»Habt ihr drei nichts Besseres zu tun, als Löcher in die Luft zu starren? So gut wie ihr möchte ich es auch mal haben!« Ein zerlumpter Mann, deutlich gezeichnet vom Ausheben eines

Grabens, ging kopfschüttelnd an ihnen vorbei. Ein zweiter, der eine Axt geschultert hatte, blieb stehen und starrte sie an. »Na, dafür dürft ihr demnächst wieder die Knochensäge herauskramen«, murmelte er und trollte sich.

Endlich waren sie wieder unter sich. Zwei Katzen jagten durch die Gassen, eine graugetigerte und eine schwarze. Kurz stockte Magdalena der Atem. Ob sie von rechts oder links ihren Weg gekreuzt hatten, wusste sie nicht mehr zu sagen. Meister Johann und Rupprecht schienen die Tiere nicht gesehen zu haben. Eine vermeintlich einträchtige Ruhe senkte sich über die Zelte. Magdalena kletterte in den Wagen hinauf, um Verbandszeug und Salben zu packen, die Eric in seinem Versteck benötigen würde.

Dicht rückte Rupprecht ihr auf die Pelle und raunte ihr zu: »Es wird dir doch was wert sein, dass ich dir helfe, Eric in Sicherheit zu bringen?«

Entsetzt fuhr sie herum. »Was willst du damit sagen?«

»Ganz ohne Gegenleistung werde ich meinen Kopf bestimmt nicht riskieren.«

Sie schnappte nach Luft. Solche Worte hatte sie noch nie von ihm gehört. Ekel überkam sie. Als sie von ihm abrücken wollte, hielt er sie fest und zischte: »Dir bleibt keine Wahl. Das weißt du.«

Ächzend kletterte Meister Johann in den Wagen. Übermütig verkündete Rupprecht: »Verschwinden wir doch alle drei gleich mit Eric! Dann bleibt uns wenigstens der Galgen erspart.«

Entsetzt sah der Feldscher ihn an. »Das ist nicht dein Ernst«, war alles, was er zunächst herausbrachte. Erst nach einer Pause fuhr er fort: »Einfach so abhauen und das Regiment im Stich lassen ist unmöglich. Gerade wenn die Schweden anrücken, wird jeder Feldscher gebraucht. Das können wir nicht tun.«

Da kam Magdalena der rettende Einfall: »Fliehen ist gar nicht nötig! Wir schaffen das auch so.« Aufgeregt sprang sie hoch und trippelte in der Enge des Wagens hin und her, bis sie ihre Gedanken geordnet hatte.

»Was meinst du?« Meister Johann sah sie fragend an. Rupprecht war unterdessen ganz in sich zusammengesunken und tat so, als interessiere ihn das alles nicht.

»Das liegt doch auf der Hand: Der Angriff der Schweden ist unsere Chance! So kurz vor der Schlacht kann es sich der Profos nicht erlauben, uns drei aufzuknüpfen, selbst wenn er sicher ist, dass wir Eric haben entkommen lassen. Viel zu dringend braucht er uns, weil wir im Lazarett als Feldscher unverzichtbar sind.«

»Ja, natürlich!« Rupprecht hob den Kopf und zwinkerte ihr zu. »Seume und seine Leute werden morgen früh wahrlich Wichtigeres zu tun haben, als die Flucht eines simplen Mörders zu rächen.«

»Und selbst wenn sie es wollten, werden ihm der Generalauditor und die Feldherren schon klarmachen, dass es beim Angriff der Schweden anderes zu tun gibt, als ausgerechnet die besten Feldscher des Regiments an den Galgen zu hängen.«

Meister Johann musterte sie nachdenklich.

»Noch dazu, da jedem klar ist, dass Eric gar nicht weit kommen kann.« Die letzten Worte brachte Rupprecht so laut und verächtlich vor, dass Magdalena ihm dafür allzu gern eine Maulschelle verpasst hätte. Aus den Augenwinkeln aber beobachtete sie, wie der Feldscher sacht den Kopf schüttelte. Sie musste ihm abermals recht geben: Um der Sache willen mussten sie eine Weile zusammenhalten.

»Also sind wir uns einig?«, fragte sie mit erstickter Stimme.

»Dann bleibt uns nur zu hoffen, dass die Schweden wirklich morgen schon vor unserem Lager stehen.« Besorgt runzelte Meister Johann die Stirn. »Ich glaube, das ist das erste Mal in meinem Leben, dass ich mir wirklich wünsche, Wrangel und seine Leute könnten fliegen und wären bei Sonnenaufgang da.«

Wenig später machte sich Rupprecht mit den ersten Arzneien sowie Proviant und Decken auf den Weg zum Dachsbau. Im Weggehen warf er Magdalena einen Blick zu, der ihr das Blut in den Adern gefrieren ließ. Noch immer pochte ihr das Herz bis zum Hals, so hatte der eigenartige Ausdruck in seinen Augen sie entsetzt. Schweigend hockte sie zusammen mit Meister Johann im Zelt. Es blieb ihnen nichts zu tun, als geduldig auf Rupprechts Rückkehr zu warten. Ein heftiges Donnern erschreckte sie. Sturm kam auf. Das Gewitter, das sich seit dem Abend ankündigte, war endlich da. Schon zerrte eine Böe an der Zeltplane. Kurz darauf ging das sanfte Nieseln in kräftiges Tosen über. Die Nacht versprach ungemütlich zu werden. Besorgt hob Magdalena den Blick. Das unruhige Licht im Zelt reichte aus, ihre Befürchtungen zu bestätigen: Bereits nach wenigen Augenblicken zeichnete sich die Nässe auf der inneren Plane ab. Lange würde die Wachsschicht dem Wasser nicht standhalten. Auch der kräftige Wind ebbte nicht ab, sondern rüttelte immer heftiger an dem Tuch. Von unten her kroch Kälte herein. Fröstelnd zog Magdalena die nackten Füße unter die Oberschenkel, strich den Stoff ihres Rockes eng darüber und igelte sich ganz in ihren Körper ein, um die eigene Wärme so lange wie möglich auszukosten.

Meister Johann saß reglos auf einem Schemel an dem kleinen Tisch. Als fühlte er ihren Blick, wandte er den Kopf, nickte und kam leise zu ihr, um sich dicht neben ihr niederzulassen. Ein Blick zu Eric auf ihrer rechten Seite beruhigte sie. Weder das Rascheln durch Meister Johanns Aufstehen noch das Unwetter schienen seinen Schlaf zu stören. Nicht einmal die Augenlider flackerten. Es war, als wäre er zu Stein erstarrt.

Die Flamme des Talglichts kämpfte mit dem Wind. Der faulige Qualm stieg ihr direkt in die Nase, ihre Augen begannen zu brennen. Zusehends verschwammen die aufgeregt tanzenden Schatten an der Zeltwand, zauberten eine unheimliche Stimmung. Zitternd vor Kälte, rieb sie sich die Arme. Die Finger an der noch immer bandagierten linken Hand wollten gar nicht mehr warm werden. Mehrmals hauchte sie sie an.

»Mach dir keine Sorgen!«, knurrte Meister Johann und streckte die Hand aus, um ihre kalten Finger zu umfassen. »Rupprecht weiß, was er tut.«

Die rauhe Haut seiner Rechten strahlte angenehme Wärme aus. Als er merkte, wie gut ihr das tat, strich er zärtlich über ihre Hand. Dankbar sah sie zu ihm auf. Seine vorgequollenen Augen schimmerten im unregelmäßigen Licht der kleinen Flamme noch glasiger. Kurz durchzuckte sie der Gedanke, ob er heimlich von dem Branntwein trank, den sie drüben im Wagenkasten für die Patienten aufbewahrten. Unauffällig versuchte sie seinen Atem zu erschnuppern, roch allerdings nichts. Der beißende Geruch des Talglichts überdeckte alles. Dreimal schon war der Feldscher nach nebenan geklettert. Gut möglich, dass er damit seine Nerven beruhigte. Wenigstens zitterte er nicht.

»Müsste Rupprecht nicht schon längst zurück sein?«, fragte sie leise. »Bei dem Regen wird es nur noch schwieriger für ihn, sich im Dunkel zurechtzufinden. Gar nicht daran zu denken, wie wir Eric überhaupt dort hinauf zu dem Bau bringen sollen.«

Behutsam entzog sie dem Feldscher die Hand, legte sie in den Schoß und zupfte mit der gesunden Hand am Leinenverband. »Es war töricht von mir, euch beide mit hineinzuziehen. Ich hätte das besser allein in die Hand genommen. Wenn es schiefgeht, würde nur ich dafür einstehen müssen.«

»So ein Unsinn.« Unwirsch schnaufte Meister Johann auf. »Wie hätte das gehen sollen? Allein schaffst du Eric nicht mal aus dem Zelt raus. Und Seume würde dir ohnehin nicht abnehmen, dass du das allein getan hast. So oder so werden Rupprecht und ich also mit drinhängen. Dann können wir dir ebenso gut gleich helfen. Damit besteht wenigstens die kleine Chance, dass es am Ende doch gut ausgeht.«

»Du glaubst nicht daran, oder?«

»Geht es hier ums Glauben?«

17

Sobald Meister Johann die Zeltplane öffnete, klatschte ihm der heftige Regen ins Gesicht. Obwohl er sich beeilte, hinauszugelangen und den Eingang rasch wieder zu verschließen, fuhr eine neuerliche Windböe unter die Zeltplane. Ein Talglicht auf dem kleinen Tisch erlosch. Ätzender Qualm breitete sich im Zeltinnern aus.

»Magdalena!« Leise hörte sie Erics Rufen. Seine linke Hand tastete nach ihrem Oberschenkel, rüttelte leicht daran.

Bevor sie es verhindern konnte, richtete er sich auf. Eine Weile schloss er die Augen, biss sich auf die Lippen und atmete langsam. Dann kehrte die Farbe in sein Gesicht zurück.

»Was ist?«, raunte sie. Seine tiefblauen Augen musterten sie aufmerksam, als wollten sie sich jede Regung ihrer Miene ins Gedächtnis einbrennen.

»Nimm den Bernstein. Wenn nicht für dich«, fügte er fast atemlos hinzu, als sie widersprechen wollte, »dann für Carlotta. Eine Erinnerung an ihren Vater sollte ihr bleiben.«

Durch eine knappe Kinnbewegung deutete er an, wo unter seinem Hemd der Stein steckte. Selbst konnte er ihn nicht herausholen, weil er sich mit beiden Armen abstützen musste. Ihre Hand zitterte. Sie zögerte. Ihre Blicke verweilten abermals ineinander. Noch immer zog sie dieser tiefgründige Blick aus den blauen Augen in Bann. Gegen ihre Liebe war sie machtlos. Er war der Mann ihres Lebens. Nichts machte die glücklichen Wochen in Freiburg ungeschehen. Auch die bösen Verwicklungen, in die Eric sich seither verstrickt haben mochte, änderten nichts daran. Allein für die Liebe zu ihm tat sie das, was in dieser Nacht hoffentlich erfolgreich vonstattenging: ihn vor dem Galgen zu bewahren. Ob sie ihre Liebe jemals leben konnten, wagte sie nicht zu hoffen. Wenigstens aber musste sie ihrem Kind nicht eingestehen, die einzige Chance, seinen Vater zu retten, nicht genutzt zu haben.

Ein Lächeln huschte über ihr Gesicht. Vorsichtig zog sie den Bernstein aus dem Verband und legte sich die Schnur um den Hals. Wie gewohnt verbarg sie den honiggelben Stein zwischen der Falte ihrer Brüste.

»Danke!«, presste er mühsam hervor und sank zurück auf die Matte. Unter halbgeschlossenen Lidern ruhte sein Blick weiterhin auf ihr. Um seine Mundwinkel zuckte es, eine Ahnung des vertrauten Lächelns lag auf seinen Zügen. Einen

Augenblick schien es, als wäre die Zeit zurückgedreht und sie lägen wieder auf dem Heuboden in Freiburg, nur für sich und ihre Liebe lebend. Da schnappte Eric nach Luft. Das rasche Auf und Ab seines Brustkorbs verriet, wie sehr ihn das Aufrichten angestrengt hatte.

»Still«, mahnte sie und strich ihm mit den Fingerkuppen über die Wangen. Die rotblonden Bartstoppeln kratzten. Besorgt dachte sie daran, welche Anstrengungen ihm in dieser Nacht noch bevorstanden. Sobald Rupprecht auftauchte, würden sie Eric auf einen Karren verfrachten und hinüber zu dem Berg im Westen des Lagers schaffen.

»Carlotta wird noch viel mehr von dir haben als nur diesen Stein. Bald schon werden wir nachkommen. Dann können wir drei endlich miteinander leben.« Sie beugte sich über ihn und küsste ihn auf die Lippen. Endlich schloss er die Augen und atmete ruhiger.

Meister Johann blieb lange fort. Eric schlief tief, während Magdalena gegen die Müdigkeit ankämpfte. Immer wieder sackte ihr der Kopf auf die Brust, fielen ihr die Augen zu. Abrupt riss sie sie wieder auf und streckte sich. Wo blieben die anderen nur? War ihr Plan aufgeflogen? Die schlimmsten Befürchtungen kamen ihr in den Sinn. Nicht allein Rupprechts merkwürdiges Verhalten im Wagen ging ihr nicht aus dem Kopf. Auch Meister Johann blieb unerklärlich lange weg. Fahrig nestelten ihre Finger am Saum des Mieders herum. Verflucht! Jetzt war auch noch der Knoten an der morschen Lederschnur gerissen und der Bernstein verloren. Kurz nach dem ersten Schreck spürte sie erleichtert die Kälte des Steins, umklammerte ihn. Die Schnur war nicht gerissen, der Stein noch dort, wo er hingehörte: zwischen ihren Brüsten. Im selben Augenblick krachte ein neuerlicher Donner durch die

Nacht, eine Sturmböe schlug die Zeltplane hoch, so dass der Regen wieder hereinpeitschte. So schnell sie konnte, kroch sie zum Eingang, um die losen Enden der Plane fest miteinander zu verknoten.

Sie wagte einen Blick nach draußen. Dort schien die Hölle losgebrochen. Taghell flammte der Himmel auf, als sich ein Blitz seinen gezackten Weg auf die Erde suchte. Bedrohliche Wolkengebirge türmten sich am Firmament. Im nächsten Moment versank alles in tiefster Finsternis. Ein neuerliches Getöse zog durch die Nacht. Die ganze Urgewalt Gottes schien sich in der Ebene auszutoben. Der eben noch staubtrockene Boden wurde vom Regen durchpflügt, als sollten in dieser Nacht die Versäumnisse der letzten Monate wettgemacht werden. Wo die ausgedörrte Erde dem Wasser keinen Weg zum Versickern bot, bildeten sich Rinnsale, die im Handumdrehen zu kleinen Wasserläufen anschwollen. Blitz und Donner erfolgten nahezu gleichzeitig. Das wütende Grollen schien kein Ende zu nehmen. Wenigstens der Regen ließ irgendwann wieder nach, ging abermals in ein gleichmäßiges Prasseln über.

Nach einem letzten Blick in die menschenleere Weite, die vom Aufzucken des Blitzes taghell erleuchtet wurde, zog Magdalena sich ins Zelt zurück. So gut es ihr mit der bandagierten linken und der steif gefrorenen rechten Hand möglich war, verknotete sie die Lederschnüre am Eingang. Besorgt wanderte ihr Blick über das leinene Dach. Hie und da wölbte es sich unter der Last des Regenwassers nach innen. Damit nichts durchsickerte, befreite sie die Einbuchtungen von der Nässe, dann erst kauerte sie sich wieder nahe bei Erics Matte im Schein des blakenden Talglichts auf den Boden. Wenn doch nur Meister Johann zurück wäre! Ob er in der Finsternis verunglückt war? Die Latrinen waren ein ganzes Stück weg. Gut möglich, dass der Regen den Boden so aufgeweicht hatte, dass der Feldscher gestolpert und gestürzt war. Doch wie sollte sie ihm helfen, ohne Eric im Stich zu lassen? Abermals unterbrach ein heftiger Donnerschlag ihr Grübeln. Der größere Abstand zum vorausgegangenen Blitz wies auf ein allmähliches Abziehen des Gewitters hin. Bald konnte sie es wagen, aus dem Zelt zu schlüpfen und Ausschau nach Meister Johann zu halten.

»Wir sollten es lieber lassen«, hörte sie auf einmal Erics Stimme neben sich. Überrascht sah sie zu ihm. Er schien schon geraume Zeit wach zu sein. Der Blick war erstaunlich klar und frisch, als er sagte: »Es ist viel zu gefährlich. Ich will nicht, dass ihr euer Leben für mich riskiert. Denk an unser Kind. Was wird aus der Kleinen, wenn wir beide am Galgen hängen? Auch dass Rupprecht und Meister Johann sich opfern, kann ich nicht zulassen. Wenn ich auch weiß, dass sie es nicht mir zuliebe tun.«

»Niemand wird sich opfern, Rupprecht und Meister Johann schon gar nicht.« Dicht kniete sie neben ihm nieder. Eine Spur zu brüsk drehte er den Kopf weg, rang nach einer Erklärung.

»Nein, es geht nicht. Das Auftauchen der Schweden mag das kaiserliche Lager für eine Weile so sehr in Aufruhr versetzen, dass keiner daran denkt, euch ein Haar zu krümmen. Was aber kommt danach? Schlagt ihr Wrangel und seine Mannen, mag der Siegestaumel euch vor Schlimmem bewahren. Wahrscheinlicher aber ist, dass eure Männer viel zu ausgelaugt sind, um den Schweden die Stirn zu bieten. Und dann? Die Rache für die Niederlage wird die Männer blind machen. Sie werden Schuldige brauchen, um den Misserfolg zu erklären. Gnade euch Gott, wenn sie euch dann den schnellen Tod am Galgen zugestehen. Nein«, entschieden schüttelte er den Kopf und fasste nach ihrer Hand, »das werde ich nicht zulassen. Das bin ich nicht wert. Ihr seid diejenigen, deren Leben es zu retten gilt, nicht ich.«

Über den letzten Silben war seine Stimme brüchig geworden und die Kraft aus seinen blauen Augen gewichen. Und doch war sie überrascht, dass er so lange und klar hatte sprechen können, dass sich sein Zustand so grundlegend gebessert hatte. Mit der Erleichterung spürte sie, wie die alte Unsicherheit sich ihrer wieder bemächtigte. Was war in den letzten beiden Jahren geschehen? Deutete er da nicht gerade selbst an, dass er ihren hohen Einsatz nicht wert war? Unsinn! Wütend reckte sie das spitze Kinn und schürzte die schmalen Lippen. Ihre smaragdgrünen Augen funkelten.

»Mach dir keine Gedanken«, sagte sie und schüttelte entschlossen die roten Locken. »Unser Vorteil ist und bleibt das Anrücken der Schweden. Dadurch gewinnen wir wertvolle Zeit. Solange das Gefecht in Gang ist und die Verwundeten zu versorgen sind, ist jede helfende Hand unverzichtbar, die von erfahrenen Feldschern wie uns erst recht. Auch auf dem Feld wird jeder waffenfähige Mann gebraucht. Keiner wird auf die Idee verfallen, einen Suchtrupp zusammenzustellen, um dich aufzuspüren. Ist die Schlacht erst einmal vorbei, wird dein Verschwinden keinen mehr interessieren. Dann gilt es, andere Verluste zu bewältigen und Wunden zu lecken.« Dass dies nicht sonderlich überzeugend klang, wusste sie allerdings selbst.

»Was ist mit Rupprecht? Vertraust du ihm?« Wieder wollte er sich aufrichten, ließ es dann allerdings doch bleiben. Sie senkte den Blick und hoffte, dass er nicht bemerkte, wie ihr die Röte ins Gesicht stieß.

»Das ist es nicht wert, Magdalena.« Erneut griff er nach ihrer Hand und drückte sie. »Das Risiko ist viel zu groß«, begann er noch einmal. »Es kann doch auch ganz anders kommen. Stell dir vor, das Unwetter wird schlimmer, die Schweden bleiben stecken oder verlangsamen ihren Vormarsch, weil die Hessen, die sich bestimmt wieder mit ihnen verbündet haben, nicht auftauchen. Dann gibt es keinen Kampf und keinen Aufruhr im Lager, in deren Schutz die Flucht unbemerkt bleibt. Stattdessen hat Seume ausreichend Zeit, nach mir zu suchen und uns alle an den Galgen zu bringen. Du kennst ihn: Seine Wut wird durch das ungeduldige Warten auf den Feind wohl eher noch angestachelt, sein Wunsch nach Rache dadurch nur noch größer.«

»Was ist das eigentlich mit dir und Seume? Was hast du ihm getan, dass er dich so spektakulär am Galgen baumeln sehen will?« Sie rüttelte ihn an der Schulter und ließ erst von ihm ab, als ihr bewusst wurde, dass seine Wunden dadurch wieder aufreißen konnten. »Eric, bitte! Sag mir endlich die ganze Wahrheit.« Sie verlegte sich aufs Flehen, wurde jedoch gleich wieder lauter, so sehr brachte sie sein Schweigen auf: »Wie übel hast du ihn übers Ohr gehauen? Ihr beide kocht da wohl ein ganz besonderes Süppchen miteinander aus.«

Ihrem eindringlichen Blick konnte er nicht mehr standhalten. Er wandte den Kopf ab, sah ins Leere und stöhnte leise. Seine Lippen wurden hell, sein Gesicht blass. Ihre Wut verwandelte sich in Sorge. Sacht strich sie ihm über das Haar. »Was es auch ist, eines Tages musst du mit mir darüber reden. Versprich mir das. Ruh dich noch ein wenig aus. Wenn Rupprecht kommt, musst du bereit sein. Wir müssen dich fortbringen.«

Suchend tastete er nach ihrer Hand, drückte sie und sprach mit brüchiger Stimme: »Danke, Magdalena, aber lass es jetzt gut sein. Zu fliehen hat keinen Sinn. Ich liebe dich, bis in alle Ewigkeit. Dass du mir helfen willst, ist mehr als genug. Pass gut auf dich und unsere Tochter auf. Vielleicht erzählst du ihr eines Tages mal von mir.«

Die letzten Worte gingen in einem halb unterdrückten Schluchzen unter. Hastig drehte er das Gesicht weg, doch Magdalena hatte bereits gesehen, wie tränennass seine Wangen schimmerten.

18

Um sie herum war es gespenstisch ruhig geworden. Der Regen hatte nachgelassen, das Gewitter grollte in weiter Ferne. Hin und wieder zuckte ein schwacher Blitz über den Himmel, dem erst spät ein leichtes Dröhnen folgte. Das Unwetter war vorbei.

Doch da zerriss ein neuer Donner die Stille. Magdalena stutzte. So schnell konnte das Gewitter nicht zur ursprünglichen Stärke zurückgefunden haben. Erst durch Erics schreckgeweitete Augen wurde ihr klar, dass der Lärm eine andere Ursache haben musste. Im selben Moment fuhr der Wind ins Zelt, blähte das ölgetränkte Leinen auf. Das letzte Talglicht erlosch. Magdalena fluchte. Noch einmal knallte es. Ein Musketenschuss! Ganz nahe. Ihr Puls raste. Ihre Finger umklammerten den Bernstein, ihre Lippen formten ein lautloses Gebet. Voller Furcht starrte sie zum Eingang. Hatte sie es nicht geahnt? Das Verschwinden Meister Johanns und das Wegbleiben Rupprechts hätten Warnung genug sein müssen. Nun war sie ganz allein mit Eric, schutzlos allem Unheil ausgeliefert. Die nächsten Wagen und Zelte aus dem Tross standen zu weit weg, als dass sie von dort Beistand erhoffen konnte. Sie betastete ihre Hüfte. Das Messer steckte noch im Bund. Eine andere Waffe hatte sie nicht.

Ein weiteres Mal donnerte es, allerdings nicht aus einer Muskete. Dazu schepperte es zu sehr. Magdalena blinzelte in die Dunkelheit. Das einfallende Mondlicht bot ihr Orientierung. Die Zeltbahnen wehten haltlos im Wind, zwei umgefallene Blechkübel rollten hin und her. Seumes Steckenknechte standen im Eingang und traten mit den Stiefelspitzen immer wieder gegen die Eimer, als handelte es sich um lästige Fliegen, die sie verscheuchen wollten.

»Wo ist der Hundsfott?« Der größere der beiden trat einen Schritt näher. Das fahle Mondlicht verwandelte ihn in einen riesigen, schwarzen Schatten ohne Gesicht. Von seiner Hutkrempe tropfte das Regenwasser, die Feder hing schwer und schlaff herab. Auch der Umhang triefte vor Nässe und lastete schwer auf seinen massigen Schultern. Mit den beiden Soldaten war mehr als nur die eisige Gewitterstimmung in das enge Zelt eingedrungen.

»Da hinten, wo sonst?« Magdalena nickte mit dem Kopf in die Ecke, in der Eric lag. Innerlich drohte es sie zu zerreißen.

»Kann er aufstehen?«

Als wäre das eine Aufforderung an sie, erhob sie sich. Sie reckte das Kinn nach oben und stemmte die Hände in die Hüften. Die linke Hand schmerzte höllisch, doch sie biss sich auf die Lippen, um sich das nicht anmerken zu lassen. Zornig sah sie den Steckenknecht aus ihren blitzenden grünen Augen an. »Frag ihn doch. Vielleicht hast du Glück, und er gewinnt das Bewusstsein zurück, sobald er deine liebliche Stimme hört. So wie ihr beide ausseht, wird er von euch nur Gutes zu erwarten haben, was?«

Mit Aufmüpfigkeit hatten die Knechte nicht gerechnet. Magdalena wunderte sich selbst, woher sie den Mut nahm. Vielleicht war das die einzig richtige Art, mit ihnen umzuspringen. Unsinn!, schalt sie sich im nächsten Moment. Am Ende führte das nur dazu, dass die zwei noch übellauniger wurden. Der Weg quer durch das Lager von Seumes Unterkunft bis zu ihr durch den strömenden Regen durfte ihnen kaum Freude bereitet haben. Wahrscheinlich hatten sie dafür das abendliche Kartenspiel oder eine lustige Tändelei mit den Huren unterbrechen müssen. Umso schlimmer für sie, wenn sie bei dem Verwundeten statt eines verängstigten Hascherls ein freches Weibsbild antrafen.

»Er ist kaum bei Sinnen«, schob sie in freundlicherem Ton nach und rang sich sogar ein Lächeln für den muffigen Riesen direkt vor ihr ab. »Wenn er aufstehen soll, müsst ihr ihm schon kräftig unter die Arme greifen. Aber Vorsicht! Er hat eine riesige Wunde quer über den Leib.«

Sie trat beiseite, um den Weg zur Strohmatte frei zu machen, und wies mit der gesunden Hand auf Eric. Kurz wandten sich die beiden einander zu, dann nickte der kleinere, und sie bückten sich gleichzeitig, um ihn vom Boden aufzuheben.

»Was tut ihr da?« Sie musste an sich halten, um nicht aufzuschreien. »Der kann doch kaum die Augen aufhalten, geschweige denn stehen. Außerdem soll er erst im Morgengrauen mit dem Karren abgeholt und zum Richtplatz gebracht werden. Das hat Seume vorhin selbst angeordnet.«

Die Männer reagierten nicht auf ihren Einwand, sondern brachten Eric unter Schnaufen und Fluchen in die Aufrechte.

Einen Moment hielten sie inne. Kraftlos hing Erics rotblonder Kopf auf der Brust. Der im Liegen so stattlich wirkende Körper hielt sich lediglich durch das Stützen der beiden Soldaten einigermaßen gerade. Die Leinenverbände um seinen Bauch färbten sich dunkelrot. Durch das ruckartige Hochziehen musste die Naht aufgebrochen sein. Blankes Entsetzen erfasste Magdalena. So würde Eric nicht einmal den Weg ins Offizierslager überleben. Wo blieben nur Rupprecht und Meister Johann?

»Weiß Seume, was ihr da vorhabt?«, versuchte sie ein letztes Mal, die Steckenknechte von ihrem gefährlichen Tun abzubringen. »Bei Nacht sieht kein Mensch, wie der Lump zu ihm geschafft wird. Nur diejenigen, die direkt um den Richtplatz lagern, werden morgen früh etwas von der Hinrichtung mitbekommen. Aber gerade das wollte Seume doch nicht. Ein riesiges Spektakel will er haben! Alle Leute in Regiment und Tross sollten zusehen, wie auch der dritte Halunke für den feigen Mord an unseren Soldaten den Kopf hinhält.«

Ohne nachzudenken, zupfte sie den kleineren der beiden am Mantel. Unwirsch schüttelte er sie ab. Wieder war es der größere, der das Wort ergriff: »Seume will, dass wir den Schurken sofort in sein Zelt schaffen. Hier bei euch ist er nicht mehr sicher. Euer Zelt steht zu weit weg von den übrigen. Es könnte jemand kommen und ihn befreien. Oder die Späher von den schwedischen Hunden tun das.«

Sein Blick glitt über ihren Körper, verweilte lüstern auf ihrem Busen. Schnell leckte seine Zunge über die Lippen. »Gnade dir Gott, wenn die dich hier allein und völlig wehrlos finden. Mit einem Halbtoten zur Seite, der nicht einmal aufstehen kann. Sei froh, dass Seume das noch rechtzeitig eingefallen ist. Drüben bist auch du in Sicherheit.«

»Ich soll mitkommen?« Daran hatte sie keinen Augenblick gedacht. Wie sollten der Feldscher und Rupprecht dann erfahren, was in ihrer Abwesenheit passiert war?

»Natürlich! Oder glaubst du, dass wir dem Schurken die schmutzigen Verbände wechseln? Sieh dir doch an, welche Sauerei das ist. Pack ein, was du an Kräutern und Salben brauchst. Außerdem«, er kniff sie in den Hintern, »ist es drüben im Offizierslager weitaus lustiger als hier. Da wirst auch du deinen Spaß haben, das verspreche ich dir!«

19

Dass Rupprecht sich überhaupt noch hierherwagte! Als der drahtige Schwarzhaarige mitten in der Nacht in ihr Zelt kroch, schluckte Elsbeth eine böse Bemerkung hinunter. Dass er obendrein nach Magdalena fragte, setzte der Unverfrorenheit die Krone auf. Selbst Rupprecht sollte verstanden haben, wie sie inzwischen zu der Cousine stand. Schließlich war er selbst dabei gewesen, wie Magdalena sie vor dem Profos hatte auflaufen lassen. Carlotta war das Einzige, was sie an ihr mochte, ja liebte. Zärtlich hauchte sie einen Kuss auf den schlafenden Haarschopf in ihrem Schoß.

»Eric ist auch verschwunden, ebenso Meister Johann.« Rupprecht sprudelten die Worte aus dem Mund, so aufgebracht war er. »Unser Zelt ist leer. Wo sind die alle hin? Weißt du was, Elsbeth? Abgehauen werden sie wohl kaum sein. Eric ist viel zu schwach, kann sich nicht einmal aufrichten, geschweige denn gehen. Magdalenas linke Hand ist verletzt, der Feldscher gewiss betrunken. Solange Carlotta bei dir ist, ist Magdalena nicht freiwillig fort. Nie und nimmer würde sie ihr Kind im Stich lassen, geschweige denn allein mit Eric zu fliehen wagen.«

»Hat sie das vor? Ohne dich? Kaum zu fassen!« Verächtlich sah sie auf Rupprecht hinab, den sie selbst jetzt, da sie einander gegenübersaßen, überragte.

»Was weißt du?« Seine Stimme kippte. Es war unübersehbar, dass er etwas zu verbergen hatte.

»Was soll ich schon wissen?« Mit irgendwelchen Fluchtplänen wollte Elsbeth nichts zu tun haben. Ärger mit Seume hatte sie genug.

In der Ferne grollte das Gewitter. Dicke Regentropfen platschten auf das Leinen, so dass der durchnässte Stoff immer schwerer auf die Stangen drückte. An manchen Stellen hing er bereits bedrohlich durch. Sie reckte sich und pochte mit der Faust dagegen, um das Wasser herauszuschleudern. Mit der schlafenden Kleinen auf dem Arm war sie allerdings stark in ihren Bewegungen eingeschränkt. Tatenlos sah Rupprecht zu.

Geweckt hatte er sie nicht. Denn zum einen ging ihr die unglückliche Episode mit Seume nicht aus dem Kopf, zum anderen gab auch Carlotta keine Ruhe, immer wieder erwachte sie und schrie herzerweichend. Wenigstens die aufdringliche Roswitha war Elsbeth irgendwann losgeworden. Die Kleine aber beruhigte das nicht. Über Stunden schon wiegte Elsbeth sie in den Armen. Dabei war ihr stetig kälter geworden. Die Feuchtigkeit kroch unter ihre Kleider, die Decke über den Schultern war klamm. Auch von Carlottas Leib in ihren Armen strahlte zu wenig Wärme aus, um das Frösteln zu besiegen.

Sie wollte allein sein, niemanden sehen in ihrem Elend, am wenigsten Rupprecht. Die Schmach, von Magdalena vor aller

Augen bloßgestellt worden zu sein, konnte sie nicht verwinden. Zu allem Überfluss hatte sie vorhin ihre Blutungen bekommen, eine weitere Unbill, die ihr zu schaffen machte. So schnell konnte sie sich das Leinen gar nicht zwischen die Beine stopfen. Erschöpft hatte sie aufgegeben und es einfach zwischen den Beinen hinunterrinnen lassen. Beiläufig strich sie den Rock über dem Schoß glatt, damit Rupprecht die verräterischen dunklen Flecken nicht entdeckte. Den Becher Wermuttee gegen die Leibschmerzen hatte sie ausgetrunken, wartete aber noch auf die ersehnte Wirkung. Einige Tropfen Hirschhorn oder Serapin wären gewiss hilfreicher gewesen. An die aber kam sie nur über Magdalena oder Roswitha.

»Wo und wann hast du Magdalena zum letzten Mal gesehen?« Rupprechts Hartnäckigkeit machte sie noch wütender.

»Du kannst so oft fragen, wie du willst. Meine Antwort bleibt die gleiche: am frühen Abend, vor Meister Johanns Wagen. Da warst auch du, falls du es vergessen haben solltest.« Aufreizend schüttelte sie die langen blonden Haare nach hinten, warf den Kopf hoch und warf ihm einen weiteren verächtlichen Blick zu.

Natürlich war das eine dreiste Lüge. In dieser Nacht noch hatte sie Magdalena gesehen. Der Lärm, den die Steckenknechte gemacht hatten, als sie den Verwundeten wegschleppten, war trotz Gewitter und Carlottas Gebrüll nicht zu überhören gewesen. Kurz darauf war auch die Cousine aus Meister Johanns Zelt fort. Ob sie den anderen hinterhergelaufen war, hatte Elsbeth nicht feststellen können. Sie vermutete eher, dass sich Magdalena zu Roswitha geflüchtet hatte, um sich bei ihr auszuweinen. Dass Seumes Männer ihren geliebten Eric fortschleiften, setzte ihr bestimmt arg zu. Da konnte ihr selbst die geheimnisvolle Kraft des Bernsteins nicht helfen. Wehmütig dachte Elsbeth daran, wie sie den honiggelben Stein in Händen gehalten hatte. Wie gut hätte sie ihn jetzt gebrauchen können!

Verärgert glitt ihr Blick über Rupprecht. Erbärmlich, wie er da vor ihr saß, zitternd wie Espenlaub, nur weil das Zelt des Feldschers leer war! Nun reichte es ihr.

»Bis zum Sankt-Nimmerleins-Tag kannst du hier dumm rumstehen und warten. Ich sage nichts, weil ich nichts weiß.«

»Natürlich weißt du etwas.« Dicht baute er sich vor ihr auf, ohne dem unruhigen Kind auf ihrem Arm Beachtung zu schenken. Wütend zischte er: »Oder hältst du mich für so beschränkt, dass ich nicht merke, welches Spiel du mit mir spielst? So weit ist dein Zelt nicht von Meister Johanns Wagen entfernt. Da drin ist ein einziges Durcheinander, Kisten, Töpfe, Tiegel – alles durchwühlt. Den Lärm, den das verursacht hat, musst du gehört haben. Erzähl also keine Lügen, sondern sag endlich, was du mitbekommen hast.«

»Nichts habe ich mitbekommen! Wie denn auch? Ist dir schon mal aufgefallen, dass es seit Stunden donnert, als würden sämtliche Geschütze unseres Regiments gleichzeitig abgefeuert? Außerdem: Würde ich jedes Mal wenn es drüben in Meister Johanns Wagen rumpelt, nachsehen, hätte ich ganz schön was zu tun.«

Carlotta schrie auf und presste im nächsten Moment die winzigen Hände zu Fäusten. Ihr Kopf lief rot an, das Gesicht wurde zu einer verzerrten Grimasse, die dunklen Augen bildeten nur mehr einen schmalen Schlitz. Im nächsten Moment entlud sich eine stinkende Ladung in die Windeln. Carlottas Gesichtchen entspannte sich. Auch ihr Greinen hörte auf.

»Schnell, gib mir die Tücher und hilf mir«, raunzte Elsbeth

Rupprecht an, der wie erstarrt zusah, wie sie das Kind von dem verschmutzten Stoff befreite. Sie hatte sie auf dem kalten, nassen Boden ablegen müssen, was der Kleinen überhaupt nicht gefiel, erst recht nicht, als sie schließlich ganz nackt darauf zu liegen kam. Verängstigt wimmerte sie vor sich hin. Gespenstische Schatten huschten über die Zeltplane. Bald würde das Talglicht auf der Truhe endgültig verlöschen, ohne dass Elsbeth ein neues anzünden konnte. Seume hatte an diesem Abend keinen Nachschub mehr gebracht. Bald ließ Carlotta sich von dem unsteten Tanz der Silhouetten ablenken.

Geschickt hielt Elsbeth sie mit einer Hand auf dem Bäuchlein, während sie sich mit der anderen die Decke von der Schulter zog und über das Kind legte. Die Decke war zwar auch feucht, spendete aber dennoch ein wenig Wärme. Blindlings griff sie nach den Tüchern, die Rupprecht ihr umständlich reichte. Endlich war er auf die Idee gekommen, in der Truhe nachzusehen und noch ein paar Streifen einigermaßen trockenen Stoffs daraus zu ziehen. Mit drei, vier geübten Handgriffen hatte sie Carlotta wieder eingewickelt und hob sie hoch.

Die ganze Aktion hatte sie viel Kraft gekostet. Mit einem Mal war sie es leid. Rupprecht sollte endlich verschwinden, sie wollte nur noch ihre Ruhe. »Also gut«, sie wischte sich mit dem Handrücken über die Stirn, die nun sogar verschwitzt war, »ich habe tatsächlich gesehen, wie Magdalena weggegangen ist.«

»Was? Warum sagst du das nicht gleich? Wo ist sie hin?« Rücksichtslos riss Rupprecht sie herum, so dass Carlotta wieder weinte.

»Woher soll ich das wissen? Johann ist doch euer Meister. Der muss es wissen. Frag doch den!«

»Der ist auch weg. Das habe ich dir vorhin schon gesagt.«

»So?« Das klang beiläufiger, als sie es meinte. Langsam wurde ihr bewusst, dass sie Rupprecht wohl doch besser hätte zuhören sollen. In ihrem Kopf schwirrten die Gedanken durcheinander. Nachdem Seumes Knechte Eric mitgenommen hatten und der Feldscher verschwunden war, schien es ihr auf einmal unwahrscheinlich, dass Magdalena zu Roswitha gelaufen war. Seume musste sie wohl ebenfalls zu sich zitiert haben, um den Verletzten zu pflegen. Kein gutes Zeichen! Anscheinend traute er ihnen allen nicht mehr über den Weg und wollte Magdalena direkt unter seiner Kontrolle haben. Möglich auch, dass Gefahr von außen im Verzug war. Am Ende rückten die Schweden weitaus schneller heran, als Seume behauptet hatte. Beides machte ihr auf einmal Angst. Immerhin hockte sie mutterseelenallein in ihrem Zelt, auf der einen Seite lediglich flankiert von einer schusseligen, dürren Alten, auf der anderen Seite in einiger Entfernung zur leeren Unterkunft des Feldschers. Wer auch immer dort auftauchen mochte, ob die feindlichen Schweden oder die Kumpane des feigen Soldatenmörders, allen war sie schutzlos ausgeliefert. Was sollte sie tun? Zu Seume kriechen und ihn reumütig um Verzeihung bitten? Allein die Vorstellung ekelte sie an.

»He, was ist mit dir? Hat es dir die Sprache verschlagen?« Besorgt sah Rupprecht sie an und legte ihr sanft die Hand auf die Schulter. Für einen Moment trafen sich ihre Blicke. Hoffnung keimte in ihr auf. Seine dunklen Augen wirkten erstaunlich frisch. Warum blieb sie nicht einfach bei ihm? In der Not konnte er ihr wohl kaum den Beistand verwehren. Und sie wusste doch, wie sie ihn für sich gewinnen konnte. Oft genug war er in ihren Händen wie warmes Wachs zergangen. Entschlossen setzte sie ein strahlendes Lächeln auf. In dem schwindenden Schein des Talglichts konnte er zwar wenig davon erkennen, sie war sich jedoch sicher, dass ihrer Stimme das Wohlwollen anzuhören war. »Ich habe wirklich nur beobachtet, wie Magdalena fort ist, kurz nachdem Seumes Leute da waren und Eric mitgenommen haben. Davor war sie noch in Meister Johanns Wagen und kam mit einem gutgefüllten Beutel heraus. Kann es nicht sein, dass sie Eric in Seumes Zelt pflegen soll? Wahrscheinlich hat er Eric und Magdalena zu sich bringen lassen, weil er verhindern will, dass ihn jemand so kurz vor der Hinrichtung befreit.«

»Eric befreien? Wer um Himmels willen sollte das tun? Wie kommst du darauf?« Schlagartig wich die Farbe aus seinem Gesicht. Selbst als der Docht der kleinen Lampe endgültig erlosch, war das noch zu erahnen, so weiß schimmerte seine Haut. Rupprechts ruckartige Bewegung schreckte Carlotta auf. Von neuem weinte sie.

Argwöhnisch behielt Elsbeth Rupprecht im Auge, während sie das schreiende Kind von einer Hüftseite auf die andere hievte. Der wich ihrem Blick aus und blieb auf Abstand. »Warum haben sie den Halunken sonst weggebracht? Hat mich ohnehin schon gewundert, dass sie ihn so lange ohne Wachen bei euch haben liegen lassen.«

Das Schreien der Kleinen wurde lauter, beruhigend schaukelte Elsbeth sie hin und her. In der Finsternis wirkten Rupprechts Wangen eingefallen. Die dunklen Augen betonten den Eindruck der Magerkeit noch. Was hatte sie je an ihm gefunden? Ein Mann musste stattlich sein und mindestens einen Kopf größer als seine Frau. Wie sollte die sonst ausreichend Schutz an seiner Schulter finden? Lächerlich, wie schmächtig Rupprecht geraten war. Nie und nimmer würde er ihr bei Gefahr helfen können. Nicht nur seine geringe Körpergröße, auch die mangelnde Muskelkraft stieß ihr auf einmal übel auf. Dass sie das alles jetzt erst sah! Völlig verblendet musste sie gewesen sein. Gott wusste schon, warum ihr Kind gar nicht erst gelebt hatte. Sie drückte die Brust heraus und wandte sich von ihm ab. »Was willst du noch hier?«, herrschte sie ihn an. »Hau endlich ab, du erbärmlicher Hundsfott!«

20

»Du bist hier?« Magdalena erstarrte vor Schreck, als sie im Halbdunkel des schlecht ausgeleuchteten Zeltes Meister Johann entdeckte. Flankiert von den beiden Steckenknechten, stand er halb gebückt, blutbefleckte Leinenstreifen in der Hand. Auch er schien nicht erfreut über ihr Auftauchen. Seine hervorquellenden blassgrauen Augen wichen ihr aus, die riesigen Hände zitterten. »Was tust du hier?«, fragte sie ihn. Er blieb ihr die Antwort schuldig. Nervös sah er zu den Steckenknechten, dann flüsterte er ihr zu: »Sag mir lieber, was passiert ist? Warum haben sie Eric und dich hergebracht? Wo steckt Rupprecht?«

»Dasselbe wollte ich dich gerade fragen.«

Darauf ging er nicht ein, sondern wandte sich betont schroff an die Steckenknechte: »Dem Verwundeten geht es schlecht. Den Weg hierher hat er nicht gut überstanden, weil ihr alles andere als sanft mit ihm umgesprungen seid. Dringend müssen wir die Verbände wechseln und wirksame Pflaster gegen die Blutungen auflegen. Hast du alles dabei, Magdalena? Dann lass uns ans Werk gehen!«

Knapp wies er mit dem Kopf über die Schulter. Jetzt erst entdeckte sie den Vorhang, der das Innere des Zeltes in zwei

Räume teilte. Abrupt wurde der Stoff zurückgeschlagen, und Seume schob sich dahinter hervor.

»Da ist ja endlich unsere liebreizende Wundärztin. Päppel mir endlich den Halunken dahinten auf. Bis zum Morgengrauen soll er auf eigenen Beinen stehen. Seinen letzten Gang zum Galgen sollte man schon aufrecht hinter sich bringen, nicht wahr?« Dröhnend lachte er. Magdalena hob gar nicht erst den Kopf. Auch Meister Johann tat, als habe er nicht zugehört, und schob sich einfach an Seume vorbei. Sie wollte es ihm nachtun, da umklammerte der Profos mit fleischigen Fingern ihren Arm, dass es schmerzte.

»Wenn die Arbeit getan ist, mein Täubchen, warte ich im Zelt nebenan auf dich. Mir ist, als hättest du einiges bei mir wiedergutzumachen.« Gierig glitt sein Blick über ihren zierlichen Körper. Unwillkürlich raffte sie den Stoff ihres Mieders enger zusammen und zog die Schultern ein. Es widerte sie an zu sehen, wie seine Zunge über die Lippen leckte. Am liebsten hätte sie ihm ins Gesicht gespuckt. »Ich glaube, der Meister braucht mich«, war alles, was sie herausbrachte.

»Verschwende deine Reize nicht an diesen Schurken. Der ist es nicht wert, mein Täubchen! Bei mir dagegen wirst du bald wissen, welche Vorzüge es haben kann, brav zu sein.«

»So wie Elsbeth?« Die Frage war ihr ohne nachzudenken herausgerutscht. Ruckartig ließ er sie los, und sie taumelte nach hinten. Schweigend setzte er seinen Hut auf und verschwand, ohne sie eines weiteren Blickes zu würdigen, aus dem Zelt.

Hinter dem Vorhang war Meister Johann bereits damit beschäftigt, die wieder aufgerissenen Wunden an Erics Leib zu versorgen. Er blickte kaum auf, als sie ihm gegenüber niederkniete und ihm mit einer Lampe leuchtete. Besorgt betrachtete sie Eric. Abermals hatte er das Bewusstsein verloren. Fiebrige Schweißperlen glänzten auf seiner Stirn. Magdalena fühlte, wie Verzweiflung sie übermannen wollte. So nah war sie daran gewesen, ihn zu retten. Ein, zwei Stunden noch, und er wäre in Sicherheit gewesen. Die Steckenknechte hätte ihn nicht mehr vorgefunden. Erschüttert sah sie zu Meister Johann. Sein Augenmerk war ganz auf die Behandlung der Nähte gerichtet. Fieberhaft überlegte sie, ob sie nicht doch noch etwas für Erics Rettung tun konnte. Vielleicht sollte sie gleich zu Seume hinüber. Wenn es Erics Leben rettete, würde sie ihren Abscheu überwinden und Seume die Freuden gewähren, die er verlangte. Es wäre gewiss nicht das erste Mal, dass eine Frau ihren Mann auf diese Weise aus Seumes Händen befreite. Elsbeth hatte es sogar für weitaus geringeren Lohn getan.

»Gleich bin ich fertig«, erklärte der Feldscher und stellte die Schale mit der bewährten Salbe aus Leinöl, Kolophonium und Wachs ab. Schon begann er, einen neuen Verband anzulegen. Rasch sprang sie ihm bei. Als sie fertig waren, zerrte er mit den dicken Fingern an der dünnen Decke, die von Erics Beinen gerutscht war, und zog sie vorsichtig über den geschundenen Leib. Ein letzter Blick bestätigte den schlimmen Zustand: Die Blutungen waren zwar zum Stillstand gekommen, dennoch glühte Erics Antlitz weiterhin fiebrig, Schüttelfrost quälte seinen Körper. Immer wieder warf er den Kopf hin und her. Undenkbar, dass er in wenigen Stunden noch einmal in die Senkrechte gebracht und auf eigenen Beinen zum Richtplatz gehen konnte. Meister Johann schien Ähnliches zu denken. Unwirsch schüttelte er den Kopf. Schweigend kauerten sie sich neben Erics Krankenlager auf den Boden und warteten. Meister Johann legte den Arm schützend um Magdalenas Schultern und zog sie zu sich.

Der Regen trommelte auf das Zelt, das Gewitter verklang in der Ferne. Die Morgendämmerung war nicht mehr weit. Seit einer Weile schon drang stetes Hämmern und Klopfen zu Magdalena und Meister Johann. Draußen auf dem Richtplatz wurde der Galgen für den vermeintlichen dritten Soldatenmörder aufgerichtet.

»Gleich ist es so weit.« Seumes Bass übertönte sowohl das Hämmern als auch die Regentropfen auf der Zeltplane. Mit einem Ruck rissen seine riesigen Pranken den Vorhang zurück. Breitbeinig stand er vor ihnen. Die hünenhafte Gestalt verhinderte, dass viel Licht in ihren Teil des Zeltes fallen konnte. Schwankend machte er einige Schritte auf sie zu, dann ruderte er wild mit den Armen. Wäre ihm nicht einer der Steckenknechte zur Seite gesprungen, wäre er mitten in seinem eigenen Zelt umgekippt. Der Speichel troff ihm von den wulstigen Lippen, die Augen schimmerten glasig. Die knollige Nase war blaurot verfärbt und von unzähligen roten Äderchen durchzogen. Allein der Atem, den er ausstieß, genügte, um zu wissen, wie es um ihn stand. Ein Wunder, dass er überhaupt noch deutlich sprechen konnte.

»Komm schon, Meister Johann, zeig uns allen, dass du der beste Feldscher weit und breit bist. Sogar einen Toten erweckst du uns noch zum Leben, damit er nachher am Galgen zappelt!« Er lachte.

Magdalena sah zu Meister Johann. Der würdigte Seume keines Blickes, sondern blickte starr geradeaus. Von der Matte drang leichtes Stöhnen an ihr Ohr. Offensichtlich nahm Eric trotz des Fiebers wahr, was um ihn herum geschah. Inzwischen war auch der zweite Steckenknecht zum Profos getreten und griff ihm unter die Arme. Widerstandslos ließ er geschehen, dass sie ihn wie eine Puppe umdrehten und hinausführten. Mit einem Schlag auf die Schultern bedeutete er ihnen jedoch, noch einmal anzuhalten. Schwerfällig drehte er den massigen Kopf halb über die Schulter zurück und brüllte: »Vergiss nie, was du mir schuldig bist, du hochverehrter Heilkünstler! Nicht nur für deine Anna hast du noch eine Rechnung bei mir offen.«

Verächtlich spuckte er aus und brach in höhnisches Lachen aus. Erst im zweiten Anlauf gelang es den Männern, ihn zum endgültigen Umdrehen zu bewegen. Mit staksigen Schritten verließ er das Zelt. Er sprach so laut auf die Knechte ein, dass auch Magdalena die Worte verstand: »Schauen wir uns den Galgen an, ob er hoch genug steht. Alle müssen sehen können, wie dieser feige Mörder daran baumelt.«

Die Knechte schienen ihm den Wunsch zu erfüllen. Magdalena vernahm die Befehle, die den Zimmerleuten auf dem Richtplatz Einhalt im Hämmern geboten. In der plötzlich einkehrenden Stille hielt Magdalena den Atem an. Auch Meister Johann verfolgte das Treiben draußen gebannt. Kerzengerade richtete er sich auf und legte den Kopf in den Nacken, als könne er dadurch besser hören. Selbst Erics Stöhnen verklang. Die Augen hielt er fest geschlossen, der eben noch von Krämpfen geschüttelte Körper lag reglos. In der Ferne bellte ein Hund, ein zweiter antwortete. Ansonsten schien alles Leben erstarrt, selbst das Trommeln der Regentropfen war verstummt.

Der Morgen dämmerte. Unter der Zeltplane wurden die Konturen deutlicher, die Abstufungen der Grautöne waren besser zu unterscheiden. Bald brach der Tag an, und Erics letzte Stunde rückte näher. Magdalenas Augen füllten sich mit Tränen. Nicht einmal der Bernstein, den sie mit der rechten Hand umfasste, wollte ihr Kraft spenden.

Draußen auf dem Richtplatz brüllte Seume. Ein anderer erwiderte leise etwas, was der dröhnende Bass scharf zurückwies. Dann hörte man ein Poltern. Jemand schrie auf, im nächsten Moment krachte Holz, ein weiterer Schrei erklang. Das Poltern setzte sich fort.

»Potz Blitz!« Seumes lautstarkes Fluchen übertraf alles. Ein dumpfes Aufschlagen folgte. Man hörte Holz ächzen und splittern, ein tosender Lärm setzte ein.

Die spitzen Schreie kündeten von Ungeheuerlichem. Im nächsten Augenblick gingen sie in weiterem Krachen und Zersplittern unter. Entsetzt sahen sich Magdalena und Meister Johann an. Bevor sie etwas sagen konnte, sprang der Feldscher auf und stürzte hinaus. Sie warf einen Blick auf Eric. Das Fieber hielt ihn so fest in seinen Klauen, dass er nichts von dem Getöse mitbekam. Hastig tupfte sie ihm über die nasse Stirn, dann erst rannte sie Meister Johann hinterher.

Eisiger Wind schlug ihr vor dem Zelt entgegen. Sie lehnte den Oberkörper nach vorn, um den Regen nicht direkt im Gesicht zu spüren. Nach wenigen Schritten bereits war sie triefend nass. An den Schuhen klebte der Schlamm, aus den Haaren tropfte es. Noch hing triste Dämmerung über dem Lager. Dennoch drängten die Menschen aus allen Ecken herbei und eilten in dieselbe Richtung wie Magdalena. Der Lärm und das Geschrei hatten sie neugierig gemacht. Sich in der ungeduldigen Menge zu behaupten bereitete Magdalena große Mühe. Einmal spürte sie einen Ellbogen im Leib, ein anderes Mal riss sie jemand zur Seite oder schob sie von hinten rücksichtslos gegen ihren Vordermann. Weil die meisten sie um einen Kopf oder mehr überragten, sah sie lange nicht, was sich vor ihr tat. Die breiten Rücken verdeckten ihr die Sicht, der vom Regen durchweichte Boden behinderte sie beim Gehen. Immer wieder blieb sie mit den viel zu dünnen Lederschuhen im kalten Morast stecken.

Endlich erreichte sie den Richtplatz. Die Menge geriet ins Stocken. Das war ihr Vorteil. Zierlich, wie sie war, schlängelte sie sich flink zwischen den Glotzenden hindurch. Vorn angekommen, bot sich ihr ein chaotisches Bild: Der in der Nacht aufgebaute Galgen war mitsamt dem kunstvoll gezimmerten Podest eingestürzt.

Was war mit Hagen Seume? Sein Fluchen hallte noch in ihren Ohren nach, zu sehen aber war er nirgends. Sie kämpfte sich näher an die Trümmer heran. Wahrscheinlich hatte der Regen den Grund um die Stützbalken aufgeweicht. Steil ragten zersplitterte Holzstücke in die Luft. Ein gutes Dutzend Männer waren stumm damit beschäftigt, die herumliegenden Bruchstücke auseinanderzureißen. Nach und nach erklangen erste Rufe, schließlich bekam eine Stimme Oberhand und übernahm es, knappe Befehle an die anderen zu erteilen. Je länger Magdalena den Männern zusah, umso klarer wurde ihr, dass dies nicht allein um des Aufräumens willen geschah. Emsig schienen sie nach etwas zu suchen.

Inzwischen war es zwar heller geworden, dennoch schien die Düsternis des Unwetters die Nacht selbst in den anbrechenden Tag hinein fortsetzen zu wollen. Das Licht reichte gerade aus, um sich in den Schuttbergen zurechtzufinden. Erneut pfiff ein ungemütlicher Wind über den Platz. Weit entfernt grollte der Donner. Die Gesichtszüge der wühlenden Männer wirkten verbissen, spiegelten sowohl Furcht als auch Häme wider, wie sie verwundert bemerkte. Dunkel schwante ihr, wonach, vielmehr nach wem sie suchten: nach Hagen Seume, dem seiner üblen Launen wegen allseits gefürchteten Profos. Als Magdalena Meister Johann erspähte, der ebenfalls aufgeregt die Latten und Balken durchforstete, war sie sich sicher: Seume musste unter dem eingestürzten Gebälk begraben liegen, als sei der Galgen angesichts der drohenden Hinrichtung Erics wütend über ihm zusammengebrochen.

Zitternd rieb Magdalena sich die Arme. Wahrscheinlich war er ohne Hilfe in trunkenem Zustand die Stufen zum Podest hinaufgeklettert. Eine wahnwitzige Idee! Schon im Zelt hatte er sich kaum mehr auf den Beinen halten können. Auf den regennassen Holzbohlen musste er ausgeglitten und hingeschlagen sein. Unter seinem Gewicht war die gesamte Konstruktion auf dem regendurchweichten Boden ins Wanken geraten und zusammengestürzt. Entsetzt schüttelte Magdalena den Kopf.

Der Fluch, den der Profos im Fallen ausgestoßen hatte, wollte ihr nicht mehr aus dem Sinn. Kurz schloss sie die Augen, schluckte. Ein solches Ende wünschte sie nicht einmal ihm. Wie würde es weitergehen? Fand die Hinrichtung trotz des bösen Omens noch statt? Ihre Finger umklammerten den Bernstein. Fast hätte sie laut aufgelacht. Eric konnte gar nicht zum Richtplatz geführt werden. Zunächst einmal musste Seume unter den Trümmern geborgen und versorgt werden. Noch ging es um Leben und Tod. Erst wenn das überstanden war, konnte über alles andere entschieden werden.

»Hier liegt er!«, rief einer der Steckenknechte und begann, kräftig an den Balken und Holztrümmern zu zerren. Es knirschte gefährlich. Ein eben erst aufgeschichteter Stapel Latten geriet ins Wanken. Ein anderer sah das, ließ die Bohlen fallen, die er gerade aufgerafft hatte, und eilte dem Steckenknecht zu Hilfe. Im letzten Moment verhinderte er, dass ein weiterer, mannshoch aufragender Balken umfiel und den Steckenknecht unter sich begrub.

»Seid vorsichtig, sonst liegen wir bald alle zerschmettert am Boden«, mahnte Meister Johann und wischte sich die Stirn. Wieder war sein Gesicht rot angelaufen, die Adern an den Schläfen geschwollen. Wie so oft schenkte er der eigenen Gesundheit nicht die geringste Beachtung, um einem anderen das Leben zu retten. Und das ausgerechnet Hagen Seume! Magdalena schüttelte den Kopf. Angewidert dachte sie an die fleischigen Hände, den wollüstigen Blick, das gierige Lippenlecken, mit dem Seume sie belästigt hatte. Sollte das Ekel doch grausam unter den Trümmern des Galgens verrecken! Was kletterte er auch sturzbetrunken auf dem halbfertigen Gerüst herum? Nicht auszudenken, was noch alles hätte passieren können, wenn der Galgen in die andere Richtung umgefallen wäre. Ein kurzer Blick genügte Magdalena, um zu wissen, dass das Zelt des Quartiermeisters dort hinten noch unbeschadet stand. Keine fünf Tage war es her, dass seine Frau niedergekommen und mit Roswithas Hilfe einem entzückenden kleinen Mädchen das Leben geschenkt hatte. Wenigstens hatte Seume weder die junge Erdenbürgerin noch weitere Menschen mit ins Verderben gerissen.

»Lebt er noch?«, rief sie dem Feldscher zu und versuchte, an ihn heranzukommen, um ihm zur Hand zu gehen. Vornübergebeugt sah er zu Boden. Vorsichtig schob er eine Holzlatte zur Seite, griff nach einer dicken, weißen Hand und fühlte den Puls. »Schnell, Beeilung, helft mir, ihn hier herauszuziehen!«

Noch bevor ihm die anderen beispringen konnten, begann Magdalena, unter seinen knappen Anweisungen den verwundeten Seume Stück für Stück aus den Trümmern zu bergen. Sie achtete nicht auf die bandagierte linke Hand. Die Aufregung schien den Schmerz auf wundersame Weise zu besiegen.

Endlich hatten sie es geschafft. Seumes klobiger Leib lag so weit frei, dass vier starke Männer ihn an den Gliedmaßen fassen und vorsichtig herausheben konnten. Langsam trugen sie ihn zum Rand des Richtplatzes. Unter Raunen und Wispern wichen die Neugierigen zur Seite, machten dabei allerdings nur so viel Platz, wie die Retter zum Durchgehen benötigten. Magdalena und Meister Johann hingegen mussten sich ihren Weg unter Einsatz der Ellbogen und unter lautem Fluchen und Drohen frei schieben.

»Bringt ihn in sein Zelt, dort haben wir mehr Ruhe. Ich hole meine Instrumente. Magdalena, du kommst mit und hilfst mir, die Salben und Pflaster zusammenzustellen. Uns bleibt nicht viel Zeit, ihn ins Leben zurückzuholen.«

21

Meister Johann wartete gar nicht erst ihre Antwort ab, sondern lief bereits vor, quer durch das Lager, zum Wagen am westlichen Rand. Sie schürzte ihren Rock und hastete ihm hinterher. Der Weg ans entgegengesetzte Ende des Lagers schien ihr auf einmal erstaunlich kurz. Schon sah sie, wie der Feldscher in den Planwagen kletterte. Abermals beschleunigte sie ihren Schritt, stolperte fast über einen Strick, riss an einer Hecke das Leinen um ihre linke Hand auf. Verflixt! Es brannte höllisch. Rasch prüfte sie, ob ein Dorn in der Haut stecken geblieben war, doch die Handfläche war nur angeritzt. Sie wischte die Hand am Rock ab, zu mehr fehlte ihr die Zeit. Das letzte Stück zum Wagen rannte sie.

»Endlich!« Meister Johann schenkte ihr ein knappes Nicken und sprudelte gleich los: »Branntwein wird drüben bei

Seume genug sein. Alles andere müssen wir mitbringen. Einige Salben haben wir von letzter Nacht schon drüben. Brauchbares Leinen aber ist dort zu wenig. Denk daran, genug einzupacken, Seumes Leib ist kräftig. Verflucht, das frisst uns die letzten Vorräte auf! Und das, wo uns eine Schlacht bevorsteht.«

Hastig begann er, Tiegel und Töpfe auf dem schmalen Bord an der Seitenwand durchzusehen. Über das in der nächtlichen Eile des Aufbruchs verursachte Durcheinander verlor er nur ein verächtliches Schnauben.

»Als die Steckenknechte Eric fortgeschleift haben, blieb mir nicht viel Zeit«, versuchte sie rasch, den Zustand der halboffenen Kisten und durchwühlten Taschen zu erklären. Kaum wagte sie, ihn anzusehen. Die penible Ordnung in seinen Arzneien und Kräutern war ihm heilig. Doch Meister Johann schien gar nicht richtig zuzuhören.

»Wo mag Rupprecht wohl stecken? Langsam mache ich mir ernsthaft Sorgen.« Kurz hielt er im Verschrauben eines Glases mit Mennige inne und griff nach ihrer rechten Hand. Sein Gesicht war weniger gerötet, auch die Adern an den Schläfen waren wieder abgeschwollen. Trotzdem wirkte er noch sehr mitgenommen, in seiner Stimme schwang Furcht mit. Schon wollte sie sich seinem Griff entziehen, da verstärkte er den Druck der Finger um ihr Handgelenk. Das Herz pochte ihr bis zum Hals. Was sollte sie ihm nur antworten? Dass sie fürchtete, Rupprecht habe sie am Ende alle verraten? Sie biss sich auf die Lippen. Der eisige Blutgeschmack tat gut.

»Verzeih, Magdalena. Woher sollst du mehr wissen als ich?« Endlich gab er sie wieder frei. »Die Knechte haben dich und Eric mitten in der Nacht geholt. Da war Rupprecht wohl gerade bei einem Patienten, und du konntest ihm nicht einmal Nachricht geben. Das scheußliche Unwetter hat so manchen verzweifelt nach Hilfe rufen lassen, weil ihm ein Stock auf den Kopf gefallen ist oder das Herz vor Schreck ausgesetzt hat. Einem soll es beim Anblick des Blitzes gar braun aus der Hose gelaufen sein, einem anderen haben die Knie geschlottert, dass sein Nachbar dachte, die Schweden kommen!« Verschwörerisch zwinkerte er ihr zu. »Der arme Rupprecht hat all die Visiten allein übernehmen müssen, während wir beide drüben gemütlich im Offizierslager gesessen sind. Der wird sich freuen, wenn er uns nachher wieder nicht hier vorfindet.«

Er kicherte in sich hinein. Magdalena wurde noch unruhiger. Was sollte sie davon nun wieder halten? Stand der Meister kurz davor, wahnsinnig zu werden? Nein, sagte sie sich. Offenbar wollte er mit der Version verdrängen, dass Rupprecht sie alle hintergangen haben konnte. Derweil sie weiter darüber grübelte, wandte der Feldscher sich bereits seinen Schraubgläsern zu, maß einige Lot Wachs, Terpentin und Leinöl in ein Gefäß, verrührte es mit gleichen Teilen roter Mennige und verschloss es sorgsam. Er schien allein damit beschäftigt, in Gedanken bereits den anstehenden Eingriff an Seume vorzunehmen. Jäh fuhr ihr eine Idee durch den Kopf: die Phiole mit Gift, von der er ihr gestern erzählt hatte! Steckte die noch immer in seiner Tasche? Wenn er Seume nachher behandelte, wäre es ein Leichtes, ihm das Gift einzuträufeln. Niemand würde Verdacht schöpfen, wenn er unter diesen Umständen starb, alle würden das auf den Sturz zurückführen.

»Hast du die offene Wunde an der Stirn gesehen, knapp oberhalb des linken Auges?« Meister Johann klang hoch konzentriert. »Das wird nicht einfach zu nähen sein. Hoffentlich rinnt nicht zu viel Blut ins Auge. Es bleibt uns auch so kaum Platz, die Stiche anzusetzen. Wenigstens hat er genug Speck auf den Rippen, um manches auszuhalten, was einen anderen gleich ins Jenseits verfrachten würde.« Er schüttete getrocknete Kamillen- und Johannisblüten in die hohle Hand, mischte aus einem anderen Säckchen Blätter von rotem Mangold dazu und gab die Kräuter in ein Tuch. Geschickt band er das zu einem Beutel und verknotete die Enden. Dann zählte er ein Dutzend Blätter Lachenknoblauch ab und tat sie in ein weiteres kleines Leinsäckchen, das er danebenlegte. Der strenge Geruch stieg Magdalena sofort in die Nase. Auf leeren Magen machte ihr das Kraut schwer zu schaffen. Angestrengt suchte sie sich auf andere Düfte zu konzentrieren.

»Auch am Hals hat er eine üble, weit aufklaffende Stelle. Die ist recht nah an der Ader. Wenn wir Glück haben, bleibt die unverletzt, und er verblutet uns nicht«, fuhr Meister Johann fort. »Am restlichen Leib sind es, soweit ich gesehen habe, vor allem stumpfe Verletzungen, wahrscheinlich Knochenbrüche, die wir schienen müssen. Die linke Schulter scheint ausgerenkt, da muss einer der Steckenknechte mit ran. Wir zwei allein werden ihn nicht halten können, um das wieder einzurenken. Die eine oder andere Abschürfung können wir mit Branntwein austupfen, das wird reichen. Insgesamt müssen wir also zweimal nähen, ansonsten sorgfältig schienen und verbinden. Den Rest wird der Pfaffe mit Gebeten richten müssen. Noch kann keiner wissen, ob er den heutigen Tag übersteht.«

Mit diesen Worten griff er sich den Tiegel mit der geheimnisvollen, fünfzig Jahre alten Wundsalbe und prüfte mit zusammengekniffenen Augen die Eignung einiger gerader Stöcke als mögliche Schienen für die Gliedmaßen. Zu guter Letzt stellte er den Krug mit dem bewährten Digestivum aus Eigelb, Terpentin und Oleum rosatum bereit, das sie gestern in Erwartung des schwedischen Angriffs angerührt hatten, und packte die eindrucksvolle Lederrolle mit dem Chirurgenbesteck dazu. Ein erleichtertes Durchatmen kündete davon, dass er alles beisammenhatte, was er für den bevorstehenden Eingriff zu benötigen glaubte.

Magdalena fühlte sich nutzlos. Warum war sie ihm überhaupt gefolgt? Keinen einzigen Handgriff hatte sie zur Vorbereitung tun können. Verlegen wickelte sie den bereits halb abgelösten Verband von der linken Hand, bewegte vorsichtig die Finger, prüfte jedes einzelne Glied. Es schmerzte zwar noch etwas, angesichts der bevorstehenden Operation aber war es besser, sie verzichtete ganz auf den Verband. »Wie geht es jetzt weiter?« Mit brüchiger Stimme sprach sie endlich aus, was sie die ganze Zeit schon hatte fragen wollen, und besah sich weiter angestrengt ihre linke Hand. »Ist der Sturz gut oder schlecht für uns?«

»Was fragst du mich das?« Meister Johann fuhr herum und hätte dabei fast einen Tiegel mit Wundsalbe umgestoßen, der offen vor ihm auf dem Boden stand. Rasch bückte er sich und spannte ein Tuch darüber, das er mit einer Schnur festband. Als er sich aufrichtete, war die ungesunde Röte in sein Gesicht zurückgekehrt, sein Atem ging rasch. Behutsam berührte sie ihn am Arm. Warum war sie so ungeschickt gewesen? Sie hatte ihn nicht aufregen wollen.

Nach einem Seufzer kehrte sein Lächeln zurück. »Keine Sorge, mein Kind. Eigentlich entwickelt sich alles in unserem Sinn. Solange Seume nicht bei Bewusstsein ist, kann er nichts entscheiden. Ich gehe davon aus, dass die geplante Hinrichtung erst einmal aufgeschoben wird. Wo wollen sie Eric auch hängen? Der Galgen ist jedenfalls hin.«

»Den braucht es dazu nicht.« Sie schnappte nach Luft. »Um jemanden aufzuknüpfen, reicht schon ein einigermaßen kräftiger Ast an einem Baum. Alle wissen, wie sehr Seume daran liegt, die Hinrichtung als Einstimmung auf die Schlacht mit den Schweden durchzuführen. Und die steht unmittelbar bevor.«

Der Feldscher schüttelte den Kopf. »Das denkst du. Wo aber bleiben die verfluchten Schweden? Noch immer ist nichts von ihnen zu sehen. Wären sie tatsächlich so nahe, hätten die Kundschafter das längst gemeldet. Hat das Unwetter sie verschreckt? Gar der Blitz sie getroffen oder der Sturm sie hinweggefegt?«

Abermals kicherte er in sich hinein. Besorgt trat Magdalena an ihn heran und versuchte, in seinen Augen zu lesen, ob er nicht doch dem Wahnsinn verfallen war. Gleichzeitig keimte eine schwache Hoffnung in ihr, Wrangels Truppen steckten tatsächlich irgendwo in weiter Ferne im Morast fest. Vielleicht verschaffte ihnen das genügend Aufschub, um Eric aufzupäppeln und in den nächsten Tagen doch noch in Sicherheit zu bringen. Das aber setzte voraus, dass Rupprecht sie nicht verraten hatte oder gar selbst bei den Vorbereitungen in der Höhle erwischt worden war. Und natürlich waren sie andererseits darauf angewiesen, dass die Schlacht rechtzeitig losbrach, um im Getümmel der Kämpfenden mit Eric unbemerkt zu entkommen. Magdalena schien es, als platzte ihr angesichts all dieser Überlegungen der Schädel. Ihr Kopf dröhnte, die Augen schmerzten. Es fiel ihr immer schwerer, sich auf eine Sache zu konzentrieren.

»Lass uns gehen, bevor Seume sich für immer aus diesem

irdischen Jammertal verabschiedet.« Die Stimme des Feldschers klang entschlossen. »Wegen Rupprecht lassen wir zu Roswitha schicken. Vielleicht weiß die, wo er steckt. Falls nicht, kann sie hier auf ihn warten und derweil Ordnung in unsere Tiegel bringen.«

Magdalena nickte. Mit zittrigen Fingern verschnürte sie den Beutel, in den sie ihre Gerätschaften und Salben gestopft hatte, und schlang sich die Leintücher um die Hüften, weil sie keinen Platz mehr darin fanden.

Meister Johann hatte es noch eiliger als vorhin. Es kümmerte ihn wieder nicht, ob sie ihm auf ihren kurzen Beinen mit dem schweren Bündel folgen konnte. Den Blick stur geradeaus gerichtet, marschierte er durch die engen Lagergassen, achtete wenig darauf, ob er jemanden anrempelte oder zwang, zur Seite zu springen. Die matschige Erde, die er mit seinen schweren Stiefeln zertrat, quoll zur Seite weg, als presste er einen nassen Schwamm aus. Ihm war es gleich, fand er mit den beschlagenen Sohlen und Absätzen doch immer wieder ausreichend Halt. Magdalena aber musste achtgeben, dass sie mit ihren Schuhen nicht im Dreck versank oder in dem Schlamm ausglitt. Je schneller sie rannte, desto ärger wurde es. Es kam ihr vor, als liefe sie über schwimmende Holzbohlen im See. Längst hatte sie jegliches Gefühl in den eiskalten Zehen verloren.

Im Lager war das Leben endgültig erwacht. Grau und regenschwer wölbte sich der Himmel darüber. Mangels Sonne erwärmte sich die Luft äußerst langsam. Übel hatte das Unwetter der vergangenen Nacht gewütet. Immer wieder musste Magdalena Ästen und Gestrüpp ausweichen, die mitten im Weg lagen. So manches Zelt und einige notdürftig errichtete Unterstände waren eingestürzt, selbst Planwagen lagen umgekippt auf der Seite. Nicht auszudenken, wie die Gräben und Schanzen des Befestigungsrings um das Lager aussehen mochten. Die gestrige Mühe der Zimmerleute schien völlig umsonst. Bei einem Überraschungsangriff waren sie schutzlos den Feinden ausgeliefert. Ein stechender Schmerz durchfuhr Magdalena, als sie an Carlotta dachte. Unbedingt musste sie das Kind nachher zu sich holen.

Die Menschen in den Unterständen fluchten. Verbissen machten sich Groß und Klein daran, die Schäden des Unwetters auszubessern, bevor der nächste Sturm losbrechen und endgültig alles hinwegreißen würde. Einige waren klug genug, dabei nicht nur die Leinwände der Zelte fester zu verschnüren und die Stützpfähle tiefer in den Boden zu rammen, sondern auch Gräben um ihre Unterkünfte zu schaufeln, die das Regenwasser auffangen und ableiten konnten. Daran wollte Magdalena Meister Johann später erinnern, wenn erst einmal die Operation an Seume überstanden war. Wahrscheinlich würde es schon bald wieder zu regnen beginnen. Die düsteren Wolken senkten sich immer tiefer nach unten. Die Stadt auf dem Berg versank bereits im grau verschleierten Gewölk.

»Ob Rupprecht bald auftaucht?« Abrupt bremste der Feldscher kurz vor Erreichen des Ziels ab. Fast wäre sie in seinen Rücken gelaufen.

»Warum?« Kaum hatte sie die Frage ausgesprochen, schämte sie sich bereits dafür. Wie töricht sie sich anstellte! Es lag auf der Hand, dass sie ihn als zweiten Gehilfen dringend bei der Operation benötigten. Die Steckenknechte mochten zwar kräftig genug sein, um Seume beim Einrenken festzuhalten. Das machte ihre fehlende Übung als Feldschergehilfen aber nicht wett.

»Was sagen wir nur? Lang können wir sie nicht hinhalten«, wisperte Meister Johann, dessen Miene immer düsterer wurde.

»Dass er Roswitha wegen einer schwierigen Kindslage beistehen muss?«, schlug sie vor.

»Etwas Besseres fällt dir nicht ein?« Unsanft packte er sie am Arm und zwang sie, ihm direkt in die Augen zu sehen.

»Magdalena!« Fast flehentlich flüsterte er: »Bei denen da drinnen musst du dir genau überlegen, was du sagst. Die werden jedes Stottern bemerken.« Sein Kopf nickte in Richtung des Zeltes. Der Druck seiner Finger auf ihrem Oberarm ließ nach. Schließlich legte er ihr die Hand auf die Schulter, zog sie zu sich heran und flüsterte ihr ins Ohr: »Er hat uns nicht verraten, mach dir keine Sorgen. Für ihn lege ich meine Hand ins Feuer.«

Sie versuchte zu lächeln.

»Vergiss nicht: Kein anderer Patient darf uns jetzt so wichtig sein wie Seume«, insistierte der Feldscher. »Es muss uns was verdammt Gutes einfallen, Rupprechts Fehlen zu erklären.«

Ungeduldig wurde in diesem Moment die Plane am Zelteingang zurückgeschlagen, und die düstere Miene des Generalauditors tauchte auf. Trotz der widrigen Umstände war sein schwarzer Kinnbart frisch gestutzt, das üppige, wellige Haupthaar ordentlich nach hinten frisiert und seine Kleidung – angefangen bei dem hochmütig über die linke Schulter drapierten Imponiermantel bis hinunter zu den hellen, weiten Kniehosen – tadellos. Nicht der geringste Spritzer auf den Stiefeln verriet, dass er eben erst von seinem Quartier oben in der Stadt über die vom Regen aufgeweichten Felder ins Heerlager hinuntergeritten war.

»Endlich!«, stieß er beim Anblick des Feldschers aus. »Wenn Ihr den Tod des Profos verhindern wollt, wird es höchste Zeit.« Schwungvoll setzte er sich den Schlapphut auf, wobei die überlangen roten Federn nicht ohne Absicht Meister Johann mitten durchs Gesicht schleiften. Während er das reichbestickte Seidenwams unter dem Mantel glatt strich, behielten seine dunklen, wütend funkelnden Augen den Feldscher im Visier. »Sollte Seume sterben, dann gnade Euch Gott!« Er tippte das Leder seiner langen Handschuhe gegen Meister Johanns Brust und wandte sich grußlos ab.

In seinem Gefolge schlüpften zwei weitere Offiziere aus dem Zelt, schenkten Magdalena und Meister Johann allerdings keinerlei Beachtung. Sie mussten sich sputen, wollten sie den Auditor nicht verärgern. Er hatte schon sein nervös tänzelndes Ross bestiegen und trabte mitten über den Richtplatz davon. Im Weg liegende Galgentrümmer übersprang der elegante Schimmel ohne Zögern. Den Zimmerleuten, die mit dem Wegschaffen der Holzbalken beschäftigt waren, blieb kaum Zeit, sich zu ducken.

22

Im Innern des Zeltes herrschte gespenstische Ruhe. Der Vorhang zum hinteren Teil war straff gespannt. Nirgendwo schien eine Lücke, durch die auch nur ein Mäuslein hätte schlüpfen können. Das Geschehen spielte sich im vorderen Bereich ab. Talglichter und Laternen mussten weiter für Helligkeit sorgen. In einem schmiedeeisernen Ständer brannte eine Fackel, auch eine Handvoll Öllichter waren auf einer Truhe verteilt. Einer der Steckenknechte füllte eine Schale mit Kienspänen, sogar ein Leuchter mit mehreren kostbaren Wachskerzen wartete darauf, angezündet zu werden. Der Geruch nach feuchtem Stoff, Schweiß und Urin war beißend. Die vielen Lichter ließen die Luft in der engen Unterkunft noch stickiger werden.

»Achtung!« Ohne Vorwarnung riss der zweite Steckenknecht die Plane auf und kam mit einem brodelnden, dampfenden Kessel Wasser herein, den er draußen über dem Feuer erhitzt hatte. Erstaunt über so viel Umsicht, nickte Magdalena ihm zu. Dabei fiel ihr auf, dass sogar an das Bereitlegen frischer Leintücher gedacht worden war. Hatten Seumes Gehilfen nicht letzte Nacht erst erklärt, dass sie solche Krankenpflegedienste als unter ihrer Würde empfanden? Fragend blickte sie zu Meister Johann, der sie jedoch nicht beachtete.

Stattdessen überprüfte er, was ihm für den Eingriff noch fehlte. Leise erteilte er den beiden Soldaten Anweisungen. Dabei ruhten seine Augen bereits auf Seume, der auf den Tisch gebettet war. Magdalena entging nicht, dass er mehrmals an seine Hosentasche griff. Also hatte sie sich nicht getäuscht: Der Feldscher trug die Phiole mit Gift tatsächlich bei sich. Ob er es wagen würde, sich ihrer zu bedienen?

Magdalenas Blick wanderte zu Seume. Es war seltsam, den rüden Mann so hilflos daliegen zu sehen. Die Wunde am Kopf sah dramatisch aus, stetig pulste Blut heraus. Mittels eines aufgelegten Tuchs hatten die Knechte versucht, die Blutung zu stoppen, doch das nutzte wenig, weil der Druck fehlte. Das Leinen war tiefrot durchtränkt. Die offene Verletzung am Hals dagegen schien weniger schlimm als von Meister Johann befürchtet. Offensichtlich war die Schlagader nicht verletzt. Diese Blutung war zum Stillstand gekommen, an den Wundrändern bildete sich bereits dünner Schorf. Seumes restlicher Körper lag starr. Die Arme rechts und links waren mit Gurten am Tisch befestigt, bei den Beinen hatte sich die Maßnahme aufgrund der Verletzungen erübrigt. Verdreht hing das linke aus dem Hüftgelenk, auch das rechte war versehrt. Noch einmal besah sich Magdalena Seumes Gesicht. Die Augenlider hielt er geschlossen, als schliefe er. Sein Atem ging sehr flach, viel zu schwach für einen Mann seiner Konstitution. Sie wunderte sich, dass die rauhen Steckenknechte bereit gewesen waren, noch weitere Handlangerdienste zu leisten: Grob war das Gesicht von Blut und Schmutz gereinigt, Mantel und Wams hatten sie Seume bereits ausgezogen und das Hemd so weit aufgeknöpft, wie es für den Eingriff nötig war.

Plötzlich spürte sie einen leichten Luftzug aus dem hinteren, sauber abgegrenzten Bereich des Zeltes. Der Vorhang öffnete sich einen Spalt, eine Hand tauchte auf, löste die Verschnürung, dann stand Rupprecht vor ihr.

Gegen ihren Willen entfuhr ihr ein spitzer Schrei. Hastig presste sie die Hand auf den Mund und äugte zu Meister Johann. Auch der Feldscher riss die Augen auf, schluckte die Überraschung allerdings hinunter und setzte eine geschäftige Miene auf. Rupprechts dunkle Augen blickten unternehmungslustig, als freute er sich auf die bevorstehende Arbeit. Fehlte nur noch, dass er die Hände frohgemut gegeneinanderrieb.

»Zufrieden?«, fragte er Meister Johann und nahm ihm die Lederrolle mit den Instrumenten ab. Bevor der Feldscher etwas erwidern konnte, verschwand Rupprecht noch einmal und kehrte mit einem offenen Feuer in einer Kupferschale von draußen zurück. Umsichtig begann er, die Zangen und Nadeln darüber zu erhitzen.

»Roswitha hat mich die ganze Nacht gebraucht.« Als wäre sein überraschendes Wiederauftauchen die natürlichste Sache der Welt, grinste er Magdalena an. »Ein Kind wollte nicht raus. Das Gewitter muss es verschreckt haben. Vorhin erst ist es uns gelungen, das Balg mit vereinten Kräften ans Licht zu ziehen.« Kaum merklich zwinkerte er ihr zu. »Wenn dir das Licht reicht, können wir anfangen«, wandte er sich an Meister Johann. »Ich glaube, die Wunde an Seumes Schädel ist die schlimmste. Die sollten wir rasch nähen. Außerdem sind einige Knochen gebrochen, vor allem die Rippen. Deshalb tut er sich mit dem Atmen schwer. Das Einrenken der Beine sollten wir auch nicht lange aufschieben. Am Ende kann er sich sonst nicht mehr bewegen. Wenn du noch genug von der geheimnisvollen Paste deines Meisters hast, sollten wir ihn damit am Leib behandeln. Mehr als beten können wir danach nicht mehr.«

Abermals breitete sich im Zelt eine eigenartige Stille aus. Kaum wagte Magdalena Luft zu holen, um nicht zu viel Lärm zu verursachen. Dass Meister Johann noch immer schwieg, war kein gutes Zeichen. Sein Gesicht verfärbte sich bereits wieder. Die Hände ballte er zu Fäusten, bis die Fingerknöchel weiß hervortraten. In seinem Innern schien es so zu toben, dass das Unwetter der letzten Nacht im Vergleich dazu ein harmloser Schauer gewesen war.

Vor dem Zelt gingen die Aufräumarbeiten weiter, obwohl der Sinn angesichts des drohenden Angriffs der Schweden nicht mehr recht ersichtlich schien. Mehr als einmal krachte unter lautem Getöse ein weiterer Balken zu Boden. Die darüber ausgestoßenen Flüche ließen Übles befürchten. Erst leise und zart, dann immer lauter und heftiger trommelte der Regen wieder auf das Zeltdach.

Als wäre das das Zeichen, griff Meister Johann zu dem glühenden Besteck und beugte sich über Seume. Eilig nahm Rupprecht die Öllampe und beleuchtete die Kopfwunde. In der zweiten Hand hielt er weitere Instrumente für den Feldscher bereit. Die Steckenknechte stellten sich breitbeinig an der gegenüberliegenden Seite des Tisches auf. Voller Misstrauen verfolgten sie jeden Handgriff. Meister Johanns Blick streifte Magdalena. Sie meinte Enttäuschung darin zu lesen. Die Steckenknechte vereitelten seinen Plan, das Gift zu verwenden. Ihr blieb nichts anderes, als sich den Branntweinschlauch zu greifen. Dicht neben Seumes Kopf baute sie sich auf, jederzeit bereit einzugreifen, sollte der Schmerz, den das Nähen der Wunde mit der glühenden Nadel verursachte, Seume aus der Ohnmacht reißen. Gebannt starrte sie auf die Wunde. Der stärker werdende Regen schien den Rhythmus des darin pochenden Blutes vorzugeben.

Als Erstes entfernte Meister Johann das aufliegende Tuch. Sogleich quoll ein frischer Schwall Blut heraus, spülte Splitter und Dreck nach oben. Der süßliche Geruch rief die Fliegen auf den Plan. Hastig verscheuchte Magdalena sie. Die Hände des Feldschers zitterten auf einmal ungewöhnlich stark. Bevor er nähte, musste er die Wunde gründlich säubern, um die Gefahr des Wundbrands zu bannen. Rupprecht hielt die Lampe tiefer, damit der Lichtstrahl die Wunde besser ausleuchtete. Dabei wurde das Zittern von Meister Johanns Fingern noch deutlicher. Mit einem erbosten Aufschnaufen machte er sich Luft. Schwer atmend versuchte er, die kleine Zange ruhig zu halten, und beugte sich erneut über Seume. Knapp bevor er einen Spreißel in der Wunde erwischte, zögerte er ein weiteres Mal. Es sah aus, als überlegte er, was wirklich zu tun sei. Einer der Steckenknechte räusperte sich. Das Metall der Zangenspitze funkelte im Licht. Das Zittern wurde schlimmer, je näher Meister Johanns Finger dem Patienten kamen. Wieder zog er sie zurück, atmete tief durch, versuchte es erneut. Doch auch dann konnte er die Zange nicht still halten, geschweige denn, gezielt damit hantieren und wenigstens den dicksten Splitter entfernen. Ein letztes Mal wich er zurück, richtete sich auf und schloss die Augen.

Das Prasseln auf dem Zeltdach ließ nach. Besorgt beobachtete Magdalena Meister Johann. Blass war er geworden, die Adern an den Schläfen fast unsichtbar. Deutlich stand ihm die Qual ins Gesicht geschrieben.

»Zusammendrücken!«, schrie Rupprecht auf, als Meister Johanns Finger abermals knapp über der Wunde bebten und das Blut herauspochte. »Drück endlich zusammen, damit es aufhört zu bluten!«

Der Befehl traf sie wie ein Schlag ins Gesicht. Plötzlich ging alles sehr schnell. Meister Johann ließ die Zange fallen und stürzte hinaus. Verblüfft schaute Rupprecht ihm nach, die Öllampe immer noch dicht über dem Patienten. Magdalena brauchte nicht lange, um zu begreifen, was zu tun war. Schon drückte sie einem der Steckenknechte den Branntweinschlauch in die Hand, herrschte den anderen an, Seume besser festzuhalten, und griff selbst nach der Zange. Einen Augenblick noch zauderte sie. Seumes Leben lag in ihrer Hand. Es wäre ein Leichtes, den nächsten Stich absichtlich falsch zu setzen und die Wunde zu vertiefen, statt sie zu schließen. Niemand könnte ihr das nachweisen, nicht einmal der Generalauditor. Meister Johann aber wäre ihr dankbar, das Vorhaben in die Tat umgesetzt zu haben. Sie zögerte, schürzte die Lippen. Noch einmal hob sie den Blick und sah zu Rupprecht, der jedoch wie erstarrt wirkte.

Sie brachte es nicht über sich. Sie war Wundärztin, um Leben zu retten, nicht um zu töten. Auch Meister Johann hatte Seume aus den Trümmern geborgen, hatte sein Leben riskiert, um ihm zu helfen, statt ihn krepieren zu lassen. Nicht einmal das Gift hatte er ihm einträufeln können.

»Mehr Licht!«, verlangte sie und begann die Holzsplitter aus der Wunde zu ziehen. Gehorsam leuchtete Rupprecht. Als sie von ihm das Skalpell verlangte, um die Ränder zu glätten, erwachte er allmählich aus der Erstarrung. Ganz langsam schien er zu begreifen, dass sie schon dabei war, die Blutung zu stoppen und Seume das Leben zu retten, während er halb gelähmt danebenstand.

Nicht zum ersten Mal nähte sie eine solche Kopfwunde. Allerdings hatte sie noch nie zuvor so dicht am Lid entlang die Stiche setzen müssen. Gefährlich nahe kam sie dabei dem Augapfel. Stach sie daneben, würde Seume erblinden. Schweiß trat ihr auf die Stirn. Zeit, sich das Gesicht zu wischen, blieb nicht. Endlich ließ das Pulsieren des Blutes nach, versiegte allmählich ganz. Der Sturz musste den Profos in tiefe Bewusstlosigkeit versetzt haben. Das hatte den Vorteil, dass er nicht einmal zuckte, wenn sie mit der Nadel tief in die empfindlich dünne Haut unterhalb der Augenbraue eindrang. Irgendwann setzte sie tatsächlich den letzten Stich, verknotete den Faden und schnitt die überhängenden Enden ab. Zufrieden betrachtete sie ihr Werk, ging erst dann daran, die Paste aus Leinöl, roter Mennige, Bleiweiß und Seife darauf zu verteilen. Vom Auge war danach nichts mehr zu sehen. Vorsichtig legte sie den Verband an und hob sacht Seumes Schädel an, um das Leinen auch im Nacken glatt zu ziehen.

»Den kennt man nicht wieder!«, entfuhr es dem kleineren der beiden Steckenknechte, als sie auch die Verletzung am

Hals versorgt hatte und sich den Rippenbrüchen am Bauch zuwenden wollte. Kurz blickte sie auf. Es stimmte: Der Verband verdeckte nahezu das ganze Gesicht, auch vom stiernackigen Hals war wenig zu sehen. Zu vertraut war ihr wohl der Anblick, als dass sie sich noch Gedanken darüber machte. In dem Moment kam ihr eine Idee, und sie lächelte Rupprecht an. »Vielleicht sollte man ihm einen Zettel anheften. Nicht dass am Ende der ehrbare Profos mit einem der anderen Verwundeten verwechselt wird.«

Die verschiedenen Rippen- und Knochenbrüche waren rasch versorgt, selbst das Einrenken des linken Beines und das Schienen des rechten stellte keine Schwierigkeit dar. Der Verletzte gab keinen Mucks von sich, lediglich das stete Auf und Ab des Brustkorbs versicherte Magdalena, dass noch Leben in ihm steckte. Endlich verknotete sie das Leinen am letzten Verband.

»Gut gemacht!«, hörte sie hinter sich eine wohlbekannte Stimme. Meister Johann war zurück. Als sie sich zu ihm umdrehte, erschrak sie: Sein sonst so akkurat frisiertes, graumeliertes Haar klebte strähnig am Schädel, Hose und Wams waren schlammverdreckt. Kaum konnte er sich noch auf den Beinen halten. Die Augen glänzten fiebrig, die Hände zitterten nicht weniger als vorhin. Schwankend näherte er sich dem Tisch. Der Alkoholdunst, den er ausatmete, hätte ausgereicht, den Patienten zu betäuben. Magdalena konnte ihre Sorge nicht verbergen. »Wo warst du?«

Statt einer Antwort schob Meister Johann sie vom Tisch fort und betrachtete den bewusstlosen Seume. »Na, du alter Hundsfott! Hat es dich endlich auch einmal gründlich erwischt«, knurrte er, dann nickte er Magdalena zu. Seine trüben Augen blickten dabei erstaunlich klar. Eine schwere Last schien von ihm abzufallen. Auch ohne weitere Worte verstand sie, was er meinte. Sein alter Spruch fiel ihr ein: »Feldscher müssen Leben retten, nicht verderben.«

»Geht weg, ich kümmere mich um ihn.« Wild fuchtelte er mit dem linken Arm durch die Luft. Als Rupprecht und sie keine Anstalten machten, der Anweisung zu folgen, setzte er unwirsch nach: »Habt ihr nicht verstanden? Ich brauche euch hier nicht. Haut endlich ab!«

Sein Ton machte deutlich, dass er keine Widerrede duldete. Deshalb wagte Magdalena nicht, noch einmal zu Eric hinüberzuschlüpfen, um nach seinem Befinden zu sehen.

23

So gern Magdalena sofort zu Elsbeth gestürzt und Carlotta an sich gerissen hätte, so sehr war ihr bewusst, dass sie sich erst einmal Rupprechts weiterer Unterstützung versichern und ihn zudem für ihre neue Idee gewinnen musste. Von Rupprecht hing ihr Schicksal ab. Gewiss würde Roswitha in der Zwischenzeit dafür sorgen, dass Elsbeth ihr Carlotta nicht abspenstig machte.

Es war nicht leicht, eine Stelle zu finden, an der sie ungestört miteinander reden konnten. Der Regen trieb die Menschen zwar allerorten in die Unterkünfte, und wer trotzdem noch außerhalb seines Zeltes unterwegs war, kannte nur ein Ziel: ins Trockene zu gelangen. Weil das aber gar nicht einfach war, rannten einige seltsame Gestalten umher: Den Oberkörper gegen die Nässe weit nach vorn gebeugt, den Filzhut tief ins Gesicht gezogen oder eine Decke wie ein kleines Zelt über dem Kopf gespannt, hefteten sie sich in der Hoffnung an Magdalenas Fersen, dank ihrer Hilfe einen Unterschlupf zu finden. Mehr als einmal mussten sie handgreiflich werden, um sich dieser unfreiwilligen Kumpane zu erwehren. Triefnass klebten ihnen die Kleider am Leib, die Haare strähnten schwer vom Kopf, als sie sich nur unter dem Vorwand, einem Schwerkranken helfen zu müssen, in ein Zelt flüchten konnten.

Wider Erwarten stand das Zelt leer. Erschöpft ließ Magdalena sich auf einen Schemel fallen. Rupprecht bückte sich nach einer Decke und legte sie ihr fürsorglich um die Schultern. Ein wohliges Gefühl von Geborgenheit breitete sich in ihr aus. Plötzlich brach sich die aufgestaute Erschöpfung Bahn. Schwer kippte ihr Kopf nach vorn, auch die Augenlider konnte sie nicht mehr länger aufhalten. Sie wollte nur noch schlafen, gründlich ausschlafen und vergessen.

»Du bist völlig verrückt!« Anscheinend hatte Rupprecht nichts von ihrem Zustand bemerkt. Mühsam zwang sie sich, die Augen wieder zu öffnen und ihn anzusehen. Aufgeregt ging er hin und her und sah grübelnd zu Boden, während er sich mit den langen Fingern die dunklen Bartstoppeln am Kinn rieb. Je länger sie ihm zusah, desto kälter wurde ihr. Mit klammen Fingern zog sie die Decke um sich. Die schwere Wolle stank nach ungewaschenem, fremdem Mann. Angewidert hielt sie den Atem an und beschloss, sich auf Rupprecht zu besinnen, während das Prasseln der Regentropfen draußen weiterging, die Welt um sie her in einem grauen, eisig kalten Nebel versank.

»Hast du dir Meister Johann eben angeschaut? Völlig besoffen!« Rupprechts dunkle Augen blitzten.

»Kein Wunder, nach allem, was er in den letzten Stunden durchgemacht hat.« Magdalena war sich bewusst, wie müde ihre Stimme klang.

»Du verteidigst ihn selbst dann noch, wenn wir drei seinetwegen schon mit dem Kopf in der Schlinge unterm Galgen stehen! Hast du überhaupt mitbekommen, dass er Seume vorhin fast hätte krepieren lassen?«

»Die Steckenknechte haben ihn durcheinandergebracht. Und auch du hast ihn gestört. Wie hätte er da in Ruhe die Stiche setzen können?«

Empört schnappte Rupprecht nach Luft. Langsam nur sammelte er sich. »In dem Zustand können wir ihn nicht gebrauchen. So gefährdet er unseren Plan.«

»*Unseren* Plan?« Sie rieb sich erstaunt die Augen. »Weißt du, was du da sagst? Solange du für Stunden verschwindest, ohne dass wir wissen, was du treibst, scheint es keine gemeinsame Sache zu geben.«

»Vertraust du mir etwa nicht?« Aus Rupprechts Mund schlug ihr ein fauliger Atem entgegen. Dass er keine Pfefferminzblätter kaute oder mit Kamille den Mund ausspülte, wunderte sie. Sonst hielt er so viel darauf.

»Was würdest du an meiner Stelle tun?«, fragte sie leise. »Während wir auf dich gewartet und uns Sorgen gemacht haben, sind Seumes Knechte gekommen und haben Eric mitgenommen. Keiner hat gewusst, wo du steckst, aber jedem ist klar, dass du Eric schon in Freiburg nicht ausstehen konntest.«

Beschämt wandte Rupprecht den Kopf ab. Auf einmal tat er ihr leid. Streit brachte sie jetzt am allerwenigsten weiter. Sie mussten zusammenhalten, eine andere Möglichkeit blieb ihnen nicht. »Ich glaube, wir brauchen alle etwas Schlaf. Du wirst sehen, dass es Meister Johann dann auch wieder bessergeht.«

Zunächst reagierte Rupprecht nicht. Fast hätte sie aufgegeben und wäre gegangen, da begann er doch noch zu reden:

»Es ist völlig unmöglich, Eric ausgerechnet jetzt fortzuschaffen. Seume liegt direkt neben ihm im selben Zelt.« Als sie etwas erwidern wollte, fiel er ihr ins Wort: »Ihn mit einem Verband unkenntlich zu machen ist noch das Einfachste an der Geschichte. Mit etwas Glück können wir ihn sogar wirklich aus Seumes Zelt schaffen. Das Problem ist, dass Erics Verschwinden nicht zu früh entdeckt werden darf. Deshalb müssen wir einen anderen, ähnlich Verbundenen auf seinen Platz legen. Das aber wird für den armen Burschen übel ausgehen: Gehenkt wird er dafür, anstelle deines geliebten Erics umgebracht! Sag mir nicht im Ernst, dass du das willst.«

»Natürlich nicht!« Jetzt war es an ihr, ungeduldig aufzubrausen. Es ärgerte sie, dass er ihren Plan so missverstanden hatte. »Was bringt es, dem einen das Leben zu retten und einen anderen dafür zu opfern?«

»Noch dazu, wenn er ein feiger Mörder ist.« Wie schnell ihm das von den Lippen kam! Fassungslos starrte sie ihn an. Wenn er das noch immer glaubte, begriff sie nicht, warum er letzte Nacht bereit gewesen war, alles für Erics Rettung zu riskieren.

»Das stimmt nicht.« Mehr als ein heiseres Flüstern brachte sie nicht zustande. Fieberhaft arbeitete es in ihr: Sollte sie Rupprecht erzählen, was sie über Erics Geschäfte mit Seume wusste? Würde ihn das von dessen Unschuld überzeugen? Sie musste es versuchen. In wenigen Worten fasste sie zusammen, was sie vor Seumes Zelt belauscht und kurz darauf von Eric bestätigt bekommen hatte. Rupprecht blieb argwöhnisch.

»Das klingt zu schön, um wahr zu sein: Eric, der Rächer der geknechteten Landbevölkerung! Wie viele der Unsrigen hat er wohl auf dem Gewissen, um an die Vorräte in den Magazinen zu kommen? Und wie viel von dem Gewinn hat er tatsächlich den ausgebluteten Bauern überlassen? Komm schon, Magdalena, du bist doch eine kluge Frau: Wie auch immer du es drehst, du weißt nicht, was er die letzten beiden Jahre wirklich getan, wie er die Zeit bei den Franzmännern überstanden und warum er sich nicht bei dir gemeldet hat.«

Nicht ohne Genuss bohrte Rupprecht den Finger tief in die offene Wunde. Eine Weile sahen sie einander geradewegs in die Augen. Wie so oft war es am Ende Rupprecht, der als Erster den Blick senkte. »Also gut, wie stellst du dir das genau vor?« Er verschränkte die Arme vor der Brust.

»Die Sache ist denkbar einfach«, begann sie so gelassen wie möglich.

»Ach?« Seine Augenbrauen schoben sich zweifelnd nach oben.

Versöhnlich legte sie ihm die Hand auf die Schulter und bemühte sich um einen sachlichen Ton. »Eigentlich müsste ich dir zürnen, dass du mir überhaupt zutraust, einen Unschuldigen für Eric Schaden nehmen zu lassen. Aber sei beruhigt, so weit wird es niemals kommen. Ohnehin müssen wir erst einmal den Beginn der Schlacht mit den Schweden abwarten. Wenn es uns gelingt, Eric mit dem Verband um den Kopf aus dem Lager zu schaffen, legen wir einen unbekannten Toten an seiner statt auf die Matte. Sobald die Schlacht mit den Schweden in vollem Gang ist, wird es nicht schwer sein, eine passende Leiche aufzutreiben. Großgewachsene Rotblonde gibt es zuhauf, sowohl bei den Schweden als auch bei uns.«

»Hm.« Mehr sagte Rupprecht nicht. Unwirsch trat er zur Öffnung des Zeltes und sah in den grauen Tag. Magdalena tat es ihm gleich. Schweigend standen sie nebeneinander, ein jeder in seine Gedanken vertieft. Das sonst von Menschen wimmelnde Lager war wie ausgestorben. Heftig platzten die Tropfen auf den Lehmboden, rissen Furchen in die Erde, vergrößerten die Pfützen. Durch die graue Regenwand schien kein Durchkommen. Der kalte Wind war unangenehm, die feuchte Kälte machte die Körper klamm. Dennoch tat die frische Luft gut. Der üble Unratgestank, der in den letzten Tagen immer stärker von den Rändern des Lagers herübergezogen war, war verschwunden. Stattdessen verströmte die nasse Erde einen herben Geruch. Das versprach nicht nur das Ende der trägen Hitze, sondern auch das Ende von Hunger und Durst. Nicht mehr lang, und es würden wieder überall frische Kräuter sprießen. Sauberes Wasser zum Trinken und Baden wäre auch wieder zur Genüge vorhanden.

»Zwei Dinge setzt dein Plan voraus.« Rupprechts Stimme verriet, dass er ihn ernsthaft erwog.

»So?« Sie bemühte sich um Gleichgültigkeit, wenn sie auch innerlich schmunzelte, wie leicht sie ihn wieder eingefangen hatte. Die seltsame Drohung, er verlange eine Gegenleistung für seine Hilfe, schien vergessen.

»Zum Ersten muss es uns gelingen, Eric aus Seumes verdammtem Zelt fortzubringen, bevor jemand auf die glorreiche Idee verfällt, ihn doch noch rasch am nächsten Baum aufzuhängen.«

»Das werden sie nicht wagen, solange Seume es nicht befiehlt, und der kann, wie wir wissen, gerade nicht einmal einen leisen Piep von sich geben.«

»Und was ist mit dem Generalauditor? Auch er könnte das anordnen.«

Diesen Punkt hatte sie bereits bedacht. »Wenn er es wollte, hätte er es schon getan. Er will Seume jedoch nicht ins Handwerk pfuschen, denn noch besteht Hoffnung, dass der wieder auf die Beine kommt und sein Spektakel höchstpersönlich durchführt. Das will ihm niemand nehmen. Nicht einmal die obersten Offiziere wollen ihn unnötig reizen.«

»Hm.« Rupprecht machte keinen Hehl daraus, dass er sich nur ungern geschlagen gab.

»Und das Zweite?«, erinnerte sie ihn nach einer Weile daran, dass er mit seinen Einwänden noch nicht fertig war.

Er drehte sich um. »Die Schweden!«, raunzte er gereizt, weil er wohl nicht verstand, dass sie nicht von selbst darauf kam. »Das alles funktioniert doch nur, wenn die Schweden wirklich anrücken. Allein im Getümmel der Schlacht bietet sich uns die Gelegenheit, die Verwundeten auszutauschen.«

An der rückwärtigen Seite des Zeltes knirschte es. Erschrocken sahen sie sich an. Hatte sie jemand belauscht? Mit einem Satz war Rupprecht draußen. Magdalena suchte mit den Augen die nächste Umgebung ab. Niemand trieb sich in Sichtweite herum. Auch Rupprecht kam unverrichteter Dinge zurück.

»Wir müssen uns vorsehen.« Er schob sie ins Zeltinnere. »Nirgendwo sind wir ungestört. Trauen dürfen wir keinem. Nicht einmal Meister Johann darf etwas ahnen.«

»Das rate ich euch auch!« Eine dunkle Stimme ließ sie abermals zusammenzucken. Ertappt fuhren sie herum. Im Zelteingang stand der Quartiermeister Gottfried Strecker. Die Hände am Gürtel, den Hut tief ins Gesicht gezogen, so dass nicht viel mehr als sein grauer Bart zu erkennen war, nahm er ihnen alles Licht, das von draußen hereinfiel.

»Treibt ihr es jetzt schon in meinem Zelt miteinander?« Mit zwei großen Schritten stand er vor ihnen und nahm sie ins Visier. »Da muss es euch schon eifrig zwischen den Beinen jucken, dass ihr es nicht einmal aushaltet, bis ihr in eurem Unterschlupf seid.«

Heiser lachte er los und ließ dabei seinen Blick anzüglich über Magdalena gleiten. Der feuchte Stoff ihres Mieders klebte ihr eng an der Haut, betonte die Kontur ihrer Brüste. Schon blieb der Blick des Offiziers darauf haften. Als sie die ungezügelte Lust darin aufblitzen sah, kam ihr ein rettender Einfall. Die stinkende Decke glitt ihr von den Schultern. Unwillkürlich zog sie den Ausschnitt ihres Mieders weit auseinander, bis die eine Schulter fast entblößt war. Dabei steckte sie den Bernstein unauffällig tiefer in den Ritz des Busens und schmiegte sich aufreizend eng an Rupprecht. Das begehrliche Flackern in den Augen des Offiziers verriet, dass ihre Taktik aufging. Rasch küsste sie Rupprecht, behielt den Quartiermeister dabei allerdings weiter im Blick.

»Komm, mein Liebster, lass uns woanders hingehen. Hier stören wir nur«, wisperte sie gerade so laut, dass Strecker es noch hörte.

»Er schon, du aber nicht, mein Täubchen.« Strecker griff zur Gürtelschnalle und öffnete bereits seine Hose. Seine Pranke landete auf Rupprechts Schulter und drückte ihn beiseite wie eine lästige Fliege. »Darfst gern zuschauen, wie ich es deinem Täubchen besorge«, knurrte er und wollte sich auf sie stürzen.

Im nächsten Augenblick duckte sie sich weg und stieß ihm das Knie zwischen die Beine. Schmerzvoll krümmte er sich zusammen und presste die Hände gegen sein empfindlich getroffenes Gemächt.

»Nichts wie weg«, raunte sie Rupprecht zu, der starr vor Schreck hinter ihr stand.

24

Seumes Behauptung, den Feind mit eigenen Augen gesehen zu haben, konnte nicht stimmen. Die Schweden ließen sich jedenfalls noch lange nicht blicken. Dabei war es Elsbeth einerlei, ob Seume das nur so dahingesagt oder ob er Wrangels Truppen tatsächlich schon bedrohlich nah vor dem kaiserlichen Lager erspäht hatte. Fest stand: Die blauen Fahnen waren selbst am dritten Tag nicht am Horizont aufgetaucht. Dafür lag Seume inzwischen halbtot in seinem Zelt, und Magdalena hatte ihm das Leben gerettet.

Manchmal fiel es Elsbeth schwer, nicht an der allseits gerühmten Klugheit der Cousine zu verzweifeln. Nach allem, was Seume ihr angetan hatte, hätte jeder verstanden, wenn er die Operation unter ihren Händen nicht überlebt hätte. Niemand hätte ihr etwas nachweisen können. Andererseits war Magdalena alt genug zu wissen, was sie tat. Elsbeth jedenfalls wusste es sehr wohl. Sie hätte nicht gezögert, das Messer tiefer als nötig anzusetzen oder der Blutung freien Lauf zu lassen.

Wie zur Bestätigung gluckste Carlotta. Das erinnerte Elsbeth daran, dass es an der Zeit war, sie zu Roswitha zu bringen. Wenn Magdalena sich schon nicht um ihre Tochter kümmerte, sollte es wenigstens die Alte tun. Dann konnte sie ihr nicht fortwährend unterstellen, sie wolle die Kleine ihrer wahren Mutter entreißen. Das war die einzige Möglichkeit, sich für die Durchtriebenheit der Hebamme zu rächen, die Seumes Tabakdose letztens zur falschen Zeit am falschen Ort hatte auftauchen lassen.

Elsbeth sah hinaus. Vor dem Zelt bot sich das gleiche Bild wie seit Tagen: Statt Wrangel und seiner Leute hielt eine graue

Regenfront das Lager in Schach. Sie fluchte über das Nass, das durch sämtliche Ritzen, ja sogar bereits durch die Leinwand des Zeltes kroch. Kaum wusste sie der unzähligen Rinnsale Herr zu werden, die sich überall auf dem Lehmboden zu kleinen Wasserläufen vereinigten. Sämtliche Kleidungsstücke waren bereits feucht, auch in den Kisten waren keine trockenen Tücher oder Stoffe mehr. Wenn sie wenigstens etwas Warmes im Bauch hätte! Neben ihrem Zelt entdeckte sie die magere, alte Nachbarin. Voller Hoffnung, dass die ihr von dem Kessel Suppe anbot, in dem sie gerade gedankenverloren rührte, rief sie ihr zu: »Grüß dich, Tilda.«

Bevor sie ihr Anliegen vorbringen konnte, legte die Dürre los: »Geschieht Seume doch ganz recht, dass er jetzt halb tot ist. Was turnt er bei strömendem Regen auch sturzbesoffen auf dem Galgen herum?«

»Nicht so laut, oder willst du uns alle ins Unglück reißen?« Ihr einarmiger Gatte schoss aus dem Unterschlupf hervor und zog sie mit einem misstrauischen Blick auf Elsbeth weg. »Hast du keine Augen im Kopf? Seit Tagen schon hat Seume es nebenan mit Elsbeth getrieben. Wie kannst du nur so dumm sein, ausgerechnet vor ihr über ihn herzuziehen? Gleich wird die zu ihm rennen und dich anschwärzen. Willst du etwa die Nächste sein, die am Strick hängt?«

»Die Frage ist doch, wer von uns beiden dumm ist.« Ein kräftiger Ruck genügte der Dürren, sich loszureißen. Energisch stemmte sie die Hände in die Hüften, sah kurz zu Elsbeth und herrschte ihren Mann an: »Im Gegensatz zu dir ist mir aufgefallen, warum Elsbeth das tut: damit die Kleine was zu beißen hat! Einen feuchten Dreck kümmert sich Magdalena um ihr Kind, also muss Elsbeth schauen, wie sie das hungrige Mäulchen stopft. Aber für so was habt ihr Männer keinen

Blick. Ihr schaut immer nur drauf, wer wie oft ein Weibsbild flachlegen kann.«

»Sprich nicht so von der roten Magdalena!« Der Einarmige geriet noch mehr in Rage und versuchte, die Dürre erneut zu packen. Ein Arm war dazu zu wenig. Ohne große Mühe entwischte sie ihm.

»Du bist doch nur neidisch, weil du seit Jahren keinen mehr hochkriegst!« Wütend spuckte sie vor ihm aus und ließ ihn einfach stehen, um sich drei Zelte weiter zu einer Bekannten zu flüchten.

Belustigt sah Elsbeth ihr nach und beschloss, sich zu den anderen Frauen zu gesellen. Ihr fröhliches Lachen verriet den Spaß, den sie miteinander hatten. Kaum erreichte sie den Unterschlupf, wurde jedoch der Zelteingang brüsk vor ihr geschlossen. Enttäuscht wandte sie sich ab. Der Regen setzte wieder ein. Erst fielen einzelne, schwere Tropfen, die bald wieder in kräftiges Prasseln übergingen. Einem feuchten, grauen Vorhang gleich schob sich die Nässe abermals von Westen über das Lager. Ein Blitz zuckte über den Himmel, ein Donner krachte. Rasch verfinsterte sich das Firmament. Der noch junge Tag versank bereits wieder in Düsternis. Elsbeth zog das klamme Tuch enger um die Schultern und patschte durch die Pfützen und den schlammigen Boden zurück zu ihrem Zelt.

Bevor sie darin verschwand, glitt ihr Blick ein letztes Mal hinüber zum Rand des Lagers. Still und verlassen standen die äußersten Wagenreihen. Kein Mensch ließ sich freiwillig außerhalb der Unterkünfte blicken. Die Kürassiere und Dragoner hatten ihre Übungen eingestellt. Auch Musketiere oder Pikeniere sah man nirgends mehr. Das schlechte Wetter hatte sogar verhindert, dass noch Zimmerleute und Schanzenbauer ausrückten, um die Befestigungen instand zu setzen. Vielleicht war dieses unaufhörliche Nass ihr Glück. Das Unwetter unterschied nicht zwischen kaiserlichen und schwedischen oder den mit Wrangel verbündeten hessischen Regimentern. Wahrscheinlich steckten die Feinde mit ihren schweren Kanonen und Geschützen im Morast fest und konnten genauso wenig vorrücken, wie die Kaiserlichen sich gegen den Angriff mit dem Bau neuer Schanzen und Gräben wappnen konnten.

Elsbeth schlüpfte in ihr Zelt zurück. Mit einem Stecken stieß sie von unten gegen die durchhängende Plane, um das darin gesammelte Wasser herauszuschleudern.

»He, was soll das? Bist du verrückt?« Gottfried Strecker, der Quartiermeister, stapfte aufgebracht zu ihr herein. Direkt am Eingang stellte er sich in Positur. Von seinem Umhang tropfte es ohne Unterlass. Den Schlapphut riss er sich so schwungvoll vom Kopf, dass ein weiterer Schwall Wasser umherspritzte. Traurig hing die ehemals so stolze rote Feder von der Krempe. Auch der spärliche Haarkranz rund um Streckers Schädel wirkte klatschnass noch erbärmlicher als sonst. Selbst das gut eingefettete Leder seiner hohen Stiefel hielt der Feuchtigkeit nicht stand. Dunkel zeichneten sich Wasserflecken ab, nach und nach drückten sich gar die Zehen einzeln durch.

»Kannst froh sein, dass nur ich es bin, den du mit dem zusätzlichen Guss bedacht hast.«

»Was willst du schon wieder?« Sie bemühte sich gar nicht erst um Freundlichkeit. Der wohlbeleibte Offizier hatte sich gleich nach Seumes Sturz gestern ungefragt als Ersatz bei ihr aufgedrängt. Allzu gut kannte er also die Konditionen, zu denen sie das Spiel mitmachte. Umso mehr erzürnte es sie, dass er dieses Mal mit leeren Händen vor ihr aufzutauchen wagte.

»Bringst du mir wenigstens noch einen Wein und ein bisschen mehr Brot? Das von heute früh ist längst verdaut.«

Sie bückte sich, um Carlotta aufzunehmen. Solange sie nicht sicher sein konnte, ob der Dicke etwas Essbares mitbrachte, wollte sie gegen jegliche Annäherungsversuche gewappnet sein. Rasch hatte sie gelernt, dass er, anders als Seume, sie nicht anrührte, wenn sie die Kleine auf den Armen trug.

Das mochte daran liegen, dass seine Frau vor kurzem erst mit Roswithas und Magdalenas Hilfe entbunden hatte. Hautnah hatte er das miterlebt und sich wie ein König über das Kind gefreut. Einmal am Tag den Rock für ihn zu lüpfen reichte ohnehin für die karge Ration, die er Elsbeth als Lohn zu bieten hatte. An diesem Morgen war er gleich bei Morgendämmerung zu ihr gekrochen. Damit war ihr Soll erfüllt.

»Woher soll ich es nehmen?« Hilflos hob er die Arme. »Bei dem Sauwetter kommt keiner hier weg, um irgendwo was aufzutreiben. Das letzte Brot ist aus Franken zu uns gekommen. Natürlich war es längst schimmlig, bis wir es zwischen die Zähne schieben konnten. Fürs Erste kannst du dich drauf einstellen, künftig mit den andern Weibern und Kindern Wassersuppe zu schlürfen. Wenigstens davon gibt es inzwischen genug.«

Sein Blick schweifte über das Innere des Zeltes. Obwohl sie die Gräben außen herum so oft wie möglich frei schaufelte, bezeugten die breiter werdenden Rinnsale, dass der Regen seinen Weg immer schneller unter die Plane fand. Lang würde es nicht mehr dauern, bis die Matten auf dem Boden Feuchtigkeit aufsaugten. Für eine Weile würde sie es vielleicht auf den beiden zusammengeschobenen Kisten aushalten. Irgendwann würde ihr jedoch nichts anderes übrigbleiben, als bei Meister Johann um Unterschlupf im Wagen zu betteln.

»Was willst du also von mir?« Die Kleine auf den Hüften schaukelnd, zog sie mit der freien Hand das fadenscheinige Tuch noch enger um die Schultern. An Streckers grimmigem Blick las sie ab, wie enttäuscht er über ihre Ablehnung war. »Worauf machst du dir Hoffnung? Dass ich mich zum Vergnügen unter dich lege? Pah! Da müsstest du schon zwanzig Jahre jünger und weitaus fescher sein!«

»Luder!« Abfällig sah er sie an. Gleichzeitig blitzte Gier in seinen Augen auf. Das Streiten schien ihm zu gefallen.

»Mach dir keine falschen Hoffnungen. Wenn du nichts in Händen hast, hebe ich meine Röcke nicht. Eine ordentliche Ration Wein und Brot gegen einen schnellen Stoß, das ist ein ehrliches Geschäft. Damit warst du einverstanden.«

»Pass bloß auf, dass du es dir nicht mit mir verdirbst. Sonst landest du schneller bei den anderen Huren, als du denkst.« Grimmig musterte er sie und machte sich an seinem Gürtel zu schaffen. »Vielleicht sollte ich denen überhaupt mal einen Wink geben. Die haben es nicht gern, wenn ihnen eine mitten im Lager das Geschäft streitig macht. Auch dem Trossweibel könnte vielleicht etwas zu Ohren kommen. Der lässt sich nie lang bitten, mit Weibern wie dir kurzen Prozess zu machen. Da nutzt es dir wenig, dass du in letzter Zeit einzig Seume und mir zu Diensten warst. Seume pfeift aus dem letzten Loch, und ich werde es mir gut überlegen, ob ich für dich ein gutes Wort einlegen soll. Wozu?«

»Willst ausgerechnet du mir drohen?« Belustigt sah sie ihn an.

»Ach, ich glaube, wenn ich dich so anschaue, vergeht es mir gerade sowieso.« Schnaufend warf er sich den Zipfel seines Umhangs über die Schulter und wandte sich zum Gehen. »Anderswo im Lager gibt es genug willige Weiber, die nicht so anstrengend sind. Da kriege ich es weitaus einfacher.«

Elsbeth erschrak. Machte er tatsächlich Ernst und haute ab? Das war doch bislang nur das übliche Geplänkel gewesen, damit er begriff, was sie ihm wert sein musste. So leichtfertig durfte sie ihn nicht verprellen, wollte sie nicht bereits am nächsten Tag für einen Kanten harten Brotes als Lohn bei den billigen Huren am hinteren Ende des Lagers landen. »Komm schon, so habe ich das doch nicht gemeint.« Bedächtig setzte sie Carlotta in einer Ecke ab. Die war noch einigermaßen trocken und dennoch weit genug von der Matte weg. Das Kind sollte nicht zu viel davon mitbekommen, was sie mit dem Dicken vorhatte. Verführerisch ließ sie sich den Umhang von den Schultern gleiten. Dabei schoben sich die Ränder ihres Mieders auseinander und gaben den Blick auf die Ansätze ihrer Brüste preis.

Strecker entlockte sie damit nicht einmal ein müdes Wimpernzucken. Ungerührt blieb er stehen und legte beide Hände auf die Gürtelschnalle. Langsam trat sie auf ihn zu, nahm nun auch das Kopftuch ab und schüttelte ihre langen blonden Haare auf. Locker fielen sie auf ihren Rücken. Mit den Fingern strich sie sich die Mähne nach hinten. Auffordernd streckten sich ihre Brustspitzen dem Dicken entgegen. Aus den Augenwinkeln bemerkte sie zufrieden, wie er sich räusperte und die Lippen schürzte. Sie rekelte sich dicht vor seiner Nase, schob mal das Becken, mal den Busen vor. Endlich reagierte der Dicke mit einem heftigen Grunzen. Hastig riss er sich den nassen Mantel vom Leib, schleuderte ihn beiseite und drückte sie auf den Boden hinunter. Es gelang ihr gerade noch, mit der einen Hand den Rock hochzuheben und mit der anderen Carlotta fortzuschieben, die neugierig von ihrer

Ecke herübergekrabbelt war und sie mit großen Augen anschaute.

Strecker schien nichts von alldem zu bemerken. Schon hatte er seinen Unterleib entblößt und sich zwischen ihre Beine gedrängt. Längst war er tief in sie eingedrungen und stieß immer heftiger zu. Dazu keuchte er, als stünde er kurz vor dem Ersticken.

Verzweifelt weinte die Kleine los, steigerte sich in ein unaufhaltsames Brüllen. Wie gern hätte sich Elsbeth die Hände auf die Ohren gepresst. Es galt jedoch, Carlotta wegzuschieben. Dass das Kind sie so daliegen sah! Beschämt schloss sie die Augen und schmeckte die salzigen Tränen, die ihr über die Wangen liefen.

Strecker war indes ganz in seiner Lust gefangen. Es schien, als wollte er dieses Mal gar kein Ende finden, hielt kurz vor dem Höhepunkt immer wieder stöhnend inne, bis er sich endlich laut schreiend aufbäumte. Ein letztes bestialisches Schnaufen, ein unmenschliches »Ah!« begleitete seinen Erguss. Wie ein Mehlsack fiel er auf ihr zusammen. Sein Gewicht drückte sie so fest zu Boden, dass sie kaum mehr Luft bekam. Verzweifelt biss sie sich auf die Lippen und drehte das Gesicht zur Seite, um seinem weinsauren Atem zu entgehen. Undeutlich nahm sie durch den Tränenschleier wahr, dass im Zelteingang jemand stand. Sie erstarrte.

Die Umrisse waren eindeutig. Schon das lautlose Heranpirschen und das Auftauchen im ungünstigsten Moment waren Anzeichen genug. Das Gesicht brauchte sie gar nicht mehr zu sehen, um zu wissen, wer es war.

»Fertig?«, fragte Rupprecht und trat langsam näher.

Die Schamesröte ließ Elsbeths Wangen glühen, gleichzeitig breitete sich ein stumpfes Gefühl in ihr aus. War es nicht vollkommen gleichgültig, dass er sie so sah? Ihm war sie nichts schuldig.

»Was glotzt du so? Gefällt es dir mal wieder, anderen zuzuschauen, wie sie es miteinander treiben? Wenn ich mich recht entsinne, kriegst du es anders kaum hin.« Plötzlich fand sie Kraft genug, den Dicken von sich wegzudrücken.

»Ist ja gut«, grunzte Strecker und rollte sich zur Seite. Er hatte ihren Besucher noch nicht bemerkt. Unsanft half sie nach, bis er endlich ganz von ihr herunter war, strich sich den Rock über die Beine und nahm Carlotta in die Arme.

Der Rücken des Kindes war steif durchgedrückt, sein kleiner Körper ganz auf Abwehr eingestellt. Das Weinen war in ein verzweifeltes Wimmern übergegangen. Fest drückte sie die Kleine an sich, sog ihren Geruch ein und hauchte ihr tröstende Worte ins Ohr. Endlich entspannte sich Carlotta und schmiegte sich an sie.

»Was willst du schon wieder hier?«, herrschte sie Rupprecht an.

»Magdalena schickt mich, ich muss was holen.« Eine Spur zu hastig versuchte er sich an dem dicken Strecker und ihr vorbeizudrücken und die Kiste mit dem Leinzeug aus der hinteren Ecke herauszuziehen. Dabei wagte er kaum, den Dicken direkt anzusehen.

»Was ist mit der roten Magdalena?«, fragte Strecker ungerührt und setzte sich auf. »Ist Elsbeth eigentlich auch eins von deinen Täubchen? Scheinst es deinen Herzensdamen nicht gerade recht machen zu können, so gierig wie die sich mir entgegenbiegen. An dir ist wohl alles zu klein geraten.«

Er lachte dreckig und klopfte sich die Schenkel. Seine Hose stand noch immer weit offen. Zunächst unternahm er nicht das Geringste, sein erschlafftes, dabei immer noch recht imposantes Geschlecht zu verbergen. Fast hatte es den Anschein, als wolle er seine pralle Männlichkeit vor dem schmächtigen Rupprecht zur Schau stellen.

»Du tust immer nur das, was Magdalena dir sagt, was?« Elsbeth stellte sich ihm in den Weg, so dass er in seinen Bemühungen mit der Truhe innehalten musste. »Da wird sie aber stolz auf dich sein, wenn du ihr die schwere Kiste ganz allein rüberschleppst. So ein starker Junge!« Sie legte ihm die freie Hand auf die Schulter und hielt ihn fest.

»Wo steckt die rote Magdalena eigentlich?«, fragte Strecker. »Immer noch drüben bei Seume? Die muss es ja ganz wichtig haben mit ihrem neuen Patienten, dass sie gar nicht mehr aus dem Offizierslager rauskommt.«

»Was willst du von ihr?« Misstrauisch wandte Rupprecht sich um und schüttelte dabei Elsbeth ab. »Hast du es immer noch nicht aufgegeben? Auf die kannst du warten bis zum Sankt-Nimmerleins-Tag. Freiwillig legt die sich gewiss nicht für dich hin.«

»Andere dafür schon, wie du siehst. So ist das halt, wenn man den Weibern was zu bieten hat. Bist du etwa eifersüchtig? Letztens in meinem Zelt kamst du leider gar nicht erst zum Zug, was? Du Armer! Wenn du magst, arrangiere ich was für dich bei einem Weib. Ich kenne genug, die das für mich tun würden. Streng dich aber an, dass du mir keine Schande machst!«

Schmunzelnd erhob er sich und knöpfte sich aufreizend dicht vor Rupprecht die Hose zu. Seine winzigen, hellen Augen bohrten sich in die dunklen Rupprechts, seine dicke Pranke fasste genüsslich in seinen Schritt. Gleichzeitig rülpste er so laut, dass Rupprecht zurückwich. Dann erst bückte er sich nach seinem Hut. Umständlich setzte er ihn auf. Einen quälend langen Augenblick stierte Rupprecht wütend auf den weitaus größeren und breiteren Mann vor sich, bevor er sich eines Besseren besann. Ohne ein weiteres Wort fasste er nach dem Griff und zog die Kiste rücklings aus dem Zelt.

»Ja, mach nur, dass du das Leinzeug zu Magdalena bringst. Wird viel davon brauchen, wenn sie jetzt zwei Köpfe zu verbinden hat!« Strecker trat an den Zelteingang und sah ihm feixend nach, wie er die schwere Holzkiste über den schlammigen Boden durch den Regen zog.

Etwas stimmte da nicht. Elsbeth stellte sich neben ihn und musterte ihn aufmerksam.

»Was meinst du damit?«, fragte sie schließlich und ließ Strecker nicht aus den Augen.

Sein Profil erschien ihr platt. Die breite Nase ragte kaum hervor, als hätte man sie mit einem Brett absichtlich flach gedrückt. Um Streckers Mundwinkel zuckte es, die Ohrläppchen wackelten. Es war nicht zu übersehen, dass er etwas im Schilde führte.

»Das wüsstest du wohl gern.« Mit einem überlegenen Lächeln wandte er sich um und grinste schließlich über das ganze Vollmondgesicht. Die Augen strahlten siegesgewiss. »Vielleicht verrate ich es dir sogar. Musst nur eine Kleinigkeit für mich tun.«

»Noch mal?« Sie stöhnte auf und schob das mittlerweile wieder friedlich schlafende Kind auf ihren Armen wie einen Schild vor die Brust. Der Kerl war unersättlich. Hoffentlich kam Seume bald wieder auf die Beine und erlöste sie von diesem fetten Ungeheuer.

»Du hältst mich wohl für einen Stier?« Dröhnend lachte er und hielt sich den vorragenden Bauch. Machte der sich auch noch über sie lustig? Wie gern hätte sie ihm eine Maulschelle verpasst. Allein die Furcht, ihn damit endgültig zu verprellen, hielt sie ab.

»Schau nicht so ängstlich. Möchte wirklich nicht wissen, was du von mir denkst. Dabei mag ich dich wirklich.« Überraschend sanft strichen seine Finger über ihre Wange. Einen Moment ließ er die Hand liegen, betrachtete schweigend sie und das Kind. Fast schien es, als glitte er auf einem Traum in weite Fernen.

»Was ist mit Magdalena? Warum muss sie jetzt zwei Schädel verbinden?« Ruckartig drehte sie den Kopf zur Seite. »Und bevor du auf einer weiteren Kleinigkeit bestehst, denk lieber daran, dass du mir noch etwas schuldig bist für vorhin. Brot und Wein hast du nicht mehr, also sag schon, was mit ihr ist, und wir sind für heute quitt!« Rüde stieß sie ihn in die Seite. Carlotta öffnete schon wieder die Äuglein. Gleich musste sie die Kleine anlegen, damit sie wenigstens ein bisschen was in den Bauch bekam. Bis dahin wollte sie den Dicken jedoch los sein.

»Du vergisst wohl nie, den Gegenwert einzufordern für das, was du tust!«

»Was bleibt mir übrig, wenn ich als Frau allein hier im Tross überleben muss?«

»Gefällst mir jeden Tag besser, mein Täubchen. Aus dir kann noch was werden!« Anerkennend legte er ihr die Hand auf die Schulter und sah sie milde lächelnd an. »Nur bei deiner Cousine habe ich mich wohl verschätzt. Hab sie für klüger gehalten, als sie ist. Die rote Magdalena, wer hätte das von ihr gedacht!« Er schüttelte den Kopf, dann zog er sie näher heran und flüsterte verschwörerisch: »Kannst du deinen Mund auch wirklich halten? Das, was ich dir zu sagen habe, muss in jedem Fall unter uns bleiben. Wir zwei müssen uns noch überlegen, was wir damit anfangen.«

Er zwinkerte ihr zu. Stumm nickte sie und hoffte, die Kleine hielt es noch eine Weile aus. Sollte Carlotta ausgerechnet jetzt, wo der Dicke endlich mit der Sprache herausrückte, die Geduld verlieren und durch Schreien das Weiterreden unmöglich machen, wäre alle Mühe umsonst gewesen.

»Also?«, versuchte sie ihn zum Reden zu ermuntern.

»Vorhin habe ich zufällig gehört, was die rote Magdalena mit dem sauberen Rupprecht plant.« Abermals legte er eine bedeutungsvolle Pause ein, kostete die Spannung genüsslich aus.

»Und?«, fragte sie ungeduldig.

Strecker grinste. »Kannst du es dir nicht denken? Seumes geheimnisvollen Gefangenen will sie vor dem Galgen retten!«

»Was?« Ungläubig hatte sie aufgeschrien, hielt sich schnell die Hand vor den Mund. Leiser fuhr sie fort: »Bist du sicher?«

»Tu nicht so!« Einen Augenblick wirkte Strecker wütend, dann verzog er die Lippen zu einem schmutzigen Grinsen: »Wir beide wissen doch, wer der angebliche Soldatenmörder wirklich ist. Schon damals in Freiburg hat sie ihn heimlich getroffen. Zu der Kleinen auf deinen Armen ist sie auch nicht gerade wie die Heilige Jungfrau zum Kind gekommen, was? Wundert mich nur, dass Rupprecht ihr bei dem törichten Plan helfen will. Wahrscheinlich tut er es, weil es eine gute Gelegenheit ist, den Nebenbuhler endlich loszuwerden und sich gleichzeitig bei Magdalena ins rechte Licht zu setzen.«

»Was hast du jetzt vor? Welche Kleinigkeit soll ich für dich tun?«

Der Dicke zuckte mit den Schultern, als sei er nicht mehr sonderlich interessiert, und sagte: »Viel Zeit bleibt nicht. Seume geht es sicher bald besser, und die Schweden rücken näher. Hör deiner Cousine doch einfach gut zu, wenn du mit ihr über die nächsten Tage redest. Schon allein wegen der Kleinen wird sie dir sagen müssen, wann sie etwas plant. Wird sie wohl kaum mitschleppen, wenn sie ihren Eric fortbringt.«

Ohne weiter auf ihre Reaktion zu achten, drückte er sich den breitkrempigen Filzhut auf den Kopf, zog sich den Umhang mit einer Hand vor der Brust zusammen und trat hinaus in den Regen. Als ahnte Carlotta, dass ihre Zeit gekommen war, plärrte sie los. Leise fluchend öffnete Elsbeth ihr Mieder, zog sich ins Innere des Zeltes zurück und legte die Kleine an die Brust.

Das Trommeln des Regens wurde stärker. Sobald Carlotta mit hastigen Schlucken ihren ersten Hunger gestillt hatte, saugte sie im steten Rhythmus der Tropfen weiter. Besorgt blickte Elsbeth auf eine Einbuchtung am Zeltdach. In der Mitte löste sich allmählich ein Tropfen und fiel träge auf sie herab. Kein Zweifel, sie brauchte umgehend eine trockene Unterkunft. Sie wusste auch schon, auf wessen Hilfe sie dabei zurückgreifen würde. Zu Recht hatte der dicke Quartiermeister gesagt, dass Magdalena wohl kaum mit der kleinen Carlotta und dem verletzten Eric zusammen aus dem Lager verschwinden könne. Sie würde die Ohren offen halten, wie viel es der Cousine wert war, dass ihr jemand bei ihrem weiteren Vorhaben half.

25

Nass bis auf die Knochen erreichte Rupprecht Seumes Zelteingang. Unterwegs hatte er zwei halbwüchsige Trossbuben gebeten, ihm beim Tragen der Kiste behilflich zu sein. Mürrisch ließen sie die Last zu Boden sinken. Es war ihnen wohl klargeworden, dass sie außer Mühsal und Frust keinen Lohn erwarten durften. Um sie nicht völlig zu verärgern, reichte Magdalena ihnen rasch den Schlauch mit Branntwein. Der Alkohol war wie so oft das Einzige, das nicht ausgegangen war, trotz der großen Beliebtheit des Getränks. Gierig nahm jeder der Trossbuben einen großen Schluck. Eigentlich waren sie viel zu jung, doch schienen sie das Trinken bereits gewohnt. Der scharfe Brand entlockte ihnen nicht einmal ein Wimpernzucken. Aufrecht und ohne Schwanken zogen sie von dannen. Ein strenger Blick Magdalenas genügte, und die Steckenknechte nahmen sich der Kiste an. Sie dirigierte die zwei damit hinter den Vorhang, wo Eric lag. Noch immer hatte er das Bewusstsein nicht wiedererlangt.

»Frisches Leinen für den Profos«, erklärte sie, um jedem Argwohn vorzubeugen. »Es ist besser, wenn er die Kiste beim Aufwachen nicht sieht, sonst wird ihm seine missliche Lage sogleich wieder bewusst.«

Glücklicherweise gaben sich die Steckenknechte mit dieser fahlen Ausrede zufrieden. Den Patienten bedachten sie nur mit einem flüchtigen Blick. Viel war von ihm ohnehin nicht zu sehen. Auf seiner Stirn lag eine feuchte Kompresse, die Decke hatte Magdalena ihm bis unter das Kinn hochgezogen. Anfangs hatte sie diese Maßnahmen gegen das wieder aufgeflammte Fieber gedacht, dann aber hatte sie sie beibehalten. So würde es den Steckenknechten nicht auffallen, wenn bald ein anderer ähnlich hoch zugedeckt auf der Matte lag. Um den Unmut der beiden Knechte vollends zu beschwichtigen, drückte sie ihnen den Schlauch mit dem restlichen Branntwein in die Arme. »Rupprecht und ich legen dem Profos neue Verbände an. Wollt ihr zusehen? Eure Hilfe können wir ganz gut gebrauchen.«

Lächelnd sah sie die beiden an. Nur zu gut wusste sie, dass sie den Anblick der frischen Nähte um das Auge des Offiziers nicht ertrugen, genauso wenig, wie sie den Geruch der Pflaster und Wunden ausstehen konnten. Gestern erst hatte sich einer von ihnen mitten im Zelt übergeben, nachdem sie ihn um seine Hilfe gebeten hatte. Seither wusste sie, wie sie einige Momente allein mit Rupprecht sein konnte. Auch jetzt genügte bereits die bloße Erwähnung des Vorhabens, um die beiden zumindest vorübergehend aus dem Zelt zu treiben. Angesichts des Regens würden sie nicht einmal wie vorgeschrieben draußen vor dem Eingang warten, sondern schleunigst ins Nachbarzelt zu den Kameraden rennen und sich mit Trinken und Spielen ein wenig die Zeit vertreiben.

»Die sind wir los.« Rupprecht wirkte erleichtert.

»Wie geht es Carlotta?« Magdalena gierte nach Nachricht von ihrem Kind. Wie gern würde sie die Kleine wieder in ihre Arme schließen, allein die Steckenknechte ließen sie nicht zu ihr.

»Wie soll es ihr gehen? Gut natürlich.« Aus Rupprechts Worten ließ sich nichts heraushören. Mit der Kleinen hatte er noch nie viel anfangen, geschweige denn Magdalenas Sorge um sie verstehen können. »Auch wenn Roswitha nicht ständig bei ihr hocken kann, wird Elsbeth nicht noch einmal wagen, dich zu hintergehen. Die Sache mit der Tabakdose war ihr eine Lehre.«

»Dein Wort in Gottes Ohr, aber Elsbeth traue ich einfach nicht mehr. Was ist mit Strecker? Man hört so einiges. Hast du mitgekriegt, ob es stimmt, dass er an Seumes Stelle zu ihr schleicht? Wahrscheinlich will Elsbeth versuchen, mir mit seiner Hilfe eins auszuwischen.«

Rupprechts Antwort beschränkte sich auf ein verächtliches Schnauben. Für ihn schien damit das Gespräch beendet. Er kniete sich vor der Kiste nieder und machte sich an den Verschlüssen zu schaffen.

»Beeil dich«, sagte sie. »Viel Zeit bleibt uns nicht, Eric hinauszubringen. Wenn die Schweden nicht bald auftauchen, ist Seume schon wieder so weit, dass er die Hinrichtung durchführen kann.« Sie warf einen besorgten Blick zur Strohmatte. Seit Eric im Zelt des Offiziers lag, hatte er kaum die Augen geöffnet. Dennoch war sie sicher, dass es ihm längst gut genug ging, die Flucht zu überstehen. Das Fieber war gesunken, das Verheilen der riesigen Narbe am Bauch gut fortgeschritten. Es erschien ihr wie ein Wunder, dass er die rüde Behandlung durch die Steckenknechte nahezu schadlos überstanden hatte. Vielleicht war das ein Beweis seiner Unschuld?

»An mir liegt es nicht.« Rupprecht gab sich unbeeindruckt. »Beschwer dich bei den Schweden. Weiß der Teufel, wo die Heringfresser bleiben. Braucht man sie mal, sind sie wie vom Erdboden verschluckt.« Sein Augenmerk galt ganz der Kiste. Holz knirschte und splitterte, als er eines der beiden Schlösser mit dem Dolch aufhebelte. Bevor er sich dem zweiten zuwandte, wischte er sich den Schweiß von der Stirn. »Was hast du noch da drinnen? Weißzeug wirst du nicht wegsperren wie einen wertvollen Schatz aus Gold.«

»Doch, muss ich leider. Elsbeth ist zu faul, die Tücher, die ich ihr für Carlotta zum Wickeln gegeben habe, auszuwaschen. Sie holt lieber gleich frische. Wenn ich nichts unternommen hätte, bräuchte ich Leinenvorräte wie der Kaiser, bis Carlotta sauber ist.«

»Weiber!« Mit zusammengekniffenen Lippen hantierte Rupprecht weiter an dem Schloss. Schmunzelnd fingerte Magdalena einen Schlüssel unter ihrem Rock hervor und hielt ihn vor seine Nase. »Du hättest nur fragen brauchen, dann wäre es leichter und schneller gegangen.«

Wortlos griff er nach dem Schlüssel und öffnete die Kiste. Wie schon so oft sah Magdalena mit Bedauern auf die arg zusammengeschrumpften Vorräte an Weißzeug. Elsbeth hatte wahrlich darin geplündert. Dennoch würde das, was da in zwei oder drei Lagen den Boden der Kiste bedeckte, noch reichen, ihren Plan in die Tat umzusetzen. Nebenan schepperte etwas. Alarmiert sahen sie einander an.

»Er wird wach!« Rupprecht stürzte zu Seume. Magdalena blieb bei der Kiste und suchte ein paar besonders lange Streifen heraus, bevor sie den Deckel gut abschloss. Sie musste nicht hinsehen, um zu wissen, dass Eric sie die ganze Zeit beobachtete.

»Magdalena.« Mühsam streckte er die rechte Hand aus. Sie zögerte und warf einen kurzen Blick Richtung Vorhang. Dahinter war es wieder still. Rasch beugte sie sich zu ihm, ergriff seine Hand und sah ihn an. Der Blick in seine blauen Augen ließ einen ganzen Schwarm Schmetterlinge in ihrem Bauch auffliegen. Ihr wurde warm, gleichzeitig spürte sie, wie ihre Augen feucht wurden.

»Geh kein Risiko ein! Die Kleine ist wichtiger.« Seine Stimme war leise, aber er sprach erstaunlich klar. Schweigend nickte sie und wandte sich ab, damit er die aufsteigenden Tränen nicht entdeckte.

Rupprecht sah ihr entgegen, als sie hinter dem Vorhang hervorkam. Zum Zeichen, dass Seume wieder eingeschlafen war, legte er den Zeigefinger auf die Lippen. Nach der Operation hatten sie den Profos auf ein weiches, trockenes Lager aus Stroh gebettet. Der Tisch, auf dem sie ihn zuvor behandelt hatten, war fortgeräumt worden. Dadurch gab es ausreichend Platz im Zelt, damit die beiden Steckenknechte sowohl Rupprecht, Magdalena und Seume als auch Eric im abgetrennten hinteren Bereich im Auge behalten konnten. Nur Meister Johann hatte sich unter dem Vorwand, einen Kranken versorgen zu müssen, aus der Unterkunft verabschieden dürfen.

Ein halbes Dutzend Menschen hielten sich also seit mehreren Tagen schon in dieser Enge auf. Nachts rollten sie sogar die Decken nebeneinander auf dem Boden aus. Dabei schirmte Rupprecht Magdalena notdürftig mit seinem Körper gegen die Zudringlichkeiten der beiden Steckenknechte ab. Mehrfach hatten sie bereits versucht, ihr zu Leibe zu rücken. Jedes Mal hatte sie lediglich ein Grummeln von Seumes Lager vor Schlimmerem bewahrt. Es war, als spürte der Offizier bis in seine Bewusstlosigkeit hinein, was in seiner Umgebung vor sich ging. Wenn es hart auf hart gekommen wäre, hätte Rupprecht allein nichts für sie ausrichten können, das wussten sie alle vier.

Die Wachsschicht auf Seumes Planen war dicker als bei anderen Zelten. Deshalb war der Regen bislang nicht ins Innere durchgesickert. Auch die Gräben außen hielten das Wasser ab. Wenn sie Glück hatten, blieb das die nächsten Tage so. Alle in Regiment und Tross hofften auf besseres Wetter. Das vergebliche Warten auf das Auftauchen der Schweden erschien bereits als kleineres Übel als diese unerträgliche Nässe.

»Seume wird noch länger schlafen, dafür habe ich gesorgt.« Stolz hielt Rupprecht einen zweiten Schlauch Branntwein in die Höhe. »Schließlich soll er nicht darben, nur weil er verwundet ist.«

Das verschwörerische Zwinkern misslang ihm gründlich. Magdalena achtete nicht weiter darauf, sondern begann, die Verbände um Seumes Kopf zu lösen. Vorsichtig entfernte sie die Kräuterblätter, die sie direkt auf die Haut aufgelegt hatte. An manchen Stellen klebten sie am Wundschorf fest. Angestrengt biss sie sich auf die Lippen, als spürte sie den Schmerz am eigenen Leib, wenn sie das Pflaster energisch abriss. Seume brummte im tiefen Schlaf, zeigte höchstens durch ein Liderflattern, dass er etwas spürte. Endlich lag die Wunde frei. Stumm reichte ihr Rupprecht den Salbentiegel.

Vor dem Zelt wurde es unruhig. Männerstimmen klangen auf. Magdalena glaubte den Ausruf »Die Schweden« zu hören. »Halt dein Maul!«, fuhr ein anderer schroff dazwischen. Doch es war zu spät. Nun brach erst recht Trubel aus. Menschen rannten vorbei, patschten in Pfützen, stießen gegeneinander. Einmal wankte die Zeltwand gefährlich, weil ein dunkler Schatten von außen dagegenfiel. Laut wurde geflucht. Säbel rasselten, jemand lud eine Muskete, ein anderer schimpfte, weil er seinen Degen nicht fand.

»Holt die Pferde!«

»Wo bleibt das Signal?«

»Potz Blitz! Seid ihr alle närrisch geworden?« Eine dröhnende, tiefe Stimme übertönte die anderen. Schlagartig wurde es still. Lediglich das Klappern der Waffen verriet, dass die Männer sich weiter sortierten. Wahrscheinlich war es ein Oberst gewesen, der die anderen zur Ordnung rief. Leise erteilte er weitere Befehle. Nun waren nur noch sich eilig entfernende Schritte zu hören. Die Soldaten sammelten sich wahrscheinlich auf dem nahen Richtplatz.

Magdalena blickte zu Rupprecht. Erst in diesem Moment wurde ihr bewusst, dass das Trommeln der Regentropfen nachgelassen hatte. Schon erklang ein Trompetenstoß, dann ein zweiter. Das wohlbekannte Signal der Pauken rief die Soldaten zu ihren Waffen.

»Tatsächlich: die Schweden!« Rupprecht jauchzte auf.

»Pst!«, bedeutete sie ihm mit einem knappen Kopfnicken in Richtung Profos. Sie konnten nie sicher sein, ob er nicht doch etwas hörte.

»Ich sehe mal nach. Auch wenn es vorerst kein großes Gefecht geben sollte, wird man einen Feldscher nötig haben.« Er drückte ihr den Tiegel in die Hand und rannte hinaus.

26

Wie gern wäre Magdalena Rupprecht gefolgt, auch wenn sie bezweifelte, dass die heißersehnte Schlacht gegen die Schweden so bald losbrechen würde. Auf beiden Seiten hatte der Dauerregen die Planungen der Feldherren zunichtegemacht. Die mühsam ausgehobenen Schanzengräben standen voll Wasser, die Lafetten mit den Kanonen versanken im Schlamm. Die Zelte und Verschläge, die man als notdürftige Lazarette am Rand des Kampfplatzes errichtet hatte, waren vom Sturm hinweggerafft. Seit Einsetzen des Unwetters war der ungewisse Zustand des Munitionsdepots eines der Hauptgesprächsthemen. Am späten Abend hatte man noch einige Kisten Pulver in die Keller Amöneburgs gebracht. Natürlich meldeten einige Obristen starke Bedenken dagegen an, doch die rührten wohl eher von der Angst, ihre bequemen Schlafquartiere oben in der Stadt könnten in die Luft fliegen. Schon lange murrten die Mannschaften und Offiziere, die unten im Lager in den zugigen Unterkünften Wind und Wetter ausgesetzt waren, gegen die wenigen Hochrangigen, die sich in den Häusern der eroberten Stadt behaglich eingenistet hatten. Die plötzliche Aufregung über einen möglichen Angriff lenkte den Unmut in andere Kanäle. Sollte ihnen endlich wieder ein ordentlicher Kampf bevorstehen, würde das den aufgestauten Ärger in Regiment und Tross für eine Weile beschwichtigen.

Seumes Aufstöhnen riss Magdalena in die Wirklichkeit zurück. Sie konnte den Verwundeten nicht allein im Zelt zurücklassen. Schweren Herzens ging sie daran, ihn weiter zu versorgen. Ihm ohne Hilfe den Kopf neu zu verbinden erwies sich als denkbar schwierig. Entweder war er wirklich noch völlig bewusstlos, oder er machte es ihr absichtlich nicht leicht. Es kam ihr vor, als wöge sein Schädel mehr als ein Fass Wein. Mit zwei Händen musste sie ihn halten, gleichzeitig auch das Leinen für den Verband darum winden und glatt ziehen. Nach der Kopfbandage wechselte sie das Pflaster am Hals sowie die Umschläge um Leib und Arme. Ein Leinenstreifen fiel zu Boden. Sie bückte sich danach. Zufällig war er auf der Lederrolle mit Meister Johanns Chirurgenbesteck gelandet. Ohne nachzudenken, griff sie nach einem Skalpell, hielt es plötzlich dicht an Seumes Hals. Seume hatte die Augen weiter geschlossen, atmete gleichmäßig. Es wäre ein Leichtes, ihm jetzt die Kehle durchzuschneiden. Sie hielt die Luft an. Bedächtig setzte sie die Klinge an. Ihre Finger zitterten. Nein! Das würde nichts ändern, nur sie schneller an den Galgen bringen.

Rasch steckte sie das Instrument zurück in die Lederrolle, führte die üblichen Handgriffe an dem Patienten fort und überprüfte die Schienen am Bein. Die Arbeit erforderte nicht nur ihre ganze Kraft, sondern auch ihre gesamte Aufmerksamkeit. Zu leicht kippte der kräftige Körper zur Seite. Mehrfach plumpste der Hinterkopf hart auf die Unterlage. Dagegen tat sie vielleicht eine Spur weniger als bei anderen Patienten, trotzdem mahnte sie sich zur Vorsicht. Die Elle am linken Arm hätte sie beinahe ausgerenkt, weil sie ihn einfach nicht mehr länger hatte halten können. Erschrocken über die unterlaufene Unvorsichtigkeit, musste sie innehalten, bis ihre Hände aufhörten zu zittern. Die Verletzung am linken Handgelenk wirkte wohl einfach noch nach.

Schließlich war alles erledigt, selbst die verschmutzten Leinenstreifen hatte sie in einem Kübel ausgewaschen. Rupprecht war noch nicht wieder aufgetaucht. Auch die Steckenknechte kamen nicht zurück. Ihr blieb nichts anderes übrig, als sich geduldig neben Seume zu kauern und zu warten. Erst dann würde sie erfahren, was da draußen vor sich ging. Weil sie keinen Kampflärm hörte, vermutete sie, dass die Feinde auf einer weit entfernten Seite ins Lager eingedrungen waren. Kein beruhigender Gedanke, wenn sie daran dachte, wie schutzlos Meister Johanns Wagen am südwestlichen Rand stand. Von Elsbeth und Carlotta wusste sie nichts. Sie konnte nur hoffen, dass die Cousine sich im Zweifelsfall zu wehren und auch die Kleine zu verteidigen wusste. Wenn sie die Geräusche richtig interpretierte, waren die Männer ohnehin nicht in Richtung von Meister Johanns Wagen ausgeschwärmt.

Wenigstens die beiden Steckenknechte könnten sich doch blicken lassen! Seltsam, dass sie beim Signal zum Sammeln ebenfalls zu den Truppen gelaufen waren. Wüsste sie, wie lang sie fortblieben, könnte sie Eric fortbringen. Fürs Erste würde sich Roswitha sicher gern seiner annehmen. Doch das konnte sie kaum wagen. Schade um die Gelegenheit. Sie traute sich nicht, hinter den Vorhang zu blicken. Längst musste Eric die Veränderung bemerkt und die günstige Möglichkeit zur Flucht erahnt haben. Schon bei dem Gedanken, wie flehentlich er sie ansehen würde, schnürte es ihr die Kehle zu. Sie erhob sich und ging unruhig auf und ab. Schließlich trat sie vor das Zelt.

Der Regen hatte aufgehört. Dunkelgrau zogen die schweren Wolken vorüber. Ein eisiger Wind fegte durch die Zeltgassen. Alles war menschenleer. Zögernd ging sie zum nächsten Zelt und blickte hinein. Auf einem umgedrehten Fass lagen Würfelbecher. Die Augen auf dem knöchernen Würfel hatten gerade noch jemandem einen kleinen Triumph beschert. Abgeworfene Spielkarten verteilten sich überall über den gestampften Lehmboden. Die Männer mussten bei Ertönen des Signals Hals über Kopf ihr Spiel abgebrochen haben und davongestürmt sein. Lediglich die Branntweinschläuche hatten sie mitgenommen. Die Aussicht, das lange Dürsten nach direktem Kampf endlich stillen zu können, erklärte auch, warum die Steckenknechte sogar den Gefangenen in Seumes Zelt im Stich gelassen hatten. Glaubten sie wirklich, dass Magdalena die Situation nicht ausnutzen würde? Warum auch? Allgemein war bekannt, dass die rote Magdalena eine überzeugte Kaiserliche war. In der Vergangenheit hatte sie oft genug bewiesen, wie treu sie zu den Ihren stand. Die Szene vorhin, als sie Seume das Skalpell an die Kehle gesetzt hatte, beschämte sie. Sie brachte es nicht einmal fertig, ein allseits verrufenes Scheusal zu beseitigen. Dabei zuckte Seume im umgekehrten Fall nicht mit der Wimper, bevor er zustach. Der Gedanke versetzte ihr einen Stich.

In der Ferne erklang abermals ein Trompetenstoß, Trommelwirbel folgten. Der Wind musste gedreht haben. Wenn sie genau hinhörte, vernahm sie nun eindeutige Kampfgeräusche. Schüsse knallten. Blechern schlugen Piken gegeneinander. Dazwischen brüllten und schrien die Soldaten. Zweifelsohne galt es, sich und den Kameraden Mut zu machen sowie den Gegner durch bestialisches Getöse einzuschüchtern. Dem Lärm nach waren mehr als nur ein Dutzend Angreifer an einer unbefestigten Seite in das Lager eingedrungen. Rupprecht hatte recht: Das verhieß Arbeit für die Feldscher. Gerade das unkontrollierte Aufeinandertreffen der verfeindeten Kompanien ging oft übel für Leib und Leben der Söldner aus. Lange würde sie sich also nicht mehr um Seume und Eric kümmern können. Damit rückte der Zeitpunkt näher, sich endgültig zu entscheiden: für oder gegen die Flucht.

Sie atmete tief durch, spürte noch immer diesen letzten kleinen Rest Zweifel tief in ihrem Herzen. Sie musste sich aber zu etwas durchringen. Jetzt. Es war die letzte Gelegenheit.

27

Meister Johann war immer noch in einem erbärmlichen Zustand. Magdalena erschrak zutiefst, als er sie bei der Rückkehr vor dem Zelteingang erwartete. Die verquollenen Augen und das verzerrte Gesicht ließen auf starke Kopfschmerzen schließen. Seine Unterlippe hing noch mehr herab als sonst, die grauen Bartstoppeln sprossen an Kinn und Wangen, das Haar klebte am Kopf. Nur mit Mühe gelang es ihm, sich aufrecht zu halten. Er torkelte vor und zurück, ruderte gelegentlich mit den Armen. Schon wollte sie ihn ins Trockene des Zeltes zerren, da wehrte er sie brüsk ab.

»Wer ist da drin?« Barsch wies er mit dem Kopf ins Innere. Die Worte kamen erstaunlich deutlich, kein Lallen oder Verschlucken einzelner Silben.

»Wer schon? Seume natürlich. Oder denkst du, er wäre schon wieder auf den Beinen, um mitzukämpfen?«

»Sonst niemand?«

»Was fragst du? Hast du nicht mitbekommen, dass es einen Angriff gegeben hat? Die Männer sind alle fort. Auch die Steckenknechte haben nicht gezögert wegzurennen. Am anderen Ende des Lagers muss es einen Angriff gegeben haben. Sogar Rupprecht ist verschwunden. Wahrscheinlich hat er dort alle Hände voll zu tun. Die Schüsse hören gar nicht mehr auf. Scheint so, als wären alle froh, endlich mit ihren Kanonen, Musketen und Piken loslegen zu dürfen.«

»Komm mit.« Unversehens fasste er sie am rechten Handgelenk und zog sie hinter das Zelt.

Im ersten Moment wich sie entsetzt zurück. Das konnte nicht sein, nein, das durfte nicht sein! Um nicht laut aufzuschreien, schlug sie sich die Hand vor den Mund, zwang sich allerdings, gleich noch einmal hinzusehen. Im aufgeweichten Boden lag ein Mensch. Zunächst war nicht viel mehr von ihm auszumachen als ein heller Haarschopf und lange, arg verkratzte Beine sowie nackte Füße. Den Rest verbarg eine muffige Pferdedecke. Vorsichtig lupfte sie einen Zipfel. Noch einmal fuhr sie zurück. Ihr Herz schlug Purzelbäume, vor ihren Augen verschwamm alles. Nein, sie musste sich täuschen. Es war völlig unmöglich, dass Eric da vor ihr lag! Sie hatte ihn doch im Zelt zurückgelassen, hinter dem straff gespannten

Vorhang. Wie sollte er ohne Hilfe hierhergelangt sein, noch dazu dicht vorbei an Seume? Fragend sah sie hoch zu Meister Johann. Sein Gesicht blieb verschlossen.

»Auf so einen hast du doch gewartet«, sagte er leise. »Das ist genau der, den du brauchst, um Eric zu retten.«

»Ja.« Ihr wurde schwarz vor Augen. Damit war die Entscheidung gefallen, es gab kein Zurück. Meister Johann hatte nicht lang gezaudert, sondern die erstbeste Gelegenheit beim Schopf gepackt. Sie wagte nicht einmal zu fragen, woher er von ihrem Plan mit dem Austausch der Männer wusste. Bislang hatte sie nur mit Rupprecht darüber gesprochen. Wieder wandte sie sich dem Mann auf dem Boden zu.

Die Ähnlichkeit war verblüffend. Im Sterben musste er in den Schlamm gefallen sein. Das Haar wie der restliche Körper und die Kleidung starrten vor Dreck. Die sichtbaren Haarsträhnen waren jedoch eindeutig hell, wenn nicht gar rotblond wie bei Eric. Auch ließ die zusammengekrümmte Haltung auf einen großgewachsenen Mann von schlanker Statur schließen. Am Hinterkopf zeugte eine dicke Blutkruste von einer Wunde. Sie bückte sich tiefer und drehte den Schädel, um das Gesicht zu sehen. Selbst das Alter stimmte! Die Augen waren gebrochen. Kein Zweifel: Der Mann war tot. Gleichzeitig erkannte sie einen wichtigen Unterschied: Dieser hier hatte grüne und keine tiefblauen Augen wie Eric. Seltsamerweise fühlte sie sich dadurch getröstet.

Langsam richtete sie sich auf und sah den Feldscher erneut an. »Dem können wir also nicht mehr helfen, er aber uns. Weißt du, wer er ist?«

»Das spielt keine Rolle.«

»Doch.« Ohne dass sie es sich erklären konnte, sträubte sich etwas in ihr. Warum nur? Letztens nachts, als sie die

Flucht schon einmal geplant hatten, war sie sich ihrer Sache sicherer gewesen. Doch da hatte sie noch nicht diesen tückischen Plan mit dem Austausch der Verwundeten ersonnen, ganz abgesehen davon, dass es zwei Paar Schuhe waren, sich etwas auszudenken und es dann wirklich zu tun. »Was, wenn ihn jemand erkennt? Wenn jemand sieht, dass mit ihm der Falsche an den Galgen soll?«

»Für solche Überlegungen ist es zu spät.« Meister Johann wurde ungeduldig. Er fasste sie an beiden Armen und schüttelte sie leicht. »Komm schon, Magdalena: jetzt oder nie! Hast du nicht einen wie den hier gesucht? Sieh ihn dir an: groß und rotblond. Selbst du hast ihn im ersten Moment für Eric gehalten, das habe ich dir angesehen.« Er zog sie näher zu sich heran: »Und wenn du ihn schon für Eric hältst, werden die anderen es erst recht tun! Also komm, Mädchen, bringen wir ihn rein und schaffen Eric in Sicherheit, bevor die Steckenknechte vom Kampf zurückkommen oder Seume aufwacht.«

Er bückte sich und legte dem Toten die Arme um die Brust. Gleichzeitig bedeutete er ihr mit dem Kopf, dass sie ihn an den Füßen nehmen sollte. Sie zögerte, betrachtete den Toten, dann den Feldscher, schließlich wieder den Toten.

»Lass mich erst prüfen, ob Seume wirklich noch ohne Bewusstsein ist.« Ohne eine Antwort abzuwarten, schlüpfte sie ins Zelt.

Das trübe Licht und die Stille taten gut und ließen sie ruhiger werden. Sie musste unbedingt noch einmal mit Eric sprechen. Doch Vorsicht war angeraten. Seume lag nicht mehr in der gleichen Position auf dem Lager, in der sie ihn zurückgelassen hatte. Vermutlich war er für kurze Zeit wach geworden und hatte sich gewundert, allein zu sein. Beim Umherschauen musste er verrutscht sein. In Fieberschüben wälzte er sich unruhig auf dem Boden. Kein gutes Zeichen. Magdalena seufzte. Es blieb ihr keine Zeit, sich mit neuen Wickeln um ihn zu kümmern. Ohne lange nachzudenken, griff sie nach dem Branntweinschlauch, kniete nieder und setzte ihn Seume an die Lippen.

»Trink!«, beschwor sie ihn. Klopfenden Herzens stützte sie ihm den Kopf und stieß die Öffnung immer heftiger an seine Lippen. Warum öffnete er sie nicht? Sonst zierte er sich nicht lange, wenn ihn der Dunst des Alkohols in der Nase kitzelte! Ein Zittern durchlief seinen Körper. Es schüttelte ihn. Das Lid am unversehrten Auge zuckte heftig. Krämpfe und heftige Träume hatten ihn im Griff. Ihr blieb keine Wahl. Wollte sie sichergehen, musste sie ihn stärker betäuben. Noch einmal ruckte sie an seinem Kopf und presste den Schlauch fester gegen die Lippen. Einen quälenden Augenblick lang schlug er das gesunde Auge auf, stierte sie an. »So trink doch endlich!« Ihre Stimme überschlug sich vor Aufregung.

Endlich öffnete er die Lippen einen Spalt, gerade weit genug, um ihm den Schlauch gewaltsam hineinzuzwängen. Schon hob sie ihn an, kippte die Flüssigkeit in seinen Mund. Zu schnell. Er würgte und spuckte, hustete, bis sich sein Leib aufbäumte. Sie setzte den Schlauch ab und wartete. Ihr stand der Schweiß auf der Stirn. Längst schwanden ihr die Kräfte. Wenn sie nicht aufpasste, brachte sie ihn doch noch um. Nervös lachte sie auf. Irgendwann hörte er endlich auf zu husten. Sein Atem wurde flacher und gleichmäßiger. Endlich entfaltete der Alkohol seine Wirkung und versetzte ihn in einen sanften Schlaf. Ein geübter Trinker wie Seume hielt wohl auch dem Ärgsten stand. Sicherheitshalber legte sie ihm einen feuchten Umschlag auf den Kopf. Selbst wenn er aufwachte, würde er nicht sehen können, was im Zelt geschah.

Als sie hinter den Vorhang schlüpfte, hatte Eric sich bereits halb aufgerichtet und sah ihr lächelnd entgegen.

»Bist du verrückt?« Sofort hieß sie ihn, sich wieder hinzulegen. Besorgt machte sie sich an den Verbänden um seinen Bauch zu schaffen und überprüfte den Zustand der Heilung. Abermals aufgebrochen war zum Glück nichts. Vorsichtig betastete sie die Narbe und begutachtete den Grind, der sich darauf gebildet hatte. Rasch strich sie aus einem Tiegel Salbe darauf. Die rote Mennige verlieh ihr die auffällige Farbe, dafür verströmte sie dank des Rosenöls einen angenehmen Duft.

»Gleich musst du vorsichtig aufstehen. Schaffst du das?« Kaum hob sie den Blick, um ihn anzusehen, sondern konzentrierte sich darauf, ihm den Leib mit frischem Leinen fest zu verbinden. Das würde ihm auch etwas Halt spenden. Stumm nickte er, nahm ihre Hand und führte sie zum Mund, um sie zu küssen.

»Nicht.« Abrupt zog sie sie weg. Auf einmal scheute sie die Nähe. Um den plötzlich aufwallenden Schmerz in ihrem Innern nicht zu verschlimmern, wich sie dem Blick der blauen Augen aus. »Ich verbinde dir jetzt auch noch den Kopf. So wird man dich nicht erkennen und für einen frisch Verletzten halten, der vorhin beim Überfall eine Wunde davongetragen hat. Wenn dich einer fragt: Du hast einen heftigen Schlag auf den Schädel bekommen, als die Schweden uns angegriffen haben. Eine Weile warst du ohne Bewusstsein und kannst dich deshalb an nichts erinnern. Sprich möglichst wenig, tu einfach so, als könntest du kaum Deutsch. Gibt ja genug Kroaten oder Welsche in unseren Reihen. Niemand wird sich wundern.«

Als sie das Leinen um seinen Kopf schlang, zitterten ihre Hände. Immer wieder rutschte sie ab, musste neu ansetzen, um es straff und fest anzulegen. Dabei spürte sie Erics Atem wie einen heißen Strahl gegen ihren Busen. Er atmete gegen die nackte Haut ihrer Brust, dorthin, wo der Bernstein hing. Eric hielt die Augen geschlossen. Beruhigt schöpfte sie Luft. Die Wärme tat gut, durchströmte ihren Körper. Versonnen träumte sie einen Moment, genoss die Zweisamkeit.

»Wird man nicht merken, dass ich geflohen bin? Die Steckenknechte schöpfen doch sofort Verdacht, wenn mein Platz leer ist.«

Unsanft riss die Frage sie in die Wirklichkeit zurück. Verwirrt sah sie ihn an und brauchte etwas, bis sie den Sinn seiner Worte begriff. »Meister Johann hat einen Toten gefunden, den wir an deiner statt hierherlegen. Tu einfach, was der Meister dir sagt. Alles andere wird sich finden.«

»Danke!« Dieses Mal unterließ er es, sie anzufassen. Auch drehte er den Kopf zur Seite, so dass er nicht mehr direkt gegen sie atmete. Sie spürte ein leichtes Bedauern, sagte sich aber, dass es besser so war. Geduldig ließ er geschehen, dass sie ihm den Schädel nahezu vollständig verband. Ein Auge verschwand ganz unter dem Leinen. Das hatte den Vorteil, dass sie einen Großteil des Gesichts abdecken konnte. Zufrieden betrachtete sie ihr Werk und prüfte kurz den Sitz des Verbands. So schnell würde er nicht verrutschen, selbst im Laufen nicht. Mit den Fingern verteilte sie etwas von der roten Salbe auf dem Verband. Es sah täuschend echt aus. Eric räusperte sich. Rasch sammelte sie die Tiegel ein und legte das schmutzige Leinen bereit, um damit den Toten zu verbinden.

»Komm mit! Hol auch Carlotta. Dann wird alles gut.«

Die Erwähnung des Kindes traf sie wie ein Schlag in die Magengrube. Einen Augenblick lang hielt sie inne, sie hatte das Gefühl, der Boden sackte unter ihr weg. Mühsam schluckte sie und stützte sich mit den Händen ab, um Halt zu finden.

»Nein«, entgegnete sie tonlos und räusperte sich. »Das wäre zu gefährlich. Damit die Täuschung gelingt, muss ich mit ihr im Lager bleiben. Solange *ich* den Toten für dich ausgebe, werden das alle anderen auch glauben. Keiner wird nach dir suchen. Das gibt dir ausreichend Gelegenheit, dich in Sicherheit zu bringen. Carlotta und ich, wir kommen nach.«

»Versprich es mir!« Inständig bohrte sich sein Blick in den ihren. Sie hielt es nicht aus und wandte sich ab.

Vor dem Zelt wurde es unruhig. Ganz nahe waren Stimmen zu hören. Sie mussten sich beeilen. Die Gefahr, dass ihr Plan doch noch vereitelt wurde, wuchs mit jedem Moment. Der Regen verstärkte sich wieder. Nicht mehr lang, und das Schießen würde eingestellt, weil der Zunder feucht wurde. Sie mussten dringend raus aus dem Zelt. Meister Johann würde sich gewiss schon fragen, warum sie so lange brauchte. Eins aber musste sie noch klären, bevor Eric verschwand.

»Geht es Seume ausschließlich um euren Handel? Will er dich wirklich nur deshalb töten, weil du ihn übers Ohr gehauen hast?« Mehr wisperte sie die Frage, als dass sie sie verständlich aussprach. Sie wagte nicht, ihn dabei anzusehen, zu groß war die Angst, das in seiner Miene zu entdecken, was sie zutiefst fürchtete: die Wahrheit – dass er am Ende doch etwas mit dem Mord an den Soldaten zu tun hatte.

»Worum sollte es schon gehen? Um Geld natürlich, um nichts anderes. Die kleine Kiste, die drüben bei Seume steht, gehört mir. Sieh zu, dass du an sie rankommst. Was drinnen ist, ist für dich. Nimm es, bitte!« Als sie entrüstet den Kopf schüttelte, ergänzte er: »Tu es für Carlotta, ich flehe dich an!«

»Magdalena!« Energisch wurde der Vorhang zurückgerissen, und Meister Johann stand vor ihr. Erschrocken fuhr sie herum. »Wo bleibst du? Bis Weihnachten können wir nicht mehr warten. Komm schon, lass uns den anderen reinholen, bevor jemand auftaucht und alles zu spät ist.«

Damit fasste der Feldscher sie am Arm und zog sie aus dem Zelt. Eric hatte er nur einen knappen Blick zugeworfen. Auch der wich ihm aus. Vielleicht freute es ihn, durch Meister Johanns überraschendes Auftauchen weiterer Nachfragen enthoben zu sein.

28

Eisige Regenböen fegten über das flache Land und ähnelten mehr Herbststürmen denn lauen Sommerwinden. Der feindliche Überfall an der nordwestlichen Flanke des Lagers war weitaus heftiger als erwartet. Mehrere Stunden mochte das Scharmützel schon andauern. Vom Kampfplatz wehten immer wieder einzelne Fetzen von Geschrei, Kanonendonner und Schüssen herüber. Magdalena und Meister Johann mussten möglichst bald dort auftauchen, um den anderen Wundärzten beizustehen. Höchste Zeit, Eric gegen den Toten auszutauschen, während die Männer auf dem Schlachtfeld waren und sich die Frauen und Kinder nicht aus den Unterkünften wagten.

Als Magdalena zur Rückseite des Zeltes kam, lag der Tote noch so, wie sie ihn zurückgelassen hatte. Meister Johann hatte ihm nicht einmal die Augen zugedrückt. Leer stierten sie in den wolkenverhangenen Himmel. Seit Eintreten des Todes war schon viel zu viel Zeit vergangen. Von Kinn und Nacken breitete sich bereits die Starre aus. Magdalena und Meister Johann taten sich schwer, den Leichnam zu heben. Die zusammengekauerte Haltung des Toten ließ kaum geeignete Stellen zum Anpacken finden. Ächzend versuchte Magdalena, ihn an den nackten Fußgelenken zu fassen und hochzuhieven. Seine Stiefel mussten sofort nach seinem letzten Atemzug dankbare Abnehmer gefunden haben. Weiß und zart leuchteten die Fußsohlen auf. Dass sich keiner der restlichen, guterhaltenen Kleidung bedient hatte, lag wohl daran, dass der Feldscher anderen Abnehmern zuvorgekommen war. Magdalena wunderte sich, wie es ihm gelungen war, den Mann ohne Hilfe herzubringen. Meister Johanns eigener Zustand erbarmte sie derart, dass sie ihm am liebsten erst einmal selbst geholfen hätte.

Auch zu zweit brachten sie es kaum zuwege, den Toten in Seumes Zelt zu schaffen. Wenigstens betäubte der Branntwein den Profos zuverlässig. Sein wohliges Grunzen ließ darauf schließen, dass er sich einem tiefen, angenehmen Traum ergab. Friedlich lag er neben seiner Strohschütte. Als sie den leblosen, steifen Körper des Toten an ihm vorbeischleiften, stöhnte er nicht einmal auf. Hinter dem Vorhang hatte Eric sich bereits von der Matte erhoben und wartete im Sitzen. Die Schweißperlen auf seiner Stirn verrieten die Anstrengung, die das für ihn bedeutete. Dennoch half er mit, den Toten seiner Kleidung zu entledigen. Immer wieder mussten sie grob reißen. Die erstarrten Glieder gaben den Stoff nicht frei.

»Zieh dich aus«, wies Magdalena Eric an. »Er muss deine Sachen tragen. Damit keiner Verdacht schöpft, soll er selbst deine blutverschmierten Verbände um den Leib haben.« Behutsam half sie Eric aus dem Hemd und zog ihm die Hose aus. Oft genug entkleidete sie zwar ihre Patienten, dennoch beschämte es sie nun, Eric im Beisein Meister Johanns nackt zu sehen. Er schien ihre Verlegenheit zu teilen und deckte seine Blöße mit den Händen ab. Hastig streifte sie ihm die feuchte Hose des Toten über.

»Vorsicht!« Brüsk schlug der Feldscher ihr auf die Finger. »Nicht dass die Naht noch einmal aufreißt.«

Voller Abscheu erduldete es Eric, dass sie ihm in die restlichen Kleidungsstücke des anderen half. Auch sie biss sich angewidert auf die Lippen. Der Stoff stank, was nicht allein an der Feuchtigkeit und den Körpergerüchen des Toten lag. Vermutlich war er sterbend in Unrat gefallen. Endlich waren sie fertig.

»Jetzt kommt der schwierigste Teil«, sagte Meister Johann, der mittlerweile dem Toten die Verbände täuschend ähnlich wie Eric angelegt hatte. »Wir müssen unauffällig hier rauskommen.«

»Und wohin?« Magdalena dachte mit Schrecken daran, dass sie die Frage noch nicht geklärt hatten. Es war alles zu schnell gegangen. Regelrecht überrumpelt hatte der Feldscher sie vorhin mit dem Toten. Zu ihrem Wagen konnten sie Eric keinesfalls bringen. Die Entfernung war zu groß, sie hätten mitten durch das Lager gemusst, da der Weg am Rand der Zelte von Patrouillen bewacht wurde. Obendrein war das der Ort, an dem bei Misslingen der Täuschung zuerst nach ihm gesucht würde. Noch weniger war daran zu denken, dass sie beide ihn außerhalb des Lagers bringen konnten, ganz zu schweigen von der Höhle, die Rupprecht hatte vorbereiten wollen. Die war nicht nur zu weit entfernt, sondern bei Tageslicht auch nicht unauffällig zu erreichen.

»Roswitha wird uns helfen.« Meister Johann erahnte Magdalenas Gedankengang. »Entweder er bleibt bei ihr, oder sie weiß jemanden, zu dem sie ihn bringen kann. Ihr wagt niemand, etwas abzuschlagen. Kommt, lasst uns gehen. Wir haben schon viel zu viel Zeit vertan.«

Ächzend und mit schmerzverzerrtem Gesicht erhob Eric sich. Als er aufrecht stand, hielt er schwer atmend inne. Die Farbe wich aus seinem Gesicht, die Lippen bebten. Der Feldscher griff vorsichtig um seinen Leib und legte ihm den rechten Arm um die Schulter. Magdalena stützte ihn auf der anderen Seite. Langsam wankten sie hinaus. Seume schlief tief und fest.

29

Der Verletzte kämpfte, wand sich, brüllte und weinte. Magdalena atmete schwer. Mit müden Fingern presste sie das Leintuch auf die offene Wunde an der Schulter und stoppte die Blutung. Endlich konnte sie das Tuch wegnehmen. Dick trug sie den Wundbalsam auf. Ein Pflaster aus getrockneten Eibischblättern bildete den Abschluss. Das unmenschliche Schreien des Patienten ließ nicht nach. Sie seufzte. Schon der Anblick des Verwundeten dauerte sie. Inzwischen arbeitete sie schon ein halbes Dutzend Jahre an der Seite Meister Johanns und Rupprechts als Wundärztin, doch zum ersten Mal beschlich sie das Gefühl, es nicht mehr zu ertragen. Kaum war einer notdürftig versorgt, tauchte bereits der Nächste auf, der gerettet werden wollte.

Der war im Gegensatz zu seinem Vorgänger nur mehr zu kläglichem Wimmern fähig. Rasch wischte sie ihm das Gesicht und entdeckte eine kleine Narbe unterhalb des Kinns. Franz! Ungläubig starrte sie ihn an. Kein Zweifel: Vor ihr lag ein Kamerad aus fast vergessenen Kindertagen. Sie selbst hatte ihm die Narbe beschert, hatte ihm beim Spielen den Stock ins Kinn gerammt. Das war die erste größere Wunde, die sie Meister Johann hatte versorgen helfen. Ihr schlechtes Gewissen hatte sie dazu gebracht, den Ekel zu überwinden und wiedergutzumachen, was sie angerichtet hatte. Von diesem Tag an hatte sie Wundärztin werden wollen.

Ausgerechnet dieser liebenswerte Junge lag vor ihr, ihr erster Patient und zugleich einziges Opfer. Nie mehr hatte sie seither jemandem Schaden zugefügt. Ihr Herz raste. Sie konnte den Blick nicht mehr abwenden. Anklagend schob sich die Miene des falschen Toten dazwischen, der seit gestern in Seumes Zelt auf Erics Platz lag. Auch er ein viel zu junger Bursche, voller Träume und Pläne, am Ende aller Hoffnungen sogar um die eigene Geschichte gebracht, weil er im Tod für einen anderen gehalten werden sollte.

»Franz?« Mehrmals rief sie leise den Namen. Fahrig rollte der Mann auf dem Tisch die Pupillen und stöhnte. Eine Träne löste sich aus seinem linken Auge. Am liebsten hätte sie mit ihm geweint. Dass es derart übel hatte kommen müssen!

Vor Magdalena zogen die Aufregungen der letzten Stunden vorbei: Wrangel und seine Truppen waren am frühen Morgen eingetroffen. Der gestrige Überfall dagegen hatte sich als Akt erstaunlich gut ausgerüsteter Marodeure entpuppt und mehr Kräfte beansprucht, als für die Sicherheit des Lagers gut gewesen war. Zu viele der kaiserlichen Musketiere hatten bereits dabei ihr trockenes Pulver verschossen und so den Schweden an diesem Morgen nichts Wirksames entgegensetzen können. Ohnehin dauerte es des überfluteten Bodens wegen länger als üblich, bis sich die Fähnlein im Osten sammelten. Derweil hatten Wrangels Truppen den Vorteil nutzen und ihre schweren Geschütze in Stellung bringen können. Auch ihre Einheiten mit Tausenden von Kürassieren und Pikenieren waren bereits aufmarschiert.

Kaum hatten sich die Kaiserlichen formiert, war das Scharmützel losgebrochen. Die vom Regen weitgehend zerstörten Schanzen hielten die Feinde nicht lange ab. Den Schweden wurde zwar auch schnell das Schießpulver feucht, umso unerbittlicher aber bedienten sie sich ihrer Lanzen und Schwerter und suchten die direkte Konfrontation Mann gegen Mann. Doch auch die kaiserlichen Truppen wussten, was Mut hieß, und zeigten sich im Gebrauch ihrer Waffen wenig zimperlich. Innerhalb kürzester Zeit kam es auf beiden Seiten zu hohen Verlusten. Karren voller Verwundeter landeten in den Lazarettzelten am Schlachtfeldrand. Den Wundärzten blieb kaum Zeit zum Luftholen. In dieser Situation fehlte Rupprecht als Gehilfe besonders schmerzlich. Schon fragte sich Magdalena, ob es richtig war, dass er gerade jetzt Erics riskante Flucht aus dem Lager organisierte. Was, wenn alles schiefging, weil die Steckenknechte den Schwindel mit dem falschen Toten zu früh entdeckten?

Magdalena wagte nicht, Franz länger anzuschauen. Auf ihr Rufen reagierte er nicht. Besorgt äugte sie zu Meister Johann, der sich wieder einmal nicht schonte, um seiner Aufgabe bei den Verwundeten gerecht zu werden. Gerade wischte er sich über die Stirn und besah sich das Bein ihres Kameraden aus Kinderzeiten, das er unterhalb des Knies abzusägen gedachte. Der Einschuss war mitten in die Wade erfolgt.

»Ist dir nicht gut?«, fragte sie und machte Anstalten, ihm die Säge aus der Hand zu nehmen.

»Wie soll es einem gutgehen bei dem ganzen Schlamassel?« Unwirsch schüttelte er sie ab. Die Säge aber setzte er immer noch nicht an. »Ich denke, dem hier können wir das Bein retten. Der Schusskanal ist gerade, die Wundränder sind nicht allzu zerfetzt.« Er legte die Säge beiseite, um aus dem bereitliegenden Besteck das Nötige herauszusuchen. »Stell die Laterne weg, Magdalena, und hilf mir hier. Mehr Licht ist nicht so wichtig wie rasches Abbinden. Der Bursche hat schon viel zu viel Blut verloren.«

Gemeinsam schlangen sie das Leinen fest um den Oberschenkel. Endlich ließ der Blutfluss nach. Meister Johann griff nach der Fasszange und versuchte, die Kugel aus der Wunde zu ziehen. Unterdessen presste Magdalena Franz einen mit Mohnextrakt, Alraune und Bilsenkraut getränkten Schwamm auf Mund und Nase. Mitleidig strich sie ihm über das Haar. Für eine Weile schenkten die Kräuter ihm Ruhe, so dass er kaum zuckte, während der Feldscher die Wunde nähte. Erschöpft schweifte Magdalenas Blick ab. Vom Nachbartisch wurde ein lebloser Körper fortgetragen. Den Helfern fehlten Kraft und Ansporn, behutsam mit der Leiche umzugehen. Während der eine versuchte, der Leiche das noch unversehrte Hemd abzustreifen, zog der andere den Toten bereits kräftig an den Füßen. Der erste fluchte, weil dabei das Hemd entzweiriss. »Ich hätte es so gut brauchen können«, knurrte er und bemühte sich, wenigstens den Stoff der Hosenbeine unversehrt zu lassen.

Sie wandte sich wieder zu Franz. Er schlief. Sie prüfte, ob die Ledergurte, die seine Arme an den Tisch banden, fest genug saßen. Dann fühlte sie seine Stirn. Sie war warm, aber nicht erhitzt. Ein gutes Zeichen. Erleichtert sah sie wieder zum Fußende des Tisches und erstarrte. Meister Johann hantierte dort nun doch mit der Knochensäge!

»Es hat keinen Sinn. Das Bein muss ab«, erklärte er barsch. »Die Kugel steckt zu tief, außerdem ist viel Dreck rundherum. Halt ihn fest, es geht los.«

Ihr blieb nur, sich quer über Franz' Oberkörper zu werfen. Im selben Moment bäumte der sich auf und stieß sie zu Boden. Einer der Helfer vom Nachbartisch war geistesgegenwärtig genug, Franz niederzudrücken, bis sie wieder auf den Füßen stand. Zu zweit gelang es ihnen, ihn zu halten, während der Feldscher weitersägte. Bang sah Magdalena zu Meister Johann. Die Lippen fest aufeinandergebissen, die Augen starr auf das verwundete Bein gerichtet, bewegte er die Säge unermüdlich auf und ab. Das rotangelaufene Gesicht verriet nicht die geringste Regung, dabei wusste Magdalena, dass diese Erlebnisse auch an ihm nicht spurlos vorübergingen. Er hatte Franz gewiss auch erkannt, warum sonst hätte er versucht, sein Bein zu retten? Plötzlich hallte ein neuerlicher Aufschrei durch den Raum. Mit einem Ruck schnellte Franz' Körper abermals in die Höhe. Die Lederriemen an den Handgelenken rissen entzwei, wild schlug er um sich. Endlich sprang auch der Gehilfe von der anderen Seite des Tisches heran und warf sich bäuchlings auf ihn.

»Verdammt!« Meister Johanns Stimme krächzte. Magdalena versuchte, Franz ein Holzstück zwischen die Zähne zu schieben, aber er warf den Kopf panisch hin und her und brüllte immer lauter. Meister Johann fluchte. Das Leinen am Oberschenkel hatte sich gelöst, eine Blutfontäne schoss in die Luft. Abermals bäumte Franz sich auf. Seine Miene zeigte ungläubiges Staunen. Der eben noch schreiend aufklaffende Mund klappte langsam zu, das viel zu junge Gesicht verzog sich zu einer furchtbaren Fratze. Magdalena legte ihm den Arm um die Schultern und bettete ihn behutsam auf den Tisch zurück. Seinem Mund entstieg ein Röcheln. Er wollte etwas sagen, konnte es aber nicht mehr. Schon rollten seine Augen, brachen. Leblos kippte der Kopf zur Seite. Eine eisige Hand umklammerte Magdalenas Herz. Um sie herum wurde es gespenstisch still. Selbst Meister Johann hatte aufgehört zu fluchen. Als hätten sie sich abgesprochen, bekreuzigten sich die Männer und senkten die Köpfe. Wenigstens dieser armen Seele wollten sie gedenken. Vor ihrer aller Augen trat sie den einsamen Weg ins Jenseits an. Beten konnte Magdalena schon lange nicht mehr, hoffte aber trotzdem, dass irgendwo irgendwer den Toten in Empfang nehmen würde. Sanft strich sie ihm die Augenlider zu, faltete ihm die Hände auf der Brust und rief ihn ein letztes Mal mit seinem Namen an. Wenigstens glitt er so nicht als Unbekannter in die Ewigkeit.

»Weiter geht's«, murmelte einer der Helfer und schob sie zur Seite. Flink löste er die Reste der Riemen von Franz' Handgelenken und zog ihn vom Tisch. Erst wollte Magdalena ihn noch zurückhalten. Das leinene Hemd hätte sie als Verbandsstoff brauchen können, doch der Helfer war zu schnell. Er hatte den Leichnam bereits auf einen Karren gezerrt und aus dem Zelt geschoben.

»Magst du nicht doch einen Schluck?« Scharfer Branntweingeruch stieg ihr in die Nase. Von hinten legte ihr Meister Johann den Arm um die Schulter. Die Bartstoppeln auf seinem Gesicht kratzten. Gleichwohl tat es gut, seine Wärme zu spüren. Energisch setzte er ihr den Schlauch an die Lippen. »Komm, Mädchen, trink endlich mal einen Schluck. Du siehst ganz danach aus, als könntest du jetzt doch was vertragen.«

Sie rang mit sich. Es wäre so einfach. Dennoch blieb sie fest und umklammerte den Bernstein, hoffte durch ihn auf neue Kraft. Meister Johann torkelte ans Fußende des Tisches. Noch ein, zwei Stunden, und er würde sich nicht mehr auf den Beinen halten können. Das Blut des eben Verstorbenen klebte an seinen Fingern. Sie abzuwischen, blieb jedoch keine Zeit.

Schon wurde der nächste Verwundete gebracht, dessen Unterleib zerfetzt war. Sofort ging ein Ruck durch Meister Johanns Körper. Mit bloßen Händen fasste er auf den Leib, um die Blutung zu stoppen. »Worauf wartest du noch, Magdalena? Drück endlich zu, bevor uns der hier auch noch verreckt.«

Mit zittrigen Fingern strich sie sich die roten Locken aus dem Gesicht, bevor sie sich daranmachte, seiner Anweisung zu folgen. Zunächst nahm sie deshalb gar nicht wahr, dass jemand direkt auf sie zuhumpelte, gegen eine Kiste mit Gerätschaften stieß und über das ausgestreckte Bein eines Wartenden stolperte.

»Lasst mich vorbei«, krächzte Roswitha mit ihrer Rabenstimme und schob sich an Meister Johanns Tisch. Magdalena schreckte hoch. »Ist was mit Carlotta?« Ihr wurde eng ums Herz. Bang sah sie die Alte an.

»Mit der Kleinen ist alles bestens. Vorhin noch war ich bei Elsbeth. Zur Sicherheit habe ich Tilda, die Nachbarin, gebeten, ein wachsames Auge auf sie zu werfen.« Sie tätschelte Magdalena die Wange und lächelte mit den schmalen Lippen, dass die gutgepflegten weißen Zähne im Mund blitzten. »In eurem Wagen aber solltest du mal nach dem Rechten schauen. Bei der Gelegenheit kannst du Seume gleich die Verbände wechseln gehen.«

Unbeholfen zwinkerte sie ihr zu. Als wäre es das Selbstverständlichste von der Welt, griff sie nach dem Tuch, mit dem Magdalena dem Verletzten das schweißnasse Gesicht wischen wollte, und übernahm den Part.

»Für eine Weile kann ich dich hier vertreten. Ist ohnehin besser, wenn der Meister mal jemand anderen neben sich spürt.« Sie reckte ihr Kinn Richtung Branntweinschlauch und warf dem Feldscher einen vorwurfsvollen Blick zu. »Nicht dass er noch auf dumme Gedanken kommt. Reich mir mal Nadel und Faden, Johann, die Wunde am Ohr nähe ich. Deine Finger zittern zu arg, um die Stiche gerade zu setzen.«

Ohne Murren tat er, wie sie ihn geheißen hatte.

»Was willst du noch hier? Hat Roswitha nicht klar gesagt, was zu tun ist?« Mürrisch schaute Meister Johann sie an. Trotz allem belustigt über den seltsamen Anblick, den die beiden am Lazaretttisch boten, beeilte sich Magdalena, fortzukommen.

30

Die Leinwand von Meister Johanns Wagen war dick mit Wachs abgedichtet. Der Feldscher verstand es eben, an die wichtigsten Materialien zu kommen. Trotz des tagelangen Dauerregens hielt die Plane ihre Spannung. Elsbeth war froh, sich hierhergeflüchtet zu haben. Zwischen all den Kräuterbüscheln, Tiegeln und Kisten war es zwar eng, aber trocken. Die Kälte kletterte nicht so rasch hoch wie im Zelt, weil sie nicht mehr auf der nassen Erde sitzen musste. Auch Carlotta schien den Ortswechsel zu genießen. Zufrieden quiekte sie vor sich hin. Elsbeth versetzte ihr einen sanften Nasenstüber. Wann hatten sie beide sich zum letzten Mal so wohl gefühlt? Zu essen und zu trinken gab es ebenfalls genug: Meister Johann besaß eine gutgefüllte Kiste mit Vorräten. Neben steinhartem Brot hatte dort sogar noch ein Zipfel Räucherwurst als besonderer Schatz auf sie gewartet. Der dicke Strecker hatte sich zudem nicht lumpen lassen und ihr einen halben Schlauch Wein gebracht, dieses Mal sogar, ohne dass er eine Gegenleistung verlangt hätte. Manchmal lernte er eben doch dazu. Sie tunkte das Brot Bissen für Bissen in einen Becher Wein und genoss den Festschmaus, den sie ganz für sich und Carlotta hatte.

Durch das Prasseln der Regentropfen drangen plötzlich Stimmen an ihr Ohr. Leise stellte sie den Becher ab und presste Carlottas Köpfchen an die Brust. Die Stimmen kamen näher. Magdalena und Rupprecht – endlich! Elsbeth schmunzelte. Wenn sie sich nicht täuschte und die beiden tatsächlich endlich zurückkamen, um Nachschub an Kräutern, Salben und sonstigen Rezepturen zu holen, konnte sie sie nach Erics Befinden fragen. Ganz unschuldig würde sie sich sogar anbieten, in Seumes Zelt bei ihm zu wachen. Ein bisschen Pflege, während er dort mutterseelenallein auf sein verdientes Ende wartete, würde gewiss nicht schaden. Aus nächster Nähe bekäme sie dann mit, was die Cousine und Rupprecht mit ihm vorhatten. Strecker würde Augen machen, sobald sie ihm das erzählte! Er sollte sich gut überlegen, wie er ihr das lohnen würde. Schon sah sie sich an seiner Seite Einzug in die besseren Unterkünfte im Offizierslager halten.

Verflucht! Über diesen Gedanken hatte sie gar nicht gemerkt, dass es draußen wieder still geworden war. Klopfenden Herzens lauschte sie. Doch, da war etwas. Kaum wagte sie zu atmen, um das leise Gemurmel besser zu verstehen. Die zwei waren offenbar ins angrenzende Zelt gekrochen. Was taten sie da? Elsbeth legte den Kopf dichter an die Plane.

»Du hast es also geschafft!« Magdalena klang anerkennend. »Ich hatte schon das Schlimmste befürchtet, als Roswitha vorhin im Lazarettzelt aufgetaucht ist.«

»Einfach war es nicht.« Rupprecht gefiel sich in der Rolle des Helden. Gewiss erhoffte er sich dafür mehr von Magdalena als nur einen anerkennenden Klaps auf die Schulter. Er würde es wohl nie begreifen! Elsbeth lachte in sich hinein. Bei den nächsten Worten aber schlug ihre Stimmung jäh um. »Es ging Eric noch lange nicht so gut, dass er ganz allein hätte gehen können. Roswitha hat uns begleitet.«

Konnte das sein? War es Rupprecht tatsächlich schon gelungen, Eric aus Seumes Zelt herauszuschmuggeln? Gebannt presste sie das Ohr gegen die Leinwand. Hoffentlich verrieten die beiden, wo er jetzt steckte, sonst war die Information für Strecker wertlos. Vollendete Tatsachen interessierten ihn nicht. Weder bei Seume oder einem der anderen Offiziere konnte er sich damit andienen. Damit würde auch sie keinen Vorteil daraus ziehen können.

»Zum Glück waren alle so sehr mit dem Angriff der Schweden beschäftigt, dass uns kaum einer begegnet ist«, erzählte Rupprecht weiter. »Wenn doch, dann taten wir so, als wäre Eric am Fuß verletzt und würde von uns zur Behandlung weggebracht. Seltsamerweise hat sich keiner gewundert, dass wir in die entgegengesetzte Richtung des Schlachtfelds gezogen sind. Da siehst du mal, wie wenig die Leute aufpassen. Ich sage dir, Marodeure hätten ein leichtes Spiel, jetzt in unser Lager einzufallen. Wo sind die Halunken von gestern? Warum haben sie nicht einen Tag gewartet?«

Magdalena ging nicht darauf ein. Offenbar war sie in Gedanken ganz beim Befinden ihres Liebsten. Elsbeth musste an sich halten, nicht laut herauszulachen. Dass Rupprecht so töricht war! »Eric liegt also ganz auf sich gestellt in der kalten Dachshöhle?« Aus Magdalenas Frage sprach echte Besorgnis.

»Wo denn sonst? So hatten wir es besprochen.« Seine Stimme wurde leiser.

Elsbeth beugte sich noch näher zur Plane, verlor das Gleichgewicht, ruderte mit dem freien Arm durch die Luft und presste mit dem anderen Carlotta fester an sich. Dennoch erschreckte sich die Kleine und schrie los. Verdammt!

»Da ist jemand!« Rupprecht musste nah am Wagen gestanden haben. Im nächsten Moment war er bereits oben und starrte sie an. »Was machst du hier?« Unsanft riss er sie am Arm, so dass Carlotta noch lauter weinte. Wie immer scherte Rupprecht sich keinen Deut um sie. Magdalena indessen verwandelte sich sofort in die besorgte Mutter und griff sich Carlotta.

»Kannst du dir nicht denken, dass es mir drüben im Zelt zu kalt und zu nass war? Carlotta holt sich da noch den Tod.« Herausfordernd sah Elsbeth der Cousine ins Gesicht. »Um uns beide hat sich keiner von euch gekümmert. Ihr schaut immer nur nach den Verwundeten und den Kranken. Dabei steht euer Wagen hier leer. Es wäre ein Leichtes gewesen, ihn für das Kind und mich herzurichten. Weil ihr nicht selbst darauf gekommen seid, bin ich eben auf eigene Faust hierher. Es ist sowieso besser, wenn einer die Sachen bewacht. Nicht dass einer das Schlachtgetümmel ausnutzt, um Dinge von Wert beiseitezuschaffen.«

Die letzte Bemerkung sprach sie mit einem Augenzwinkern zu Magdalena. Die schenkte ihr allerdings keine Beachtung. Zu sehr war sie damit beschäftigt, Carlotta zu herzen.

»Du willst doch nicht etwa den Wachhund für uns spielen?« Rupprecht warf ihr einen verächtlichen Blick zu. »Das kannst du jemand anderem erzählen. Ich vermute, du bist hier, weil Strecker dich geschickt hat. Will er künftig vielleicht mit Salben und Pasten handeln? Zum Schachern kann der doch immer was gebrauchen. Ein Jammer, dass mit Eric und Seume seine besten Geschäftspartner ausgefallen sind.«

»Du kannst es wohl nicht verwinden, dass ich mit ihm mehr

Spaß habe als mit dir, was?« Elsbeth schmiegte sich an ihn. Ihre vom Stillen immer noch pralle Brust war genau auf seiner Augenhöhe. Beschämt drehte er den Kopf weg. Sie lachte. Carlotta stimmte ein und patschte freudig die Händchen zusammen.

»Du musst nicht rot werden, mein Lieber.« Zärtlich streichelte Elsbeth ihm über das Kinn. »Vielleicht hat Magdalena bald schon wieder mehr Zeit für dich. Jetzt, da du ihren heißgeliebten Eric fortgebracht hast, ist sie bestimmt wieder ganz für dich und Meister Johann da. Für deine tapfere Heldentat wird sie dich ganz sicher belohnen.«

»Was redest du da für einen Unsinn?« Wütend funkelte Magdalena sie an. »Dein dicker Galan hat dir wohl zu viel Wein und zu wenig Brot gebracht! Pass auf, was du sagst, nicht dass es übel für dich ausgeht.«

»Für mich soll es übel ausgehen? Ich glaube, da verwechselst du was. Vielleicht darf ich dich daran erinnern, wer Eric aus dem Lager fortgeschafft hat, bevor er seine verdiente Strafe bekommen kann? Mit eigenen Ohren habe ich gehört, wie ihr beide gerade darüber geredet habt. Wenn ihr nicht aufpasst, baumelt ihr dafür ganz schnell am nächsten Baum! Zusammen mit der alten Roswitha und eurem hochverehrten Meister Johann«, setzte sie genüsslich nach, als sie die blassen Gesichter der beiden bemerkte.

Zufrieden beobachtete sie, wie die Cousine und Rupprecht besorgte Blicke wechselten. Es war zwar nur ein kleiner Ersatz für die entgangene Genugtuung wegen der Sache mit der Tabakdose, aber besser als gar nichts. Sie kostete es noch etwas aus, die beiden in der Hand zu haben, bevor sie beschloss, es gut sein zu lassen. Letztlich zogen sie alle drei an einem Strang, insbesondere, was das Kind anging. Von ihm getrennt zu werden, durfte sie nicht riskieren. »Ganz so schlimm muss es nicht kommen«, sagte sie in versöhnlichem Ton.

Schwer atmend setzte Magdalena die Kleine zu Boden. Elsbeth wollte sie bereits nehmen, da schob Magdalena sie weg und begann, Carlotta sorgfältig zu wickeln. Weil sie genau wusste, dass Elsbeth jeden einzelnen ihrer Handgriffe verfolgte, ließ sie sich aufreizend viel Zeit. Auf einmal wurde es Elsbeth zu viel, ansehen zu müssen, wie die Cousine Carlotta an den Füßchen kitzelte und ihr den Bauch liebkoste. Mit welchem Recht spielte Magdalena sich als Mutter auf? Wer nährte die Kleine an ihrer Brust? Wer tröstete sie über ihren Kummer und hielt sie, wenn sie Angst hatte? Magdalena konnte nicht so tun, als zählte das alles nicht, nur weil sie die Kleine auf die Welt gebracht hatte. Letztlich kümmerte sie sich doch nur, wenn ihr gerade der Sinn danach stand. Schon wollte Elsbeth sich wütend zwischen Mutter und Kind drängen, da beendete Magdalena so abrupt, wie sie begonnen hatte, die Liebkosungen. Flink wickelte sie Carlotta in frisches Leinen, hüllte sie behutsam in eine Decke und hob sie auf. Bedächtig wiegte sie sie auf den Armen.

»Ich weiß gar nicht, was du hast«, sagte sie in betont ruhigem Ton. »Eric liegt drüben im Offizierslager und schläft friedlich seiner Genesung entgegen. Sobald es Seume will, wird er natürlich hängen und am Galgen seine furchtbare Tat büßen. Du kannst sicher sein, dass das ein Ereignis wird, das keinem hier im Lager entgeht.«

Nahe baute sie sich vor Elsbeth auf. Carlotta streckte die Händchen aus. Elsbeth wollte das Kind wieder nehmen, da drehte Magdalena sich jäh ab. Erschrocken weinte die Kleine los.

»Was erzählst du da für törichtes Zeug?«, fragte Elsbeth in das Brüllen hinein. Sie bemühte sich, ruhig zu wirken, auch wenn ihr plötzlich mulmig zumute war. »Du lügst doch, dass sich die Balken biegen!«

Forschend sah sie Magdalena an. Die reckte das Kinn nach oben und erwiderte herausfordernd den Blick mit ihren engstehenden grünen Augen. Zu allem Überfluss begann sie, mit Carlotta auf dem Arm fröhlich herumzutanzen. Die Kleine hörte auf zu weinen und lächelte unter den Tränen hindurch ihre Mutter an. Elsbeth schluckte. Nichts in Magdalenas Gesicht verriet, dass sie ihrer Sache nicht absolut sicher war. Trotz der klammen Kleidung wurde Elsbeth heiß. Verstört sah sie zu Rupprecht. Zunächst war sie überzeugt, der mickrige Schwarzhaarige wäre bei Magdalenas Worten blass geworden. Inzwischen aber hatte er seine alte Sicherheit zurückgewonnen und sah sie ebenfalls siegesgewiss an. Das verunsicherte sie noch mehr. Hatte sie da eben etwas falsch verstanden? Nein, unmöglich! Ganz eindeutig hatten die beiden davon gesprochen, wie Rupprecht Eric aus dem Lager geschafft und in die Dachshöhle gebracht hatte. Warum sonst hätten sie so entsetzt reagiert, als sie Elsbeth bemerkt hatten? Ihr blieb nur eins, um die Wahrheit herauszufinden. »Dann lass uns gemeinsam zu Seumes Zelt gehen und nachsehen. Ihr wart lange im Lazarett, es ist höchste Zeit, dass Seume und Eric die Verbände gewechselt werden. Dabei könnt ihr meine Hilfe bestimmt gut gebrauchen.«

»Du willst wirklich mitkommen?« Jetzt war es an Magdalena, zu zaudern. Wahrscheinlich suchte sie gerade nach einer Ausrede, wie sie das im letzten Moment verhindern konnte. Voller Hohn sah Elsbeth, wie sie mit den Fingern über das Mieder tastete. Der Talisman sollte ihr wohl Beistand leisten.

Elsbeth kam ein kühner Gedanke – aber nein, nicht einmal den Bernstein wollte sie annehmen, um sich von ihrem Entschluss abbringen zu lassen. Sie wusste zwar noch nicht, was sie tun würde, wenn sie tatsächlich Erics Flucht aus Seumes Zelt entdeckte, doch sie würde in jedem Fall ihren Vorteil daraus ziehen.

Rupprecht raffte bereits das Nötigste zusammen, was sie brauchten, um die Wunden der beiden Patienten zu versorgen. Bevor Magdalena es sich anders überlegte, griff Elsbeth nach ihrem Arm und zog sie und das Kind mit sich hinaus in den Regen. »Schnell, mach schon! Ich habe keine Lust, auf dem Weg ins Offizierslager bis auf die Knochen nass zu werden. Wir sehen uns drüben.«

Sie schlang den Umhang um Kopf und Schultern und eilte voraus. Trotz des Kindes auf den Armen würde Magdalena ihr dicht auf den Fersen bleiben. Ihre Angst war viel zu groß, dass ihre Cousine als Erste bei Seume eintraf und entdeckte, dass Eric geflohen war.

31

Der Weg ans andere Ende des Lagers war Magdalena noch nie so kurz erschienen. Während sie Elsbeth hinterherlief, spielten die Gedanken in ihrem Kopf verrückt. Unablässig suchte sie nach einer Möglichkeit, das sichere Unglück im letzten Augenblick abzuwenden. Elsbeth kannte Eric viel zu gut, als dass sie die List mit dem falschen Toten nicht sofort durchschauen würde. Kein Verband und kein trübes Licht würden sie täuschen können. Warum hatte es so kommen müssen? Sie waren so nah dran gewesen.

Wider Erwarten erreichte Magdalena als Erste Seumes Zelt. Verwundert zögerte sie und blickte sich um, wo Elsbeth blieb. Was bezweckte sie damit? Die ganze Geschichte war auch so Folter genug. Wenige Schritte vor dem Zelt ließ Magdalena Carlotta zu Boden. Neugierig stakte die Kleine weiter, während Magdalena beunruhigt die umliegenden Gassen nach Elsbeth absuchte. Nichts. Das Warten wurde unerträglich.

Seit dem frühen Morgen hatte Magdalena wegen ihres Einsatzes im Lazarettzelt sowohl Seume als auch den falschen Toten in der Obhut der beiden Steckenknechte zurücklassen müssen. Um zu verhindern, dass diese während ihrer Abwesenheit allzu gründlich nach dem Verletzten schauten und seinen Tod zu früh entdeckten, hatte sie behauptet, er schlafe fest und brauche völlige Ruhe. Aber hatten sich die beiden an ihre Anweisung gehalten? Längst musste der süßliche Geruch des Leichnams durch die Ritzen des Vorhangs gedrungen sein, schließlich war er bereits seit dem Vortag tot. Magdalena war der penetrante Geruch vertraut. Erst beim Operieren vorhin hatte er sie wieder eingehüllt. Doch für andere war er oft unangenehm und deshalb umso auffälliger.

Carlotta wackelte auf ihren krummen Beinchen stolz zu ihr und zeigte aufgeregt in die Luft. Zwei große, schwarze Krähen kreisten am Himmel. Offenbar gefielen ihr die unheilverkündenden Vögel. Magdalena schauderte. Sie sollte nicht zu viel auf solche Dinge geben. Wenn sie Glück hatte, war seit dem Morgengrauen genug Branntwein die Kehlen Seumes und seiner Männer hinuntergeflossen, um sie von dem Verwesungsgeruch abzulenken. Wenn sie Pech hatte, fragten sie sich gerade, warum ein so erfahrener Feldscher wie Meister Johann es nicht eher bemerkt hatte, dass Eric seit Stunden tot war, und begannen, der Sache auf den Grund zu gehen. Ihre einzige Chance bestand darin, dass Elsbeth sich entweder täuschen ließ oder das Spiel mitspielte. Wenn sie beide den Toten für Eric ausgaben, wäre die Sache gewonnen. Niemand konnte überzeugender behaupten, der Mann auf der Matte wäre Eric, als sie beide!

Patsch! Carlotta war in eine Pfütze geplumpst. Nach einem kurzen Augenblick des Schrecks rappelte sie sich auf und brüllte los. Gleich war Magdalena bei ihr, hob sie hoch, wickelte sie in den Umhang und schaukelte sie beruhigend auf der Hüfte. Zufrieden über ihre Nähe, lehnte die Kleine ihr schlammverschmiertes Gesicht an ihre Schulter und steckte den Daumen in den Mund. Es gab kein Zurück. Magdalena musste sich in ihr Schicksal fügen, was auch immer es für sie bereithielt. Aufgewühlt legte sie die kurze Strecke zum Zelt zurück. An der letzten Ecke hielt sie noch einmal Ausschau nach Elsbeth, erspähte sie einige Zelte weiter weg, wie sie fluchend und schimpfend herübermarschierte. Mit der vielgerühmten Schönheit hatte diese Gestalt wenig gemein. Strähnig hing ihr das Haar vom Kopf. Der lange Hals war durch die geduckte Haltung kaum zu erkennen, ebenso wenig die schlanken, grazilen Beine.

Auch Magdalenas Haar tropfte, hatte durch die Nässe sein leuchtendes Rot verloren. Schwer vom Regen drückte das Brusttuch auf ihre Schultern. Der kalte Schlamm des aufgeweichten Bodens klebte an den Schuhen. Sorgfältig strich sie sie gegen die Waden ab und wärmte sich durch das emsige Reiben gleichzeitig die Beine.

Der größere der beiden Steckenknechte beobachtete sie mit grimmiger Miene. Die Arme vor der Brust verschränkt, stand er breitbeinig im Zelteingang und machte keine Anstalten, sie vorbeizulassen.

»Lass mich rein. Meister Johann schickt mich, nach Seume zu sehen.« Drohend kniff sie die grünen Augen zusammen, was, wie sie wusste, ihrem Gesicht etwas Katzenhaftes verlieh. »Auch der andere Verwundete muss dringend versorgt werden.«

»Der zählt nicht«, brummte der Mann. »Hast dir viel Zeit gelassen zurückzukommen. Derweil du es dir gutgehen lässt, muss Seume fürchterliche Schmerzen ertragen. Schau, dass es ihm schnell bessergeht, sonst möchte ich nicht in deiner Haut stecken.«

»Habe ich ihn vom Podest gestoßen und ihm die Knochen gebrochen?« Magdalena kochte vor Empörung. Sie wusste, dass sie dabei war, einen entscheidenden Fehler zu begehen, doch sie konnte nicht an sich halten. »Selbst die Schweden habe ich nicht gerufen. Falls es dir entgangen sein sollte: Vor dem Lager tobt eine Schlacht. Todesmutig werfen sich die Unsrigen dem Feind entgegen. Seit dem Morgengrauen stehen wir Feldscher drüben im Lazarett an den Tischen und sägen und nähen, was das Zeug hält. Wenn du glaubst, das sei ein großes Vergnügen, dann stell dich selbst mal hin und säge einem deiner Kameraden den zerschossenen Unterschenkel ab oder halt einem anderen die Hand, bis sein Lebenslicht erlischt. Also, lass mich rein. Ich habe noch anderes zu tun, als Seume die selbstverschuldeten Wunden zu lecken.«

»Pass auf, dass du gleich nicht was ganz anderes leckst!«

»Dir bestimmt nicht!«

Verblüfft trat er beiseite, verwehrte aber Elsbeth den Zutritt, die inzwischen ebenfalls angelangt war. »Was willst du hier?«

»Sie hilft mir beim Verbandswechsel«, antwortete Magdalena an ihrer statt, um zu verhindern, dass Elsbeth etwas Falsches sagte. »Pass so lang auf das Kind auf. Dann habe ich beide Hände frei. Die werde ich auch brauchen, den guten Seume zu versorgen.« Entschlossen drückte sie dem Steckenknecht Carlotta in die Arme. Ihr mütterlicher Instinkt sagte ihr, dass er mit ihr umgehen konnte, und sie hatte sich nicht getäuscht: Geschickt fasste er nach der Kleinen und redete liebevoll auf sie ein. Bevor Elsbeth protestieren konnte, zog sie sie am Handgelenk ins Zelt. »Keinen Mucks. Tu einfach, was ich dir sage«, raunte sie ihr zu.

Im Innern umfing sie eine düstere Stimmung, die nicht allein von dem rauchigen, spärlichen Strahl der Talglichter rührte. »Endlich!« Der zweite Steckenknecht erhob sich von seinem Schemel am wackligen Tisch in der Zeltmitte. Erleichtert bemerkte Magdalena, dass der Vorhang zum rückwärtigen Teil des Zeltes noch genauso straff gespannt war wie am Morgen. Offenbar hatte sich der Steckenknecht an ihre Anweisungen gehalten.

»Mach, dass diese verdammten Schmerzen endlich aufhören!« Dafür, dass Seume sogleich losjammerte wie ein Sterbender, richtete er sich erstaunlich behende auf. Der turbanartige Verband am Kopf war verrutscht. Schnaufend schob er das Leinen über dem gesunden Auge hoch und verzog dabei das Gesicht zu einer leidenden Grimasse. Alles Furchteinflößende hatte er verloren. Er schien das nicht zu bemerken, sondern schimpfte in einer befremdlich krächzenden Stimme weiter: »Nicht zum Aushalten ist das! Der Branntwein geht auch zur Neige.«

Wütend schleuderte er den Schlauch seinem Gehilfen vor die Füße. Der zuckte nicht einmal mit der Wimper, geschweige denn dass er Anstalten machte, ihn aufzuheben und für Nachschub zu sorgen.

»Seid ihr nicht in der Lage, euch darum zu kümmern? Was treibt ihr die ganze Zeit, während ich hier leide?« Erschöpft plumpste Seume zurück auf seine Strohschütte und presste sich die Hände vor den schmerzenden Leib.

»Ihr müsst wirklich starke Pein ertragen! Zwei gebrochene Rippen und die Platzwunden sind schon übel. Gar nicht zu vergleichen mit dem, was die Söldner drüben im Lazarett erleiden. Und dann auch noch die falsche Pflege! So ein Pech, dass ausgerechnet jetzt, wo Ihr hier sämtliche Aufmerksamkeit braucht, die Schweden einfallen müssen. Als hätte Wrangel es geahnt, was er Euch persönlich in diesem Moment mit seinem Angriff antut. Elender Hundsfott, dämlicher Heringfresser!« Theatralisch schüttelte Magdalena den Kopf. Der Blick, mit dem der Steckenknecht auf ihre Worte reagierte, verriet, wie sehr der sich über Seumes Wehleidigkeit ärgerte. Das besserte ihre Laune schlagartig. Eine klammheimliche Freude überfiel sie, festzustellen, dass Seume vergessen hatte, in wessen Händen sein weiteres Schicksal derzeit lag. Sie nahm sich eines der Lichter vom Tisch und reichte es der Cousine. »Lass mich schauen, was die Wunden machen.« Sie zwinkerte dem inzwischen amüsiert schmunzelnden Steckenknecht zu und bedeutete Elsbeth, an Seumes Lager zu leuchten. Geschickt begann sie, das Leinen um den massigen Schädel abzuwickeln.

»Ist es nicht ein Wunder, dass Ihr seit Stunden schon bei Besinnung seid? Andere schaffen das mit diesen Wunden erst nach vielen, vielen Tagen.« Lächelnd untersuchte sie die lange Naht oberhalb der Augenbraue. Tatsächlich war sie besser verheilt, als sie erwartet hatte. Geschwind löste sie das Tuch, mit dem sie sich vorhin einige Salben und frisches Leinen um die Hüften gebunden hatte, und öffnete einen Tiegel. Sorgfältig strich sie die bewährte Paste aus roter Mennige, Leinöl, Bleiweiß und Seife über den Grind. Zusätzlich presste sie ein getrocknetes Eibischblatt obenauf. Dabei übte sie etwas mehr Druck aus als nötig und bemerkte zufrieden, dass Seume zusammenzuckte.

»Aua! Bist du wahnsinnig!«

»Oh, verzeiht. Bei einem so tapferen Mann wie Euch bin ich wohl doch zu leicht zu unvorsichtig. Dass ich immer gleich denke, ein Mann wie Ihr kenne keine Schmerzen!« Bedauernd schüttelte sie den Kopf und biss die Lippen aufeinander, um nicht herauszulachen. »Verbinde du ihm das Auge, Elsbeth. Schau, so quer herüber musst du das Leinen legen, aber vorsichtig, nicht dass du ihm unnötig weitere Schmerzen zufügst.«

Geduldig wies sie Elsbeth an. Sie winkte dem Steckenknecht, das Licht zu halten, und begutachtete unterdessen die Rippenbrüche. Auch dabei ging sie ruppiger vor als nötig. Seume sollte deutlich spüren, wie sehr es in ihrer Hand lag, ob er Schmerzen empfand oder nicht. Dass er überhaupt noch am Leben war, verdankte er allein Meister Johanns und ihrer Redlichkeit. Kurz huschte ihr die Erinnerung durch den Kopf, wie sie das Skalpell an seinen Hals gesetzt hatte. Ob sie es ein zweites Mal wieder zurückziehen würde, dessen war sie nicht sicher.

Ein-, zweimal stöhnte Seume auf, dann hatte er sich im Griff und ließ sich nichts mehr anmerken. Sie bedachte seinen Leib mit einer großzügig bemessenen Menge der roten Salbe. Ihre Finger auf der entblößten Brust weckten bei ihm noch weitere Lebensgeister. Statt weiterhin leidend zu schnaufen, ließ er bald ein lüsternes Grunzen hören. Sein Gesicht rötete sich, die Lippen wurden ihm feucht. Angewidert beendete Magdalena die Prozedur und versagte sich einen Blick auf seinen Unterleib. Sie ahnte, was sich dort bereits regte. Mit Elsbeths Hilfe legte sie ihm rasch neue Verbände um den Bauch und drückte ihn anschließend fest auf die Strohschütte zurück.

»Wenn Ihr Euch weiter so schont, könnt Ihr in wenigen Tagen aufstehen«, erklärte sie und wollte sich bereits abwenden. Blitzschnell fasste er mit der gesunden Hand nach ihrem Arm und zog sie näher. Elsbeth nutzte die Gelegenheit, sich in die andere Ecke des Zeltes in Sicherheit zu bringen.

»Was faselst du für einen Unsinn? Halb tot bin ich vor Schmerzen! Wenn du nicht hierbleibst und bei mir wachst, krepiere ich, eh der Tag vorbei ist. Die beiden Tölpel«, wütend nickte er zu seinem Steckenknecht am Tisch hinüber, »wissen doch gar nicht, wie sie mir beistehen sollen. Zu nichts zu gebrauchen sind die. Du allein aber bist schon eine gute Medizin.« Begehrlich glitt sein Blick über ihre Brust. Seine Hand landete auf ihrem Hintern und tastete ihn mit gierigen Fingern ab. »Selbst wenn ich wie ein hilfloser Krüppel hier liege, weiß ich doch, was mir helfen würde, um rasch wieder gesund zu werden.« Ehe sie sich versah, presste er ihre Hand in seinen Schritt.

Ein fremdartiges Quietschen und Schnappen, als rastete ein Eisenscharnier ein, lenkte sie kurz ab. Energisch befreite sic sich und rang sich trotz der wieder aufflammenden Wut ein süßliches Lächeln ab. »Ich sehe schon: Ihr seid ein tapferer Soldat und steht bald wieder voll im Saft. Bleibt trotzdem vorsichtig. Nicht dass Ihr Euch zu früh zu viel zumutet. Es könnte sein, dass ich dann ganz besondere Kräuter aufbieten muss, Euch zu heilen.«

Die Betonung, die sie den Worten beimaß, verdeutlichte, dass das mehr eine Drohung denn ein Versprechen war. Bevor er abermals nach ihr fassen konnte, suchte sie Schutz hinter dem Tisch. Elsbeth, die schon dort stand, schob hastig die Hände in die Falten ihrer Röcke und bemühte sich, unbeteiligt auszusehen. Was hatte sie gerade getan? Es blieb Magdalena keine Zeit, das in Erfahrung zu bringen. Von Seumes Lager erklang ein eigenartiges Geräusch, als entweiche ihm überflüssige Luft. Anscheinend musste er sich Erleichterung von den angestauten Gefühlen verschaffen. Der Steckenknecht hatte es eilig, von ihm wegzukommen.

Magdalena tat so, als bemerke sie nichts, und begann die Tiegel zu verschließen und die Leintücher aufzuwickeln. Elsbeth hustete immer lauter. Wütend blitzte sie sie an. Sie wusste selbst, was als Nächstes zu tun war.

»Nach dem Schurken nebenan muss ich auch noch schauen.« Ihre Stimme zitterte mehr, als ihr lieb war. »Schließlich wollen wir, dass er bald auf eigenen Beinen unter dem Galgen steht. Er soll nicht meinen, seiner gerechten Strafe zu entgehen.«

Verächtlich rümpfte Elsbeth die Nase.

»Wann findet die Hinrichtung statt? Wenn auch Ihr wieder auf den Beinen seid? Oder seht Ihr Euch das Spektakel vom Krankenlager aus an?«

Seume war mit anderem als mit einer Antwort beschäftigt. Sein Stöhnen wurde lauter. Er grunzte, schnaufte und entlud sich mit einem schrillen Schrei. Elsbeth kicherte, Magdalena kniff angewidert die Lippen zusammen. Mühsam richtete er sich endlich halb auf und sagte: »Ein Teufelsweib bist du! Kannst es wohl nicht abwarten, den Kerl hängen zu sehen, was? Los, schau nach, wie es um ihn steht. Ist mir schon unheimlich, wie ruhig der nebenan ist. Keinen Laut lässt der mehr von sich hören.«

Sein gesunder Arm kreiste durch die Luft, als gäbe es einen ganzen Schwarm Mücken zu verscheuchen.

»Weil er wohl immer noch schläft«, beeilte Magdalena sich gegen das aufkommende Misstrauen anzugehen. Ihr Herz klopfte bis zum Hals. »Eure beiden Gehilfen haben ihn nicht gerade sanft angefasst. Das hat ihm arg zugesetzt.«

»Höre ich da etwa doch Mitleid aus deinen Worten? Was habt ihr Weiber immer nur mit den falschen Kerlen? Wahrscheinlich hat er dir den Kopf verdreht, indem er dich gar zu leidend angeschaut hat. Solche Halunken wissen genau, was sie zu tun haben, um euch aufs Kreuz zu legen. Und das im wahrsten Sinne des Wortes. Los«, das Letzte galt seinem Gehilfen, der sich Richtung Zelteingang verdrücken wollte, »geh mit den beiden. Nicht dass der Schurke die beiden Weiber ganz für sich allein hat.« Dreckig lachte er auf und verfolgte mit gierigem Blick von seiner Lagerstatt aus, wie sie hinter den Vorhang schlüpften.

»Grässlich!« Elsbeth schlug sich einen Rockzipfel vor die Nase. Magdalena wusste nicht, worauf sich die Reaktion bezog: auf Seume, dem sie oft zu Diensten gewesen war, oder auf das, was sie im trüben Dämmerlicht vor sich entdeckte. Weil sie so schnell als möglich aus Seumes Dunstkreis wegkommen wollte, war sie als Erste hinter den Vorhang geschlüpft. Der Steckenknecht war ihr auf dem Fuß gefolgt, so dass Magdalena am längsten brauchte, um zu Erics Lager zu gelangen. Sie wusste zwar, was sie dort erwartete, dennoch wich auch sie entsetzt zurück. Die beiden anderen sollten ihr nichts anmerken.

»Tot!«, kreischte Elsbeth. »Der ist tot!«

Mit den Ellbogen musste Magdalena den Steckenknecht beiseiteschubsen, um einen Blick auf die Matte zu erhaschen.

So leicht aber wollte Seumes Gehilfe sie nicht vorbeilassen. »Pass auf!«, zischte er sie an. Ihr Schubs hatte ihn ins Stolpern gebracht, doch das war es nicht allein, was ihn aufregte. »Fass ihn nicht an!«, zischte er Elsbeth zu. Verärgert schlug er ihr auf die Finger.

»Was soll sie ihm noch tun?«, schaltete Magdalena sich ein, weil sie auf einmal befürchtete, er beschuldigte Elsbeth, ihn umgebracht zu haben. »Lass mich nachsehen, wie es um ihn steht.«

Sie spürte den misstrauischen Blick im Rücken, während sie niederkniete und die Decke zurückschlug. »O Gott!«, entfuhr es auch ihr.

Die letzten Stunden hatten ihre Spuren hinterlassen. Die Verwesung war deutlich fortgeschritten, wovon nicht allein der penetrante Geruch zeugte. Elsbeth ließ sich auf der anderen Seite der Matte nieder und verfolgte jeden ihrer Handgriffe mit Argusaugen. Der kleingewachsene Steckenknecht hingegen ertrug den Anblick nicht und hielt sich so weit als möglich entfernt.

»Wann er wohl gestorben ist?«, fragte Elsbeth so laut, dass auch er es hörte. Um ihren Mund zuckte es verräterisch. Das wissende Grinsen stieß Magdalena auf. Zu ihrem Entsetzen musste sie sich eingestehen, dass Elsbeth also wirklich Bescheid wusste. Anscheinend war sie jedoch bereit, vorerst mitzuspielen. Der Preis für ihr Schweigen würde gewiss nicht niedrig sein.

Beunruhigt tat Magdalena, als überprüfe sie die wichtigen Lebensfunktionen wie Puls und Herzschlag. Selbst im schwachen Licht war die graue Hautfarbe des Toten gut sichtbar. Die grünen Augen starrten leer nach oben, die Kinnlade klaffte weit offen.

»Schwer zu sagen, wie lange er schon tot ist.« Magdalena bemühte sich um einen ruhigen Ton. »Die letzten Tage hat er mehr oder weniger im Dämmerzustand verbracht. Der Weg von Meister Johanns Zelt hierher ist ihm nicht gut bekommen. Die Narben sind aufgeplatzt, das Fieber kam zurück. Dass er trotzdem so ruhig geschlafen hat, war uns sehr recht, denn wir hatten ja schon genug mit Seume zu tun.« Nach einem Blick auf den lauschenden Steckenknecht fuhr sie fort: »Du hast selbst erlebt, dass Seume unsere ganze Aufmerksamkeit beansprucht hat. Viel haben wir uns nicht um den Halunken kümmern können. So wichtig war das auch nicht. Von weitem hat es ausgesehen, als schlafe er. Kann also gut sein, dass er heute früh schon tot war, als wir hinüber zum Lazarett mussten. Wir haben es wohl einfach nicht bemerkt.«

Die Lügen gingen ihr leicht über die Lippen. In die Augen sehen konnte sie Elsbeth dennoch nicht. Die hatte weiterhin das wissende Lächeln um die Mundwinkel und schwieg.

»Ich sag es vorne«, murmelte der Steckenknecht und verdrückte sich. Die Übermittlung der Nachricht durfte nach Elsbeths Aufschrei zwar überflüssig sein, denn der Profos musste sie gehört haben. Trotzdem war Magdalena erleichtert, als sie die aufgeregten Stimmen hinter dem Vorhang vernahm. Weil er eine List befürchtete, ordnete Seume an, dass beide Steckenknechte zu ihnen kamen und der Untersuchung des Delinquenten beiwohnten.

Murrend kam also auch der zweite mit Carlotta auf dem Arm herüber. Still umklammerte die Kleine seinen Hals und würdigte die beiden Frauen keines Blickes.

»Tot«, stellte Magdalena erneut fest. Um keinen Zweifel aufkommen zu lassen, hatte sie zuvor im Beisein der beiden

Männer die Leiche noch einmal übertrieben gründlich geprüft. Elsbeth umschrieb mit dem Talglicht in der Hand einen Bogen über dem Kopf des Toten. Verwundert sah sie ihr dabei zu.

»Die Augen«, flüsterte die Cousine leise und sah sie auffordernd an. Magdalena verstand zunächst nicht, was sie meinte. »Drück sie endlich zu«, sagte Elsbeth lauter.

»Mach schon«, forderte der größere Steckenknecht Magdalena auf und schaukelte Carlotta auf den Armen, als wäre es seine eigene Tochter. Magdalena tat, wie ihr geheißen. Triumphierend lächelte Elsbeth sie an. Erst da begriff sie, was die Cousine ihr hatte klarmachen wollen: Ihr war die falsche Augenfarbe sofort aufgefallen.

»Hier brauchst du mich vorerst wohl nicht mehr«, sagte Elsbeth mitten in ihre Gedanken hinein. »Ich kümmere mich besser um Carlotta. Das Kind muss unbedingt raus an die frische Luft.«

Behende nahm sie es vom Arm des Steckenknechts und verschwand. Magdalena wollte ihr folgen. Das Zucken um Elsbeths Mundwinkel verhieß nichts Gutes.

»Hiergeblieben!«, herrschte der größere der Knechte sie an und riss sie am Arm zurück. »Das könnte dir so passen, uns mit dem stinkenden Toten allein zu lassen!«

32

Der wolkenverhangene Himmel verwischte den Unterschied zwischen Tag und Nacht. Die einsetzende Abenddämmerung machte sich nur dadurch bemerkbar, dass selbst in den wenigen Wolkenlücken keine Helligkeit mehr aufblitzte. Erschöpft lehnte Magdalena sich an eine Zeltstange und starrte nach Osten, über die Ufer der Ohm hinweg, dorthin, wo die Schweden und die Kaiserlichen seit dem frühen Morgen gegeneinander kämpften. Das Schlachtgetöse wurde leiser, die Abstände zwischen den Kanonenschüssen länger, und die Musketen knallten nicht mehr so häufig. Das Klirren der Piken und Schwerter erlahmte, selbst das Schreien der Söldner wurde heiserer. Am Rand des Schlachtfelds zogen die ersten Geschütze ab. Nach und nach würde die Kavallerie zurückweichen, bis ganz am Ende auch die Infanteristen ihr Gegeneinanderanrennen einstellen durften. Einen Sieger würde die Schlacht wieder nicht haben.

Unschlüssig, ob sie die Suche nach Carlotta und Elsbeth im Getümmel der sich auflösenden Rotten fortsetzen sollte, schlug Magdalena die ersten Schritte ostwärts ein. Dann aber blieb sie doch wieder stehen. Es war sinnlos. Nach ihrem Weggang aus Seumes Zelt hatte Elsbeth bestimmt genug Verstand besessen, sich mit dem Kind nicht ausgerechnet zu den kämpfenden Soldaten zu flüchten. Selbst wenn das Durcheinander am Rand des Schlachtfelds ein unauffälliges Untertauchen erleichtern sollte, lief sie Gefahr, unbeabsichtigt angegriffen zu werden.

Müde wandte Magdalena sich wieder dem Lager zu und stapfte zu den ersten Zeltreihen zurück. Es fiel ihr nichts anderes ein, als ein weiteres Mal die Lagergassen abzugehen, in unzähligen Unterkünften und Verschlägen nach der blonden Elsbeth und ihrer rotblonden Tochter zu fragen. Natürlich war es unmöglich, das gesamte Lager und den Tross mit seinen zigtausend Menschen zu durchkämmen. Elsbeth würde gewiss nicht bei fremden Menschen in einem völlig abseits gelegenen Teil unterkommen. Dazu waren die Menschen im

Lager längst zu misstrauisch gegenüber allen Unbekannten. Trotzdem ließ es Magdalena keine Ruhe. Die zwei konnten doch nicht spurlos verschwunden sein!

»Lass es für heute gut sein. Im Dunkeln wirst du sie nicht mehr finden.« Wie aus dem Nichts stand Roswitha vor ihr, seltsamerweise ganz ohne das übliche Poltern, Rumpeln und Stolpern. Der stete Regen hatte ihre wenigen Haarsträhnen auf dem grindigen Schädel angeklebt. Eine Haube band sie sich schon lang nicht mehr um. Das Schultertuch lag regennass auf ihrem breiten Rücken. Aus dem dicken Wollstoff des Rocks tropfte es unablässig. Roswithas Augen inmitten des faltigen Gesichts wirkten noch trüber als sonst. »Lass uns zu Meister Johanns Wagen gehen und uns bei einer heißen Suppe aufwärmen. Vielleicht ist Rupprecht zurück und weiß Neues.«

Gehorsam folgte Magdalena. Die Müdigkeit drohte sie zu übermannen. Ohnehin hatte Roswitha recht: Es war sinnlos, bei Anbruch der Nacht weiterzusuchen.

»Was klappert denn da? Hast du einen Sack Goldstücke dabei?« Die Hebamme griff nach ihrem Arm und zwang sie, stehenzubleiben.

»Ja.« Magdalena versuchte, sich loszureißen und weiterzugehen. Bislang hatte sie keine Idee, wohin sie das Säckchen mit den Goldstücken stecken sollte, wenn nicht in die Falten ihres Leinenrocks. Ungern wollte sie erzählen, wie sie an den Schatz gekommen war. Zu sehr schämte sie sich vor sich selbst, auch wenn sie wusste, dass das Gold, das sie im Auftrag Erics aus Seumes Truhe genommen hatte, ihm nicht rechtmäßig gehörte.

»Hast du es von Seume? Etwa aus Erics Truhe, die er neben sich gestellt hat? Das geschieht dem Halunken recht!« Roswithas Krächzen klang schadenfroh. »Das Gold steht dir zu. Du wirst es für Carlotta brauchen.«

»Dafür müsste ich sie erst wiederfinden!« Wütend drehte Magdalena sich zu Roswitha um. Das geschah so abrupt, dass die Alte in sie hineinstolperte. »Du kannst es gern haben. Hier!« Sie zerrte das schwere Säckchen unter dem Rock hervor und drückte es ihr gegen die Brust. Verwundert nahm Roswitha es entgegen.

»Seume hat sich eure List teuer bezahlen lassen, was? War es sehr schlimm?« Mitleidig hob Roswitha die Hand, um ihre Wange zu berühren. Magdalena senkte den Blick. Ihre Schultern bebten. Viel zu deutlich hatte sie das Erlebte wieder vor Augen.

»Es war nicht so, wie du denkst. Hagen Seume und seine beiden Männer haben die Gelegenheit zwar nutzen und über mich herfallen wollen«, sagte sie schließlich. »Dabei hat es sie nicht einmal gestört, dass der stinkende Leichnam mitten im Zelt lag. Seume ist sogar trotz seiner Verbände vom Lager aufgestanden.« Angewidert schloss sie die Augen. Bei der Erinnerung an die eisigen Männerhände auf ihrer nackten Haut überlief sie ein Schauer. »Ein Kerl wäre schon übel gewesen, aber alle drei waren nicht auszuhalten. Also habe ich mich mit aller Kraft gegen Seume geworfen. Davon ist er nach hinten gestürzt, mit dem Kopf hart auf dem Boden aufgeschlagen und besinnungslos liegen geblieben. Der eine Steckenknecht hat sich daraufhin sogleich besorgt über ihn gebeugt. Dem habe ich von hinten einen Schlag versetzt, dass auch er zusammengesackt ist. Der zweite hat still zugeschaut und sich mir sofort mit erhobenen Händen ergeben. Erst habe ich gedacht, er will mich täuschen. Dann aber hat er mir zugezwinkert und mir sogar noch die Truhe geöffnet, in der das Gold lag.

Zwar waren die Bestände schon reichlich zusammengeschmolzen, weil sich offenbar Elsbeth schon mittags daraus bedient hat. Aber ein hübsches Sümmchen war es trotzdem. Wir haben beide tief hineingegriffen. Am Ende hat er mich einfach so ziehen lassen.«

»Da siehst du es wieder: Ein Schurke zieht den nächsten an. Seume und seine Leute beklauen sich bei jeder Gelegenheit gegenseitig. Ich wette mit dir, wenn Seume wieder bei Sinnen ist, erzählt der missratene Zwerg ihm, du hättest auch ihn überwältigt und bestohlen.«

»Ob ich jetzt zwei oder drei matt gesetzt habe, darauf kommt es nicht mehr an. Wütend ist Seume ohnehin.«

»Nur dass er es mal wieder kaum offen zeigen darf.« Roswitha schmunzelte. »Wie steht er schließlich da, wenn sich herumspricht, dass er dich nicht mal mit Hilfe seiner beiden Steckenknechte flachlegen konnte?«

So hatte Magdalena das noch gar nicht betrachtet. Wenigstens ein kleiner Triumph an diesem Tag! Allerdings änderte er nichts an dem Unglück, dass Elsbeth ihre Chance genutzt hatte und mit Carlotta abgehauen war.

Als sie bei Einbruch der Nacht Meister Johanns Wagen erreichten, fanden sie ihn leer und verlassen. Der Feldscher hielt weiterhin im Lazarett die Stellung und flickte die aufgeschlitzten Söldner zusammen. Für Rupprecht konnten sie nur hoffen, dass es ihm gelungen war, Eric und sich in Sicherheit zu bringen. Geschickt entfachte Roswitha im angrenzenden Unterstand ein Feuer und brühte einen beruhigenden Tee aus Kamillenblüten und Fenchel auf. Es fand sich sogar ein Topf Honig, mit dem sie den Tee süßten.

Schwer atmend kletterte Roswitha zu Magdalena in den Wagenkasten. Dabei stieß sie mit dem Ellbogen gegen einen

Tiegel mit Wundpaste und fing ihn überraschend geschickt auf. Ein getrockneter Strauß Eibischblätter, den sie vom Nagel riss, segelte derweil ungehindert zu Boden. Dicht aneinandergeschmiegt saßen die beiden Frauen beieinander.

Seit Stunden trommelte der Regen wieder stärker auf die Wagenplane. Lang würde dem selbst die dicke Wachsschicht nicht mehr widerstehen können. Teilnahmslos verfolgte Magdalena einen einzelnen Tropfen, der als erster durch den Stoff gedrungen war und sich anschickte, schwer und träge nach unten zu fallen. Bald würde die Nässe auch an den anderen dunklen Flecken auf der Leinwand ins Wageninnere dringen. Ein tristes Talglicht dampfte auf einer Truhe und verströmte seinen beißenden Geruch. Jeder Atemzug wurde dadurch vergällt.

Magdalena aber nahm das kaum wahr. Selbst die Kälte spürte sie nicht. Die Fingerknöchel färbten sich weiß, weil sie den Bernstein um ihren Hals starr umklammerte. Verzweifelt schluchzte sie auf.

»Was ist?« Roswitha erwachte aus ihrer Starre und sah sie an. Da warf sich Magdalena ihr in die Arme und weinte. Schließlich wischte sie sich schniefend über das Gesicht und setzte sich wieder aufrecht neben die Hebamme. »Alles ist misslungen! Was nützt es mir, dass Eric aus dem Lager flüchten konnte, wenn Elsbeth meine Carlotta verschleppt hat? Damit hat sie mir das Schlimmste angetan, was man einer Mutter antun kann. Wie soll ich das ertragen?«

»Wer sagt denn, dass sie mit der Kleinen wirklich weg ist?« Roswitha bemühte sich, überzeugend zu klingen. »Nur weil du sie am Nachmittag nirgendwo aufgetrieben hast, muss das nicht gleich das Schlimmste bedeuten. Schließlich war ihr Zelt völlig nass, auch hier in Meister Johanns Wagen hat sie sich nicht wohl gefühlt. Du kennst sie doch: Wahrscheinlich hat sie irgendeinen Mann überreden können, ihr ein gemütliches, warmes und vor allem trockenes Lager herzurichten. Morgen schon werden wir sie finden, da bin ich mir ganz sicher.«

»Du weißt genau, dass das nicht stimmt. Dank ihrem tiefen Griff in Seumes Truhe hat sie genug Goldmünzen. Also hat sie irgendwen bezahlt, sie von hier wegzubringen. Mein Kind werde ich nie mehr wiedersehen! Seit Wochen schon hat sie es darauf angelegt. Immerzu will sie mir zeigen, dass sie die bessere Mutter ist, dass sie eigentlich das lebende und ich das tote Kind verdient habe.«

Roswitha ließ sich nicht aus der Ruhe bringen. »Wollte sie nicht oben in der Stadt beim Sohn des Kommandanten wohnen? Gleich bei Tagesanbruch gehe ich dorthin und sehe nach. Ich bin mir sicher, sie da zu finden.«

An Magdalena prallte das ab wie vormals der Regen an der gewachsten Leinwand. Tief in ihrem Innern kannte sie längst die Wahrheit: Dieses Mal hatte Elsbeth wirklich gewonnen und war auf Nimmerwiedersehen mit der Kleinen fort! Bis zum Tagesanbruch würden sie einen ausreichend großen Vorsprung haben, so dass es ausweglos war, die Verfolgung aufzunehmen, noch dazu, da sie nicht im Geringsten wusste, in welcher Richtung sie überhaupt mit der Suche beginnen sollte. »War es das wirklich wert, Eric zu retten? War Eric das wert?«

Aufgewühlt starrte sie Roswitha ins faltenreiche Gesicht. Die erwiderte ihren Blick ruhig und entgegnete trocken: »Wenn du nichts unternommen und tatenlos Erics Hinrichtung zugeschaut hättest, würdest du auch keine Ruhe finden.«

Zunächst wollte Magdalena aufbrausen. Sobald sie den Mund öffnete, brachte sie jedoch keine Silbe heraus. Sie musste Roswitha zustimmen. Eric widerstandslos an Seume auszuliefern, hätte sie niemals übers Herz gebracht.

Ohne ein Wort der Erklärung wickelte sich die alte Hebamme das Tuch enger um die Schultern und kroch über den Kutschbock aus dem Wagen. Die nächtliche Finsternis draußen verschluckte sie rasch. Erst nach einer ganzen Weile tauchte sie wieder auf. »Ich habe Strecker, den Quartiermeister, getroffen. Die Schlacht mit den Schweden ist vorbei. Das Pulver ist zu nass geworden. Auf beiden Seiten sind die Pikeniere im Schlamm stecken geblieben. Wrangel hat seine Schweden aus der Gegend abgezogen. Statt ihnen nachzusetzen, liegen sich unsere Feldherren mal wieder in den Haaren, was weiter zu befehlen ist. Von Werth hat die Unsrigen ins Lager zurückgeschickt, was aber Mercy nicht gefällt. Ein Schlamassel ist das, sag ich dir. Keiner weiß, was zu tun ist. Und dafür haben wir wochenlang die Hitze hier ertragen!«

Roswithas trübe Augen blickten müde. Als sie den quadratischen Schädel schüttelte, flogen die Regentropfen in alle Richtungen. Magdalena wischte sich mit dem Handrücken über die nassen Wangen. Wie gern hätte sie einen Lappen gepackt und der Hebamme damit den Mund gestopft, damit sie endlich aufhörte zu reden.

»Ich will das nicht mehr hören.« Sie presste sich die Hände auf die Ohren. »Das interessiert mich nicht mehr. Nichts interessiert mich mehr. Das Allerschlimmste ist mir passiert: Elsbeth ist mit meiner Carlotta verschwunden! Wann kapierst du das endlich?«

»Was ist denn hier los?« Rupprecht baute sich im Wageninnern auf, wie immer lautlos aus dem Nichts gekommen. »Wo ist Meister Johann?« Es schien ihn nicht zu kümmern, dass er die beiden Frauen mitten in der Nacht in so seltsamer Stimmung antraf. Argwöhnisch musterte Magdalena ihn. Auch er tropfte vor Nässe. Seine schlammverschmierte Kleidung, an der kein einziger Blutfleck zu finden war, bewies, dass er das Lazarettzelt am Rand des Schlachtfelds noch immer nicht von innen gesehen hatte, geschweige denn dem Feldscher bei der Versorgung der Verletzten zur Hand gegangen war.

»Wo warst du?«

Es kostete sie Mühe, ihn nicht ebenfalls so anzuschreien wie Roswitha eben. Unruhig sah er mal hierhin, mal dorthin. Schon drängte er sich in den rückwärtigen Teil des Wagens, wühlte in der Kiste mit den Vorräten, inspizierte die Töpfe und ließ seine Finger durch die Kräuterbüschel gleiten.

»Wenn du es genau wissen willst: Da, wo eigentlich dein Eric sein sollte.«

»Was heißt das: sein *sollte?*« Hellhörig geworden, packte sie ihn am Arm und riss ihn herum. Wieder zuckte er nur mit den Schultern, bevor er antwortete: »Am Mittag habe ich einige Sachen aus dem Lager zu ihm gebracht und bin nur noch einmal kurz weg, um ein bisschen die Gegend zu erkunden. Nicht lang, eine, höchstens zwei Stunden. Noch hatte niemand uns gesehen. Unmöglich, dass da bereits einer etwas von Erics Flucht ahnen konnte. Er selbst ist viel zu erschöpft gewesen, um noch einen Ton von sich zu geben. Was hätte also groß passieren können? Ich aber wollte nachsehen, ob sich nicht noch ein geeigneterer Unterschlupf finden ließe. Wir können ihn ja kaum mehrere Tage in dieser Dachshöhle lassen, dachte ich mir, gerade, wenn die Schweden wieder fort sind und sich die Unsrigen ebenfalls aufs Aufbrechen besinnen.«

»Was ist geschehen?« Magdalena hielt angstvoll den Atem an.

»Eric ist verschwunden.« Im nächsten Moment drehte sich Rupprecht von ihr weg. Als habe er ausgerechnet in diesem Moment ein großes Schraubglas entdeckt, begann er es ausgiebig zu untersuchen.

»Das ist nicht wahr!« Sie schüttelte ihn so lange, bis er endlich das Glas wieder abstellte und sie ansah. »Wie soll er verschwunden sein? Er ist doch gar nicht in der Lage, allein irgendwohin zu gehen. Du und Roswitha, ihr musstet ihn doch zu zweit stützen, um ihn überhaupt aus dem Lager zu bringen.«

»Na ja, so schlecht zu Fuß war er dann doch nicht.« Noch immer konnte Rupprecht ihr nicht in die Augen sehen. »Vielleicht ist er einfach ein guter Täuscher und hat uns alle an der Nase herumgeführt. Oder aber«, er legte eine bedeutungsvolle Pause ein, während der er von ihr zu Roswitha sah, »oder aber jemand hat ihn gefunden und fortgeschleppt, mit einem Karren oder auf einem Esel. Nach einem Kampf sah es in der Höhle jedenfalls nicht aus.«

33

Eine Stunde vor Anbruch der Morgendämmerung erklang das Signal der Trommler, mit dem das Fußvolk zur Vergatterung gerufen wurde. Die ganze Nacht hindurch hatte Magdalena auf dieses erlösende Zeichen gewartet. Schlafen konnte sie nicht. Jeder Augenblick, der verstrich, entfernte sie ein Stück mehr von ihrem Kind. Zwei Tage waren vergangen, seit sie die Kleine zuletzt in Seumes Zelt gesehen hatte. Verzweifelt biss sie sich auf die Lippen. Längst brannten die, weil die obere Hautschicht aufgerissen war. Tränen hatte sie keine mehr. Zu viele hatte sie in den letzten beiden Tagen vergossen. Mit dem Ertönen des Signals konnte sie endlich aus dem Wagen klettern und wieder etwas tun, statt sich unruhig auf der Matte hin und her zu wälzen und die schlimmsten Befürchtungen über Carlottas Schicksal zu hegen.

Vergebens war Roswitha am vorigen Tag zum Haus des Kommandanten in Amöneburg gegangen. Elsbeth hatte man dort seit Wochen nicht mehr gesehen. Magdalena suchte unterdessen die nähere und weitere Umgebung nach dem Kind und der Cousine ab. Nirgendwo fand sich auch nur die geringste Spur. So schnell wollte Magdalena es nicht aufgeben, wenigstens auf einen klitzekleinen Hinweis zu stoßen. Sonst würde sie die Gegend auf keinen Fall verlassen. Um Eric machte sie sich dagegen kaum Sorgen. Dass er sich durchschlagen konnte, hatte er schließlich schon in den letzten beiden Jahren bewiesen. Sie schluckte. Ihn zu vergessen würde nicht leicht werden, leichter aber, als die Suche nach Carlotta aufzugeben.

Noch lag Dunkelheit über der Lagerstatt. Ein milder Wind strich durch die Gassen. Magdalena rieb sich die Arme, weniger, um sich aufzuwärmen, als vielmehr, um die Unruhe zu besiegen. Aufmerksam glitt ihr Blick über jeden, der ihr begegnete. Verschlafen krochen die Männer aus den Unterkünften und nahmen am Versammlungsplatz Aufstellung, während die Frauen begannen, das spärliche Hab und Gut der Söldnerfamilien zusammenzuraffen. Ab und an musste Magdalena sich ein wenig recken, manchmal bücken, um einen Blick unter die Planen und Umhänge zu werfen. Hinter jedem Zipfel konnte sich Elsbeth mit Carlotta verbergen.

Kinder schrien, Männer schimpften, Weiber zeterten. Dazwischen kläfften Hunde. Die wenigen Hühner, die die langen, mageren Wochen in der Ebene von Amöneburg überlebt hatten, gackerten aufgeregt und hackten mit den spitzen Schnäbeln nach allem, was sich bewegte. Immer wieder scheuchte Magdalena eines der Viecher verärgert fort. Der Dauerregen war im Lauf der letzten Nachtstunden in ein dünnes Nieseln übergegangen. Wie ein feiner Vorhang hüllte die Feuchtigkeit sie ein, ließ das dünne Schultertuch klamm und die roten Haare nass werden. Bald vermochte sie nicht mehr zu unterscheiden, ob es sich schon um feuchten Nebel oder weiterhin noch um feinen Regen handelte. Es wurde schwerer, die Gesichter der Menschen zu sehen. Die meisten huschten mit eingezogenen Köpfen und hochgereckten Schultern umher, den Körper bedeckt mit unzähligen Tüchern und Umhängen. Die Schlammpfützen zwischen den halb abgebrochenen Unterkünften vergrößerten sich zusehends und erforderten es, den Blick aufmerksam zu Boden zu richten.

Wieder versank Magdalena in einem Dreckloch und spürte, wie das Wasser in die Schuhe lief. Als ihr darüber ein derber Fluch entwischte, herrschte eine Frau sie an: »Halt dein Maul und pack mit an!« Gerade schickte sich die Fremde an, mit der rechten Hand eine Holzkiste auf einen Karren zu heben, während sie mit der Linken ein kleines Kind festzuhalten suchte, das sich schreiend wehrte. Die rotblonden Locken flogen wild durch die Luft, der kleine Kopf fuhr ungestüm hin und her.

Für einen Moment setzte Magdalena das Herz aus. Das Alter stimmte, Größe und Haarfarbe auch, ansonsten war nicht viel zu erkennen, weil sich das Kind zuvor ausgiebig im Schlamm gewälzt hatte. Sie bückte sich und hielt den Kopf fest, um sein Gesicht besser zu sehen. Das Kleine hielt verdutzt inne und erwiderte neugierig den Blick. »Finger weg von meinem Kind«, brauste die Fremde auf und warf sich mit schreckgeweiteten Augen zwischen sie. Entsetzt wich Magdalena zurück. Offenbar fürchtete die andere, sie wollte ihr das Kind entreißen. »Scher dich zum Teufel und nimm deine Kiste allein!« Mit Tränen in den Augen rannte sie weiter, beschämt, schon so wirr zu wirken, als könne sie einer Mutter das Kind stehlen.

Mehrmals rempelte sie gegen gebückte Rücken oder schwerbeladene Gestalten. Sie wagte kaum mehr, den Kopf zu heben. Ihre Augen saugten sich an der Erde fest. Von den vielen Kisten und Karren hatten sich im Boden tiefe Schleifspuren eingegraben. Immer wieder geriet Magdalena darüber ins Rutschen. Die ehemals so hastig gegrabenen Entwässerungskanäle um die Zelte und Wagen weichten nun, da die Unterkünfte abgebaut wurden, völlig auf.

An einer Ecke prallte Magdalena mit einem breiten Männerrücken zusammen und hob erschrocken den Blick. Ein vollbeladener Leiterwagen war in gefährliche Schieflage geraten. Der Lehm unter den Rädern gab zusehends nach, bedrohlich rutschten die Kisten nach links, genau auf die Seite, an der Magdalena stand. Zurück konnte sie nicht. Hinter ihr drängten die Menschen nach. Auch zur Seite konnte sie nicht ausweichen, weil dort weitere Zelte und Fuhrwerke standen. Ein kleiner Junge auf dem Kutschbock schrie vor Angst. Mehrere Männer stemmten sich gegen den Wagenkasten, um das Gefährt mit ihren Schultern anzuschieben. Erst nach einem halben Dutzend Versuchen gelang es ihnen. Erleichtert drückte Magdalena sich vorbei.

Die wenigen Marketender und Handwerker, die einen Wagen nebst Zugtieren ihr Eigen nannten, waren vor dem Aufbruch des Regiments dicht umlagert. Einer solchen Menschentraube fand sich Magdalena in der Nähe des Richtplatzes gegenüber. Ein Händler war gerade dabei, seinen Planwagen zu beladen. Unvorsichtigerweise hatte er einer älter wirkenden Frau erlaubt, ihr Bündel mit aufzupacken. Drei andere Frauen hatten das gesehen und verlangten nach einer ähnlichen Vorzugsbehandlung. Solche Handgreiflichkeiten erlebte Magdalena nicht zum ersten Mal. Gewiss würde es so enden, wie es immer endete: Jede nahm schließlich doch wieder den seit Jahren angestammten Platz ein und versorgte ihr Bündel auf dem Plan- oder Handwagen, auf dem sie es stets unterzubringen pflegte. Das machte die Streitereien eigentlich überflüssig. Wahrscheinlich gehörte das Ritual des Zankens einfach zum Aufbruch dazu.

Eine der Frauen schüttelte ihr langes blondes Haar im feuchten Regenschleier und reckte den Kopf mitsamt dem wohlgeformten Kinn selbstsicher über die Schultern der anderen hinweg. Das Kind, das sie auf den Hüften wiegte, patschte vergnügt in die Hände. Wie vorhin, als sie ein Kind in Carlottas Alter erspäht hatte, wurde Magdalena bei dem Anblick seltsam zumute. Entschlossen schritt sie auf die Frau zu.

»Carlotta!«, rief sie und griff nach dem Kind. Im selben Augenblick, in dem das Kleine entsetzt aufschrie, wurde die Frau aufmerksam. »Bist du verrückt?« Schon verpasste sie Magdalena eine schallende Ohrfeige. Das ließ sie aus ihrem Wahn erwachen, und erschrocken sah sie in die dunklen Augen der Frau. Quer über deren rechte Wange zog sich eine wulstige Narbe. Das blutunterlaufene Auge verriet, dass sie öfter Schlägen ausgesetzt war. »Verzeih«, murmelte Magdalena beschämt und drehte sich ab, um schnell davonzueilen.

Unterdessen bliesen die Trompeter das *»boute-selle«* für

die Reiterei. Nicht weit hinter dem Richtplatz lagen die Unterstände für die Pferde der Offiziere. Magdalena warf nur einen kurzen Blick hinüber. Dass Elsbeth sich ausgerechnet dort mit Carlotta versteckte, vermutete sie nicht. Dazu hatte die Cousine zu viel Angst vor den Tieren. Die Stallburschen striegelten und tränkten die kostbaren Pferde, legten ihnen Geschirr und Sattel um. Sorgfältig klaubten ein paar jüngere Buben die Futterreste zwischen den Hufen auf und verstauten sie in Säcken mitsamt dem restlichen Geschirr und Zaumzeug auf den bereitstehenden Gerätewagen.

Prüfend schritt Magdalena die Wagenreihen ab, auf denen weiteres Material aus den Offizierszelten gepackt war. Hie und da warf sie einen Blick unter eine weniger straff gespannte Persenning. Doch nirgends war eine Spur von Elsbeth und Carlotta zu entdecken. Als die Dämmerung anbrach und man auch ohne Fackeln besser sehen konnte, formierte sich der schier endlose Heereszug. Ein Mann von der reitenden Patrouille scheuchte Magdalena mit einem Stock beiseite. Rasch lief sie in die entgegengesetzte Richtung davon. Sie wusste auch so, dass es wenig Sinn hatte, weiter nach Elsbeth und dem Kind Ausschau zu halten. Entweder kauerte die Cousine längst gut verborgen auf einem der vielen Wagen, oder sie hatte sich, mit einem Tuch verhüllt, ins Gedränge des Fußvolks gemischt.

In Gedanken ging Magdalena die immer gleiche Abfolge des Zuges durch, um sich weitere Möglichkeiten vorzustellen. Wenn sie geschickt genug war, konnte sie sich im Lauf des Marsches an geeignete Stellen heranpirschen. An der Spitze des Zuges fanden sich der Führer und die erste Patrouille, dicht gefolgt von den Brückenmeistern mitsamt ihren Handlangern und den Zimmerleuten. Daran schlossen sich die

Marschkolonnen der kämpfenden Verbände an. Erst die folgenden Bataillone des Fußvolks boten die Möglichkeit für Elsbeth unterzuschlüpfen, ohne dass sie den Zorn eines Patrouillengängers auf sich zog. Nachdenklich betrachtete Magdalena die weit vorweg marschierenden Verbände.

Sonne, Wind und die vielen Kriegsjahre hatten die ehemals stolzen, bunten Fahnen, Banner und Standarten in bleiche, zerfetzte Tücher verwandelt. Dennoch reckte jeder Fähnrich weiterhin stolz die guten Stücke seiner Truppe in die Höhe. Der Wald der Piken klapperte so vehement gegeneinander, dass es selbst auf große Entfernung hin gut zu hören war. So manche Muskete ragte ebenfalls steil nach oben. Abgerissen und müde präsentierten sich jene Männer, die vorgestern noch kühn den Schweden um Wrangel die Stirn geboten hatten. Ihre Röcke waren dreckverschmiert, das Leder der Stiefel kaum mehr als solches erkennbar, die Patronengürtel quer über die Brust gähnend leer. Schief saßen die Filzhüte auf den müden Schädeln, durchlöchert und aufgeritzt. Dennoch zeigten die Männer große Entschlossenheit, mit erhobenen Häuptern weiterhin hinter Johann von Werth zum nächsten Schlachtfeld zu ziehen. Die Patrouillen hatten mehr Mühe, das nachfolgende Durcheinander der Wagen, Karren und Fuhrwerke von den Tausenden Trossleuten auf Linie zu bringen, als dass sie desertierenden Söldnern hinterherrennen mussten.

Im Gewühl der Aufbrechenden bahnte Magdalena sich einen Weg ans hintere Ende des Zuges. Wieder und wieder hob sie eine der Abdeckungen hoch, die straff über die Fuhrwerke gespannt waren. Jedes Mal starb ein weiteres Stück Hoffnung, irgendwo doch noch auf Elsbeth und Carlotta zu stoßen. Mehr als einmal riss sie eine weitere in Tücher und Decken gehüllte Frau unsanft herum, weil sie der Täuschung erlag, es handele sich um die Cousine. Wieder erntete sie entrüstete Aufschreie oder gar weitere schmerzhafte Maulschellen. Dass die Feldherren ausgerechnet an diesem Morgen zum Aufbruch drängten, war das Schlimmste, was ihr nach Carlottas Verschwinden hatte passieren können.

Magdalenas Beine wurden schwer, sie spürte, wie ihr die Kräfte schwanden. Erschöpft stützte sie sich schließlich am erstbesten Wagen ab.

»He du! Scher dich zum Teufel. Das ist mein Wagen. Fort mit dir, du räudige Hure! Lass dir vom Trossweibel deinen Platz anweisen.« Dicht vor ihrer Nase knallte eine Peitsche. Fast hätte die Schmitze am Ende der Schnur ihre Wangen aufgeschlitzt. Der Knall zerriss ihr schier die Ohren. Ein bärtiger, grobschlächtiger Mann zerrte sie vom Wagenkasten weg. »Nimm deine dreckigen Pfoten von meinem Zeug!« Hasserfüllt blitzten seine hellen Äuglein sie an. »Fort mit dir! Solche wie dich können wir hier nicht brauchen.«

»Mach langsam, Meister! Siehst du nicht, wen du da vor dir hast?« Zwischen den Zugochsen drängte sich Meister Johann hindurch und packte den Peitschenschwinger am Arm. »Wenn du meiner Gehilfin auch nur ein Haar krümmst, kriegst du es mit mir zu tun.«

»Deine Gehilfin? Dann ist das die rote Magdalena?« Ungläubig ließ der Grobschlächtige die Peitsche sinken. »Nie und nimmer hätte ich die erkannt.« Mit der freien Hand kratzte er sich am Schädel und musterte sie. Magdalena hob den Blick und sah ihn müde an. Sein Gesichtsausdruck spiegelte wider, wie furchtbar sie aussehen musste: Der Dauerregen hatte sie völlig durchnässt, Schlammspritzer verunzierten Haut und Kleidung. Der fehlende Schlaf und die Angst um

Carlotta mochten ihr Gesicht gezeichnet haben, doch es war ihr gleich, was er von ihr dachte. Sie hatte nur eins im Sinn: Carlotta! Schon wollte sie weiter, aber der Mann fasste sie am Arm. »Was ist passiert?«

»Lass uns zu unserem Wagen gehen.« Meister Johann zog sie mit sich fort. Widerwillig stolperte sie neben ihm her, wich, so gut es ging, den Trossleuten aus, ließ ihre Augen aber weiterhin suchend über die Fuhrwerke gleiten. Es konnte doch nicht sein, dass Elsbeth nirgendwo zu entdecken war!

»Was tust du nur? Suchst du immer noch nach deiner Cousine? Die wird sich schon finden. Allein hat sie doch gar keine Chance, erst recht nicht mit dem Kind. Schneller, als dir lieb ist, taucht sie wieder bei uns auf.«

Magdalena schenkte sich die Antwort. Der Feldscher würde sie nie verstehen, weder jetzt, wenn er einigermaßen nüchtern war, noch später, wenn er wieder vom Branntwein berauscht seine Gefühle entdeckte.

Bald erreichten sie den Wagen, an dem Rupprecht die Plane festzurrte. Weit ragten die langen Zeltstangen am hinteren Ende heraus. Die Taue, die die Fourage halten sollten, machten keinen vertrauenerweckenden Eindruck, selbst wenn Rupprecht sie noch so geschickt verknotete.

»Schert euch fort!« Rupprecht hörte auf, sich mit den Tauen zu beschäftigen, und versuchte stattdessen, ein paar meckernde Geißen zu vertreiben, die ihrem Hütejungen entwischt waren.

»Pass besser auf, sonst kriegst du großen Ärger!« Magdalena half dem etwa Zehnjährigen rasch, zwei Zicklein unter dem Wagen herauszuziehen und die Tiere zur restlichen Herde zurückzuführen. Die bestand aus einigen lahmen Eseln, klapprigen Gäulen, die von ihren Reitern aussortiert worden waren, und etwas magerem Vieh. Drei weitere Buben waren damit beschäftigt, die Tiere zwischen den Fuhrwerken zusammenzutreiben. Dazu schlugen sie mit Gerten und pfiffen auf den Fingern. Zwei Hunde umkreisten die Herde und kläfften aufgeregt die störrischen Ziegen an. Das alarmierte einen Erwachsenen, nachzusehen, ob die Kinder alles im Griff hatten. Aufmerksam mischte sich Magdalena in den Tumult. Leise Hoffnung keimte in ihr auf, Elsbeth hätte vielleicht hier hinten, bei einem der Schäfer oder Hütejungen, Unterschlupf gesucht. Doch wieder musste sie unverrichteter Dinge abziehen.

»Mit jedem Tag bin ich mir sicherer, dass Elsbeth dir nur einen Schreck einjagen will«, krächzte es da von Meister Johanns Kutschbock herunter. Im nächsten Moment krachte bereits ein Holzstock auf sie herab. Roswitha hatte ihn fallen lassen, als sie gerade die letzten Bündel unter der Plane verstauen wollte. Schon verhedderte sie sich in einem Seil und fluchte leise, bevor sie noch einen Wasserkessel herunterpoltern ließ, dann endlich hatte sie sich aus der unfreiwilligen Fessel befreit. Keuchend kletterte sie herunter, stemmte die Hände in die Hüften und sah Magdalena aus ihren trüben Augen besorgt an. »Ihren ganzen Kram hat sie dagelassen. Eigenhändig habe ich den vorhin in eurem Zelt zusammengerafft und hier oben bei Meister Johann verstaut. Wenn die liebe Elsbeth nicht zurückkehren wollte, hätte sie das nicht getan. Die ist doch kiebig wie eine Elster auf alles, was sich nur irgendwie zu Geld machen lässt. Nie würde die freiwillig auch nur eine Decke liegen lassen.«

»Der wertlose Kram kann ihr einerlei sein«, widersprach Magdalena leise. »Vergiss nicht, dass sie jetzt Geld genug hat.«

»Sei nicht traurig«, krächzte Roswitha und tätschelte ihr die Wange. »So gerissen ist Elsbeth nicht, dass sie sich allein durchschlagen könnte. Am Ende fehlt ihr doch immer die Durchtriebenheit. Denk nur an die Geschichte mit der Tabakdose. Letztlich hat sie es nicht geschafft, sie dir als Diebesgut unterzujubeln und dich bei Seume anzuschwärzen. Auch mit deinem Bernstein ist es ihr nicht gelungen, dich längere Zeit zu hintergehen und das gute Stück zu Geld zu machen. Selbst wenn sie wirklich fortgelaufen sein sollte: In der Kürze der Zeit kann sie nicht weit gekommen sein, gerade mit der Kleinen am Wickel.«

»Ich Schaf!« Die letzten Worte der Alten waren an Magdalena vorbeigerauscht, denn endlich hatte sie erfasst, was sie vorhin bereits als dunkle Ahnung gespürt hatte. »Ich weiß, was ich tun muss.«

Entschlossen straffte sie sich, blinzelte mit den grünen Augen in den heller werdenden Himmel, als suchte sie dort oben eine Bestätigung, und wandte sich dann an Roswitha und Meister Johann, die neben dem Zugochsen standen. »Wenn zwischenzeitlich hier hinten das Signal zum Aufbruch ertönt, wartet nicht auf mich. Zieht einfach los. So schnell kommt ihr sowieso nicht voran. Ich werde euch schon finden.«

Bevor der Feldscher oder Roswitha noch etwas sagen konnten, drehte sie sich um und rannte davon. Ihr Ziel war der Berg im Nordwesten, auf dem majestätisch die Stadt thronte. Gerade linsten die ersten zarten Sonnenstrahlen zwischen den Wolken hindurch. Wenn sie Glück hatte, fand nicht nur die Sonne ihren Weg zurück in die trostlose Gegend. In der Dachshöhle würde es endlich hell genug sein, um Spuren zu entdecken. Erst vorige Nacht war sie dort gewesen. Doch der Schein der Fackeln hatte nicht ausgereicht, um Hinweise auf den Verbleib von Eric zu entdecken. Vielleicht stieß sie dort bei Tageslicht auf eine Spur von Carlotta oder Elsbeth. Danach hatte sie in der Höhle nicht gesucht. Und je länger sie darüber nachdachte, desto wichtiger erschien es ihr. Es konnte kein Zufall sein, dass die drei zur selben Zeit verschwunden waren. Doch was führte Elsbeth im Schilde? Anders als Roswitha hielt sie die Cousine inzwischen für mit allen Wassern gewaschen.

34

Wie ein endloser Wurm schlängelte sich der Heereszug der Kaiserlichen mit dem riesigen Tross durch die Felder. Auf einem kleinen Felsvorsprung unweit der Höhle, die Eric als Versteck gedient hatte, stand Magdalena und betrachtete das Spektakel von oben. Zu ihrer großen Enttäuschung hatte sie nichts in dem Versteck gefunden, was auf eine Anwesenheit Elsbeths und Carlottas hingewiesen hätte. Der Regen hatte die Spuren rund um die Höhle gründlich weggewaschen, so dass nicht auszumachen war, wie viele Menschen sich dort aufgehalten hatten. Trotzdem war sie überzeugt, dass Elsbeth hier gewesen und gemeinsam mit Eric und der Kleinen von der Höhle aufgebrochen war. Die Cousine war die Einzige, die außer ihr, Roswitha, Rupprecht und Meister Johann von der Flucht Erics gewusst hatte. Und sie war die Einzige, der Eric so weit vertraute, dass er sich von ihr helfen ließe. Und wie hätte er die Flucht allein bewerkstelligen sollen? Immerhin hatte sie vorgestern noch seine Wunden untersucht und neu verbunden. Wie aber waren die drei so schnell von hier weg? Und vor allem: Wohin waren sie geflohen?

Magdalenas Augen schweiften umher. In der weitläufigen Ebene waren sowohl die gutsortierte vordere Hälfte des Heereszugs mit den Soldaten, der Reiterei und den Zimmerleuten leicht zu überblicken als auch der ungeordnete Teil aus Hunderten von Fouragewagen, Karren und einer großen Menge abenteuerlichster Fuhrwerke. Übergangslos schlossen sich die Pikeniere an. Im Rhythmus der Marschtrommeln marschierten sie, begleitet von einer kaum zu überschauenden Zahl Fußvolk. Um sie herum bemühten sich die berittenen Patrouillen, die Ordnung aufrechtzuerhalten. Trommelwirbel begleiteten das emsige Gemurmel und Gezeter menschlicher Stimmen, die bis hinauf zu Magdalenas Posten am Berghang zu hören waren. Ein ausgezeichneter Ort für die drei, um sich zu verstecken, schoss es ihr durch den Kopf, natürlich nur dort, wo man sie nicht kannte, also außerhalb ihres gewohnten Fähnleins oder Quartiers im Tross.

Die Sonne hatte sich inzwischen so weit aus den Wolken herausgeschält, dass die klammen Planen über den Wagen trocknen konnten. Auch der Boden wurde wieder härter, so dass die Wagenräder, waren sie erst einmal im Rollen, nicht mehr so leicht im Schlamm stecken blieben. Bald musste Magdalena die Augen gegen die gleißende Helligkeit mit der flachen Hand abschirmen. Die tagelang vermisste Wärme auf der Haut zu spüren tat gut. Hin und wieder knallten in der Ebene Schüsse, auch das Klirren der Piken und Säbel war nicht zu überhören. Die Patrouillen hatten alle Hände voll zu tun, um den bunten Zug der Infanteristen in Schach zu halten. Erst der Abschnitt mit den Geschützen, Lafetten, Kugel- und Panzerkarren und dahinter die Rüstwagen, die dem Tross folgten, machten einen wohlorganisierten Eindruck. In einigem Abstand würde ihm die Nachhut folgen, die aber zahlenmäßig kaum ins Gewicht fiel. Gut eine deutsche Meile mochte der Zug insgesamt lang sein. Zwar hatten einige hundert Menschen während der entbehrungsreichen Wochen vor Amöneburg dank Hunger, Seuchen und Hitze ihr Leben lassen müssen, dennoch schien das Aufgebot an Männern, Frauen und Kindern nicht wesentlich kleiner als bei der Ankunft vor gut einem Monat.

Das Gewühl des Trosses bot Eric, Elsbeth und Carlotta tatsächlich die sicherste Möglichkeit, unentdeckt zu entkommen. Niemand hatte den Überblick, wer wohin gehörte. Weitab ihres gewohnten Fähnleins würde keiner die drei erkennen. An allen Ecken und Enden stießen Fremde hinzu, ohne Aufsehen zu erregen. Dafür kamen sie innerhalb des Heereszugs sicher vorwärts, was ihnen außerhalb des Zuges, allein auf sich gestellt, kaum möglich war. Magdalena umklammerte mit der einen Hand den Bernstein, wischte sich mit der anderen über die Augen und betrachtete weiter die Menschenmenge, die sich quer durch die Ebene Richtung Süden schlängelte. Tränen rannen ihr über die Wangen. Was hatte sie nur getan? War Erics Rettung es wert gewesen, Carlotta zu verlieren?

Immer verzweifelter wanderte ihr Blick über die Massen dort unten. Kaum eine Stadt in den deutschen Landen zählte noch so viele Einwohner, wie Heer und Tross an Menschen mit sich schleppten. Für Tausende war der riesige Zug zur Heimat geworden, wie auch Magdalena zeit ihres Lebens nie ein anderes Leben kennengelernt hatte als dieses unstete Umherziehen im Schatten der Kanonen und Lafetten. Bayern hieß das neue Ziel. Im Süden, so raunte man, seien die Kornkammern noch gut gefüllt und die Vorratskästen randvoll mit Nahrungsmitteln. Auch das Bier fließe im Land des unerbittlichen Kurfürsten Maximilian ohne Unterlass. Zwar hatten die schwedischen Feldzüge unter Gustav Adolf vor gut einem Dutzend Jahren das Land zwischen Isar und Lech erheblich verwüstet, doch hatten die Menschen sich in der Zwischenzeit wieder von dem ärgsten Schrecken erholen und ihre Speicher auffüllen können. Für einen Augenblick schien sich der gewaltige Wurm vor Magdalenas Augen in ein bedrohliches Ungetüm zu verwandeln.

Eine düstere Ahnung überfiel sie, was es bedeutete, nach einer kurzen Verschnaufpause, in der die ersten Felder wieder bestellt, die Ernten wieder eingebracht und der Viehbestand aufgestockt worden war, abermals mit dem Auftauchen der Truppen konfrontiert zu werden. Rücksichtslos wälzte sich das Ungetüm aus Regiment und Tross durch die Ebene. Dabei hatte das Scheusal auch ihre geliebte Carlotta verschlungen, ebenso wie es die Liebe zu Eric, die sie überhaupt erst zu der verrückten Tat angestiftet hatte, längst unter sich begraben hatte. Nichts blieb von ihrem bisherigen Leben übrig, alles, was sie besessen hatte, hatte sie hier vor Amöneburg für immer verloren.

Ähnlich mussten sich die Menschen fühlen, wenn ihnen das Nahen des Heereszugs angekündigt wurde. Selten konnte jemand rechtzeitig fliehen oder gar sein Hab und Gut in Sicherheit bringen. Alles wurde plattgemacht und zerstört. Zog die Bagage aus einer Gegend ab, bildete ödes Brachland die wenig ruhmreiche Hinterlassenschaft. Auch jetzt erstreckte es sich bis zum Horizont und taugte so schnell nicht wieder als Ackerland. Tiefe Furchen durchpflügten den Boden. Die vielen Zelte, Wagen, Stiefel und Hufe hatten ihre Spuren eingegraben. Selbst der letzte Grashalm war ausgerissen und der kleine Fluss Ohm am östlichen Rand der Ebene vollkommen verdreckt, so dass nach Abzug der Regenfront der faulige Gestank des Wassers schwer in der Luft lag. Die Feuerstellen und Latrinen sowie die gewaltigen Unratberge taten ein Übriges, das Land im wahrsten Wortsinn zu verheeren.

Dabei befand sich das eigentliche Schlachtfeld, auf dem sich die Kaiserlichen mit den Schweden vor zwei Tagen das heftige Scharmützel geliefert hatten, noch ein gutes Stück weiter ostwärts. Notdürftige Gräberfelder umrandeten es, flankiert von Feuerstellen, an denen die abgetrennten Gliedmaßen verbrannt worden waren. Magdalena war auf einmal, als stiege ihr der süßliche Geruch in die Nase. Angewidert schüttelte sie sich. Nein, dort unten würde sie keine Heimat mehr finden, das war vorbei, ein für alle Mal.

35

»Musst dich sputen, wenn du noch mitwillst, mein Täubchen.« Dröhnend lachte eine tiefe Männerstimme. Strecker! Überrascht drehte sie sich um und blinzelte den Mann an, der seinen vorspringenden Spitzbauch in die zarten Sonnenstrahlen reckte.

»Was macht Ihr hier oben? Werdet Ihr da unten nicht dringend gebraucht?«

»Das Gleiche könnte ich dich fragen, mein Täubchen. Schaut fast so aus, als wärst du nicht zufällig hier. Warst in der Höhle, was? Hast wen gesucht?« Seine runden Äuglein saugten sich an ihr fest. Schon trat er noch einen Schritt näher. Seine schmalen, feuchten Lippen versuchten ein Grinsen. Die faulen Zahnstümpfe dahinter blitzten kurz auf.

»Wen sollte ich hier suchen?« Den Kopf musste sie leicht nach hinten neigen, um ihm aus ihren grünen, engstehenden Augen ins Gesicht schauen zu können. Die Bartstoppeln an seinem Kinn sprossen aus rotverkrusteten Pusteln. Mit dem Rasiermesser schien er oder sein Bursche nicht eben behutsam umzugehen. Fast war sie versucht, ihm eine beruhigende Ringelblumensalbe für die entzündete Haut zu empfehlen. »Lasst mich durch. Ich muss weiter«, sagte sie stattdessen und schickte sich an wegzugehen.

»Nicht so hastig, mein Täubchen!« Breitbeinig verstellte er ihr den Weg und hakte die Daumen in die Gürtelschlaufen. »Bis der Wagen von Meister Johann ins Rollen kommt, können wir zwei uns hier oben noch gut die Zeit vertreiben. Ich hätte da auch schon einen Vorschlag.«

Brüsk fasste er sie am Arm und wollte sie Richtung Höhle zerren. Sie versuchte, sich zu wehren, musste bald aber feststellen, dass er es gewohnt war, widerspenstige Frauen zu bezwingen. Ähnlich wie bei Seume schien es seine Wollust zu verstärken, sie in seinen Armen zappeln zu sehen. Also stellte sie die Gegenwehr ein, in der stillen Hoffnung, bald eine Gelegenheit finden und sich befreien zu können.

»Wusste ich doch, dass du ein kluges Mädchen bist.« Ohne sie aus den Augen zu lassen, löste er die linke Hand von ihrem Handgelenk und öffnete Gürtelschnalle und Hosenknöpfe. Ein befreiendes Stöhnen offenbarte, wie nötig er den Bewegungsspielraum hatte. Kühn richtete sich das geschwollene Glied in die Luft. Sie versuchte, seine Unaufmerksamkeit zu nutzen und sich loszureißen. »Hiergeblieben!« Flink hielt er sie fest und zwang sie, vor ihm auf die Knie zu sinken. Den blaugeäderten Penis dicht vor den Augen, würgte es sie. Sie spürte seine Hand im Nacken. Ein Krampf schüttelte ihren schmächtigen Körper, als er ihren roten Lockenkopf nach vorn presste.

»Leg endlich los!«, japste er, während sie sich mit letzter Kraft wegdrehen konnte und sich erbrach. »Elende Vettel! Bist du denn zu nichts zu gebrauchen?« Wütend sprang er beiseite. Der weitgeöffnete Hosenlatz und der steif nach vorn ragende Penis verliehen ihm ein lächerliches Aussehen. Es dauerte eine ganze Weile, bis sein Fluchen verebbte. Sein Glied schrumpelte unterdessen zu einem runzeligen Etwas.

Sie wandte den Blick ab, starrte blicklos nach unten und wischte sich den Mund. Bitter erinnerte sie sich daran, wie schön sie einst das Zusammensein mit Eric erlebt hatte. Das Versinken in seinen blauen Augen, das gemeinsame Dahingleiten auf einer schier endlosen Woge des Glücks – sollten ihr solche Wonnen für immer versagt bleiben? Gegen ihren Willen schluchzte sie auf.

»Hör auf zu flennen! Hast du von deiner Cousine nichts gelernt?« Sie wehrte sich nicht, als er unter ihr spitzes Kinn fasste und sie zwang, den Blick zu heben. »Kein Wunder, dass der Rotblonde sich lieber an sie hält statt an dich«, redete er weiter. »Wird schon wiederkommen, die Zeit, in der seine Wunden verheilt sind und er die Freuden mit ihr genießen kann. Tja, Elsbeth hat wirklich Talent für die Liebe. Ein prächtiges Weib!«

Bei diesen Worten beulte sich von neuem seine Hose auf. Die wässrigen Augen glänzten. Magdalena fühlte einen Stich in der Brust. Sie zitterte vor Aufregung. »Woher wisst Ihr das?«

»Nenn ihn ruhig beim Namen, mein Täubchen: Eric Grohnert ist es. Du und ich, wir kennen ihn doch schon lange. Ein sauberer Geschäftspartner. Ich verstehe bis heute nicht, warum Seume ihn aus dem Weg haben will. Ich jedenfalls bin immer gut mit ihm klargekommen.«

»Ihr habt also auch Geschäfte mit ihm gemacht?«

»Wer hat das nicht? An Eric Grohnert kommt nun mal keiner im Heer vorbei, der was braucht. Aber damit ist es nun vorbei. Schade. Wir haben alle unseren Schnitt gemacht, weil der gute Eric einfach ausgezeichnete Verbindungen hat. Doch Seume kann den Hals nicht vollkriegen, will immer noch mehr und noch bessere Konditionen und stellt den kurzfristigen Vorteil über den langfristigen Erfolg. Wirklich schade um Eric, dass er deshalb mit Seume über Kreuz geraten ist. War auch für ihn ein todsicheres Geschäft. Aber Eric wird anderswo seinen Weg gehen, daran zweifle ich nicht. Über den Winter, spätestens im nächsten Sommer wird er mit anderen Regimentern in Kontakt stehen, für andere Offiziere Proviant, Tabak und dergleichen besorgen. Ein echter Hansdampf in allen Gassen ist das! Den wird man wirklich nur los, wenn man ihn höchstpersönlich massakriert, denn er weiß sich eben immer im letzten Moment zu retten. Schon allein, wie er das mit seiner Flucht eingefädelt hat: einfach bewundernswert!«

Er zwinkerte, wohl um seine Anerkennung auszudrücken. »Euch Weiber hat er gut im Griff. Braucht nur mit den Fingern schnippen oder euch einmal tief aus seinen schönen blauen Augen anzuschauen, und schon tut ihr, was er von euch verlangt. Hat dir mit seinem unschuldigen Blick ganz schön den Kopf verdreht, was? Ach, was gäbe ich drum, dich einmal so anschauen zu können! Ungeahnte Wonnen warteten dann wohl auf mich. Muss es wirklich in sich haben, der gute Eric, dass eine Frau wie du Wachs in seinen Händen ist. Wer hätte gedacht, dass die rote Magdalena einmal auf so einen Schurken hereinfällt und ihm zur Flucht verhilft? Wirkt da noch euer Techtelmechtel aus Freiburger Tagen nach? Das Alter deines Bastards könnte passen. Ein Wunder, dass Seume das nicht nachgerechnet hat. Sein Zorn wegen der paar Gulden, die Eric ihm stibitzt hat, war mal wieder größer als der gesunde Menschenverstand.«

»Genug! Haltet endlich Euer schändliches Maul!« Erst im letzten Augenblick hielt sie sich zurück, sich auf ihn zu stürzen und ihm das Gesicht zu zerkratzen. »Redet man so in Eurem erlauchten Offizierslager daher?«

»Musst keine Angst haben, mein Täubchen. Noch tratscht niemand über Eric und seine von dir eingefädelte Flucht. Und solange ich das nicht will, wird es auch niemand tun. Von mir erfährt keiner ein Sterbenswörtchen, dass du da mit drinhängst. Seume wird wohl auch nicht groß darüber reden, immerhin hat die gute Elsbeth ihm ordentlich die Geldtruhe geleert. Höchstpersönlich hat mir das Luder sein Beutelchen mit Goldmünzen gezeigt! Und was Eric betrifft: Mit Elsbeth an der Seite wird er klarkommen. Selbst die Kleine wird es gut haben bei den beiden, so abgöttisch, wie Elsbeth sie liebt.«

Erneut wurde es Magdalena flau im Magen, gleichzeitig schien der Schmerz ihre Brust zu zerreißen. »Ihr wisst, wo sie hin sind?«

Schweigend blickte er sie an. Mitleid schwang in seinen Worten, als er ihr endlich antwortete: »Natürlich weiß ich das! Wer, denkst du, hat Elsbeth geholfen, einen Karren und einen Ochsen aufzutreiben? Solange Eric noch nicht richtig auf den Beinen steht und der Balg an ihrem Rockzipfel hängt, hat sie doch gar keine andere Chance, von hier fortzukommen.«

»Sie sind also nicht mehr im Tross?«

»Aber natürlich nicht. Alles andere wäre doch viel zu gefährlich. Fernab vom Regiment kommen sie besser klar. Ihnen dabei zu helfen, dafür habe ich mein Bestes gegeben.«

»Aber wieso?«, platzte es aus ihr heraus, ehe sie sich besinnen konnte, »wieso tut Ihr das? Wieso helft Ihr den beiden? Ihr hättet sie und auch mich, ja, uns alle an den Galgen bringen können. Nicht nur Seume wäre Euch auf ewig zu großem Dank verpflichtet. Der Generalauditor würde sich nicht lumpen lassen und Euch mit Lob und neuen Posten überschütten.«

»Ach, was redest du denn da!« Verärgert schnaufte Strecker und befingerte seinen halbentblößten Unterleib. »Eine Beförderung hin oder her, was zählt das schon? Ordentlichen Sold kriegt sowieso keiner. Unsereins aber kommt in die Jahre und muss daran denken, dass es eines Tages noch etwas anderes geben wird als das rastlose Umherziehen mit dem Heer. Deshalb sorge ich vor, mein Täubchen, allein dafür. So ein dankbarer Mann wie Eric, der die gesamte Kaufmannschaft zwischen dem Meer hoch oben im Norden und den Häfen jenseits der Alpen kennt, ist mir dabei weitaus mehr von Nutzen als ein unberechenbarer Hagen Seume, dessen Zorn ihn schon morgen vergessen macht, welchen Dienst ich ihm heute erwiesen habe.«

Über diesen Worten hatte sich seine Laune wieder gebessert. Vielleicht war es auch das Wiederaufflammen der Lust, das ihn aufmunterte. Noch einmal zupfte er an seinem Penis, der über seinem Herumhantieren abermals fest geworden war, und grunzte voller Vorfreude. »Doch kommen wir zu dir, mein Täubchen: Lass dir von mir doch einfach zeigen, wie man auch den kleinen Augenblick genießen kann, und wir werden die nächsten Wochen im Tross ein paar wundervolle Stunden miteinander haben. Dein Schade soll es nicht sein.

Denk daran, dass ich dich und deinen Meister mitsamt eurem Gehilfen jederzeit auch gern an Seume verraten kann.«

Abermals fasste er sie am Arm, leckte sich die feuchten, schmalen Lippen und funkelte sie gierig aus seinen winzigen Schweineaugen an. Sie war so überrumpelt, dass sie ihm nichts entgegensetzte, als er sie hinterrücks flach auf den Boden warf und sich auf sie stürzte.

Der Aufprall auf dem harten Boden schmerzte. Einen Moment lang wurde ihr schwarz vor Augen, und sie rang nach Atem. Als er sein Knie zwischen ihre Beine schob und sie etwas Hartes, Zuckendes, Warmes zwischen den Schenkeln spürte, erwachte sie aus der Starre. Mit nicht gekannter Kraft bäumte sie sich auf und stieß seinen massigen Leib nach hinten weg. Zunächst wusste er offenbar nicht, wie ihm geschah. Wie ein Käfer ruderte er hilflos mit Armen und Beinen. Die Sonne blendete ihn, so dass er nicht sah, was sie tat. Suchend tastete sie mit der linken Hand über den Boden, bis sie etwas Festes, Kaltes zu greifen bekam, holte aus und schlug es schwungvoll gegen seinen Kopf. Der Aufprall war hart genug, ihn nach hinten taumeln zu lassen. Die scharfe Kante des Steins riss ihm die Schläfe auf. Verwundert über das Blut, das ihm über die Wangen rann, hob er die Hand und tastete am Schädel entlang. Sie nutzte den Moment, sich ganz von ihm zu befreien, und baute sich, den Stein weiterhin in der Hand haltend, drohend vor ihm auf.

»Wo stecken Elsbeth und Eric? Wohin haben die zwei mein Kind verschleppt? Redet endlich, oder ich schlage noch einmal zu!«

Schwerfällig setzte er sich auf und stierte sie an, als begreife er nicht, was sie von ihm wollte. Seine Kiefer mahlten gegeneinander. Gebannt starrte sie ihn an. Zum Reden kam er allerdings nicht mehr. Jäh sauste von hinten ein Knüppel auf seinen Kopf, und er kippte zur Seite. Dabei fiel er unglücklich nah an die Kante des Felsvorsprungs. Die sanfte Neigung des Bodens reichte aus, den schweren Körper nach unten rollen zu lassen, und er kippte besinnungslos zur Seite.

Ein Rascheln im nahen Weißdornzweig ließ Magdalena zusammenzucken. Um den feisten Strecker tat es ihr nicht leid. Viel eher fürchtete sie den, der sie gerettet hatte und dafür seinerseits eine Belohnung von ihr einfordern würde.

»Den hat es erwischt.«

Erleichtert erkannte sie Rupprechts Stimme, und schon trat er aus dem Dickicht und zupfte sich Dornen und Blätter aus Hemd und Haaren. Die anfängliche Freude über sein Auftauchen wich erneut aufflammendem Zorn. »Warum traust du dich jetzt erst da raus? Hast du etwa die ganze Zeit zugeschaut, was er mit mir anstellen wollte? Und wenn du schon so gerne zuguckst, dann hättest du wenigstens noch warten können, bis er mir verrät, wohin Elsbeth mit Carlotta und Eric verschwunden ist.«

Schon wollte sie sich auf ihn stürzen und auf ihn einschlagen, da hielt er sie mit ausgestreckten Armen auf. Sie trat zwei Schritte zurück, verfing sich in der dornigen Hecke und befreite sich fluchend. Er sah ihr offen ins Gesicht, als wäre nichts geschehen.

Ein Stöhnen von jenseits des Felsvorsprungs durchbrach die Stille. Mühsam schob sich Streckers Hand über den Stein, versuchte verzweifelt, die Kante besser zu umklammern. Die rutschige Erde ließ sie mehrfach abgleiten, bis sie endlich Halt fand. Strecker hatte sich wohl an einem Vorsprung festklammern können und wollte sich nun nach oben retten. Noch bevor sie das begriffen hatte, stand Rupprecht bereits mit dem

Knüppel in der Hand über ihm und hieb abermals auf ihn ein. »Hör auf!«, schrie sie und warf sich ihm in die Arme. »Bist du wahnsinnig? Es reicht!«

Es war zu spät. Er schubste sie beiseite und trat ungerührt auf Streckers Finger. Mehrmals ließ er den Stock nach unten sausen. Zwei-, dreimal stöhnte Strecker auf, dann lösten sich die Finger von der Kante, und er rutschte ab. Abermals trat Rupprecht mit den Füßen nach. »Den sind wir los«, stellte er zufrieden fest und wandte sich ihr lächelnd zu.

»Du Wahnsinniger!« Abermals wollte sie auf ihn einschlagen. Ein weiteres Mal jedoch erwies er sich als schneller und hielt sie an den Handgelenken fest, bis sie wieder zu sich kam und ruhiger atmete. »Eine Heldentat war das nicht«, sagte sie und befreite sich aus seinem Griff. »Deinetwegen werde ich nie erfahren, wohin mein Kind verschwunden ist.«

»Das hätte er dir sowieso nicht verraten, darauf kannst du Gift nehmen. An der Nase wollte er dich herumführen, dich nur dazu bringen, dass du die Beine für ihn breit machst und er seinen Spaß hat. Komm, wir müssen rasch hinunter zu Meister Johann. Wäre schlecht für uns alle, wenn wir nicht rechtzeitig beim Abmarsch bereitstünden.«

Er schickte sich an, den Berghang hinabzulaufen. Sie zögerte, ihm zu folgen. »Ich kann nicht mehr zurück«, rief sie.

Rupprecht, der bereits einige Schritte entfernt war, drehte sich langsam um. In dem Moment hörten sie Stimmen. Hunde bellten, Männer kamen näher. Bewaffnete Patrouillen! Entsetzt sahen sie sich an.

»Schau, wer hier liegt!«, rief einer von weiter unten. Er musste Streckers Leiche entdeckt haben. »Der Dicke hat es wohl wieder mal zu doll getrieben. Der Hosenlatz steht ihm noch offen.«

»Die Wunde am Schädel ist frisch. Weit kann der Halunke nicht sein«, stellte ein Zweiter fest.

»Du meinst, der Dicke ist nicht gestürzt, sondern erschlagen worden?«

»Ganz gewiss. Hier, schau, da hat ihm einer eins übergezogen. Wenn wir uns sputen, schnappen wir den Burschen noch!«

Sein Kamerad war nicht mehr zu halten: »Lass uns dafür sorgen, dass das Schwein gleich nachher unten am Galgen baumelt. Das wird Seume freuen.«

»Du hast recht. Selten ist eine ordentliche Belohnung so leicht verdient.«

Das Bellen und Knurren der Hunde wurde lauter. Magdalena stockte der Atem. Nicht lang, und eines der Tiere würde Witterung aufnehmen. Noch bevor ihre Flucht begonnen hatte, fände sie ihr unrühmliches Ende.

DRITTER TEIL

Flucht

FRANKEN UND ALLGÄU

Sommer 1646 bis Sommer 1648

1

Die Sonne schickte sich an, als glutroter Ball hinter der Kuppel der Klosterkirche zu versinken. Die Fensterflügel auf beiden Längsseiten des Refektoriums standen weit offen. Dennoch staute sich stickige Luft in dem niedrigen Saal. Vielleicht brachte der Anbruch der Nacht endlich die erhoffte Abkühlung. Von den Wiesen am Mainufer wehte eine frische Brise herüber. Bald war sie auch in dem zum Lazarett umfunktionierten Refektorium zu spüren.

Magdalena trat an ein Fenster an der Ostseite. Auf dem gegenüberliegenden Flussufer ragten die vielen Turmspitzen hoch in den Himmel. Es schien, als reckten sie sich empor, um die Wolken aufzuspießen. Die aber zogen, vom Wind getrieben, rasch davon. Verzaubert betrachtete Magdalena das Schauspiel. Gedankenverloren spielte sie mit dem Bernstein um ihren Hals und versuchte, die Türme dem Rathaus, dem Kiliansdom und der Marienkapelle zuzuordnen.

Schließlich ging sie auf die Westseite und starrte in den Feuerball der untergehenden Sonne, bis ihr die Augen brannten. Sie brauchte diesen Schmerz, um die Qual tief in ihrem Innern zu ertragen. Jeder weitere Tag, den sie in dem elenden Spital der Schweden verbrachte, entfernte sie mehr von ihrem Ziel. Vier volle Wochen waren seit dem Aufbruch des kaiserlichen Heerlagers aus dem Mittelhessischen vergangen. Fast ebenso lang befanden Rupprecht und sie sich in den Händen der Schweden. Wenige Stunden nach Streckers Tod hatten Rupprecht und sie sich den gottlosen Heringfressern ergeben müssen.

Der stärker werdende Abendwind zerriss die blauroten Schlieren am Himmel in unzählige kleine Stränge. Sie schlangen sich um die Zinnen der Marienfeste, bevor sie sich endgültig auflösten. In Magdalena wuchs die Verzweiflung. Die Abendstunden waren am schlimmsten. Die Hetze des Tages versiegte, die Zeit der Erinnerung brach an. Carlottas Brabbeln und Quietschen klang ihr im Ohr. Deutlich sah sie die Kleine mit ihren blauen Augen und dem rotblonden Haar vor sich. Viel zu lang schon war sie von ihr getrennt. Längst war sie überzeugt, genau in die entgegengesetzte Richtung wie ihr Kind getrieben zu werden, immer weiter, immer schneller weg von ihm. Elsbeth brachte die Kleine und Eric gewiss nach Köln zu ihrer Mutter Babette und deren Bruder, dem strengen Fassbinderonkel. Vor zwei Jahren noch hatte Babette sich geweigert, Elsbeth mit dorthin zu nehmen. Magdalena zweifelte jedoch nicht daran, dass es der Cousine gelingen würde, sich dort einzunisten. Also musste auch Magdalena nach Köln. Damit sie aus diesem gottverfluchten Kloster im Schatten Würzburgs wegkam, musste allerdings ein Wunder geschehen.

Magdalena umklammerte den Bernstein noch fester. Die einst selbstverständliche Wärme war nicht zu spüren, von der Übertragung geheimnisvoller Kräfte ganz zu schweigen. Erschöpft lehnte sie die Stirn an den Fensterrahmen. Tränen verschleierten ihr den Blick. Sie schloss die Augen. Warum nur waren sie so kurz hinter Amöneburg ausgerechnet dem schwedischen Versehrtentrupp in die Hände gefallen? Auf jedes verdächtige Zeichen, jede noch so weit entfernt drohende

Gefahr hatten Rupprecht und sie geachtet. Trotzdem waren sie den zwei Dutzend Offizieren mit den rund zehn Dutzend Verwundeten genau in die Arme gelaufen, ohne Aussicht, ihnen je wieder lebend zu entkommen. Sie hatte sich schon mehrfach bei dem Gedanken ertappt, dass Rupprecht das absichtlich arrangiert haben könnte. Dachte sie darüber nach, überflutete sie jedes Mal von neuem schiere Verzweiflung. Konnte sie dem Gefährten noch trauen?

»He, Magdalena, träumst du? Die Schere will ich haben!« Ungeduld klang aus Rupprechts Stimme. Dicht war er zu ihr getreten und fuchtelte ihr mit der Hand vor der Nase herum. »Lass uns endlich mit der Operation beginnen. Der Bursche hier auf dem Tisch kann nichts für dein Elend. Wir aber können viel dafür tun, dass er nicht auch noch seinen rechten Arm verliert und ebenfalls ins Elend stürzt. Also, reiß dich zusammen und bring mir die Schere von dort drüben. Vielleicht gelingt es mir, die Kugel noch aus ihm herauszuziehen.«

Widerwillig drehte Magdalena sich um. Sie brauchte eine Weile, bis sie sich darauf besonnen hatte, was um sie herum geschah. Auf dem langen Tisch in der Mitte des Saales stöhnte ein dunkelhaariger Mann ihres Alters. Den Wortfetzen nach, die er hin und wieder von sich gab, handelte es sich um einen Kroaten. Vor vielen Jahren schon hatte er seine Heimat verlassen müssen und seither unter den verschiedensten Feldherren gekämpft. Einzig sein rotes Halstuch verband ihn mit seinem Vaterland.

Entsetzliche Schmerzen quälten ihn. Auf Stirn und Oberlippen stand ihm der Schweiß, und er zitterte am ganzen Körper. Unauffällig verstaute Magdalena den Bernstein unter dem Stoff ihres Mieders, griff nach dem Branntweinschlauch und gönnte ihm einen tiefen Schluck, bevor sie sich selbst einen nicht weniger kräftigen genehmigte. Der Brand in der Kehle tat wohl. Erleichtert schüttelte sie die roten Locken nach hinten, wischte sich mit der Hand über den Mund und das spitze Kinn. Als sie Rupprechts tadelnden Blick auf sich spürte, fiel ihr wieder ein, was er wollte: die Schere mit den nach außen zeigenden Schneiden! Gehorsam holte sie das Gewünschte. Durch den Nebelschleier vor ihren grünen Augen sah sie dem Gefährten zu, wie er mit dem Instrument geschickt an der offenen Wunde hantierte: Erst steckte er die spezielle Schere so in den Einschuss, dass sich der Kanal, durch den die Kugel tief in den Arm gedrungen war, ein wenig weitete. Dadurch kam Rupprecht nah genug an das Geschoss heran, um es mit der Fasszange zu packen und herauszuziehen.

Während er mit größtmöglicher Konzentration arbeitete, fiel ihr auf, dass er sie schon länger nicht mehr gefragt hatte, ob sie nicht auch einmal operieren wolle. Stillschweigend hatte sich in den letzten Tagen die zwischen ihnen übliche Aufgabenverteilung umgekehrt. Sie konnte nicht einmal mit Bestimmtheit sagen, ob sie jemals seit ihrer Ankunft in dem halbzerstörten Kloster etwas anderes als Gesichter abgetupft und einfache Handlangerdienste übernommen hatte. Als wäre es schon immer so gewesen, nahm Rupprecht das kommentarlos hin. Die schwedischen Offiziere erwarteten ohnehin nichts anderes, als dass der Mann operierte und die Frau half.

Ein lautes Stöhnen riss Magdalena aus diesen Gedanken. Allerdings hatte nicht der Kroate, sondern Rupprecht die Laute von sich gegeben. Sie hielt den Atem an. Zwei-, dreimal entglitt Rupprecht die schon sicher geglaubte Kugel und flutschte zurück in die offene Wunde. »Kruzifix!« Er beugte sich tiefer über den Patienten. Der Schweiß rann in dicken Tropfen über seinen schmalen Nasenrücken. Der Patient lag starr, der Alkohol hatte ihn vollends betäubt. Den mit Mohnextrakt, Alraune und Bilsenkraut getränkten Schwamm brauchte es nicht mehr. Abrupt richtete Rupprecht sich auf und wischte sich mit dem Handrücken über die Nase. Dann operierte er weiter. Wieder spreizte er die Schere, bohrte ein weiteres Mal mit der Fasszange nach der Kugel. Endlich schien er sie richtig gepackt zu haben und zog sie heraus. »Da ist das Miststück!« Triumphierend hielt er ihr das ungleichmäßige Bleistück vor die Augen. Wieder einmal handelte es sich um eine dieser daumendicken, unregelmäßigen Kugeln, die die Söldner selbst am Lagerfeuer gossen. Beim Herausklopfen aus der Kugelzange war ein scharfkantiger Rand zurückgeblieben, der den Einschuss im Fleisch des Unterarms erheblich verschlimmert hatte. Noch bevor Magdalena das genauer betrachten konnte, befahl Rupprecht: »Das Nähen kannst du übernehmen. Vergiss nicht, nachher ordentlich von der roten Salbe über die Wunde zu streichen und Eibischblätter aufzulegen, bevor du ihn verbindest. Ich schau noch bei dem Hauptmann vorbei.«

Damit wandte er sich vom Operationstisch ab. Als er bemerkte, wie gebannt sie auf die Kugel starrte, besah er sie sich ebenfalls noch einmal genauer. »Was sagst du zu diesem Stück? Die Heringfresser haben auch schon mal mehr Wert darauf gelegt, ebenmäßige Kugeln zu gießen. Ich kann mich erinnern, dass wir früher nach einem Treffen mit den Schweden wahre Prachtstücke an Geschossen aus den Leibern der Unsrigen gezogen haben.«

»Muss daran liegen, dass sie die hier nur für die eigenen Kameraden verwenden«, stellte sie trocken fest. »Noch dazu für die Kroaten. Wenn man einen von denen wegen einer Spielschuld niederschießt, tut es so ein missratenes Stück wie das hier, das man für die eigentliche Schlacht nie verwenden würde.«

»Stimmt, solche Kugeln gießen sie nachmittags noch schnell in großer Hast, bevor sie abends zum Spielplatz stürzen.« Rupprecht wischte sich die blutverschmierten Finger an einem Leinenlappen ab und musterte sie aufmerksam. »Da bleibt kaum Zeit, um das Blei richtig abzukühlen oder gar glatt zu polieren. Gestern erst habe ich so eine Kugelzange unten im Hof gefunden. Ein wirklich lausig zurechtgeschliffenes Teil war das! So gehen die schwedischen Halunken also mit ihren Kameraden um: Gönnen ihnen am Ende nicht einmal ordentliche Kugeln, um sie ins Jenseits zu befördern. Muss wohl daran liegen, dass sie alles, was sich eben noch auf zwei Beinen halten kann, in ihren Regimentern zusammenpferchen. Echte Kameradschaft ist denen doch so fremd wie einem Lutheraner der Papst.«

»Wie sollte es auch anders sein bei der unüberschaubaren Zahl der Länder, aus denen die Söldner stammen? Du weißt genau, dass das bei den Unsrigen nicht anders ist. Die Zeiten sind vorbei, wo wir einig im wahren Glauben an die katholische Kirche und in Treue gegenüber dem Kaiser loszogen.« Noch während sie das aussprach, ärgerte sie sich bereits, überhaupt etwas gesagt zu haben. Seinem Lächeln entnahm sie, dass er genau dieses Eingeständnis von mangelnder Zusammengehörigkeit von ihr hatte hören wollen. Also zügelte sie ihren Unmut und sagte nur: »Dass ausgerechnet du dich darüber auslässt! Verrat ist dir doch alles andere als fremd.«

Sie warf ihm einen vielsagenden Blick zu und fügte hinzu: »Die eigentliche Krux ist doch, dass wir längst mehr damit beschäftigt sind, solche Wunden zu versorgen, die sich die Männer im Streit gegenseitig zufügen, als die eigentlichen

Verletzungen aus der letzten Schlacht zu behandeln. Schlimm waren die ohnehin nicht. Bei den Verletzten und Siechen hier dreht es sich wie in jedem Regiment einzig darum, möglichst rasch wieder die Würfelbecher in die Finger zu bekommen und das Glück beim Spiel herauszufordern. Wer weiß, wie lange sie in der Lage sind, die Würfelbecher zu halten. Dabei ist das der einzige Zeitvertreib, den sie hier haben.«

»Da sagst du was. Nicht mal ordentliche Weiber gibt es hier«, stellte Rupprecht fest, während er ihr die Nadel reichte. »Das hat der Schwede davon, wenn er sein Spital in einem ehemaligen Männerkloster einrichtet. Hätten sie mal einen Weiberkonvent nehmen sollen, da wäre es ihnen wenigstens in dieser Hinsicht besser gegangen.«

Sie schluckte eine Entgegnung hinunter und schickte sich an, die Wundränder zu säubern und zur Sicherheit noch einmal mit einem in Branntwein getauchten Leinenstreifen abzutupfen. Das Nähen forderte sie heraus. Mehrmals musste sie innehalten und abwarten, bis ihr die Finger so gehorchten, wie sie sollten. Verflucht! Sie biss sich auf die Lippen. Dass es so weit hatte kommen müssen! Seit einigen Tagen ging ihr die Arbeit im Spital weitaus schlechter als früher von der Hand. Gerade wollte sie den nächsten Stich setzen, da spürte sie einen Krampf im Handrücken. Ehe sie es verhindern konnte, fiel ihr die Nadel hinunter. Sie musste sich bücken und suchend mit der linken Hand über den Boden tasten. Dicht an Rupprechts Stiefeln entdeckte sie das Gesuchte. Endlich gehorchten ihr die Finger wieder. Sie säuberte die Nadel rasch mit etwas Branntwein, dann setzte sie ihre Arbeit fort.

»Was ist?«, herrschte sie Rupprecht an, als sie spürte, wie aufmerksam er sie beobachtete. »Wartet dein schwedischer Hauptmann nicht längst sehnsüchtig auf dich? Sicher giert er ungeduldig nach dem, was du ihm jeden Tag so Geheimnisvolles bringst. Was treibt ihr beiden eigentlich Tag für Tag, wenn ihr euch so vertraulich trefft? Mischst du ihm einen besonderen Trank, oder kredenzt du ihm spezielle Kräuter? Dass du stundenlang allein bei ihm in der Kammer hockst, ist mir nicht geheuer. Gestern war mir, als ziehe ein eigenartiger Rauch unter den Ritzen der Tür hindurch in den Gang. Bei der Rückkehr waren deine Pupillen ordentlich groß. Und der Vorrat an Mohnsamen in der Kiste scheint mir auch schneller zu schwinden, als er sollte.«

»Da phantasierst du dir aber ganz schön was zusammen! Kehre du lieber vor deiner eigenen Tür und trink nicht so viel, sonst werden dir bald die Hände so zittern wie bei Meister Johann, als er den halbtoten Seume vor sich hatte. Du kannst von Glück sagen, dass außer mir noch keiner bemerkt hat, wie es um die vielgerühmten Künste der roten Magdalena inzwischen steht. Wenn du Pech hast, bleibt das nicht so. Und deine frisch entdeckte Liebe für den Branntwein werden die Schweden gewiss nicht allein mit deinem Kummer Carlottas wegen in Verbindung bringen. Gut möglich, dass sie es auch als Versuch werten, ihnen Schaden zuzufügen. Immerhin bist du hier, um ihre Wunden zu heilen, nicht, um deine zu lecken. Der Strick um den Hals wird noch das Mildeste sein, womit sie dir das vergelten.«

2

Elsbeth ging alles viel zu langsam. Jeden Tag kostete es sie mehr Kraft, ihre Ungeduld zu zügeln. Sie presste den Scheuerlappen fester auf die Holzdielen und schrubbte noch schneller, als gelte es, nicht nur dem Schmutz zu Leibe zu rücken, sondern die grau gewordenen Eichenholzplanken in jeder einzelnen Faser wieder hell zu bekommen. Das lenkte sie wenigstens davon ab, wie unnütz die Zeit verstrich. Längst hatte sie mit Eric und der kleinen Carlotta bei ihrer Tante Babette und deren Bruder in Köln sein wollen. Wo aber steckten sie stattdessen seit Wochen fest? Im Haus eines weltfremden Gelehrten in Würzburg! Der war ein guter Freund Erics und zollte ihnen nicht nur die übliche Gastfreundschaft, sondern sorgte auch dafür, dass Erics Kontakte zu anderen Freunden wieder auflebten.

Als wäre ihr Grübeln ein Zeichen gewesen, drückte sich der Hausherr, ein spinnenartiges Männlein mit winzigen, flinken Augen hinter einer runden Brille, in diesem Augenblick eng an ihr im düsteren Flur vorbei.

Den zahnlosen Mund zu einem Schmunzeln verzogen und den kahlen Schädel im Rhythmus seiner Bewegungen wiegend, stieß er dabei wie zufällig von hinten mit seinem Unterleib gegen ihren Hintern. Da sie sich gerade mit einem Scheuerlappen in der Hand über die Dielen beugte, ragte er ihm aufreizend entgegen. Elsbeth wandte ihm kurz den Kopf zu. »Verzeihung, mein Kind!« Seine dunkle Stimme flößte ihr ein behagliches Schaudern ein. Sie fühlte, wie es ihr warm im Leib wurde. »Bis später!« Verschwörerisch zwinkerte er ihr zu und verschwand über die Treppe hinauf ins obere Stockwerk.

Wieder einmal fragte sich Elsbeth, ob Eric sich auch über diese Seite seines Freundes bewusst gewesen war. Sie kam allerdings nicht dazu, länger darüber zu grübeln. Die Haustür schwang auf, und die bucklige Wirtschafterin kam mit einem prall gefüllten Korb herein. Zwischen gelben Rüben, Kohl und einer Handvoll schrumpeliger Äpfel steckten wie so oft ein Buch und eine Zeitung.

»Hast du wieder einmal deine Groschen zum Buchhändler getragen.« Elsbeth stemmte die feuchten Putzwasserhände in die Hüften und sah der grauhaarigen Frau missbilligend entgegen. »Wenn du ähnlich viel Wert auf ein sauberes Haus und eine ordentliche Küche legen würdest wie auf deinen Lesestoff, wäre viel gewonnen.«

»Viel gewonnen wäre auch, wenn du nur halb so viel putzen und dafür ein wenig mehr lesen üben würdest. Dann müsstest du mich nicht immerzu fragen, was sich in Münster und Osnabrück tut, sondern könntest dir selbst die neuesten Nachrichten besorgen.« Aufreizend wedelte sie mit einem Flugblatt durch die Luft, auf dem Elsbeth neben einer Zeichnung viele geheimnisvolle Buchstaben ausmachte. In der Tat war sie nicht in der Lage, die zu einem sinnvollen Wort zusammenzufügen. Dank Magdalena war sie bislang nie darauf angewiesen gewesen, das zu lernen, denn ihre Cousine hatte es gern für sie übernommen.

»Als ob es darum ginge!« Zur Antwort wedelte Elsbeth den nassen Scheuerlappen durch die Luft, dass es spritzte. »Keine Sorge: Ehe du dich versiehst, Luise, besteigen Eric und ich mit der Kleinen einen Kahn und schippern den Main hinunter bis zum Rhein. Wie ich dich kenne, wird hier im Haus der alte Schlendrian wieder eingekehrt sein, noch bevor wir Köln erreicht haben. Schade für deinen Herrn, dass er dann wieder nur Bohnensuppe und Brei vorgesetzt bekommt.«

»Dafür wird er nachts wieder mehr Ruhe finden und kann schlafen, statt dir zwischen die Beine zu greifen. Und ich muss mir dein Gestöhne und Geschrei nicht mehr länger anhören.«

»Du bist nur neidisch, weil er nicht mehr zu dir in die Kammer schleicht.«

»Vielleicht freue ich mich auch, dass ich endlich meine Ruhe habe vor dem geilen Bock?« Luise schob sich und den schweren Korb an ihr vorbei und verschwand in der Küche.

Erleichtert atmete Elsbeth auf, als sich die Tür schloss. Luise hatte doch keine Ahnung, was es hieß, wenn Doktor Mattes unter ihre Decke kroch. Schwer vorstellbar, dass er das bei dieser grantigen Frau mit dem breiten Hintern versucht haben sollte. Ihr konnte es gleich sein. Sie freute sich jedenfalls daran, was sie des Nachts mit dem bei Tageslicht so unansehnlichen Männlein erlebte. Das tröstete sie etwas über die vergeudete Zeit in Würzburg hinweg.

»Aua!« Im schummrigen Licht stolperte sie über etwas. Ein empörtes Fauchen verriet ihr, dass es sich um die getigerte Katze handelte, die Luise sich hielt. Flink huschte das Tier zwischen ihren Beinen hindurch. Kurz darauf vernahm Elsbeth ein Brabbeln aus dem vorderen Raum des Hauses. Carlotta! Wie hatte sie vergessen können, dass die Kleine sich dorthin verzogen hatte, als sie mit dem Wischen der Treppe begonnen hatte. Dass sie still und ruhig dort geblieben war, verhieß nichts Gutes. Ahnungsvoll eilte Elsbeth in das Zimmer, das Doktor Mattes als Wohn- und Empfangsraum galt. »Ach, du Schreck!« Entsetzt schlug sie die Hand vor den Mund.

Carlotta hockte in dem spärlich möblierten Raum inmitten des sonnigen Lichtkegels vor dem Fenster und strahlte über ihr pausbäckiges Gesichtchen. Munter brabbelnd streckte sie zwei honigverschmierte Händchen in die Luft. Sie musste einen Honigtopf entdeckt und geöffnet haben. Der goldene Saft klebte überall in den rotblonden Locken, an den Armen und Beinen sowie an dem hellen Leinenhemdchen, das sie am Leib trug. Beim Näherkommen erschrak Elsbeth allerdings noch mehr: In den Topf hatte das Kind ein gutes Dutzend Golddukaten gesteckt. Wo hatte sie die her? Unwillkürlich tastete Elsbeth über ihre Hüften und ließ die Hand suchend über die Leiste gleiten. In der Kuhle dort verwahrte sie tagsüber das Säckchen mit dem Geld, das sie aus Seumes Truhe genommen hatte. Sicher vor fremden Blicken und langen Fingern, trug sie es auf Schritt und Tritt bei sich – nur nicht in diesem Moment!

Also war es ihr Geld, das Carlotta quietschvergnügt in den Honigtopf eintauchte. Sie musste den Beutel stibitzt haben, den Elsbeth gewöhnlich morgens unter der Matratze herauszog und an den Gürtel band. Zum ersten Mal hatte sie das heute vergessen. Dass ihr das nicht früher aufgefallen war!

»Komm her, du kleines Ferkel!« Verärgert nahm sie die Kleine vom Boden und trug sie in die Küche. Um das Geld würde sie sich später kümmern. Solange Doktor Mattes oben in seiner Studierstube und die bucklige Luise in der Küche hockte, bestand keine Gefahr. Eric war noch zu schwach, um ohne Hilfe aus der Kammer im ersten Stock hinunterzukommen.

»Hier steht es schwarz auf weiß«, sagte Luise, als Elsbeth mit Carlotta auf dem Arm die Küche betrat. Längst trug die Wirtschafterin eine Brille auf der Nase und saß, ohne den Gemüsekorb ausgeräumt oder gar die Mittagssuppe aufgesetzt zu haben, mit einem der Zeitungsblätter am Küchentisch. Stattdessen studierte sie eifrig einen Artikel. »Wrangels schwedisches Heer ist mitsamt seinen hessischen Verbündeten nach Bayern gezogen. Der Nachschub soll dort bestens funktionieren, selbst Bier soll es ausreichend geben. Deshalb hat inzwischen auch von Werth die kaiserlichen Truppen gen Süden gelenkt. Die Bauern in Franken und Schwaben werden sich freuen, wenn sie jetzt zigtausend gefräßige Soldatenmäuler stopfen dürfen. Dafür bleibt Turenne mit seinen Franzmännern wohl jenseits des Rheins. Das heißt, bis Winter wird der nicht mehr Richtung Osten ziehen. Ein Glück, sage ich dir. Damit ist ein bisschen Zeit gewonnen, und die Herren oben in Westfalen können endlich klären, in welcher Reihenfolge wer mit wem verhandelt oder spricht. Vielleicht erleben wir den Frieden doch noch!«

Das Scheppern eines blechernen Deckels stoppte Luises Redefluss. Gerade noch rechtzeitig duckte sie sich weg, sonst wäre das Stück vom Wandbord auf ihren Kopf gefallen. Behende sprang die getigerte Katze herab und verschwand pfeilschnell hinter dem gemauerten Herd.

»Scher dich zum Teufel, du Mistvieh!«, schimpfte Elsbeth und setzte Carlotta ab. Es kostete sie wenig Mühe, die Katze in ihrem Versteck aufzuspüren. Zu oft schon hatte sie das Biest verfolgt. Geschickt packte sie es im Nacken und warf es in den ummauerten Hof. »Geh Mäuse jagen!«, zischte sie wütend und schlurfte in die Küche zurück. »Und nun zu dir.«

Sie bückte sich, nahm Carlotta auf und ging mit ihr nach draußen zum Brunnen. Ohne auf die Proteste des Kindes zu achten, wusch sie es mit eiskaltem Wasser. Vehement wehrte sich die Kleine, schrie und schlug mit aller Kraft um sich. »Gib endlich Ruhe!« Elsbeth verpasste Carlotta eine Maulschelle. Empört erstarrte die Kleine. Es dauerte einige Momente, bis sie sich so weit gefasst hatte, dass sie laut losbrüllte.

»Was machst du da?« Schon stand Luise neben ihr und schob sie von dem Kind weg. »Das ist ja nicht mit anzusehen, wie du mit dem armen Würmchen umspringst. Geh lieber putzen, ich wasch die Kleine. Nicht dass du sie vor lauter Groll im Brunnen versenkst.«

Im Grunde ihres Herzens war Elsbeth froh, auf diese Weise Carlotta für eine Weile los zu sein. Rasch lief sie in den Wohnraum, klaubte die verschmierten Geldstücke rund um den Topf auf und stahl sich über die Bodenklappe in der Küche in den Keller hinunter. Dort atmete sie auf. Wenigstens in diesem Teil des Hauses war es ihr gelungen, die gröbsten Spuren von Luises jahrelanger Misswirtschaft zu beseitigen. Unvorstellbar, wie der gelehrte Doktor Mattes, Erics Worten zufolge eine vielgerühmte Kapazität seines Faches, das irgendetwas mit Sternen und dem Himmel zu tun haben sollte, und die bucklige Luise derart hausen konnten! Das kam davon, wenn man seine Nase immerzu tief in Bücher und Zeitungen steckte. Die zwei wussten gar nicht zu schätzen, was es hieß, in Zeiten wie diesen ein festes Dach über dem Kopf und einen gutausgestatteten Hausstand mit all dem Weißzeug, den Bechern und Krügen aus Zinn, dem silbernen Besteck sowie dem Küchengarten im dreiseitig ummauerten Hof sein Eigen nennen zu können.

Entschlossen schüttete Elsbeth die klebrigen Goldstücke in einen Trog mit Seifenlauge und begann, ihren Schatz zu säubern. Später stieg sie mit dem prall gefüllten Geldsäckchen an dem bewährten Versteck unter dem Rock wieder nach oben. Zwar war das Mittagsläuten an den vielen Kirchtürmen ringsum längst verklungen, dennoch kochte weder eine Suppe auf dem Feuer, noch war Luise in der Nähe des Gemüsekorbs zu entdecken. Dafür drang aus der angrenzenden Kammer, in der Elsbeth mit Carlotta untergebracht war, fröhliches Lachen. Die bucklige Grauhaarige und das Mädchen hockten auf dem Boden und spielten mit der Tigerkatze und einem Stofffetzen.

»Zu essen gibt es heute nichts?« Elsbeth warf Luise einen strafenden Blick zu. Als keine der beiden den Kopf hob, stellte sie sich an den Herd und wärmte den Rest des Morgenbreis auf. Ihr Blick hellte sich auf, als sie sich in der Küche umsah. Auch in diesem Teil des Hauses zeigte ihre umtriebige Anwesenheit erste Früchte. Ausgiebig musterte sie die Pfannen und Töpfe, die über dem Rauchfang hingen. Während der letzten Tage hatte sie das Kupfer mit einem Gemisch aus Buttermilch und Salz so lang poliert, bis ihr die Arme schmerzten. Erst als sie ihre vollen Lippen, die hohen Wangenknochen und die sanft geschwungenen Augenbrauen aus sämtlichen Blickwinkeln darin betrachten konnte, hatte sie ihr Werk für beendet erklärt. Anschließend hatte sie die irdenen Gefäße auf dem schmalen Wandbord linker Hand des Herdes in Angriff genommen. Im Tross war sie nie zu solchen Hausarbeiten gekommen, doch die Winterquartiere, während deren sie in Handwerker- oder Kaufmannshaushalten logierte, waren eine gute Schule gewesen. So hatte sie sich an den Ratschlag einer Bierbrauerfrau aus Ingolstadt erinnert und das tönerne Geschirr über Nacht in einem Bottich im Hof gewässert. Am nächsten Morgen spülte sie es ausgiebig mit Essigwasser aus und reihte es der Größe nach wieder auf dem schmalen Regal auf. Mehl, Zucker, Salz und sonstige Vorräte, die sie darin aufbewahren konnte, fanden sich im Haus allerdings kaum mehr. Lediglich im Keller stieß sie noch auf ein halbgefülltes Fass mit saurem Kraut, ein weiteres mit Bohnen sowie eine Truhe mit ein paar Säckchen Getreide aus dem letzten Winter. Das Leinen war jedoch an einigen Stellen angeknabbert, ein deutlicher Hinweis, dass die Mäuse und Ratten sich bereits an den Schätzen labten. Um den ungebetenen Gästen zu Leibe zu rücken, hatte Elsbeth mitten im Vorratskeller einen großen Kupferkessel aufgestellt, in den sie Öl geträufelt hatte. Um das Gefäß herum hatte sie reichlich Pottasche gestreut. Der Erfolg der Maßnahme ließ nicht lange auf sich warten. Gestern hatte sie die letzten toten Nager auf den Unrathaufen im Garten geworfen.

Der Brei begann von jetzt auf gleich so heftig zu köcheln, dass die ersten Tropfen auf die Wand neben dem Herd spritzten. Elsbeth fluchte. Die weißgekalkte Wand hatte sie gestern erst mit unermüdlichem Schrubben vom Ruß befreit. Schon verzierten hässliche gelbe Schlieren den Putz. So gut es ging, wischte sie mit ihrer Schürze darüber.

»Elsbeth!«, rief es mitten in ihre Gedanken hinein aus dem oberen Geschoss herunter. Eric! Nicht eben erfreut über die Störung, schlurfte sie in den viel zu großen Holzpantinen über die enge, ausgetretene Treppe in den ersten Stock.

»Bin schon da«, murmelte sie, als sie die Tür zu dem schmalen Zimmer aufstieß. Seit ihrer Ankunft vor gut zwei Wochen lag Eric dort. An der gegenüberliegenden Schmalseite stand das Fenster zum Hof sperrangelweit offen. Ein süßlicher Geruch nach reifen Pflaumen wehte herein. Verloren irrte eine dicke Hummel in wellenförmigen Bewegungen durch die Luft, ängstlich brummend, bis sie den Weg nach draußen fand. Weil der Luftzug beim Öffnen der Tür zu stark wurde, eilte Elsbeth zum Fenster und schloss es.

»Gibt es heute Mittag nichts zu essen?« Schwer atmend schob Eric sich in dem schmalen Bett auf und sah sie erwartungsvoll an. »Ist was passiert? Sonst steht Schlag zwölf die Suppe auf dem Tisch.«

»Du hast wohl nichts anderes zu tun, als an dein Essen zu denken? Nicht so ungeduldig, gleich bring ich dir was.« Sie wollte wieder nach unten eilen, doch Eric hob die Hand, um sie zum Bleiben zu bewegen.

»Fast könnte man meinen, du weichst mir mit Absicht aus.« Er suchte ihren Blick. Seine tiefblauen Augen versenkten sich in den ihren. Eine Hitzewelle flutete durch ihren Körper. Rasch senkte sie die Lider. Dass er diesen Zauber noch immer besaß! Schon damals in Freiburg hatte sie sich ihm schwer entziehen können. Umso schlimmer war es für sie gewesen, mit ansehen zu müssen, wie Magdalena sein Herz erobert hatte. Ausgerechnet die kleine, dürre, rothaarige Cousine, deren Reize sich auf ihre für Frauen so untypische Klugheit beschränkten! Ein Mann, der darauf hereinfiel, war doch eigentlich nichts für sie. Schon drängte sie auf die Tür zu.

»Warum hast du es immer so eilig, von mir fortzukommen?« Eric richtete sich noch etwas höher im Bett auf. Die anstrengende Reise nach Würzburg hatte ihm arg zugesetzt. Noch immer konnte er kaum für längere Zeit das Bett verlassen, allzu rasch verließen ihn die Kräfte. »Habe ich etwas falsch gemacht? Dabei dachte ich, du hilfst mir aus ganz besonderem Antrieb.«

Wie sie diese vermeintlich harmlose Fragerei hasste! Er wusste genauso gut wie sie, worauf das hinauslaufen würde.

»Was meinst du damit?« In ihren Augenaufschlag legte sie alle Unschuld, deren sie fähig war. »Unten in der Küche gibt es genug zu tun. Luise hat es bislang nicht für wichtig erachtet, sich um den Haushalt zu kümmern.«

»Dann brauchst du das jetzt auch nicht zu tun.« Einladend streckte Eric die Hand aus, damit sie sich zu ihm auf die Bettkante setzte. Züchtig achtete sie darauf, ihn nicht zu berühren.

»Was ist nur los mit dir? Früher warst du nicht so scheu wie ein Reh.« Die schlanken Finger Erics berührten ihr Kinn und zwangen sie sanft, aber bestimmt, das Gesicht zu ihm zu wenden. Vorsichtig glitten die Fingerkuppen an ihrem Hals hinab, verharrten kurz in der Kuhle des Schlüsselbeins, strichen sanft über die Wölbung. Ihr Herz schlug schneller. Was hatte er vor? Hatte sie sich doch über seinen Zustand getäuscht? Anscheinend ging es ihm weitaus besser, als er sie durch sein Verharren im Bett glauben machte.

Seine Hand wanderte weiter über ihren Busen, bis sie auf dem Schenkel zu liegen kam. Ihr Bein zitterte noch stärker. »Mehr als einmal hast du mir Avancen gemacht«, sprach Eric leise weiter. Obwohl sie den Drang spürte, diese freche Bemerkung mit einer Maulschelle zu quittieren, blieb sie sitzen.

Schmeichelnd fuhr er fort: »Oder meinst du, das wäre mir entgangen? Ich bin kein einfältiger Mönch, der geschworen hat, den weiblichen Reizen zu entsagen. Gerade damals in Freiburg, in diesem besonderen Sommer, in dem wir zum letzten Mal alle zusammen waren, bist du mir doch gewiss nicht zufällig so oft über den Weg gelaufen. Jeden Tag aufs Neue haben sich unsere Bahnen gekreuzt, habe ich deine herrlichen blonden Haare in meiner Nähe erspäht.«

Die Finger seiner rechten Hand vergruben sich in einer ihrer Locken und zwirbelten sie sanft. Sie schloss die Augen und legte den Kopf in den Nacken. Gelangte sie nun endlich an das Ziel ihrer geheimen Wünsche? Geschah nun das, worauf sie seit Jahren wartete, was sie sich aber bislang nicht einmal selbst hatte eingestehen wollen?

»Dass du dich dann an Rupprecht gedrängt hast, weil ich nur Augen für Magdalena hatte, habe ich auch bemerkt.«

Gegen ihren Willen überflutete heiße Röte ihr Gesicht. Sie schlug die Augen auf und sah in sein amüsiertes Gesicht. Oh, dieser Schuft! Schon holte sie aus, um ihm doch noch eine

Ohrfeige zu verpassen, da packte er ihr Handgelenk und drückte zu, bis es schmerzte. Hastig wollte sie aufspringen und davonstürmen. So schnell aber ließ er sie nicht fort. Denn es stimmte: Es ging ihm bereits viel besser. Er lag nur noch im Bett, um sie zu täuschen.

Fest packte seine linke Hand ihren Oberschenkel, und er sprach gnadenlos weiter: »Was glaubst du, was ich mit dir vorhabe? Ganz gewiss nicht das, was du dir erhoffst! Frauen wie dich interessieren mich nicht. Was mich aber brennend interessiert, ist, wo Magdalena bleibt. Sag schon! Du weißt es doch! Warum ist sie nicht längst aufgetaucht, wie du es mir versprochen hast?«

Ohne ihr Zeit zu einer Erwiderung zu geben, fuhr er fort: »Dass du so grausam sein kannst und Carlotta so lange von ihrer Mutter trennst! Jeden Tag vermisst die Kleine ihre Mutter mehr.«

»Wir alle vermissen sie!«, brauste sie auf und erhob sich. Verärgert rieb sie sich die Arme und trat ans Fenster. Eric durfte nicht sehen, wie gedemütigt sie sich fühlte. Da keimte eine Idee in ihr. »Was denkst du, wie ich mich um meine Cousine sorge!«, sagte sie, während sie sich umwandte. Die Sonne wärmte ihr angenehm den Rücken. Ihr Gesicht lag im Schatten, so dass er es schwer haben würde, in ihrer Mimik zu lesen. Das erleichterte das Lügen. »Sofort, nachdem das Regiment aufgebrochen ist und sie ihre Aufgaben dort erledigt hat, wollte Magdalena nachkommen. Allerdings ist der Weg durch den Taunus nicht ungefährlich, ganz zu schweigen von den Gefahren, die im Spessart lauern. Jeden Morgen und jeden Abend flehe ich zur Heiligen Jungfrau Maria, dass sie die Arme beschützt. Eine Frau allein unterwegs in Zeiten wie diesen, das ist nur mit dem allerhöchsten Beistand möglich.«

»Ach, verschone mich mit deinen Lügen!« Flinker, als Elsbeth ihm zugetraut hätte, richtete sich Eric vollends von seiner Lagerstatt auf und sah sie vorwurfsvoll an. »Und untersteh dich, dich auf Heilige zu berufen, von denen du nie mehr als den bloßen Namen gehört hast. Echter Glaube ist dir genauso fremd wie echte Gefühle. Denkst du, ich habe nicht begriffen, welches Spiel du treibst? Nur um Rache geht es dir, blinde Rache an Magdalena und mir! Du kannst es einfach nicht ertragen, dass wir einander wiedergefunden haben und uns noch immer lieben. Noch dazu, wo auch unser gemeinsames Kind lebt. Dabei kann die Kleine am allerwenigsten etwas dafür, dass dir nicht das gleiche Glück vergönnt ist. Wenn du wenigstens Carlotta raushalten würdest!«

Einen Moment hielt er inne, um seiner Empörung Herr zu werden. Dann sprach er weiter: »Magdalena hat dich nie gebeten, mich aus der Höhle wegzuschaffen, das ist mir längst klargeworden. Du hast ausgenutzt, dass ich viel zu schwach war, um einen klaren Gedanken zu fassen, geschweige denn, um mich gegen dich zu wehren. Dennoch wäre ich niemals mit dir mitgekommen, erst recht hätte ich mich nicht von dem fetten Strecker und seinen Leuten auf den Karren legen und wegfahren lassen, wenn du mir nicht hoch und heilig versichert hättest, Magdalena wolle das so!«

Elsbeth hatte sich gezwungen, ihn bis zum Ende anzuhören. Doch dann brach sich ihr Zorn Bahn: »Hast du auch nur den Hauch einer Ahnung, in welcher Gefahr du geschwebt hast? Hätten Seumes Knechte dich finden und noch in derselben Nacht am nächsten Baum aufhängen sollen? Der Trug mit dem falschen Toten, den Magdalena ausgeheckt hatte, war längst aufgeflogen. So dumm sind Seume und seine Leute wahrlich nicht, um sich derart tölpelhaft hinters Licht führen zu lassen. Wäre es dir also lieber gewesen, Strecker und seine Leute hätten dich ins Lager zurückgebracht und Seume übergeben? Wie es heißt, kocht er vor Wut auf dich, weil er sich bei euren Geschäften von dir übervorteilt glaubt. Jeder weiß, dass mit Seume nicht zu spaßen ist, wenn es ums Geld geht. Über Monate, so hat mir Strecker verraten, hast du Seume um Geld geprellt, ihm viel zu sauren Wein und verdorbenes Korn für viel zu hohe Preise geliefert. Kein Wunder, dass er dich zur Abschreckung für alle anderen Halunken aufknüpfen wollte. Aber sag es nur, wenn dir immer noch danach gelüstet, den Krähen zum Fraß ausgesetzt zu werden. Auch der Büttel hier in Würzburg wird Schurken wie dich gern abholen. Wird sich schon einer finden, der das mit dem Galgen hier ordentlich erledigt.«

Wütend verschränkte sie die Arme vor der Brust und sah im Stehen auf Eric hinunter. Bei jedem ihrer Worte war er tiefer in sein Lager gesunken. Noch war er deutlich gezeichnet von den schweren Verletzungen. Die unbequeme Fahrt mit dem holprigen Ochsenkarren, das tagelange Ausharren in feuchten Unterkünften und zugigen Unterständen hatten ihm schwer zugesetzt. Allein seiner ursprünglich kräftigen Konstitution war es zu verdanken, dass er die Strapazen überlebt hatte.

Vielleicht lag es daran, dass er sie so unverwandt anstarrte und nicht einmal mit der Wimper zuckte, als sie ihm die Möglichkeit eines so schrecklichen Endes vor Augen führte. In jedem Fall beschloss sie in diesem Moment, noch einen Schritt weiter zu gehen, etwas zu sagen, was ihn zutiefst verletzen musste. In ruhigem Ton fügte sie hinzu: »Und vergiss nicht, lieber Eric, dass dann bald auch deine geliebte Magdalena am Strick hängt. Es wird keine Woche dauern, und der

Büttel findet sie. Damit machst du alles zunichte, was sie für dich riskiert hat. Sie ist bereit, ihr Leben für dich aufzugeben, die Feldscherei, das Ziehen im Tross, nicht zuletzt Meister Johann und Roswitha will sie für dich im Stich lassen. Kaum zu glauben, denn die beiden stehen ihr näher als die eigene Mutter. All das ist sie bereit zu opfern. Und für wen? Für einen Jammerlappen wie dich, der mir nicht glauben will, was die Stunde für ihn geschlagen hat! Ich bin schon gespannt auf ihr Gesicht, wenn man ihr eröffnet, wem sie das Scheitern ihrer kühnen Fluchtpläne zu verdanken hat.« Die Worte erzielten die beabsichtigte Wirkung. Beschämt senkte Eric den Blick.

»Ruh dich lieber aus, statt dich mit solch törichten Gedanken zu belasten«, riet sie ihm auf einmal sanftmütig. »Magdalena wird kommen. Strecker hat uns hoch und heilig versprochen, dafür zu sorgen, dass sie uns findet. Den Weg kennt sie. In Würzburg haben wir oft genug unser Winterquartier genommen. Wie gut, dass deine Leute und Strecker genug miteinander vertraut sind, um Nachrichten auszutauschen. Da kann nichts schiefgehen, außer dass Magdalena ein wenig länger braucht, als wir uns das in unserem sicheren Nest hier vorstellen, weil es wieder einmal im Spessart nicht vorangeht oder gleich im Taunus die ersten Wegelagerer lauern.«

Bevor er merken konnte, wie ihre Stimme bei der schamlosen Lüge bebte, beugte sie sich über ihn und richtete ihm geschäftig die Decke über der Brust. Sein Atem ging eine Spur zu schnell und zu laut, allmählich aber wurde er wieder ruhig. Sie bückte sich absichtlich dicht vor seinem Gesicht, um ihm wie zufällig den direkten Blick in ihren Ausschnitt zu ermöglichen.

Statt lüstern ihre Brüste zu bewundern, warf Eric ihr einen seltsamen Blick aus seinen tiefblauen Augen zu. Einen Moment meinte sie, einen Eispickel in ihrer Brust zu spüren. Unsinn!, schalt sie sich und richtete sich wieder zu ihrer vollen Größe auf.

»Verzieh dich ruhig wieder nach unten.« Sein Ton gefiel ihr ganz und gar nicht. So verletzend hatte er noch nie mit ihr gesprochen. Ungerührt fuhr er fort: »Das Scheuern und Putzen hält dich zumindest davon ab, wieder huren zu gehen. Oder hast du etwa schon versucht, dein Mieder vor meinem Freund aufzuknöpfen? Spar dir die Mühe für empfänglichere Opfer. Sinnliche Freuden empfindet der nur beim Anblick eines wertvollen Buches! Nicht mal mit deinen Goldstücken, die du Seume gestohlen hast und jetzt unterm Rock trägst, kannst du ihn verzücken.«

3

Nach der Behandlung des Kroaten waren nur noch drei Patienten zu versorgen. Zwei hatten tiefe Stichverletzungen. Magdalena war zufällig Zeuge der Auseinandersetzung geworden, aus der sie rührten. Zu dem Zeitpunkt musste sie sich auf dem Platz vor dem Kloster, wo gewürfelt und gespielt wurde, des aufdringlichen Grapschens eines Rotbärtigen erwehren. Ihre Geistesgegenwart rettete dem Franzosen und dem Italiener das Leben: Keiner von beiden war der Sprache des anderen mächtig. Deshalb hatten sie sofort die Messer gezückt, als sie über den Wert der Cavallkarte beim Tarock in Streit gerieten. »Zores, schofliges!«*, schimpfte ein Österrei-

* böses Gesindel

cher, der vergebens versuchte, zwischen ihnen zu vermitteln. »Du sollst Kappore wern!«**, verfluchte ihn der Franzose und zielte mit der Messerspitze plötzlich auf ihn. »Mich päkern scheft nicht kess, bloß grandig witsch!«*** Der Österreicher sprang geschickt zur Seite und suchte Schutz hinter einem anderen Soldaten. Das reizte den Angreifer noch mehr. Wild fuchtelte er mit dem Messer durch die Luft, bis ihm der Italiener, der ursprünglich mit ihm gestritten hatte, die Klinge ins Gedärm stieß. Inzwischen hielt auch der Österreicher ein Messer in der Hand und verletzte den Italiener am Hals, gefährlich nah an der Schlagader.

Zwei Schweden, die die Szene nicht minder verblüfft beobachtet hatten als Magdalena, überwältigten ihn endlich. Rupprecht half ihr, die Wunden der beiden Schwerverletzten noch auf dem Platz zu versorgen. Wäre ihnen das nicht gelungen, wären die beiden verblutet. Als Magdalena nach vollbrachter Leistung wegging, zollten die Männer ihr aufrichtigen Respekt. Weder der Rotbärtige noch sonst einer streckte an diesem und den nächsten Abenden die gierigen Finger nach ihrem Busen aus.

Auch die Verbrühung, die Magdalena und Rupprecht wenig später zu versorgen hatten, war Folge einer Auseinandersetzung, die beim abendlichen Zusammentreffen der Männer ihren unrühmlichen Anfang genommen hatte: Zwei Männer hatten einen dritten mit dem brodelnden Inhalt eines Suppenkessels übergossen, weil sie meinten, ihn beim Falschspiel mit gezinkten Karten überführt zu haben. Im qualmenden Schein der Talglichter fiel es Magdalena und Rupprecht nicht leicht,

** Der Teufel soll dich holen.
*** Mich zu töten, ist nicht besonders klug, sondern sehr dumm!

sämtlichen Dreck aus den großflächigen Brandwunden an Brust und Rücken des Opfers zu entfernen. Alsbald warfen die Wunden Blasen, denen sie weder mit dick aufgetragenem Rosenöl noch mit Umschlägen aus sauren Milchklumpen oder Ziegenmilchrahm, vermischt mit ungelöschtem Kalk und Honig, beikommen konnten. Am übernächsten Tag erlag der mutmaßliche Falschspieler seinen Verletzungen. Auf Geheiß des Hauptmanns wurden die beiden Übeltäter zur Abschreckung an einem Baum am Waldrand nahe den Weinbergen aufgeknüpft. Raben hatten ihnen die Augen ausgepickt, noch bevor die Dunkelheit anbrach. Und auch andere Vögel warteten nicht lang, sich an dem Fleisch gütlich zu tun. Bei den Männern des Versehrtenzugs zeigte das Vorkommnis Wirkung. Die Abende auf dem Spielplatz verliefen fortan friedlicher.

Magdalenas Arbeit im Lazarett beschränkte sich in den nächsten Tagen vor allem auf die Pflege des armoperierten Kroaten sowie auf die Behandlung von mehreren Zahnschmerzpatienten, denen sie einen Aufguss mit Betonie zum Gurgeln verordnete. Denselben Tee bereitete sie auch denjenigen, die mit verdorbenen Mägen und Durchfall zu ihr kamen. So mancher Soldat nutzte die Lazarettbesuche allerdings schamlos, um sie unter dem Vorwand von Gliederreißen oder Schwindel in den Hintern zu kneifen oder ihren Busen zu drücken, wenn nicht gar noch zudringlicher zu werden. Doch Magdalena wusste sich zu wehren. Ein gezielter Tritt in die empfindlichen Weichteile genügte meist, die Männer zur Räson zu bringen.

Da von einem Tag auf den anderen diese Art von Besuchen abrissen und die Patienten, die sich noch in das provisorische Spital im Refektorium wagten, tatsächlich behandlungsbedürftige Beschwerden aufwiesen, vermutete sie, dass

Rupprecht den Hauptmann darüber in Kenntnis gesetzt hatte. Auch außerhalb des Spitals gingen die Soldaten auf respektvolle Distanz zu Magdalena, und das, obwohl sie im Kloster die einzige Frau unter mehr als hundert Männern war. Je weniger Patienten zu ihr kamen, desto seltener wurde im ehemaligen Refektorium Alkohol zum Betäuben der Patienten und zum Auswaschen der Wunden benötigt. Ohnehin hatte der Branntweinvorrat auf wundersame Weise nie abgenommen. Wann immer Magdalena die Truhen und Kisten mit dem Verbandszeug, den Salben und Tinkturen an der hinteren Wand durchsah, stets stieß sie dabei auf einen frisch gefüllten Schlauch.

»Wer versorgt uns so verlässlich damit?«, fragte sie Rupprecht, als sie eines Morgens frische Wundsalben anrührten.

»Wovon sprichst du?«, entgegnete er und tat so, als bemerke er den prall gefüllten Schlauch mitten auf dem Eichenholztisch gar nicht. Stattdessen zog er einige Tiegel aus der Kiste, die sie aus der ehemaligen Klosterapotheke herübergeschafft hatten, und stellte sie auf dem langen Eichenholztisch parat. »Misch hieraus bitte noch eine frische Salbe. Du weißt, dass du acht Lot von dem Hasenschmalz brauchst, von dem Magnetstein, Krebspulver und Schwarzwurz allerdings je nur eines. Beim letzten Mal hast du zu viel von dem Schwarzwurz genommen und damit die ganze Salbe verdorben. Bevor du das alles mit dem Mörser zerstößt, kannst du es auf dem Reibstein grob zerkleinern. Danach nimmst du es und streichst es dem Dicken dort hinten ordentlich über die Fingerkuppe, in der ihm der Spreißel steckt. Das wird ihn herausziehen.«

»Was du nicht sagst!« Empört hörte Magdalena auf zu rühren. »Was glaubst du, wie oft ich diese Salbe schon zubereitet habe? Du sprichst mit mir, als wäre ich schwer von Begriff.

Warum? Was hat sich verändert, seit wir das Lager verlassen haben? Warum nimmst du mich nicht mehr für voll?«

»Rede doch keinen Unsinn.« Geflissentlich wich Rupprecht ihrem Blick aus. »Es gibt Wichtigeres. Lass uns zum Beispiel überlegen, wie wir an rote Mennige kommen. Unsere Vorräte gehen zur Neige. Wir brauchen aber dringend noch mehr von der Paste, um die vielen offenen Wunden zu behandeln.«

»Frag doch deinen Hauptmann. Der weiß alles aufzutreiben.« Ihre Stimme wurde schrill. Am liebsten hätte sie ihm die Salbe, die sie gerade im Mörser zerstoßen hatte, vor die Füße gekippt.

»Was passt dir nicht an ihm?« Verärgert nahm er ihr die Schale aus der Hand und gab davon auf ein Eibischblatt. »Sei froh, dass ich so gut mit ihm klarkomme, sonst sähen unsere Tage bei den Schweden ganz anders aus.«

»Erwartest du etwa Dank von mir, dass du unsere Seelen an den Feind verrätst?« Ihre Stimme zitterte, so aufgebracht war sie. »Ich habe dich nicht gebeten, ein gutes Wort für mich bei ihm einzulegen. Genauso wenig, wie ich dich gebeten habe, Strecker den Hang hinabzustürzen. Immerzu mischst du dich in mein Leben und zerstörst alles.«

»Bist du noch recht bei Trost?« Rupprechts dunkle Augen flammten wutentbrannt auf. Dennoch legte er den Mörser, mit dem er eben noch Pulver zerstampft hatte, bedächtig zur Seite.

»Du weißt ganz genau, was ich meine«, schleuderte sie ihm entgegen. »Wärst du nicht auf dem Felsvorsprung aufgetaucht, als ich Strecker zur Rede gestellt habe, wüsste ich längst, wohin Elsbeth Carlotta verschleppt hat. Kurz bevor du kamst, hat er nämlich begonnen, mir von Elsbeths Fluchtplänen zu erzählen. Aber du musstest ja den Rächer spielen und ihn den Abgrund hinunterstoßen.«

»Ach? Und du glaubst tatsächlich, der fette Strecker hätte dir die Wahrheit gesagt? Schänden wollte er dich, davor habe ich dich bewahrt. Aber wahrscheinlich warst du schon auf dem Berg zu besoffen und hast das gar nicht richtig mitbekommen. Vielleicht hätte ich ihn gewähren lassen sollen. Ihr Weiber scheint wohl darauf aus, dass man es euch so heftig wie möglich besorgt.«

»Mir scheint, du denkst an nichts anderes, weil du es bei mir noch nie geschafft hast.«

»Bild dir gar nicht erst ein, ich wollte es darauf anlegen.«

»Na wunderbar, dann ist doch alles in Ordnung!« Bebend vor Zorn, standen sie einander gegenüber und sahen sich stumm in die Augen, bis Magdalena einlenkte: »Lass uns den Streit begraben, Rupprecht. Schlimm genug, dass wir hierherverschleppt wurden und nicht wissen, ob Seume sich nicht längst für unser Verschwinden an Meister Johann und Roswitha gerächt hat. Und ich habe die Hoffnung nicht aufgegeben, dass wir Eric und Carlotta finden werden.«

»Weißt du, was? Daran bin ich überhaupt nicht interessiert. Ich finde das Leben hier bei den Schweden gar nicht schlecht. Es fehlt uns an nichts, und unsere Arbeit können wir ungestört tun. Was willst du eigentlich noch?«

»Das ist nicht dein Ernst!« Fassungslos starrte sie ihn an.

»Falls es dir nicht aufgefallen ist: Zum ersten Mal in meinem Leben bestimme ich hier, wie operiert und behandelt wird. Ohne dass ein Meister Johann oder eine Magdalena es mal wieder besser wissen und mich zum dummen Gehilfen degradieren.«

Er nahm den Branntweinschlauch, drückte ihn gegen ihre Brust und stürzte ohne ein weiteres Wort davon. Laut knallte die schwere Tür ins Schloss. Der Rahmen zitterte von der Erschütterung, selbst die Holzdielen am Boden schwangen eine Weile nach.

Gedankenlos hob Magdalena den Verschluss an die Lippen, um sich einen wohltuenden Schluck zu gönnen. Doch dann hielt sie inne. War es nicht genau das, was Rupprecht wollte: dass sie mehr und mehr dem Alkohol verfiel und unfähig wurde, selbst die einfachsten Verrichtungen ohne seine Hilfe zu erledigen? Langsam ließ sie den Lederschlauch sinken. Als gelte es, die Umgebung zum ersten Mal richtig wahrzunehmen, sah sie sich im Refektorium um. Die Vormittagssonne tauchte den langgestreckten Saal in angenehmes Licht. Der gewaltige Eichenholztisch, auf dem sie die Patienten zur Operation betteten, beherrschte die Mitte des Raumes. Sauber gescheuert mit Seifenlauge und frisch eingelassen mit Öl, schien er aufnahmebereit für den nächsten Eingriff. Die Bänke der Mönche sowie der wuchtige Armlehnstuhl des Priors reihten sich sorgfältig gestapelt an der hinteren Wand entlang. Davor lagen noch ein halbes Dutzend Männer auf dünnen Matten direkt auf dem Dielenboden. Sie waren die Letzten aus dem Versehrtenzug, die noch regelmäßiger Pflege bedurften. Das stete Auf und Ab ihrer Leiber verriet, dass sie tief schliefen. Keiner von ihnen gab einen Laut von sich. Der Gestank nach Männerschweiß, den sie verströmten, wurde ihr erst jetzt richtig bewusst.

Magdalena öffnete einen der Fensterflügel auf der Ostseite und sog gierig die frische Luft ein. Auf den nahen Wiesen am Mainufer wurde das Heu eingebracht. Der frische Geruch nach sattem Sommer erfüllte den Raum. Schon schwirrte eine Biene herein. Ihr verwirrter Tanz im staubigen Lichtstrahl amüsierte Magdalena. Erst nach einer Weile riss sie sich davon los. Höchste Zeit, mit der Krankenpflege zu beginnen. Gleich würde sie den Heilprozess der Wunden prüfen und die Verletzten mit frischen Verbänden sowie den eben angerührten Kräuterpflastern versorgen. Die Apotheke des Klosters war von der Plünderung weitgehend verschont geblieben, so dass sie über ausreichend Arzneien und Kräuter verfügten. Lediglich die Mennige ging rascher als üblich zur Neige. Meister Johann hätte seinen Spaß an den Vorräten. Wieder fragte sie sich voller Sorge, ob er und Roswitha zum Ziel von Seumes unberechenbarem Zorn geworden waren.

Ohne der neuerlichen Versuchung zu erliegen, doch noch einen Schluck aus dem Branntweinschlauch zu trinken, begann sie, die benötigten Tiegel zu öffnen und die Kräuterblätter bereitzulegen. Die Beschäftigung lenkte sie ab. Ohnehin hielt die wohltuende Wirkung des Branntweins nie lange an. Immer rascher und unerbittlicher fraß sich dagegen der Schmerz über Carlottas Verlust in ihr Herz. Am schlimmsten war, dass ihr von Tag zu Tag deutlicher vor Augen trat, wie riskant es gewesen war, durch Erics Flucht das Schicksal derart herauszufordern. Was wusste sie schon, was in den letzten Jahren mit Eric geschehen und ob er des hohen Einsatzes würdig war?

Als sie ein Büschel mit Johanniskraut in Händen hielt, meinte sie plötzlich Carlottas Stimmchen zu hören. Deutlich sah sie die fragend aufgerissenen Augen der Kleinen vor sich, wie sie die Hände nach ihr ausstreckte, um auf den Arm genommen zu werden. Warum hatte sie das aufs Spiel gesetzt? Und für wen? Hätte sie Eric seinem Schicksal überlassen, könnte sie ihr Kind jetzt in den Armen wiegen. Und nicht nur Carlotta wäre noch bei ihr. Unbehelligt lebte sie mit dem Feldscher und der guten Roswitha im Tross, zöge mit der Bagage der Kaiserlichen gen Bayern, täte das, was sie seit Jahren erfolgreich und gerne tat: dem Heer als Wundärztin dienen.

Wenn sie wenigstens Nachricht hätte, was mit Meister Johann und Roswitha geschehen war!

Hätte sie Eric bei Seume gelassen, wäre noch ein Menschenleben gerettet worden: Gottfried Strecker. Rupprecht hätte sich nicht als vermeintlicher Lebensretter geriert und besäße nicht das geringste Recht, dafür Dankbarkeit von ihr einzufordern. Ihr wurde übel, wenn sie daran dachte, dass Strecker kurz davor gewesen war, Elsbeths Pläne auszuplaudern. In ihrem Bauch rumorte es. Schwindel überkam sie. Wie gierte sie danach, die düsteren Gedanken loszuwerden! Am einfachsten ging das mit einem tiefen und befreienden Schluck aus dem Branntweinschlauch. Schon hatte sie ihn in der Hand, setzte ihn an die Lippen. Der Alkoholgeruch ätzte ihr in der Nase.

4

Das Aufstöhnen des Kroaten auf dem Strohsack vorne links schreckte Magdalena auf. Gewiss tat sie besser daran, den Branntweinschlauch rasch wieder abzusetzen. Von den ständigen Grübeleien sollte sie ebenfalls lassen. Es lenkte sie zu sehr von ihren Pflichten ab. Durch Unachtsamkeit riskierte sie am Ende ein weiteres Leben und verstrickte sich noch tiefer ins Unglück. Sie biss sich auf die Lippen, versuchte die Hände ruhig zu halten und den sehnlichen Wunsch nach Vergessen im Alkoholrausch zu unterdrücken. Stattdessen gönnte sie dem unruhig gewordenen Patienten auf dem Strohsack einen Schluck Schnaps. Dankbar trank er ihn, während sie ihm die Verbände wechselte.

Als sie das Leinen von seinem rechten Arm abwickelte, schlug ihr ein furchtbarer Gestank entgegen. Die Haut hatte sich dunkel verfärbt, die Wunde fraß sich nahezu über den gesamten Unterarm. Nun war es doch zum gefürchteten Wundbrand gekommen. »Der Arm muss ab!«, hörte sie eine leise Männerstimme hinter sich. Als sie sich umdrehte, erkannte sie den Mann. Bei ihren Streifzügen durch die verwinkelten Klostergemäuer hatte er sich als ehemaliger Hüter der Apotheke vorgestellt. »Nein!«, schrie unterdessen der Kroate und fuhr jäh von seinem Lager hoch. Die Finger seiner gesunden linken Hand krallte er in ihre Schulter. Wild rüttelte er an ihr, riss sie an den roten Haaren. Sein Gesicht glühte. Wie hatte sie das übersehen können? Die braunen Augen glänzten, sein Hemd klebte schweißnass am Leib. War sie schon nach drei Schluck aus dem verdammten Schlauch so berauscht, dass sie das Offensichtliche so leichtfertig übersehen hatte? Oder hatte ihr Kummer sie blind für das Elend anderer gemacht?

»Ruhig Blut!« Vorsichtig löste sie seine Finger aus ihrem Haar und half ihm, sich flach auf dem Strohsack auszustrecken. In ihrem Kopf überschlugen sich die Gedanken. Rupprecht zu suchen kostete zu viel Zeit. Außerdem war es nicht der erste Arm, den sie abnehmen würde. Einen kräftigen Beistand brauchte sie allerdings, damit der Patient festgehalten wurde. Alles andere würde sie allein bewältigen. »Kannst du helfen?«, wandte sie sich an den Mönch. Der Mann, der kaum größer war als sie, dafür aber mindestens zweimal so viel Leibesfülle mit sich schleppte, nickte, dass die Speckfalten an Wangen und Kinn wackelten. Seine wässrigen Augen fielen in dem teigigen Gesicht kaum auf, zeigten allerdings erstaunlichen Tatendrang. Kurz musterte sie seine klobigen Hände. Die verfärbten Fingerkuppen und die schwarzen Ränder entlang der Nägel verrieten Feldarbeit. Offensichtlich konnte er also auch kräftig zupacken.

»Oft habe ich dem Wundchirurgen beigestanden, wenn er hier im Spital seinem Handwerk nachgegangen ist. Doch verzeih mir die Frage: Willst du nicht lieber erst den tüchtigen Feldscher rufen, damit wir nicht noch weitere kostbare Zeit verlieren? Wie es scheint, muss dem Mann rasch geholfen werden.«

Schon krempelte er sich die Ärmel des knappen Bauernkittels auf, der augenscheinlich von jemand anderem stammte. Er schnürte ihn so eng ein, dass jedes Luftholen das Reißen der Nähte riskierte. Flink begann er, den Holztisch vorzubereiten, indem er ihn gründlich abwischte und mit frischem Stroh polsterte. Anschließend streute er Sägemehl auf die Holzdielen, das das Blut aufsaugen sollte.

»Ich werde den Eingriff selbst vornehmen«, erklärte Magdalena knapp und suchte aus der Truhe, in der sie die Instrumente verwahrte, das nötige Besteck zusammen. »Schür das Feuer im Kamin, damit ich die Werkzeuge vorglühen kann.«

»So viel Zeit, den Feldscher zu rufen, sollten wir uns schon noch lassen«, widersprach der Mönch und beugte sich ebenfalls über die Truhe. Wenn er das Haupt senkte, zeichnete sich auf seinem halbkahlen Schädel noch immer die Tonsur ab.

»Keine Sorge. Die eigentliche Wundärztin bin ich.«

»Aber …«

»Nichts aber. Die letzten Tage ging es mir nicht gut. Nur deshalb musste ich meinem Gehilfen das meiste überlassen, was leider nicht immer eine glückliche Lösung war.« Fast hätte sie hinzugefügt, dass der verpfuschte Arm, den sie abnehmen mussten, das Resultat von Rupprechts Unvermögen war. Andererseits trug sie die Schuld daran, nicht einsatzbereit gewesen zu sein. Nur deswegen hatte sie Rupprecht das Operieren allein überlassen müssen. Hätte sie besser aufgepasst und sich vor allem nicht vor Kummer betrunken, wäre es nicht so weit gekommen.

Mit vereinten Kräften fassten sie den wimmernden Mann an den intakten Gliedmaßen und trugen ihn zum Tisch. Weil es an Ledergurten fehlte, banden sie ihn kurzerhand mit Seilen darauf fest. Behutsam hob Magdalena seinen Kopf an und hieß ihn, kräftig aus dem Branntweinschlauch zu trinken. Dabei strich sie ihm das verschwitzte Haar aus der Stirn und streichelte ihm beruhigend über die Schläfe. Er zitterte am ganzen Leib. Als berge allein schon das Trinken die Erlösung, verschluckte er sich mehrmals vor Gier am Branntwein. Prustend und spuckend rang er nach Luft. Das strengte ihn so sehr an, dass der Kopf schließlich erschöpft zur Seite sank. Magdalena legte ihm die Zunge gerade und schob ihm ein Stück Leder zwischen die Zähne. Umsichtig prüfte sie die Seile um Fußgelenke, linken Arm und Oberkörper. Dann erst trat sie zum rechten Arm. Rasch fingerte sie den Bernstein unter dem Mieder hervor und küsste ihn. Lautlos sprach sie ein Gebet, während sie den gelben Stein umklammerte. Endlich fühlte sie sich für den Eingriff gewappnet und griff nach der Säge.

Der Mönch hatte nicht übertrieben, als er seine Erfahrung als Gehilfe des Wundchirurgen erwähnt hatte. Ohne dass sie ihn anweisen musste, wusste er stets einen Handgriff früher als nötig, was er zu tun, welche Geräte er ihr zu reichen und wie er den Patienten zu betreuen hatte. Sie konnte sich ganz auf ihre Aufgabe besinnen. Als sie die Säge ansetzte, hielt sie noch einmal inne, atmete einmal tief durch und legte dann los. Sie war erstaunt, wie gut ihr der Eingriff von der Hand ging. In einem Rutsch konnte sie ihr Werk vollbringen. Erschöpft, aber zufrieden beendete sie den letzten Stich an der Naht, mit der sie die Haut über dem frischen Stumpf zusammengezogen hatte. Sorgfältig strich der Mönch den Wundbalsam aus Wachs, Kolophonium und Leinöl darüber, drückte die Kräuterpflaster an und half ihr, den restlichen Arm zu verbinden. Endlich waren sie fertig.

»Er lebt!«, verkündete ihr neuer Gehilfe freudig und tupfte das Gesicht des Patienten. »Sein Atem geht gleichmäßig, das Fieber scheint zu sinken.«

»Das klingt so, als hättest du nicht damit gerechnet.« Matt stand Magdalena neben dem Tisch, den Branntweinschlauch in der Hand und kurz davor, den befreienden Schluck zu trinken. In diesem Moment fiel ihr auf, dass ihre Hände während der anstrengenden Arbeit nicht ein einziges Mal gezittert, sie nicht ein Mal an die betäubende Wirkung des Schnapses gedacht hatte. Es ging also immer noch gut ohne diese gefährliche Hilfe, stellte sie erleichtert fest.

»Ich werde die Nacht bei ihm wachen und dafür sorgen, dass er sie übersteht«, verkündete der Mönch. Nah trat er an sie heran und berührte sie am Arm. Er erklärte nichts weiter, sondern nahm schweigend den Branntweinschlauch aus ihrer Hand. Stattdessen reichte er ihr einen Krug mit Wasser und nickte ihr zu. »Wahrscheinlich muss ich mich einfach nur daran gewöhnen, dass auch Frauen zu solchen Heldentaten fähig sind. Wenn man wie ich jahrelang in einem weltabgewandten Kloster unter Männern lebt, blendet man einen erheblichen Teil des Lebens einfach aus.«

Sie rang sich ein Lächeln ab. Um nicht darauf eingehen zu müssen, bückte sie sich nach dem abgetrennten Unterarm und betrachtete die Wunde. Wie sie vermutet hatte, steckte ein winziger Splitter im Fleisch. Rupprecht hatte ihn entweder übersehen, oder der Splitter war durch das mehrfache Spreizen der Wunde mit der Schere erst tief hineingeraten. Zu sehr hatte Rupprecht die Entnahme der krummen Bleikugel beansprucht, als dass er darauf geachtet hätte, während des Eingriffs weitere Verunreinigungen zu vermeiden. Hätte sie besser aufgepasst und wäre rechtzeitig eingeschritten, hätte der Mann seinen rechten Arm wahrscheinlich behalten können. Was war er schließlich ohne ihn? Ein nutzloser Krüppel, der unbeholfen wie ein kleines Kind lernen musste, die einfachsten Handgriffe einarmig zu meistern. Verdammter Alkohol! Schon oft hatte sie gesehen, wohin das führte, und trotzdem nicht der Versuchung widerstanden, den eigenen Schmerz darin zu ertränken.

»Mach dir keine Sorgen. Der Mann ist kräftig und wird es schaffen. Dafür verbürge ich mich.« Abermals berührte der dicke Mönch sie, tätschelte ihr nahezu zärtlich den Arm. Ihr Können musste ihn beeindruckt haben.

5

Der Tag war weit fortgeschritten. Die langen Schatten des Dachfirsts der Kirche überdeckten fast die gesamte Breitseite des rechteckigen Klostergebäudes. Gänge und Innenhöfe der Anlage waren menschenleer. Von jenseits der Mauern schwappten fröhliche Musik und muntere Stimmen herüber. Aus Respekt vor der Heiligkeit des Ortes, die selbst den lutherischen Schweden bewusst war, lag der Platz zum Würfeln und Spielen jenseits der Tore.

Magdalena fühlte sich von der Fröhlichkeit magisch angezogen. Zu düster waren die vergangenen Stunden bei dem Verletzten im Refektorium gewesen, zu groß die Gefahr, dass sie deswegen am Ende doch wieder Trost im Branntwein suchte. Auch wenn die Männer auf dem Spielplatz in ihrer Trunkenheit gern aufdringlich wurden, war ihr Wunsch nach Ablenkung größer als die Angst, belästigt zu werden. Also lenkte sie ihre Schritte dorthin. Obendrein faszinierte es sie, dem flinken Würfeln der Soldaten zuzuschauen. Vielleicht ließ sich doch eine Regelmäßigkeit im Fallen der Zahlen beobachten.

Der Platz vor den Toren des Klosters lag größtenteils noch in der Sonne. Die Wärme tat gut, ebenso der freie Blick in die Umgebung. Erleichtert atmete Magdalena auf. Auf den nahen Weinbergen, die sich direkt hinter den Klostermauern bis hinauf zur trutzigen Marienfeste zogen, tanzte das Abendsonnenlicht. Ein sanfter Wind strich zärtlich über das Laub. Gelegentlich wechselte das Grün der Blätter schon ins Gelb, Rot oder gar Braun des bevorstehenden Herbstes.

Magdalena gesellte sich zu einer Gruppe Männer, die auf einem umgedrehten Weinfass ihre hellen Würfel warfen. Bereitwillig machten sie ihr Platz, damit sie besser sehen konnte. Der Sprache nach waren es vor allem Deutsche und Österreicher, die mit den knöchernen Würfeln ihr Glück herausforderten. Die wenigen Welschen, Kroaten und Ungarn fielen dagegen kaum ins Gewicht. Auch die Schweden waren in dem Versehrtenzug in der Minderheit. Das bunte Hin und Her der letzten Kriegsjahre hatte dazu geführt, dass sogar gefangengenommene Soldaten freiwillig bei dem alten Feind weiterdienten. Das war bei den Schweden nicht anders als bei den kurfürstlich bayerischen und kaiserlichen Regimentern.

»Na, meine Schöne, suchst du nicht doch mal einen Gefährten für die Nacht? Ich hätte dir was Ordentliches zu bieten.« Ein fast Zahnloser grinste sie an, dem Zungenschlag nach ein Wiener. Provozierend fasste er sich an den Hosenlatz. Sein Nachbar stieß ihm den Ellbogen in die Seite und sagte zu ihr: »Vergiss den alten Sack. Seit der Dom am Stephansplatz steht, steht bei dem schon gar nichts mehr. Komm mit zu mir, mein Schatz. Bei mir brennt noch echtes Feuer! Da erlebst du, was feurige Liebe ist.«

»Pass du lieber auf, dass dir nicht gleich was anderes brennt.« Brüsk versetzte sie ihm einen Schubs, dass er Richtung Feuer torkelte. Seine Kameraden brachen in schallendes Gelächter aus. Zwar hatten nicht alle ihren Wortwechsel verstanden, doch die Gestik war eindeutig gewesen. Plötzlich knallte ein Pistolenschuss, und einer der Gehilfen des Hauptmanns kam heran. »Elende Hundsfotte! Ihr kapiert wohl immer noch nicht, dass ihr die Finger von ihr lassen sollt. Oder wollt ihr so enden wie die zwei, die letztens drüben am Baum gehangen sind? Könnt ihr gern haben. Sagt es nur rechtzeitig!«

Murrend drehten sich die Männer ab. Manch einer erklärte einem anderen, der des Deutschen nicht mächtig war, was der Mann gesagt hatte. Die meisten aber verstanden es auch so. Ganz auf rasche Ablenkung bedacht, widmeten sie sich wieder dem Spiel. Unauffällig wanderte Magdalenas Blick über die Gesichter. Die meisten der Soldaten hatten vor kurzem erst das Refektorium verlassen. Die Verletzungen, die sie während des Gefechts vor Amöneburg erlitten hatten, waren Magdalena fast vertrauter als die Männer selbst. Der Dank, den sie ihr dafür zollten, stand vielen noch ins Gesicht geschrieben. Eine Rauferei mit Messern so wie letztens wollten sie wohl kaum erneut riskieren. Beruhigt wandte sich Magdalena wieder dem Treiben mit den Würfelbechern zu.

Im schwindenden Tageslicht war die Markierung auf den knöchernen Würfelflächen kaum mehr zu erkennen. Die Vorräte an Talglichtern und Fackeln aber gingen schnell zur Neige. Deshalb durften sie erst bei Anbruch völliger Dunkelheit entzündet werden. Die Männer störten sich nicht an den unzureichenden Sichtverhältnissen. Jeden Wurf kommentierten sie mit lautem Rufen und Schulterklopfen. Als einer der Würfel herunterfiel, fluchte ein spitzbärtiger Österreicher lauthals, während ihn ein anderer mit langen, schwarzen Locken auf Italienisch zurechtwies. Blindlings stürzten beide Männer zu Boden, um des kostbaren Stücks dort als Erster habhaft zu werden. Ein Rotblonder, offensichtlich der einzig echte Schwede unter ihnen, zog sie an den Kragen wieder hoch und fuhr sie in seiner eigenen, hart klingenden Sprache an. Wahrscheinlich gehörte er zum abkommandierten Begleitkorps des Geschädigtenzugs und hatte von daher das Recht, für Ordnung zu sorgen. Kleinlaut lenkten die Spieler ein und setzten sich wieder um das Fass.

Nach einer Weile verlor Magdalena die Lust, dem immer gleichen Ablauf von Sieg und Niederlage zuzuschauen. Also ging sie ins Gebäude zurück. Sie wollte noch ins eigentliche Spital des Klosters. In einem der Nebenräume hatte sie am Vortag eine Kiste mit Kräutern sowie ein kleines Buch mit handgeschriebenen Rezepturen entdeckt. Leider war noch keine Gelegenheit gewesen, den Schatz an sich zu bringen. Jetzt, da der ehemalige Apothekermönch bei den Patienten im Refektorium wachte, war ein guter Zeitpunkt, das zu tun.

Laut hallten ihre Schritte auf dem Steinboden. Der Kreuzgang des ehemaligen Benediktinerklosters wirkte düster und geheimnisvoll. Der rote Sandstein, aus dem die gesamte Anlage errichtet war, schien nahezu schwarz. Umso heller hoben sich davor die Grabplatten ab, die entlang des Kreuzgangs aufgestellt waren. Wind und Wetter, die ungehindert in den halboffenen Gang eindrangen, hatten die Inschriften glatt geschliffen. Sogar manche der Figuren, die einst die Platten geschmückt hatten, waren zerbrochen oder verwittert. Dem reichen Zierat an den Wänden schenkte Magdalena kaum Beachtung. Auch den weiter vorn weghuschenden, dunklen Punkt nahm sie zunächst kaum wahr, obwohl er doch von beträchtlicher Breite war. Möglich, dass er Ähnlichkeit mit dem dicken Apothekermönch aufwies, dachte sie kurz. Sie hielt an und sah angestrengt den Gang entlang, blickte jedoch niemanden. Der Mönch würde wohl kaum den frisch operierten Kroaten im Refektorium allein lassen. Sie musste sich getäuscht haben. Kopfschüttelnd ging sie weiter.

Aus einer der ehemaligen Mönchszellen, die sie im oberen Stockwerk passierte, drangen aufgeregte Männerstimmen. Noch bevor sie sie erreichte, verstand sie einzelne Worte. Bei einem der Männer handelte es sich um Rupprecht, das hörte sie gleich. Anscheinend verteidigte er sich gegen massive Vorwürfe. Seine Stimme klang schrill und aufgeregt. Deutlich sah sie vor sich, wie der zierliche Kerl in solchen Situationen mit dem Rücken zur Wand stand, seine Arme weit ausgebreitet, die schmächtigen Schultern hochgezogen, die dunklen Augen unter den buschigen Augenbrauen aufgerissen, und versuchte, einen anderen allein durch die Kraft der Worte von seiner Sicht der Dinge zu überzeugen. »Wie oft soll ich es noch sagen? Ich habe alles getan, den Arm Eures Freundes zu retten. Die Kugel war rasch herausgezogen, die Wunde gesäubert und glatt genäht. Nichts hat darauf hingedeutet, dass es zum Wundbrand kommen würde. Mehrere Tage sind vergangen, ohne dass es ihm schlechter ging. Im Gegenteil. Gestern Abend war er kurz davor, vom Lager aufzustehen. Meine Gehilfin hat ihn gewissenhaft gepflegt. Er hatte kein

Fieber, erst recht keinen Wundbrand. So glaubt mir doch endlich!«

»Wie kommt es dann, dass ihm der Arm abgenommen werden musste? Weißt du, was ein Mann ohne seinen rechten Arm anfängt? Dass du sein Fieber nicht bemerkt hast, ist mir ein Rätsel. Geglüht hat er, dass man Wasser auf seinem Leib hätte erhitzen können. Inzwischen ringt er mit dem Tod. Schon hadere ich mit mir, was ich ihm eher wünschen soll: die rasche Erlösung aus diesem irdischen Jammertal oder die Rückkehr ins Leben. Ohne den rechten Arm wird das Leben nur Elend und Hilflosigkeit bringen.«

Die tiefe Stimme hatte einen fremden Klang. Wahrscheinlich gehörte sie dem Hauptmann, um dessen Gunst Rupprecht sich seit ihrer Festsetzung durch die Schweden bemühte. Aufgrund seines langjährigen Aufenthalts in Deutschland beherrschte der Fremde die Sprache offensichtlich sehr gut, behielt aber dennoch die harte Aussprache bei. Die Worte wirkten abgehackt.

»Das ist einfach nicht wahr.« Rupprecht klang resigniert. »Wer hat denn behauptet, der Arm hätte unbedingt abgenommen werden müssen?«

»Der frühere Apothekermönch des Klosters war gerade bei mir. Ich hatte ihn gebeten, ein besonderes Auge auf meinen Burschen zu werfen. Obwohl er Kroate ist, dient er mir seit langem treu und redlich und ist mir zum wahren Freund geworden. Es wäre ein herber Verlust für mich, ihn einer Nachlässigkeit wegen zu verlieren.«

»Der Mönch hat Euch sicher auch gesagt, dass es Eurem Freund nun, da der Arm abgenommen ist, erheblich bessergeht.« Magdalena legte ihre ganze Kraft in ihre Stimme und trat hocherhobenen Hauptes in die Mitte des Raumes. »Er ist beileibe nicht der Erste, der seinen rechten Arm verloren hat. Wie all die vielen anderen, denen es ähnlich ergangen ist, wird er rasch lernen, den Verlust durch Geschicklichkeit mit der linken Hand auszugleichen. Hat nicht auch Euer großer Gustav Adolf den rechten Arm einer Schussverletzung wegen in den letzten Jahren vor seinem Tod nicht mehr frei bewegen können? Ein guter, tapferer Soldat war er dennoch bis zuletzt. Seine Heldentaten werden sicherlich nicht nur bei uns erzählt.«

Ihre grünen Augen suchten die hellen des Hauptmanns, der sie verblüfft anblickte. Unverhohlen musterte er sie vom Scheitel bis zur Sohle. In seinem Blick lag etwas Eigenartiges, keine Spur jener Anzüglichkeit, mit der Männer sie sonst betrachteten. Neugierig sah auch sie ihn geradewegs an. Seine Gesichtszüge erwiesen sich als mild, seine hochgewachsene Erscheinung wirkte in ihrem ganzen Habitus vornehm und zurückhaltend. Nichts deutete darauf hin, welches Elend ihm gewiss schon begegnet war, ganz zu schweigen, zu welchem Grauen er vermutlich selbst imstande war.

»Ihr seid wohl die besoffene Wundärztin, von deren Heldentaten mir so viel erzählt wurde.« Um seine Mundwinkel zuckte es spöttisch. Einen Moment erstarrte Magdalena. Nein, unmöglich, beruhigte sie sich. Wie soll es sich um die gleiche Mimik wie bei Eric handeln? Seine Größe ausnutzend, sah der Hauptmann von oben auf sie herab, knetete die langen, feingliedrigen Finger durch, bis die Gelenke knackten. Ein galanter Umgang mit Frauen gehörte offenbar nicht zu seinen herausragenden Charaktereigenschaften.

»Wenn Ihr eine torkelnde Wegelagerin erwartet, die ihre Zunge nicht mehr im Zaum halten kann und Unsinn von sich gibt, muss ich Euch leider enttäuschen. Mein Gehilfe Rupprecht scheint Euch einiges falsch überliefert zu haben.«

»Wie kommt Ihr darauf, dass meine Informationen von ihm stammen? Wieso bezeichnet Ihr ihn überhaupt als Euren Gehilfen? Dafür reicht mein Deutsch. Also, wer seid Ihr und in welchem Verhältnis steht ihr zwei zueinander?«

Seine hellen Augen blickten zwischen ihnen beiden hin und her. Rupprecht wirkte verlegen. Nachdem er sie vorhin gleich hatte unterbrechen wollen, um seine Version vorzutragen, hatte der Hauptmann ihn sogleich mit einer Handbewegung zum Schweigen verurteilt. Seither tat er geflissentlich alles, nicht ein weiteres Mal den Unmut des mächtigen Offiziers auf sich zu ziehen. Einen Augenblick lang war Magdalena versucht, die Gelegenheit zu nutzen und sich an Rupprecht zu rächen, indem sie seine jüngsten Ränkespiele entlarvte. Andererseits war und blieb der Schwede ihr Feind und Rupprecht ihr Gefährte, sosehr sie sich auch über ihn geärgert hatte. Schändlichen Verrat durfte sie nicht begehen. Wer wusste, wie nützlich ihnen Rupprechts Taktieren noch werden konnte? Immerhin versorgte er den Hauptmann mit besonderen Rezepturen und hatte sich dadurch in gewisser Weise unentbehrlich für ihn gemacht. Das konnte für sie beide von Vorteil sein. Ein kaum sichtbares Flackern in Rupprechts Augen bestätigte ihre Einschätzung, besser Vorsicht walten zu lassen. »Wir beide haben beim selben Feldscher unser Handwerk erlernt und über lange Jahre miteinander im Regiment der Kaiserlichen gearbeitet, bis wir unweit von Amöneburg in Eure Linien geraten sind.«

»Was nicht unbedingt euer Unglück gewesen sein muss. Schließlich werdet ihr triftige Gründe dafür gehabt haben, euch jenseits eures Trosses aufzuhalten. Wie mir zu Ohren kam, gab es einige ungeklärte Übergriffe auf ranghohe Offiziere. Ein Profos soll schlimm verunglückt, ein Quartiermeister gar zu Tode gestürzt sein.« Wieder umspielte der spöttische Zug seine Mundwinkel. Die langen blonden Wimpern ließen die hellen Augen selbst im schwachen Licht noch strahlen.

Unter anderen Umständen hätte sie seine Eleganz sicherlich bewundert. So aber überwog das Misstrauen. »Ihr seid bestens informiert über das, was sich bei den Kaiserlichen tut. Vermutlich verfügt Ihr über ausgezeichnete Kundschafter.« Sie bemühte sich, ihn nicht merken zu lassen, wie gern sie die Gelegenheit nutzen und langersehnte Nachrichten von ihm erfahren würde.

»Natürlich. Meine Leute haben mir übrigens auch berichtet, was sich nach diesen Übergriffen noch ereignet hat. Interessiert Euch das, oder ist es Euch einerlei, dass eine alte Wehmutter beim Abzug der Kaiserlichen zufällig unter die schweren Räder eines Geschützes geraten ist? Muss ein entsetzliches Bild gewesen sein. Trotzdem soll sich ein nicht minder alter Feldscher daran versucht haben, sie zu bergen. Der ganze Zug geriet darüber ins Stocken. Erst mehreren Bewaffneten gelang es, ihn von der Halbtoten wegzuziehen. Die Krähen werden sich über den Leckerbissen gefreut haben.«

Hört auf!, wollte Magdalena schreien. Fassungslos starrte sie auf Rupprecht. Ihm war nicht anzumerken, ob er das bereits gewusst hatte oder nun ebenfalls als Neuigkeit erfuhr. Der Schmerz fraß sich quer durch ihre Eingeweide. Allein der Wille, sich vor dem Hauptmann keine Blöße zu geben, hielt sie davon ab, in lautes Klagen und Weinen über Roswithas furchtbaren Tod auszubrechen. Als sie abermals das spöttische Zucken um die Mundwinkel des Hauptmanns wahrnahm, wusste sie, wie sie ihn packen konnte. »So gut Eure Kundschafter im kaiserlichen Heer sind, so nachlässig ist wohl Euer Mönch hier im Kloster. Oder steckt Absicht dahinter? Es sollte Euch zu denken geben, wie unzuverlässig er Euch über die Vorgänge im Refektorium unterrichtet.«

»Was wollt Ihr damit sagen?« Der Spott wich aus seiner Miene. Unwillig zog er die rechte Augenbraue hoch und knetete abermals seine Fingergelenke.

»Was den Zustand Eures kroatischen Freundes anbetrifft, hat er wohl etwas Wichtiges unterschlagen.« Unauffällig tastete sie auf ihrem Mieder nach der Erhebung des darunter verborgenen Bernsteins. Fortan musste er ihr Kraft spenden, Roswithas Tod zu verarbeiten. Tief atmete sie ein und aus, dann erklärte sie: »Ich war es, die den Arm Eures Freundes abgenommen hat. Wenn ich mich recht erinnere, habt Ihr vorhin von mir als der besoffenen Wundärztin gesprochen. Doch keine Sorge: Der Eingriff verlief ohne Schwierigkeiten. Sogar der Branntwein hat gereicht, allerdings diente er allein zur Betäubung des Patienten. Ihr könnt gern meinen Atem prüfen, um Euch von der Wahrheit meiner Aussage zu überzeugen. Die Wunde heilt übrigens hervorragend.«

»Wie könnt Ihr das wissen? Seid Ihr von Sinnen, den Patienten allein zu lassen?« Über seinem Zorn zog sich auch die zweite Augenbraue steil nach oben. Seine harte Aussprache verstärkte den Vorwurf.

»Bevor ich das Refektorium verlassen habe, hat mir der Mönch versichert, für das Wohlergehen des Patienten Sorge zu tragen. Mir schien er vertrauenswürdig genug, ihm das zu glauben. Sein Auftauchen bei Euch zeigt jedoch, dass ich mich getäuscht habe. Deshalb werdet Ihr mich nun entschuldigen. Ich gehe lieber zu meinem Patienten zurück und wache ab sofort selbst bei ihm.«

6

Mit zunehmender Trägheit verbrachte Elsbeth die Tage im Haus des gelehrten Doktor Mattes. Schmal ragte es unweit der Würzburger Franziskanerkirche nahe dem Mainufer auf. Der immer gleiche Ablauf erfüllte sie bald mit Unlust, weiterhin emsig herumzuwirbeln und zu wirtschaften. Die spätsommerliche Hitze tat ein Übriges, die Faulheit zu befördern. Elsbeths Sorge, nicht schnell genug aus Würzburg fortzukommen, schwand. Schließlich sorgten auch die lustvollen Nächte mit dem Hausherrn dafür, dass es ihr dort nicht schlecht gefiel.

Von Sonnenauf- bis Sonnenuntergang vergrub sich das unscheinbare Männlein in der düsteren Stube, in der die Regale vom Boden bis zur Decke mit staubigen Büchern angefüllt waren, und studierte, was andere vor langer Zeit an Weisheiten und Lebenseinsichten über Himmel, Sterne und Erde auf das Papier gebannt hatten. Morgens, mittags und abends stellte ihm die bucklige Luise eine Schale mit Haferbrei oder wässriger Suppe hin, die er, ohne dafür die Lektüre zu unterbrechen, am Pult stehend löffelte. Nur wenn er dreimal die Woche zur nahe gelegenen Universität musste, verließ er für wenige Stunden seine Bleibe. Sonst strich er lediglich dann durchs Haus, wenn er hoffte, Elsbeth allein zu erwischen und in eine kleine Nische zu drängen, um verbotene Dinge mit ihr zu tun, die die Vorfreude auf die gemeinsame Nacht steigerten.

Sosehr Doktor Mattes sich an ihrer Anwesenheit erfreute, so wenig nahm er wahr, was sie alles tat, um dem erbärmlichen Zustand seines Haushalts zu Leibe zu rücken. Kein einziges Wort des Lobes oder gar Dankes für das umtriebige Putzen, Aufräumen und Werkeln kam ihm über die Lippen.

Stattdessen erfand er bei jedem nächtlichen Besuch neue Worte, um den Liebreiz ihres Körpers und die lustvollen Vergnügungen mit ihr zu preisen. Für alles jenseits ihres nackten Busens und ihrer üppigen Schenkel zeigte er sich blind.

Eric ahnte nicht im Geringsten, wie falsch er seinen alten Freund einschätzte. Elsbeth war das nur recht. Auch Luises anzügliche Bemerkungen wurden mit der Zeit weniger. Statt zu reden, hockte sie lieber den ganzen Tag über arg zerfledderten Büchern im dunkelsten Winkel der Küche. Nicht einmal Erics ungewöhnlich langsam voranschreitender Genesungsprozess interessierte sie sonderlich. Dafür entlockte ihr das Zusammensein mit der kleinen Carlotta offensichtlich Freude. Für das Kind legte sie immer öfter ihre Lektüre beiseite.

Noch hielt das Sommerwetter an. Golden glänzten die Dächer der unzähligen Kirchen und der furchteinflößenden Marienfeste in der Sonne. Doch die schlierenartigen Wolken am Himmel, die die dicken weißen Wolkentürme vertrieben hatten, und die immer kräftiger auffrischenden Windböen deuteten an, dass bald schon mit einer unfreundlichen Witterung zu rechnen war.

Vier Wochen waren seit ihrer Ankunft in der Stadt am Main bereits verstrichen, dennoch behauptete Eric, sich weiterhin zu schwach für die Strapazen der Abreise zu fühlen. Dabei hütete er längst nicht mehr das Bett, sondern machte bereits einen munteren Eindruck und verließ das Haus täglich.

»Wenn wir noch lang hierbleiben, wird der Regen die Reise nach Köln unmöglich machen«, wagte Elsbeth eines Morgens einen Vorstoß.

»Dann warten wir eben ab, bis die Straßen wieder trocken sind«, wischte er ihren Einwurf vom Tisch.

»Du hast dich hier wohl gemütlich eingerichtet, so dass es dich gar nicht mehr fortzieht«, warf sie ihm einige Tage später ungeduldig an den Kopf. Wieder einmal hatte sie ihn zuvor vergeblich gedrängt, sich der nächsten Reisegesellschaft flussabwärts anzuschließen. »Kein Wunder, das Leben ist auch viel einfacher hier: Du musst dich nicht sorgen, dass dein Bauch voll wird. So kurz Luise den guten Doktor hält, so üppig füllt sie dir die Schüsseln. Da könnte einer glatt auf die Idee verfallen, du machst ihr schöne Augen.«

»Nimm den Mund nicht so voll, Elsbeth. Du fristest hier auch nicht gerade das Dasein einer Klosterfrau, wie ich oft genug hören kann. Von den sonstigen Vorteilen, die dir hier im Haus meines Freundes zuteilwerden, ganz zu schweigen. Auch die Kleine hat es hier vortrefflich.«

»Vergiss nicht, dass Carlotta dein Kind ist.«

»Das du seiner Mutter weggenommen hast.«

»Weggenommen habe ich niemandem irgendwen oder irgendetwas.« Erbost verschränkte sie die Arme vor der Brust und erwiderte selbstbewusst seinen Blick. »Ich habe mich nur um das Kind gekümmert, als kein anderer für sie sorgen wollte. Was kann ich dafür, dass Magdalena nicht wie vereinbart bei uns in Würzburg auftaucht? Ich halte mich an alles, was wir abgemacht haben.« Diese Version der Ereignisse hatte sie in den letzten Wochen schon so oft wiederholt, dass sie mittlerweile selbst davon überzeugt war, es handele sich um die Wahrheit. Umso mehr ärgerte es sie, dass Eric sie weiterhin in Frage stellte, wie es sie ohnehin aufbrachte, dass es immer wieder zum Streit zwischen ihnen beiden kam. Warum hatte sie ihn bloß mitgenommen? Ohne ihn wäre sie längst mit Carlotta in Köln. Geld hatte sie genug, um sich dort notfalls auch ohne Babettes Hilfe durchzuschlagen.

Einen Augenblick lang starrten sie einander an, dann senkte er als Erster den Blick. »Ich habe noch was zu erledigen«, murmelte er und wandte sich zur Tür.

»Was treibst du da draußen eigentlich Tag für Tag?« Sie stemmte die Hände in die Hüften und versperrte ihm den Weg. Da sie nahezu gleich groß waren, fiel es ihr leicht, ihm direkt ins Gesicht zu sehen. Der einst so betörende Glanz seiner tiefblauen Augen war erloschen. Zu gern wollte sie seinem Geheimnis auf die Spur kommen. Möglicherweise hinderte eine törichte Liebesgeschichte ihn am Verlassen der Stadt. »In letzter Zeit verschwindest du schon im Morgengrauen aus dem Haus und kommst erst bei Anbruch der Dämmerung zurück. Steckt eine Frau dahinter? So schnell also wirst du meiner Cousine untreu? Lass dir gesagt sein, dass ich mein Leben nicht für dich riskiert habe, damit du jedem Rock hinterhersteigst und verhinderst, dass ich rechtzeitig vor Wintereinbruch mit der Kleinen nach Köln komme.«

»Du ärgerst dich doch nur, weil ich dir nicht unter die Röcke gehe.« Herausfordernd fasste er sie am Kinn und zog es so dicht heran, dass sie seinen Atem auf der Nase spürte. Um seine Mundwinkel zuckte es spöttisch. »Dabei bist du diejenige von uns beiden, die täglich mit weit verrutschtem Mieder durch die Gassen scharwenzelt und neue Liebesabenteuer sucht. Als ob du nachts nicht schon genug auf deine Kosten kämst! Du kriegst wohl den Hals nicht voll von Geld und von Männern, was? Lass wenigstens die Kleine hier, wenn du dir draußen männliche Kundschaft holst.«

Wie gern hätte sie ihm auf seine Unverschämtheit mit einer Ohrfeige geantwortet. Doch so gut kannte sie ihn inzwischen, dass sie wusste, worauf er es anlegte. Böse funkelte sie ihn aus ihren blauen Augen an und befreite sich durch eine energische

Kopfbewegung aus seinem Griff. Aufreizend strich sie sich das lange blonde Haar zurück, bevor sie erwiderte: »Gräme dich nicht so arg, weil dir das Geld für eine Hure fehlt. Gerade schwemmen so viele Flüchtlinge herein, dass die Franzosenkrankheit wieder umgeht. Sei also froh, dass du keine Gelegenheit hast, dir auch das noch einzufangen. Wäre schade, wo es doch endlich ein wenig besser mit deinen Blessuren wird.«

Nun war es an ihm, ihr ob der unerwarteten Schlagfertigkeit einen verwunderten Blick zuzuwerfen. Er rang sich zu einem Lächeln durch, setzte sich den breitkrempigen Schlapphut auf und tippte zum Abschied mit dem rechten Zeigefinger an den Rand. Sie zögerte nicht lang, sondern schlang sich ein Brusttuch um und folgte ihm. Schon im Laufen band sie sich Luises von Motten zerfressenes Tuch um den Kopf. Die Schultern hochgezogen, den Oberkörper vorgebeugt, kam sie sich bald selbst wie die verhasste Wirtschafterin vor. Hoffentlich hausten in dem Kopftuch keine Läuse. Seit ihrer Ankunft in der Stadt war sie die Plagegeister durch das regelmäßige Auswaschen der Haare mit Essigwasser endlich losgeworden. Den Zustand wollte sie gern beibehalten. Befand man sich auf Wanderschaft mit dem Tross oder einem Händler, wurde man in der Regel binnen weniger Tage von den ungebetenen Tierchen bevölkert.

Trotz der frühen Morgenstunde und des überraschend eisigen Windes waren bereits viele Menschen in den engen Gassen unterwegs. Es war nicht leicht, den großgewachsenen, rotblonden Eric im Blick zu behalten. Elsbeth musste auf sicheren Abstand achten, denn sie selbst war ihrer ungewöhnlichen Größe und der blonden Haare wegen, die unter dem Kopftuch hervorlugten, eine auffällige Erscheinung. Es bestand die Gefahr, dass er sie beim flüchtigen Umherschauen entdeckte. Da sie mit dem Heer schon oft im Winter in Würzburg gelagert hatte, kannte sie die Stadt gut genug, sich rechtzeitig in einer Nische verbergen oder hinter einem Baum Schutz finden zu können.

Doch Eric, der kräftig ausschritt, achtete nicht darauf, ob ihm jemand folgte. Er eilte am rückwärtigen Teil des Domes vorbei die Straße weiter hinauf. Kurz vor Erreichen eines ausladenden Platzes schwenkte er nach links in eine Straße, die leicht bergab führte. Fast meinte sie schon, er führte sie absichtlich falsche Wege und Gassen, um sie loszuwerden. Immer wieder suchte er Abkürzungen durch einen Hof oder eine schmale Gasse, bis er schließlich den Garten eines großen Gasthauses betrat. Neben der Remise befand sich eine Tür. Die öffnete er und verschwand im Innern des Hauses.

Vorsichtig betrat Elsbeth wenige Minuten später ebenfalls die Gaststätte. Drinnen konnte sie zunächst nicht viel erkennen. Die niedrige Decke mit den rußigen Balken und die mit Vorhängen abgeschirmten Fenster sorgten dafür, dass in der Gaststube nahezu finstere Nacht herrschte. Als Elsbeth Umrisse unterscheiden konnte, erkannte sie schließlich, dass Eric sich zu einer Gruppe Männer im hinteren Teil der Stube gesellt hatte. Sie hockten auf einer hufeisenförmigen Bank um einen runden Tisch. In der Nähe des Tisches trennte ein senkrechter Holzbalken den Raum vom vorderen Teil ab.

Dahinter postierte sie sich, um zu hören, was die drei Männer, der prächtigen Kleidung nach Kaufleute oder Gelehrte, in jedem Fall Angehörige einer besseren Schicht, zu bereden hatten. Eric, dessen ärmliches Gewand sich deutlich abhob, sagte wenig. Seine Körperhaltung deutete an, dass er einzig darauf erpicht war, von den anderen Neuigkeiten zu erfahren.

Anscheinend hatte einer der Herren gerade aufregende Nachrichten erhalten. Seinen Wissensvorsprung gegenüber den anderen kostete er aus. Bedächtig zupfte er sich den spitzen Kinnbart und zwirbelte die Enden, bevor er mit seinem Bericht begann, dem die anderen aufmerksam lauschten. »Die ersten Schweden haben den Lech überschritten, wie mir meine Kundschafter melden. Bis zur Isar wollen sie in diesem Herbst noch vordringen, natürlich das stolze München vereinnahmen. Der Kurfürst und seine Gefolgschaft haben sich deshalb eiligst nach Wasserburg verzogen, wie es heißt. Sollen die Schweden dem guten Maximilian das Leben im eigenen Land nur weiter schwermachen, ihn, wenn es sein muss, auch bis weit hinter den Inn zurückdrängen! Schade ist es nicht um ihn. Lang genug hat er dafür gesorgt, dass unsereins von Freund und Feind geplagt wurde.«

Mit ausgestreckten Armen stützte er sich von der Tischkante ab und lehnte sich weit nach hinten. Seine Augen waren dunkel. »Es heißt außerdem«, fuhr er fort, »dass die Franzosen vom Elsass südostwärts ziehen. Damit bleibt unsere Gegend bis auf weiteres von Söldnerheeren verschont.«

»Das wochenlange Lager oben bei Amöneburg hat uns wirklich gereicht. Lasst uns also die Verschnaufpause genießen!« Ein dunkelbärtiger Mann mit rundem Nasenzwicker hob seinen Krug. »Wenn wir Glück haben, bringen die Bauern also doch noch ungestört die Ernte ein. Dann ist der Winter gerettet.«

»Vergesst nicht«, warf der Spitzbärtige ein, »dass sie auf dem Zug quer durch den Taunus und den Spessart ordentlich gewütet haben. Es wird nicht viel an Feldfrüchten zu erwarten sein.«

»Daran tragen aber weniger die Schweden als die Kaiserlichen Schuld.« Der Dunkelhaarige rückte den Zwicker auf der schmalen Nase zurecht. »Wären von Werth und die anderen Feldherren sich mit ihren Leuten über die Vorgehensweise einig gewesen, hätten die Kaiserlichen nicht all die Wochen vergebens dort gelegen und das Land verwüstet. Am Ende mussten sie unverrichteter Dinge abziehen.«

»Uns kann es nur recht sein. Damit ist Hagen Seume endlich aus dem Spiel. Mit ihm Geschäfte zu machen ist nicht eben erfreulich. So sind wir ihn los und können wieder unter uns abwickeln, worin er sich sonst immer gern eingemischt hat.« Wieder rieb sich der Spitzbärtige das Kinn.

»Dafür hat er den Quartiermeister aus dem Weg räumen lassen. Ihr seht also, mein guter Grohnert, Ihr seid nicht der Einzige, der dem verehrten Profos beim Geldscheffeln in die Quere gekommen ist.« Der Dunkelbärtige legte dem neben ihm sitzenden Eric den Arm um die Schultern. Elsbeth meinte, von ihrem Versteck aus zu erkennen, wie blass Eric über diesen Worten geworden war. Sie selbst spürte einen dicken Kloß im Hals, wenn sie sich vorstellte, welch bitteres Ende der gutmütige Strecker gefunden hatte. Trotz seiner Unersättlichkeit war ihr der Dicke ans Herz gewachsen. Seume dagegen hatte sie nicht nur seiner Grobheit wegen nie gemocht.

»Was ist mit dem Quartiermeister?«, hörte sie Eric heiser fragen.

»Seume hat wohl die Wirren des Truppenabzugs genutzt und den armen Strecker erschlagen lassen. Kein Wunder, der wusste einfach zu gut über seine Machenschaften Bescheid.« Bei diesen Worten beugte sich der Spitzbärtige wieder vor und strich mit der flachen Hand über die Tischplatte, als wollte er sie polieren.

»Das verstehe ich nicht. Die beiden waren seit Jahren miteinander im Handel.« Eric schüttelte verwirrt den Kopf.

»Da gibt es nichts zu verstehen, mein Lieber«, sagte der Spitzbärtige. »Ihr wart auch seit Jahren mit Seume im Geschäft, und trotzdem wollte er Euch auf einmal an den Kragen. Seid einfach froh, dass Ihr den Fängen dieses unberechenbaren Mannes noch einmal entwischt seid. Wie es heißt, sollen zwei ausgezeichnete Wundärzte aus dem Tross verschwunden sein, ein dritter, etwas älterer, wurde übel zugerichtet, so dass er kaum noch arbeiten kann. Seume ist darüber so in Wut geraten, dass er behauptet, der Alte hätte sich absichtlich selbst massakriert, und die beiden anderen hätten den Mord am Quartiermeister begangen. Weil er sie unbedingt wiederhaben will, hat er eine ordentliche Belohnung auf ihre Ergreifung ausgesetzt.«

Ohne dass die beiden es merkten, reckte Eric den rotblonden Kopf. Die Anspannung auf seinem Gesicht war selbst in der düsteren Gaststube deutlich zu erkennen. Hell leuchteten seine Augen. »Wisst Ihr Näheres über diese beiden?« Seine Stimme klang schrill. Anscheinend merkte er das selbst, hielt kurz inne, schluckte und sprach mit gepresster Stimme weiter: »Wo sind sie hin?«

»Was interessiert Euch das?« Der Dunkelbärtige musterte ihn fragend und zwinkerte mehrmals hinter dem runden Brillenglas. »Wollt Ihr nicht lieber wissen, wie viel Seume die Ergreifung der beiden wert ist? Wie ich gehört habe, stellt er eine erkleckliche Summe in Aussicht.«

Der Spitzbärtige ging sogleich mit erhobenem Zeigefinger dazwischen: »Sofern man sich darauf verlassen will, dass er die auch tatsächlich zahlt. So wie ich ihn einschätze, wird er tausend Ausflüchte finden, am Ende die Summe schuldig zu bleiben. Großmut war noch nie eine seiner hervorragenden Eigenschaften. Also, mein lieber Grohnert, zieht diese Möglichkeit des Geldverdienens lieber gar nicht erst in Betracht.« Damit lehnte er sich zurück und rieb sich die riesigen Hände, als friere ihn. Eric ließ ihn nicht aus den Augen. Deutlich spürte Elsbeth, dass der Mann noch mehr über die Geschichte zu sagen hatte, sich aber offensichtlich gern bitten ließ.

Der Brillenträger dagegen redete ungefragt weiter: »Die beiden Wundärzte werden gewiss rasch Unterschlupf finden. Wundärzte sind gesuchte Leute, die sind heutzutage überall willkommen. Jedermann hat ein paar Wunden und Beschwerden zu pflegen. Kein Wunder, dass Seume der Verlust von drei ausgezeichneten Feldschern schwer trifft. Die Schweden zum Beispiel würden sich gewiss freuen, wenn sie der beiden Flüchtenden habhaft werden. Haben die sie dann erst mal in ihren Fängen, wird man sie so schnell nicht wiedersehen.«

»Euer Kundschafter kennt die Angelegenheit genauer«, wandte Eric sich ein weiteres Mal an den Spitzbärtigen. »Was hat er Euch noch gesagt?«

»Die Sache lässt Euch wohl keine Ruhe, was?« Der Angesprochene zupfte an seinem gepflegten Bart und verzog die Lippen zu einem Schmunzeln, so dass zwei blinkende, zu groß geratene Schneidezähne dazwischen hervorblitzten. Eric nickte leicht. Gut verbergen konnte er seine Anspannung nicht. Elsbeth erging es in ihrem Versteck nicht anders. Noch ehe der Mann ein Einsehen hatte und Eric durch die Fortsetzung seines Berichts erlöste, wusste sie, worauf die Geschichte hinauslaufen würde: Bei den beiden Wundärzten handelte es sich zweifellos um Magdalena und Rupprecht. Gut möglich, kam ihr in den Sinn, dass nicht einmal Seume selbst, sondern Magdalena in ihrer Unberechenbarkeit den Quartiermeister auf dem Gewissen hatte. Oder Rupprecht, weil er der Cousine wieder einmal hatte beistehen wollen.

»Stimmt, Ihr wart lange genug in Seumes Tross«, setzte unterdessen der Spitzbärtige seinen Bericht fort. »Gut möglich, dass Ihr die beiden kennt. Ein Mann und eine Frau sollen es sein. Er mit schwarzen, sie mit roten, lockigen Haaren. Beide auffallend klein und sehr geschickt in ihren Fähigkeiten. Die rote Magdalena wird die Frau wohl deshalb ehrfürchtig in Söldnerkreisen genannt. Sind die Euch mal begegnet?«

Ein schriller Ton entfuhr Elsbeth. Hastig schlug sie die Hand vor den Mund und lauschte mit klopfendem Herzen, ob die anderen sie gehört hatten und aus ihrem Versteck ziehen würden. Doch nichts geschah. Alle warteten gespannt, was es noch an Nachrichten über die Feldscher gab.

»Seid vorsichtig, mein lieber Freund, und vergesst die Geschichte mit dem Lösegeld lieber gleich wieder. Aus verlässlicher Quelle wurde mir zwar zugetragen, dass ein Versehrtenzug der Schweden in einem Kloster im Maintal lagert, wahrscheinlich gar nicht weit von hier. Doch Vorsicht ist angebracht. Niemand weiß Genaueres. Man vermutet, dass sie bald nach Ansbach weiterziehen, um in den nächsten Wochen zu ihren Truppen zu stoßen. Doch selbst wenn Ihr auf die Spur der beiden Wundärzte gelangen solltet, wird Euch das nichts nutzen. Sie zu ergreifen und an den Profos auszuliefern wird Euch nicht helfen. Wenn Ihr Euch wieder in Seumes Nähe wagt, blüht Euch am Ende nur Unheil. Noch einmal wird Euch das Schicksal nicht gnädig sein und Euch vor ihm retten. Die paar Goldstücke, die Ihr mit einem wie ihm verdient, sind es nicht wert, dass Ihr dafür Euer Leben ein zweites Mal riskiert.«

»Keine Sorge«, beruhigte Eric ihn mit bemüht fester Stimme und erhob sich von seinem Platz. Seine Hände zitterten, als er nach seinem Hut griff. »Mit Seume will ich ganz gewiss nichts mehr zu tun haben. Jemanden an ihn auszuliefern steht nicht in meinem Sinn, selbst wenn es der größte Schurke vor dem Herrn sein sollte. Seume wird ihn immer noch um ein gutes Stück an Frechheit übertreffen.«

7

Eric schien sehr angespannt, als er spätabends in der Küche auftauchte. Weil er sich den ganzen Tag nicht hatte blicken lassen, hatte Elsbeth schon befürchtet, er wäre allein, ohne sie und Carlotta, aus der Stadt aufgebrochen. Nach dem, was er heute im Gasthaus erfahren hatte, musste alles in ihm danach drängen, sich endlich wieder auf den Weg zu machen.

Erwartungsvoll stellte sie ihm eine Schüssel warmer Suppe und einen Krug Bier auf den Tisch.

»Gib mir auch noch was von der Suppe. Es ist kalt, da tut die Brühe gut«, grummelte Luise und klappte das Buch zu, in dem sie seit Stunden las. Carlotta, die auf ihrem Schoß hatte sitzen und die Bilder darin betrachten dürfen, patschte freudig in die Hände. Elsbeth ging zurück zum Herd, nahm das grobkörnige Brot aus dem Tontopf, das sie am Nachmittag frisch gebacken hatte, und schnitt eine dicke Scheibe ab.

»Spar dir das. Hunger habe ich keinen.« Eric winkte ab. »Morgen früh brechen wir auf. Pack zusammen, was du für nötig hältst, und leg dich schlafen. Es wird keine sonderlich angenehme Reise.«

»Was ist mit Carlotta?« Ihre Stimme zitterte, wie auch ihr ganzer Leib auf einmal bebte. So lange hatte sie auf diesen Moment gewartet. Trotzdem war es nicht so sehr Freude, was sie auf einmal erschauern ließ.

»Was soll mit ihr sein? Mitkommen wird sie, was sonst?« Überrascht sah er erst sie, dann das kleine Mädchen auf Luises Knien an. »Eher lasse ich dich zurück als mein Kind. Wenn du ihrer überdrüssig bist, sag es nur gleich. Notfalls werde ich allein mit ihr zurechtkommen.«

Damit wandte er sich ab, doch sie huschte schnell an ihm vorbei und versperrte ihm am Treppenabsatz mit ausgestreckten Armen den Weg. »Wie kommst du darauf, ich könnte Carlotta im Stich lassen? Die Kleine ist mein Ein und Alles. Niemals lasse ich sie mir wegnehmen.«

»Das wird Magdalena auch gedacht haben. Doch du hast sie gar nicht erst gefragt, als du mit Carlotta verschwunden bist.«

Eine Weile konnte sie dem anklagenden Blick seiner blauen Augen standhalten, dann gab sie Eric widerstrebend den Weg frei. Zwei Stufen auf einmal nehmend, sprang er die Treppe hinauf. »Und du fragst sie wohl lieber auch nicht!«, rief sie ihm zornig hinterher. »Wie ist es sonst zu verstehen, dass du ihre Ankunft hier in Würzburg nun doch nicht mehr abwarten willst?«

Oben angekommen, drehte er sich langsam zu ihr um. Auch im Halbdunklen sah sie deutlich den Schatten, der über sein Gesicht huschte. Einen Augenblick schwankte seine hünenhafte Gestalt. Sie fürchtete schon, er kippte kopfüber nach vorn. Dann ging ein Ruck durch seinen Körper, und er erklärte mit hocherhobenem Kopf: »Spar dir deine Lügen. Du weißt genauso gut wie ich, dass Magdalena nicht einmal ahnt, wo wir drei uns aufhalten. Nie hast du ihr eine Nachricht geschickt oder versucht, Kontakt zu ihr aufzunehmen. Wer weiß, was sie erleiden muss? Deshalb werde ich sie suchen und die Kleine zu ihr bringen.«

»Du willst sie suchen? Wo denn? Und was wird aus unserer Reise nach Köln?« Sie raffte ihren weiten, vielfach geflickten Leinenrock und wollte ebenfalls die Treppe hinauf, da öffnete sich die Tür zur Studierstube, und Doktor Mattes trat auf den Flur. Seine dürren Gliedmaßen wirkten spinnenartig, sein eckiger Schädel mit dem spärlichen, weißen Haar wackelte unermüdlich.

»Was höre ich da: Ihr wollt nach Köln, mein Lieber? Was zieht Euch denn dorthin?« Das Krächzen seiner Stimme weckte bei Elsbeth unliebsame Erinnerungen an die Hebamme Roswitha. Sie wollte jetzt nicht auch noch an deren ungeklärtes Schicksal erinnert werden und hoffte, er räusperte sich, um die Stimme zu glätten. Wenn er wollte, konnte er viel einfühlsamer sprechen.

»Nichts, das ist ein Irrtum. Von Köln war nie die Rede. Elsbeth muss da etwas falsch verstanden haben«, erwiderte Eric und drückte sich sogleich an ihm vorbei in seine Kammer.

Erst da entdeckte der Gelehrte Elsbeth unten am Fuß der Treppe. Ein Ausdruck freudiger Erwartung breitete sich auf seinem Gesicht aus. Gegen ihren Willen musste sie schmunzeln. Zwar nagte die Enttäuschung an ihr, dass sie wieder nicht nach Köln konnte. Doch da ein Leben ohne Carlotta für sie unvorstellbar war, musste sie wohl oder übel Eric folgen, selbst um den Preis, Magdalena wiederzubegegnen. Was aber sprach dagegen, sich nun ein wenig Ablenkung zu verschaffen? Noch dazu, wo sie nicht ahnte, wann sie jemals wieder etwas ähnlich Tröstliches wie die Liebe mit dem Gelehrten erleben würde? Erics Behauptung kam ihr in den Sinn, dass Mattes nichts anderes als die Weisheiten seiner Bücher im Kopf habe. Dabei war Eric derjenige, der nichts kannte als seine Geschäfte und seine geliebte Magdalena. Wenn er doch nur annähernd so viel Phantasie besäße wie Doktor Mattes, welche Welt stünde ihm da offen! Nicht im Entferntesten hatte er eine Vorstellung davon, welche Schriften das waren, in die sein gelehrter Freund so emsig die Nase versenkte. Sie hegte inzwischen den Verdacht, darin ginge es nicht um ferne Himmelskörper, sondern um genau die irdischen Freuden, die er ihr des Nachts so meisterhaft bereitete. Wenn er in seiner sonstigen Wissenschaft ähnlich kundig war wie auf dem Gebiet der körperlichen Liebe, dann musste er ein famoser Gelehrter sein.

Allein bei dem Gedanken, wie zärtlich seine Finger über ihre nackte Haut streichelten, wie schaurig wohl sie sich dabei auf dem Laken rekelte, spürte sie die Röte glühend heiß ins Gesicht steigen. Anders als der gewalttätige Seume oder der ungestüme Strecker legte er viel Wert auf das beiderseitige Auskosten der Wonnen. Stets achtete er darauf, ihr ausreichend Zeit zu lassen, ihm auf seine Reise in das Land der Zärtlichkeiten folgen zu können.

Nicht weniger erwartungsvoll als er zupfte sie sich den Ausschnitt ihres Mieders zurecht und öffnete die obersten beiden Knöpfe, als sie im Halbdunkel des Flurs das begierige Funkeln seiner Augen hinter den kleinen, runden Brillengläsern bemerkte. Einladend die Hüften wiegend, sah sie ihm entgegen, wie er langsam die Treppe herunterstieg.

»Schade, dass deine Zeit in meinem Haus so abrupt endet«, krächzte er.

»Noch bleibt uns eine ganze Nacht.« Keck küsste sie ihn auf die Wange. Sein Kopf reichte ihr gerade bis zur Schulter, geschickt überspielte sie den Größenunterschied und hakte sich bei ihm unter. Arm in Arm tänzelten sie hinüber in die Kammer neben der Küche, die er ihr und Carlotta bei der Ankunft vor mehr als vier Wochen zugewiesen hatte.

»Lass uns diese Nacht auskosten, meine Liebe, als wäre es die letzte, die uns beiden für alle Zeiten zur Verfügung steht.« Auf wundersame Weise veränderte sich seine krächzende Altmännerstimme in ein jubilierendes Flöten, sobald sie die Tür hinter sich geschlossen hatte. Zärtliche Koseworte wie »Täubchen«, »Blondes Engelchen« oder »Duftende Rose« flogen ihr entgegen, während seine Fingerkuppen sanft wie Schmetterlingsflügel über ihre Wangen huschten. Behutsam führte er sie zum Bett, hieß sie, sich niederzulegen, und begann gemächlich, sie zu entkleiden. Bei jedem Knopf, den er am Mieder öffnete, hauchte er einen Kuss auf ihre Brust, arbeitete sich langsam nach unten vor und endete schließlich mit einem sanften Nasenstüber gegen ihren Bauchnabel. Den Rock rollte er über ihre Knie nach unten, nicht ohne dabei ihre Oberschenkel ausführlich mit den Wangen zu liebkosen und die Lippen an den Innenseiten bis hinunter zu den Zehenspitzen entlanggleiten zu lassen.

Schon bebte sie am ganzen Leib, wand sich ihm hungrig nach weiteren Berührungen auf dem Laken entgegen. Lächelnd entzog er sich ihr und trat in die Mitte des Raumes. Bevor er seinen verschossenen roten Hausmantel ablegte, zog er die Vorhänge vor das kleine Fenster zum Hof und entzündete eine Kerze. Aus den Untiefen seiner Manteltaschen fingerte er ein Pulver, dessen grobe Körner er in die Flamme rieseln ließ. Begierig sog Elsbeth den schweren Moschusduft ein. Noch während sie tief ein- und ausatmete, war ihr, als verwandelte sich die enge Kammer in eine weite, rotglühende Höhle. Doktor Mattes' hageres Gesicht verlor seine tiefen Furchen, die Falten glätteten sich. Die dunklen Augen hinter der Brille leuchteten. Bedächtig beugte er sich über sie, nicht mehr der spinnenartige, dürre, alte Mann, sondern ein wohlgebauter, schlanker Jüngling. Auf sanften Wogen schwebte sie mit ihm davon in einen Traum von unendlicher Lust und hoffte, dass der nie enden würde.

8

Die angenehmen Sommertage waren Vergangenheit. Wolken bedeckten den Himmel, erst dicke, weiße, bis sie mehr und mehr zu grauschwarzen Ungetümen wurden. Lästige Mücken schwirrten umher und plagten nicht nur die Arbeiter auf den Feldern und in den Weinbergen.

Vom drohenden Wetterumschwung kündeten auch die schlechter werdenden Sichtverhältnisse im Refektorium lange, bevor der Regen tatsächlich kam. Obwohl auf beiden Längsseiten Fenster in die dicken Sandsteinmauern eingelassen waren, drang statt des hellen Tageslichts nun graudüstere Gewitterstimmung herein. Weil sich die Sonne kaum mehr zwischen den Wolken hervordrängte, fehlte es bald nicht nur an Licht. Der langgestreckte Raum kühlte auch schnell aus. Ein weiteres Zeichen, dass der August den Einzug des Herbstes einläuten würde, ein Monat früher, als der Kalender es bestimmte. In den letzten Kriegsjahren waren die ausgedehnten, warmen Sommer, die man früher in diesen Gefilden kannte, selten geworden. Offenbar lebte das Wetter wie die Menschen in tiefem Unfrieden mit der gegenwärtigen Zeit.

Die Folgen waren verheerend: Nicht allein die Regimenter und ihr Gefolge, sondern auch das zu kalte, nasse Wetter sorgte für schlechte Ernten und verwüstete mit sintflutartigen Regenfällen das Land. Das Einzige, was unter diesen Bedingungen gedieh, war der Hunger. Lediglich im Süden, wo Kurfürst Maximilian das Zepter schwang, so hieß es, gäbe es in diesen Wochen ausreichend Nahrung für die hungrigen Söldner und ihren Tross. Auch das Bier fließe dort weiter ungehemmt aus den Fässern direkt in die Bäuche. Kein Wunder, dass die Feldherren aller Lager ihre Truppen dorthin lenkten.

Magdalena überlegte, ob sie das Feuer im Kamin schüren sollte. Brennholz war inzwischen rar, sein Gebrauch gut zu bedenken. Einige Zeit redete sie sich ein, die unbändige Trauer um Roswitha und die ungestillte Sehnsucht nach ihrem Kind machten sie frösteln. Frierend rieb sie sich die Arme und lief im Refektorium auf und ab. Die Unruhe übertrug sich auf den Kroaten. Das Fieber war zwar nach Abnahme des entzündeten Arms rasch gesunken, dennoch gab sein Zustand weiterhin Anlass zur Sorge. Die kurze Episode beim Hauptmann hatte Magdalena gezeigt, wie wichtig ihm das Wohlergehen des Mannes war.

Wärme tat dem Patienten sicherlich gut. Also schichtete sie schließlich doch die letzten Holzstücke im Kamin auf, rieb das Zündholz und blies in das Feuer, bis die Flamme groß genug war, es am Brennen zu halten. Der Kroate war der Letzte, der im zum Lazarett umfunktionierten Speisesaal des Klosters gepflegt wurde. Allein seines unbeständigen Befindens wegen blieb der Versehrtenzug noch im Kloster.

Magdalena kam das nicht ungelegen. Roswithas grausamer Tod unter den Rädern beschäftigte sie sehr. Auch die Ungewissheit, ob Meister Johann das Unglück überlebt hatte, und falls ja, ob sich fortan jemand im Tross um ihn kümmerte, lähmte ihr Denken. Gleichzeitig wälzte sie die verschiedensten Überlegungen, wie es ihr gelingen konnte, Carlotta aufzuspüren. Noch hatte sie keine Idee, wie sie sich aus den Fängen der Schweden befreien und verhindern konnte, mit ihnen bis zum Lech ziehen zu müssen. Denn dass sie dort Carlotta niemals finden würde, war ihr klar. Sich unbemerkt aus dem Kloster zu entfernen und auf eigene Faust die Suche aufzunehmen schien ebenfalls unmöglich. Viel zu gut wachten die Männer des Hauptmanns über jeden Schritt und Tritt. Selbst wenn ihr die Flucht wider Erwarten gelingen sollte, würde sie nicht weit kommen. Im nahen Würzburg hatte sie in den letzten Jahren oft Quartier genommen und lief deshalb auf Schritt und Tritt Gefahr, von jemandem erkannt und an treue Gefolgsleute Seumes verraten zu werden. Außerhalb der Stadt aber konnte sie sich auch nicht wagen. Marodeure und Räuberbanden sowie die erboste Landbevölkerung überfielen jeden, der sich jenseits eines schwerbewaffneten Zuges über Land bewegte. Der Spessart war nah. Im Schutz des undurchdringlichen Waldes regierten seit einigen Jahren die übelsten Banden.

Trotz des Feuers weiterhin fröstelnd, nahm sie das unstete Umhergehen im Refektorium wieder auf. Der Kroate schlief. Die Wärme und das Prasseln im Kamin hatten ihn eingeschläfert. Stimmen im Klosterhof lenkten ihre Aufmerksamkeit dorthin. Neugierig trat sie an eines der Fenster und sah hinunter. Das dichte Laub der weit ausladenden Linde verdeckte nahezu den gesamten Innenhof. Reiter waren eingetroffen. Der hochgewachsene Hauptmann, um dessen Gunst

Rupprecht nach wie vor buhlte, begrüßte sie überschwenglich wie allernächste Verwandte. Gerne hätte sie in Erfahrung gebracht, um wen es sich bei den Besuchern handelte. Längst aber hatte sie sich angewöhnt, das Refektorium nur noch zu verlassen, wenn Rupprecht ihren Posten neben dem armamputierten Freund des Hauptmanns übernehmen konnte. Dem dicken, kleinen Mönch traute sie nicht mehr über den Weg. Wo aber steckte Rupprecht? Ungeduldig spielte sie mit dem Bernstein und wickelte sich die Lederschnur mehrfach um den Finger. Da erspähte sie den dunklen Haarschopf ihres Gefährten im Gestrüpp der Linde. Er hockte mitten im Baum, den Rücken an den Stamm gepresst, die kurzen Beine hochgezogen und ganz offensichtlich darauf bedacht, von seinem Versteck aus den Hauptmann und seine neueingetroffenen Gäste zu belauschen.

»Willst du nicht nach unten gehen? Besuch ist gekommen. Vielleicht bringen sie Nachricht, was um uns herum geschieht.« Lautlos war der kleine, dicke Mönch hereingekommen und stellte sich ganz selbstverständlich zu ihr ans Fenster.

»Das sehe ich selbst. Du kannst sicher sein, dass wir die Letzten sind, denen sie erzählen, was außerhalb des Klosters vor sich geht. Oder spionierst du auch für die da unten?« Wütend drehte sie sich um und ging zur Truhe mit den Arzneimitteln.

»Was soll das?« Der Mönch folgte ihr dicht auf den Fersen. »Ärgerst du dich etwa immer noch, weil ich den Hauptmann über den Zustand seines Freundes unterrichtet habe? Was ist so schlimm daran? Es war meine Christenpflicht. Er war in Sorge um ihn, hat mich ständig nach ihm gefragt. Immerhin handelt es sich um seinen treuen Diener.«

»Treuer Diener – dass ich nicht lache! Kein einziges Mal hat er sich bislang hier blicken lassen, um nach seinem angeblich so teuren Freund zu sehen. Doch wie auch immer: Mir ist nicht danach, mit Männern wie dir über so etwas wie Christenpflicht zu sprechen.« Erbost nahm sie den Tiegel mit Wundbalsam, den er gerade aufgenommen hatte, aus seinen Händen und stieß ihn beiseite, um zum Lager des Verletzten zu gehen. »Deine Hilfe ist hier nicht mehr vonnöten. Mit dem letzten Patienten, der uns geblieben ist, werden Rupprecht und ich schon allein zurechtkommen.«

»Meinst du nicht, das ist ein wenig voreilig?«

»Du fragst dich wohl, was aus dir wird, wenn du hier nicht mehr gebraucht wirst.« Behutsam verstrich sie die Salbe auf dem noch immer leicht entzündeten Stumpf des Patienten unterhalb des Ellbogens. Trotz der Berührung schlief er weiter, jedenfalls hielt er die Augen geschlossen und atmete gleichmäßig. »Die Schweden werden dich sicher unbehelligt abziehen lassen. Was wollen sie auch mit einem Mönch? Mit der Muskete umgehen kannst du wohl kaum, zum Beten aber brauchen sie erst recht keinen katholischen Klosterbruder, und so, wie es aussieht, wird der Trupp hier ohnehin bald dem restlichen Regiment Wrangels nach Bayern folgen. Bis auf den Kroaten sind die Verwundeten alle abmarschbereit. Freu dich also darauf, deinen Brüdern die Klosterpforten bald wieder zu öffnen.«

»Da gibt es nichts zu freuen. Von denen ist keiner mehr übrig.« Dieses Mal sprach er so leise, dass sie ihn kaum verstand.

»Oh«, entfuhr es ihr, wobei sie kaum Mitleid empfand. Sie wollte auch nicht wieder die immer gleiche Geschichte vom Untergang eines ehrenhaften Klosters hören. »Dann ist es deinen Brüdern nicht anders ergangen als so vielen Menschen in deutschen Landen.«

»Worauf willst du hinaus? Täusche ich mich oder höre ich aus deinen Worten Schadenfreude? Das ist alles andere als christlich.«

»Alles andere als christlich ist auch das, was unsereinem schon oft hinter den sogenannten heiligen Klostermauern widerfahren ist. Von Kindesbeinen an habe ich mit meinen Eltern im Tross gelebt. Seit den frühesten Kriegsjahren hat mein Vater als Söldner erst unter Pappenheim und später unter Mercy sein Soll erfüllt. Mussten wir das Winterquartier oder Krankenlager in Klöstern aufschlagen, so ist es uns meist schlechtgegangen: Kein Brot, kein Fleisch, keinen Wein oder Bier haben uns die heiligen Herren geboten. Das haben sie schnell in Sicherheit gebracht, um der leidigen Pflicht, die Söldnerheere zu versorgen, zu entgehen. Schlugen sich halt lieber selbst den Leib voll, statt brüderlich mit den Verteidigern ihres heiligen Glaubens zu teilen. Und das war meist noch das Geringste, was sie uns angetan haben. Von den anderen Dingen schweige ich lieber. Nur eine Bitte: Erzähl du mir nichts von klösterlicher Christenpflicht.«

»Das klingt nicht eben rühmlich für meine unbekannten Brüder. Doch da ich nicht weiß, zu welchen Orden sich jene Mönche gezählt haben, kann ich dazu nichts sagen. Meine hiesigen Brüder haben für die Frevel anderer jedenfalls sehr hart büßen müssen. Lange vor dem Eintreffen eures Krankentrupps sind fast alle durch umherstreunende Marodeure massakriert worden. Die wenigen, die sich in Sicherheit bringen konnten, sind dem Zorn der Bauern zum Opfer gefallen, bei denen sie sich hatten verstecken wollen. Die Mönche mussten den Preis dafür zahlen, dass einer behauptet hat, wir hätten durch ungebührliches Verhalten den Zorn Gottes auf die Gegend heraufbeschworen.«

»War da nicht auch noch anderes, wofür so manch einer der Bauern sich an den benachbarten Klöstern rächen wollte? Ich habe noch von keinem Kloster gehört, das die umliegenden Dörfer nicht bis zum letzten Tropfen ausgepresst hätte. Auf Kosten der armen Gläubigen machen sich die geistlichen Herren doch ganz gern ein gutes Leben. Aber wie«, damit warf sie dem ehemaligen Apothekermönch einen neugierigen Blick von der Seite zu, »ist es dir gelungen, dem Angriff zu entrinnen?«

Eine dunkle Röte huschte über die feisten Wangen des Mönchs. Beschämt senkte er den Kopf. »Ich war nicht da«, murmelte er.

»Was? Wie kam das?« Ein Blick auf den Patienten genügte ihr, um zu wissen, dass der Mann noch immer schlief. Es wäre töricht, ihn zu wecken, nur um die Wunde am Stumpf unterhalb des Ellbogens weiter zu versorgen. Die Geschichte des Mönchs dagegen interessierte sie auf einmal. Vom Schicksal eines anderen zu hören lehrte sie möglicherweise, das eigene besser zu ertragen. Aufmunternd tippte sie ihm auf die Schulter und lächelte ihn an. Erstaunt hob er den Kopf. »Erzähl mir deine Erlebnisse. Vielleicht hilft es dir, darüber hinwegzukommen.«

Damit zog sie ihn zum Fenster, wo sie seine Mimik besser beobachten konnte. Bitten ließ sich der Mönch nicht lange, sondern sprudelte hastig los: »Wie du weißt, bin ich für die Klosterapotheke zuständig. Der Kräutergarten aber bietet längst nicht alles, was man für die verschiedenen Rezepturen braucht. Manche Kräuter lassen sich eben nicht in einem Garten ziehen, mag er auch noch so liebevoll gepflegt sein. Sie wachsen nur an verborgenen Plätzen. Nicht alles Kraut darf bei Tag geschnitten werden, manches nur in Vollmondnächten oder beim ersten Hahnenschrei, mitunter sogar nur dann, wenn man zuvor dreimal linksherum um einen Baum geschritten ist.«

»Dass ausgerechnet du diese Regeln kennst.« Amüsiert spitzte Magdalena den Mund. Solche Ratschläge waren ihr dank Roswithas Lehre bestens vertraut. Es überraschte sie, aus dem Mund des Mönchs Ähnliches zu hören. Ein leichtes Zwinkern seiner Augen versicherte ihr, dass ihm durchaus bewusst war, wie wenig christlich oder gar benediktinisch solche Anweisungen waren. »Also bin ich oft im Wald unterwegs und kenne die verschiedensten Plätze, an denen man diese Pflanzen finden kann. So war es auch an jenem frühen Morgen im Mai …«

Während die Worte des dicken Mönchs an ihr vorüberrauschten, beobachtete sie versonnen die Geschehnisse unten im Hof. Die beiden Neuankömmlinge hatten den Stallburschen ihre Pferde übergeben und waren zusammen mit dem Hauptmann näher an den Stamm der Linde getreten. Dort schienen sie eine angeregte Unterhaltung zu führen. Durch das dichte Laub sah Magdalena lediglich hin und wieder einen in rotem Tuch steckenden Arm durch die Luft fuchteln, dann blitzten die bunten Federn am Hut des zweiten Reiters zwischen den grünen Blättern auf, oder der hellblonde Haarschopf des Hauptmanns reflektierte die wenigen Sonnenstrahlen, die den Weg durch die dichten Wolken fanden. Gewiss waren die Bedingungen für Rupprecht auf seinem Lauschposten im Baum direkt über den Köpfen der drei besser, um etwas vom Gespräch der Männer aufzuschnappen.

»So hat mich dann Eric darüber unterrichtet, dass …« Von

weit her waren die Worte des Mönchs an ihr vorbeigerauscht. Kaum unterschied sie die einzelnen Silben, geschweige denn, dass sie den Sinn noch verstand. Jäh aber fuhr sie zusammen, als sie auf einmal den vertrauten Namen aus seinem Mund hörte. »Eric?« Sie drehte sich dem Mönch zu. »Von welchem Eric sprichst du?«

»Eric Grohnert natürlich« sagte der Mönch erstaunt. Für ihn schien es nur diesen einen Eric zu geben. »Wie so oft wusste er schon lange vor allen anderen, dass …«

Das durfte nicht wahr sein! Ohne hinzusehen, fasste Magdalena den Stein, presste ihn unter dem Miederstoff fest gegen die Brust und schloss für einen Moment die Augen. »Wann war das? Wann hast du mit Eric Grohnert gesprochen?«

Der Mönch schien ihre Aufregung nicht zu bemerken. Ganz in seinen Bericht versunken, redete er weiter: »Also, es muss Anfang Mai gewesen sein, noch vor dem Pfingstfest, an dem der Heilige Geist zu uns auf Erden herabkommt. Vor allen anderen war der gute Eric darüber unterrichtet, welches Unheil unserem Kloster bevorstand. Nicht umsonst unterhält er ein so umfangreiches Netz aus Kundschaftern. Er ist einer der zuverlässigsten und ehrlichsten Kaufleute, die durch unsere Gegend kommen. Sowohl mit den Regimentern als auch mit den Leuten aus der Gegend treibt er regen Handel, teilt seine Gewinne gern mit den Bedürftigen und hat sich schon oft als verlässlicher Freund erwiesen. Die Nachrichten, die er auf seinen Reisen sammelt, sind für uns alle von großer Wichtigkeit.

Umso schlimmer, dass auch er seit Wochen verschwunden ist. Immer wieder war er Gast hier bei uns im Kloster, hat den Abt nicht nur mit wichtigen Informationen versorgt, sondern auch Wein aus dem Elsass oder vom Kaiserstuhl mitgebracht, dabei die Fässer stets etwas großzügiger gefüllt als andere

Händler. Auch feine Stoffe, besondere Wurstsorten, ja sogar seltene Bücher hat er für uns aufgetrieben. Selbst Bernstein und andere Kostbarkeiten kann er einem beschaffen, wenn man das will. Es heißt, er habe Verbindungen in ganz Europa, sowohl weit hinauf nach Norden, an die Küste, woher auch der unglückselige Gustav Adolf seinen Weg zu uns nahm, als auch bis unten nach Süden, gar bis ans Mittelmeer. Jenseits der Alpen soll er persönlich nach Piacenza gereist sein, um für einen kaiserlichen Feldherrn Parmesankäse aufzutreiben. Ein ganz famoser Bursche, sage ich dir. Als ich ihn das vorletzte Mal hier im Kloster …«

Erregt lauschte sie ihm, sog jede Einzelheit über Erics bislang verborgenes Dasein als Kaufmann begierig auf. Doch schließlich hielt sie es nicht mehr aus und fiel ihm ins Wort: »Wie oft kommt er für gewöhnlich hierher? Gibt es jemanden, über den man mit ihm in Verbindung treten kann?«

»Du kennst ihn also auch?« Seine Augen verengten sich zu schmalen Schlitzen. Nun war es an ihm, sie misstrauisch zu mustern. »Was hast du mit ihm zu schaffen? Der Bernstein, den du unter deinem Mieder trägst, stammt von ihm, nicht wahr? Er bedeutet dir wohl sehr viel.«

Wie auf Kommando füllten sich ihre Augen mit Tränen. Rasch wandte sie den Kopf ab und biss sich auf die Lippen. Plötzlich spürte sie, wie er ihr sanft über den Arm strich. »Erics Freunde sollten zusammenhalten. Er selbst hat nie anders gehandelt, als den Freunden seiner Freunde ebenfalls mit Aufrichtigkeit zu begegnen. Soweit ich weiß, gibt es ein gutes Stück den Main hinauf unweit von Haßfurt eine Stadt namens Königsberg.«

Nein, das konnte nicht sein! Magdalena spitzte die Ohren. Ausgerechnet Königsberg! Gab es nicht genug andere Orte, an denen Eric Zuflucht finden konnte? Sie war schon oft dort gewesen. Ein verheerendes Feuer zählte zu ihren frühesten Erinnerungen an die Gegend im Fränkischen. Erst hatte ein Stall gebrannt, dann ein Haus, bald noch eins und noch eins, schließlich die ganze Stadt, ähnlich wie zuvor in Magdeburg, wo Eric sie gerettet hatte. Dazwischen schreiende Menschen, weinende Kinder, brüllende Tiere. Düstere Erinnerungen drohten von ihr Besitz zu ergreifen. Sie presste die Hand auf ihr Mieder und fühlte die beruhigende Wölbung des Bernsteins.

»Magdalena?« Von weit weg drang die Stimme des Mönchs an ihr Ohr. »Nach Königsberg ist Eric gereist, wenn es dem Winter zuging. Vielleicht hat er dort Familie oder Verwandte. Die beiden Männer dort unten«, er nickte in den Hof, »kennen ihn auch. Selbst der Hauptmann unterhält Verbindungen zu ihm. Ob Schwede oder Kaiserlicher, das ist Eric einerlei, Hauptsache, ehrlich, hat er stets gesagt. Was er mit dem Hauptmann zu schaffen hat, muss ich noch herausfinden. Gib mir ein oder zwei Tage, dann weiß ich mehr.«

»Bist du sicher, dass Eric auch mit den Schweden gehandelt hat?« Ein weiteres Mal spürte sie diesen eigenartigen Schmerz in der Brust. So nah ihr Eric eben noch gewesen war, so rasch rückte er gleich wieder in weite Ferne.

Die Miene des dicken Mönchs verschloss sich, als spüre er ihr Befremden. Schließlich wandte er den Kopf und sah mit starrem Blick nach unten in den Hof. Sie tat es ihm nach und beobachtete mit wachsendem Entsetzen, wie die beiden Besucher und der Hauptmann aus dem Schatten des Baumes traten. Einer von ihnen zeigte mit der ausgestreckten Hand nach oben in die Baumkrone, während die beiden anderen den Blick ebenfalls dorthin richteten, wo Rupprecht saß.

9

Rupprecht ließ sich viel Zeit damit, Magdalena darüber zu unterrichten, was er in seinem Versteck im Lindenbaum, hoch über den Köpfen des Hauptmanns und der beiden unbekannten Besucher, belauscht hatte. Ob er sich bewusst war, dass er der Entdeckung nur um Haaresbreite entgangen war, wusste sie nicht. Nachdem die Unbekannten davongeritten waren, war sie davon ausgegangen, dass er sofort zu ihr eilen würde. Doch erst deutlich später tauchte er im Refektorium auf, und ausgerechnet da wälzte sich der Kroate stöhnend hin und her. Magdalena befürchtete, ein neues Fieber würde ihn quälen. Besorgt fühlte sie ihm die Stirn, bereitete vorsorglich Umschläge aus Rosenöl und flößte ihm bittere Tropfen ein. Das verlangte ihre volle Aufmerksamkeit, so dass sie Rupprechts Auftauchen nur aus den Augenwinkeln beobachten konnte. Nach einem kurzen Blick auf den Patienten verschwand er bereits wieder. Seither hatte sie ihn nicht mehr alleine zu Gesicht bekommen. In Gegenwart anderer aber wagte sie ihn nicht auf den rätselhaften Besuch des Hauptmanns anzusprechen.

Nach und nach flaute ihre Neugier ab. So umwälzend schienen die Nachrichten nicht zu sein, sonst hätte Rupprecht längst eine Gelegenheit gefunden, sie zu unterrichten. Zunehmend gewannen die Unterhaltungen mit dem redseligen Apothekermönch an Bedeutung für sie, wusste er doch einige erfreuliche Begebenheiten mit Eric aus den letzten beiden Jahren zu berichten. Zwar haderte sie eine Weile mit sich, ob der dicke Klosterbruder mit dem seltsamen Namen Ambrosius sich damit nicht einfach nur wichtig machen wollte, doch trösteten sie die Unterhaltungen mit ihm auch ein wenig über die ungestillte Sehnsucht nach der kleinen Carlotta und den Schmerz über Roswithas Tod hinweg. Seither tat es ihr wieder gut, sich abends vor dem Einschlafen oder in stillen Momenten untertags den Bernstein dicht vor Augen zu halten, das darin eingeschlossene Insekt genauer zu betrachten und dabei ihre Gedanken fest auf ihr Kind zu richten.

An diesem Morgen tauchte Ambrosius nicht wie gewohnt im Refektorium auf. Eine unheimliche Stille lag über der gesamten Klosteranlage. Neugierig und ein wenig beunruhigt stellte sie sich an das Fenster und suchte die Umgebung ab. Niemand war zu sehen, von den angrenzenden Wirtschaftsräumen drangen jedoch leise Stimmen und Geräusche herüber. Ab und an sah sie eine Gestalt hinter den Fensteröffnungen vorüberhuschen. Der dicke Koch und sein Gehilfe eilten zum Kellereingang und kamen wenig später mit einer Kiste zurück. In der einen Hand schleifte der Koch den toten Hahn hinter sich her. Anscheinend trafen die Schweden Vorbereitungen, aus dem Kloster aufzubrechen und zu ihrem Regiment zurückzukehren.

Abschiedsstimmung lag in der Luft. Das Vogelgezwitscher war verstummt, auch Bienen oder Hummeln surrten nicht durch die Luft. Schwalben waren die einzigen Lebewesen, deren Magdalena noch ansichtig wurde. Im Sturzflug jagten sie über der Erde, richteten ihre Schnäbel nur kurz vor Erreichen der Mauern auf, um schutzsuchend in die Vorsprünge zu kriechen. Gewaltige Wolken türmten sich am Horizont, die Sonne fand keine Spalte, wenigstens einzelne Strahlen hindurchzuschicken. Die spitzen Kirchtürme auf dem anderen Mainufer schienen die schweren Regenwolken wie eine Decke über das Firmament zu spannen. Weit in der Ferne grollte ein erster Donner.

»Unwetter kommt«, hörte sie plötzlich eine angenehme Männerstimme in ihrem Rücken. Jäh fuhr sie herum. Der Kroate war aufgewacht und hatte sich auf seiner Strohschütte aufgerichtet. Zum ersten Mal spürte sie den durchdringenden Blick seiner dunkelbraunen Augen auf sich ruhen. Trotz der anderen Farbe seiner Pupillen erinnerte es sie an Eric. Auch bei ihm bildeten sich zwischen den Augen, direkt oberhalb der Nasenwurzel, jene weißen Linien, die beim Lächeln in der wettergegerbten Haut aufsprangen. Schon im nächsten Moment jedoch wirkte er wieder unglücklich.

»Alle schon weit weg. Nur wir beide noch hier.«

»Nein, die anderen sind noch nicht weg. Eben habe ich dort unten den Koch und seinen Küchenjungen gesehen. Sie treffen wohl langsam Vorbereitungen, demnächst abzuziehen. Bald werden sie auch uns Bescheid geben. Warum sollten sie ohne uns beide davonschleichen wie Diebe in der Nacht? Du bist ein guter Freund des Hauptmanns, das hat er mir selbst versichert. Nie und nimmer würde er zulassen, dass du hier zurückgelassen wirst.«

»Pah, guter Freund! Hat er schon vergessen. Ohne uns sie leben viel besser.« Seine Stimme klang ebenso trotzig wie traurig.

Eine Zeitlang musterten sie sich schweigend. Etwas an ihm zog sie an. Benennen konnte sie es allerdings nicht. Es waren nicht allein seine Augen, die sie an Eric denken ließen. Die Art, den Kopf zu bewegen, sich beim Sprechen zu geben, das alles faszinierte sie in ähnlicher Weise wie bei ihrem verlorenen Geliebten.

»Mein Halstuch, wo ist mein Halstuch?«, fragte er in die Stille hinein.

»Hier!«, antwortete sie wie aus einem Traum erwachend

und ging zu ihrer Kiste mit den Arzneimitteln. Dort verwahrte sie die rote Halsbinde, als handelte es sich um einen kostbaren Schatz. »Ich habe es dir abgenommen, damit du dir während deiner Fieberkrämpfe nicht die Luft damit abschnürst.«

»Hättest du lassen sollen. Wäre guter Tod gewesen.« Erschrocken verharrte sie mit dem Tuch in der Hand auf dem halben Weg zu ihm. »Warum? Warum hast du geholfen? Warum du hast mich nicht sterben lassen? Bin nur nutzloser Krüppel, zu nix zu gebrauchen. Nicht mal Halstuch kann ich knoten.« Angewidert schlenkerte er den dick verbundenen Armstumpf durch die Luft. Die heftige Bewegung verursachte starke Schmerzen. Er biss sich auf die Lippen und wandte den Kopf ab. »Bestimmt Hauptmann hat mich vergessen. Ein anderer wird sein Pferd pflegen.«

»Sag das nicht. Einen Arm zu verlieren ist immer noch besser, als zu sterben.« Vorsichtig ließ sie sich neben ihm nieder. Der Duft des Rosenöls, mit dem sie ihm Umschläge gegen das Fieber bereitet hatte, hing über seinem Körper. Sie beugte sich vor, um ihm das rote Tuch um den Hals zu binden, und strich die Zipfel nach dem Verknoten sorgfältig glatt. Er ließ es geschehen, ohne sie anzusehen. Schließlich griff sie nach seiner linken Hand und streichelte den Handrücken, während er langsam auf die Matte zurücksank. Selbst im schummrigen Tageslicht sah sie, wie feucht seine Augen schimmerten. Eine Woge des Mitleids überflutete sie. Am liebsten hätte sie ihn fest an sich gedrückt und ihn in den Armen gewiegt, wie sie auch die kleine Carlotta stets getröstet hatte. Bei dem Gedanken stiegen ihr gleichfalls Tränen in die Augen.

»Um das Pferd des Hauptmanns zu versorgen, reicht dir auch eine Hand«, tröstete sie, sobald sie sich die Wangen trockengewischt hatte. »Du wirst sehen, wie rasch du zurechtkommst. Bald wirst du dich fragen, wozu man überhaupt zwei Hände braucht. Jetzt aber musst du erst einmal zu Kräften kommen. Der Hauptmann fragt jeden Tag ungeduldig nach deinem Befinden.«

Erstaunt blickte er sie an. Wieder fiel ihr auf, wie jung er war, höchstens so alt wie sie, wenn nicht gar ein, zwei Jahre jünger. Die Bartstoppeln kaschierten die junge Haut auf seinen Wangen. Einzig die Sonne hatte sie trocknen und dadurch ein wenig altern lassen. Sicherlich rasierte er sich für gewöhnlich jeden Morgen, wie die Offiziere es ebenfalls taten, und stutzte auch das wellige Haar regelmäßig. Erst das Krankenlager der letzten Wochen hatte die Pflege unterbrochen. Zwei Narben oberhalb der ausgeprägten, breiten Wangenknochen verrieten, dass er sich anfangs bei der Rasur recht ungeschickt angestellt haben musste. Seine Miene verfinsterte sich wieder. Zornig rief er: »Warum er kommt nicht? Hauptmann könnte selbst nach mir sehen.«

Beschämt senkte sie den Blick. Warum nur hatte sie ihn auf diese Unstimmigkeit aufmerksam gemacht? Gleichzeitig spürte sie Zorn in sich aufsteigen. Der Kroate hatte es verdient, dass sein Offizier sich besser um ihn kümmerte. Mehr als einmal schon hatte sie sich gefragt, warum der blonde Schwede mit der abgehackten Redeweise entgegen seiner zur Schau gestellten Fürsorge nie im Refektorium auftauchte, um sich persönlich vom Genesungsprozess des kroatischen Freundes zu überzeugen. »Bin gleich wieder da!«

Noch bevor der Kroate gegen ihr Vorhaben protestieren konnte, lief sie hinaus, um den Hauptmann zu rufen.

Der Gang war ebenfalls in tristes Licht getaucht. Die zum Innenhof offene Seite des Kreuzgangs spendete kaum Helligkeit. Zu viele graue Wolken bedeckten den Himmel. Ein eisiger Lufthauch pfiff zwischen den Säulen hindurch. Irgendwo quietschte ein Scharnier, wahrscheinlich eine Tür, die nicht richtig geschlossen war. Ansonsten herrschte unheimliche Stille. Nur in der Ferne waren Stimmen und geschäftiges Treiben zu vernehmen. Es hatte den Anschein, die Reisevorbereitungen wurden so getroffen, dass sie im Refektorium möglichst nichts mitbekamen. Wozu diese Heimlichkeit?

Magdalenas Herz klopfte bis zum Hals. Beunruhigt horchte sie an der Zellentür des Hauptmanns. Als sich dahinter nichts regte, drückte sie die Klinke und erschrak im selben Moment über das laute Knarren. Wie sie bereits befürchtet hatte, war auch die Zelle gähnend leer. Wieder im Kreuzgang, spähte sie in zwei, drei angrenzende Zellen. Auch dort war niemand.

Endlich ertönten Schritte im Kreuzgang. Ein mittelgroßer Schatten näherte sich. Erleichtert rannte sie ihm entgegen. »Wo willst du hin?«, herrschte der Soldat sie an, packte sie unsanft am Arm und hielt sie fest. »Rauf mit dir ins Refektorium! Oder brauchst du Hilfe, weil dein letzter Patient gerade gierig beide Hände nach deinen Brüsten ausgestreckt hat?« Dröhnend lachte er über den eigenen Witz. »Dabei kann ich es dir viel besser besorgen als der nutzlose, einarmige Krüppel!«

Seine riesigen Pranken patschten auf ihren Hintern. Schwer keuchend drängte er sie an die Wand. Magdalena strampelte und trat, kratzte und spuckte, doch er ließ nicht von ihr ab. Erst ein Geräusch im hinteren Teil des Kreuzgangs brachte ihn zur Vernunft. Angesichts der Strafe, die der Hauptmann bei Übergriffen auf Magdalena angedroht hatte, zog er es vor, sie loszulassen, bevor man ihn der Schandtat bezichtigen konnte. Sofort verwandelte sich sein Gesicht in eine undurchdringliche Maske, und er befahl: »Scher dich aus meinen Augen. Geh dahin, wo du hingehörst. Brauchst nicht denken, es fiele mir nicht auf, wenn du dich aus dem Staub machen willst.«

Froh, seinen Fängen entronnen zu sein, ordnete sie ihr Mieder, wobei sie unauffällig nach dem Stein tastete. Dann stemmte sie beide Hände in die Seiten und sah den Mann eindringlich an: »Wo ist der Hauptmann?« Statt einer Antwort verdrehte der Soldat verärgert die Augen. Gleich fragte sie weiter: »Was seid ihr nur für Angsthasen! Hat das heraufziehende Gewitter deine Kameraden etwa in die Keller gejagt?«

Als der Soldat noch immer nichts sagte, befahl sie: »Schick Rupprecht oder Ambrosius zu mir. Einen von beiden brauche ich, um meinem Patienten die Naht am Stumpf zu säubern. Nicht dass er sich noch mal den Wundbrand holt. Das wird den Hauptmann gewiss nicht freuen.«

»Was kümmert ihn noch dieser Krüppel? Pferde satteln oder Waffen putzen wird er kaum noch können. Nicht mal als Küchenjunge taugt er allein mit der linken Hand. Längst hat der Hauptmann einen Ersatz. Richte dem Krüppel aus, dass er nicht mehr gebraucht wird. Er wird dann schon wissen, was er zu tun hat.« Abfällig spie der Mann die Worte aus. Fast schien es, als ergötze er sich an der Vorstellung, der junge Kroate werde dank seiner Verletzung aus dem direkten Umfeld des Hauptmanns verstoßen. Erschrocken über die unverhohlene Schadenfreude, musterte sie ihn von oben bis unten.

»Sei dankbar für jeden Tag, an dem du noch beide Hände und Füße zur Verfügung hast!«

Eine energische Drehung genügte ihr, sich seinem Zugriff zu entwinden. Sie reckte den zierlichen Körper, schüttelte die roten Locken nach hinten und warf ihm noch einen missbilligenden Blick aus den smaragdgrünen Augen zu, bevor sie sich abwandte. Bis sie die Tür zum Obergeschoss erreicht hatte, spürte sie seinen Blick in ihrem Rücken.

Zu ihrer Verwunderung stand die Tür zum Refektorium offen. Sie war sich sicher, sie vorhin hinter sich geschlossen zu haben. Voll böser Vorahnungen beschleunigte sie ihren Schritt.

Der schmale, lange Saal schien menschenleer. Die Decken auf der Matte des Kroaten waren zerwühlt, der Patient verschwunden. Unwillkürlich sah sie zum mittleren Fenster auf der Westseite. Sperrangelweit stand es offen. Im matten Gegenlicht erkannte sie die zierlichen Umrisse Rupprechts. Wie im Traum drehte er sich um. Seine Augen blickten wirr, sein Gesicht schien zu glühen, das dunkle Haar stand ihm in sämtliche Richtungen vom Kopf. Den Mund hatte er wie im Krampf verzogen. Unfähig, einen Ton herauszubringen, sah er sie mit seinen dunklen Augen stumm an.

»Wo ist der Kroate?«, brachte sie mühsam heraus und kannte im nächsten Augenblick selbst die Antwort.

10

Erst als sie sich in dem dunklen, feuchten Kellerverlies wiederfand, erfasste Magdalena, was nach dem Freitod des Kroaten geschehen war. Gedankenverloren hob sie den Bernstein an die Lippen, wartete jedoch vergeblich darauf, die vertraute Wärme durch den Körper fließen zu spüren.

Sie zitterte am ganzen Leib. Nicht allein die Kälte in dem engen Verlies ließ sie schaudern. Auch die Erinnerung an das jüngst Geschehene setzte ihr zu.

Rupprecht hatte es noch schlimmer getroffen. Besorgt sah sie dorthin, wo sie ihn vermutete. Tatsächlich schälte sich nach einer Weile seine Silhouette im Halbdunkel heraus. Bald erkannte sie mehr. Ihrem Gefährten rannen die Tränen über die Wangen. Außer sich vor Wut und Enttäuschung kauerte er in der gegenüberliegenden Ecke. Sein Antlitz hatte sich in eine schmerzverzerrte Grimasse verwandelt. Schon wollte sie ihm tröstend den Arm um die Schultern legen, da stieß er sie unsanft zurück und trat ans andere Ende des Verlieses. Sein Gebaren befremdete sie. Wie ein vom Teufel Besessener starrte er wirr in alle Richtungen. Nein, rief sie sich selbst zur Ordnung, das durfte sie nicht denken. Damit gab sie nur dem schwedischen Hauptmann recht, der sie eben beide lauthals als Hexe und Teufelsknecht bezeichnet hatte.

Grübelnd stellte sie sich unter die Maueröffnung. Wollte sie hinaussehen, musste sie sich auf die Zehenspitzen stellen und den Kopf weit nach oben recken. Im Hof schien wieder Ruhe eingekehrt. Die Soldaten hatten sich in die Wirtschaftsräume des Klosters begeben, das Packen der Kisten und Wagen war unterbrochen worden, der geplante Aufbruch fürs Erste verschoben.

Wieder wandte sie sich um. Rupprecht hatte die Stirn an die Wand gelehnt und ließ die Arme kraftlos nach unten hängen. Allein der Anblick des am Boden zerschellten Kroaten konnte ihn nicht derart erschüttert haben. In seinem Trossdasein sowie als Feldschergehilfe hatte er wahrlich Entsetzlicheres erlebt, als dass ihn ein zerschmetterter Schädel oder die zertrümmerten Gliedmaßen eines Menschen noch ernsthaft aus der Fassung bringen konnten. Es musste der Auftritt des schwedischen Hauptmanns gewesen sein, der ihn in so tiefe Verzweiflung gestürzt hatte. Völlig außer sich hatte sich der blonde Schwede über den toten Freund geworfen und niemand anderen mehr herangelassen. Rupprecht hatte ihn dennoch sanft, aber entschieden von dem Leichnam wegführen wollen. Das viele Blut hatte bereits Gesicht, Hände und Lederrock des Hauptmanns besudelt. Außerdem schickte es sich nicht für einen Mann seines Rangs, derart die Fassung zu verlieren, noch dazu in Gegenwart seiner Untergebenen und Gefangenen.

Kaum aber hatte Rupprecht den Schweden am Arm berührt, fuhr der wie vom Blitz getroffen auf und verfluchte ihn. Bis in alle Ewigkeit verdammte er jeden, der in den letzten Wochen mit dem Toten zu tun gehabt hatte. Mehrfach bezichtigte er im Besonderen Magdalena der Hexerei und drohte ihr die schrecklichste Bestrafung an, deren ein Mensch fähig sei. Nur wenige Augenblicke später – und ehe sich einer der Anwesenden recht besinnen konnte – packten bereits zwei Soldaten nach ihr. Während sie sich kratzend, beißend und um sich schlagend zu wehren versuchte, sah sie, dass auch Rupprecht von zwei Bewaffneten geschnappt wurde. Ihr Bemühen war zwecklos. Sie war zu klein und zu schwach, um gegen die Soldaten etwas auszurichten, Rupprecht versuchte es erst gar nicht.

Gemeinsam führte man sie in das Kellerverlies. Hinter ihnen knallte die Tür zu, und der Schlüssel drehte sich dreimal knarrend im Schloss. Gebannt lauschte Magdalena, was draußen geschah. Langsam entfernten sich die knallenden Stiefelschritte und mit ihnen die Stimmen der Soldaten. Gespenstische Ruhe kehrte ein.

Die Augen immer noch starr auf Rupprecht gerichtet, war ihr plötzlich, als befände sie sich mitten in einem bösen Traum. Die Worte des Hauptmanns, mit denen er ihnen im Angesicht des Toten die Verdammnis in der Hölle gewünscht hatte, hallten ihr noch in den Ohren. Gleichzeitig ging ihr der durchdringende Blick des Kroaten nicht aus dem Sinn. Seinen Geruch aus Rosenöl und Schweiß in der Nase, meinte sie den weichen Stoff seines Halstuchs an den Fingerspitzen zu fühlen und war ganz erfüllt von der Traurigkeit, die sie vor kaum mehr als einer Stunde hautnah an ihm erlebt hatte.

»Der Hauptmann will nur seine eigene Schuld verschleiern.« Empört ballte sie die Fäuste. »Der Kroate war mehr für ihn als nur ein einfacher Pferdebursche. Eingestehen aber wollte er sich das bislang nicht. Kein einziges Mal hat er sich herabgelassen, ihn im Refektorium zu besuchen, keine Stunde hat er an seinem Krankenlager gewacht, als es ihm wegen des Fiebers so schlechtging. Kein Wunder, dass ihn nun dieser gewaltige Schmerz überfällt und er aus Scham über sein unverzeihliches Versäumnis seine Wut gegen uns richtet. Sobald er wieder zur Vernunft gekommen ist, wird er uns rauslassen.«

»Dein Wort in Gottes Ohr!« Rupprecht löste sich aus der Erstarrung und schüttelte den Kopf. Schließlich erhob er sich und ging in dem düsteren Verlies auf und ab. »Hast du nicht gehört, was er vorhin gerufen hat?«

»Eben deshalb rege ich mich so auf! Ich will nicht dafür herhalten müssen, dass er seinen Freund in den letzten Wochen schändlich im Stich gelassen hat und es erst erkennt, wenn es zu spät ist.«

»Ob du das willst oder nicht, spielt nun wahrlich keine Rolle: Noch ehe der Tag vorbei ist, wird es uns an den Kragen gehen, weil der Kroate aus dem Fenster gesprungen ist. So wütend habe ich den Hauptmann noch nie erlebt.«

»Du scheinst ihn inzwischen ja bestens zu kennen.« Sie bemühte sich, ihn das Misstrauen nicht spüren zu lassen, das sie ihm gegenüber empfand. »Aber das nützt dir jetzt auch nichts mehr. Er jedenfalls hält es dir nicht zugute, dass du so viel Zeit bei ihm verbracht und ihn mit Mohn und sonstigen Rauschmitteln versorgt hast.«

»Was willst du damit sagen? Stört es dich etwa?« Dicht stellte er sich vor sie hin. Sie roch seinen angststarrenden Atem und wandte sich ab.

»Mich wundert, dass du dich in deinem Urteil über ihn so getäuscht hast«, sagte sie matt. »Dein Versuch, dich bei ihm anzubiedern, ist also gescheitert. Schade um die Mühe.«

»Was heißt hier, ich hätte mich bei ihm angebiedert?« Selbst in der Dunkelheit funkelten Rupprechts Augen zornig. »Deinetwegen, nur deinetwegen habe ich das getan. Ja, ich habe ihm von dem Mohnextrakt gebracht, auch von dem Hanfsamenöl sowie von dem Mutterkorn. Du kannst dir selber denken, was er damit anstellt. Mir ist es gleich. Was für mich zählt, ist, dass ich ihn so für mich und damit letztlich auch für dich eingenommen habe. Du hast ja keine Ahnung, wie nah du schon am Abgrund gestanden bist! Und wie ich ihn davon zu überzeugen versucht habe, dass du eine hervorragende Wundärztin bist. Mit Engelszungen habe ich auf ihn eingeredet, ihm von all deinen Heldentaten erzählt. Von Anfang an warst du ihm nicht geheuer, nicht nur deiner roten Haare wegen. Etwas muss ihn an dir abgestoßen haben. Kein Wunder, dass er nach dem Unglück mit dem Kroaten gleich wieder das Böse in dir sieht.«

Abschätzig ließ er seinen Blick über ihre schmale Gestalt gleiten. Es war ihr, als berühre sie eine Eisspitze. Dann drehte er sich abrupt um und nahm sein unstetes Umhergehen wieder auf.

»Ach? Und wie kommt das?« Ihre Stimme wurde schrill.

»Manchmal habe ich den Eindruck, du hast alles getan, mich bei dem Schweden anzuschwärzen.«

»Bringst du da nicht etwas durcheinander?« Dicht vor ihr baute er sich auf und schnaufte ihr aufgebracht ins Gesicht. »Denk doch mal darüber nach, wie der Hauptmann dich erlebt hat: Erst warst du zu nichts zu gebrauchen, weil du dem Branntwein so eifrig zugesprochen hast. Wie ein unzurechnungsfähiges Tier hast du dich gebärdet. Dann aber ist es dir schlagartig gelungen, vom Branntwein zu lassen und seinen kroatischen Freund auf wundersame Weise vom Fieber zu retten. Das hat ihn erst recht misstrauisch gemacht. Immer wieder habe ich versucht, ihn davon zu überzeugen, dass das alles nichts mit Hexerei zu tun hat. Aber die Idee, in dir eine böse Zauberin zu sehen, scheint ihn nicht mehr loszulassen.«

»Pah! Was heißt hier Hexerei und böse Zauberin?« Sie wandte sich ab. »Wir sind Feldscher, da gehört es nun mal dazu, dass man Menschenleben rettet, wenn sich die Gelegenheit bietet. Und die Geschichte mit dem Branntwein, den man mir ständig zugespielt hat, sollten wir noch bereden. Ganz von ungefähr kam das wohl nicht, dass ich so viel getrunken habe. Nie ist der Vorrat ausgegangen, jeden Tag lag aufs Neue ein prall gefüllter Schlauch bereit. Das kann kein Zufall gewesen sein. Da wollte mich jemand absichtlich in den Abgrund stürzen.«

Er senkte den Blick. War das ein Schuldeingeständnis? Ihr wurde flau. Sie mochte nicht glauben, dass er dahintersteckte. Wenn er sie hätte zugrunde richten wollen, hätte er das lange vorher schon einfacher haben können. Etwa, als sie beide allein auf dem Felsvorsprung standen, von dem er Strecker hinabgestürzt hatte, angeblich, um sie vor ihm zu retten. Das Schweigen zwischen ihnen wurde bleischwer.

»Die Schweden können von Glück sagen, dass wir ihnen so kurz hinter Amöneburg in die Hände gefallen sind«, ergriff sie schließlich wieder das Wort. Es beschäftigte sie noch etwas anderes an der Geschichte. »Fähige Feldscher hatten sie bitter nötig. Ohne uns hätte der Hauptmann nicht mit den Versehrten hierher ins Kloster gehen können. Daran aber lag ihm viel. Denk nur daran, wie vehement er auf seine Feldherren eingeredet hat. Dabei waren die Verletzten nicht in einer derart schlechten Verfassung, dass sie dem Regiment nicht mehr hätten folgen können. Hat er dir nie etwas über seine wahren Absichten verraten? Was war mit den beiden Reitern, die letztens hier aufgetaucht sind und unter der Linde so geheimnisvoll mit ihm geredet haben? Das waren doch Kundschafter, nicht wahr?«

»Was?« Erstaunt sah Rupprecht sie an. Schon wollte sie zur Erklärung etwas weiter ausholen, da fuhr er ungeduldig auf: »Vergiss das alles am besten sofort wieder. Jetzt geht es um etwas ganz anderes. Wie auch immer du es drehst: Wir beide sind am Ende. Der Hauptmann hat den Oberbefehl über den Versehrtenzug. Damit kommt ihm der Rang eines Profos zu. Also wacht er allein über Recht und Ordnung, klagt an und fällt auch das Urteil. Wie du seinen Freund behandelt und ob oder wie du ihn gerettet hast, interessiert ihn nicht. Der Kroate ist aus dem Fenster gesprungen, hat sich also selbst in den Tod gestürzt. Darüber macht sich der Hauptmann jetzt seine Gedanken. Jossip war katholisch. So einer setzt seinem Leben nicht einfach selbst ein Ende, wie verzweifelt er auch sein mag. Da müssen böse Kräfte gewirkt haben.«

Zum ersten Mal den Namen des Kroaten zu hören, noch dazu aus Rupprechts Mund, versetzte ihr einen Stich. Wieder spürte sie den eindringlichen Blick, sah die gebräunte junge

Haut des Kroaten vor sich, roch den Duft, der ihn umgab. Alles andere trat weit dahinter zurück, als wäre es nicht geschehen. »Du hast es also gewusst?«

»Was habe ich gewusst?« Unwillig versuchte er, sich an ihr vorbeizudrücken und sein zielloses Hin-und-her-Laufen wieder aufzunehmen.

Entschlossen packte sie ihn am Arm. »Die ganze Zeit hast du seinen Namen gekannt.«

»Was ist schon dabei?« Rupprecht zuckte mit den Schultern. »Was ändert es, wenn du seinen Namen weißt? Er war dein Patient, hat einen Arm verloren und im Fieber schlecht geschlafen. Ob er nun Jossip heißt oder nicht, das bleibt sich gleich.«

»Nichts bleibt sich gleich, und das weißt du genau!« Zornig stampfte sie mit dem Fuß auf, kämpfte mit aller Kraft gegen die aufsteigenden Tränen. »Durch seinen Namen wird ein Mensch zu etwas ganz Besonderem, Unverwechselbarem. Jetzt ist er nicht mehr der Kroate, sondern Jossip. Das bedeutet viel mehr.«

»Ich verstehe nicht, was du damit meinst. Dir wird vorgeworfen, jemanden verhext zu haben, ob er Jossip heißt oder nicht. Wenn du Pech hast, brennst du dafür auf dem Scheiterhaufen. Darüber solltest du nachdenken, nicht, ob er Jossip oder Kasimir oder Igor heißt.«

»Du willst es nicht begreifen.« Abrupt ließ sie ihn los, trat zwei Schritte zur Seite und verschränkte die Arme vor der Brust. Da war noch etwas, was sie hatte hellhörig werden lassen. Nach einem tiefen Luftholen drehte sie sich ihm wieder zu: »Wer hat dir seinen Namen verraten? Der Hauptmann, nicht wahr? Was hat er dir noch verraten, was du mir nicht sagen willst? Welche Geheimnisse habt ihr beiden Tag für Tag miteinander ausgetauscht? Ihm ging es nicht um die verbotenen Kräuter und Öle. Er hatte etwas ganz anderes im Sinn. Kennst du auch seinen Namen? Was weißt du über ihn? Wahrscheinlich nicht viel. Der Hauptmann ist schließlich ein kluger Mann. Dem kann keiner so leicht etwas vormachen. Deshalb ist ihm auch klar, was er tun muss, um an sein Ziel zu gelangen. Was hast du ihm also von dir und mir erzählt, wenn ihr beim Rauchen so vertraut zusammengehockt habt?«

Fassungslos, dass er immer noch keine Reaktion zeigte, baute sie sich dicht vor ihm auf. »Rupprecht!«, rief sie, als er weiter schwieg. »Das ist ein Schwede, ein stinkender, gottloser Heringfresser aus dem hohen Norden, Lutheraner noch dazu! Dieses ganze Getue mit dem Vorwurf der Hexerei ist nur ein Vorwand. Der hat etwas ganz anderes im Sinn. Wie kommst du dazu, so einem zu vertrauen?«

11

Die Stunden verrannen. Magdalena spürte das Vergehen der Zeit daran, dass ihr zierlicher Körper allmählich zu Eis erstarrte. Aus ihrem Innern war alle Wärme entwichen. Die Hoffnung, Carlotta jemals wiederzufinden, schwand mit jedem Tag, jedem Augenblick, jedem Atemzug. Nach Roswithas Tod bestand nicht einmal mehr die Aussicht, dass irgendwer Verständnis und Trost für ihren Verlust aufbringen würde. Verzweiflung übermannte sie. Statt draußen wenigstens etwas tun zu können, saß sie in diesem Verlies, tief unter der Erde, nicht wissend, wann oder ob sie jemals wieder herauskäme. Tatenlos musste sie geschehen lassen, dass sich ihre kleine Tochter von Minute zu Minute immer weiter von ihr wegbewegte. Dass Elsbeth wahrscheinlich alles daransetzte, die Kleine nicht nur möglichst weit fortzuschaffen, sondern auch in ihrem Köpfchen jede Erinnerung an ihre Mutter auszulöschen. War sie überhaupt jemals ganz ihr Kind gewesen? Stets war sie auf die Cousine angewiesen gewesen, dass sie Carlotta stillte. Steckte dadurch nicht längst mehr von Elsbeth als von ihr in dem Kind? Verzweifelt schluchzte Magdalena auf.

Der Aufschrei hallte von den feuchten Wänden wider. Um nicht noch einmal solchen Lärm zu verursachen, schob sie sich die Faust in den Mund. Die Tränen rannen fortan lautlos die Wangen hinab. Das Bild ihres Kindes an der nackten Brust der Cousine, gierig saugend – nie würde sie das aus dem Kopf bekommen!

Reglos kauerte sie an der Wand dicht bei der Tür. Rupprecht hockte an der gegenüberliegenden Seite, so weit entfernt wie möglich. Sie sah nicht mehr zu ihm, genauso wenig, wie er sich um sie kümmerte. Eine unüberwindbare Kluft hatte sich nicht erst in den letzten Stunden zwischen ihnen aufgetan.

Mutterseelenallein steckte sie also in diesem verdammten Kloster bei Würzburg fest. Je länger sie hier hockte, desto verzweifelter erschien ihr die Situation. Wie oft hatte sie zu Lebzeiten ihres Vaters in der fränkischen Stadt gewohnt, wie viele schöne Erinnerungen hatte sie an diese Aufenthalte. Und obwohl sie hier zahlreiche Menschen kannte, wagte sie sich nicht auszumalen, wie diese auf ihre Bitte um Beistand reagieren würden. Durch die Fluchthilfe für Eric trennte sie mehr als nur eine Flussbreite von den alten Freunden und dem wohlgefälligen Leben im Tross. Nie würde sie Eric verzeihen, dass sie seinetwegen ihre Tochter preisgegeben hatte. Bei diesem Gedanken rollten die Tränen noch heftiger, klebten die Wimpern aneinander. Erschöpft schloss sie die Augen.

Von fern hörte sie ein Geräusch. Es klang wie das Stöhnen des Kroaten. Sein Blick, den er ihr zuletzt zugeworfen hatte, hatte sich in ihrem Kopf eingebrannt. Auf ewig war ihm die gnädige Erlösung verwehrt – und sie trug die Schuld daran. Warum hatte sie nicht rechtzeitig erkannt, wie es um ihn stand? Entweder hätte sie gleich bei der ersten Operation den Arm abnehmen oder ihn am Fieber krepieren lassen sollen. Das war wohl Rupprechts Absicht gewesen. Vielleicht besaß er doch das größere Talent als Feldscher. Womöglich ging er besser auf das ein, was die Patienten von ihm erwarteten, las es ihnen von den Augen ab, hörte selbst die unausgesprochenen Wünsche. Sie sollte sich nicht mehr als Wundärztin versuchen. Schon bei ihrem letzten gemeinsamen Einsatz mit Meister Johann am Rande des Schlachtfelds von Amöneburg hatte sie das gespürt. Hätte sie vor zwei Jahren in Freiburg Babettes Rat befolgt und diesen unbekannten Vetter in Köln geheiratet, wäre Carlotta noch bei ihr. Und auch all das andere Elend wäre nicht geschehen. Hätte, wäre, mochte – nie fanden diese Gedankenspielereien ein befriedigendes, gar glückliches Ende! Ob es ihr Los war, stets die falsche Entscheidung zu treffen?

Blind tasteten ihre Finger nach dem Bernstein. Plötzlich begann sie stärker zu zittern. Sollte sie sich den Stein nicht vom Hals schaffen? Vielleicht barg er das Unheil in sich? Schutz und Kraft jedenfalls gewährte er ihr nicht mehr. Schon umklammerte sie die Lederschnur, wollte an ihr reißen. Doch dann brachte sie es nicht über sich. Sie konnte nicht die letzte Verbindung zu Eric und Carlotta zerstören. Weinend vergrub sie das Gesicht in den Händen.

Wieder schien eine Ewigkeit vergangen. Oder waren es nur wenige Atemzüge? Sie vermochte es nicht zu unterscheiden. So eng wie möglich hatte sie sich den Rock um die Beine geschlungen, die Füße daruntergezogen. Mit den Armen umfasste sie die Knie, legte den Kopf darauf und hauchte gelegentlich in den eigenen Schoß. Das spendete wenigstens etwas Wärme. »Heute geschieht wohl nichts mehr.« Ziellos sprach sie das in die Dunkelheit. Ihre Stimme klang heiser. Sie räusperte sich und hob den Kopf.

Rupprecht reagierte nicht. Er kauerte weiter mit dem Rücken zur Wand in der Ecke, die Arme auf die Knie gestützt, das Gesicht starr nach vorn gerichtet. Seine schmalen, langen Finger hatte er ausgestreckt, stemmte sie immer wieder gegen das Kinn.

Das Warten war eine Qual, insbesondere, da sie die Ängste und die Ungewissheit nicht miteinander teilen wollten. Seufzend wandte sie sich von Rupprechts schemenhaften Umrissen ab und ließ den Blick zum tausendsten Mal durch das schmale Verlies wandern. Bis auf einen kniehohen Mauervorsprung an der rechten Längsseite sowie eine leere Kiste in der linken Ecke war es leer. Modergeruch hing in der Luft.

Von der Maueröffnung rechts oben fiel plötzlich ein Lichtstrahl herein. Jemand musste vor der Luke eine Laterne abgestellt haben. Seltsam, dass sie sich nicht davor fürchtete, sich geradezu erleichtert fühlte, weil etwas geschah. Hastig sprang sie auf, stellte sich unter der Öffnung auf die Zehenspitzen, die Hände stützend gegen die Mauer gepresst, den Kopf nach oben gereckt. Trotzdem konnte sie nicht sehen, was dort vor sich ging, und horchte in das gleißende Licht hinein. Stiefelschritte knallten über das Pflaster, Befehle wurden gerufen, Holzkisten über den Boden geschleift, Karren herangerollt. Im Stall, der auf der gegenüberliegenden Hofseite lag, wieherten Pferde, ein Ochse stieß ein dunkles, missbilligendes Muhen aus. Bald klapperten die ersten Hufe über den Boden.

»Jetzt brechen sie wohl doch auf!« Sie wandte sich um und suchte, sobald sich ihre Augen erneut an das Dunkel gewöhnt hatten, nach Rupprecht. Auch der hatte sich erhoben und schüttelte seine steif gewordenen Glieder aus. »Was machen sie jetzt mit uns? Ist es nicht unvernünftig, sich unserer nicht vor dem Aufbruch noch zu entledigen? Was führt der Hauptmann im Schilde?«

Sie trat auf ihn zu, um sein Gesicht zu studieren. Geräusche vom Gang lenkten sie ab. Feste Schritte kamen heran und stoppten erst kurz vor dem Verlies. Eine barsche Männerstimme befahl: »Mach auf!«, dann drehte sich bereits der Schlüssel im Schloss, und die Tür flog auf.

Im Schein einer Fackel erkannte sie den schwedischen Hauptmann, in seinem Gefolge zwei der finster dreinblickenden Soldaten, die sie ins Verlies geworfen hatten. Mit gezückten Säbeln drängten sie in das enge Verlies. Schon klirrten die Klingen hart gegeneinander, blitzte der Stahl in dem schwachen Lichtstrahl. All dessen hätte es gar nicht bedurft, um ihr Respekt einzuflößen. Ihr wurden die Knie weich. Einzig die Aussicht, dass das Warten ein Ende hatte, hielt sie aufrecht.

»Mitkommen!«, herrschte der Hauptmann sie mit seiner tiefen, fremd klingenden Stimme an. Das flackernde, rotgelbe Licht verwandelte sein sanftmütiges Antlitz in eine Fratze. Barsch packte er sie am Arm und zerrte sie zwischen den beiden Männern hinaus.

»Rupprecht!«, schrie sie und warf ihm über die Schulter einen verzweifelten Blick zu. Sie streckte die Hand aus in der Hoffnung, er würde sie festhalten. Er konnte sie doch nicht allein gehen lassen! Er aber schüttelte nur den Kopf und legte die Finger an die Lippen. Wie konnte er tatenlos zusehen, dass man sie wegschleppte?

Auf dem Weg nach oben gehorchten ihr die Füße kaum. Ihr Handgelenk schmerzte, so fest umklammerten es die Finger des Hauptmanns. Weit holte der Schwede beim Gehen mit seinen langen Beinen aus. Ihr blieb nichts übrig, als neben ihm herzustolpern wie ein kleines Kind, das das Laufen noch nicht beherrscht. An den unebenen, viel zu hohen Treppenstufen schlug sie sich die Knie mehrfach an. Um den Schmerz zu unterdrücken, biss sie sich auf die Lippen.

Im Kreuzgang angekommen, stieß er sie jäh nach vorn und ließ sie im selben Augenblick los. Von dem unverhofften Schwung fiel sie auf die Knie und schlingerte über den glatten Steinboden. Wütend und beschämt blieb sie liegen, hob nicht einmal den Kopf, um sich umzusehen. Sie wusste auch so, wo sie sich befand: in der kalten Empfangshalle direkt hinter der Klosterpforte. Starr blickte sie auf die grauen Steinplatten am Boden. Ihre Finger suchten sich festzukrallen, kratzten allerdings nur an der oberen Schicht, so dass sich kleine Steinchen und Erde unter ihren Nägeln sammelten.

Um sie herum standen ein halbes Dutzend der ehemals versehrten Soldaten, allesamt ihre Patienten in den letzten Wochen. Wenn sie die Augen schloss, sah sie die Verletzungen jedes Einzelnen vor sich, erinnerte sich an die Salben, die sie ihnen auf die schmutzige Haut geschmiert, an die Tropfen, die sie ihnen in den Mund geträufelt, an die Trostworte, die sie ihnen in der Verzweiflung, einen Finger oder gar den Fuß verloren zu haben, zugeflüstert hatte. Faul roch ihr Atem, faul rochen ihre geschundenen Körper. Die meisten waren von unzähligen Floh- und Läusebissen übersät. Sofort riss sie die Augen wieder auf, zwang sich, andere Bilder aufzunehmen, um die Erinnerung zu verdrängen.

Lüstern blickten die Männer sie an. Der eine leckte sich die

Lippen, der andere grunzte ungeduldig, ein dritter nestelte an der Schnalle seines Gürtels. Mit einem Mal begriff sie, was der Hauptmann im Schilde führte. »Nein, nein, das ist nicht wahr! Das ist nicht Euer Ernst!« Verängstigt kroch sie zu seinen Stiefeln und umklammerte sie wie eine Bettlerin. »Habt doch Erbarmen!«

»Erbarmen? Mit einer wie dir?« Er stieß einen unverständlichen Laut aus. Als gälte es, eine lästige Ameise abzuschütteln, trat er mit der Fußspitze nach ihr. Sie ließ ihn dennoch nicht los, sondern schlang sich nur fester um ihn. Wie gern wäre sie im Erdboden versunken. Erniedrigt, wie sie war, kroch sie bar jeder menschlichen Würde weiter vor ihm im Dreck, um die letzte schwache Hoffnung auf Verschonung zu nutzen. Verärgert bückte er sich und zog sie grob von sich weg. »Gleich brechen wir auf!«, verkündete er in seiner dunklen, abgehackten Sprechweise. »Meinen Männern aber bin ich zuvor noch etwas schuldig.«

Trotz ihrer Angst spürte sie einen seltsamen Unterton und begann zu begreifen. Mit dem, was seine Soldaten sich wünschten, schien er zwar nicht einverstanden, und er selbst konnte wohl wenig mit dieser Art von Begierde anfangen. Andererseits aber war ihm bewusst, wie leicht er sich damit ihrer weiteren Treue versichern konnte. Magdalena wollte aufschreien vor Empörung. Wie konnte er das zulassen! Ohne hinzusehen, winkte er bereits einem der im Halbkreis Stehenden zu. Aufheulend wie ein wildes Tier, stürzte der Mann nach vorn, riss ihr Mieder entzwei und fasste ihr rücksichtslos an die Brüste.

»Aua!«, schrie sie und suchte mit den Augen die des Hauptmanns. Einen Wimpernschlag lang begegneten sich ihre Blicke, und sie meinte, trotz allem etwas wie Mitleid in dem seinen aufblitzen zu sehen. Durch das Zerren des Soldaten riss das Lederband um ihren Hals, und der Bernstein fiel zu Boden. Entsetzt sah sie, wie das im fahlen Licht honiggelb leuchtende Schmuckstück über die grauen Steine kullerte.

»Hör auf!« Abrupt zog der Hauptmann den Soldaten wieder von ihr weg. Fluchend stolperte der zur Wand und kehrte den hämisch johlenden Kumpanen den Rücken zu, um seine Blöße zu verbergen. Verwundert sah Magdalena ihm nach, dann begriff sie, dass das die einzige Gelegenheit war, den Bernstein zu retten. Auf allen vieren kroch sie zu ihm und streckte die Hand nach ihm aus. Plötzlich tauchte etwas Braunes, Ledernes vor ihren Augen auf. Ein riesiger Stiefel. Der Fuß des Hauptmanns. Die Sohle war rauh und kotverschmiert. Mit einem entschlossenen Schritt nach vorn deckte der Schwede den Stein zu. Ein schwarzer Vorhang ging vor ihren Augen nieder, und wohltuende Stille umfing sie.

12

Das Rütteln und Zerren nahm kein Ende. Magdalena wollte schreien, brachte jedoch keinen Ton heraus. Ihr Hals kratzte, jedes Atemholen brannte. Voller Scham hüllte sie sich in das zerfetzte Mieder. Dann erst hob sie vorsichtig den Kopf.

Gleißendes Licht blendete sie. Jemand hielt ihr eine Laterne vor das Gesicht. Sie blinzelte, unterschied erst allmählich die Flamme und den sie umgebenden Lichtschein. Schließlich traten auch die anderen Konturen deutlicher hervor. Noch immer befand sie sich auf dem eiskalten Steinboden in der Eingangshalle des Klosters. Jemand griff ihr von hinten unter die Arme und zog sie zu einer Holzbank an der Seitenwand.

Dankbar setzte sie sich und lehnte den Rücken an die weißgekalkte Wand. Zwei Fackeln erleuchteten die Halle spärlich. An der rechten Seite zierte ein großes schlichtes Eichenholzkreuz die Wand. Der flackernde Schatten, den es warf, flößte Magdalena Unbehagen ein. Vor ihr gähnte die offene Seite des Kreuzgangs in den schwarzen Innenhof. Das leise Prasseln des Regens war das einzige Geräusch. Die Soldaten waren verschwunden. Lediglich zwei Wachen hatten sich rechts und links der Tür postiert. Schweigend starrten sie Magdalena an. Sie wollte sich nach ihrem Helfer umsehen, als energische Stiefelschritte die Stille zerrissen. Erschrocken senkte sie den Kopf. Jede einzelne Faser ihres schmächtigen Körpers begann zu zittern, der Puls raste. Ihr wurde heiß und kalt.

»Woher hast du den Stein?«

Unschuldig baumelte das vertraute Stück vor ihrer Nase. Sie musste schielen, um etwas zu erkennen. Langsam zeichnete sich das Insekt in dem honiggelben Stein ab. Die zartgliedrigen Beine und der Kopf gewannen an Kontur. Im Schein der Lampe schimmerte der Bernstein golden. Erleichtert wollte sie danach greifen, da wurde er jäh weggerissen.

»Wie kommst du daran?«

Die aufgebrachte Stimme, die jedes Wort so hart ausspie, als ekele sie sich davor, schnitt einem Messer gleich in ihren Schädel. Dennoch erkannte sie sofort, um wen es sich handelte. Zur Bekräftigung seines Unmuts knallte der schwedische Hauptmann die Stiefel an den Hacken zusammen. Sie spürte einen Schmerz oberhalb der rechten Schläfe, presste die Hände auf die Ohren und kniff die Augen zusammen. Der honiggelbe Stein tanzte vor ihrem Gesicht und schien sie zu verhöhnen.

»So kommst du mir nicht davon!«

Er verpasste ihr eine kräftige Maulschelle. Von dem Schwung flog ihr Kopf zur Seite. Sie biss sich auf die Lippen, bis sie den metallischen Geschmack des Blutes schmeckte.

»Lasst sie! So wird sie Euch nichts sagen.« Der Helfer in ihrem Rücken sprang auf und packte den Schweden am Handgelenk. Erst jetzt sah sie, dass es sich um den feisten, kleinen Ambrosius handelte. Unerschrocken blickte er zu dem Hauptmann auf. Der Schwede blickte verwirrt auf den Mönch, dann stieß er ihn brüsk weg. Ambrosius taumelte, stolperte über die eigenen Füße und schlug hin. Ungerührt wandte sich der Hauptmann wieder Magdalena zu. »Sag endlich, wo du den Bernstein gestohlen hast!«

Die Sinne beisammenzuhalten kostete sie viel Kraft. Wie gern hätte sie sich erneut in das erlösende Dunkel geflüchtet. Damit aber würde sie den Hauptmann nur noch mehr verärgern. Also setzte sie zu reden an, brachte jedoch nur ein heiseres Krächzen heraus. Es ist gleich, tröstete sie sich, die Wahrheit würde er ohnehin nicht glauben. Es spielte keine Rolle mehr, was sie sagte. Das Urteil stand fest. Sie musste dem drohenden Ende mit Fassung entgegensehen, auch wenn sie innerlich vor Angst verging bei der Vorstellung, dass der Feuertod auf sie wartete. Sobald es aufhörte zu regnen, würde man auf dem Platz vor dem Kloster den Scheiterhaufen aufschichten. Nur zu gern wollten die Soldaten sie als Hexe brennen sehen.

»An einen solchen Schatz kommt man nicht einfach so!« Zornig riss der Hauptmann sie am Arm. Im kargen Schein der Fackeln traten seine Gesichtszüge scharf hervor. Er beugte sich über sie, bis sie seinen raschen Atem im Gesicht spürte. Sie wandte sich ab. Er packte ihr Kinn, presste die Haut mit

Daumen, Zeige- und Mittelfinger zusammen und zog sie zurück. Sie wollte aufschreien vor Schmerz, brachte aber nur ein nahezu tonloses Schnauben zustande.

»Rede endlich!«, zischte er.

Tränen standen ihr in den Augen. Mühsam schüttelte sie den Kopf, bis er begriff und sie losließ. Sie rieb sich das schmerzende Kinn. »Ich habe ihn nicht gestohlen«, stammelte sie. Nach einer abermaligen Pause und mehrfachem Räuspern erklärte sie laut: »Er gehört mir. Das war ein Geschenk.«

»Lüg mich nicht an! Wer sollte dir so etwas Wertvolles schenken? Oder bist du schon wieder besoffen? Wie das? Im Verlies gab es keinen Branntwein. Es sei denn – ah, du alte Hexe!« Abermals wollte er auf sie einschlagen, doch Ambrosius war schneller. Erstaunlich flink sprang er auf und warf sich mutig dazwischen, bekam dieses Mal sogar den Arm zu fassen, noch bevor der Hauptmann zuschlagen konnte.

»Hört ihr doch erst einmal zu. Wenn Ihr das nicht wollt, könnt Ihr es gleich lassen, sie zu befragen.«

Ambrosius' Mut schien den Offizier zu beeindrucken. Auffordernd nickte er Magdalena zu.

Erst zögernd, dann flüssiger begann sie zu reden: »Der Stein ist mein Talisman. Er beschützt mich und spendet mir Kraft. Seit ich ein kleines Mädchen bin, trage ich ihn bei mir. Bitte gebt ihn mir zurück. Er bedeutet mir sehr viel.«

»Wie käme ich dazu?« Aufreizend ließ der großgewachsene Schwede die Schnur mit dem Bernstein vor ihrem Gesicht kreisen. Er beobachtete sie, wie sie zunächst auf den Stein, auf ihn und dann wieder auf den Stein schielte. Schließlich schnappte er ihn mit der zweiten Hand, um ihn in seiner Hosentasche verschwinden zu lassen. Die Hand ließ er am Hosenbund liegen, als fürchtete er, der Stein wäre dort immer noch nicht vor ihr sicher.

Sie holte tief Luft und verharrte einen Moment, bevor sie langsam aussprach, was sie seit langem nicht mehr zu denken gewagt hatte: »Er wurde mir von jemandem geschenkt, der mir einmal sehr wichtig war.«

»Wer sollte das tun? Ein so wertvolles Geschenk an eine wie dich, das glaube ich einfach nicht. Entweder, du nennst mir den Namen, oder du gibst zu, dass du ihn gestohlen hast! Also los: Wer hat ihn dir geschenkt?«

»Eric«, murmelte sie und fügte nach einem fragenden Blick auf Ambrosius hinzu: »Eric Grohnert.« Kaum hatte sie den Namen ausgesprochen, wurde ihr flau im Bauch. Trotz der eisigen Temperatur begannen Wangen und Ohren zu glühen, das Schlucken fiel ihr schwer. Nie hatte sie Eric in Gegenwart des Schweden erwähnen wollen. Auch wenn Ambrosius ihr verraten hatte, dass Eric und der Hauptmann Beziehungen zueinander unterhielten, fürchtete sie, sich dadurch mehr zu schaden als zu nutzen. Aufmerksam verharrte ihr Blick auf dem Gesicht des Hauptmanns, verfolgte jede Regung. Auch Ambrosius schien angespannt zu warten, was als Nächstes geschah.

Der Schwede schwieg. Warum nur hatte sie den Namen erwähnt? Von Eric hatte sie nichts Gutes mehr zu erwarten. Allein Carlotta wollte sie mit seiner Hilfe zurückhaben, mit allem anderen hatte sie abgeschlossen. Wie gern hätte sie jetzt an den Bernstein gefasst, sich seines Schutzes versichert. Unerreichbar lag er in der Hosentasche des Hauptmanns.

Die Stille in der Halle wurde unerträglich. Draußen prasselte der Regen inzwischen hart auf das Pflaster. Durch den halboffenen Kreuzgang pfiff der Wind. Schüchtern lichtete sich die Nacht.

»Holt Rupprecht«, befahl der Hauptmann seinen Wachen. »Bringt ihn her, damit er das bestätigen kann.«

Magdalena atmete auf. Auch Ambrosius wirkte erleichtert. Wenige Augenblicke später stand Rupprecht vor ihnen, die Arme auf dem Rücken gefesselt, zwischen den beiden Soldaten wirkte er klein und hilflos. Auf ein Zeichen des Hauptmanns nahm ihm einer der Wachen die Fesseln ab.

»Was ist?«, fragte Rupprecht. Magdalena musterte ihn. Seine dunklen Augen funkelten unter dem schwarzen, dichten Haarschopf. Angst schien er keine zu haben. Aber würde er ihr helfen? Immerhin hatte er ihr vorhin die schlimmsten Vorwürfe gemacht, weil er ihretwegen die Gunst des Schweden verloren zu haben meinte. Nun musste es für ihn so aussehen, als habe sie den Hauptmann gegen ihn aufgehetzt. Warum sonst ließ der Rupprecht so rüde aus dem Verlies holen, nachdem er Magdalena stundenlang in die Mangel genommen hatte? Dabei hatte Rupprecht nach eigener Ansicht alles darangesetzt, sie in den Augen des Hauptmanns gut dastehen zu lassen, sie, die hoffnungslos versoffene, zu nichts zu gebrauchende Wundärztin!

In der Tat würdigte Rupprecht sie keines Blickes. Wider Erwarten schien er dem Hauptmann gegenüber allerdings sogleich seine alte Sicherheit zurückzugewinnen. Als wäre nichts geschehen, sah er ihn offen und furchtlos an. Vielleicht hat er auch schon mit allem abgeschlossen, dachte Magdalena. Vielleicht hat er die Hoffnung auf Rettung begraben und will dem Unvermeidlichen wenigstens aufrecht ins Auge sehen.

»Kennst du diesen Stein?« Leicht zitternd hielt der Hauptmann ihm den Bernstein vor Augen. Die Miene des Schweden blieb finster. So vertraut, wie Rupprecht sie hatte glauben machen wollen, schienen sie nicht miteinander. Ungewöhnlich war jedoch, dass der Offizier zitterte, während der Gefangene unerschrocken vor ihm stand.

Direkt mit dem Bernstein konfrontiert, wich Rupprecht zunächst zurück, sah von einem zum anderen und ließ den Blick schließlich doch auf ihr ruhen. Einen Augenblick setzte ihr Herzschlag aus. Kaum merklich zwinkerte er ihr zu. Erleichtert atmete sie aus. Seine Miene hellte sich auf. »Aber natürlich!« Fröhlich lächelte er den Schweden an. »Den hat Magdalena von Eric. Das ist ihr Talisman. Seit Jahren trägt sie ihn bei sich.«

Sein Tonfall bewies, dass er genau wusste, warum er den Namen ins Spiel brachte. Er streckte die Hand aus, um das Schmuckstück an sich zu nehmen. Gerade noch konnte der Hauptmann das verhindern. Wieder schnappte er sich den Stein, betrachtete ihn nachdenklich und ließ ihn schließlich an der Schnur hin und her schwingen wie das Pendel einer Uhr. »Mit Eric meinst du doch nicht etwa Eric Grohnert?« Eine Spur zu schnell sprach er den Namen aus. Ehrfurchtsvoll klang er in seinem Mund.

Rupprecht schien sein Ziel erreicht zu haben. Der Ärger des Hauptmanns verflog, milder gestimmt rollte er den Bernstein in der Hand. Magdalena atmete auf. Ambrosius gab ihr ein unauffälliges Zeichen, dass sich alles zum Guten wenden würde. Auch er hatte begriffen, was sich zwischen dem Hauptmann und Rupprecht abspielte. Sie konnte es kaum fassen: Rupprecht hatte sie tatsächlich wieder einmal gerettet! Ausgerechnet er, den sie zurückgewiesen und missachtet hatte, obwohl seine Mühen um ihre Gunst offensichtlich waren, tat sein Möglichstes, sie vor Schlimmem zu bewahren.

»Woher soll er eine wie sie kennen?« Verächtlich wies der

Hauptmann unterdessen mit dem Kinn in ihre Richtung, hob aber nicht den Blick, um sie anzusehen.

»Schon lange kennt sie ihn.« Rupprecht ließ sich nicht verunsichern. Entschlossen stellte er sich vor den Schweden, kümmerte sich nicht darum, wie klein und zart er neben dem hochaufgeschossenen Blonden wirkte, wie grobschlächtig seine Gesichtszüge neben dem vornehmen Antlitz des Hauptmanns aussahen. Um zu erzählen, warum Eric seit der Hochzeit von Magdeburg im Tross der Kaiserlichen mitzog, obwohl dieser Zusammenstoß die Zerstörung der Stadt und die Vernichtung seiner gesamten Familie zur Folge gehabt hatte, brauchte Rupprecht nur wenige Sätze. Magdalena hätte sich am liebsten die Ohren zugehalten, so deutlich traten die schrecklichen Bilder aus der Vergangenheit vor ihr inneres Auge, und sie durchlebte die Schrecken von damals noch einmal, hörte das unaufhörliche Brennen und Knistern der Dachbalken, spürte die Hitze, den Gestank von brennendem Fleisch, hörte die verzweifelten Hilfeschreie – und entdeckte inmitten des Infernos die rettende Hand des rotblonden Jungen mit den tiefblauen Augen.

»Seit damals ist er bei euch im Tross gewesen? Als Zimmermannsgeselle hat er gearbeitet?« Kopfschüttelnd hakte der Hauptmann mehrmals nach und bedeutete Rupprecht mit einem Nicken, dass er weitererzählen sollte.

»Vor zwei Jahren, kurz nach der Schlacht bei Freiburg, ist Eric spurlos verschwunden«, beendete Rupprecht den Bericht. Dann senkte er die Stimme, als gäbe er ein gutgehütetes Geheimnis preis. »Er soll, so heißt es, von den Franzosen gefangen genommen worden sein. Magdalena blieb nur der Bernstein als Erinnerung an ihren einstigen Retter. Kein Wunder, dass sie so an dem kostbaren Stück hängt.«

Einen Augenblick schwiegen alle. Langsam drang die Bedeutung von Rupprechts letzten Worten zu ihr durch. Da erst erfasste sie, dass er einen entscheidenden Teil der Geschichte ausgelassen hatte. Mit keiner Silbe hatte er erwähnt, dass Eric und sie in Freiburg ein Liebespaar gewesen waren und ein Kind miteinander hatten. Auch ihr abermaliges Zusammentreffen vor Amöneburg, die Umstände seiner Verhaftung durch Hagen Seume und die von ihr mit Meister Johanns tatkräftiger Unterstützung eingefädelte Flucht hatte er unterschlagen. In Rupprechts Erzählung klang es so, als handele es sich bei ihnen um Kindheitsfreunde, die das grausige Erlebnis in Magdeburg zusammengeführt und die Geschehnisse nach der Schlacht am Freiburger Slierberg getrennt hatte. Verblüfft sah sie ihn an. Er nahm das gar nicht wahr, sein Blick verharrte auf der nachdenklich gewordenen Miene des schwedischen Hauptmanns.

Nach einem langen Schweigen legte der Hauptmann Rupprecht die Hand auf die Schulter und tätschelte sie sanft. Ein zufriedenes Lächeln umspielte seinen Mund. Der Blick, mit dem er den schwarzen Haarschopf Rupprechts betrachtete, schien fast zärtlich. Ein Kreis umschloss die Männer, zu dem sie als Frau keinen Zutritt erhielt. Eric schien der körperlich zwar abwesende, gedanklich dennoch gegenwärtige Mittelpunkt dieses Bündnisses zu sein. Abrupt schluchzte sie auf und presste sich die Faust in den Mund, um nicht laut loszuschreien. Auch Rupprecht wirkte berührt. Als wäre es ihm unangenehm, in ihrer Gegenwart von dem Schweden derart vertraut behandelt zu werden, sah er entschuldigend zu ihr. Ambrosius zuckte hilflos mit den Schultern.

Plötzlich zog der Hauptmann die zweite Hand aus der Hosentasche. Etwas blitzte hell darin auf, ein leises Klacken verriet das Gegeneinanderschlagen zweier Gegenstände. Einen Moment traute Magdalena ihren Augen nicht. An Rupprechts und Ambrosius' erstauntem Gesicht las sie ab, dass es ihnen nicht anders erging: Der Hauptmann hielt auf einmal zwei Bernsteine in der Hand! Geschickt ließ er die Schnüre, an denen sie befestigt waren, durch die schmalen, langen Finger gleiten. Wie zwei dicke Honigtropfen schwangen sie daran hin und her. Genüsslich ließ der Hauptmann sie durch die Luft surren, hielt sie aufreizend ins Fackellicht. Es war keine Täuschung: Die beiden Bernsteine ähnelten sich sehr, waren nahezu gleich groß, umhüllten beide ein in der Bewegung erstarrtes Insekt und baumelten jeweils an einer ähnlich gezwirbelten, dunkelbraunen, von den Jahren spröde gewordenen Lederschnur.

»Es überrascht mich zu hören, dass Eric Grohnert nach dem Brand von Magdeburg ausgerechnet im Tross der Kaiserlichen Unterschlupf gefunden hat. Und dann auch noch für so lange Zeit.« Gedankenverloren betrachtete der Hauptmann die beiden Bernsteine, als sehe er sie just in diesem Augenblick zum ersten Mal. Wie aus weiter Ferne klang seine Stimme, als er weitererzählte: »Den Stein hat mir meine Mutter geschenkt, als ich ein kleiner Junge war. Genau wie Eric Grohnert seinen Stein von seiner Mutter bekam. Er ist mein Vetter, der Sohn der Schwester meiner Mutter. Die beiden waren Zwillinge, selbst nach ihrer Heirat unzertrennlich. Die Steine hatten sie wiederum von ihrer Mutter. Auf ihrem Weg in die Welt sollten die Steine die Schwestern immer beschützen. Mein Vetter und ich sind am selben Tag zur selben Stunde in derselben Stadt geboren, also ebenfalls fast wie Zwillinge. Auch wir waren unzertrennlich, wie echte Brüder, bis Eric eines Tages mit seinen Eltern unsere Heimatstadt Königsberg verlassen musste. Warum, das hat keiner der Erwachsenen uns je so recht erklärt, irgendeine unangenehme Geschichte mit einem anderen Kaufmann.«

Magdalena zuckte zusammen, was jedoch niemand zu bemerken schien. Mit ruhiger Stimme fuhr der Hauptmann fort: »In Magdeburg hat mein Onkel ein neues Geschäft aufgebaut. Oft haben wir sie dort besucht. Dann aber wurde die Stadt zerstört. In der Asche der niedergebrannten Stadt verlor sich die Spur meines Vetters und seiner Eltern. Zu jener Zeit zwar noch ein halbes Kind, beschloss ich schon damals, aufseiten der Schweden gegen die Kaiserlichen in den Krieg zu ziehen und diesen Tod zu rächen. Und, wie man sieht, bin ich nicht nur tatsächlich Soldat geworden, sondern habe vor zwei Jahren sogar die Spur meines totgeglaubten Vetters wiedergefunden. Bis er im Juni dieses Jahres abermals verschwunden ist.« Kurz hielt er inne, bevor er Magdalena anblaffte: »Und jetzt trägst du diesen Bernstein! Eindeutig ist es Erics Stein. Aus tausend anderen würde ich den herausfinden. Was glaubst du, ist mir da durch den Kopf gegangen?«

13

Schon war Elsbeth an diesem Morgen das Ruckeln des Karrens leid, obwohl seit dem Aufbruch aus dem Wirtshaus noch nicht viel Zeit vergangen war. Sie fuhren am Saum eines dichten Laubwalds entlang. Gut zwei Meilen erstreckte der sich bereits rechter Hand von ihnen. Links von ihnen fiel der Hang nach kaum einer Armlänge sacht zu einem kleinen Bachlauf ab. Gerade hellte sich der von schweren, dunkelgrauen Wolken verschleierte Himmel auf. Hie und da blitzten die ersten

Sonnenstrahlen hindurch. Weiter im Süden zeigten sich Ahnungen eines dem August angemessenen sommerlichen Blaus am Horizont. Der tagelange Dauerregen schickte sich an, in ein leichteres Nieseln überzugehen.

Zum ersten Mal seit ihrer Abreise aus Würzburg vor zwei Tagen hoben Erics Reisegefährten die Köpfe und strafften die Schultern unter den wollenen Umhängen. Die kleine Gruppe bestand aus Eric und einem zweiten Kaufmann, die zu Fuß gingen, sowie einem Fuhrmann auf dem Wagen und zwei Kaufleuten hoch zu Ross. Die Männer trugen Pistolen und Messer deutlich sichtbar am Gürtel, die Reiter sogar jeweils noch eine Muskete mit einem Gurt quer über den Rücken. Zuversichtlich, dass sie so gegen feindliche Angriffe gewappnet waren, richteten alle fünf die Blicke auf den vor ihnen liegenden Weg. Selbst der Ochse, der geduldig in dem schweren Geschirr trabte, schien an diesem Morgen den massigen Schädel eine Idee höher zu tragen als gestern noch. Alles sprach dafür, dass sich die Lage besserte. Sogar der durchdringende Geruch nach feuchter Wolle und Filz schien sich dank des sanften, warmen Windes allmählich zu verflüchtigen. Die Decke, in die Elsbeth sich und Carlotta gehüllt hatte, war nur mehr klamm und nicht bereits schwer vor Nässe wie die Tage zuvor.

Bitter stieg Elsbeth die Galle in die Kehle. Plötzlich verspürte sie einen heftigen Ruck. Die Räder des Karrens waren in einer tiefen Furche stecken geblieben, und der Ochse mühte sich vergeblich, ihn herauszuziehen. Es hatte nur abermaliges Rucken und eine gefährliche Schieflage des Wagens zur Folge. Resolut drückte Elsbeth dem verdutzten Fuhrmann die kleine Carlotta auf den Schoß. Noch ehe er aufmucken konnte, glitt sie über die Deichsel zu Boden und schleppte sich zum Wegesrand, bevor sie sich ins Gebüsch erbrach. »Was soll das?« Kaum hatte sie aufgehört zu würgen, tauchte Eric neben ihr auf. Schwer atmend richtete sie sich auf, strich sich das schweißnasse Haar aus dem Gesicht und sah ihn an. Den breitkrempigen Filzhut drehte er ungeduldig in der einen Hand, fuhr sich mit den Fingern der anderen durch das störrische rotblonde Haar. Grimmig musterte er sie. Noch nie waren ihr seine blauen Augen so kalt erschienen. Sie fröstelte. Ihre zittrigen Finger kriegten die Zipfel des Umhangs kaum zu fassen, um ihn eng um die Brust zu ziehen. Auf einmal fühlte sie sich seltsam klein neben ihm, dabei überragte er sie nur um eine knappe Kopflänge.

»Was soll schon sein? Schlecht ist mir geworden. Kein Wunder, bei den Wegen.« Verächtlich wies sie mit dem Kinn auf die Straße. Der Dauerregen der letzten Wochen hatte dem Boden stark zugesetzt, mehr als knöcheltief waren die randvoll mit Wasser gefüllten Rillen. Der Durchzug eines großen Regiments nebst Tross hatte tiefe Spuren hinterlassen, ein eindeutiges Zeichen, dass sie sich auf demselben Weg befanden, den auch die Wrangelschen Truppen nach Süden eingeschlagen hatten. Lediglich die Tatsache, dass sie weit und breit die Einzigen zu sein schienen, die dem Heer hinterherzogen, war befremdlich. Sonst begaben sich oft große Gruppen zu Fuß oder mit Karren ins Schlepptau der Regimenter. Im Schutz der Bewaffneten ließ sich eine Gegend erreichen, wo es den Menschen besserging, oder zumindest als Marketender und Huren etwas Geld verdienen.

»Was beschwerst du dich? Soweit ich mich erinnere, bist du selten so vornehm gereist.« Eric fasste sie am Arm und zog sie noch ein Stück von den anderen weg. Im selben Moment wurde ihr klar, warum: Der Karren hinter ihnen knirschte bedenklich. Schon rutschten die hoch aufgetürmten Kisten und Fässer zur Seite. Der Fuhrmann fluchte, weil Carlotta in seinen Armen zappelte und schrie. Niemand befreite ihn von dem Kind, dabei musste er dringend etwas tun, das Umstürzen des Wagens zu verhindern. Die anderen Männer waren indes damit beschäftigt, den unruhig gewordenen Ochsen zu halten und den Wagen durch Dagegenstemmen ihrer kräftigen Schultern an der linken Seite abzustützen. Die Reiter stiegen von ihren Rössern und begannen, Holz und Steine unter die Räder zu schieben, um zu verhindern, dass sie noch tiefer ins Erdreich einsanken.

Unentschlossen, ob er ihnen helfen, dem Fuhrmann Carlotta abnehmen oder aber bei Elsbeth bleiben sollte, verharrte Eric letztlich weiter neben ihr. »Was ist?«, herrschte er sie an. »Hockst wie eine Madame auf dem Karren und musst keinen Schritt zu Fuß gehen. Trotzdem passt es dir nicht. Willst du lieber laufen? Das kannst du gern haben. Bilde dir aber nicht ein, dass wir deinetwegen auch nur einen Schritt langsamer gehen. Bis heute Abend wollen wir die Gegend um Rothenburg erreicht haben. Da sammeln sich die Schweden, heißt es. Irgendwann müssen da auch die Versehrtenzüge eintreffen. Wenn wir weiterhin so langsam sind, wird das noch ein langer Tag.« Ohne Vorwarnung ließ er sie los und eilte zu den anderen. Flink nahm er Carlotta entgegen, brachte das Kind zu Elsbeth und half dann, den Wagen zu entladen. Mit vereinten Kräften konnten die Männer ihn endlich aus dem Loch ziehen.

Als hätte sie ähnlich Anstrengendes geleistet, sank Elsbeth erschöpft auf einem Baumstumpf nieder. Krämpfe schüttelten sie. Sie brachte nicht einmal mehr die Kraft auf, die Kleine auf ihren Schoß zu ziehen. Also ließ sie es geschehen, dass sie sich im Morast zu ihren Füßen suhlte und, munter vor sich hin brabbelnd, allerhand Getier in einer kleinen Pfütze begutachtete. Elsbeth schritt nicht einmal ein, als die Kleine einen dicken schwarzen Käfer zum Mund hob.

»Es geht weiter!« Aus weiter Ferne drang Erics Stimme an ihr Ohr. Verdutzt hob sie den Kopf. Eben noch hatte sie sich auf der Strohschütte in der Scheune gewähnt, in der sie die letzte Nacht verbracht hatte. Dichte Nebelschwaden behinderten ihren Blick. Kaum konnte sie die Umrisse seiner hochgewachsenen Gestalt von dem dichten Laubwald dahinter unterscheiden. Als sie sich von ihrem Platz erheben wollte, versagten ihr die Beine. In ihrem Kopf drehte sich alles. Schon knickten ihr die Knie ein, und sie fiel nach vorn. Schimpfend fing Eric sie auf, half ihr, sich wieder aufzurichten, und führte sie zum Karren zurück.

Fast hatten sie den Wagen erreicht, da erstarrten die anderen Männer abrupt. Die Pferde stellten die Ohren auf, der Ochse schnaubte bedrohlich. Elsbeth strengte sich an, die Ursache dieses Gebarens zu entdecken. »Runter!« Der Fuhrmann gab mit der rechten Hand ein Zeichen. Im selben Moment schon rollte er sich unter sein Gefährt. Die drei anderen Männer sprangen ins Gebüsch, Eric zog Elsbeth und das Kind hinter einen Busch. Carlotta presste er die Hand auf den Mund, damit sie nicht muckte. Fremde Reiter! Elsbeth wollte aufschreien und verschluckte sich. Das verräterische Husten zu unterdrücken nahm ihr den Atem. Die Hufschläge wurden lauter. Zitternd vor Angst, presste sie sich an Eric. Überraschenderweise ließ er sie gewähren. Sollten die Fremden sie entdecken, wäre sie als einzige Frau die Erste, auf die sie sich stürzen würden. Oft genug hatte sie erlebt, wie die alte Roswitha und Magdalena geschändete Frauen mit Kräutern und

Tinkturen behandelt hatten. Geholfen hatte es selten. Meist waren sie den schlimmen Verletzungen und dem furchtbaren Schreck erlegen.

Endlich sprengten die Pferde heran. Es waren zwei Rappen. Das Wiehern der beiden Kaufmannsgäule neben dem verlassen auf dem Weg stehenden Fuhrwerk gaben sie mit einem Prusten zurück. Die Reiter bremsten jedoch nicht ab, sondern gaben ihren Pferden erst recht die Sporen. Im schnellen Galopp preschten sie vorbei. Als sie außer Sicht waren, krochen der Fuhrmann und die drei Kaufleute aus ihren Schlupflöchern. Eric richtete sich mit Carlotta auf dem Arm auf.

»Kundschafter!«, stellte der Fuhrmann fest und klopfte sich den Dreck aus dem Rock. »So eilig, wie die es haben, müssen sie vom Kurfürsten persönlich aus München fortgejagt worden sein. Wie man hört, hat der es auf einmal sehr eilig, mit den Franzmännern ins Gespräch zu kommen. Er hat wohl Angst, die wollen diesen Herbst auch noch zu ihm nach Bayern und saufen ihm das Bier weg wie schon die Schweden und die Unsrigen.«

Er lachte aus tiefster Kehle. Auch die drei anderen stimmten ein, erleichtert, dass sich der Vorfall so einfach erklären ließ. Dem Kampf mit Marodeuren hätte keiner von ihnen lange standgehalten. So gut es ging, säuberten sie ihre Kleidung und führten die Pferde zurück auf den Weg.

Elsbeth schwankte, kaum dass sie wieder aufrecht stand. Abermals verschleierte Nebel ihr die Sicht. Mühsam beherrscht ging sie Richtung Fuhrwerk und kniff die Augen zusammen, um besser zu sehen. Einer der Männer hielt ihr etwas entgegen. Sie streckte die Hand danach aus und fasste ins Leere. Wieder wäre sie dabei fast gestürzt, wieder war es Eric, der sie rechtzeitig auffing. Doch kaum befand sie sich erneut in der Senkrechten, klatschten seine Handflächen auf ihre Wangen. Mit voller Wucht verpasste er ihr rechts und links eine Ohrfeige. Schmerz verspürte sie nicht, lediglich ein Brennen, wie sie dankbar bemerkte. Also träumte sie doch nicht, also waren sie längst weg aus der muffigen Scheune mit all den anderen Menschen, die dort übernachtet hatten, und auch die feindlichen Reiter waren kein Traum gewesen. »Bist du wirklich krank oder nur besoffen?«, hörte sie Eric fragen und brauchte eine Weile, bis sie begriff, dass er darauf tatsächlich eine Antwort erwartete.

»Weiß nicht«, murmelte sie mühsam.

»Wahrscheinlich ist es der Regen«, knurrte der Fuhrmann. »Sie hustet auch ziemlich.«

»Daran wird sie schon nicht krepieren«, meinte einer der anderen und verzog den zahnlosen Mund zu einem schiefen Grinsen. »Die schaut aus, als wäre sie Schlimmeres gewohnt.«

»Stimmt«, meinte einer der beiden Reiter und griff sich grinsend zwischen die Beine.

»Lasst uns weitergehen, sonst schaffen wir es nicht bis Rothenburg«, beendete Eric barsch das Gespräch und half Elsbeth auf den Wagen. Unerwartet fürsorglich bettete er sie zwischen zwei Kisten, zog sogar die dicke Plane über ihre Beine und stopfte sie an den Seiten fest. Einer der Männer setzte ihr die dreckverschmierte Carlotta auf den Schoß. Auch die Kleine hüllte Eric behutsam in einer Decke ein. Der Fuhrmann reichte Elsbeth den Branntweinschlauch. Mit Mühe gelang es ihr, ihn zu fassen und an den Mund zu führen. Drei gierige Schlucke wurden ihr gegönnt, bevor Eric den Schlauch von ihren Lippen riss. »Genug! Sonst kotzt du uns gleich wieder alles voll«, murrte er und sprang zu Boden.

Die Peitsche knallte, der Karren ruckte, der Ochse zog an. Carlotta kuschelte sich zufrieden an Elsbeth und steckte den schmutzstarrenden Daumen in den Mund. Die einigermaßen trockenen Decken sowie das warme Gefühl, das der Branntwein in Elsbeths Bauch hervorrief, sorgten für eine Besserung ihres Zustands. Die nächsten Stunden störte sie sich nicht einmal am strengen Geruch Carlottas. Auch die Übelkeit machte ihr nicht mehr zu schaffen. Sie legte den Kopf in den Nacken. Träge verfolgte sie die Wolken am Himmel. Noch führte der Weg am Waldrand entlang. Das letzte Grün der Baumspitzen ragte in die Wolkendecke. Bald klarte es auf, die Grautöne am Himmel wurden heller, gingen bald in schmutziges Weiß über. Irgendwann hörte auch der Nieselregen auf. Es tropfte nur noch von den Bäumen.

Elsbeth ertrug das stete Schaukeln des Wagens, und es gelang ihr, den gelegentlich noch aufsteigenden Würgereiz zu unterdrücken. Dafür schmerzten ihr mittlerweile sämtliche Glieder. Nach einiger Zeit wusste sie nicht mehr, wie sie sich setzen oder anlehnen sollte. Der ganze Körper tat entsetzlich weh, eine furchtbare Unruhe kam hinzu. Ähnliches hatte sie noch nie erlebt. Sogar die Kleine auf den Knien zu haben wurde ihr unerträglich. Sie versuchte, sie neben sich zu betten. Dagegen wehrte sie sich empört. Einmal schlug Carlotta sogar nach ihr und zerrte ihr an den Haaren. Also ließ sie es bleiben, biss die Zähne zusammen und behielt das Kind selbst unter Schmerzen weiter auf dem Schoß. Von dem, was die Männer um sie herum redeten, bekam sie kaum etwas mit. Tief grub sie sich in ihr unbequemes Lager ein.

Anscheinend näherten sie sich dem Versehrtenzug, in dem Eric Magdalena und Rupprecht vermutete. Reisende, die mit ihnen ihr Nachtquartier geteilt hatten, hatten behauptet, den

Schweden noch weit vor Rothenburg begegnet zu sein. Wenn das der Wahrheit entsprach, waren die gut hundert schwedischen Soldaten nur wenige Stunden vor Eric und den Seinen aus der Nähe von Würzburg aufgebrochen. Dennoch behielten sie ihr bisheriges Tempo bei. Bis zum Anbruch der Nacht wollten sie die Gegend um Rothenburg erreichen. Kundschafter oder Reisende, vor denen sie sich in die Büsche schlagen mussten, begegneten ihnen keine mehr. Nicht einmal ein einsamer Wanderer oder Bauer kreuzte ihren Weg. Stattdessen passierten sie niedergebrannte Höfe und Scheunen, kamen durch menschenleere Dörfer und entdeckten eine verlassene Mühle in einer Talsenke. Seit Jahren war die Gegend Durchmarschstrecke für die Heere beider Lager. Und auch nachdem die Sonne die letzten Regenwolken verjagt hatte, wollte sich angesichts der verkohlten Ruinen und trostlosen Mauerreste die spätsommerliche Unbeschwertheit nicht mehr einstellen.

»Wir müssen besser achtgeben, wo die Schweden rasten«, warnte einer der Reiter plötzlich. »In den letzten Stunden sind wir zügig vorangekommen. Wenn wir nicht aufpassen, laufen wir ihnen direkt in die Arme.« Er gab seinem Pferd die Sporen und galoppierte ein Stück den Weg voraus. Von der nächsten Anhöhe aus hielt er Ausschau in alle Richtungen, bevor er den anderen ein Zeichen gab zu folgen.

»An der Weggabelung dort vorn müssen wir nach rechts abbiegen. Da wird die Straße besser, auch wenn sie quer durch den Wald führt«, meinte der Fuhrmann später. Das verdächtige Knirschen auf der rechten Wagenseite beunruhigte ihn mehr als jede Warnung vor einer Begegnung mit den Schweden oder Räubern. In klaren Momenten beobachtete Elsbeth, wie er immer wieder die Hand hinter die Ohrmuschel legte und lauschte. Offensichtlich befürchtete er, die Achse könnte brechen oder eine Kiste vom Wagen kippen. Die anderen Männer schienen seine Angst vor einem Unfall auf schlechten Wegen nicht zu teilen, denn ohne zu zögern, schwenkten die beiden Reiter an besagter Kreuzung nach links, Eric und die anderen, die neben dem Ochsen gingen, folgten ihnen den langsam abfallenden Weg nach unten direkt zum Bachlauf. Nur der Fuhrmann bremste den Karren ab. Als keiner der Männer darauf reagierte, resignierte er. »Ich habe euch gewarnt!« Mit diesen Worten trieb er den schwankenden und knarrenden Ochsenkarren den anderen hinterher.

Nach einigen Windungen schwenkte der Weg vom Bachlauf weg in einen Wald. Ein dichtes Laubdach wölbte sich über ihnen. Die milde Nachmittagssonne brachte das Gelbgrün der Blätter zum Leuchten. Träge fielen einzelne, dicke Tropfen auf Elsbeths Gesicht, letzte Überreste der tagelangen Regenfälle. Irgendwann schlief Carlotta ein, auch Elsbeth fielen die Augen zu. Zwei-, dreimal noch hielten sie an, um den Wagen aus einem Schlammloch zu befreien. Jedes Mal erwachte Elsbeth aus ihren wirren Träumen. Der Laubwald ging allmählich in einen Nadelwald über. Damit änderte sich auch die Beschaffenheit des Bodens. Die Räder versanken leichter in der aufgeweichten Erde. Den fünf Männern gelang es jedoch immer wieder, das Fuhrwerk nebst vollständiger Fracht aus dem Morast zu ziehen.

»Ich habe euch gewarnt: Auf dem Weg oben wäre es leichter gewesen. Da wären wir nie im Schlamm hängengeblieben. Der Boden ist dort fester, und die Wege sind nicht so ausgefahren«, wiederholte der Fuhrmann jedes Mal aufs Neue. Darauf gaben die anderen Männer lange keine Antwort, bis einer der Reiter schließlich empört aufbrauste: »Dafür wären wir da oben ganz sicher den Männern von Ruckhaber in die Hände gefallen. Du weißt genau, dass sie nicht weit von hier ihr Quartier haben. Oder steckst du mit denen etwa unter einer Decke? Was zahlen sie dir dafür, dass wir ihnen in die Falle gehen?« Er stürzte sich auf den Fuhrmann, packte ihn am Revers und sah ihn wütend an.

»Lasst das, Ihr wisst doch, dass er nichts mit Ruckhaber zu tun hat.« Eric riss den Reiter vom Fuhrmann weg. »Ganz zu schweigen davon, dass Ruckhaber es niemals wagen würde, uns zu überfallen! Also, lasst uns weitergehen, damit wir wirklich bei Anbruch der Dunkelheit da sind.« Der Reiter warf Eric einen zweifelnden, dem Fuhrmann einen regelrecht drohenden Blick zu. Dann erst bestieg er sein Pferd. Die anderen hatte die Auseinandersetzung schweigend verfolgt. Auch danach nahmen sie ihre Gespräche nicht mehr auf.

Elsbeth hatte den Eindruck, dass der Streit über diesen Ruckhaber nicht zum ersten Mal aufgekommen war. Sie wunderte sich jedoch nicht lange darüber. Ohnehin fiel es ihr immer schwerer, die Ereignisse um sich herum noch wahrzunehmen oder gar einzuordnen. Kaum konnte sie noch die Kleine halten, die bald wieder munter auf ihren Knien und zwischen den Kisten turnte. Schließlich erbarmte sich einer der beiden Reiter, kam heran, schnappte sich Carlotta und setzte sie vor sich aufs Pferd, was sie mit quietschender Begeisterung geschehen ließ.

»Haltet Ihr das für eine gute Idee?« Besorgt äugte Eric auf das seltsame Paar so weit oberhalb der sicheren Erde.

»Was kümmert es Euch? Es ist doch nicht Euer Kind, sondern nur das Eurer Magd«, entgegnete der Reiter und gab dem Pferd die Sporen, um zu Carlottas Freude vorauszugaloppieren. Hilflos blieb Eric zurück. Als das Pferd sich abrupt zwischen den Bäumen aufbäumte, schließlich in weitem Satz über den nahen Bach sprang und drüben so ungestüm kehrtmachte, dass die nassen Erdklumpen aufstoben, setzte Elsbeth vor Schreck der Herzschlag aus. Das ist der Fieberwahn, beruhigte sie sich und bildete sich ein, die Hände der Kleinen immer noch fest um ihren Hals zu spüren. Ein Schrei riss sie unsanft aus dieser Traumvorstellung. Gerade noch sah sie, wie das Pferd abermals scheute und in die Höhe stieg. Fast wäre der Reiter dabei mit dem Kopf gegen den Ausläufer eines Baumes geschlagen. Eric musste laut geschrien haben. Schon stürzte er über Stock und Stein, um den beiden zu Hilfe zu eilen. Es kostete Elsbeth alle Kraft, ihm nachzusehen und das Geschehen genau zu verfolgen. Zum Glück waren der Reiter und Carlotta im Sattel geblieben, das Pferd beruhigte sich wieder.

»Hört auf mit dem Unsinn, bevor es ein Unglück gibt«, befahl Eric und streckte die Hände dem Reiter entgegen, um das Kind wieder in Empfang zu nehmen.

»Man könnte glatt meinen, es sei doch Euer Kind«, erwiderte der Reiter und warf ihm einen fragenden Blick zu. Carlotta zappelte wild und weinte, als Eric sie zum Karren zurücktrug. Sein Gesicht war tiefrot, ob vor Wut oder Scham, wusste niemand zu sagen. Ohne ein weiteres Wort reichte er die Kleine wieder an Elsbeth, die viel zu erschöpft war, um sich um das Kind zu kümmern, doch auch zum Aufbegehren gegen Eric fehlte ihr die Kraft. Also ließ sie es einfach geschehen. Bald fand Carlotta eine andere Möglichkeit, sich die Zeit zu vertreiben. Sie spielte mit einem Seil, dessen Enden zwischen den Kisten hervorlugte. Etwas knirschte und ruckte. Elsbeth war nicht imstande nachzusehen, was es war. Mochte die Fracht über ihr zusammenbrechen, sie konnte keinen Finger mehr heben. Die anderen merkten nichts davon.

14

Der Abend dämmerte, als das Fuhrwerk endlich aus dem Dickicht des Waldes holperte. Aus dem Dunst abziehender Regenwolken schälte sich die Silhouette Rothenburgs heraus. Müde schob sich Elsbeth in die Aufrechte. Mehrmals war sie in den letzten Jahren mit Magdalena und Meister Johann als Begleitung eines Versehrtenzugs in der Stadt oberhalb der Tauber gewesen. Die trutzigen Mauern hatten die Kriegsjahre bislang unbeschadet überstanden. Imposant ragten die vielen Türme daraus empor. Ein schmaler, gelbroter Streifen Sonnenlicht zog sich zum Abschied des Tages über den Horizont, zaghafte Ahnung eines Wetterumschwungs. Golden leuchtete eine Wetterfahne im milden Abendlicht. Das Schlagen einer Turmuhr schallte achtmal übers Land. Die Bürger hatten sich hinter die schützenden Mauern zurückgezogen, Schwerbewaffnete patrouillierten auf dem Wehrgang, gelegentlich war die Spitze einer Hellebarde zu entdecken.

Zu Elsbeths Verwunderung lenkten die Reiter ihre Rösser kurz vor den Stadtmauern nach links. Eric und sein Gefährte folgten ihnen, wie auch der Fuhrmann den Ochsen wie selbstverständlich den weitaus schmaleren, holprigen Weg ostwärts wählen ließ, der schon nach einiger Zeit abermals in einen Mischwald führte. Dieses Mal schien es keine Unstimmigkeit über den besseren Weg zwischen den Männern zu geben.

»Wollen wir nicht in die Stadt?«, raffte Elsbeth sich zu einer Frage an den Mann auf dem Kutschbock auf.

»Wir besuchen alte Freunde«, knurrte er und drehte sich nur halb zu ihr um. Er nahm den Strohhalm, auf dem er den ganzen Nachmittag schon herumkaute, widerwillig aus dem

Mund. Eine große Zahnlücke im Oberkiefer kam zum Vorschein, als er erklärte: »Eric und die anderen kennen sie schon lang. Das Gehöft liegt nicht weit von hier auf einer Anhöhe und ist eine günstige Unterkunft für uns.«

Worauf sich seine letzte Bemerkung bezog, darüber schwieg er sich aus. Das Schmunzeln um seine Mundwinkel ließ verschiedene Deutungen zu. Elsbeth beschloss, nicht weiter darüber nachzudenken. Sie war enttäuscht, nicht in die vertrauten Gassen der Stadt oberhalb der Tauber einzukehren. Sich außerdem noch über etwaige Anzüglichkeiten des Fuhrmanns aufzuregen kostete einfach viel zu viel Kraft.

Das aufgeregte Bellen eines Hundes empfing sie, als sie sich bei Anbruch der Nacht dem Anwesen von Erics Freunden näherten. Es lag auf einem kegelförmigen Hügel, der sich mitten aus einer Ebene herausschälte. Um das Gehöft gruppierten sich ein halbes Dutzend weiterer Gebäude. Die Bewohner schienen sich sehr sicher zu fühlen, dabei zogen regelmäßig Regimenter sowohl der kaiserlichen und bayerischen als auch der schwedischen und französischen Armee durch die Gegend. Auf Wachhunde hatten sie verzichtet, ebenso wenig fand sich ein Hinweis auf sonstige Vorsichtsmaßnahmen. Nicht einmal bewaffnete Patrouillengänger hatten sie aufgeboten, um sich rechtzeitig über lauernde Gefahren zu informieren.

»Endlich!«, begrüßte sie die angenehme Stimme einer älteren Frau. Kaum war der Karren zum Stehen gekommen, hatte sie die Tür aufgerissen und war mit einer Laterne in der Hand herausgekommen. Sie gab sich keine Mühe, ihre Neugier zu verbergen, und leuchtete Elsbeth und Carlotta unverhohlen ins Gesicht. Geblendet wandte Elsbeth den Kopf und schirmte die Augen der Kleinen mit der Hand ab.

»Ein Kind und eine Frau? Seit wann bringst du solche Begleitung mit?« Belustigt knuffte die Fremde Eric in die Seite und zwinkerte ihm zu. Als der nicht antwortete, wandte sie sich an Elsbeth. »Gib mir das Kind! Ich bring es ins Haus. Werde dort schon ein kuscheliges Plätzchen für es finden.« Ehe Elsbeth sich versah, hatte die Frau Carlotta auf dem Arm und trug sie fort. »Du bist ein echtes Engelchen! Die schönen blauen Augen hast du von deinem Vater. Auch das Haar ist wie seins.« Laut bekundete die Frau ihre Freude über das Kind, herzte und liebkoste es, bis sie das Haus erreicht hatte und darin verschwand. Elsbeth schätzte sie etwa so alt wie Roswitha. Auch ihr Entengang erinnerte sie an die Hebamme. Die von vielen Geburten und dem Alter breit gewordenen Hüften sowie die krummen Beine unterstrichen diesen Eindruck.

Als Elsbeth sich aufrichtete, um ebenfalls ins Haus zu gehen, überfiel sie starker Schwindel. Wie schon am Morgen stieg Brechreiz auf. Gerade noch rechtzeitig konnte sie den Kopf über die Karrenwand halten. Grünliche Galle gab sie in Krämpfen von sich.

»Gut geht es der wirklich nicht«, knurrte der Fuhrmann. Dennoch bemühte er sich genauso wenig wie einer der anderen, ihr vom Wagen zu helfen. Den sauren Geschmack auf den Lippen hätte sie gern mit einem Schluck Branntwein getilgt. Der Schlauch aber war gut versteckt, oder die Männer trugen ihn gleich bei sich. Nicht einmal einen Schluck Wasser konnte sie auf dem Wagen finden. Also wischte sie sich das Gesicht mit einem Rockzipfel sauber und band sich das Kopftuch neu. Auf zittrigen Beinen schleppte sie sich schließlich als Letzte ins Haus und schaffte es auch drinnen nur mit Mühe, bis zur Ofenbank zu kommen. Kaum dort niedergesunken, wurde ihr schwarz vor Augen.

»Fieber hat sie!«, hörte sie die Frauenstimme vorwurfsvoll rufen, als sie nach einer halben Ewigkeit die Augen wieder aufschlug. Abermals versank alles um sie herum in dichtem Nebel. Stimmen und Geräusche drangen hohl und wie aus weiter Ferne zu ihr. Noch eine Ewigkeit später fühlte sie sich endlich so weit, die Augen wieder aufzuschlagen und sich umzuschauen. Sie blinzelte nach oben, erspähte rußgeschwärzte Balken an der Decke. Nach und nach schoben sich hellere Flecken davor. Sie brauchte eine ganze Weile, bis sie mehr erkennen konnte. Offensichtlich lag sie auf der Ofenbank. Vorsichtig hob sie den Kopf und drehte sich zur Seite. Die Umrisse der Menschen wirkten bizarr. Nahe bei ihr machte sie die fremde Frau und Eric aus. Weiter hinten an einem langen Tisch hatten sich die drei Reisegefährten und der Fuhrmann sowie ein Unbekannter, wahrscheinlich der Hausherr, versammelt. Abermals verschwammen die Gestalten vor Elsbeths Augen, hüllten Nebel und Rauch alles ein. Erschöpft schloss sie die Augen. Dann sammelte sie alle Kraft und öffnete sie wieder.

Carlotta war verschwunden! Furcht erfasste Elsbeth, ihre Kehle war wie zugeschnürt. Wahrscheinlich sah sie noch immer nicht gut genug. Das verdammte Fieber! Sie wischte sich mit den schweißnassen Fingern über die Augen. Die Kleine musste hier sein. In diese Stube hatte die Frau sie hineingetragen, das hatte sie selbst beobachtet. Sie kniff die Augen zusammen, suchte jeden Winkel des Raumes noch einmal ab. Groß war das Kind ohnehin nicht, gut möglich, dass es zusammengerollt in einer Ecke schlief. Vor dem Ofen war die Bank, auf der Elsbeth nun halb aufgerichtet saß. Ein Korb mit Reisig stand davor, eine angefangene Näharbeit, wahrscheinlich bei ihrer Ankunft unordentlich beiseitegelegt, lag obenauf. Eric und die Fremde standen nicht weit davon, vertieft in eine geflüsterte Unterhaltung. Keiner von beiden achtete auf sie. Gegenüber hockten die Männer um einen Tisch, kehrten ihr die breiten Rücken zu, die Nasen tief in Bierkrüge gesteckt.

Elsbeths Blick streifte die Eingangstür. Was hatte die Fremde mit Carlotta getan? Wo hatte sie sie nur hingebracht? Gab es eine weitere Kammer? Jäh fuhr sie auf, schwang die Beine auf den Boden und wollte aufstehen. Wieder gehorchte ihr Körper nicht. Als sie auf die Bank zurückplumpste, gab es ein dumpfes Geräusch. Hart schlug ihr Hinterkopf gegen die Ofenwand. Eric und die Fremde drehten sich um und sahen sie forschend an. Das war es! Eric steckte dahinter. Er hatte die Frau angewiesen, das Kind vor ihr zu verstecken. Sicher hatte er sie überhaupt nur aus diesem Grund hierhergeführt. Von Anfang an war das sein Plan gewesen. Damit wollte er sie voneinander trennen. Eine Falle – das sah ihm ähnlich! Abermals wurde ihr schwarz vor Augen. Sie fiel in eine dunkle Schlucht.

Undeutlich erahnte sie einen Schatten über sich. Zwischen den Wimpern hindurch erkannte sie, wie die Frau sich über sie beugte. Die knöchrigen Finger strichen ihr die Haare aus der Stirn, hielten plötzlich ein blondes Büschel fest. Aufgeregtes Keuchen drang an ihr Ohr. Fauliger Atem traf ihre Nase und verursachte neuerlichen Würgereiz. Wenn ihr doch nur nicht alle Glieder so weh tun würden! Schon zerrte die Fremde mit den Fingern an ihren Augenlidern, versuchte, sie weiter aufzureißen, presste ihr schließlich die Hand um Mund und Kinn, bis sie den Mund widerwillig öffnete. Ungeniert stierte die Alte hinein.

»Sieh dir das an!«, stieß sie empört aus und zerrte Eric am Arm. Er wollte sich losreißen, doch sie ließ ihn nicht, sondern deutete weiter aufgebracht mit den Fingern auf Elsbeth.

»Was denn?«, fragte er und sah verständnislos zwischen ihnen beiden hin und her. Auf dem Gesicht der eben noch so mütterlich wirkenden Fremden breitete sich Häme aus. Bedächtig lehnte sie sich zurück, verschränkte die Arme vor der Brust und schwieg. Langsam erhoben sich auch die übrigen Männer vom Tisch und kamen neugierig näher.

»Kennst du das nicht?« Triumphierend tönte die Stimme der Frau durch den niedrigen Raum, den zwei Fackeln rechts und links der Eingangstür nur spärlich beleuchteten. Als sie gewiss war, die ungeteilte Aufmerksamkeit aller Anwesenden zu besitzen, erklärte sie: »Der Ausschlag an ihrem Leib, die Pusteln im Mund – kein Zweifel: Das Weib hat die Franzosenkrankheit!«

15

Der Wald lichtete sich, das Gestrüpp rechts und links der Straße wurde niedriger. Zwischen den Blättern und Ästen war mehr und mehr von der Landschaft jenseits der Bäume zu erkennen: der mäandernde Fluss, die Felder und Wiesen entlang des Ufers. Vereinzelt wehten die Rufe der Schiffer herüber. Endlich trat das Buschwerk so weit zurück, dass die Sicht vollends frei wurde. Türme, Treppengiebel und rotbraune Dächer schälten sich vor den grauweißen Wolkenbergen am Himmel ab. Eine trutzige Steinbrücke mit einem schlanken Turm in der Mitte schwang sich über den Main: Ochsenfurt! Magdalena überlief ein Schauer der Erleichterung. Dort würden sie Station machen, das hatte der schwedische Hauptmann vorhin verkündet, auch wenn sie noch lange nicht ihr

Tagespensum erreicht hatten und durch den um fast zwei Tage verspäteten Aufbruch weit hinter Plan lagen.

Magdalena sehnte die Pause inständig herbei. Für sie bedeutete sie eine Unterbrechung der Qualen, die sie auf der Reise litt. Ihr Gesicht verzerrte sich vor Schmerz, als sie sich auf dem Widerrist des Pferdes zurechtschob. Sie war das Reiten nicht gewohnt, und das stundenlange Sitzen im Sattel bereitete ihr große Pein. Das laut kundzutun, wagte sie allerdings nicht. Tapfer hob sie den Kopf und blickte nach vorn zu der Brücke. Die dreizehn sich über den Fluss spannenden Bögen erschienen ihr wie ein freundlicher Fingerzeig, eine stumme Aufforderung, die mauerumgrenzte, gutbewachte Stadt zu betreten. Zwei mit Kisten und Fässern beladene Fuhrwerke ratterten aus dem Tor, begleitet von einem halben Dutzend bewaffneter Reiter. Ein Bauer mit einem Karren voll dunklem, viel zu nassem Heu musste am gegenüberliegenden Brückenkopf anhalten und die Wagen nebst Eskorte geduldig passieren lassen, bevor er seine Fracht in die Stadt schieben durfte. Zwei Kinder umsprangen aufgeregt das Fuhrwerk. Sicher hatten sie ihm auf dem Feld helfen müssen und freuten sich nun auf eine warme Suppe am heimischen Herd.

Beim Anblick der Kinder stiegen Magdalena die Tränen in die Augen. Wann hatte sie zuletzt solch eine friedliche Szene erlebt? Roswitha fiel ihr ein. Die hatte ihr immer irgendwo einen Napf Brei oder einen Bissen Fleisch zu beschaffen gewusst. Nach getaner Arbeit mit ihr und Meister Johann um ein Feuer zu sitzen, das gehörte zu den schönsten Momenten, an die Magdalena sich erinnern konnte. Nie wieder würde es so sein! Hastig wischte sie die Tränen fort. Der schwedische Hauptmann war der Letzte, der sie weinen sehen sollte.

Der aufklarende Abendhimmel tauchte die Zinnen der Stadt in ein mildes Licht. Die Wolkengebirge schimmerten blaurot und hatten die bedrohlichen Unwetterwolken der letzten Tage ganz vom Firmament verdrängt. Silbrig glitzerte das Wasser des Flusses. Das Heu auf den abgemähten Wiesen zeigte sich allerdings in düsterem Schmutzbraun. Der Regen hatte es faulen lassen, bevor es zusammengerafft und in die Schober eingebracht werden konnte. Die Sonne hatte zu spät die Oberhand gewonnen, um die Missernte noch zu verhindern. Aus einem nahen Gestrüpp an der Uferböschung erklang munteres Zwitschern. Den Vögeln war es einerlei, ob die Ernte über den Winter reichte oder nicht. Sehnsüchtig tschilpte eine Amsel nach ihrem Gefährten. Keck mischte sich das spitze »Zicks« eines Kernbeißers dazwischen, auch das Rufen eines Buchfinken störte frech den kehligen Gesang der Amsel. Dennoch hörte ein Artgenosse den Ruf. Aus der Ferne schallte die durchdringende Antwort der zweiten Amsel herüber.

Die unverhoffte Musik entlockte Magdalena ein Lächeln. Carlotta hätte ihre helle Freude am lustigen Zwiegespräch der Vögel. An dieser Vorstellung richtete Magdalena sich auf. Wie die Amsel Antwort von ihrem Geliebten erhielt, würde auch sie bald Nachricht von ihrem Kind bekommen. Sie musste nur Geduld haben. Während der Regentage im Kloster waren die Vogelstimmen verstummt. Dass Magdalena sie nun wieder hörte, sollte sie als gutes Zeichen deuten: Sie hatte das Verlies im Kloster überstanden! Wider Erwarten hatte der Bernstein sie noch einmal gerettet. Und Rupprecht war ein weiteres Mal für sie eingetreten, trotz der hässlichen Szene zwischen ihnen im Verlies. Warum sollte nicht noch ein Wunder geschehen und ihr Kind wieder zu ihr führen? Vielleicht kündeten schon bald die Vögel von ihrem Wiedersehen.

Wie so oft tasteten ihre Finger nach dem Band um ihren Hals. Das aber geschah vergeblich. Ihr glühten die Ohren, als sie daran dachte, mit welchem Ausdruck im Gesicht der schwedische Hauptmann den Stein vor ihren Augen an die Lippen gehoben, geküsst und dann auf die nackte Brust unter seinem Hemd zu dem zweiten Stein gesteckt hatte. Seine Mundwinkel hatten dabei gezuckt, die Augen verräterisch geglänzt.

Vorsichtig streckte sie den Rücken durch. Gern hätte sie die Lendenwirbel ein wenig massiert, doch das getraute sie sich nicht. Das stundenlange Reiten marterte sie nicht nur wegen ihres lädierten Unterleibs. Die Konstellation, in der es erfolgte, war äußerst unangenehm: Der Hauptmann hatte sie direkt vor sich aufs Pferd gesetzt. Dabei hatte er betont, dass sie das nicht als Misstrauen verstehen solle. Er glaubte nicht, dass sie noch Grund hatte, vor ihm zu fliehen. Ihren Bernstein, den er nun so offensichtlich trug, betrachtete er als ausreichende Gewähr, dass sie nicht weglaufen würde. Überhaupt waren der Stein wie die Tatsache, dass sie eine Freundin Erics war, Dreh- und Angelpunkt seines geänderten Verhaltens. Dass er sie fast seinen Männern zur Schändung überlassen hatte, bereitete ihm inzwischen sogar ein schlechtes Gewissen. Mehrmals schon hatte er sich dafür bei ihr entschuldigt. Dennoch blieb sie misstrauisch. Umso quälender empfand sie es, seine Gegenwart beim Reiten Stunde um Stunde körperlich zu spüren.

Die Fouragewagen waren völlig überladen. Jede noch so lädierte Kiste, alles Geschirr, selbst zerbeulte Töpfe und vom Herdfeuer verkohlte Pfannen hatte Christian Englund, wie der Hauptmann sich am Morgen endlich mit Namen vorgestellt hatte, noch einpacken lassen. Nicht einmal auf die Mitnahme verschlissener Messgewänder und mottenzerfressener Mönchskutten, die man auf dem Speicher des Klosters in einem fast vergessenen Kasten aufgestöbert hatte, hatte er verzichtet. Infolgedessen fand keiner mehr auf den Fuhrwerken Platz. Die meisten Männer mussten zu Fuß gehen, nur wenige besaßen ein Pferd. Die Zugochsen mühten sich kräftig, die Gefährte über die morastigen Straßen entlang dem sich dahinschlängelnden Fluss zu ziehen. Mehr als einmal drohte einer der Wagen unter der Last zu kippen. Zum Glück waren die Soldaten des ehemaligen Versehrtenzugs inzwischen wieder kräftig genug, das durch ihre vereinte Muskelkraft zu verhindern. Ein Wunder, dass ihnen bislang keine Marodeure aufgelauert oder wütende Bauern sie überfallen hatten, um die hochbepackten Wagen zu plündern. Die vielen Kisten und Fässer mussten weithin von wahren Schätzen künden. Offenbar aber klirrten die Piken und Hellebarden der Soldaten bedrohlich genug, um Gesindel abzuschrecken.

Rupprecht und Ambrosius hatten es vorgezogen, wie die anderen zu Fuß gehen. Im Tross war meist nichts anderes möglich, wie ihr Gefährte dem Mönch erklärt hatte. Auch Ambrosius war stundenlanges Marschieren gewohnt. Wie gern hätte Magdalena sich den beiden angeschlossen. Vor allem Rupprecht wäre sie gern näher gewesen, sie sehnte sich nach einem klärenden Gespräch mit ihm. Das aber hatte Englund zu verhindern gewusst, indem er sie wie selbstverständlich kurz vor Ertönen des Abmarschsignals auf seinen Rappen gehoben hatte. Im Verlauf des Ritts versuchte er geflissentlich, die Berührungen ihrer beider Körper aufs Unausweichlichste zu beschränken. Das geschah ganz in ihrem Sinn. Es war schlimm genug, unablässig seinen Atem im Nacken zu spüren und seine Arme nah um ihren Leib die Zügel halten zu sehen. Auch wenn weibliche Rundungen nicht das waren, was seine Lust erregte, wie der Auftritt im Kloster gezeigt hatte, blieb sie auf der Hut. Immerhin hatte er bewiesen, wie schnell er seine Meinung ändern konnte. Wer garantierte ihr also, dass er sie nicht doch wieder der Gier seiner Männer auslieferte? Als einzige Frau im Tross befand sie sich weiterhin in größter Gefahr.

Mehrfach bildete sie sich ein, den Bernstein in ihrem Kreuz zu spüren. Der Blick, mit dem Englund den Stein aus Erics Hand geküsst hatte, fuhr ihr noch immer durch Mark und Bein. Das war mehr als nur die Liebe zum Vetter, die ihn zu dieser Geste bewog.

Über diesen Gedanken waren sie näher an Ochsenfurt herangeritten. Schon tauchte auf einem Sockel am Brückenkopf die Steinfigur des heiligen Nepomuk auf. Der Weg weitete sich zu einem festgestampften Vorplatz. Hier mussten gemeinhin die Fuhrwerke und Reisende warten, bevor sie den Brückenzoll entrichteten und den Fluss zur Stadt hin überquerten. Bei ihrer Ankunft war der Platz leer. Der Bauer, den Magdalena vorhin von weitem beobachtet hatte, war längst in der Stadt verschwunden. Das Tor war geschlossen, zwei finster aussehende Wachen lugten aus einem Fenster des Wachturms. Auf dem Mauerkranz wurden weitere Soldaten sichtbar, die sie argwöhnisch betrachteten. Als sie die Farben auf den Armbinden erkannten, winkten sie ihnen schließlich zu, zum Zeichen, dass sie sie als die Ihren erkannt hatten. Englund gab ihnen ein Zeichen zurück, dann hieß er die ihm Nachfolgenden anzuhalten.

Die Ochsen vor den hochbeladenen Fuhrwerken schnaubten, als die Männer, die sie führten, jäh in ihr Geschirr griffen und sie zum Stillstehen zwangen. Flüche wurden laut, weil es weder den Tieren noch den Männern passte, an Schwung zu verlieren. Einige Soldaten sprangen herbei, um das Auflaufen der Wagen aufzufangen. Manche gerieten ins Schlingern, andere wackelten gefährlich. Dank der vielen kräftigen Arme aber passierte nichts. Tief gruben sich die Stiefelabsätze der Soldaten in die weiche Erde. Mit hochroten Köpfen und schwer atmend schoben sie ihre Hüte zurück und betrachteten zufrieden ihr Werk. Der Hauptmann schenkte ihrer Leistung jedoch keine Beachtung.

»Wir werden uns für eine Weile trennen«, verkündete er stattdessen laut in die Runde. Die Männer in den vorderen Reihen begannen zu murren, die hinteren schimpften, weil sie seine Worte nicht verstanden hatten. Nach und nach breitete sich die Kunde in den verschiedenen Sprachen unter ihnen aus.

»Trennen – wieso das?«

»Was ist überhaupt los?«

»Ist das nicht zu gefährlich?«

»Wer entscheidet darüber?«

»Wer übernimmt das Kommando?«

»Was heißt für eine Weile?«

»Wir sind ohnehin schon zwei Tage zu spät dran.«

»Genau! Längst hätten wir in Rothenburg sein sollen wie die anderen.«

Alles andere als begeistert nahmen die Männer die Nachricht auf. Zu zweit, zu dritt begannen sie miteinander zu tuscheln, schüttelten die Köpfe, ruckten an ihren Waffen und versicherten sich mit einem Schlag auf die Schulter der Verbundenheit untereinander. Schon tauschten sich die Rotten auch miteinander aus. Niemand schenkte Englunds wachsender Ungeduld Beachtung.

Englunds Ansehen im Trupp war geschwunden, wie auch diese Reaktion wieder bewies. Die Trennung zwischen Freund und Feind verwischte dabei immer mehr. Nicht nur Magdalena spürte das. Da war noch etwas anderes, was in den Augen der Soldaten, die in den vergangenen Kriegsjahren oft genug Seitenwechsel erlebt hatten, viel schwerer wog: Englunds unverhohlene Wut und Trauer um den Selbstmord seines kroatischen Burschen, der deutliche Ekel über das anzügliche Verhalten der Männer Magdalena gegenüber sowie das neuerliche Fraternisieren mit Rupprecht. Das alles war mehr als genug, um die meisten Männer argwöhnen zu lassen, mit dem einst so gefürchteten Hauptmann stimme etwas ganz Wesentliches, Männliches nicht. Ohnehin sah sich manch einer durch den barschen Abbruch von Magdalenas Schändung um ein langerhofftes Vergnügen gebracht. Dass Englund ihr selbst nicht als Erster Gewalt angetan und sie vor der versammelten Mannschaft ausgiebig gestoßen hatte, wie es einem richtigen Kerl anstand, hatte ihren Argwohn zusätzlich befeuert.

Seit dem Aufbruch aus dem Kloster hatte sie schon mehrere böse Bemerkungen aufgefangen und die eigenartigen Blicke bemerkt, mit denen die Männer den Hauptmann bedachten. Sie anzurühren, hatte sich dagegen keiner der Soldaten mehr getraut. Es war, als umgebe sie ein unsichtbarer Schutzschild wie letztens im Kloster.

Der Hauptmann gab vor, von dem allem nichts mitzubekommen. Dass die Männer ihre erbitterten Streitereien beim Würfeln und Kartenspielen vergessen hatten, selbst die versuchten und geglückten Betrügereien untereinander nicht mehr ansprachen und sich stattdessen geschlossen wie selten in einen Zug stellten, hätte ihn längst hellhörig machen müssen. Zu allem Überfluss erteilte er jetzt also auch noch einen unverständlichen Befehl, verkündete die vermeintlich sinnlose Entscheidung, den nicht eben starken Zug aufzuteilen. Das Einzige, was dadurch auf den ersten Blick erreicht wurde, war, dass sie alle unnötig gefährdet wurden. Zwei kleine Gruppen waren schwächer als eine große.

Magdalena schüttelte über Englunds unkluges Vorgehen den Kopf. Gern hätte sie ihm ein Zeichen gegeben, sich vorzusehen. Doch fand sich keine Gelegenheit, ohnehin hätte er sie wohl kaum ernst genommen. An Rupprechts und Ambrosius' Gesichtsausdruck las sie ab, dass auch sie Englunds Verhalten nicht begriffen. Ratlos postierten sich die beiden Männer dicht neben seinem Rappen, um die weiteren Worte besser zu verstehen.

»Lindström wird das Kommando übernehmen und euch nach Rothenburg führen.« Englunds Stimme klang fest und entschlossen. »Dort wartet ihr auf uns. Falls etwas schiefgeht, werdet ihr nach einer gewissen Zeit ohne uns bis Ansbach ziehen und dort auf die Unsrigen treffen. So ist es vereinbart. Ich bin mir allerdings sicher, dass es nicht so weit kommt. Bald schon werde ich bei euch in Rothenburg sein.« Er griff in die Zügel und wollte sein Pferd wenden, da stellte sich Ambrosius ihm beherzt in den Weg. »Heißt das, Ihr wollt allein mit Magdalena davonreiten? Ohne uns eine Nachricht zu geben, wohin Ihr geht und wann Ihr wieder auftaucht? Was habt Ihr vor? Weiß Lindström wenigstens Bescheid?«

Schlagartig wurde es still. Dass ausgerechnet der Mönch den Mut aufbrachte, dem Hauptmann entgegenzutreten, überraschte und beschämte die Soldaten zugleich. Magdalena vernahm ein leichtes Zischen in ihrem Nacken. Offenbar wurde Englund in diesem Moment erst bewusst, welch Ungeheuerlichkeit er sich gerade geleistet hatte. Doch statt sich zu besinnen und einzulenken, beging er eine weitere Ungeschicklichkeit. »Allein mit Magdalena werde ich natürlich nicht gehen«, erklärte er, als wäre ihm gerade erst aufgegangen, was er zu tun hatte. »Du und Rupprecht kommt ebenfalls mit. Kannst du reiten?« Damit wandte er sich bereits an Rupprecht, wartete jedoch nicht ab, was der erwiderte, sondern winkte einem der Musketiere zu. »He, du, bring dein Pferd. Es soll dein Schaden nicht sein.«

Über die Köpfe der verblüfften Soldaten warf er dem Mann einen Beutel mit Münzen zu. Geschickt fing ihn der Angesprochene mit einer Hand aus der Luft auf. Er öffnete ihn sogleich und begann, das Geld zu zählen. Brüsk stellte Englund klar: »Sei froh, dass ich so großzügig bin. Jetzt kannst du dir einen weitaus besseren Gaul besorgen. Wenn du aber nicht gleich hier vorn bei uns bist, nehme ich dir dein Pferd mitsamt dem Beutel eigenhändig ab. Dann gehst du bis Ansbach zu Fuß und kannst dich dort gleich zur Infanterie melden.«

Rupprecht und Ambrosius gaben ein seltsames Paar ab, als sie wenig später hintereinander auf dem breiten Rücken des Braunen saßen. Der dicke Mönch thronte wie ein Sack Mehl vorn am Widerrist. Der wendige Rupprecht hatte Mühe, ihn und das Pferd gleichermaßen in Zaum zu halten. Auch dem Pferd war die ungewohnte Last nicht geheuer. Zögernd setzte es einen Huf vor den anderen und weigerte sich zunächst, so zu parieren, wie Rupprecht wollte. Auf den Gesichtern der Soldaten spiegelte sich Spott.

»Auf geht's! Lasst uns Quartiere für die Nacht suchen«, rief ein schwarzhaariger Mann plötzlich aus. Ohne sich weiter um Englund zu kümmern, hatte Lindström das Kommando übernommen, hob die Hand, gab seinem Schimmel die Sporen und ritt voraus, der Mainbrücke zu. Bereitwillig folgten die Männer ihm nach. Die Ochsen mit den Fuhrwerken setzten sich schwerfällig in Bewegung, dicht gefolgt von den Musketieren und den Infanteristen. Um die Männer nicht allzu dicht an sich vorbeimarschieren zu lassen, zog Englund ebenfalls die Zügel an und lenkte sein Pferd die Straße am linken Ufer weiter flussaufwärts. Magdalena spürte seinen Zorn über das Verhalten der Soldaten. Er schnaubte und atmete schnell, als hätte er eine große körperliche Anstrengung hinter sich. Mitgefühl empfand sie keines. Warum hatte er sich auch ohne Grund von seinen Leuten getrennt? Ihr schwante nichts Gutes, wenn sie daran dachte, wie schutzlos sie weiteren Gefahren ausgeliefert waren. Hoffentlich wusste Englund wenigstens, wohin er wollte und auf welchem Weg sie das Ziel am besten erreichten.

16

Zunächst mochte Magdalena nicht glauben, welchen Ort sie auf ihrem seltsamen Marsch mainaufwärts anpeilten: Königsberg nahe Haßfurt in Franken! Sie konnte sich nicht vorstellen, dass Eric und Elsbeth mit Carlotta ausgerechnet dort untergeschlüpft waren. Gerade weil Ambrosius ihr verraten hatte, dass Eric sich in den letzten Monaten oft in der fränkischen Stadt aufgehalten hatte, würde er den Teufel tun und ausgerechnet auf der Flucht dorthin zurückkehren. Sollte ihn jemand suchen, der seine Gewohnheiten kannte – und dazu zählte Hagen Seume –, wüsste er natürlich von seiner Vorliebe für diesen Ort. Zudem lag die Stadt im Haßgau entlang der Route, die die Kaiserlichen vom Spessart nach Franken bis Bamberg hinüber stets einschlugen. Also wäre es für Eric viel zu gefährlich, ebenfalls dorthin zu gehen, sosehr ihn auch die Aussicht locken mochte, dort alte Bekannte zu treffen. Wenn Magdalena ehrlich war, spielte bei diesen Überlegungen auch ihre Angst vor der Rückkehr nach Königsberg eine Rolle. Jedes Mal, wenn sie in den Haßgau kam, rissen alte Wunden aus Kindertagen auf. Unvorstellbar, Eric könnte sich dort sicher fühlen und ihr Kind dorthin bringen!

Der in ihren Augen unmögliche Weg führte Magdalena an der Seite Englunds, Rupprechts und Ambrosius' zunächst ein gutes Stück zurück nach Norden, in die entgegengesetzte Richtung, in die sie eigentlich ziehen sollten. Der Befehl für den Hauptmann hatte gelautet, so rasch wie möglich zu den schwedischen Truppen im Bayerischen zu stoßen. Also widersetzte sich Englund mit seiner Entscheidung sogar seinen direkten Befehlshabern. Ein riskantes Verhalten, noch dazu, da sich die Männer um Lindström mehr und mehr von ihm abwandten. Verrat wäre ein vernichtender Vorwurf, bei dem er in den Reihen seiner Leute kaum noch einen finden würde, der ihm beistünde.

Das Erschütterndste an der ganzen Geschichte aber war, dass sie sich eingestehen musste, wie viel Englund an einem Wiedersehen mit seinem Vetter Eric lag. Dafür war er bereit, Land und Leute im Stich zu lassen! Wenn Englund absaß und sich unbeobachtet fühlte, zog er den Bernstein unter dem Hemd hervor und küsste ihn oder wog ihn versonnen in der Hand. Am liebsten hätte sie ihn dann wie eine Katze angesprungen und ihm den Schatz entrissen. Der Stein gehörte schließlich ihr. Eric hatte ihn ihr geschenkt, damals in Magdeburg, damit er sie fortan beschütze. Später in Freiburg und kürzlich erst in Amöneburg hatte er das noch einmal bekräftigt. Umso mehr schmerzte es sie zu sehen, wie innig Englund den Stein herzte. Fast hatte sie den Eindruck, er tat das, um sie herauszufordern.

»Woher kennst du Eric Grohnert wirklich?«, wollte er beim Weiterreiten schließlich von ihr wissen. Rupprecht und Ambrosius ritten auf ihrem unwilligen Pferd ein Stück hinter ihnen, weit genug entfernt, um nichts von ihrem Gespräch zu hören, dennoch so nah, dass sie sie nicht aus den Augen verloren. »Das mit Magdeburg ist doch eine durchsichtige Lüge«, schob er nach, als sie nicht sofort antwortete.

»Wieso?« Sie wandte das Gesicht nach hinten und erhaschte einen Blick auf ihn. Er sah stur geradeaus, vermied jeden Augenkontakt. Sie wandte sich ebenfalls wieder um, bevor sie weitersprach: »Wenn Ihr es doch besser wisst, brauche ich Euch nichts sagen. Mich wundert nur, dass Ihr Rupprechts Erzählung also wider besseres Wissen für wahr genommen und mich im Kloster vor den anderen Männern bewahrt habt. Eigentlich wolltet Ihr mich doch als Hexe auf den Scheiterhaufen werfen.«

»Wäre dir das lieber gewesen?«

»Warum habt Ihr es nicht getan?« Abermals versuchte sie, durch einen Blick über die Schulter in seinem Gesicht zu lesen. Weiterhin zeigte sich seine Miene verschlossen, unwillig, auch nur einen Funken seines Innersten preiszugeben. »Habt Ihr Angst vor Erics Rache?« Erfreut bemerkte sie sein Entsetzen. Sie wandte sich so weit als möglich um und blickte ihn offen an. Unwirsch schnaubte das Pferd, auch Englund geriet durch ihre Bewegung vorübergehend aus dem Gleichgewicht. Dadurch war er gezwungen, sich im Sattel zurechtzurücken und die Zügel anders zu fassen. Eine Antwort blieb er ihr zunächst schuldig, und sie beschlich das ungute Gefühl, er könnte ihr etwas Unangenehmes über Eric erzählen.

»Eric ist mein Vetter. Warum sollte ich ihn fürchten?«, sagte er schließlich lapidar und gab dem Pferd die Sporen, damit es antrabte. Dabei machte er keine Anstalten, sie festzuhalten. Sie musste sich nach vorn drehen und mit den Händen Halt in der Mähne des Rappen suchen.

Bald aber hatte das Pferd genug. Zwei Reiter waren ihm zu schwer, um längere Zeit über den holprigen Weg zu traben. Englund ließ es geschehen, dass es wieder in Schritt zurückfiel. Magdalena nutzte die Gelegenheit, das Gespräch fortzusetzen. Trotz ihrer düsteren Vorahnung musste sie mehr über die Vorgeschichte herausfinden, steckte da doch auch ein Hinweis auf ihren Vater dahinter, wie sie seit jener Nacht im Kloster zu wissen glaubte. »Was war der Grund für Erics Vater, mit seiner Familie aus Königsberg wegzugehen? Wisst Ihr das wirklich nicht, oder wollt Ihr es nicht erzählen? Immerhin schien der Abschied allen aus der Familie sehr schwergefallen zu sein.«

»Ganz sicher.« Er verschloss sein Gesicht so sorgfältig wie vorhin. »Mehr weiß ich aber nicht. Erzähl mir doch lieber, wie es mit dir und Eric nach dem Fall von Magdeburg weitergegangen ist. Warum hat deine Familie ihn nicht bei sich aufgenommen und sich um ihn gekümmert? Immerhin hat er dir das Leben gerettet. In eurem Tross scheint er es dagegen nicht immer leicht gehabt zu haben als Waise aus einer fremden Stadt, lutherisch noch dazu. Die Fürsprache vonseiten deines Vaters hätte ihm sicherlich sehr geholfen.«

Er ahnt es nicht, jubelte es in Magdalena, er scheint tatsächlich keine Verbindung zwischen dem Vorfall damals in Königsberg an der Ostsee und meinem Vater zu vermuten. »Was hätte mein Vater schon groß für ihn tun können?« Trotz ihrer Erleichterung beschloss sie, weiterhin vorsichtig zu bleiben, und überlegte, wie viel sie ihm von dem Leben bei den Kaiserlichen preisgeben sollte. Dabei gab es nicht sonderlich viel zu verheimlichen, noch dazu, wenn er selbst beim Regiment aufgewachsen war. Bei den Schweden dürfte es nicht anders zugehen als bei ihnen, also verriet sie ihm nichts, was er nicht ohnehin schon wusste.

»Soweit es ging, hat mein Vater sich für Eric eingesetzt. In unsere Familie konnte er ihn allerdings nicht aufnehmen. Meine Mutter war damals sehr oft krank und hatte schon mit mir allein genug zu tun. Außerdem war da noch meine Cousine, die seit dem Tod ihrer Mutter bei uns lebte. Also hat mein Vater Eric bei einem befreundeten Zimmermann untergebracht. Dort konnte er sich gleich nützlich machen. Die haben ihn gerne aufgenommen, auch wenn damals viele Fremde gekommen sind. Außerdem ist Eric Lutheraner, noch dazu mit Wurzeln oben an der Ostsee. Die Kaiserlichen sind katholisch, überwiegend zumindest. Viele sind dagegen gewesen, dass Lutheraner überhaupt im Tross bleiben dürfen. Mein Vater konnte sich nicht gegen alle stellen. Eher hätten die sich mit dem Teufel verbündet, als einem Protestanten, einem Heringfresser noch dazu, Beistand zu leisten.«

Belustigt nahm sie zur Kenntnis, wie der schwedische Hauptmann, ebenfalls ein überzeugter Lutheraner, empört aufschnaubte.

»Obwohl dein Vater deinen Lebensretter also im Stich gelassen hat, hat Eric dir seinen Bernstein, den wertvollsten Besitz, den er je hatte, überlassen? Erzähl mir keine Märchen! Du wirst ähnliche Vorbehalte gegen die Lutherischen gehabt haben wie die anderen aus deinem Tross. Sei ehrlich: Er wollte den Stein bald wieder zurückhaben, aber du hast ihn nicht mehr hergegeben.«

»Erstens hat mein Vater ihn nicht im Stich gelassen, sondern ihm geholfen, im Tross eine Heimat zu finden. Und zweitens: Warum hätte Eric den Stein wiederhaben wollen? Er hat ihn mir geschenkt. Damit wollte er mir einfach etwas Gutes tun, ob es Euch passt oder nicht.«

Sie betonte das »mir« so deutlich, dass sie sich gar nicht hätte umdrehen brauchen, um zu wissen, wie er es aufnahm. Dennoch warf sie ihm einen prüfenden Blick über die Schultern zu und verbuchte seine verbissene Miene als weiteren Triumph. Sie würde ihm das alles schon heimzahlen! »Das andere, also das mit der Religion, hat für uns beide sowieso nie eine Rolle gespielt.« Sie sagte es leise, mehr zu sich selbst, und schwieg eine Weile, als prüfte sie die Bedeutung der Worte erst noch einmal, bevor sie entschlossen nachsetzte: »Eric ist niemand, der ein gegebenes Wort oder Geschenk zurücknimmt. Das solltet Ihr eigentlich wissen, wenn Ihr ihn wirklich so gut kennt, wie Ihr behauptet. Aber Vettern müssen sich nicht unbedingt sehr nahestehen. Ihr wart doch beide noch Kinder, als ihr euch aus den Augen verloren habt.«

Kaum ausgesprochen, spürte sie Englunds Zurückzucken im Rücken und lächelte. Vorerst hatte sie ihn zum Schweigen gebracht. Ein weiteres Mal spornte er das Pferd zum Traben an und zog die Zügel erst wieder an, als Ambrosius von weit hinten dagegen protestierte. Es war gefährlich, den Abstand zwischen den Pferden zu groß werden zu lassen und möglichen Angreifern damit Angriffsfläche zu bieten.

Doch Englund gab immer noch nicht auf, sie nach Eric auszufragen. Nach einem guten Stück Wegs begann er von neuem. Der Stachel steckte wohl zu tief. Ungern nur gestand er sich ein, dass sie Eric im Lauf der Jahre besser kennengelernt hatte als er. »Viel werdet ihr beide nach Magdeburg nicht mehr miteinander zu tun gehabt haben. Deine Eltern werden schon darauf geachtet haben, dass du dich nicht mit einem Gottlosen wie ihm abgibst. Außerdem ist so ein Tross riesig. Ein Zimmermann und eine angehende Wundärztin müssen sich nicht unbedingt viel über den Weg laufen.«

»Wenn es Euch besser damit geht«, stimmte sie betont beiläufig zu, »dann belasst es dabei. Die ersten Jahre nach Magdeburg haben wir uns wirklich ein wenig aus den Augen verloren.« Sein Aufatmen war nicht zu überhören. Sie gönnte ihm die kleine Verschnaufpause. Im Gegensatz zu ihm wusste sie, wie die Geschichte weiterging. Ihretwegen brauchten sie nicht mehr weiterzureden. Gerade die Existenz ihres gemeinsamen Kindes wollte sie ihm verschweigen. Ein untrügliches Gefühl in ihrem Bauch verriet ihr, dass er das am wenigsten ertragen würde.

Englund aber war nicht dumm. Mit dem, was sie erzählt hatte, gab er sich nicht zufrieden. »Was war in Freiburg? Wieso hat Rupprecht ausgerechnet die Zeit in Freiburg, kurz bevor Eric von den Franzosen verschleppt wurde, so betont? Ist da etwas Besonderes zwischen euch vorgefallen? Hat Eric sich verletzt, brauchte er deine Hilfe als Wundärztin? Was hast du mit ihm angestellt?«

»Wollt Ihr mir etwa schon wieder unterstellen, jemanden verhext zu haben? Ihr könnt es wohl einfach nicht fassen, dass Eric und Jossip Euch beide verlassen haben. Statt die Schuld bei Euch selbst zu suchen, bezichtigt Ihr lieber mich der Hexerei!« So deutlich hatte sie das gar nicht sagen wollen. Zu sehr quälte sie sich selbst mit der Erinnerung an den verzweifelten jungen Kroaten. Der Duft seiner Haut, die Wärme seines Atems, der traurige Blick seiner Augen würden sie nie loslassen.

»Lass Jossip aus dem Spiel«, zischte der Hauptmann und gab dem Pferd zum dritten Mal an diesem Tag wütend die Sporen. Es vollführte einen großen Satz und galoppierte los. Viel fehlte nicht, und sie wäre hinuntergefallen. Im letzten Moment hielt Englund sie fest. Unwillkürlich tastete sie nach dem Bernstein. Vergebens. Plötzlich stand ihr vor Augen, wie Englund den Stein betrachtete und an die Lippen hob. Im selben Augenblick schüttelte es sie vor Widerwillen.

Die Nacht legte sich wie eine Decke über das Maintal. Im Mondlicht wurde der Flusslauf zu einem silbern glitzernden Band. Die Bäume verwandelten sich in riesige, dunkle Ungeheuer. Jeder Luftzug änderte ihre Gestalt, begleitet von einem geheimnisvollen Rascheln. Feuchtigkeit zog vom Waldsaum herüber. Über dem Main stieg Nebel auf. Das Hufgetrappel der Pferde klang dumpf, das Gezwitscher der Amseln, Drosseln, Kleiber und Meisen verstummte allmählich. Ein Käuzchen rief.

Englund hob den Arm, um Rupprecht und Ambrosius zum Anhalten zu bewegen. Geschickt wendete er dabei einhändig sein Pferd, so dass Magdalena den beiden entgegensehen konnte. »Es wird Zeit, ans Nachtlager zu denken.«

»Seid Ihr wahnsinnig? Wir können nicht einfach am Flussufer lagern. Wir sind nur drei Männer und eine Frau. Kaum erlischt unser Feuer, werden irgendwelche Halunken aus den Büschen kommen und uns massakrieren. Magdalena und die Reitpferde sind ein prächtiges Geschenk, das Ihr schon von weitem gut sichtbar anbietet.« Ambrosius bemühte sich gar nicht, seinen Ärger zurückzuhalten. Rupprecht schwieg. Offenbar hielt er es für überflüssig, ins gleiche Horn zu stoßen.

»Für wie dumm hältst du mich?« Englund reagierte nicht weniger aufgebracht als der Mönch. »Natürlich werden wir nicht mitten auf dem Feld bleiben. Da können wir uns gleich gegenseitig die Kehlen durchschneiden. Doch lange hier herumzustehen und laut zu streiten wird uns auch nicht viel nützen. Steigt also lieber vom Pferd und folgt mir.« Er sprang ab, half Magdalena vom Ross und nahm die Zügel in die Hand.

Zu ihrer Überraschung wandte er sich vom Mainufer ab und schlug sich ins Dickicht. Äste und Blätter schlugen ihnen entgegen, die Zweige knackten bei jedem Schritt. »Pst«, mahnte Englund sie mit dem Zeigefinger vor den Lippen. Bald schon hüllte vollkommene Dunkelheit sie ein. Es galt einen Hang hinaufzusteigen, der zwar nicht allzu steil, bei den schwierigen Lichtverhältnissen aber schlecht einzuschätzen war. Es dauerte, bis sich ihre Augen daran gewöhnt hatten. Je höher sie kamen, desto mehr Licht fiel durch das Laub, auch wurden die Gräser, Sträucher und Büsche lichter. Größere Steine, Wurzelwerk, umgefallene Baumstämme oder Baumstümpfe schälten sich deutlich daraus hervor. Keiner geriet mehr ins Stolpern, auch die Pferde setzten trittsicher ihre Hufe.

»Wartet hier.« Bei einer kleinen Lichtung drückte Englund Magdalena die Zügel in die Hand. Gebückt schlich er davon, noch bevor sie ihn zu seinem weiteren Vorhaben befragen konnten.

Das Knacken der Zweige unter seinen Stiefeln klang erschreckend laut. Gut ließ sich daran verfolgen, in welche Richtung er huschte. Sein heller Lederrock blitzte immer wieder zwischen dem Buschwerk auf, bis ihn ein schwarzes Loch zu verschlingen schien. Entsetzt schrie Magdalena auf und spürte im nächsten Augenblick Rupprechts Hand vor dem Mund. »Leise!« Selbst in der Finsternis konnten seine dunklen Augen zornig funkeln. Beschämt senkte sie den Kopf.

Es schien eine Ewigkeit zu dauern, bis Englund zurückkam. Ohne ein Wort der Erklärung nahm er Magdalena die Zügel aus der Hand und wies mit dem Kopf in die Richtung, in die sie zu gehen hatten. Magdalena schien es, als klebte Blut an seiner linken Hand. Auch der Aufschlag seines Rocks wirkte befleckt. Als sie seinen Blick bemerkte, wagte sie nicht, ihn danach zu fragen. Schweigend führte er die kleine Gruppe zu einer Höhle, die sich halb hinter einem Hagebuttenbusch verbarg. »Hier sind wir sicher.« Er ging voran und zeigte ihnen, dass selbst die drei Pferde mit eingezogenem Kopf durch den Eingang passten. Dahinter weitete sich der Unterschlupf zu einem großen Raum. Die Glut in der Feuerstelle verriet, dass bis vor kurzem noch jemand anderer dort gelagert hatte. An der rückwärtigen Wand fanden sich zusammengerollte Decken sowie ein Kupferkessel. Es roch nach Schweiß und Suppe.

»Eric hat mir die Höhle mal gezeigt. Auf seinen Märschen durch die Gegend benutzt er sie öfter.« Englund merkte wohl selbst, wie unglaubwürdig sein Versuch klang, die Spuren frisch Vertriebener zu erklären. Seine Begleiter wechselten vielsagende Blicke. Rupprecht machte Anstalten, die Pferde zu versorgen, während Ambrosius beim Feuer niederkniete, um es abermals anzufachen. Es lag sogar noch ausreichend Reisig herum, die Flammen bald wieder höher schlagen zu lassen. Magdalena nutzte den Moment und schlich noch einmal vor die Höhle.

Sie musste nicht lange suchen, um unter einem Haselnussstrauch die Leichen zweier Männer zu finden. Der Kleidung nach waren es einfache Söldner. Ihre Augen starrten leer in die Luft, die Münder standen schreckgeweitet offen. Behutsam strich Magdalena ihnen die Lider zu, verharrte in einem kurzen Moment des Gedenkens für ihre armen Seelen. Dabei glitt ihr Blick weiter über die reglosen Körper. Englund hatte sich nicht einmal die Mühe gemacht, ihnen die Messer abzunehmen, nachdem er ihnen die Kehlen durchgeschnitten hatte.

17

Rupprecht und Ambrosius schienen sich weder Gedanken über Englunds Verhalten noch über das Ziel ihres Ritts zu machen. Auch nach der Nacht in der Höhle bestand ihre einzige Sorge darin, beim Reiten den Abstand zu dem Hauptmann nicht zu groß werden zu lassen. Wie die Tage zuvor ritt er weiterhin mit Magdalena voran, ohne sich um die Männer hinter ihnen zu kümmern. Hin und wieder beschwerten sich die beiden, auch bei Pausen warf Ambrosius Englund wiederholt das rücksichtslose Tempo vor. Sonst aber sprachen sie kaum miteinander, zogen Tag für Tag schweigend am Mainufer entlang.

Dem Schweden Christian Englund schien die Gegend sehr vertraut. Das bewies nicht allein die Sicherheit, mit der er gleich in der ersten Nacht die geräumige Höhle gefunden hatte. Mühelos machte er auch an jedem weiteren Abend ein geeignetes und geschütztes Quartier für die Nacht aus. Töten musste er dafür allerdings niemanden mehr, wie Magdalena erleichtert feststellte. Ambrosius und Rupprecht hatte sie nichts von den Toten im Gebüsch erzählt. Wäre es noch einmal zu einer solch furchtbaren Tat gekommen, hätte sie es jedoch getan. Zumindest hatte sie sich das vorgenommen.

Kurz hinter Kitzingen stießen sie auf eine Gruppe Kaufleute, die sich zu ihrem Schutz mit einer Handvoll schwerbewaffneter Männer umgaben. Ohne Umschweife erlaubten die Fremden, dass sie sich ihnen anschlossen. So liefen auch sie weniger Gefahr, in die Hand von Marodeuren oder versprengten Söldnertruppen zu fallen. Die Leichtigkeit, mit der sie das Ansinnen aufnahmen, stimmte Magdalena misstrauisch. Zwar gaben die Kaufleute an, Englund noch nie zuvor begegnet zu sein, doch allein die Nennung seines Namens hatte sie vertrauensselig auf den Vorschlag der gemeinsamen Weiterreise eingehen lassen. Dass sie auch noch das gleiche Ziel wie sie hatten, schien ihr zu viel des Zufalls. Rupprecht und Ambrosius indes reagierten nicht auf ihre Versuche, sie darauf aufmerksam zu machen. Also fügte sie sich schweigend in das Weitere, verhieß es doch auch wesentliche Erleichterungen: Fortan durfte sie auf einem der Fuhrwerke sitzen und wurde damit wenigstens von Englunds körperlicher Nähe erlöst.

»Dass wir auf diese Leute treffen, war doch abgesprochen«, raunte sie Rupprecht zu, als sie bei einer Rast abseits von den anderen auf einem Baumstumpf saßen. Rupprechts Pferd graste auf einer kleinen Lichtung, die sich zum Mainufer hin öffnete. Ambrosius hatte es dorthin geführt, froh, die schmerzenden Glieder ausstrecken und bewegen zu können. Englund stand mit seinem Rappen bei den Kaufleuten und unterhielt sich angeregt mit ihnen. Die Wachen waren im nahen Dickicht verschwunden, um auszukundschaften, ob sie sich auch weiterhin sicher fühlen konnten. Es war der Mittag des zweiten Tages, seitdem sie zu den Kaufleuten gestoßen waren. Trüb zogen die Wolken über den Himmel, ließen kaum wärmendes Sonnenlicht durch. Rechter Hand erstreckten sich die Flussauen des Mains, linker Hand wucherte Gebüsch, ging sanft in einen Laubwald über. An einer Hecke hingen Brombeeren. Hungrig pflückte Magdalena eine Handvoll. Sie schmeckten sauer und hatten viel zu wenig Fruchtfleisch. Noch vor der Zeit würden sie faul zu Boden fallen, weil ihnen die Sonne für die weitere Reife fehlte.

Es regnete zwar nicht mehr, doch noch hing die Nässe der letzten Tage in den Bäumen. Immer wieder tropfte es auf sie herab. Der Umhang auf Magdalenas Schultern war klamm. Kaum konnte sie sich mehr erinnern, wie es war, in trockener Kleidung zu stecken. Die Nächte in den Unterkünften reichten nicht aus, die Stoffe zu trocknen. Sie rechnete damit, bald nicht nur unter einer heftigen Erkältung, sondern auch unter starken Gliederschmerzen zu leiden. Schon seit den unerfreulichen Stunden im Klosterverlies quälte sie nachts Husten, der Hals kratzte. Bislang hatte sie keine Gelegenheit gefunden, sich einen vorbeugenden Tee aus Veilchenblüten oder Nesselkraut sowie lindernde Einreibungen mit Muskatnussöl zuzubereiten. Entweder fehlte die Feuerstelle zum Erhitzen des Wassers, oder Englund wich nicht von ihrer Seite. Auch wenn sie bei ihm vor Nachstellungen oder ungebührlichem Grapschen sicher sein konnte, wagte sie nicht, sich in seiner Gegenwart zu entblößen oder gar einzuölen.

Inzwischen hustete und schniefte er selbst. Kein Wunder, denn das Leder seiner Jacke war dunkel vor Nässe. Auch seine Stiefel wiesen deutliche Spuren von Feuchtigkeit auf. Der Stoff seiner Hosen klebte an den Schenkeln. Und so schreckte sie die Furcht zusätzlich ab, er könnte ebenfalls auf Behandlung der Beschwerden bestehen. Seinen nackten Körper wollte sie keinesfalls vor sich sehen, geschweige denn seine Haut berühren. Also kaute sie auf einem Stück Ingwer, das sie gegen einen viel zu hohen Preis bei der Wirtin ihres letzten Nachtquartiers erstanden hatte, und hoffte, es reichte aus, die Halsschmerzen zumindest vorübergehend zu lindern. Auch eine Handvoll schwarzer Pfefferkörner sowie ein paar Nelken hatte sie von der Frau erworben. Zum Glück hatte sie rechtzeitig vor dem Aufbruch aus dem Kloster das Geld, das sie aus Hagen Seumes Truhe entwendet hatte, aus dem Versteck im Refektorium holen können. Jetzt, da sie sicher war, es Eric nicht mehr zurückgeben zu wollen, selbst wenn sie sich noch einmal begegnen sollten, erlaubte sie sich einige Ausgaben. Der Rest würde immer noch ausreichen, Carlotta anständig zu versorgen. Wenn sie überhaupt bei Eric in Königsberg steckte, durchfuhr es sie im selben Augenblick, und wenn wir sie dort wirklich aufspüren! Rasch schluckte sie die Tränen hinunter und besann sich darauf, mit Rupprecht zu sprechen. Gerade kam einer der bewaffneten Begleiter zurück. Als sie ihn entdeckte, machte ihr Herz einen Sprung. Über jenen hatte sie mit Rupprecht reden wollen! Aufgeregt rüttelte sie ihn am Arm. »Der mit dem prächtigen Fuchs dort vorn ähnelt einem der Kundschafter, die letztens im Kloster aufgetaucht sind. Erinnerst du dich? Unter der Linde haben sie sich lange mit dem Hauptmann beratschlagt.«

»Was?« Rupprecht hielt mitten in seiner Bewegung inne. Als sie sich auf dem Baumstumpf niedergelassen hatten, hatte er damit begonnen, mit dem Daumennagel die Rinde an einem Zweig abzuschälen. »Welche Kundschafter? Wovon sprichst du? Wieso soll ausgerechnet ich mich daran erinnern, dass die beiden im Kloster waren?« Die vielen Fragen kamen ein wenig zu rasch hintereinander. Er hob nicht einmal richtig den Kopf und sah zu dem Mann hinüber, um ihren Hinweis nachzuprüfen. Schnurrend ließ er stattdessen den geschälten Weidenzweig durch die Luft zischen und prüfte mit zusammengekniffenen Augen die Biegsamkeit des dünnen Holzes, als gäbe es nichts Wichtigeres.

Magdalena wich vor dem scharfen Luftzug zurück, behielt Rupprechts dunklen Lockenkopf aber weiter im Blick. Sein Verhalten war Beweis genug, dass sie richtiglag. Trotzdem sah sie noch einmal unauffällig hinüber. Sie hatte sich keinesfalls getäuscht: Der Mann ähnelte dem Kundschafter wirklich sehr! Nicht nur sein Profil, vor allem die Art, beim Sprechen mit den Armen zu gestikulieren, war ihr in Erinnerung geblieben. Viel mehr hatte sie damals von ihrem Fensterplatz oben im Refektorium nicht sehen können. Es genügte aber, um ihren Verdacht zu bestätigen: Englund hatte den Abstecher von Ochsenfurt nach Königsberg schon vor Tagen geplant. Damals im Kloster hatten ihm die Kundschafter eine wichtige Nachricht zukommen lassen. »Seltsam, aber immerhin weißt du noch, dass es zwei gewesen sind, die den Hauptmann im Kloster aufgesucht haben.« Erst als sie den Schreck in Rupprechts dunklen Augen aufblitzen sah, fuhr sie fort: »Vom Fenster des Refektoriums aus habe ich damals beobachtet, wie du im Geäst der Linde herumgeklettert bist. Sah nicht eben ungefährlich aus, vor allem, als Englund und seine beiden Besucher zu dir nach oben geschaut haben. Was haben die drei dort besprochen? Wolltest du mir das nicht längst schon erzählen? Komm schon, jetzt ist die beste Gelegenheit!«

Rupprecht erwiderte nichts, sondern brach sich einen weiteren Ast vom Baum und begann, auch diesen von der Rinde zu befreien. Der Nagel an seinem rechten Zeigefinger war lang und scharf, die Ränder verfärbten sich grünlich gelb von dem Saft. »Hör auf!« Ungeduldig griff sie nach dem Zweig. Endlich sah er auf und bequemte sich zu einer Antwort: »Da gibt es nichts zu erzählen. Du solltest dem Hauptmann vertrauen. Als Erics Vetter wird er uns wohl kaum ins Unglück stürzen.«

Sie schnaubte verächtlich und verschränkte die Arme vor der Brust. Abwartend sah sie ihn an. Er wich ihr aus, hob den Blick und tat so, als musterte er die Blätter auf den Bäumen, die ihre Äste wie ein Dach über sie spannten. Viel zu früh verloren sie bereits ihr Grün, wurden zu gelben oder gar schon braunen Zeugnissen des nahenden Herbstes.

Rupprecht schien nicht mit sich im Reinen. Unruhig flackerten seine Augen, seine Fußspitzen scharrten über den Boden. Offenkundig kämpfte er mit sich, ob er weiterreden und sich ihr endlich anvertrauen oder aber aufstehen und ihr fortan aus dem Weg gehen sollte. Sie musste eine Möglichkeit finden, ihn rasch zu Ersterem zu bewegen. Die Zeit drängte. Schon begannen die Männer, die Gurte an den Fuhrwerken festzuzurren und den Sitz der Ladung zu überprüfen. Nicht mehr lang, und das Signal zum Aufbruch würde gegeben.

»Dir hat der Bernstein jetzt auch das Leben gerettet«, sagte sie. »Immerhin stand dein verehrter Hauptmann kurz davor, dich mit mir zusammen auf den Scheiterhaufen zu werfen. Ausgerechnet der Stein von Eric, den er mir geschenkt hat, rettet uns also beide. Verrückt, nicht wahr? Dabei hast du Eric nie sonderlich gemocht. Das kann ich inzwischen sogar gut verstehen.« Sie senkte die Stimme, als sie merkte, wie er hellhörig wurde. Einen kurzen Moment versanken ihre Augen ineinander. Etwas leuchtete in seinen dunklen Pupillen hell auf, dann war es wieder vorbei. Trotzdem schöpfte sie Mut.

»Immer wieder ist Eric dir in die Quere gekommen, damals in Magdeburg, später in Freiburg und unlängst im Lager bei Amöneburg. Und nun also auch jetzt, beim Hauptmann. Bei ihm hast du am wenigsten damit gerechnet. Dieses Mal allerdings hat sich alles ganz anders entwickelt. Plötzlich war Eric die Rettung, ein Wunder, mit dem du es fertiggebracht hast, dass Englund dir wieder vertraut, dass er dir zumindest Jossips Tod verziehen und uns beide aus dem Kerker geholt hat.«

Zunächst erntete sie Schweigen. Ein Rascheln am Boden verriet eine Maus. Beide sahen auf das winzige Nagetier, dankbar für die Ablenkung. Als spürte sie das, hielt die Maus inne, blinzelte und schnupperte. Die langen Barthaare zitterten, sie schürzte ihre spitze Nase. Blitzschnell sank sie in sich zusammen und huschte weiter durchs Gras, schlüpfte in ein Loch, um sich vor ihnen zu verbergen.

»Schade, dass du immer noch nicht begreifen willst, worum es wirklich geht.« Rupprechts Stimme klang heiser. Er räusperte sich. »Englund streckt auch dir die Hand zur Versöhnung aus. Vergiss also, was im Kloster war, und sieh endlich, dass er dir helfen will.«

»Ich kann das nicht so einfach vergessen, Rupprecht, selbst wenn ich es wollte.« Sie zupfte ihn am Arm, damit er sich ihr wieder zuwandte. Eindringlich blickte sie ihm in die Augen, froh, dass sie beide sich wenigstens auf gleicher Höhe gegenüberstanden. »Allein schaffe ich es nicht. Hilf mir, bitte!«

Zum ersten Mal wurde ihr bewusst, wie tief seine Augenhöhlen im Kopf lagen, wie dick der Wulst der Augenbrauen sich darüberwölbte. Kein Wunder, dass so wenig von dem Schimmer darin sichtbar war. Nase und Kinnpartie stachen ebenfalls weit heraus und verliehen seinem Gesicht etwas Mausartiges, nicht eben vorteilhaft für einen Mann. Auf den ersten Blick hatte er so gar nichts Anziehendes. Auf einmal aber wusste sie wieder, wie wichtig er ihr war: Ihr ganzes bisheriges Leben war er immer da gewesen, wenn sie Hilfe brauchte! Sie schluchzte auf. Nach Roswithas furchtbarem

Tod, der Trennung von Meister Johann und ihrem geliebten Kind blieb ihr wirklich nur noch Rupprecht.

»Willst du das wirklich?« Aufmerksam sah er sie an.

»Ja«, antwortete sie zögernd. Ein zarter Lufthauch kitzelte ihre Nase. Sanft strich Rupprecht über ihr rotes Haar, legte die Hand auf ihre Schulter und zog sie an sich.

»Es wird alles wieder gut. Mach dir keine Sorgen.«

Ein Sonnenstrahl streifte ihr Gesicht. Er fiel durch eine Lücke im Blätterdach, das sich über ihnen wölbte. Die Helligkeit machte sie blinzeln, gleichzeitig genoss sie die unerwartete Wärme.

»Auf geht's!«, rief einer der bewaffneten Männer, die zu den Kaufleuten gehört. Ehe sie sich versah, fasste er Magdalena um die Taille und setzte sie wieder auf den Wagen. Rupprecht nickte ihr beruhigend zu.

18

Elsbeth wusste nicht, wie viele Tage seit ihrer Ankunft vergangen waren. Die Zeit schien ihr wie ein regelmäßiger, nicht enden wollender Wechsel von Hell und Dunkel. Anfangs plagte der Körper sie noch fürchterlich, dann ließ das Glühen nach, auch der Schüttelfrost wurde besser. Die Übelkeit verschwand, sie konnte aus einem Napf mit Brühe trinken, sogar erste Bissen Brot bei sich behalten. Endlich nahm sie die hellen Zeiten besser wahr, hielt die Augen länger offen. Bald unterschied sie die Umrisse um sich herum. Sie lag in einem Bett in einer schmalen Kammer. Durch das Fenster oberhalb des Kopfendes fielen bei gutem Wetter morgens schon die ersten Sonnenstrahlen und tauchten die wenigen Gegenstände in ein sanftes Licht: ein Tisch mit zwei Schemeln an der gegenüberliegenden Längsseite, eine bunte Truhe am Fußende. Über der Tür hing ein Kreuz, zuerst noch mit Veilchen und Kornblumen geschmückt. Inzwischen fanden sich die runden, dunkelroten Blütenköpfe der Astern darunter. Das Laub an den Zweigen dazwischen färbte sich bunter, untrügliches Zeichen, dass der September nahte.

Meist kamen Berta oder eine alte Magd mit einem verdrießlichen Gesicht, um Brühe oder Brot zu bringen. Dass die Hausfrau Berta hieß, hatte sie aus den Unterhaltungen in der angrenzenden Stube aufgeschnappt. Oft tönte ihre befehlsgewohnte Stimme herüber, respektvoll führten die Männer ihren Namen im Mund. Außer den beiden Frauen bekam Elsbeth keinen der Hofbewohner zu sehen.

Gelegentlich stolperte Carlotta herein. Über dem Aufenthalt auf dem Gehöft waren ihre Schritte schneller und sicherer geworden, das Unbeholfene ihrer Bewegungen hatte sich fast ganz verloren. Wenn Elsbeth sich anstrengte und die Augen zusammenkniff, konnte sie das Gesicht der Kleinen besser erkennen. Die Nasenflügel zeichneten sich feiner als ehedem ab, das Kinn ragte spitzer aus dem runden Gesichtchen hervor. Sie hatte kaum mehr etwas mit dem Säugling gemein, der noch vor gar nicht langer Zeit an ihrer Brust gelegen hatte. Die blauen Augen strahlten kräftiger, die rotblonden Locken weckten Erinnerungen an goldene Ähren, die auf den Feldern wogen. Dass Berta sie gut verpflegte, las Elsbeth an Carlottas dicken Apfelbäckchen und den stämmigen Beinchen ab. Überhaupt schien Berta ihren Platz bei dem Kind eingenommen zu haben. Ständig plapperte die Kleine von ihr und stürzte auch gleich wieder aus Elsbeths Kammer, wenn sie ihre Stimme draußen vernahm.

Die polternden Schritte, die Elsbeth nun hörte, waren jedoch eindeutig zu schwer, um von Carlottas Füßen zu stammen. Auch ohne dass sie die Augen öffnete, wusste sie, wer vor ihr stand: Eric. Ihr Herz klopfte bis zum Hals. Bislang hatte sie vermeiden können, ihn zu sehen. Bertas anklagender Ausruf, welche Ursache ihr Fieber hatte, musste ihn lange davon abgehalten haben, sie aufzusuchen. Deutlich erinnerte sie sich an seinen verächtlichen Blick, mit dem er sie angestarrt hatte. Irgendwann, so tröstete sie sich, würde sie Gelegenheit finden, ihn für die Schmach bezahlen zu lassen.

Sie ließ sich viel Zeit, die Augen aufzuschlagen und Eric anzusehen. Schon hüstelte er zum dritten Mal in die Faust und scharrte mit den kotverschmierten Stiefeln über die Holzdielen. Erst da bequemte sie sich, träge zwischen den langen Wimpern zu blinzeln.

»Kannst du mich hören?«, fragte er barsch, sobald er das bemerkt und als Zeichen des Wachwerdens gedeutet hatte. »Sag was, Elsbeth. Es ist dringend.«

»Was?« Träge gähnte sie.

»Was ist mit Magdalena?« Als gäbe es keine Zeit zu verlieren, stieß er die Frage anklagend aus. »Wann hast du zum letzten Mal von ihr gehört? Sag mir die Wahrheit, sonst weiß ich nicht, was ich tue!« Er stürzte zum Bett, riss sie an den Schultern aus den Kissen und schüttelte sie, bis ihr schlecht wurde.

»Nicht!«, schrie Berta und sprang unerwartet flink herbei. Damit er von ihr abließ, musste sie ihm fest ins Gesicht schlagen. »Wenn du willst, dass sie dir noch was sagen kann, musst du sie schonen. Das Fieber lässt sie gerade für eine Weile verschnaufen. Kann gut sein, dass es ihr bald schon wieder schlechter geht. Noch ist sie nicht über den Berg. Vorsicht also, wenn du jemals noch was von ihr erfahren willst!«

»Gut«, murmelte er und rückte sich einen der beiden Schemel mit der Stiefelspitze zurecht, dann setzte er sich darauf, beugte sich nah zu Elsbeth, stützte die Arme auf die Oberschenkel und sah sie mit seinen tiefblauen Augen eindringlich an. »Lass uns allein«, bat er Berta.

Die wartete jedoch noch einen Moment, bis sie überzeugt schien, dass er ihre Warnung begriffen hatte. Dann wackelte sie in ihrem entenähnlichen Altweibergang hinaus und schloss behutsam die Tür hinter sich. Carlottas fröhliches Stimmchen quiekte über den Flur. Berta antwortete etwas, was dem Kind offenbar nicht gefiel. Wütend weinte sie, Berta sagte Tröstendes. Allmählich entfernten sich die Stimmen und Schritte.

Jetzt waren sie also allein. Die Stille hing schwer in der Kammer. Vor dem Fenster zwitscherten die Vögel, Stare und Rotkehlchen, unterbrochen vom Trillern eines Kleibers, dem eine Kohlmeise meckernd widersprach. Wieder strahlte die Sonne in die Kammer herein, als gelte es, die langen, düsteren Regenwochen im August an einem einzigen Tag wettzumachen. Elsbeth genoss es, dass Eric hatte einlenken müssen. Eine Weile starrte sie einfach nur an die Decke, bemühte sich, die Maserung der Balken zu erkennen, zählte den Fliegendreck. Drei Mücken surrten durch die Luft, vollführten ein endloses Kreisen und Tanzen, als bestünde ihr einziger Lebenszweck darin.

»Elsbeth, bitte, verrate mir endlich die Wahrheit«, flehte Eric. Seine Hände hielt er ineinandergefaltet. Langsam neigte sie den Kopf zur Seite und sah ihn schweigend an. »Bitte, Elsbeth, denk an Carlotta. Sie braucht ihre Mutter. Du bist die Einzige, die weiß, wo sie steckt.«

Sie tat, als brauchte sie noch eine Weile, um zu sich zu kommen, fuhr sich mit der Zunge über die trockenen Lippen, hustete mehrmals. Er verstand das als Aufforderung, ihr zu trinken zu geben. Rasch holte er den Becher mit Wasser, der auf dem Tisch stand, und setzte ihn ihr an die Lippen. Um ihren Kopf zu stützen, legte er ihr den Arm um den Nacken. So nah waren sie sich noch nie gekommen. Sie trank in winzig kleinen Schlucken.

»Ein kleiner Trupp ehemaliger Versehrter hat östlich von Rothenburg Quartier genommen«, sagte er. »Zweimal schon war ich in den letzten Tagen drüben, habe aber nur wenig in Erfahrung gebracht. Es ist gefährlich, sich ihnen zu nähern, solange ich nicht weiß, um wen es sich genau handelt. Es heißt, sie kommen aus einem Kloster bei Würzburg. Zwei Feldscher von den Kaiserlichen sollen sie dort versorgt haben. Das könnten Magdalena und Rupprecht gewesen sein, etwas Ähnliches haben mir meine Leute in Würzburg bereits angedeutet. Weißt du mehr?«

Nach einem langen Augenaufschlag und einem effektvollen Stöhnen sah sie ihn an und wisperte schwach: »Wieso?«

»Elsbeth, bitte!« Es kostete ihn Mühe, sich nicht abermals ungeduldig auf sie zu stürzen und sie an den Schultern zu rütteln. »Du hast mir gesagt, du hättest Kontakt zu Magdalena. Hast du in Würzburg eine Nachricht von ihr erhalten? So sag doch was! Ich flehe dich an. Tu es Carlotta zuliebe, bitte!« Ehe sie sich versah, sank er tatsächlich neben dem Bett auf die Knie. Seine verzweifelte Miene gefiel ihr. Die Falten oberhalb seiner Nasenwurzel vertieften sich, die Augen wirkten noch blauer, der spöttische Zug um seinen Mund war verschwunden. So ähnelte er Carlotta, wenn die Kleine an ihrem Busen lag und den Nippel suchte. Der Gedanke ließ sie schmunzeln, gleichzeitig verspürte sie einen Stich in der Brust. Das Kind hatten sie ihr weggenommen, von ihrer Brust entwöhnt. Berta bewachte es wie ein Wachhund den Hof. Wenn sie Magdalena fanden, würde sie die Kleine nie mehr um sich haben.

»Weißt du, warum Carlotta so an mir hängt?«, flüsterte sie und schob sich langsam in den Kissen auf. »Hat dir Magdalena jemals die Wahrheit über euer Kind erzählt?«

Erics tiefes Luftholen war besser als jede Antwort. So schnell entkam er ihr nicht, so leicht wurden weder ihre Cousine noch ihr Geliebter sie los, erst recht nicht, um das Kind für sich allein zu haben. Wieder drehte sie den Kopf, stierte zur Decke und kostete es aus zu wissen, wie gebannt Eric auf jedes ihrer Worte wartete. Sowenig er sie hören wollte, so musste er sie doch ertragen, wenn er überhaupt etwas von ihr erfahren wollte. Endlich war ihre Stunde gekommen!

»Magdalena hat sie kein einziges Mal an die Brust gelegt, sie niemals mütterliche Wärme spüren lassen. Das hat die Kleine alles von mir bekommen. Wäre ich nicht gewesen, hätte sie gar nicht überlebt.« Sie sprach es langsam und betont gegen die Decke. Auch ohne ihn anzusehen, wusste sie, dass Eric an ihren Lippen hing. »Roswitha war völlig verzweifelt. Dass eine Mutter ihr Kind nach der Geburt nicht nimmt, das hatte sie noch nie erlebt. Dabei hat sie schon Legionen von Kindern auf die Welt geholfen. Zum Glück war ich da und konnte einspringen, habe die Mutterstelle vertreten. Das arme Würmchen! Ich habe Carlotta genährt und gesäugt, über sie gewacht und bin ihr die Mutter gewesen, die Magdalena nicht sein wollte. Sie hätte euer Kind krepieren lassen wie einen Wurf Katzen, den man nicht brauchen kann.«

Die letzten Worte spie sie hasserfüllt aus, weitaus lauter und kräftiger, als sie beabsichtigt hatte. Sobald sie es merkte, begann sie zu husten und nach Luft zu schnappen. Eric sollte nicht denken, es ginge ihr besser.

»Und was war mit deinem eigenen Kind?«, fragte er, als sie sich wieder beruhigt hatte.

»Was?« Sie traute ihren Ohren nicht. Wieso fragte er das? Das stand ihm nicht zu. Niemandem stand das zu. Niemand hatte ein Recht, von ihrem Kind zu sprechen, am allerwenigsten Eric, dem sie gerade Magdalenas Grausamkeit beschrieben hatte. Warum wollte er darüber nicht mehr wissen? Angestrengt versuchte sie darüber nachzudenken. Es gelang ihr nicht. Stattdessen fraß sich der Schmerz in ihren Leib, weil er sie an ihr eigenes Kind erinnert hatte, das sie nicht ein einziges Mal in Händen hatte halten dürfen.

»Tot«, zischte sie und hoffte, das Bild von dem blauen, verformten Bündel, das Roswitha mit entsetztem Gesicht vom Boden aufgehoben und rasch nach draußen gebracht hatte, zu verdrängen. Etwas in ihr bäumte sich auf. »Tot ist es!«, schrie sie heraus. Aus den Augenwinkeln nahm sie wahr, wie Eric aufsprang und sie stützen wollte. Seine Hände auf ihrem Leib zu fühlen, würde sie jetzt nicht ertragen. Mit letzter Kraft schleuderte sie ihm entgegen: »So tot wie Magdalena!«

Ein wildes Schluchzen schüttelte sie. Kraftlos fiel sie nach hinten und versank in einem schwarzen Loch.

19

In diesem September wollte der feine Nieselregen kein Ende finden. Grau hüllte der dichte Regenschleier die Gegend um die Haßberge ein. So weit man sonst über die sanft geschwungenen Hügel und Felder blicken mochte, so sehr versank nun alles im Dunst frühherbstlicher Nebelschwaden. Der Geruch nach faulem Obst und verdorbenem Getreide wollte gar nicht mehr weichen. An den Bäumen wehte lange vor der Zeit gelblich braunes Laub, dem es an jedweder flüsternden Leichtigkeit mangelte. Viel zu nass fiel es auf die Erde, verwandelte sich dort unten alsbald in dicken, zähen Schlamm statt in trockenes, herrlich raschelndes Laub, wie es sonst den goldenen Oktober zierte. Eine dicke, bräunliche Schmutzschicht bedeckte den Boden. Die Spuren von Stiefelschritten und Karren hatten sich tief darin eingegraben wie sonst nur im winterlichen Schnee. Darüber brausten kräftige Sturmböen. Selten hatte der Herbst sich so unwirtlich gezeigt.

»Königsberg war der richtige Ort für unsere Stimmung«, sagte Magdalena und drehte sich zu Rupprecht um. Erstaunt hob er eine Augenbraue. Das verlieh seiner verkniffenen Miene einen Hauch von Offenheit. »Wie meinst du das?« Umständlich erhob er sich von dem Schemel an der Wand und trat zu ihr an das kleine Giebelfenster. Wie zufällig legte er ihr den Arm über die Schultern, zog sie dichter an sich heran. »Nicht«, wies sie ihn zurecht, befreite sich aus der Umarmung und rückte zwei Schritte zur Seite.

Stille umfing sie, die nur von dem steten Klopfen des Regens auf dem Dach durchbrochen wurde. Draußen versank alles in diesem Rhythmus. Schweigend sahen sie auf die Straße hinunter. Nach Norden fiel sie leicht ab, zur inneren Stadt nach Süden stieg sie an. Der letzte Durchmarsch eines Regiments hatte sie übel zugerichtet. Die nassen Pflastersteine waren zum Teil herausgerissen, die Löcher klafften wie frische Wunden, in denen lehmiges Wasser stand. Geflickt hatte sie bislang keiner, obwohl sich genug Männer in der Stadt fanden, die einfach nur die Steine hätten einsetzen müssen. Andere Arbeit gab es ohnehin nicht. Die wenige auf den Feldern verbliebene Ernte war mittlerweile zu nass, um noch eingefahren zu werden.

»Drei Wochen sitzen wir schon hier fest, sehen uns Tag für Tag die rußgeschwärzten Ruinen an oder inspizieren die halbverfallenen Gemäuer, ob sich darin nicht doch was Brauchbares oder gar Essbares finden lässt«, erklärte Magdalena. »Mehr aber tun wir nicht. Dabei könnten wir zusammen mit den anderen, die versteckt in den Löchern kauern, einfach mal anfangen aufzuräumen und ein Haus nach dem anderen wieder aufzubauen. Dann gäbe es bald nicht nur einige trockene Unterkünfte mehr, sondern auch die viele Zeit wäre sinnvoll genutzt. So aber sitzen wir alle hier, tagaus, tagein, und warten auf Dinge, die nicht passieren.«

»Ich verstehe dich nicht.« Rupprecht senkte den Arm, steckte die Hände in die Hosentaschen und rückte von ihr ab. »Warum bist du nicht damit zufrieden, wie es ist: Du hast überlebt und bist unbeschadet hier angekommen. Englund beschützt dich, du hast leidlich zu essen und bist gut untergebracht. Wir haben Glück, dass Englund sich mit dem ehemaligen Stadthauptmann so gut versteht. Sonst wären wir nie in diesem Haus untergekommen. Du hast selbst gesehen, dass es eines der wenigen ist, das nicht von den durchziehenden Soldaten zerstört wurde.«

»Das liegt wohl auch an unserem Hausherrn.« Magdalena verschränkte die Arme vor der Brust. »Soweit ich das verstanden habe, stellt er sich mit jedem gut, ganz gleich, ob Schwede oder Kaiserlicher, einfacher Soldat oder hoher Offizier. Kein Wunder, dass sie ihm das lohnen. Die Kaufleute, die gemeinsam mit uns hier angekommen sind, zählt er wohl ebenfalls zu seinen Freunden. Und gewiss auch Eric, denn den will Englund doch hier treffen. Das Haus hier am Steinweg ist offenbar der Ausgangspunkt für so manches Geschäft, das zwischen den Fronten betrieben wird, ganz gleich, zu welchem Lager sich die Beteiligten auch zählen. Wenn es ums Geldverdienen geht, interessiert das alles nicht. Dann vergessen sie ihre Feindschaften und schließen neue Bündnisse.«

»Was stört es dich? Du bist undankbar! Hast du vergessen, welches Schicksal dich stattdessen erwartet hätte? Eine Frau, ganz allein unterwegs in diesen Zeiten, überall marodierende Soldaten, aufgebrachte Bauern, erboste Städter und Räuberbanden – keinen Tag hätte es gedauert, bis einer über dich hergefallen wäre. Sei also besser dankbar, dass du deinen Nutzen aus Englunds Geschäften ziehen kannst. Immerhin bist du hier die einzige Frau im Haus, mal abgesehen von der alten Magd unten, die gar nicht mehr aus ihrer Küche herausfindet. Englund hat dir nicht nur großzügig diese Kammer überlassen, sondern jedem in der Stadt klargemacht, dass du unter seinem persönlichen Schutz stehst. Und das scheint hier viel zu bedeuten.«

Nachdenklich nickte Magdalena. Im Fensterglas spiegelte sich ihr Gesicht mit den smaragdgrünen Augen und dem spitz zulaufenden Kinn. Sie wandte sich um und ließ den Blick durch den winzigen Raum schweifen. Die steile Dachschräge beherrschte ihn zu mehr als der Hälfte der Fläche. Ein Bett duckte sich unter die Schräge, daneben fanden sich eine kleine Truhe, auf der ein Talglicht stand, sowie ein Schemel gleich neben der Tür und zu guter Letzt ein Haken für den Umhang an der gegenüberliegenden Wand. Selten hatte Magdalena so komfortabel gewohnt. Eigentlich nur, wenn sie mit ihrem Vater den Herbst und Winter über die Versehrtenzüge begleitet hatte und in einer größeren Stadt mit Spital einquartiert gewesen war. Auch mit Roswitha und Meister Johann war sie einmal ähnlich feudal untergebracht gewesen. Wie es dem Feldscher wohl ging? Hoffentlich war Seume zur Vernunft gekommen und hatte sich darauf besonnen, welchen Nutzen Meister Johanns besondere Fähigkeiten ihm bescherten. Wieder rann ihr eine Träne über die Wange. Inständig flehte sie, dass es dem Meister besser erging als der armen Roswitha, die unter den Rädern eines Geschützes ein grausames Ende gefunden hatte.

»Du hast natürlich recht«, sagte Magdalena schließlich. »Es ist wohl das Nichtstun, das unerträgliche Warten, das mich so unzufrieden werden lässt. Wie gern würde ich die Zeit nutzen, um Carlotta zu suchen. Wenn wir nicht endlich von hier wegkommen, wird es Winter, ohne dass wir einen Schritt weiter sind. Oder glaubst du im Ernst, dass Eric mit der Kleinen noch hier auftaucht?«

Ein vorsichtiger Blick unter den Locken des frisch gewaschenen und deshalb noch offenen roten Haarschopfs auf den Gefährten bestätigte ihr, was sie in den letzten Wochen immer wieder schmerzlich hatte feststellen müssen: Rupprecht begriff nicht, wie es um sie stand. Am liebsten hätte er Carlotta längst vergessen, auch Eric und Elsbeth, so froh war er, Magdalena endlich für sich zu haben.

»Englund sollten wir zur Vernunft bringen«, setzte sie erneut an. »Es ist sinnlos, länger untätig hier herumzuhocken. Eric wird nicht mehr kommen. Entweder waren die Informationen, die er bekommen hat, falsch, oder es gibt einen triftigen Grund, warum er nicht auftaucht.«

»Dann gibst du es also auf?« Dicht baute Rupprecht sich vor ihr auf und suchte ihren Blick. Seine Hände strichen sanft über ihre Arme. Deutlich spürte sie die Wärme, die von ihm ausging. Sie hob den Kopf. Seine vollen Lippen waren wohlgeformt. Ihr war, als sähe sie das zum ersten Mal. Dahinter blitzte das Weiß der geraden Zähne auf. Aus dem Mund roch es köstlich nach Pfefferminz. Sie schmunzelte. Also hatte er doch wieder mit der sorgfältigen Pflege der Zähne begonnen, wie Meister Johann es ihnen einst beigebracht hatte. Den ganzen Sommer über hatte er mit dem Hinweis, nicht auf die gewohnten Utensilien zurückgreifen zu können, darauf verzichtet. Auf einmal drängte es sie, sich fest an ihn zu schmiegen. Die Nähe seines Körpers tat gut, ebenso genoss sie es, seine starken Muskeln unter dem Hemd zu spüren.

Die Erinnerung an Eric löste sich dagegen mehr und mehr in Nebel auf. Der tiefgründige Blick der blauen Augen, das Zucken um die Mundwinkel und die Falten an der Nasenwurzel schienen ihr wie Teile eines lang schon zu Ende geträumten Traums. Selbst das Gesicht Jossips, der flehende Blick, mit dem er sie angesehen hatte, sein verzweifeltes Aufbäumen gegen das Unvermeidliche, schob sich immer öfter vor das Bild des einstigen Geliebten. Seltsamerweise erschien ihr die Erinnerung an Jossip längst wirklicher als Eric. Den Kroaten hatte sie zwar kaum gekannt, ihn in den wenigen Tagen der Nähe aber liebgewonnen. Bei Eric dagegen hatte es sich als böse Täuschung entpuppt, dass sie einmal meinte, ihn wirklich gekannt zu haben. Deshalb verschwand er zusehends aus ihrem Herzen.

Rupprecht räusperte sich. Sie sah ihn an und neigte sich leicht nach vorn, atmete bereits seinen Atem im selben Rhythmus ein. Es könnte so einfach sein, sich auf ihn einzulassen. Er spitzte die Lippen, legte den Kopf schräg. Da durchzuckte sie etwas, was sie nicht hätte benennen können. Hastig zog sie sich wieder zurück. »Englund wird in Teufels Küche kommen, wenn er nicht bald zu seinen Leuten nach Rothenburg aufbricht«, sagte sie laut und stellte sich an die Tür. Die Hand bereits auf der Klinke, sprach sie weiter: »Du bist doch sein Freund. Auf dich wird er hören. Wir müssen fort von hier. Es hat keinen Sinn, noch länger zu bleiben. Dabei drehen wir alle noch durch.«

Rupprecht schien eine Weile zu brauchen, bis er verstanden hatte, dass der kurze Moment der Nähe schon wieder verronnen war. Er schüttelte die schwarzen Locken und fuhr sich mit den kurzen, kräftigen Fingern durchs Haar, als wäre er gerade aufgestanden und müsste sich für den Tag herrichten. »Du hast doch mitbekommen, dass nicht einmal die Kaufleute ihn umstimmen konnten«, erwiderte er brüsk. »Die kennen ihn seit Jahren. Trotzdem hat er ihren Rat in den Wind geschlagen. Wieso sollte er dann ausgerechnet auf mich hören? Selbst Ambrosius ist es bislang nicht gelungen, ihn zu überzeugen.«

»Wir müssen uns etwas einfallen lassen. So geht das nicht mehr weiter. Tag für Tag hockt Englund unten am Fenster, rollt den Bernstein zwischen den Fingern und starrt auf das Schützentor gegenüber, als müsste Erics Geist dort erscheinen.«

»Ich hätte es gleich wissen müssen: Dir geht es wieder nur um Eric. Gott, wie konnte ich nur so einfältig sein! Nie wirst du ihn vergessen.« Er warf ihr einen misstrauischen Blick zu.

Sie lächelte und ging noch einmal zurück, nahm seine Hand, drückte sie fest und legte ihre zweite auf seine Schultern.

»Das mit Eric ist vorbei, glaub mir. Allerdings muss ich ihn noch einmal sehen. Er allein weiß, wo mein Kind steckt, wenn Carlotta nicht ohnehin noch bei ihm ist. Nur deshalb will ich Englund dazu bringen, von hier aufzubrechen. Er hat die Möglichkeit, an Informationen über Erics wahren Aufenthaltsort zu gelangen. Wie wir gesehen haben, stehen die beiden über gemeinsame Freunde quer durch alle Lager miteinander in Verbindung. Am Beispiel der Kaufleute, die uns hierherbegleitet haben, war das gut zu erleben. Bitte hilf mir also, Englund davon zu überzeugen, dass wir schnell von hier fortmüssen.«

Die Schatten auf Rupprechts Gesicht verschwanden. Auch er lächelte endlich, spitzte wieder den Mund und nickte. »Ja, du hast recht. Lass uns etwas tun. Bringen wir Englund auf andere Gedanken.«

»Ich habe auch schon eine Idee, wie uns das gelingen kann. Komm mit. Ich zeige dir etwas!« Unternehmungslustig nahm sie ihr Wolltuch vom Haken und schlang es sich um Kopf und Schultern. Draußen trommelte der Regen zwar wieder stärker aufs Dach, aber das kümmerte sie nicht. Die nasse Kleidung und die Schuhe konnten sie später am Herd wieder trocknen. Holz zum Verbrennen gab es genug, das Einzige, woran es in dem ehemals so reichen Städtchen an der Salzroute nach Thüringen nicht mangelte. Zuversichtlich, dass es ihr gelingen würde, Rupprecht und damit gewiss auch bald Englund für ihre Pläne zu gewinnen, hüpfte sie die Treppen hinab und verließ das Haus, ohne sich umzusehen, ob Rupprecht ihr tatsächlich folgte.

Als sie durch das steinerne Hoftor auf die Straße traten, rann das Wasser in schmutzigen, schmalen Bächen die Steige hinab. Dass der Wind sein stetes Klagelied durch die trostlosen Gassen pfiff, trübte Magdalenas gute Laune nicht. Fast war sie versucht, vor Übermut ein Lied vor sich hin zu trällern, so wohl fühlte sie sich angesichts dessen, was sie gleich erwartete. Wie gut, dass Rupprecht Ambrosius erwähnt hatte und sie auf die Idee gebracht hatte.

»Wo willst du eigentlich hin? Hast du doch einen versteckten Hinweis auf Eric und Carlotta gefunden?«, rief Rupprecht ihr nach. Er rannte immer noch einige Schritte hinter ihr, weil er erst umständlich seinen Kragen aufgeschlagen und den Filzhut auf dem Kopf zurechtgerückt hatte, bevor er ihr nach draußen gefolgt war. »Dabei wird es wohl kaum noch einen Stein in Königsberg geben, den du in den letzten Wochen nicht schon mehrmals umgedreht hast, um auf eine Spur von ihnen zu treffen. Ich dachte, wir waren uns eben einig, dass wir unbedingt mit Englund reden müssen. Du hast ja recht: Wenn wir ihn nicht bald zum Aufbruch bewegen, werden sie in seinem Regiment schon am Galgen zimmern, um ihn wegen Fahnenflucht aufzuknüpfen. Unterstützung von seinen Männern wird er wohl keine erwarten können. Die hat er vor Ochensfurt ordentlich vor den Kopf gestoßen. Lindström hat sich gewiss längst auf seinen Posten gesetzt. Wer so lang von seinem Trupp weg ist wie Englund, der darf kein Pardon erwarten. Der Krieg tobt weiter. Noch sieht es ganz und gar nicht danach aus, als würde es je eine Einigung in Münster oder Osnabrück geben.«

»Lass dich überraschen! Es wird alles gut«, verkündete Magdalena und zog ihn am Arm, damit er schneller lief. »Das Einzige, was ich derzeit fürchte, ist, dass wir beide schon viel zu lang in festen Mauern hausen. Ganz verweichlicht sind wir schon. Sieh dich nur an: Ein rechter Stubenhocker bist du geworden, weder an Regen noch Sturm oder Kälte wirklich gewohnt. Wie willst du je wieder draußen im Zelt überleben? Oder rechnest du ernsthaft damit, künftig nur noch in einem Haus mit vier Wänden und festem Dach zu leben?«

Sie lachte, als sie sein verdutztes Gesicht sah. Langsam kehrten ihre Lebensgeister zurück. Die grauen Nebelschwaden um sie herum lichteten sich. Vergnügt wandte Magdalena sich nach rechts, die leichte Steigung hinauf. Das schlammige Regenwasser floss ihnen unablässig entgegen. Sie mussten über Pfützen springen, kraterartigen Schlaglöchern ausweichen und grobe Steine umgehen, die mitten auf der Straße lagen. Fuhrwerke kamen ohnehin keine mehr durch. Die einst so berühmte Salzstraße wurde nur mehr von den Pikenieren und Kürassieren der verschiedenen Heere bevölkert. Bald zeugte das dunkle Leder an den Stiefeln, wie viel Wasser sie schon aufgenommen hatten. Bei jedem Schritt entfuhr ihnen ein Quietschen. Schweigend liefen Magdalena und Rupprecht nebeneinander her. Rupprechts Augen waren ganz auf den Weg gerichtet. Seine Miene verriet nichts über das, was hinter seiner Stirn vorging. Magdalenas Herz klopfte heftig. Sie platzte fast vor Anspannung. Wie würde er wohl reagieren?

20

Von ihren früheren Aufenthalten in Königsberg hätte ihnen der Weg vertraut sein sollen, dennoch ähnelte er in nichts mehr dem Anblick von einst. Was die verschiedenen Feuer in den letzten Jahren nicht vernichtet hatten, hatte die Wut der marodierenden Soldaten gleich welcher Couleur erledigt. Zahlreiche Häuser waren bis auf die Grundmauern niedergebrannt oder der Zerstörungswut der durchmarschierenden Truppen zum Opfer gefallen. Einzig die Burg thronte weiterhin unbeschadet am südöstlichen Ende der Stadt. Trotzig versuchte sie den Anschein zu erwecken, als drohte ihr keinerlei irdische Gefahr.

Kaum hatten Magdalena und Rupprecht das Unfinder Tor passiert, um auf den Marktplatz zu gelangen, trat ihnen eine dunkelhaarige Frau entgegen, ein kleines, ebenfalls dunkelhaariges Mädchen an der Hand. Es mochte nicht viel älter sein als Carlotta. Dürr und bleich, mit zwei riesigen Augen in tiefen Höhlen über hohlen Wangen, stierte die fremde Frau sie an, während das Kind hinter ihrem Rücken Schutz suchte. Der Blick aus den Augen der Frau war wirr. Ein wehender, heller Kittel verlieh ihr das Aussehen eines Racheengels oder eines Geistes. Auch das Mädchen war nur notdürftig in Fetzen gehüllt und fror erbärmlich, wie die blau angelaufenen Ärmchen und das heftige Zittern verrieten. Magdalena und Rupprecht wechselten entsetzte Blicke, wahrscheinlich dachten sie dasselbe. Wie knapp war Magdalena einem ähnlichen Schicksal entronnen. Und was war mit Elsbeth? Wenn Eric nicht rechtzeitig auf die Beine gekommen war, hatte sie der Grausamkeit des Krieges außer ihrem losen Mundwerk nichts entgegenzusetzen.

»Hunger!«, presste die Frau aus dem zahnlosen Mund hervor und streckte ihnen die offene Fläche der linken Hand entgegen. »Kinder schreien!«

Als hätte sie damit gerechnet, kramte Magdalena in den Falten ihres Rocks und zog einen Kanten Brot heraus. Gestern war ihr die Frau zum ersten Mal begegnet, da aber hatte sie nichts bei sich gehabt. Das machte sie nun wieder wett. Rasch legte sie ihr das Brot auf die Hand und drückte die Finger zusammen. Rupprecht hatte die Größe des Stücks dennoch bemerkt. »Woher hast du das Brot? Gleich ein so riesiges Stück! Bist du verrückt?« Obwohl sie ein so feudales Quartier gefunden hatten, mussten auch sie sich mit wässrigen Suppen und spärlichsten Brotrationen zufriedengeben. Gegen leere Vorratskeller konnte auch der frühere Stadtkommandant nichts ausrichten.

»Reg dich nicht auf. Es ist meine Ration!«, beruhigte Magdalena Rupprecht und zog ihn weiter. »Noch haben wir zu jeder Mahlzeit etwas auf dem Tisch stehen. Also sollten wir ruhig mit denen teilen, die weniger haben. Es wird uns trotzdem an nichts mangeln. Denk an Carlotta und Elsbeth. Hoffentlich finden sie ebenfalls großzügige Helfer in der Not.«

Direkt hinter dem Tor hatten sie ihr Ziel erreicht. Ein einsamer Hahn querte ihren Weg. Der viel zu lange Hals des Federviehs ruckte im Rhythmus der Schritte vor und zurück. Hoheitsvoll wusste er die roten Krallen auf das regennasse Pflaster zu setzen. Ein heiseres Krächzen entstieg seiner Kehle, bevor er stolzen Schrittes hinter einem halb aus den Angeln gehobenen Tor verschwand. Mangels herumstreunender Katzen und Hunde konnte also schon ein halbgerupfter Gockel so tun, als beherrschte er die Straßen der Stadt. Magdalenas Herz quoll über vor Mitleid.

Das frühere Haus des Stadtmedikus stand längs zum Marktplatz, erst vor sechs Jahren beim letzten großen Einfall der Kaiserlichen war die gegenüberliegende Marienkirche vom Feuer zerstört worden. Trotz der Spuren des Verfalls hatte das Gebäude wenig von seiner einstigen Pracht verloren. Magdalena warf Rupprecht einen fragenden Blick zu. »Weißt du noch? Damals, vor dem großen Brand? Der Junge, der uns hierhergebracht hat, um uns voller Stolz die Apotheke zu zeigen. Hinter seinem Rücken haben wir von den Salben geklaut und sie Meister Johann gebracht. Echte Raritäten waren darunter, sogar die bewährte alte Wundersalbe, auf die er so viel hält. Er hat ganz schön geschaut, als ihm klar war, dass der Stadtmedikus von Königsberg auf dasselbe Geheimrezept schwor wie sein alter Meister. Fünfzig Jahre alte Salben sind wohl weiter verbreitet, als man denkt, vor allem unter alten Apothekern und Feldschern.«

Sie kicherte, als sie sich daran erinnerte. Ihr Gefährte blickte dagegen weiterhin düster zu dem Haus, seiner Mimik nach zu schließen angestrengt damit beschäftigt, sich die von ihr beschriebene Szene ins Gedächtnis zu rufen. Zu viele ähnliche Erlebnisse teilten sie seit frühester Kindheit, durch viele Städte wie diese waren sie gezogen, auch mehrmals, so wie sie in Königsberg nahezu jedes Jahr haltgemacht hatten. Mit der Zeit sahen alle Städte gleich aus, unterschieden sich höchstens in der Größe voneinander. Aber auch das spielte nach Seuchen und Plünderungen kaum mehr eine Rolle. Zerstört waren die meisten, öde und verlassen, weil die Bewohner vor dem Krieg oder der Pest, meist vor beidem gleichermaßen, die Flucht ergriffen hatten.

Magdalena folgte Rupprechts suchendem Blick über die Fassade. Das gemauerte Untergeschoss des Hauses am Marktplatz war noch intakt, die beiden Obergeschosse und der Giebel hingegen waren ausgebrannt. Wo ehedem teure Glasfenster kostbares Tageslicht hereingelassen hatten, gähnten nun dunkle Höhlen. Rußspuren zogen sich über den Putz bis unter das rote Dach hinauf.

»Grausam, so den Verstand zu verlieren wie die arme Frau mit dem Kind. Wie gut, dass wir nicht wissen, was das Schicksal für uns bereithält.« Die Männerstimme ließ sie beide herumfahren. Ein weißhaariger Mann war aus der Eingangstür der Apotheke getreten und gesellte sich nun zu ihnen. Magdalena lächelte ihn an und versetzte Rupprecht einen sanften Stoß in die Rippen, damit er den Fremden ebenfalls grüßte. Er überragte sie beide um einen halben Kopf, wirkte dennoch nicht sonderlich beeindruckend. Der farblose Bart hing ihm struppig auf die Brust, sein Gesicht war nicht weniger ausgebleicht als die Haare. Müde erwiderte er das Lächeln und lud sie ein, ihm in der verfallenen Offizin Gesellschaft zu leisten. »Sonst wäscht euch noch der Regen aus der Stadt«, knurrte er, »und mir bleibt wieder niemand mehr, mit dem ich mich gescheit unterhalten kann.«

»Das ist aber nicht der alte Medikus«, raunte Rupprecht, als er ihr den Vortritt ließ, bevor er die zwei Stufen zur Tür hinaufging.

»Siehst du, du erinnerst dich also doch.« Freudig nickte sie und erklärte gleich eifrig weiter: »Meister Briegel ist in den Wirren des Brandes vor vierzehn Jahren verschwunden. Die vielen Male, die mein Vater und ich seither mit den Versehrten hier entlangkamen, bin ich immer wieder zu diesem Haus und habe versucht, herauszufinden, wo er steckt. Mit Klauen und Krallen hat eine kahlköpfige Frau lange Zeit das Gebäude verteidigt, wohl die Hebamme aus dem Ort, die mit den Tinkturen des alten Briegel etwas anzufangen wusste. Briegels Sohn, der in unserem Alter war, lebt wohl mittlerweile in Nürnberg bei Verwandten, hat sie mir beim letzten Mal erzählt. Dort soll er inzwischen sogar studieren. Der Medikus und seine Frau aber sind weiterhin verschwunden. Jede Spur von ihnen hat sich verloren, auch ihr Sohn weiß nicht, was aus ihnen geworden ist. Schrecklich, nicht?« Es schauderte sie, zu nah ging ihr die Vorstellung, Carlotta könnte in einigen Jahren Ähnliches über ihre verschollenen Eltern berichten.

»Ja, der Brand damals, als wir zum ersten Mal hier waren, der ist mir noch gut in Erinnerung«, stimmte Rupprecht nachdenklich zu. Die Bilder von damals schienen ihn mehr zu beschäftigen als das Schicksal der Medikusfamilie. Auch Magdalena konnte sich der entsetzlichen Bilder des Brandes nicht erwehren, im Folgejahr der Magdeburger Hochzeit das nächste furchtbare Erlebnis dieser Art. Es geschah in einer eisig kalten Märznacht. Nie würde sie das unerbittliche Rütteln des Windes an den Fensterläden vergessen, der das Feuer so anfachte, dass es innerhalb kürzester Zeit mehr als einhundertunddreißig Häuser vernichtete. Einzig Tillys beherztem Eingreifen war es zu verdanken, dass nicht auch die stolze Pfarrkirche ein Raub der Flammen wurde.

Wie auf ein geheimes Zeichen drehten sich Magdalena und Rupprecht noch einmal zum Marktplatz um und sahen auf die andere Seite, wo das leere Gerippe des Gotteshauses in den wolkenverhangenen Himmel ragte. Acht Jahre später hatte ein Tilly gefehlt, um die neuerliche Katastrophe für das Gotteshaus zu verhindern.

»Dein Vater war damals frisch zum Korporal befördert worden«, begann Rupprecht auf einmal. »Ich weiß noch, wie neidisch ich war, als ich sah, dass er dir und deiner Mutter ein bequemes Quartier direkt neben dem von Tilly verschafft hatte. Tilly wohnte im Haus der Bürgermeisterwitwe Graser, direkt oben am Salzmarkt, und dein Vater hat dich und Babette gleich in das angrenzende Gebäude des Stadtschreibers gebracht.«

»Was du noch alles weißt!« Ungläubig schüttelte sie den Kopf. Hatte er eben nicht noch Mühe gehabt, sich an die Apotheke zu erinnern? Nie würde sie aus ihm schlau werden.

Er fuhr bereits fort: »Im ganzen Fähnlein wurde darüber geredet. Mein Vater hat vor Wut gekocht, weil er sich übergangen fühlte, sowohl bei der Beförderung als auch mit dem Quartier. Meine Mutter hat wie ein Rohrspatz geschimpft, denn natürlich ist uns wie so vielen anderen aus dem Tross wieder einmal nur ein windiger Verschlag draußen vor den Toren der Stadt, mitten auf dem freien Feld, geblieben. Damals hatten wir noch nicht einmal einen Wagen und einen Ochsen. Der Schnee lag knöcheltief, das Wasser gefror in den Pfützen. Wenigstens durfte ich euch nachmittags in der prächtigen Unterkunft besuchen, mit dir in der Küche spielen und mich am Herdfeuer gründlich aufwärmen.«

»Ja, die Köchin hat uns Pfannkuchen gebacken, daran erinnere ich mich. Wie das geduftet hat! Richtig vornehm war es in dem ganzen Haus. Meine Mutter stand kurz vor der Niederkunft, was ich damals noch nicht begriffen habe. Fürsorglich hat der Stadtschreiber seine reichausgestattete Stube für sie geräumt und ihr darin direkt am Kaminfeuer ein Bett aufstellen lassen. Auch ich durfte mich dort wärmen, bin zum ersten Mal seit Magdeburg wieder dicht vor einem prasselnden Feuer eingeschlafen. Babette meinte noch, damit hätte ich die Schrecken von damals wohl endlich überwunden.«

Wieder nickte Rupprecht. Es war wirklich erstaunlich, wie klar er das alles noch vor Augen hatte. Soweit sie sich erinnern konnte, hatten sie noch nie darüber geredet. Bevor sie ihn darauf ansprechen konnte, sagte er: »Lange durftet ihr euch aber nicht an den ungewohnten Annehmlichkeiten freuen. Noch in der ersten Nacht ist in den hinteren Stallungen des Graserschen Anwesens das Feuer ausgebrochen. Hinterher vermutete man die Unachtsamkeit eines Pferdeburschen als Ursache. Der arme Kerl hat arg dafür gebüßt. Dabei konnte er gar nichts dafür.«

»Wofür?« Sie wurde hellhörig. »Warst du etwa dabei? Hast du was gesehen?«

»Nicht viel. Ich hatte mich in die Ställe geschlichen, weil ich auch ein warmes Plätzchen finden wollte. Allein der Gedanke an den zugigen Verschlag und die schlechte Laune meiner Eltern, ihr ständiges Gezeter inmitten meiner kleinen schreienden Geschwister waren mir ein Graus. Viele hatten die gleiche Idee wie ich. Du glaubst nicht, was da hinten in den Ställen los war!«

»Du meinst, der Brand ist ausgebrochen, weil so viele in demselben Stall nächtigen wollten? Das war doch verboten!«

»Was ist nicht alles verboten und wird trotzdem gemacht, weil man sich selbst am nächsten ist? Jedenfalls wäre es mit dem Feuer nicht so schlimm geworden, wenn der eisige Wind nicht so heftig durch die Stadt geweht hätte. Deshalb dauerte es nicht lang, bis die Flammen um sich griffen und jedes Haus und jedes Gebäude erfassten, genau wie seinerzeit in Magdeburg.«

»Ja. Es war wie in Magdeburg!« Sie biss sich auf die Lippen. Die Erinnerung würde sie wohl ihr ganzes Leben verfolgen. Niemals würde sie vergessen, dass sie sich als kleines Mädchen in Königsberg bereits zum zweiten Mal innerhalb kürzester Zeit inmitten einer verheerenden Brandkatastrophe befunden hatte. Aus tiefem Schlaf war sie aufgeschreckt, hatte den gefürchteten beißenden Qualm im Hals gehabt, gehustet und gekeucht, das gefährliche Knistern dicht an ihrem Ohr gehört. Schon spürte sie wieder die entsetzliche Angst, die sie seit Magdeburg in oft wiederkehrenden Alpträumen quälte. Um sie herum loderte tatsächlich wieder ein Feuer, knarrte in den Balken, wehte immer näher an die Fenster des Quartiers heran. Dieses Mal allerdings tauchte kein halbwüchsiger, rotblonder Junge auf, um sie aus der brennenden Hölle zu retten. Dafür stand die hochschwangere Mutter vor ihr und krallte ihr die Finger in den Arm. Der Vater trug sie ins Freie, weit, weit fort, wie ihr schien. Erst als sie sich in sicherer Entfernung der prasselnden Flammen befanden, hörte sie auf zu schreien. Die ganze Zeit über hatte sie den Bernstein fest umklammert und wusste seither, dass er sie wirklich vor allem Unglück bewahrte, selbst wenn Eric nicht bei ihr sein konnte.

Babette aber war plötzlich vor ihren Augen zusammengebrochen. Magdalena dachte, die Mutter wäre wegen des frisch überstandenen Feuers von Sinnen. Sie begann zu wimmern und fürchterlich zu zucken und zu krampfen. Erst als ein rotes, blutiges Bündel zwischen ihren Beinen zum Vorschein kam, hörte sie damit auf. Magdalena musste das seltsame Ding aufheben und mit dem Rockzipfel säubern. Da erst begriff sie, dass es ein Kind war, mit dem die Mutter mitten auf dem Platz niedergekommen war. Es atmete nicht. Voller Ekel warf sie es in eine nahe gelegene Scheune, in der noch ein letztes Feuer loderte. Die Mutter hatte hinterher lange nach dem toten Kind gesucht, immer wieder nach ihm gefragt und sogar dem Vater vorgeworfen, er habe es verkauft: Es sei nicht tot gewesen, und er habe von einer Frau, die keine Kinder haben konnte, viel Geld dafür bekommen! Magdalena hatte das gehört, sich aber nie getraut, einem der beiden die Wahrheit zu gestehen. Warum die Mutter nicht froh war, das hässliche Balg los zu sein, hatte sie sich einige Jahre noch gefragt. Bis sie eines Tages selbst ein Kind hatte und nichts schlimmer fand als die Vorstellung, es zu verlieren. Genau in diesem Alp befand sie sich jetzt.

»Magdalena!« Rupprecht schüttelte sie. Als sie nicht reagierte, versetzte er ihr eine Ohrfeige, dann noch eine. Da erst erwachte sie aus dem bösen Traum. »Tut mir leid. Ich wollte dir nicht weh tun.« Er hauchte ihr einen Kuss aufs rote, nasse Haar. »Alles ist gut. Es ist vorbei.«

Als sie sich an ihn lehnte, strich er tröstend über ihren Kopf und fasste nach ihrer von Sommersprossen übersäten Hand. Mild wanderte der Blick seiner dunklen Augen über ihr Gesicht. Dankbar folgte sie ihm endlich ins Innere der Apotheke.

»Ich dachte schon, ihr Turteltäubchen hättet mich vergessen«, rief ihnen der weißhaarige Mann vorwurfsvoll entgegen.

21

Das Innere der Offizin spiegelte das Schicksal der Stadt wider: Von den einst raumhohen Regalen war kaum eines heil geblieben. Die letzten Latten lehnten zerschlagen an der Wand. Eine Schublade diente einer mageren Katze als Lager für ihren noch magereren Nachwuchs, in einer zweiten sammelte sich Asche. Das restliche Holz hatte wohl längst irgendwo als Brennholz hergehalten. Wer brauchte schließlich Regale, wenn es nichts gab, um sie zu füllen? Die kostbaren Porzellangefäße mit Kräutern und Pulvern, auf die Medikus Briegel einst so stolz gewesen war, waren gewiss schon bei der ersten Plünderungswelle nach Tillys Rückzug zerschlagen worden oder im Zuge der Pestepidemie 1633 verschwunden, als man sich an jede noch so vage Hoffnung auf rettende Medizin klammerte. Die weniger wertvollen Tongefäße hatten zum Teil wie durch ein Wunder überdauert und reihten sich der Größe nach an der Breitseite auf. Von den verschiedenen Phiolen, die üblicherweise ebenfalls in einer Offizin vorhanden waren, schienen keine mehr übrig. Schutt und Unrat türmten sich auf mehreren Haufen mitten in dem großen Raum.

Im angrenzenden Laboratorium bot sich auf den ersten Blick ein ähnlich trostloses Bild. Doch dann sahen sie, dass vor dem mittleren Fenster zum Hinterhof ein sauberes, breites Brett auf zwei Holzböcken lag. Utensilien wie Mörser, Schalen und Waage standen einladend darauf bereit. In einer offenen Kiste auf dem Boden dicht davor fanden sich Tiegel und Krüge sowie einige kleine Leinensäcke. Jemand stand bei den Gerätschaften am Fenster und hantierte bereits eifrig mit ihnen herum. Im Gegenlicht ähnelte der Umriss dieses Unbekannten Meister Johann.

Magdalena schrie auf. Überrascht fuhr er herum und blinzelte sie an. Erst da wurde ihr klar, dass es sich lediglich um Ambrosius, den ehemaligen Apothekermönch, handelte. Allein an der geringeren Größe hätte sie den Irrtum schon erkennen müssen.

Beschämt schlug sie die Hand vor den Mund. Auch Rupprecht sah befremdet zu ihr hin. Sie verstand sich selbst nicht. Meister Johann war nicht nur größer, sondern auch breitschultriger gewesen. Zudem wies sein Schädel einen größeren Umfang auf, von der völlig anderen Haarpracht einmal ganz abgesehen. Wie hatte sie sich nur so leicht täuschen lassen können? Wahrscheinlich, weil sie so lange nicht mehr an ihren Lehrmeister gedacht hatte, wie sie auch die gute, alte Roswitha, viel zu oft vergaß. Dabei hatten die beiden alles für Eric und sie aufs Spiel gesetzt. Ein Schaudern durchlief ihren Körper. Wie hätte sie ahnen können, dass Hagen Seumes Rache so furchtbar werden würde?

»Willst du auch die Schätze sehen?«, fragte Ambrosius Rupprecht und wies mit einer weit ausholenden Armbewegung durch den Raum. »Unglaublich, dass sich doch so einiges durch die letzten Jahre hat retten lassen. Gestern Nachmittag sind Magdalena und ich zufällig auf die Kiste hier gestoßen. Sie war in einem Garten oben am Salzmarkt vergraben. Es soll das Anwesen der Bürgermeisterwitwe gewesen sein. Unser Freund hier«, er nickte zu dem Weißhaarigen, »hat sich dort seit einigen Tagen eingenistet. Gemeinsam haben wir also gestern den Schatz geborgen.«

»Stell dir vor«, sagte Magdalena, dankbar, sich auf ein anderes Thema besinnen zu können, »er ist auch Feldscher. Seit Jahren zieht er im Gefolge von Oberst Widmann durch die Gegend. Das ist das Regiment, das vor sechs Jahren oben von der Burg aus die Stadt zurückerobert hat.«

Der Weißhaarige schmunzelte. Offensichtlich erfüllte ihn die Erwähnung dieser Tat mit Stolz. Mit ausgestreckter Hand ging er auf Rupprecht zu. »Nenn mich Ludwig.« Er klopfte ihm auf die Schulter. »Ein Wunder, dass wir uns noch nie zuvor begegnet sind. Wie ich höre, seid ihr beide oft mit den Versehrten hier langgezogen. Sogar oben in Amöneburg wart ihr dabei. Auch ich bin erst Ende Juni von dort weggezogen.«

»Was?« Verblüfft sah Magdalena ihn an. Das hatte er ihr bislang verschwiegen. »Dann warst du also dabei, als die kaiserlichen Truppen von dort nach Bayern gezogen sind?«

Rupprecht erfasste, worauf sie hinauswollte, und machte ihr ein Zeichen zu schweigen. Offenbar misstraute er Ludwig. »Wie kommt es, dass du jetzt nicht mehr im Regiment bist?«, fragte er ihn brüsk. »Feldscher werden dort immer benötigt. Hier in diesem gottverlassenen Nest dagegen braucht dich keiner.«

»Das könnte ich dich auch fragen.« Ludwig sah Rupprecht von oben herab neugierig aus seinen hellbraunen Augen an. »Auch du solltest deine Zeit nicht hier vertrödeln, sondern schauen, dass du zu den Kaiserlichen zurückfindest. Am Lech wird die Schlacht wohl bald weitergehen.«

»Die Schweden haben uns gefangen genommen«, sagte Rupprecht.

»Von denen sind wohl nicht mehr viele übrig geblieben. Magdalena und Ambrosius haben mir bislang nur von eurem Hauptmann Englund erzählt. Den zu überlisten und euch auf den Weg zu den Eurigen zu machen sollte euch drei nicht schwerfallen. Es sei denn, ihr habt triftige Gründe, nicht zu eurem Regiment zurückzukehren. Aber lassen wir das.«

»Was?« Verärgert sah Rupprecht zu Magdalena, zog sie beiseite und schimpfte: »Wie kommst du dazu, ihm das alles zu erzählen? Du weißt gar nichts von ihm. Ehe wir uns versehen, haut er ab und liefert uns ans Messer.«

Noch bevor sie etwas erwidern konnte, schaltete sich der dicke Ambrosius ein. »Keine Sorge! Für Ludwig lege ich meine Hand ins Feuer. Ihm können wir vertrauen, das sagt mir mein Gefühl.«

»Hoffentlich täuscht es dich nicht.« Rupprecht schien alles andere als überzeugt und stieß ein unwilliges Brummen aus.

»Ist das nicht eine glückliche Fügung, dass wir diese Kiste gefunden haben?«, fragte Magdalena nach einer Weile. »Jetzt können wir Salben und Pflaster vorbereiten. Sogar einige Öle sind darunter. Damit lässt sich eine Menge anfangen.«

»Wozu willst du das tun? So schnell werden wir wohl nicht wieder als Wundärzte arbeiten.« Rupprecht schickte sich bereits an, das Laboratorium zu verlassen.

Hastig verstellte sie ihm den Weg. »Irgendetwas müssen wir tun, wenn wir nicht ähnlich dumpf wie Englund enden wollen. Dieses sinnlose Warten und Zeittotschlagen treibt uns alle in den Wahnsinn. Darüber waren wir uns vorhin einig.«

»Stimmt. Und ich dachte, du wolltest mir etwas zeigen, womit wir ihn zum Aufbruch bewegen können.«

»Aber das tue ich doch. Denk einmal nach! Englund muss zurück zu seinem Regiment, wenn er nicht riskieren will, als Verräter zu gelten. Davor aber fürchtet er sich, weil er keinen triftigen Grund vorweisen kann, warum er Lindström und die anderen bei Ochsenfurt allein auf den Weg nach Rothenburg geschickt hat. Deshalb kann er sich jetzt nicht zum Aufbruch aus Königsberg entschließen. Fliehen würde ihm auch nicht helfen. Denn der Rache seiner Leute würde er niemals entkommen, genauso wenig, wie er bis zum Wintereinbruch hier versauern kann. Also machen wir ihm klar, dass er mit uns und dieser Medizin hier eine gute Möglichkeit hat, rehabilitiert zu den Seinen zurückzukehren. Mit einer Kiste ausgefallener Wundsalben und seltener Pasten im Gepäck bieten wir ihm einen sehr nachvollziehbaren Grund für sein Verhalten: Wir behaupten, hier in Königsberg auf eine kostbare Lieferung gewartet und ihn deshalb zu diesem Umweg überredet zu haben. Das Ganze sei natürlich so geheim gewesen, dass wir es vorher schlecht im Trupp hätten erzählen können. Einige seiner Männer werden sich an die Kundschafter im Kloster erinnern. Das macht die Sache noch glaubwürdiger: Sie haben uns über die Lieferung der Tinkturen unterrichtet. Angesichts unseres Einsatzes im Kloster bei den Verwundeten müssten sich die Schweden davon überzeugen lassen. Immerhin haben wir beide da so manches Wunder vollbracht.«

»Man denke nur an Jossip.« Rupprecht gab sich alles andere als überzeugt. Jäh fuhr sie zurück und kniff die Lippen zusammen. Was hatte er nur? Eben noch war er auf ihrer Seite gewesen. Nichts hatte sie ihm seither getan. Verzweifelt sah sie zu Ambrosius. Der zuckte ratlos die Schultern. Dann warf sie Ludwig einen Blick zu. An ihm musste es liegen, dass Rupprecht so schlecht gelaunt war. Dabei wusste sie die Kenntnisse des alten Feldschers sehr zu schätzen.

»Also, hilfst du uns jetzt oder nicht?«, fragte sie Rupprecht. Der blieb ihr die Antwort weiterhin schuldig, und sie wandte sich enttäuscht ab. Vielleicht brauchte er einfach noch ein wenig Zeit. Sie hörte, wie er zum Laden hinüberschlurfte. Eine Weile war zu vernehmen, wie er dort die noch vorhandenen Reste durchwühlte.

Die beiden anderen Männer hantierten bereits an dem notdürftigen Tisch vor dem Fenster. Ludwig rückte gerade die zierliche Waage auf dem behelfsmäßigen Tresen am Fenster zurecht. Daneben stellte er verschiedene Utensilien zum Anrühren einer Paste bereit. Mehrmals bückte er sich zu der Kiste und entnahm ihr nach und nach feine Instrumente wie Messlöffel, Zangen und Scheren. Ambrosius maß bereits einige Lot roter Mennige auf einer zweiten Waage ab. Magdalena zog ebenfalls eines der Beutelchen aus der Kiste und ging zum Tisch. Dort schüttete sie ein rötliches Pulver in eine Schale, träufelte anschließend aus einer Phiole einige Tropfen Rosenöl hinein, gab aus einem zweiten Röhrchen etwas Leinöl hinzu und begann, Pulver und Flüssigkeit vorsichtig miteinander zu vermischen. Schließlich hobelte sie einige feine Späne venezianischer Seife hinein.

»Die Frau da draußen stammt nicht von hier«, erklärte Ludwig ohne Überleitung, nachdem sie eine Zeitlang schweigend nebeneinander gearbeitet hatten. »Vorgestern ist sie zum ersten Mal am Tor aufgetaucht, mit dem kleinen Mädchen an der Hand. Sie heult wie ein Hund, wenn man versucht, sie aus den Trümmern in ein festes Haus zu bringen. Ich wollte ihr eine der Kammern hier im Erdgeschoss anbieten. Hier wäre es trocken und geschützt. Platz ist reichlich, niemand ist ihr im Weg.«

»Bestimmt hat sie Angst, mit Männern unter einem Dach zu sein«, erwiderte Magdalena. »Die Soldaten werden über sie hergefallen sein und ihre Familie ermordet haben. Sie und ihre Tochter sind wohl die Einzigen, die überlebt haben. Kein Wunder, dass sie darüber wahnsinnig geworden ist.«

Betrübt schwiegen sie, bis Ambrosius das Wort ergriff: »Das Brot, das du ihr gegeben hast, hat sie ganz dem Kind gelassen. Nicht einen Krümel hat sie sich davon gegönnt. Sie wird zugrunde gehen und so auch die Kleine nicht retten können.«

»Eine Mutter tut alles für ihr Kind und stellt sich selbst hintenan, damit das Kind überlebt.« Die Worte kamen wie selbstverständlich über ihre Lippen. Ein Wunder, dass sie den Männern so etwas erklären musste! Gleichzeitig spürte sie einen heftigen Stich bei der Erkenntnis, dass sie Carlotta gegenüber nicht als echte Mutter gehandelt hatte. Offenkundig hatte sie nicht alles für ihr Kind getan, sonst wäre es jetzt noch bei ihr. Wie hatte sie Eric zuerst helfen und dabei nicht an die Folgen für Carlotta denken können? War Elsbeth vielleicht doch die bessere Mutter? Wie betäubt stand sie da und sah reglos durch das Fenster. Der Regen klopfte an die Scheiben, rann in trägen Furchen herab, bis er von den Leisten des Fensterkreuzes aufgehalten wurde.

»Sei froh, dass dir das bislang erspart geblieben ist«, hörte sie Ambrosius auf einmal leise sagen. Sie spürte, wie er die fleischige Hand auf die ihre legte und sie fest drückte.

»Was weißt denn du?«, schrie sie ihn an und zog die Hand weg. Entsetzt wich er zurück. Zum ersten Mal erlebte sie, dass jemand so sehr vor ihr erschrak, dass er zitterte. Nicht minder überrascht als er, hielt sie inne und studierte sein rundes Gesicht. Seine ehemals grünen Augen waren trüb geworden. Die gutgepolsterten Wangenknochen verrieten noch etwas von früherer Verschmitztheit. Das ängstliche Gebaren passte so ganz und gar nicht zu ihm. Schon bedauerte sie es, ihn so barsch angegangen zu haben. Er wusste nichts von ihrer Carlotta, wusste überhaupt nichts von ihr, wie sie auch seine Geschichte nicht kannte. Der Zufall hatte sie für eine Weile zusammengeführt und zu Gefährten werden lassen. Bald aber schon würden ihre Wege sich wieder trennen und jeder von neuem seine eigene Geschichte leben. »Schon gut«, sagte sie und tätschelte seinen entblößten Arm.

»Muss euer schwedischer Hauptmann nicht mal wieder zu seinem Regiment zurück?«, schaltete sich Ludwig betont munter ein, um das bedrückende Schweigen zu brechen. »Oder hat er sich ganz von den Seinen verabschiedet?«

»So wie du dich von den Deinen?« Unbemerkt war Rupprecht wieder bei ihnen aufgetaucht und fixierte Ludwig mit unfreundlichem Blick.

»Warum bist du so misstrauisch? Wir wissen alle nicht viel voneinander. Genauso gut kann er uns für Verräter oder Marodeure halten«, versuchte Magdalena zu vermitteln

»Habe ich euch schon erzählt, wo ich herkomme?« Ludwig tat so, als stritten sie nicht seinetwegen, sondern wandte sich freundlich Ambrosius zu seiner Linken zu. Der zerstampfte gerade einige Salbeiblätter mit dem Mörser. Erst als Ludwig ihn mit dem Ellbogen anstieß, sah er auf.

»Nein, erzähl. Deinem Dialekt nach bist du hier aus der Gegend.«

»Stimmt. Deshalb kenne ich hier auch viele verborgene Winkel. Bevor ich nach Königsberg gegangen bin, war ich weiter unten im Süden unterwegs. Aber da wurde es mir allmählich zu voll. Da sammeln sich schon wieder die Schweden, weil sie noch vor dem Winter über den Lech bis hinüber zur Isar wollen. Der bayerische Kurfürst hat sie wohl zu sehr herausgefordert, dass sie ihn nun endlich mundtot machen wollen. Schon träumen sie davon, sich in München in seiner herrlichen Residenz niederzulassen. Der Kurfürst selbst ist wohl bereits aus der Stadt geflohen. Die Kaiserlichen sind natürlich nicht weit und werden versuchen, den anrückenden Truppen Wrangels noch etwas entgegenzusetzen. Bei Augsburg wird es gewiss bald heiß hergehen. Wenn ihr also wieder Arbeit als Feldscher sucht, werdet ihr da unten sicher gebraucht werden. Solche wie euch nehmen sie mit Kusshand.«

»Was ist mit dir? Willst du nicht auch wieder zum Heer zurück?« Ambrosius sah ihn offen an, doch Ludwig winkte mit der rechten Hand ab.

»Mir steht der Sinn inzwischen nach anderem. Längst wollte ich mich zur Ruhe setzen. Mein ganzes Leben habe ich nichts anderes getan, als Beine abgeschnitten und Bäuche zusammengeflickt. Ich war letztens schon fast in meine Heimatstadt Rothenburg zurückgekehrt, musste dann jedoch umkehren.«

»Rothenburg?« Neugierig legte Magdalena den kleinen Messinglöffel beiseite, mit dem sie ein weißliches Pulver abgemessen hatte. »Wann warst du dort?« Unauffällig gab sie Rupprecht ein Zeichen mit der linken Hand, damit er nicht gleich wieder aufbrauste. Sie hatte das Gefühl, dass Ludwig ihr etwas Wichtiges sagen würde, und nickte ihm aufmunternd zu.

»Letzte Woche erst. Wie gesagt: aber nur fast. Reingekommen bin ich nicht in die Stadt. Interessieren dich die Schweden, die dort sind? Von Anfang an hatte ich das Gefühl, euer Hauptmann könnte derjenige sein, auf den sie so sehnsüchtig warten. Die Beschreibung würde passen. Er soll nur schnell hin, dann werden sie ihm wohl noch einmal verzeihen, dass er sie im Stich gelassen hat. Es pressiert ihnen nämlich, nach Landsberg zu kommen. Zuvor aber sammeln sich alle in Ansbach, um in einem großen Tross weiterzuziehen.«

»Ich werde es ihm ausrichten«, bemerkte Rupprecht trocken und fasste Magdalena am Arm. Es war ihm anzusehen, wie wenig er von Ludwigs Informationen hielt. Das alles war schließlich nichts Neues. Dass Lindström mit den anderen in Rothenburg warten sollte, hatte Englund selbst angeordnet.

»Warte noch. Vielleicht habe ich noch was für euch«, sagte Ludwig und hielt sie am anderen Arm fest. »So ganz von ungefähr wird es nicht kommen, dass ihr so brav bei dem Schweden bleibt, obwohl ihr doch zu den Unsrigen gehört. Irgendwer erzählte etwas von zwei Wundärzten, einem Mann und einer Frau, die vermutlich einen Quartiermeister erschlagen haben.«

»Was?« Magdalena schnappte nach Luft, bemühte sich dann aber um einen beiläufigen Tonfall. »Das klingt ja hinterhältig!«

»Keine Sorge«, blinzelte Ludwig ihr beruhigend zu, »solange der berüchtigte Hagen Seume diese Gerüchte streut, sitzt dem niemand auf. Dessen Ruf weht durch die ganze Armee. Da braucht man diejenigen, die er beschuldigt, nicht persönlich zu kennen, um zu wissen, was dahintersteckt: dass er der Hinterhältige und die anderen die Ehrlichen sind.«

»Ich verstehe immer noch nicht, warum du uns das alles erzählst«, ging Rupprecht dazwischen. »Das hat nichts mit uns zu tun. Komm schon, Magdalena, Englund wartet.«

»Was anderes tut er doch nie«, warf Ludwig ein und wandte sich abermals an Magdalena. »Deine Idee mit den Salben klingt wirklich gut, mein Kind. Das Warten könnt ihr eurem Hauptmann verkürzen, wenn ihr ihm sagt, dass in Rothenburg nicht nur Lindström und seine Truppen auf sein Auftauchen hoffen. Als ich dort in der Gegend war, lief mir auch ein großer, rotblonder Mann über den Weg.«

Bedeutungsvoll hielt er inne, sah erst auf Magdalena, dann auf Rupprecht, schließlich wieder auf sie. »Ausdrücklich hat er nach dem Hauptmann gefragt. Er hat behauptet, er sei ein alter Freund und brauche dringend seine Hilfe. Mir schien, er suchte eigentlich jemand ganz anderen, und ausgerechnet Englund könnte ihm da weiterhelfen.«

»Wie kommst du darauf? Hat er dir das erzählt, oder reimst du dir das nur zusammen?« Rupprecht bedeutete ihr ein weiteres Mal, dass sie besser aufbrechen sollten. Magdalena aber schob ihn beiseite und nickte Ludwig zu.

»Und?«, fragte sie gebannt. Ihr Herz klopfte so sehr, dass sie kaum einen Ton hervorbrachte. Ein Zittern durchlief ihren Körper. »Nach wem sucht er?«, presste sie mühsam zwischen den Lippen hervor.

Einen Augenblick sonnte sich Ludwig in der Aufmerksamkeit, die sie beide ihm schenkten. Schon räusperte sich Rupprecht auffällig, da sagte er: »Nach einer rothaarigen, zierlichen Frau und einem schwarzhaarigen, kleinen Mann. Die Schweden sollen die zwei verschleppt haben.«

Der Blick, den er daraufhin erst ihr, dann Rupprecht zuwarf, verriet, was er bei diesen Worten dachte.

22

Das rote Haar hing Magdalena in triefenden, dunklen Strähnen vom Kopf, der Umhang lag ihr tropfnass auf den Schultern. Im strömenden Regen stand sie mitten auf dem Salzmarkt, Rupprecht dicht vor ihr. Er hielt sie fest und drängte sie gegen den Stamm einer weit ausladenden Linde. Von deren Blättern und Ästen rann das Wasser zwar ebenfalls auf sie herunter, doch war es allemal besser, als jenseits des Baumes ungeschützt auszuharren.

Auf Magdalenas Nasenspitze perlte ein Tropfen. Sie schielte, um zu beobachten, wie er träge hinunterfiel. Schon rückte der nächste an seine Stelle. Rupprecht war ebenfalls tropfnass. Die Krempe seines Filzhuts hing schwer herunter, der helle Stoff seiner Jacke schimmerte schwarz vor Nässe. An Nase und Kinn rann das Wasser herunter. Einem Hund ähnlich schüttelte er sich, dass die Tropfen nach allen Seiten flogen. Sie zuckte zurück. Als sie Kinder gewesen waren, war sie über diese Geste jedes Mal in schallendes Gelächter ausgebrochen. Es rührte sie, dass er als Erwachsener daran festhielt. Den kurzen Moment seiner Unachtsamkeit hätte sie nutzen können, sich aus seinem Griff zu befreien. Dann aber hätte er vermutet, sie wollte vor ihm davonrennen. Dabei wollte sie sich ihm endlich stellen und offen mit ihm reden.

»Magdalena!« Rupprecht hielt ihre Handgelenke so fest umklammert, dass sie spürte, wie ihr die Finger blutleer wurden. »Warum kommst du nicht von dem Schurken los? Was muss Eric dir noch antun, damit du begreifst, dass er dir nichts Gutes will?« Verzweifelt verhakte sich sein Blick in ihrem. Der Regen platschte weiter auf die Hutkrempe.

Wenn sie ihn doch wenigstens dazu bewegen könnte, ins Trockene zu gehen! Die Linde auf dem langgestreckten Salzmarkt war ein denkbar schlechter Ort, um wichtige Gespräche zu führen, noch dazu bei diesem Wetter. Hinter Rupprechts Rücken ragten die Mauern des Anwesens von Bürgermeister Graser empor. Sie musste lachen, als ihr das klarwurde. Dass sie sich ausgerechnet vor dem Haus wiederfanden, von dem aus damals der Brand die ganze Stadt erfasst hatte, schien wie ein garstiger Fingerzeig des Schicksals. Im letzten Augenblick waren sie damals dem Tod entronnen, zum zweiten Mal nach Magdeburg. Auf wie viele bittere Erinnerungen blickten sie seither gemeinsam schon zurück? Was erwartete sie dieses Mal?

»Du bist derjenige von uns beiden, der nichts begreift. Weil du es nicht willst.« Sie drehte sich zur Seite, ein ungeschickter Versuch, sich doch von ihm loszureißen. Darauf packte er sie noch fester. Tränen stiegen ihr in die Augen. Er würde nicht glauben, dass es des Schmerzes wegen war. Er würde denken, sie weinte Erics wegen. Den ganzen Weg von der Apotheke hier hinauf hatte er ihr das vorgehalten. Warum war sie nur mit ihm gegangen? Ins Haus am Steinweg hatten sie gehen wollen, doch ohne es erklären zu können, hatten sie den Weg zum Salzmarkt eingeschlagen, um Ludwigs Informationen zu besprechen.

Gegen ihren Willen drehte sie Rupprecht den Kopf wieder zu und musterte ihn ausgiebig. Er dauerte sie. Dass er nicht merkte, wie es in Wahrheit um sie stand! Aber so war er immer schon gewesen. Wie gern würde sie ihm den Regen von den Wangen streichen, die Tropfen von den Lippen wischen! Sie näherte sich seinem Gesicht, mehr konnte sie seines Griffes wegen nicht tun. Brüsk stieß er sie weg.

»Lass das! Darauf falle ich nicht mehr herein«, sagte er. »Ich hätte es gleich wissen müssen. Stattdessen habe ich immer noch gehofft. Schon letztens, auf dem Weg hierher, als du dich im Wald an mich herangeschlichen hast, ist es mir ähnlich gegangen. Wie habe ich da nur denken können, du hättest wirklich mit Eric gebrochen? Wie habe ich auch nur einen Moment lang glauben können, es ginge dir tatsächlich um mich? Benutzt hast du mich die ganze Zeit über, mehr nicht.«

»Hör doch auf mit dem Unsinn. Wie kommst du nur darauf?« Sie versuchte, die Arme zu heben, ihn vielleicht doch zu umarmen, an sich zu ziehen. Er musste es endlich begreifen: Sie hatte sich für ihn entschieden! Ohne Eric ging es ihr viel besser. Allein Carlotta musste sie finden, dann war sie bereit für ihn, Rupprecht. Endlich, nach all den Jahren! Fast schien es, als wolle er das einfach nicht wahrhaben. Nicht mehr wahrhaben, ergänzte sie für sich.

»Wie ich darauf komme? Weil ich jetzt verstehe, welches Spiel du spielst! Eben, drinnen bei Ludwig, als er davon erzählt hat, was er über Eric weiß, da ist es mir aufgegangen. Von wegen ›mit Eric habe ich abgeschlossen‹. Keinen halben Tag ist es her, dass du mir das gesagt hast, und trotzdem bist du vorhin bei Ludwig nahezu vergangen vor Sehnsucht. Du hättest dich sehen sollen, wie du an seinen Lippen gehangen hast, als er erwähnt hat, dass Eric nach dir und mir sucht. Ekelhaft! Kaum zu halten warst du.« Er beugte sich vor und senkte drohend seine Stimme. »Doch ohne mich, das weißt du nur zu gut, ohne mich wird es dir nicht gelingen, nach Rothenburg zu deinem Geliebten zu finden. Nur mit meiner Hilfe kommst du mit Englund klar. Mich brauchst du, damit er dir weiterhilft. Das war immer schon so.«

Er lehnte sich wieder zurück. Seine dunklen Augen wirkten im Regenschatten der Linde noch düsterer. Mehrmals fuhr er sich mit der Zunge über die Lippen, dann sprach er weiter: »Wenn ich nur darüber nachdenke, wird mir schwindlig: all die Stunden, die ich im Kloster auf Englund eingeredet habe, dass du keine versoffene Hure, sondern eine der besten Wundärztinnen der Kaiserlichen bist – und wozu? Du ahnst nicht einmal, wie nah du am Abgrund entlanggeschlittert bist. Von dem Moment an, in dem uns die Schweden nach der Schlacht gefunden haben, hat Englund mit dem Gedanken gespielt, dich aufzuhängen. Rote Haare, grüne Katzenaugen, wie vom Teufel eingeritzt in dein spitzes Gesicht. Schon bei eurer ersten Begegnung ahnte er wohl, dass du ihm gefährlich werden kannst. Er spürte, dass du ihm bei seinem geliebten Vetter Eric im Weg stehst, ohne dass er es damals schon hätte benennen können. Vom ersten Augenblick an hat er dich gehasst.«

Er schöpfte Luft und wandte den Blick durch die lichter werdenden Äste der Linde zum Himmel. Eine Amsel landete im Baum und hüpfte Ast für Ast herunter. Unter ihrem geringen Gewicht stöhnten die dürren Zweige bereits. Dicke Regentropfen fielen herab. Aus tiefster Kehle entließ die Amsel einen rollenden Ruf. Die Pause hätte Magdalena nutzen können, Rupprecht zu widersprechen. Doch sie fühlte sich wie gelähmt, starrte auf die Amsel und mochte nicht begreifen, was er da gerade gesagt hatte.

»Längst wollte Englund dich im Kloster seinen Männern überlassen«, setzte er seine Tirade fort. »Ich aber habe gesehen, wie sie dich angeschaut, mit den Augen verschlungen und dabei ihre Säcke gekratzt haben. Denen war es gleich, in welchem Zustand du warst. Hauptsache, eine Frau, der man sein Glied bis zum Anschlag reinrammen kann. Glaub mir, das hättest du keinen Tag allein überlebt. Davon aber hast du nichts mitbekommen. Hast tagelang nur den Branntwein in dich hineingeschüttet und nichts von der schwelenden Gefahr bemerkt. Irgendwie hat Englund es mir doch abgenommen, dass ich dich als Helferin brauche. Eine Weile wenigstens hast du dich auch zusammengerissen. Doch dann hast du zu allem Überfluss Jossip den Arm abgesäbelt. Ausgerechnet Englunds kroatischem Augenstern. Jeder im Kloster wusste, dass der mehr für ihn war als nur der Bursche. Obendrein hatte ich ihn zuvor richtig behandelt, ihm die kantige Kugel im Schweiße meines Angesichts aus dem verdammten kroatischen Arm gezogen. Weiß der Teufel, was du angestellt hast, dass sich doch noch Wundbrand gebildet hat.«

Er rang nach Luft.

»Das ist nicht dein Ernst!«, entfuhr es ihr. Als sie aber sah, wie die Empörung, die ihn bei seinen Worten erfasst hatte, zum überstürzten Atmen zwang, schwieg sie wieder. Seine Brust hob und senkte sich wie im Fieber. Es blieb ihr nichts anderes zu tun, als ihn anzustarren und weiter zuzuhören. Es musste aus ihm heraus. Vielleicht war er danach bereit, die Wahrheit zu ertragen.

»Stell dir vor, was passiert wäre, hätte ich Englund im Kloster nicht davon überzeugt, dass du den Bernstein von Eric als Geschenk bekommen hast. Gleich war mir klar, was ihm das bedeutet. Eric scheint sein Ein und Alles zu sein, wahrscheinlich der letzte Überlebende seiner Familie. Den Bernstein trägt er als Zeichen Gottes, dass er ihn doch noch finden wird. Ohne mein Eingreifen aber hätte Englund dich auf dem Scheiterhaufen verbrannt. Vergiss das nie! Ohne mich ließe er dich fallen wie einen abgebrannten Kienspan. Selbst auf dem Weg von Würzburg hierher musste ich zwischen euch vermitteln. Wie sehr ihr beide euch hasst, hat man doch schon daran gesehen, wie ihr miteinander auf dem Pferd gehockt seid. Dabei ist er nicht viel besser als du.«

Abermals senkte er die Stimme, redete im drohenden Flüsterton weiter. »Auch er hat mich nur benutzt, um dich zu ertragen. Ohne mich könnt ihr beide nämlich nichts miteinander anfangen. Zu tief drin steckt ihr beide in eurer dämlichen Liebe zu diesem Schurken Eric, wenn auch jeder auf seine Art!«

Den letzten Satz hatte er ihr regelrecht entgegengeschrien, um dann in gewohnter Lautstärke fortzufahren: »Und ich soll es euch beiden richten, damit ihr so schnell wie möglich zu ihm kommt. Das habt ihr euch fein ausgedacht! Sobald er euch gegenübersteht, habt ihr mich dann vergessen. Ihr braucht mich nicht mehr und könnt mich wegscheuchen wie einen Hund, der einem lästig geworden ist. Zu eurem Pech aber habe ich endlich begriffen, was hier gespielt wird, und steige aus dem Spiel aus. Schaut doch selbst, wie ihr miteinander klarkommt!«

Noch einmal zerrte er an Magdalenas Handgelenken, dass ihr die Tränen kamen. Einen Aufschrei hielt sie angestrengt zurück, um ihm nicht zusätzlich Zunder zu geben. Derb versetzte er ihr einen Schubs nach hinten. Sie taumelte und fing sich im letzten Moment, bevor sie in den Dreck gefallen wäre. »Vielleicht schafft ihr beide es ja sogar allein bis Rothenburg, auch ohne mich. Ambrosius mag euch helfen. Gebete von dicken Kuttenträgern haben noch nie geschadet. Von mir aus kann euch auch dieser Ludwig beistehen. Dann werdet ihr einträchtig nebeneinander am Galgen baumeln, wenn die Schweden euch dort willkommen heißen. Oder ihr fallt unterwegs schon einem Rudel Räuber in die Hände. Viel Spaß, meine Liebe, du wirst bald also endlich wissen, wie es ist, für einen rammelnden Hundsfott die Beine breit zu machen.«

Ihre Hand fuhr nach oben. Sie holte aus, um kräftig zuzuschlagen, doch er zeigte sich unbeeindruckt. Mitten in der Bewegung hielt sie inne, während er weiterredete: »Englund guckt sicher gern zu. Zu mehr ist der sowieso nicht fähig, der alte heringfressende Jammerlappen!«

Er wandte das Gesicht ab und wollte weggehen, doch es gelang ihr, ihn am Ärmel festzuhalten und wieder zu sich herumzuziehen. Sie hatte gesehen, wie ihm die Tränen über die Wangen liefen. Zwei-, dreimal schöpfte sie nach Luft, kniff die Augen zusammen. Seiner Tränen hätte es nicht bedurft. Sie wusste auch so, was zu tun war. Ehe er sich versah, schlang sie ihm die Arme um den Hals und presste ihr Gesicht gegen seines. »Du argwöhnischer Narr! Du bist so blind vor Eifersucht, dass du wirklich nicht mehr sehen kannst, was wirklich geschehen ist.« Damit konnte auch sie die Tränen nicht mehr halten und schluchzte los.

Sie wusste selbst nicht mehr, wie lange sie so dagestanden und miteinander geweint hatten. Irgendwann fanden sie sich vor dem halbverfallenen Anwesen wieder, in dem Magdalena mit Babette und ihrem Vater einst untergekommen war, direkt neben dem Quartier des hochverehrten, tapferen Tilly. Ihr Blick wanderte über die Mauerreste und einen verkrüppelten Pflaumenbaum, an dem noch ein Dutzend welker Blätter im Wind zappelten. Dahinter ragte eine Scheune empor. Ihr Herz stockte. »Die Scheune!«

»Was ist?« Rupprecht folgte ihrem Blick und sah sie erstaunt an.

»Hat die schon immer hier gestanden, so nah am Haus?«

»Woher soll ich das wissen?«, erwiderte er verständnislos. »Alt ist sie in jedem Fall. Könnte gut sein, dass sie damals nicht mit abgebrannt ist. Schau, da hinten am Tor sind zwar deutliche Spuren eines Feuers, aber es hat den Anschein, als hätte sie das unbeschadet überstanden.«

Sie hielt sich an ihm fest, als sie auf das Grundstück gingen, um es sich genauer anzusehen. Es würde ihr keine Ruhe lassen, das wusste sie. Sosehr sie auch davor zurückschreckte, dass das wirklich die Scheune war, in die sie vor langer Zeit das Bündel Mensch geworfen hatte.

Endlich hatte der Regen nachgelassen. Das stete Nieseln nahmen sie schon gar nicht mehr wahr, so sehr hatten sie sich in den letzten Wochen daran gewöhnt. Die Nässe sorgte dafür, dass sie nicht erkennen konnten, wie alt das Holz war, aus dem die Scheune erbaut worden war. Alles war dunkelschwarz, ganz gleich, wie lang es schon stand.

»Damals dachte ich, mein Vater wäre weit mit uns aus der Stadt herausgelaufen, um uns vor den Flammen zu retten. Dabei ist er wohl nur mit uns in den Garten gegangen.«

»Was spielt das für eine Rolle?« Rupprecht wandte sich zum Gehen. Erst da fiel ihm auf, dass sie sich nicht vom Fleck rührte und wie gebannt in eine Ecke direkt neben dem Scheunentor starrte. Etwas Helles blitzte aus dem Unrat auf, der sich dort seit Jahren sammelte. Sie beugte sich vorsichtig darüber und stocherte mit einem kleinen Ast darin herum. Es war ein Stück Stoff, ein Streifen Leinen, wie sie ihn bei Operationen als Verband benutzten. Oder Roswitha, wenn sie ein frisch geborenes Kind gleich nach der Geburt eingewickelt hatte. Ihr wurde flau, alles um sie herum begann sich zu drehen. »Das kann nicht sein!«, stieß sie hervor und tastete nach der Wand, um sich abzustützen.

»Magdalena, was ist los?«

»Das Kind! Ich habe es gefunden! Das muss ich Babette sagen. Es liegt noch da!«

»Welches Kind? Warum musst du das deiner Mutter sagen? Hast du den Verstand verloren?« Er rüttelte sie und versetzte ihr schließlich wieder eine kräftige Maulschelle, dass ihr die Wange brannte. Das brachte sie zur Besinnung. Sie hielt sich die schmerzende Stelle und zwang sich, noch einmal zu der Stelle hinzusehen. Ein Stück Papier lag dort, halb angekohlt, daneben ein paar helle Birkenblätter, herübergeweht von dem Nachbargrundstück. Dort, wo sich früher einmal die Stallungen befunden hatten, in denen Rupprecht und all die anderen Wärme gesucht und Feuer gestiftet hatten, ragte ein schmaler, weißer Stamm einsam in den grauen Herbsthimmel empor.

»Ich habe mich wohl geirrt. Es kann ja gar nicht sein, dass das noch hier liegt. Nach all den Jahren! Komm, lass uns endlich zu Englund gehen, damit wir fortkommen von hier und endlich mein Kind wiederfinden.«

23

Je näher sie Rothenburg kamen, desto ungeduldiger rutschte Englund im Sattel hin und her. Magdalena wagte jedoch nicht, etwas zu sagen. Seine Unruhe verstand sie nur zu gut. Auch sie war davon überzeugt, kurz vor dem Ziel zu stehen. Ludwigs Erzählung ließ keinen Zweifel, dass es sich bei dem rotblonden Mann in Rothenburg um Eric handeln musste. Offensichtlich durchkämmte er die Gegend auf der Suche nach ihr. Und wo Eric war, das spürte sie, musste auch Carlotta sein. Für sie war es undenkbar, dass er ihr Kind, seine eigene

Tochter, im Stich gelassen hatte. Nur um sie zu finden, wollte sie zu Eric.

Bei Anbruch der Dämmerung hofften sie, in der Stadt ob der Tauber einzutreffen. Noch an diesem Abend also würde sie die Kleine endlich wieder in die Arme schließen. Zum tausendsten Mal glitten ihre Finger suchend über ihre Brust, um den Bernstein zu fassen. Sie brachte es nicht über sich, von dieser Gewohnheit zu lassen. Dabei hatte sich längst gezeigt, dass sich auch ohne den Schutz des Steines alles zum Guten wendete. Vorsichtig linste sie zur Seite. Kerzengerade saß Rupprecht im Sattel. Als spürte er ihren Blick, wandte er leicht den Kopf und blinzelte ihr beruhigend zu. Den Bernstein brauchte sie nicht mehr. Englund würde ihr das Stück ohnehin nicht mehr zurückgeben, nicht einmal Carlotta zuliebe.

Tief atmete sie durch, rief sich Carlottas zartes Gesichtchen ins Gedächtnis, roch den Duft ihrer Haut, meinte die Weichheit ihrer rotblonden Locken auf den Wangen zu spüren. Kaum ein ganzer Tag mehr, und sie waren wieder vereint! Beglückt sandte sie gleich ein halbes Dutzend Dankgebete gen Himmel. Die Regenwolken hatten sich aufgelöst, dennoch wölbte sich der Himmel weiterhin trüb und dunkel über ihnen. Wenigstens mussten sie sich dieses Mal nur gegen den eisigen Wind wappnen und nicht noch die stete Feuchtigkeit der ersten Reise vor wenigen Wochen ertragen.

Magdalena rückte das Säckchen zurecht, das sie am Gürtel trug. Darin hatte sie einige Kräuter und Röhrchen mit Tinkturen gesteckt, die Ludwig ihr überlassen hatte. Eine wirksame Medizin gegen Erkältung fand sich darunter natürlich auch. Rupprecht hatte ebenfalls einen schweren Beutel mit zahlreichen Arzneien gepackt. Ihre Geschichte, warum sie heimlich den Umweg über Königsberg in Franken hatten einschlagen und die Männer um Lindström hatten warten lassen müssen, würde man ihnen glauben müssen. Selbst Englund war sofort überzeugt gewesen.

Wie gut, dass Rupprecht bei ihr war! Er hatte sich wahrlich als besserer Talisman entpuppt als der Bernstein. Mit ihm an der Seite wurde alles gut. Carlotta streckte bald schon ihre Ärmchen nach ihr aus, das allein zählte. Am liebsten hätte sie dem Pferd selbst die Sporen gegeben. Noch war Englund allerdings nicht bereit, die Zügel aus der Hand zu geben.

Ihr Vorhaben, lediglich zu dritt und ohne bewaffnete Begleitung nach Rothenburg zu reiten, war gewagt. Hinter jeder Wegbiegung konnte das Unglück lauern. Die Gegend zwischen Main und Tauber war unübersichtlich, und der Steigerwald im Osten lockte viele Schurken an. Selbst ihr Königsberger Gastgeber, der sonst so wortkarge Stadthauptmann, hatte ihnen anlässlich ihres überstürzten Aufbruchs erstaunlich beredt das ganze Ausmaß der drohenden Gefahren vor Augen geführt. »Keine Woche mehr, und die Kaufleute stehen wieder in der Tür«, brachte er als letzten und wichtigsten Grund an. »Unter deren Schutz seid ihr doch schon von Kitzingen bis hierher geritten. Du kennst sie, Englund, vertraust ihnen wie deinen eigenen Leuten. Sei nicht töricht und warte lieber noch auf sie, statt heute schon davonzueilen.« Als der Hauptmann an seinem Vorhaben festhielt, fügte er noch hinzu: »Die haben wenigstens eine Handvoll schwerbewaffneter Schützen dabei. Mit denen wäre euer Weg bis Würzburg gesichert.«

Rupprecht und Magdalena befürchteten schon, der Hauptmann könnte einlenken, als der erstaunlich schroff reagierte: »Bis nächste Woche können wir nicht warten. Pistolen trage ich selbst bei mir, und zu viert werden wir uns schon zu verteidigen wissen. Außerdem haben wir schnelle Pferde. Ich kenne den Weg wie meine eigene Westentasche. Nichts wird uns geschehen.«

»Außer dir weiß keiner der drei anderen mit Waffen umzugehen.« Wieder schüttelte der Stadthauptmann besorgt den Kopf. »Die versteckten Wege zwischen Main, Tauber und Steigerwald kennst außerdem nicht nur du. Marodierende Soldaten und Bauern streunen dort umher. Seit Jahren ist dort das Recht außer Kraft gesetzt. Die Gauner kennen nicht nur die Wege, sondern auch die besten Plätze für einen Hinterhalt. Gegen die habt ihr im Zweifelsfall keine Chance.«

So vernünftig die Einwände klangen, fand Magdalena sie nicht allein ihrer eigenen Ungeduld wegen überflüssig. Insgeheim hatte sie den ehemaligen Stadthauptmann im Verdacht, ihm graute vor der Abreise, weil er dann wieder mit der kaum sichtbaren Magd allein hausen musste. Bis die Kaufleute zurückkehrten, konnte alles Mögliche geschehen. In einem der letzten noch intakten Häuser zu wohnen und zu alt zum Schießen oder Fechten zu sein stellte wohl eine weitaus größere Gefahr dar, als zu viert nach Rothenburg zu reiten. Wahrscheinlich graute ihm auch vor der Stille, die sich über das Haus senken würde. Die alte Magd fand noch weniger Worte als er, um sich zu verständigen.

Ambrosius, der sich die ganze Zeit über still verhalten hatte, schaltete sich nun ins Gespräch ein: »Ich bin euch eine ziemliche Last. Ich kann nicht gut reiten und bin viel zu schwer, so dass der Gaul nicht mit euch Schritt halten kann. Er muss schließlich auch noch Rupprecht tragen. Mit Pistolen weiß ich sowieso nicht umzugehen, geschweige denn mich sonst irgendwie nützlich zu machen, wenn es einen Überfall gibt.«

»Du willst also hierbleiben?«, fragte Englund und schmunzelte dabei zu ihrer aller Erleichterung sogar. »Dann bleib. Drüben in der Apotheke wirst du genug zu tun finden. Und auch unser Gastgeber wird sich über Gesellschaft freuen. Du bist ein freier Mann, Ambrosius.«

Verblüfft starrte Ambrosius ihn an. Auch Rupprecht riss Mund und Augen weit auf. Magdalena beobachtete, wie seine Mimik zwischen Erstaunen, Neid und Freude wechselte. Der Mönch schnappte nach Luft, bevor er endlich in der Lage war, sich zu äußern: »Danke für deine Großzügigkeit. Ich weiß sie zu schätzen.« Verschämt wischte er sich über die Augen. Auch Magdalena fiel es nicht leicht, von ihm Abschied zu nehmen. Rupprecht warf ihr einen Blick zu, den sie nicht zu deuten wusste. Am nächsten Tag fiel ihr auf, dass er offenbar bewusst darauf verzichtete, Ambrosius zum Abschied die Hand zu reichen.

So waren sie also am nächsten Tag nur mehr zu dritt aufgebrochen: Magdalena mit dem Hauptmann auf dem Rappen vorweg, Rupprecht allein auf dem kräftigen Braunen hintendrein. Als sie zum Schützentor hinausritten, hoben sie die Hand zu einem letzten Gruß. Keiner von ihnen wandte jedoch den Blick, um zu sehen, wie Ambrosius, der alte Stadthauptmann und die stumme Magd ihnen vom Hoftor aus nachwinkten.

So leichtfertig Englund den Schutz der Kaufleute in den Wind geschlagen hatte, so umsichtig erwies er sich trotz allem. »Hier«, sagte er knapp und streckte Rupprecht an der ersten Biegung hinter dem Stadttor bereits eine seiner Pistolen entgegen. »Es ist wohl besser, du hast auch eine. Auch den Dolch wirst du gut brauchen können. Ich nehme an, du kannst mit so etwas umgehen.«

»Klar.« Rupprecht beugte sich hinüber, um die Waffen anzunehmen, und verstaute sie griffbereit am Sattel. Magdalena bemerkte das kaum sichtbare Zucken um seine Mundwinkel. Als hätten sie sich abgesprochen, begegneten sich kurz ihre Blicke. Er schüttelte den Kopf, sie nickte. Das genügte, um sich einig zu sein, die Situation nicht auszunutzen und Englund in den Rücken zu fallen. Er konnte sich auf sie verlassen. Sie hatten ihm ihr Wort gegeben.

Bis Haßfurt hinunter und dann mainabwärts an Schweinfurt vorbei nach Marktbreit verlief die Reise unproblematisch. Wie schon auf dem Hinweg erwies Englund sich als ausgezeichneter Kenner der Gegend, wusste Umwege zu vermeiden und gefährliche Stellen, in denen ein Hinterhalt lauern mochte, zu umgehen. Auch fand er immer wieder ohne Schwierigkeiten Unterkünfte für die Nacht. Insgeheim wunderte sich Magdalena, wie viele Menschen er so gut kannte, dass sie ihm und seinen Begleitern willig die Türen öffneten.

Das Grau des Himmels war inzwischen in ein lichtes Weiß übergegangen. Gelegentlich blitzte bereits ein gleißender Fleck Sonnenschein hindurch. Aus einer Wolkenlücke ergoss sich einmal sogar ein regelrechtes Sonnenbad, das ihnen die Rücken wohlig wärmte.

Den Wald hatten sie nun hinter sich gelassen und ritten wohlgemut über die Felder auf Rothenburg zu. Die trutzigen Befestigungsanlagen waren schon von weitem gut zu erkennen. Rechts und links der Straße verrieten die Felder, dass dort vor nicht allzu langer Zeit zahllose Reiter, Fußvolk und Karren entlanggezogen waren. Wie so oft hatten sich die Spuren tief in die Erde eingegraben und jeden Schössling zerstört und das Getreide zertrampelt. Hungrig waren die Menschen der Gegend anschließend darübergekrochen, die Augen tief auf die Erde gerichtet, die Finger über den Boden tastend auf der Suche nach den letzten Körnern, mit denen sich Mehl fürs Brot mahlen ließ. Viel dürften sie nicht gefunden haben. Heer und Tross pflügten die Felder gemeinhin gründlicher, als so mancher Bauer es in besseren Zeiten getan hatte. Traurig breiteten sich die vielfach geschundenen Äcker nun aus und kündeten von einem weiteren schweren Winter ohne ausreichend Nahrung für alle. Gelegentlich passierten Magdalena und ihre Begleiter leerstehende Scheunen und Heuschober, entdeckten verlassene oder gar niedergebrannte Bauernhöfe.

»Willst du wirklich in die Stadt?«, fragte Rupprecht Englund und zügelte sein Pferd. »Ich glaube kaum, dass ein einzelner schwedischer Hauptmann dort sonderlich gelitten ist.«

»Da hast du recht. Deshalb werden wir uns da vorn an der Wegbiegung links halten. Ich kenne ein Gehöft, das Eric oft aufgesucht hat. Es muss gleich hinter dem Wald liegen. Vielleicht finden wir dort sogar eine Nachricht vor.«

Der Weg mündete alsbald in einen kleinen Mischwald. Das Gestrüpp nahm zu, der Weg wurde enger und unübersichtlicher, und das dichte Blätterdach schirmte das Tageslicht nahezu vollständig ab. Die Hufschläge klangen dumpf auf dem weichen Waldboden. Kaum ein Vogelzwitschern war zu hören, keine Maus raschelte durch das Gras. Magdalena wurde unheimlich. Selten hatte sie sich in den letzten Tagen geängstigt, doch plötzlich glaubte sie zu wissen, dass sie sich dieses Mal weder auf Englunds Umsicht noch auf ihr Glück verlassen konnten. Ihre Begleiter schienen ihre düsteren Gedanken zu ahnen. Rupprecht warf ihr immer wieder aufmunternde

Blicke zu und wich nicht von ihrer Seite. Englund schob sich von hinten dichter an sie heran, als wollte er sie so seiner schützenden Gegenwart versichern.

Schon bald lichtete sich der Wald. Ein kleines Dorf auf einer Anhöhe schob sich in ihren Blick. Davor liefen die brachliegenden Felder in einer Ebene aus. Magdalena atmete auf. Jemand stand dort oben bei dem größten der Gebäude auf dem Hügel und winkte zu ihnen herunter. Auch wenn er oder sie klein wirkte wie eine Ameise, war die freudige Bewegung des Armes deutlich zu sehen. Schon wollte sie zurückwinken, da erhob sich plötzlich lautes Geschrei.

Keine zwei Augenblicke später fanden sie sich umzingelt von schwerbewaffneten Soldaten. Die Waffen dicht vor ihren Gesichtern klickten, als die Hähne gespannt wurden. Magdalena spürte, wie Englund nach seiner Pistole tastete, doch da richtete sich ein langer Gewehrlauf direkt auf seinen Kopf. Sie schielte aus den Augenwinkeln hinüber und erkannte Lindström. Ausgerechnet derjenige, dem Englund in seinem Trupp vertraut hatte, erhob nun als Erster die Stimme gegen ihn. Seltsamerweise sprach er Deutsch, so dass sie alles verstand. Oder war es nur die eindeutige Situation, die sie sogar das Schwedisch der Soldaten begreifen ließ?

»Da bist du also endlich, Englund. Genau, wie unser Kundschafter es angekündigt hat. Braver Bursche, wenn auch schon so alt.«

Magdalena erstarrte und mied Rupprechts Blick. Sein Misstrauen gegenüber Ludwig war also berechtigt gewesen. Der alte Feldscher hatte sie schmählich verraten! Sie kämpfte mit den Tränen.

Lindström kostete seinen Triumph aus: »Eure Reise ist zu Ende. Englund, du bist festgenommen. Kannst dir den Grund wohl denken. Auf Fahnenflucht steht der Galgen. Hättest dich ruhig schon ein bisschen früher auf die Socken machen können. Sehnsüchtig warten wir bereits seit Tagen auf deine Rückkehr.«

Sein Blick wanderte zu Magdalena. Aufreizend schob er die Zunge durch die Zähne und ließ sie langsam über die Lippen gleiten.

»Schön, dass du die Kleine wieder mitgebracht hast. So können wir alle Rechnungen begleichen. Mir war so, als wäre da noch etwas offen.«

Mit dem Kopf wies er über die Schulter nach hinten, bevor er den nächsten Befehl erteilte. »Schnappt euch auch den schwarzen Teufel da hinten, Männer. Aber vergesst nicht: Feldscher wie ihn und die kleine Rothaarige können wir gut gebrauchen. In Bayern warten genug Verwundete auf heilsame Hände. Also, los jetzt. Worauf wartet ihr.«

Ein Schuss knallte. Im nächsten Moment fiel etwas Schwarzes vom Himmel herab. Die Soldaten lachten. Ohne zu zielen, hatte Lindström den einzigen Vogel weit und breit erledigt.

24

Wie so oft in den letzten Wochen stand Eric draußen auf der Kuppe und starrte in die Ferne. Berta beschrieb es Elsbeth, als sie zu der Kranken in die Kammer trat. Elsbeths Fieber war in den letzten Tagen wieder stark gestiegen und zwang sie ins Bett. Schnaufend mühte sie sich, sich zum Sitzen aufzurichten, doch ihr Körper war zu schwach. Erschöpft sank sie in die Kissen zurück, winkte Berta zu sich und umklammerte wie eine Ertrinkende ihr Handgelenk.

»Sag mir, wie er aussieht, ganz genau!« Ihre Worte kamen abgehackt, die Pausen dazwischen waren von rasselndem Husten gefüllt. »Geh ans Fenster und sieh ihn dir an.«

Mit einem tiefen Bellen löste sich der Schleim aus ihrer Brust. Schwer atmend rang sie nach Luft. Bertas Gesicht verschwamm vor ihren Augen. Dunkel meinte sie sich zu erinnern, dass die alte Frau schwarze, von silbrigen Fäden durchzogene Haare hatte, die sie zu einem strengen Knoten nach hinten trug. Die Farbe der Augen wollte ihr allerdings nicht mehr einfallen. Je mehr sie versuchte, sie durch Zusammenkneifen ihrer Augen zu erkennen, desto mehr verwischte jede Kontur, lösten sich die Farben um sie her in nebliges Grau auf. Einzig der große, schmallippige Mund Bertas stand ihr deutlich vor Augen.

»Wie du meinst.« Es schien ihr, als zuckte Berta gleichgültig mit den Schultern, bevor sie zum Fenster ging. Mit jedem Schritt schien sie sich mehr in Roswitha zu verwandeln. Ein Schauer lief Elsbeth über den Rücken. Fast hatte sie die alte Hebamme aus dem Tross vergessen. Magdalenas Verbündete. Auf einmal aber war sie wieder bei ihr, watschelte wie eine Ente umher, schnaufte und schüttelte den Kopf und missbilligte alles, was Elsbeth tat. Gemocht hatte Roswitha sie nie, trotzdem hatte sie ihr Magdalenas Kind an die Brust gelegt und nie daran gezweifelt, dass sie zum Wohl der Kleinen handelte.

»Also war es doch recht gewesen!«

Bertas gewaltiger Schatten am Fenster fuhr herum. Elsbeth erschrak. Sie musste den Satz laut ausgerufen haben. »Was?« Verwundert tönte Bertas volle Stimme vom Fenster herüber. »Was war recht gewesen? Was redest du da?«

»Nichts!«, sagte Elsbeth und erahnte, dass die Alte sie weiter betrachtete. Sie sollte doch auf Eric blicken, nicht auf sie!

So gut es ging, schob sie sich wieder auf, spürte das Zittern am ganzen Leib, kaum gelang es ihr, in der Senkrechten zu bleiben. Im Kopf drehte sich alles. Schwer kippte der Schädel abermals nach hinten ins Kissen. Verfluchtes Fieber! Sie fasste sich an den Kopf und hielt kurz darauf etwas Weiches, Flaumiges in der Hand. Sie musste nichts sehen, um zu wissen, dass es sich um ein weiteres Büschel ihrer einst so golden glänzenden Haare handelte. Ärgerlich schüttelte sie es ab, hustete sich dabei fast die Seele aus dem Leib.

Ein Schuss krachte. Wie auf Kommando drehten die Frauen die Köpfe zueinander. Elsbeth, die noch immer kaum mehr als grauen Nebel und Bertas dunklen Umriss am Fenster wahrnahm, bekam es mit der Angst zu tun.

»Nur ein Vogel«, sagte Berta. »Da hat einer wohl einen Vogel abgeschossen. Kämen Marodeure oder ein Trupp Soldaten angeritten, hätte es längst mehr Geschrei gegeben. Auch die Männer im Hof hätten längst was gemerkt. Da draußen aber rührt sich niemand.«

»Nicht einmal Eric?« Sie hatte lange gebraucht, bis sie die Frage deutlich aussprechen konnte.

Berta erwiderte nichts. Wenn Elsbeth die Schemen richtig deutete, sah die Alte weiter durch das Fenster nach draußen, stellte sich gar auf die Zehenspitzen und reckte den Kopf ins obere Sprossenfenster, um bessere Sicht zu haben. Oder träumte Elsbeth das alles nur? Von weit her klang Bertas Stimme schließlich zu ihr herüber: »So von hinten wirkt Eric nach wie vor kräftig, als wäre ihm nichts geschehen. Der dicke Umhang verdeckt gut, dass er die Schultern vorbeugt wie ein alter Greis. Auch dass er kaum mehr etwas auf den Rippen hat, ist so nicht richtig zu sehen. Wenn du ihn aber direkt vor dir hast, merkst du sofort, wie sehr er in den letzten Wochen gelitten hat. Hohlwangig ist er geworden. Tief haben sich die Falten an der Nasenwurzel eingegraben, das klare Blau seiner Augen ist lang schon verschwunden. Auch die Grübchen um den Mund sind nicht mehr da. Lachen kann er sowieso nicht mehr, nicht mal, wenn er die kleine Carlotta auf dem Schoß hat. Es ist schrecklich! Fehlt nur, dass ihm die Haare grau werden. Dabei ist er kaum älter als Mitte zwanzig. Und Hände hat er auch auf einmal wie ein Großvater. Fahl und verbraucht sehen die aus, zittern wie Espenlaub. Kann natürlich daran liegen, dass er nichts mehr mit ihnen anzufangen weiß. Ausgerechnet Eric, so ein gestandenes, kluges Mannsbild!

Gerade mal ein Jahr ist es her, dass er uns den Heuschober draußen hergerichtet hat, dass er wie neu ist. Und jetzt? Nicht mal einen Nagel hat er eingeschlagen, seit er vor Wochen mit dir und dem Kind auf den Hof gefahren ist. Kein Brett hat er gezimmert oder eine schiefe Tür gerichtet. Kein Wunder: Erst sucht er drüben in Rothenburg tagelang nach Magdalena und dem zweiten Feldscher, schleicht bei größter Gefahr für Leib und Leben durch die Gassen, und dann sagst du ihm, Magdalena wäre tot! Also war alles, was er getan hat, umsonst.«

Berta schüttelte den Kopf. Von oben sah sie anklagend auf Elsbeth herab. Elsbeth erschrak über die Deutlichkeit, mit der sie die einzelnen Gesichtszüge auf einmal vor Augen hatte. Sie hatte gar nicht gemerkt, dass die Alte an ihr Bett zurückgekehrt war. Das hohe Fieber ließ die Abstände zwischen Wachen und Träumen kürzer werden, vermischte mehr und mehr ihre Wahrnehmungen. Vielleicht war auch das gerade nur ein böses Hirngespinst? Müde schloss sie die Augen. Sie ertrug es nicht, dieses Gesicht so nah vor sich zu haben.

»Wenigstens hat es aufgehört zu regnen.« Berta tat so, als bemerkte sie nicht, wie es um Elsbeth stand, und redete ungerührt weiter. »Nicht dass er auch noch krank wird. Reicht gerade, dass du nicht mehr aus dem Bett rauskommst.«

Ohne Vorwarnung schlug sie die Bettdecke zurück und schob das leinene Hemd hoch. Elsbeth war nicht in der Lage, schnell genug ihre Blöße mit den Händen zu bedecken. Ungeniert wanderte Bertas Blick über ihren Leib. Elsbeth kniff die Lippen zusammen und sah zur Seite. Sie ahnte, wie erbärmlich sie aussah. Die wochenlange Krankheit hatte sie abmagern lassen. Die einst so drallen Brüste waren zusammengeschrumpelt wie welkes Obst aus dem Vorjahr. Von den prächtigen Rundungen um Hüfte und Schenkel war nichts mehr zu erahnen. Spitz ragten die Knochen hervor, ließen jede Rippe einzeln erkennen. Rote Flecken übersäten die Haut. Elsbeth stöhnte auf, als sie Bertas eiskalte Finger darauf spürte. Unsanft zerrte die Alte an ihr, bis sie ganz auf der Seite lag. »Aua!« Zu mehr als einem verzweifelten Aufschrei war sie nicht mehr fähig. Sie keuchte und schnaufte, brachte nicht einmal ein Husten zustande, obwohl der Schleim ihr den Atem nahm. Schon tasteten Bertas Finger über die wunden Stellen am Rücken, die vom wochenlangen Liegen rührten. Elsbeths Protest wurde schwächer, obwohl das Drücken und Abtasten weiterhin schmerzte.

Lautlos rannen ihr die Tränen über die Wangen, während Berta weiterplapperte: »Das ist nicht allein die Franzosenkrankheit. Mit der könntest du gut noch ein paar Jahre leben. Dein Pech ist, dass dich das Fieber gar nicht mehr loslässt. Dass du ausgerechnet in dem Zustand tagelang im Regen gehockt hast, statt irgendwo im Trockenen gepflegt zu werden, ist dir wohl tiefer in die Knochen gefahren, als du dir vorstellen kannst. Seit deiner Ankunft habe ich Eric zuliebe zwar alles getan, um dir zu helfen. Genutzt hat es aber nichts. Lang wird es wohl nicht mehr dauern.«

Sie nahm einen Tiegel Salbe vom Schemel und langte tief mit den Fingern hinein. Aus den Augenwinkeln beobachtete Elsbeth, wie sie den spröden, gräulichen Hirschtalg zwischen den Fingern knetete, bevor sie ihr damit den Rücken einstrich. Dass die Fieberschübe sie ausgerechnet in solchen Momenten im Stich ließen! Als wäre es Absicht, ihr Leiden zu verstärken, erlebte sie Bertas Behandlungen stets bei vollem Bewusstsein, sah jedes verächtliche Mienenspiel auf dem Gesicht der Alten tausendfach verstärkt vor sich. Nicht einmal ins Husten konnte sie sich flüchten. Mitleidlos erfolgten Bertas Handgriffe, ohne Rücksicht darauf, dass sie vor Schmerzen aufstöhnte. Ruppig drehte Berta sie anschließend wieder auf den Rücken und sah abermals von oben auf sie herab. Noch immer konnte Elsbeth sich nicht in erlösende Fieberträume retten, noch immer sah sie alles überdeutlich.

»Besser wäre es wohl gewesen, ich hätte mir die teuren Tropfen und all den Aufwand gleich gespart.« Die Haut an Bertas Händen schmatzte, als sie den restlichen Talg darin verrieb. Die Finger glitten bis zu den Ellbogen hinauf, um nichts von dem Talg zu verschwenden und gleichzeitig der arg beanspruchten Haut etwas Gutes zu tun.

Mit Grauen erinnerte sich Elsbeth, wie ledern sich Bertas Haut anfühlte. Unter dem Vorwand, etwas gegen die Franzosenkrankheit zu unternehmen, hatte die Alte sie in den vergangenen Wochen immer wieder mit stinkenden Einreibungen gequält, ihr beißende Aufgüsse bereitet und die von Knoten befallenen Stellen zwischen den Schenkeln und an ihrer

Scham mit den Fingern begrapscht. Allzu gern hatte Berta zu den seltsamsten Methoden gegriffen, um angeblich die Heilung voranzutreiben. Elsbeth traute der Bauersfrau jedoch nicht. Manches, was Berta tat, kannte sie, weil sie früher Magdalena und Roswitha bei ihren Patientinnen ähnliche Maßnahmen hatte anwenden sehen. Oft aber griff Berta auch zu ganz Eigenartigem, etwa wenn sie unter unverständlichem Gemurmel bunte Körner in eine Kerzenflamme rieseln ließ und anschließend das Wachs auf Kräuterblätter strich, die sie ihr heiß auf die nackte Scham presste, genau dorthin, wo sich die verräterischen Knötchen und Geschwüre erstmals gezeigt hatten.

Auch den Henker hatte Berta herbestellt, ihn geheißen, für eine Nacht das Lager mit Elsbeth zu teilen. Angewidert dachte Elsbeth daran, wie grob der Kerl mit ihr umgesprungen war, bevor er endlich seine Lust ausgelebt hatte. Alle Kniffe, die sie vom Umgang mit Männern wie Seume oder Strecker gelernt hatte, hatten bei ihm nicht gefruchtet. Der Henker hatte seine eigene Art, mit Frauen umzuspringen. Dass er zu allem Überfluss als Lohn für seine Ungeschlachtheit hinterher von Berta die Taler erhielt, die Elsbeth sich aus Seumes Truhe stibitzt hatte, machte alles noch schlimmer. Wie wenig seine Dienste ihr genutzt hatten, scherte sie dabei weniger als die Tatsache, dass sie nun gar kein Geld mehr besaß und somit ganz und gar auf Bertas und Erics Wohlwollen angewiesen war. Ein weiteres Bellen grollte aus ihrer Kehle.

Berta schien in ähnlichen Bahnen zu denken: »Wenigstens hast du Geld genug gehabt, dass ich weder dem Henker etwas schuldig geblieben bin noch selbst große Auslagen deinetwegen hatte. Du wirst nichts dagegen haben, dass ich den Rest aus deinem Beutel für Carlotta aufbewahre. Wenigstens ein kleiner Trost, dass du das arme Ding seiner Mutter gestohlen hast.«

»Woher weißt du …?« Schreckensbleich fuhr Elsbeth aus den Kissen und fühlte im nächsten Moment gewaltigen Schwindel. Es traf sie wie ein Schlag auf den Kopf. Abermals brach sich der schwere Husten Bahn, schüttelte ihren Körper. Schließlich umfing sie Schwärze, und sie fiel in ein tiefes Loch.

Die Geräusche draußen vor der Stube rissen sie aus der Ohnmacht. Schwere Stiefelschritte knallten über die Holzdielen. Ohne Klopfen wurde die Tür aufgestoßen, und eine große, breitschultrige Person kam herein. Ungläubig blinzelte Elsbeth dem Eindringling entgegen, froh, dass sie endlich wieder klarer sehen konnte als vorhin. Vorsichtig schob sie sich in den Kissen auf. Eric war in ihre Kammer getreten, dicht gefolgt von Berta. Sie hatte nicht einmal bemerkt, dass die Alte die Kammer verlassen hatte. Schnaufend quetschte Berta ihre gedrungene Gestalt an Eric vorbei und ging zum Bett. Noch bevor Elsbeth sich wegdrehen konnte, legte sie ihr die eiskalte Hand auf die Stirn.

»Das Fieber ist gesunken.« Prüfend hob sie mit den Fingern die Lider an und stierte ihr in die Augen. Anschließend versetzte sie ihr zwei leichte Ohrfeigen und grunzte zufrieden. »Jetzt ist sie wieder bei sich. Nutz die Zeit und frag sie, was du zu fragen hast. Oft wird sie sicher nicht mehr bei Sinnen sein.« Schnaufend ließ sie sich auf dem Schemel neben dem Bett nieder.

Einen Moment verharrte Eric mitten im Raum, dann trat er mit zögernden Schritten näher. Von oben sah er auf Elsbeth hinunter, bis ihm die Situation zu unbehaglich wurde und er langsam auf die Bettkante sank.

»Was ist?«, fragte Elsbeth. Jetzt, da das Fieber gesunken war, war auch der Schleier vor ihren Augen verschwunden. Berta hatte recht gehabt: Aus der Nähe betrachtet, wirkte Eric um Jahre gealtert. Das lag allerdings nicht nur an der Magerkeit und den hochgezogenen Schultern. Auch die rotblonden Bartstoppeln auf Kinn und Wangen sowie das tief in den Nacken reichende Haar taten das Ihre, ihn alt und ungepflegt wirken zu lassen. Selbst unter den Fingernägeln bildeten sich breite, schmutzige Trauerränder. Das leinene Hemd schlackerte um seine Brust, der Zustand seiner Hosen und Stiefel war nicht minder erbärmlich. Nie hätte er sich früher so gehenlassen.

»Was war das eben für ein Schuss?«, fragte sie, als er weiter schwieg. Von neuem musste sie erst den Husten abwarten, bevor sie weitersprechen konnte. »Hast du nichts gesehen? Du hast doch vorn an der Kuppe gestanden.«

»Hat Berta dir das erzählt?« Er wartete ihren erneuten Hustenanfall ab und sah unterdessen zwischen ihr und Berta hin und her, bevor er antwortete. »Drei Reisende sind von einem Dutzend schwedischer Soldaten in Empfang genommen worden. Sah aber ganz friedlich aus. Marodeure waren es offensichtlich keine. Die haben sich alle gekannt. Gekämpft haben sie jedenfalls nicht miteinander. Kurz sind sie abgestiegen, haben miteinander geredet, dann sind sie Richtung Rothenburg davon.«

»Aber trotzdem wurde geschossen.«

»Warum interessiert dich das?« Eric gab sich keine Mühe, sein Erstaunen zu verbergen. Ein bitteres Lächeln umspielte seine Mundwinkel. »Sonst hat es dich nie groß gekümmert, was mit den anderen ist, welches Leid ihnen geschieht, Hauptsache, du selbst machst einen guten Schnitt oder kommst heil aus einer Sache heraus.«

»Das ist nicht wahr.« Empört ergab sie sich dem Husten. Es pfiff in ihrer Brust, als sie Luft schöpfte.

»Und was war mit Magdalena?« Aufgebracht sprang er vom Bettrand und begann, in der engen Kammer auf und ab zu gehen. »Du hast dafür gesorgt, dass Strecker dich und Carlotta noch rechtzeitig wegbringt vom Tross. Dabei wusstest du genau, dass Seume sich dafür am Ende an Magdalena rächen würde. Aber das hat dich keinen Moment lang aufgehalten, deinen Hintern ins Trockene zu schaffen.«

»Und dich mit dazu! Oder hast du vergessen, wer dich aus der Höhle geholt und nach Würzburg zu deinem Freund gebracht hat?« Kerzengerade saß sie auf einmal im Bett und stützte sich mit den Armen ab. Dabei musste sie weder husten noch keuchen, nicht einmal gegen Schwindel ankämpfen.

»Hätte ich gewusst, dass Magdalena dafür den Kopf in die Schlinge stecken muss, wäre ich lieber liegen geblieben.«

»Von Anfang an war klar, dass sie mit deiner Flucht auch ihren Kopf riskiert.« Die Aufregung ließ Elsbeths Stimme ins Schrille kippen. »Wenn du das nicht gewollt hättest, hättest du nie zulassen dürfen, dass sie dich überhaupt aus dem Lager fortgeschleppt hat.«

»Das wollte ich doch auch gar nicht. Sie hat mich dazu überredet.« Erics Widerspruch kam leise. Fast sagte er es mehr zu sich selbst als zu ihr.

Elsbeth schluckte schwer. Auf einmal dauerte es sie doch, zu sehen, wie sehr er litt. Hatte er in Würzburg nicht schon Ähnliches gesagt? Die Genugtuung, mit der sie ihm letztens entgegengeschleudert hatte, Magdalena sei tot, war auf einmal wie weggewischt. Stattdessen regte sich etwas wie Reue in ihr. Ein dicker Kloß bildete sich in ihrem Hals. Unfähig zu sprechen, starrte sie auf ihre abgekauten Fingernägel. Die Haut rundherum hing in Fetzen. Sie biss und zog, bis es brannte. Der Schmerz tat gut.

»Warum bist du nicht allein mit Carlotta weg? Du wolltest unser Kind. Hat dir das nicht gereicht?« Langsam sank er abermals auf der Bettkante nieder. Seine langen, zittrigen Finger fassten ihr Kinn und zwangen sie, den Kopf zu heben, so dass er seinen müde gewordenen Blick in ihr Gesicht bohren konnte. Erneut versuchte sie, ihm auszuweichen. Eine Antwort wusste sie ohnehin nicht. Schon seit Würzburg fragte sie sich, warum sie ihn mitgenommen hatte. Ohne ihn wäre sie längst nach Köln gekommen, wäre weder krank noch ihres Geldes beraubt und läge nicht hilflos im Bett, dem Tod näher als dem Leben. Der Preis für ihre Rache an Magdalena war viel zu hoch.

»Sag schon: Warum musstest du auch noch mich von Magdalena wegreißen?« Wieder sah er sie unerbittlich an.

Dass er eher sein Kind als Magdalena hatte verlassen wollen! Wann hatte jemand sie so geliebt? Hatte überhaupt jemals einer sie so geliebt, wie Magdalena immerzu von allen geliebt wurde? Nicht einmal Carlotta empfand Ähnliches für sie. Wahrscheinlich hatte das Kind sie bereits vergessen. Seit Tagen schon hatte Elsbeth die Kleine nicht mehr zu Gesicht bekommen, ihr fröhliches Plappern und Lachen allerdings deutlich durch die Tür gehört. Ein dumpfes Grollen stieg in ihr auf. Fast schon dankbar spürte sie den neuerlichen Hustenkrampf, war froh, sich ihm hingeben zu können, statt Erics Blick länger ertragen zu müssen.

»Wie kannst du nur so herzlos sein?« Fassungslos schüttelte er den Kopf. »Wenn dir wirklich etwas an Carlotta läge, hättest du sie bei ihrer Mutter gelassen. Aber dir hat wohl noch nie wirklich etwas an jemandem gelegen.«

»Das ist nicht wahr!« Ihr Husten verwandelte den Aufschrei in hartes Hundegebell. Sobald sie sich etwas erholt hatte, krächzte sie heiser: »Du kennst mich doch gar nicht. Keiner von euch kennt mich. Nie hat einer von euch jemals versucht, mich kennenzulernen.«

Das Kratzen im Hals wurde wieder stärker. Sie musste husten, schlucken und warten, bis sie wieder sprechen konnte. »Was wisst ihr schon davon, wie alle mich immer herumgeschubst haben?« Der Hustenreiz wurde schwächer, sie konnte wieder länger und besser reden. »An meine Mutter habe ich kaum eine Erinnerung. Als sie gestorben ist, war ich gerade mal drei. Mein Stiefvater und seine neue Frau haben mich gleich zu Babette abgeschoben, der Schwester meiner Mutter. Nur wenn Magdalena der zu anstrengend war, hat sie mich wirklich beachtet, sonst hatte sie kaum Zeit für mich. Obwohl mir alle gesagt haben, dass ich schön sei wie ein Engel, hat mich später weder einer heiraten noch sonst längere Zeit um sich haben wollen. Wahrscheinlich hat Babette sie alle vertrieben. Immer haben alle nur von Magdalena und ihren Heldentaten als Wundärztin geredet. Dabei war sie kleiner und hässlicher als ich, rothaarig obendrein und zu allem Überfluss auch neunmalklug. Das ist doch keine echte Frau!

Weil mich keiner beachtet hat, habe ich wenigstens ein eigenes Kind haben wollen. Das hätte mich bestimmt sehr geliebt und nie im Stich gelassen. Aber nicht einmal das war mir vergönnt: Gleich nach der Geburt hat Roswitha es weggeschafft wie ein Stück Dreck. Keinen Blick darauf hat sie mir vergönnt. Mein eigenes Kind hab ich nie in den Armen gehabt! Wenn ich Roswitha danach fragte, hat sie immer nur die Augen verdreht. Am nächsten Tag schon hat sie mir dafür Carlotta an die Brust gelegt. Sehr, sehr krank ist Magdalena nämlich nach der Geburt gewesen. Lange fürchtete man sogar, dass sie nicht durchkommt. Wenn ich nicht für sie eingesprungen wäre, die Kleine derweil zu stillen, wäre sie bestimmt verhungert. Was aber habe ich jetzt davon?«

Abermals schüttelte sie ein Hustenkrampf. Als wäre das ein geheimes Zeichen, öffnete sich in diesem Moment die Tür, und Carlotta stolperte herein. Hoffnungsvoll sah Elsbeth ihr entgegen, beobachtete, wie sie stolz zum Bett herüberwackelte. Dabei streckte sie die Ärmchen nach vorn und lachte über das ganze Gesicht. Bertas gute Verpflegung zeigte deutliche Spuren: Die Kleine war proper, ihr Haar glänzte im zarten Herbstlicht, die ersten Zähne blitzten im Mund, die stämmigen Beinchen setzten zielsicher ihren Weg Richtung Bett. Kein Zweifel: Ihr fehlte es an nichts!

»Mama«, gluckste Carlotta. Elsbeth lächelte und fühlte einen warmen Strahl durch ihren Leib zucken. Dann aber erstarb ihr Lächeln, auch die Wärme erlosch. Carlotta wankte nicht zum Bett, sondern zum Schemel davor, kletterte zu Berta auf den Schoß, kuschelte sich an den schweren Bäuerinnenbusen und vergrub sich daumenlutschend darin. Eric beugte sich von der Bettkante vor, strich behutsam über die rotblonden Locken der Kleinen und tätschelte ihr die Wange. Zufriedene Stille senkte sich über die drei.

Elsbeth wartete eine Weile. Keiner drehte sich ihr zu. »Geht.« Erschöpft sank sie in die Kissen und schloss die Augen. Dann aber fuhr sie noch einmal hoch und schrie: »Haut endlich ab, alle miteinander, und lasst mich allein!«

Berta und Eric wechselten vielsagende Blicke. Das Kind war eingeschlafen, wachte selbst von dem Gebrüll nicht auf. Stumm nickte die Alte und erhob sich schwer atmend. Bedächtig schwankte sie zur Tür, Carlotta fest an sich gedrückt.

Eric sah ihr nach, bis sich die Tür hinter ihr schloss, dann wandte er sich wieder um.

Schweigend ruhte sein Blick auf Elsbeth. Alles Bittere, Böse schien auf einmal daraus verschwunden. Stattdessen zeichneten sich Ratlosigkeit, Bedauern und Mitleid darin ab. Tapfer hielt sie dem stand. Wenn wenigstens Rupprecht sie einmal so angesehen hätte! Vielleicht hätte sie ihn doch mit der Zeit für sich gewinnen können. Sie hätte ihm von ihrem gemeinsamen Kind erzählen sollen. Eigentlich hätte sie ihm gleich in Freiburg noch sagen müssen, dass sie ein Kind von ihm erwartete. Vielleicht wäre dann alles anders gekommen: Rupprecht hätte sich um sie gekümmert, das Kind wäre keine Missgeburt geworden, sondern hätte überlebt, wäre ein ähnlich ansehnliches Wesen geworden wie Carlotta. Am Ende hätte Rupprecht sie vielleicht sogar seinetwegen geliebt. Und sie läge jetzt nicht mutterseelenallein in dieser Kammer, mit vorwurfsvollen Blicken bedacht, umgeben von Menschen, die alle nur darauf lauerten, dass sie endlich den letzten Atemzug tat und niemandem mehr zur Last fiel.

Ein tiefer Seufzer entfuhr ihr. Sie griff nach Erics Hand, spürte die wohltuende Wärme und hielt sie fest. Erstaunlicherweise wehrte er sich nicht dagegen. Ein Schauer erfasste ihren Körper. Abwechselnd wurde ihr heiß und kalt. Sie begann zu zittern, es schüttelte sie. Wieder schob sich Nebel vor ihre Augen. Kaum konnte sie Erics Gesicht noch sehen.

»Ich habe nichts Böses gewollt«, sagte sie und räusperte sich, weil ihre Stimme belegt war. »Bestimmt lebt Magdalena noch. Irgendwo wirst du sie schon finden.«

Erschöpft drehte sie den Kopf zur Seite und schloss die Augen. Behutsam entzog Eric ihr seine Hand. Sie hörte, wie er aufstand und zum Fenster ging.

Noch einmal fuhr ein Ruck durch ihren Körper und riss sie hoch. »Eric!« Der Schrei kam wie aus einer anderen Welt. Eric fuhr herum und starrte sie an. Angst erfasste sie. Was dachte er? Warum kam er nicht zu ihr und hielt sie fest? »Lass mich nicht allein!«

»Scht! Keine Angst.« Sie spürte, wie er sie in den Arm nahm und beruhigend über ihren Kopf strich. Die Berührung tat gut. Sie war nicht allein. Eric ließ sie nicht im Stich. Wenigstens einer, der für immer und ewig bei ihr blieb. Endlich konnte sie einschlafen.

Sanft bettete er sie zurück in die Kissen und hielt ihre Hand. Sie versuchte, die Augen offen zu halten, ihn anzusehen und etwas zu sagen. Es gelang ihr nicht. Eine unendliche Schwere erfüllte sie. Der Nebel wurde dichter. Die Lider fielen ihr zu. Sie wehrte sich nicht mehr. Eric war bei ihr, als sie für immer einschlief.

Vierter Teil

Frieden

MEMMINGEN
November 1648

Einzig die Liebe spendet Hoffnung …

1

Ohne Unterlass läuteten die Glocken. An allen Türmen und Uhren Memmingens erklang das Geläut. Ungestüme Trommelwirbel schoben sich darüber, begleitet von energischen Trompetenstößen. Jubelschreie erschallten. Schier ohrenbetäubend war der Lärm, der zwischen Iller und Stadtbach bereits bei Tagesanbruch ausgebrochen war. Ganz Oberschwaben war im Freudentaumel über den Frieden von Münster, wie gewiss auch der Rest der bayerischen, gar der deutschen Lande.

Sosehr Magdalena die Freude teilte, so unwohl fühlte sie sich in diesem Augenblick. Das monatelange Warten und Nichtstun waren vorbei. Gleichzeitig wuchs die Ungewissheit, was folgen würde. Ihrem Aufbruch aus Memmingen stand nichts mehr im Wege. Endlich konnte sie gehen, wohin sie wollte. Wohin aber wollte sie?

»He, du! Was stehst da herum und bietest Maulaffen feil?« Eine Frau schubste sie ungeduldig beiseite, so dass sie gegen einen anderen stieß. Rasch entschuldigte sie sich und versuchte dennoch, ihren Standort zu behaupten. Der bescheidene Platz, den sie seit einiger Zeit dicht bei dem trutzigen Turm der Memminger Frauenkirche für sich beanspruchte, erwies sich als ungünstig. Viel zu viele Menschen schoben sich zum Kircheingang hin, als dass sie dort lange ausharren konnte. Der Frieden von Münster mochte die Gemüter erhellen. Im täglichen Umgang aber kämpfte jeder weiter für sich allein. Unerbittlich focht man die raren Plätze im Gotteshaus aus, um dem Friedensgottesdienst beizuwohnen. Am liebsten hätte Magdalena den Ort verlassen und ihr Glück anderswo gesucht, doch so einfach durfte sie nicht aufgeben: Diese Stelle hatte sie mit Rupprecht als Treffpunkt vereinbart. Gab sie ihren Platz auf, fürchtete sie, den Gefährten in dem dichten Gedränge, das seit den frühen Morgenstunden in der Stadt herrschte, nicht mehr zu finden. Schon ärgerte sie sich, sich überhaupt darauf eingelassen zu haben, Rupprecht gestern Abend noch fortzulassen. Nach dem Gottesdienst hätte ausreichend Gelegenheit bestanden, sich nach Buxheim aufzumachen. Die dort eingetroffenen Kaufleute aus Speyer weilten angeblich länger dort.

Noch wussten sie gar nicht, ob sie überhaupt Nachrichten aus dem Rheinland brachten. In den letzten beiden Jahren hatte Magdalena gelernt, die Hoffnung klein zu halten. Nicht nur von dem alten Feldscher Ludwig, den sie damals in Königsberg getroffen und der sie offenbar an Lindström verraten hatte, war sie enttäuscht worden. Oft erreichten sie nur unzulängliche, mitunter schlichtweg falsche Mitteilungen. Vor anderthalb Jahren war der schwedische Hauptmann Englund beim Kampf um Landsberg gefallen. Seither war die Verbindung zu denjenigen, die ihn gelegentlich mit verlässlichen Nachrichten versorgt hatten, komplett abgerissen. Rupprecht versuchte zwar immer wieder – wie an diesem Morgen in Buxheim – Soldaten, Kaufleute und Reisende auszufragen. Entweder aber besaß er wenig Geschick, die Leute zum Reden zu bringen, oder sie wussten tatsächlich nichts zu erzählen. Das Einzige, was unstrittig war, lautete: Magdalenas Mutter Babette saß weiterhin in Köln. Zwar war der kleine

Fritz gestorben, doch die Mutter hatte das offenbar gut verkraftet und ging ganz in der Sorge um den Haushalt ihres Bruders auf. Von Elsbeth und Magdalenas geliebter Tochter Carlotta fehlte dagegen jede Spur, und auch über Eric war nichts in Erfahrung zu bringen gewesen. Nicht einmal, ob Meister Johann noch im Tross der Kaiserlichen unterwegs war, hatte Rupprecht herausgefunden. Mehr als anderthalb Jahre schon wusste Magdalena kaum mehr, als dass auf jede dunkle Nacht ein weiterer Tag folgen würde. Umso inständiger hoffte sie, dass auch auf ihre finstere Ungewissheit irgendwann wieder ein Licht fiel.

»He, du, bist du zur Salzsäule erstarrt?« Ein rundlicher Mann in einer fadenscheinigen Jacke und weit aufgeplusterten Hosen zerrte sie beiseite. Die rote Feder an seinem Hut wirkte arg gerupft, die Binde an seinem Arm von den langen Kriegsjahren ausgeblichen. Dennoch trug er die Zeichen seines Fähnleins bis zu diesem Tag mit Stolz. Magdalena erwachte wie aus einem Traum. Das harte Pochen auf dem Pflaster verriet, dass jemand mit einem Holzstumpf dicht an ihr vorbeihumpelte. Der Dicke beachtete ihn nicht, denn er hatte es viel zu eilig, in die Kirche zu gelangen, als dass er sich damit aufgehalten hätte, auf andere Rücksicht zu nehmen. Nachdenklich sah Magdalena ihm hinterher, bis er in der Menge verschwand. Ihr Vater wäre inzwischen im selben Alter. Sie wischte sich über die Augen.

Ob er sich auch so aufgebracht zum Friedensgottesdienst gedrängt hätte? Und was war mit Meister Johann? Hatte wenigstens er überlebt und drängte gerade irgendwo zur Kirche? Nein, mit der Kirche hatte er es nie sonderlich gehabt. Andererseits waren über zwei Jahre vergangen, seit sie ihn zuletzt gesehen hatte. Längst konnte er sich bekehrt haben. Bekümmert dachte sie an Roswithas furchtbaren Tod. Vielleicht hatte Meister Johann dadurch zum Beten gefunden, wollte die arme Seele der alten Hebamme erlösen. Tränen stiegen ihr in die Augen. Warum weinte sie immerzu? Dabei war doch eigentlich ein Tag der Freude.

Schon stand sie der Nächsten im Weg. »Lass mich vorbei!«, schimpfte dieses Mal eine Frau, deren rechtes Auge fehlte. Notdürftig verdeckte ein quer über das Gesicht gebundenes Tuch das Loch. Als sie den Arm hob, um Magdalena wegzuschieben, stach eine große Lücke an der Hand ins Auge. Dort fehlten zwei Finger. Die Ärmste hatte es in den letzten Jahren wohl schlimm erwischt. Ein weiteres Mal sandte Magdalena ein stilles Dankgebet gen Himmel, so glimpflich davongekommen zu sein. Nur Carlotta fehlte. Gleichzeitig mit dem Schmerz stieg auch ein Gefühl von Trotz in ihr auf. Sie würde ihr Kind finden, daran durfte sie nicht zweifeln. Jetzt, da endlich Frieden herrschte, konnte sie es wagen, sich wieder auf die Suche zu machen. Erste Erkundigungen bei den Kaufleuten einzuholen, dazu war Rupprecht gestern schließlich nach Buxheim gegangen. In wenigen Stunden wüsste sie mehr.

»He!« Wieder stieß sie jemand herum. Sie musste aufpassen, nicht zu weit von ihrem Standort abgedrängt zu werden. Aus sämtlichen Dörfern und Weilern der Region strömten die Massen herbei. Aus allen Gassen und Türen, Löchern und Verstecken krochen sie hervor. Groß und Klein, Jung und Alt, Evangelisch wie Katholisch begleiteten einander, um Gottes unermesslicher Güte für den endlich erfolgten Friedensschluss Dank zu zollen. Selbst das Wetter feierte auf seine Weise den langersehnten Freudentag. Mitten im November strahlte die Sonne frühlingswarm vom Himmel. Eine sanfte Brise strich über die Dächer der Stadt und kräuselte das Wasser im Stadtbach. Hie und da behauptete sich noch ein gelbes Blatt in den Linden. Ein bunter Laubteppich ließ sich vom leichten Wind über den Boden treiben. Der Herbst zeigte sich in den letzten Wochen von seiner besten Seite. Kaum brauchte man Wolltücher und Mäntel. Der Frost hatte es nicht eilig, sein eisiges Klirren anzustimmen. Nach mehreren Jahren mit kalten, nassen Sommern und viel zu frühen Wintereinbrüchen schien es dieses Jahr möglich, dass der Schnee erst weit nach dem Tag der heiligen Barbara vom Himmel zu rieseln begann. Auf den Berggipfeln im Süden fand sich noch keine Spur von Weiß. Stattdessen leuchtete im Sonnenlicht überall auf den Wiesen und Wäldern ein sattes Gelbrot.

Unruhig trippelte Magdalena auf den Füßen und reckte den Hals, um besser über die Köpfe der Leute hinwegsehen zu können. Wieder trat ihr einer auf den Fuß, ein Zweiter verhedderte sich in ihren Armen, und eine Frau schimpfte: »Rückt halt zur Seite!« Das Gotteshaus füllte sich. Bald war kein Hineinkommen mehr. Die Ersten drückten sich bereits dicht an der Tür herum und schimpften laut, dass man drinnen mehr zusammenrücken und nicht so viel Platz für sich beanspruchen solle.

Magdalena atmete tief durch. Unwahrscheinlich, dass sie da noch hineinschlüpfen konnten, selbst wenn Rupprecht gleich um die Ecke schoss. Aus dem Innern der Frauenkirche verhieß ein Raunen das Auftauchen des Pfarrers. Der Introitus erklang. Wieder wandte sie sich der Menge auf dem Kirchplatz zu und versuchte zwischen den Leuten hindurchzuspähen. Von Rupprecht war weit und breit nichts zu sehen.

Gründlich musterte sie jeden, der an ihr vorbeiging, ob nicht einer darunter war, den sie kannte und nach ihm fragen konnte. Sicher waren auch Buxheimer zur Friedensmesse in die Stadt gekommen. Die Leute hatten ein feierliches Gesicht aufgesetzt. So leer letztens noch die Augen der meisten geschaut hatten, so verzweifelt so viele gewirkt hatten, so zart blitzten nun die ersten Hoffnungsschimmer darin auf, bei einigen war es bereits ein richtiges Leuchten. Keine Frage, dass es bald wieder besserging.

Dem Anlass entsprechend hielten die Leute auf ein würdiges Aussehen. Da hinten kam der Stadtschreiber mit seiner Frau in einem prächtigen Rock, an dem der Glanz der polierten Knöpfe die unzähligen Mottenlöcher im Stoff überstrahlte. Bald tauchte der Apotheker vom Markt mit seiner Mutter und der ältesten Tochter auf, die Frauen beide in reichbestickte Umschlagtücher gehüllt, an denen die bunten Flicken ein eigenes Muster ergaben. Kurz dachte Magdalena an den Freiburger Apotheker zurück. Ob er seine widerspenstige Tochter tatsächlich unter die Haube gezwungen hatte? Sogar die Hebamme vom Schrannenplatz humpelte herüber, ihren ausgefransten Wollrock stolz mit den breiten Hüften schwingend. Abermals fühlte Magdalena sich an einen lieben Menschen erinnert: Dass Roswitha das nicht mehr erlebte! Sie zwang sich, nicht ganz in der Trauer zu versinken. Entschlossen hob sie den Kopf und sah sich weiter um. Wie viele der Menschen aus Memmingen und Umgebung kannte sie inzwischen!

Seit dem Abzug der Schweden und Franzosen vor fast genau einem Jahr lebte sie unter ihnen. Dennoch schenkte ihr keiner der Näherkommenden sonderlich Beachtung. Die zierliche rothaarige Feldscherin mit den auffälligen grünen Augen blieb ihnen weiterhin nicht geheuer, sosehr sie ihre Heilkünste zu schätzen gelernt hatten und sie in allen erdenklichen Belangen um Rat zu fragen pflegten. Wäre doch

Rupprecht endlich da, dann hätte sie wenigstens einen, der ihr beistand! Sie fühlte, wie das Zittern sie ergriff. Ob Rupprecht etwas zugestoßen war? Es war nicht seine Art, sie ohne Nachricht zu lassen. Das Glockenläuten wurde leiser, vielstimmiger Gesang erklang aus der Frauenkirche. Magdalena hielt es nicht mehr aus. Sie musste nachsehen. Vielleicht hatte ihr Hauswirt, der alte Peter, eine Nachricht erhalten.

Sie gab ihren Platz dicht beim Eingang zur Frauenkirche auf. So einfach aber war es nicht, von dort wegzukommen. Den immer noch in Scharen Heranströmenden musste sie sich nun mit aller Kraft entgegenstemmen, Ellbogen und Fäuste einsetzen, um sich einen schmalen Durchgang zu verschaffen. Bald erreichte sie den Schrannenplatz und kämpfte sich weiter vor bis zum Rossmarkt hinüber. In einer kleinen Seitengasse befand sich das Haus des Zimmermanns Peter Schab.

Als Magdalena um die Ecke bog, erstarrte sie. In der engen Gasse, die weiter westlich zum Lindauer Tor führte, herrschte reger Aufruhr. Dieses Mal allerdings rührte er nicht von den Massen, die zu Sankt Martin oder einer der anderen Kirchen wollten. Eine Staubwolke hing über der Gasse. Ein Geruch nach feuchtem Gestein, vermischt mit Staub und Moder, stieg ihr in die Nase. Ihr schwante Übles. Die Knie wurden ihr weich. Mehr stakste sie vorwärts, als dass sie noch richtig lief. »Lasst mich vorbei! Ich bin Feldscherin. Schnell, ich will durch«, rief sie immer wieder und schob und kämpfte sich nach vorn. Das seitliche Tor zum Hof stand offen. Die Menschen davor blickten ratlos. Etwas schien anders als sonst, benennen ließ es sich allerdings nicht.

Sie schob sich weiter. Seit nunmehr einem Jahr lebten Rupprecht und sie in dem längs zur Gasse stehenden Anwesen. Erst die blutigen Gefechte im vorigen Jahr hatten den dünnen, kahlköpfigen Peter die gesamte Familie gekostet. In seiner Trauer der Raserei nahe, war er froh gewesen, Rupprecht und sie bei sich aufnehmen zu können. Das verhinderte, dass das Haus und der angrenzende kleine Hof mit Scheune und Hinterhaus auf einen Schlag leer und still wurden – und er selbst gänzlich verrückt, wie er seither immer wieder betonte.

Still aber wurde es in diesem Augenblick, da Magdalena den Hof betrat, mucksmäuschenstill wie niemals zuvor. Alles schien von einer weißlichen Staubschicht überzogen, die nicht nur den bunten Herbst überdeckte, sondern auch alle Geräusche im Ansatz erstickte.

Es mochten etwa ein halbes Dutzend Leute sein, die im Hof standen. Allesamt kehrten sie die Rücken zur Straße, umstanden in einem Halbkreis einen kniehohen Haufen Schutt. Keiner sagte etwas, alle starrten zu Boden.

»Was ist passiert?« Magdalenas Stimme zitterte. Statt einer Antwort traten die Menschen wie auf Kommando auseinander und sahen sie an. Kurz streifte ihr Blick die erschrockenen Gesichter. Rasch bildete sich eine Gasse bis zu dem kleinen Schuttberg. Später war ihr, als hätte sie da schon geahnt, was sie erwarten würde. Langsam wanderte ihr Blick hinüber.

Die brusthohe Mauer zum angrenzenden Grundstück auf der rechten Seite war eingestürzt. Schon seit Tagen war der Mörtel herausgerieselt, und einige Steine hatten sich gelockert. Gestern erst hatte Rupprecht mit dem alten Peter darüber gesprochen. »Wenn erst mal Frieden ist«, hatte der gemeint, »dann bauen wir die Mauer wieder ordentlich auf.«

Jetzt war Frieden. Und die Mauer umgefallen.

Noch einmal holte Magdalena Luft. Sie wusste, dass sie viel Kraft brauchen würde, um das Kommende zu ertragen. Dann erst sah sie zu Boden.

Dort unten lag Rupprecht, der Körper halb verschüttet von einem Haufen schwerer, unbehauener Steine.

2

Magdalena wusste später nicht mehr, ob sie seinen Namen vor Entsetzen laut geschrien oder nur still gedacht hatte. Sie wusste auch nicht, wie sie schließlich neben ihm zu sitzen kam. Als sie endlich einigermaßen klar denken konnte, fand sie sich auf der Erde, Rupprechts Kopf auf ihre Schenkel gebettet. Seine schwarzen Locken waren weiß von Staub und Mörtel. Die dunklen Augen stachen aus dem blassen Gesicht. Aus einer Wunde an der Stirn rann Blut, ein schmaler, roter Faden zog sich aus dem linken Mundwinkel das Kinn hinunter. Schwerfällig hob und senkte sich sein Brustkorb. Wenigstens hatten Peters einarmiger Geselle und der schüchterne Lehrjunge inzwischen die Steine von seinem Bauch genommen. Magdalena genügte jedoch ein Blick, um zu wissen, dass sie nichts mehr tun konnte, als neben Rupprecht zu sitzen, seine Hand zu halten und zu warten, bis es zu Ende ging.

Ruhe erfüllte sie. Tief in ihr schloss sich ein Kreis. Woher dieses Gefühl kam, konnte sie sich nicht erklären, aber es half ihr, die nächsten Stunden zu ertragen.

»Hier, nimm das.« Peters Nachbarin von der linken Hofseite brachte ihr eine Decke und legte sie ihr über die Schultern. Fast zärtlich ruhten die Hände einen Augenblick länger als nötig auf ihr. Magdalena drückte sie dankbar. »Danke«, sagte sie und rang sich ein Lächeln ab. Die Augen der Nachbarin waren voller Tränen. »Ausgerechnet jetzt! Nach allem, was überstanden ist.« Sie schüttelte den Kopf, schluchzte auf und ging.

Der Mann, zu dessen Grundstück hin die Mauer errichtet gewesen war, kam mit einem Branntweinschlauch. »Hier«, stieß er nur aus. Kaum wagte er, den Blick zu heben und sie anzusehen. Sein schlechtes Gewissen machte ihm zu schaffen. Gern hätte sie ihn beruhigt. Seine Schuld war es nicht, dass der alte Peter die Mauer noch nicht instand gesetzt hatte. Das laut zu sagen, brachte sie nicht zuwege. Matt schüttelte sie den Kopf. Branntwein würde sie nie mehr im Leben anrühren, das hatte sie sich damals im Kloster bei Würzburg geschworen. Den Beschluss aufzugeben wäre ihr Ende, das wusste sie. Sie fasste fester um Rupprechts Finger, prüfte, ob er den Druck spürte und noch erwidern konnte. Er öffnete die Augen.

»Wenigstens für ihn.« Hilflos nickte der Mann in Richtung Rupprecht. Sie wiederholte ihr Kopfschütteln. Er hatte noch nie getrunken. In den letzten Augenblicken auf Erden musste er das Versäumnis nicht mehr nachholen. Mit gebeugtem Rücken wandte der Nachbar sich ab. Der alte Peter legte ihm den Arm um die Schultern. Bislang hatte er es nicht fertiggebracht, sich aus dem Kreis der Neugierigen zu lösen und zu ihr zu treten. Auch jetzt wich er ihrem Blick aus. Gemeinsam mit dem Nachbarn von rechts schlurfte er wortlos davon. Erleichtert sah sie den beiden nach.

Noch immer erfüllte das Glockenläuten die ganze Stadt. Der Boden schien unter dem Tönen zu beben, in den schmalen Gassen und Winkeln verfing sich der Schall. Inzwischen mussten die ersten Gottesdienste beendet sein. »Drüben auf dem Markt gibt es Essen und Getränke«, raunte ein Mann seiner Frau zu. Magdalena meinte, in ihm den Leinenweber aus der Ulmer Vorstadt zu erkennen, dessen Kind sie letztens wegen Blattern behandelt hatte. »Die letzten Magazine der Schweden haben sie gefunden«, stimmte ein anderer zu und wandte sich ebenfalls zum Gehen. »Geschieht ihnen recht, den dreckigen Heringfressern!« Die Frau des Leinenwebers achtete gar nicht erst darauf, ob sie zu laut sprach. »So wie die uns reingelegt haben, nur weil der Kurfürst aus München allein mit denen hat Frieden machen wollen! Nie haben sie kapiert, dass wir mit den Bayern nichts am Hut haben.«

»Komm, lassen wir das!« Ungeduldig trippelte ihr Mann von einem Fuß auf den anderen. Die Äußerungen seiner Frau bereiteten ihm Unbehagen. »Jetzt ist Frieden sowohl mit den Bayern als auch mit den Schweden und den Franzosen. Feiern wollen wir alle miteinander. Die Bäcker haben Brot gebacken, Wein und Bier soll es auch geben.«

Die drei verließen als Letzte den Hof. Das Grölen und Singen draußen auf den Straßen wurde lauter. Musiker zogen vorbei, schlugen die Pauken und stießen in die Fanfaren. An Magdalena rauschte das alles vorbei. Es kam ihr vor, als umgebe die Staubwolke der umgestürzten Mauer sie wie eine Hülle. Nur sie und Rupprecht fanden sich darunter. Als ahnte er ihre Gedanken, gab er einen unbestimmbaren Laut von sich, atmete auf einmal schneller und sah sie noch eindringlicher an.

»Der Stein.« Unter schweren Schmerzen presste er die Worte hervor. »Da, unter dem Hemd.« Jede einzelne Silbe bereitete ihm Mühe. Sie legte ihm den Finger auf die Lippen und bedeutete ihm zu schweigen. Behutsam strich sie die schweißnassen Haare aus seiner Stirn.

»Nimm!« Sein Blick bohrte sich noch tiefer in sie hinein. Sie verstand, wie wichtig es ihm war, dass sie ihm gehorchte, und tastete vorsichtig unter das Hemd. Sein Stöhnen bestätigte ihr, dass er die Berührung kaum ertrug. Bereits das sachteste Betasten bereitete ihm unerträgliche Schmerzen. Dennoch wollte er, dass sie es tat. Tränen verschleierten ihr den Blick. Sie schluckte. Dann hatte sie gefunden, was er wollte: den Bernstein. Ungläubig hielt sie ihn sich vor die Augen.

»Englund hatte den doch! Wie kommst du an ihn?« Vor Überraschung vergaß sie, dass er kaum sprechen konnte. Durch sein heftiger werdendes Atmen gab er ihr zu verstehen, sie solle ihre Vermutungen weiter äußern.

»Dir hat er ihn also zugesteckt.« Rupprecht nickte kaum merklich. Also sagte sie weiter: »Es muss im März letzten Jahres gewesen sein, kurz bevor er mit den Truppen nach Landsberg aufgebrochen ist. Zum letzten Mal haben die Schweden damals die Gegend geplündert, gebrandschatzt und zerstört, was den Winter davor noch überdauert hatte.«

Ihr Blick glitt in weite Fernen, als sie sich die Ereignisse von damals in Erinnerung rief. Rupprecht stöhnte. Wie gut sie noch alles wusste! Jedes einzelne Wort klang ihr im Ohr, jede Geste hatte sie vor Augen: Weil Englund im Spätsommer vor zwei Jahren, nach dem Aufbruch aus dem Würzburger Kloster, Lindström und die anderen allein nach Rothenburg vorgeschickt und mit Rupprecht, Ambrosius und ihr nach Königsberg in Franken geritten war, war er zwar später nicht wegen Fahnenflucht gehängt worden, allerdings stufte man ihn zum einfachen Soldaten zurück. An seiner Stelle rückte Lindström in den Rang eines Hauptmanns nach.

Seither liebte er es, Englund die neuerworbene Macht bei jeder Gelegenheit zu beweisen. Besonders gern schickte er ihn zu aussichtslosen Manövern. Ein solches war wohl auch der im letzten Moment beschlossene Raubzug zum Landsberger Salzstadel im März 1647. Eigentlich befanden sich um diese Zeit die schwedischen Truppen, denen Rupprecht und Magdalena als Wundärzte zugeteilt waren, bereits auf dem Weg nach Kempten. Englund und noch ein paar weiteren Soldaten aus einem anderen Fähnlein befahl Lindström jedoch aus einer schieren Laune heraus umzukehren. Im Morgengrauen eines nebligen Tages brachen sie auf, obwohl jeder die Vergeblichkeit dieser Aktion ahnte. Nur zwei kehrten später schwer verwundet von der Mission zurück. Alle anderen hatten ihr Leben gelassen. Englund, so berichteten die beiden Überlebenden, war gleich im ersten Schusswechsel tödlich getroffen vom Pferd gefallen. Magdalena und Rupprecht wussten nur zu gut, dass er damit sein Ziel erreicht hatte: im Kampf zu sterben. Nichts anderes hatte er seit seiner Zurücksetzung herbeigesehnt.

Vorher aber hatte er Rupprecht noch den einen der beiden Bernsteine gegeben, wie Magdalena nun, gut anderthalb Jahre später, erstaunt feststellte. Dass Rupprecht so lange nichts davon gesagt hatte! Sie biss sich auf die Lippen, um die Tränen zurückzuhalten. Wut und Enttäuschung kämpften in ihr. Längst vergessen geglaubte Bilder tauchten in ihrem Kopf auf: der blonde Schwedenhauptmann, wie er den Bernstein in den Fingern drehte, ihn zum Mund hob und küsste. Englund, wie er den Namen seines Vetters Eric mit einem Leuchten in den Augen aussprach, als handele es sich um einen Heiligen. Am Ende hatte er also Rupprecht den kostbaren Stein überlassen, sicherlich mit einer bestimmten Absicht. Etwas in ihr sträubte sich gegen das, was es bedeutete: Dass Ruprecht sie hintergangen hatte, weil er nicht wollte, dass sie den Bernstein zurückbekam. Sie wollte es nicht wahrhaben. Ihr Blick streifte den Gefährten. Er röchelte und kämpfte in ihrem Schoß seinen allerletzten Kampf.

»Warum hast du ihn mir nicht gleich gegeben?«

Rupprecht kniff die Augen zusammen. Auch ihm gelang es nicht, die Tränen zu unterdrücken. Bald schimmerten sie unter den dunklen Wimpern hervor, glitzerten silbern im Sonnenlicht. Das Heben und Senken seines Brustkorbs wurde hektisch. Wieder gurgelte es aus seiner Kehle.

»Dazu war also einfach keine Zeit.« Entschlossen übernahm Magdalena das Sprechen für ihn. »Englund hat dir vertraut, dass du es tust. Du aber hattest Angst, ich könnte doch wieder an Eric denken, und hast es deshalb immer wieder hinausgezögert, bis es irgendwann zu spät war. O Rupprecht! Wie konntest du nur so kleinmütig sein? Haben dich die letzten beiden Jahre, die wir miteinander verbracht haben, so wenig überzeugt? Längst musste dir doch klar sein, was du für mich bedeutest!«

Auch ihr flossen die Tränen inzwischen ungebremst aus den Augen. Sie schluckte und schniefte, ihr Körper bebte.

Ein letztes Mal ruckte sein Kopf. Sie verstand, dass er sie noch auf etwas anderes aufmerksam machen wollte. Ein Papier steckte unter seinem Hemd, zerknittert und schmutzig von den Steinen, die seinen Leib zermalmt hatten. Dennoch gelang es ihr, es zu entfalten und die Schrift zu lesen. Es war eine Nachricht an Englund, datiert aus dem besagten März 1647, als er auf Lindströms Geheiß in den sicheren Tod beim Kampf um den Landsberger Salzstadel geritten war. Zu Lebzeiten hatte er den Brief nicht mehr erhalten. An seiner statt hatte Rupprecht ihn entgegengenommen und aufbewahrt. Also musste etwas Wichtiges darin stehen.

Magdalenas Finger zitterten. Kaum konnte sie das Blatt halten. Eilig überflog sie die Zeilen, verstand nicht, las noch einmal, zwang sich dieses Mal, die Buchstaben zu entziffern, die Worte zu einem sinnvollen Ganzen zu verbinden. Jemand teilte Englund in dem Schreiben mit, dass in einem Gehöft südöstlich von Rothenburg seit Monaten bereits sein Vetter Eric Grohnert Quartier gefunden habe.

»Seit Monaten?« In Magdalena explodierte etwas. Von innen heraus fühlte sie den Schmerz aufsteigen. Sie rang nach Luft, presste sich die Hand auf den Leib, zwang sich, den Brief zu Ende zu lesen, aufmerksam, Wort für Wort. Weiter hieß es, dass außer Englunds Vetter bis vor kurzem auch eine blonde Frau und ein kleines, rotblond gelocktes Kind auf dem Anwesen zu finden gewesen seien. Offenbar stünden sie eng mit ihm in Verbindung. Die Bauersfrau Berta und ihre Leute jedenfalls behandelten alle drei wie gute Freunde. Nach dem Tod der Frau kümmerte sie sich wie eine zweite Mutter um das Kind.

Magdalena wurde schwarz vor Augen. Sie schwankte und suchte mit dem linken Arm nach Halt, fand ihn ausgerechnet an den letzten Resten der eingestürzten Mauer. Schon rieselte der Mörtel heraus. Sie musste aufpassen, dass die Steine nicht nachrutschten.

Das Schnaufen in ihrem Schoß wurde lauter. Sie sah wieder hinab. Rupprechts Augen schwammen in Tränen. Die Reue stand ihm ins blutverschmierte Gesicht geschrieben. Sie rang mit sich. Kein Zweifel: Die blonde Frau mit dem rotblonden Kind, das mussten Elsbeth und Carlotta sein! Rupprecht hatte es gewusst. Seit anderthalb Jahren schon hatte er gewusst, wo sie steckten. Doch weder hatte er ihr etwas davon gesagt, noch hatte er sie zum Aufbruch gedrängt. Nicht einmal, seit klar war, dass jeder gehen konnte, wohin er wollte.

»Warum?«, fragte sie leise. Ihre Lippen bebten.

In den Resten seines Gesichts suchte sie nach einer Antwort. Die Wunde an der Schläfe klaffte weit auseinander. Von den wulstigen Augenbrauen war nicht viel geblieben. Ängstlich wie die Augen eines Kaninchens kurz vor dem sicheren Abschuss starrten seine dunklen Augen zu ihr herauf. Immer hatte er Angst gehabt. Immer war er der verhuschte, flinke, kleine, düstere Mann gewesen. Zugegeben: Verglichen mit dem hochgewachsenen, aufrechten, rotblonden Eric machte er nicht viel her. Aber im Gegensatz zu ihm war er stets da gewesen, wenn sie in Gefahr geraten war: damals im Lager, als Seume über sie herfiel, wenig später, als Strecker sie auf der Kuppe vergewaltigen wollte, und auch, als Englund sie im Würzburger Kloster seinen Leuten zur Beute hatte vorwerfen wollen. Immer wieder hatte Rupprecht sie gerettet, vor Schlimmem bewahrt. Seit Königsberg hatte sie ihm zu zeigen versucht, wie sehr sie ihn dafür liebte. Bitter, ausgerechnet in diesem Moment erkennen zu müssen, dass ihn das wohl nicht restlos überzeugt hatte, dass sein Misstrauen all die Jahre weiterhin bestand.

Ein heiseres Krächzen drang aus seinem Mund. Sie bedeutete ihm zu schweigen. Sie konnte nicht anders: Sie musste ihm vergeben.

Weinend sank sie über seinem geschundenen Körper zusammen. Mehrmals bebte seine Brust, zwei, drei Seufzer entfuhren ihm. Sie weinte und weinte, bis sie spürte, dass sich unter ihr nichts mehr regte. Rupprecht war tot.

3

Das kleine Dorf Gebsattel lag hinter ihnen. Am Horizont schob sich bereits die Silhouette Rothenburgs mit den vielen Türmen und Mauern heraus. Wie durch ein Wunder hatte die Stadt mitsamt ihren prächtigen Bauwerken die Kriegsjahrzehnte unbeschadet überstanden. Stolz brachte die späte Herbstsonne das Rot der Dächer zum Strahlen.

Nicht mehr lange, und Magdalena hatte ihr Ziel erreicht. Seit Tagen sehnte sie diesen Moment herbei. Gleichzeitig erfüllte sie die Aussicht mit großem Unbehagen. Die Frage, ob sie das Richtige tat, nagte an ihr. Rupprecht fehlte ihr. Mit ihm hätte sie sich gern darüber beraten. Ihre Augen füllten sich mit Tränen. Er war der Letzte gewesen, der ihr von all den lieben Menschen aus ihrem bisherigen Leben geblieben war. Nun hatte sie nicht einmal mehr ihn. Was sollte sie tun, wenn sie Carlotta auf dem Gehöft nicht antreffen würde, wenn dort nicht einmal eine Spur von Eric zu finden war? Musste sie die Hoffnung dann für immer begraben, ihr Kind jemals wieder in die Arme zu schließen?

Je länger sie darüber grübelte, umso gewaltiger türmte sich noch eine ganz andere Frage vor ihr auf: Was, wenn sie die drei dort tatsächlich antraf? Ein Schwall Hitze erfasste ihr Gesicht, überflutete ihren Körper. In Gedanken tasteten ihre Finger nach dem Bernstein. Seit Rupprechts Tod trug sie ihn wieder an der gewohnten Stelle zwischen den Brüsten unter dem Mieder. Ein weiteres Mal schluchzte sie auf. Schmerzlich brannte der Verlust Rupprechts auf ihrer Seele. Er allein hätte ihr die Kraft spenden können, das alles zu ertragen. Viel zu überstürzt war sie gleich nach seiner Beerdigung aus Memmingen abgereist. Nie und nimmer konnte sie das, was er in den letzten Jahren für sie getan hatte, gutmachen. Vor allem würde sie niemals wieder einen Menschen finden, der ihr das alles zugleich war: Freund und Geliebter.

»He!« Der Ellbogen des Fuhrmanns stieß ihr in die Rippen. Erschrocken wurde ihr klar, dass sie seinem Reden nicht zugehört, sondern sich ganz ihren Gedanken hingegeben hatte.

»Was hast du gesagt?« Schuldbewusst lächelte sie ihn an. Das genügte, ihn zu besänftigen. Schon grinste er über sein bärtiges Gesicht.

»Rechts musst du dich halten, wenn du gleich losgehst. Keine halbe Stunde, dann siehst du die Anhöhe, auf der der Hof liegt. Gleich hinter dem kleinen Kiefernwald dort hinten ist es. Berta heißt die Bäuerin. Jeder in der Gegend kennt sie und ihren Hof. Sag ihr schöne Grüße von mir.«

»Werde ich machen.« Magdalena nickte und sprang vom Wagen. Hubertus, einer der Kaufleute, mit denen sie gereist war, tat es ihr nach. Schweigend half er, ihr kleines Bündel, in dem sie einige Instrumente, Salben und Tinkturen verwahrte, vom Wagen zu nehmen.

»Bist du sicher, dass du wirklich dorthin willst?« Prüfend sah er sie an. Sein faltiges Gesicht wirkte besorgt. »Noch kannst du es dir überlegen. Mein Angebot gilt: Du fährst mit uns weiter nach Würzburg. Dort finden wir einen Schiffer, der dich den Main hinunter mitnimmt. Von Mainz wird es ein Leichtes sein, nach Köln zu gelangen. Eine starke Frau wie du«, er schenkte ihr einen bedeutungsschwangeren Blick, »läuft heutzutage keine Gefahr mehr, von den Burschen überwältigt zu werden.«

»Danke, aber ich muss dorthin.« Fest drückte sie ihm die Hand. Längst bereute sie es, ihm ihre ganze Geschichte erzählt zu haben. Seither meinte er, sie beschützen und für sie sorgen zu müssen. Die Art, wie er das zu tun pflegte, erinnerte sie an ihren Vater und ein wenig auch an Meister Johann. Wie um diesen Eindruck zu bestätigen, ergänzte Hubertus: »Bis morgen Mittag warten wir in Rothenburg im Schwarzen Bären. Der lässt sich leicht finden. Das nur für den Fall, dass du es dir anders überlegst und doch mit uns kommen willst.« Noch einmal drückte er ihr die Hand, dann kletterte er auf den Wagen und hieß den Fuhrmann weiterfahren.

Sie sah ihnen nach, bis das Fuhrwerk den Hügel hinunter war und eine leichte Wegbiegung nach links einschlug. Der hochbeladene Wagen mit der hellen Plane leuchtete noch lang aus den braungepflügten Äckern auf. Sie wandte sich nach rechts und folgte dem schmalen Pfad in den Kiefernwald.

Die ungewöhnlich warme Witterung der letzten Wochen hielt an. Statt durch Schnee und Regen, wie es der Jahreszeit angemessen gewesen wäre, marschierte sie weiterhin durch spätherbstlichen Sonnenschein. Golden blitzte er durch die Lücken zwischen den locker stehenden Bäumen. Die Wärme tat wohl. Das lange Sitzen auf dem Fuhrwerk hatte ihre Glieder steif werden lassen. Munteres Vogelzwitschern begleitete ihren Weg. Sie versuchte, die einzelnen Stimmen zu unterscheiden: Tannen- und Kohlmeisen waren gut zu erkennen, auch der Kleiber und die Amsel gaben sich keine Mühe, ihr kehliges Singen zu verstellen. Das Kreischen eines Eichelhähers überdeckte schließlich alle anderen.

Bald wurde der Wald dichter und dunkler. Wohltuende Stille umfing sie. Unter ihren Schritten federte der weiche Boden. Eine dicke Schicht vertrockneter Nadeln lag wie ein üppiges Polster darauf. Gelegentlich stieß sie einen dicken Zapfen mit dem Fuß an. Weit geöffnet dürsteten die Schuppen nach Regen. Neugierig blickte Magdalena ein Eichhörnchen entgegen und huschte erst davon, als sie sich ihm bereits auf fünf Schritte genähert hatte. Sie schmunzelte. Noch vor einigen Wochen hätte niemand es gewagt, eine Frau allein in den Wald gehen zu lassen. Der Friedensschluss von Münster erfüllte alle mit Zuversicht, dass die Zeiten der Räuberbanden und marodierenden Söldner endlich ein Ende gefunden hatten. Trotzdem war Magdalena froh, als sich die Bäume wieder lichteten.

Sie trat aus dem Schatten der letzten Kiefern heraus und erblickte weitläufige Felder. Eine Anhöhe mit einer Handvoll Häuser ragte daraus auf. Das Korn war lange abgemäht, auch das letzte Heu vor Monaten schon eingebracht. Hie und da streckte ein kahler Baum seine Äste gen Himmel. Rote Hagebutten glühten an einem Strauch. Ein Eichelhäher stob auf, ein zweiter folgte ihm. Kurz darauf zog eine Feldlerche ihre Kreise über die Äcker, trillerte ihr markantes Lied, um ihr Revier zu markieren.

Magdalenas Herz schlug schneller. Sie musste sich nicht lang umsehen, um zu wissen, dass sie die Gegend bereits kannte: Vor diesem Hügel hatte Lindström damals Rupprecht, sie und Englund mit seinen Männern gestellt. Wieder versetzte ihr der schändliche Verrat durch den alten Ludwig einen Stich. Dass sie sich so ihn ihm hatte täuschen können! Rupprecht dagegen hatte den richtigen Riecher bewiesen. Wie so oft aber hatte sie seine Warnung in den Wind geschlagen. Abermals schüttelte sie bekümmert den Kopf. Die letzten beiden Jahre waren alles, was ihm als Glück vergönnt gewesen war.

Um sich nicht ganz der Trauer hinzugeben, hob sie den Blick, betrachtete abermals die Anhöhe. Mit der flachen

Hand an der Stirn schirmte sie die Augen gegen die letzten Sonnenstrahlen ab. Bei dem größten der Häuser hatte sie damals jemanden stehen und winken sehen. Ob das Eric gewesen war? Ein bitterer Geschmack breitete sich in ihr aus. Sollte sie ihm tatsächlich so nah gekommen sein? Nichts hatte sich in ihr geregt, keine Ahnung sie erfüllt, dass dort ihr Kind auf sie warten könnte. Was war sie nur für eine schlechte Mutter!

Die letzten Schritte wurden ihr schwer. Dabei war der Weg nicht einmal steil. In sanften Schwüngen wand er sich an den frisch gepflügten Feldern vorbei den Hügel hinauf. Ihr Herz klopfte, als wäre sie stundenlang gerannt, die Beine gehorchten nur widerwillig. Bang starrte sie auf das Haus direkt an der Kuppe. Der Größe nach musste es Bertas Anwesen sein. Einmal noch blieb sie stehen, gönnte sich ein letztes, tiefes Durchatmen, dann ging sie auf die Tür zu und klopfte an.

Drinnen lachte ein Kind. Leichte Schritte näherten sich. Offenbar hüpfte das Kind zur Tür. »Warte, nicht so hastig! Wer weiß, wer das ist.« Eine wohltönende Frauenstimme mahnte zur Vorsicht. Die dazugehörigen Schritte schlurften über die Holzdielen. Sofort stand Roswithas watschelnder Gang vor Magdalenas innerem Auge. Als sich die Tür mit einem Ruck öffnete, wunderte sie sich nicht, eine ähnlich kleine, gedrungene Frau im Alter der Hebamme vor sich zu sehen.

»Was ist?« Zunächst wirkte die Frau überrascht. Ihr Blick glitt rasch über Magdalenas Gesicht, ihren Körper und kehrte zu ihrem Gesicht zurück. Da verzogen sich die schmalen Lippen zu einem Lächeln. »Magdalena, endlich! Komm herein!« Einladend wies sie mit der Hand in die Stube und trat einen Schritt zurück, um ihr Platz zu machen.

Magdalena stutzte: Dass die Frau sofort wusste, wer sie war! Dabei wirkte ihr Verhalten so selbstverständlich, als hätte sie Magdalena bereits seit langem erwartet.

»Wer ist das?« Das Kind lugte neugierig hinter dem Rock der Fremden hervor.

Magdalena stockte der Atem: Carlotta! Sie sank auf die Knie. Die aufsteigenden Tränen schnürten ihr die Kehle zu. Mehr als ein ersticktes Aufjaulen brachte sie nicht heraus. Rasch breitete sie die Arme aus und hoffte, die Kleine würde auch so begreifen, wer vor ihr stand.

»Sag endlich!« Carlotta verharrte auf ihrem sicheren Platz halb hinter dem Rücken der Frau, zupfte diese allerdings energisch am Ärmel und musterte Magdalena neugierig mit ihren blauen, tiefgründigen Augen.

»Brauchst keine Angst haben!« Behutsam strich ihr die Frau über den rotblonden Lockenschopf. Gleichzeitig griff sie nach Magdalenas Arm und hieß sie, sich zu erheben. »Ich bin Berta. Komm endlich rein.«

Wenig später fand sich Magdalena auf der Bank am Ofen. Die rußigen Balken drückten schwer von der niedrigen Decke herab, durch zwei schmale Fenster fiel das Nachmittagslicht herein. Trotz aller Düsternis hatte die Stube etwas Heimeliges. Vor Magdalena auf dem langen Holztisch dampfte eine Schale heißer Suppe. Der köstliche Duft nach fetter Brühe und Gemüse erfüllte die Luft. Vorsichtig schloss Magdalena die Finger um die Schale. Die Aufregung hatte ihre Hände eiskalt werden lassen. Bebend wartete sie ab, bis sich die Wärme von den Fingerspitzen her im ganzen Körper ausbreitete.

Carlotta kletterte unterdessen auf der benachbarten Bank herum und lutschte schmatzend am linken Daumen. Sosehr sie einerseits auf ausreichend Abstand zu ihr achtete, so unverhohlen behielt sie sie andererseits immer im Blick. Berta indessen werkelte noch am Herd herum, bevor sie sich endlich neben ihr auf einem Stuhl niederließ.

»Eric ist noch in der Stadt.« Sie sagte das, als setzten sie ein eben begonnenes Gespräch innerhalb der Familie fort. Längst schien für sie festzustehen, dass Magdalena ab sofort dazugehörte. »Jeden Tag treibt er sich dort herum und versucht, alte Bekannte ausfindig zu machen. Mehr und mehr Kaufleute kriechen aus ihren Löchern, finden sich in Rothenburg ein, um die alten Geschäfte aufzunehmen. In den letzten zwei Jahren ist vieles zusammengebrochen. Die Schweden haben durch ihren Durchmarsch nach Bayern alle Verbindungen abgeschnitten. Doch jetzt sieht es auf einmal wieder so aus, als könnte selbst vor dem Winter noch was gehen. Eric juckt es in den Fingern, endlich loszuziehen und etwas zu tun. Noch ist das Wetter mild, noch kann er umherreisen und Ware auftreiben. Ein Mann wie er ist schließlich nicht dazu gemacht, in der Stube zu versauern.«

Sie lachte ein kehliges Lachen, das die Runzeln auf ihrem wettergegerbten Gesicht aufspringen ließ. Ein Mund voller fauler Zahnstümpfe wurde sichtbar, woran sich Berta nicht im Geringsten zu stören schien. Magdalena zuckte unwillkürlich zusammen, was Berta wohl sogleich richtig deutete. Sie beugte sich vor und tätschelte ihr den Arm. »Zum Glück bist du jetzt da. Eric wollte nicht los, bevor er nicht herausgefunden hat, wo du stecken könntest. Aber das lange Warten hat ihm nicht gutgetan. Was wird er Augen machen, wenn er dich sieht!«

Sie rieb sich die Hände, als könne sie seine Rückkehr dadurch beschleunigen. Die viel zu trockene Haut knisterte. Magdalena spürte, wie sie ruhiger wurde. Etwas an Bertas

Worten ließ sie hoffen, mit Eric zumindest Frieden schließen zu können. Carlotta würde er ihr also nicht wegnehmen wollen. Warum sonst suchte er nach ihr, wenn nicht, um sie und ihr Kind zusammenzubringen? Abermals fühlte sie Bertas Hand über ihren Arm streichen. Sie legte ihre zweite Hand darauf. Bertas Haut war spröde. Sie beschloss, ihr nachher einen Balsam aus Ringelblume und Kamille, versetzt mit etwas Talg und Rosenöl, zu bereiten. Das würde die rissige Haut geschmeidiger machen. Auch zu den Zähnen würde ihr etwas einfallen. Meister Johann hatte auch immer viel auf Zahnpflege geachtet. Wenn sie sich besann, erinnerte sie sich bestimmt wieder daran. Sie lächelte zuversichtlich. Obwohl noch keine Stunde vergangen war, seit sie den Hof betreten hatte, fühlte sie sich bei Berta bereits wohl. Endlich hatte sie das Gefühl, angekommen zu sein.

Ihr Blick streifte Carlotta. Inzwischen spielte die Kleine auf dem Boden mit einem getigerten Kätzchen. Es musste aus dem Korb neben dem Ofen gekrochen sein. Die beiden kannten sich offenbar gut. Das Kätzchen schnurrte wohlig und rieb seinen Kopf an Carlottas Knie. Die Kleine würde auch bald ihre Scheu überwinden. Noch wollte Magdalena sie nicht mit ihrer Zuneigung bedrängen. Carlotta war erst dreieinhalb. Es würde Zeit brauchen, bis sie verstand, was geschehen war.

»Vergiss nicht zu essen.« Mahnend rückte Berta die Schüssel zurecht. »Siehst aus, als könntest du ein bisschen mehr Speck auf den Rippen vertragen. Wir haben genug. Bei uns wird es dir an nichts fehlen.«

Auch für Berta stand also fest, dass sie vorerst bleiben sollte. Sie dankte mit einem stummen Nicken. Draußen wurde Hundegebell laut. »Papa!« Jauchzend klatschte Carlotta in die Hände und hüpfte zur Tür. Erschrocken flüchtete das

Kätzchen in den Korb. Magdalena spürte, wie ihr Körper abermals zu beben begann. Schon kroch die Kälte wieder über Hände und Füße hinauf.

»Eric ist also zurück.« Berta lächelte ihr aufmunternd zu. »Komm, gehen wir gemeinsam zu ihm, damit er sich nicht allzu sehr erschrickt, weil Carlotta ihm seltsame Geschichten auftischt. Das Flunkern hat es ihr angetan. Das beherrscht sie wie nichts anderes.«

Wieder nahm sie Magdalena an der Hand und ging mit ihr hinaus. Kaum traten sie aus der Tür, hörten sie bereits, wie Eric Carlotta liebevoll zurechtwies: »Erzähl mir nicht immerzu solche Geschichten. Wenn du zu viel lügst, dann glaube ich dir eines Tages gar nichts mehr.«

»Ich lüge aber nicht!« Die Kleine stampfte mit dem Fuß auf und sah gleichzeitig bittend zu ihrem Vater hoch. Zwar hatte er sich vorgebeugt, dennoch reichte ihm Carlotta nicht einmal bis zur Hüfte. Entschlossen packte er sie um den zierlichen Leib und hob sie hoch. Sofort schlang Carlotta die Arme um seinen Hals und schmiegte sich an ihn.

Ein Schauer überlief Magdalena. Sie wagte nicht zu atmen. In den letzten Jahren hatte sie sich unzählige Male dieses Bild ausgemalt, dennoch konnte sie nicht fassen, es jetzt tatsächlich vor Augen zu haben. Es war also endlich wahr: Carlotta und Eric standen vor ihr! Wie er die Kleine herzte und liebkoste, ließ alle Zweifel verfliegen. Eric war ihrer Liebe wert. Sie hatte damals das Richtige getan, als sie ihn vor Seume gerettet hatte. Kurz sandte sie ein Dankgebet an Roswitha, wo immer ihre arme Seele gerade stecken mochte. Die alte Hebamme hatte recht getan, sie in ihrem Entschluss zu unterstützen. Nie hätte sie sich verziehen, die Chance für seine Rettung ungenutzt verstreichen zu lassen. Magdalena kannte nur noch einen Wunsch: die beiden vor ihr fest in die Arme zu nehmen und die Wärme ihrer Körper wirklich zu spüren.

»Geh schon!« Berta schien ihre Gedanken zu erraten und schubste sie leicht an. Ihre Augen glänzten feucht. Auch sie war zutiefst bewegt.

»Magdalena!« In diesem Moment entdeckte Eric sie. Ungläubig sah er sie an, dann setzte er Carlotta langsam auf den Boden.

»Sag ich doch!« Trotzig stampfte die Kleine abermals auf, bevor sie den Daumen wieder in den Mund schob und sein Bein umklammerte.

Zögernd ging Magdalena auf ihn zu, sah ihm geradewegs in die tiefgründigen blauen Augen. Je näher sie ihm kam, desto mehr leuchteten sie. Plötzlich huschte ein Lächeln über sein Gesicht, und das wohlbekannte Zucken umspielte die Mundwinkel. Endlich öffnete er die Arme, und sie konnte sich einfach stumm hineinfallen lassen.

Den ganzen Abend und die halbe Nacht redeten Magdalena und Eric miteinander. Mehr als zwei Jahre hatten sie nachzuholen. Berta kümmerte sich indessen um Carlotta und ließ sie allein in der Stube. Auch von den anderen Hausbewohnern zeigte sich keiner. Magdalena berichtete von den anstrengenden Zeiten als Wundärztin bei den Schweden und begriff erst jetzt, wie sehr all diese Erlebnisse sie belastet hatten. Zum ersten Mal konnte sie darüber sprechen, sich selbst der furchtbaren Erfahrungen bewusst werden.

»Letztlich ist es einerlei, in welchem Heerlager du unterwegs bist. Das Elend im Lazarett ist auf allen Seiten gleich.« Sie schluckte, dachte an all die vielen Male, die sie am Rand eines Gefechtsfeldes Geschosse hatte herausoperieren, Gliedmaßen amputieren und klaffende Wunden zusammenflicken müssen.

»Der einzige Unterschied war, dass wir bei den Schweden ohne Meister Johann auskommen mussten. Auch Roswitha mit ihrem reichen Kräuterwissen hat uns gefehlt.«

Seufzend kämpfte sie gegen die Tränen an. Eric nickte stumm, hielt einfach nur ihre Hand und wartete. »Ohne Rupprecht hätte ich das nicht durchgehalten. Er hat mir immer wieder Mut gemacht. Dass er ausgerechnet am Tag des Friedensfestes hat sterben müssen, verstehe ich nicht. Nach allem, was er überstanden hat, wiegt das umso schlimmer. Stell dir vor: Jedem Kanonenschuss ist er entgangen, und dann hat ihn am Ende eine einfache Hofmauer erschlagen!«

Erschöpft wischte sie sich über die feuchten Wangen und sah Eric aus tränenglitzernden Augen an. Abermals nickte er nur, um dann endlich mit heiserer Stimme zu fragen: »Und was ist mit Hauptmann Englund? Hast du je von ihm gehört? Vielleicht ist er dir im Lager der Schweden zufällig einmal begegnet? Das Würzburger Kloster und auch Königsberg in Franken sind Orte, die er immer wieder aufgesucht hat.«

»Ich weiß. Hier«, sie nestelte an ihrem Mieder und zog den Bernstein heraus. »Der hat mir das Leben gerettet, weil dein Vetter Englund ihn erkannt hat.«

»Woher weißt du, dass er …?«

»Von ihm selbst«, fiel sie ihm ins Wort, während er offenbar noch nach den richtigen Sätzen suchte, um sein verwandtschaftliches Verhältnis zu Christian Englund zu erklären. »Du hättest mir von ihm erzählen müssen. Vor allem, dass er von seiner Mutter den gleichen Stein als Talisman bekommen hat wie du. Mich hat er als Diebin beschimpft. Kein Wunder, schließlich musste er denken, ich hätte den Stein gestohlen.«

Eric senkte den Blick. »Wie hätte ich ahnen können, dass ausgerechnet ihr beide euch einmal begegnen werdet?«

»Konntest du nicht. Zum Glück hat Rupprecht mich gerettet. Du kannst dir gar nicht vorstellen, wie oft Rupprecht das in den letzten Jahren getan hat. Ohne ihn säße ich bestimmt nicht mehr hier.«

Der versteckte Vorwurf in den Worten traf ihn sichtlich. Erics Wangen glühten, er biss sich auf die Lippen und wich ihrem Blick aus. Fahrig knetete er seine Finger, bis die Knöchel weiß hervortraten.

»Elsbeth ist am Fieber gestorben«, sagte er ohne Übergang. »Die Franzosenkrankheit hat sie außerdem noch gehabt. Kein Wunder, bei ihren vielen Liebschaften. Berta hat ihr Möglichstes getan, aber es hat nichts mehr genutzt. Am Ende hat Elsbeth aufrichtig leidgetan, dass sie dir Carlotta weggenommen hat. Sie war immer sehr gut zu der Kleinen. Sie war wie eine Mutter zu ihr. Elsbeth wollte einfach nur jemanden, der sie auch ein bisschen gernhat.«

Es tat weh, das zu hören. Magdalena war, als drückte ihr jemand die Luft ab. Wie konnte Elsbeth das nur behaupten! Im ersten Moment wusste sie nicht, ob sie wütend oder traurig darüber sein sollte, wusste nicht einmal, ob sie sich mehr darüber aufregte, dass die Cousine ihr Carlotta genommen hatte, oder darüber, dass sie gedacht hatte, niemand hätte sie gemocht. Dennoch: Sie hatte sie geliebt, trotz alledem. Heftig kämpfte es in ihr. Sie ballte die Fäuste.

»Englund ist auch tot.« Es platzte aus ihr heraus. Eigentlich hatte sie es Eric schonend beibringen wollen. Die Art, wie er sich vorhin nach seinem Vetter erkundigt hatte, hatte deutlich gemacht, wie sehr ihm an ihm lag. Warum sie das trotzdem so harsch verkündete, konnte sie sich selbst nicht erklären. Wahrscheinlich geschah es Elsbeths wegen, dabei wusste sie doch seit Rupprechts Brief von ihrem Tod. Im nächsten Moment schon tat es ihr leid. Sie legte den Arm um Erics Schultern und schmiegte sich an ihn. Durch die Berührung spannten sich seine Muskeln an. Das unter seinem Hemd zu spüren tat gut. Plötzlich stieg ihr der wohlbekannte Geruch seiner Haut in die Nase. Schnuppernd rückte sie noch ein wenig näher. Er legte den Arm um sie und zog sie zu sich.

»Dass Roswitha gleich beim Abzug aus Amöneburg gestorben ist, weißt du, oder?« Er sagte es mehr zu sich selbst als zu ihr. »Seume hat nicht einmal angehalten, als sie unter die Räder seines Wagens geriet. Leider habe ich bis heute nicht herausgefunden, was aus Meister Johann geworden ist. Keiner konnte mir was erzählen, ganz gleich, wen ich auch gefragt habe. Vielleicht ist das ein gutes Zeichen.«

»Wollen wir es hoffen.«

Sie schwiegen. Jeder gab sich den eigenen Gedanken hin. Auf einmal war sie unsäglich müde. Vorsichtig hob sie den Kopf und betrachtete Eric. Wie gern würde sie ihn fragen, was er in den letzten Jahren noch getan hatte, außer zu warten und zu suchen. Auch wenn sie einiges bereits von Ambrosius und Berta wusste, hätte sie es gern einmal von ihm selbst erfahren. Er schien jedoch nicht ansprechbar. Sein Blick war in weite Fernen gerichtet. Er merkte nicht einmal, dass sie ihn ansah.

Der weiche Haarflaum in seinem Nacken war ihr vertraut, ebenso die vielen kleinen Fältchen um Augen und Mund. Zwar wich das rotblonde Haar am Stirnansatz bereits zurück, dennoch schien es ihr in diesem Moment, als wären sie eben erst vom Heuboden in der Freiburger Gerberau hinuntergestiegen. Waren seither tatsächlich schon mehr als vier Jahre vergangen? Waren all die furchtbaren Dinge tatsächlich geschehen? In diesem Moment wollte sie nichts mehr davon hören. Erst einmal war es genug.

Sie musste ihn küssen und an sich reißen, ihn lieben – genau wie damals. Gierig sog sie die Tränen von seinen Wangen, schmeckte das Salzige darin und strich ihm das lichter gewordene Haar aus dem Gesicht. Ihre Hände ruhten an seinen Schläfen und zwangen ihn, sie anzusehen. Willig ließ er es geschehen, erwiderte bald sogar die Zärtlichkeiten.

»Lass uns für eine Weile vergessen, was passiert ist«, sagte sie. »Lass uns einfach die Nacht miteinander genießen. Wer weiß, wie viel Zeit uns dieses Mal bleibt.«

4

Der Abendhimmel wölbte sich über ihnen. Ein steter Wind strich von der Ebene herauf, pustete die letzten Blätter von den Bäumen. Dabei brachte er eine erste Ahnung vom anstehenden Wetterwechsel mit. Der Dezember würde endlich den Winter bringen. Dann bliebe auch Eric auf Bertas Gehöft und setzte seine Geschäfte erst nach der Schneeschmelze in den Bergen wieder fort. Magdalena schlang das Wolltuch enger um sich, während sie sich auf der Bank vor dem Bauernhaus rekelte. Der kleine Lockenkopf auf ihrem Schoß reckte sein Gesichtchen nach oben. Auf die dreckverschmierten Wangen fiel das letzte Tageslicht. Carlotta strahlte von einem Ohr zum anderen.

Eine Weile verlor sich Magdalenas Blick in den himmelblauen Augen ihres Kindes. Die zunehmende Dämmerung verschluckte den Glanz, der darin schimmerte. Es fiel Magdalena schwer zu begreifen, dass zwei Jahre vergangen waren, seit sie die Kleine zuletzt so gehalten hatte. Vorsichtig legte sie den Arm um das Kind. Seit Carlotta am Morgen gemerkt hatte, wie vertraut Eric und sie miteinander umgingen und dass auch Berta ihr nicht misstrauisch begegnete, hatte sie ihre Scheu überwunden.

Versonnen betrachtete Magdalena sie. Die Kleine entsprach ganz und gar nicht mehr dem Bild, das sie von ihr in Erinnerung hatte. Sie erschrak, weil es ihr bewusstmachte, wie schnell sich Menschen verändern. Zum Glück aber gab es Kleinigkeiten, die gleich blieben. Am Geruch etwa hätte sie ihr Kind immer wiedererkannt. Der hatte sich nicht verändert. Am liebsten wühlte sie die Nase in das rotblonde Haar, schnupperte hinter den Ohren und an den Wangen entlang. Genug bekam sie davon noch lange nicht, genauso wenig, wie sie nicht müde wurde, ihre Tochter anzusehen.

»Hast du Angst vor Feuer?«, fragte Carlotta und blickte Magdalena neugierig an. Zwischen den kurzen Fingern drehte sie den Bernstein, den Magdalena ihr am Morgen um den Hals gebunden hatte. Schließlich hielt sie ihn nah vor ein Auge, um ihn mit zusammengekniffenen Lidern aufmerksam im Licht der untergehenden Sonne zu untersuchen. »Musst du nie haben. Ich pass jetzt auf dich auf. Und der Stein hier beschützt mich mein Leben lang.« Gebannt starrte sie auf das schwarze Tier, das für alle Ewigkeit in dem goldenen Bernstein gefangen war.

»Mir hat er immer wieder das Leben gerettet«, sagte Magdalena. »Und geholfen, deinen Vater wiederzufinden.«

»Wollen wir hoffen, dass das in Zukunft nicht mehr nötig ist.« Eine große Hand legte sich ihr auf die Schultern. Eric stand neben ihr. Sie hatte ihn nicht kommen hören. Der Lehmboden hatte seine Schritte verschluckt. Ein Lächeln umspielte seine Mundwinkel, schon zuckten sie in der vertrauten Weise. Auch die beiden altbekannten Falten oberhalb der Nasenwurzel waren im schwindenden Tageslicht noch gut auszumachen. Er streckte die Hand aus, um ihr von der Bank aufzuhelfen. Das Zittern war nicht zu übersehen. Da erst bemerkte sie, dass sein Lächeln weitaus unsicherer war, als sie zuerst gemeint hatte.

Unterdessen jauchzte Carlotta vor Freude. Schwungvoll sprang sie auf und hüpfte auf einem Bein zum Haus. Magdalena und Eric sahen ihr nach. Die Kleine hatte die Türschwelle schon erreicht, als ihr auffiel, dass die beiden nicht folgten. Winkend drehte sie sich um und rief: »Kommt endlich!«

Vorsichtig hob Eric den Arm. Magdalena zögerte, dann gab sie sich einen Ruck und nahm ihn an der Hand. Sie war eiskalt. Sie hob den Blick und lächelte ihm zu. Erst da huschte ein Leuchten über sein Gesicht, dem das vertraute Zucken um die Mundwinkel folgte. Erleichtert lehnte sie den Kopf an seine Schultern.

»Wie gut, dass ich dich nicht mehr suchen muss.«

Eng aneinandergeschmiegt schlenderten sie zu ihrem Kind.

Epilog

FRANKFURT AM MAIN

Mai 1651

Das Päckchen, das der Bote gebracht hatte, war nicht sonderlich groß. Dafür schien es umso schwerer. Abschätzend wog Magdalena es in der Hand und fragte sich, was wohl darin sein mochte. Nachdenklich ging sie zu dem langen Tisch, der mitten in Erics Kontor stand, und rückte sich den schweren Armlehnstuhl zurecht. Das Päckchen drapierte sie genau vor sich. Aufmerksam betrachtete sie es von allen Seiten. Auf dem braunen Papier, in das es eingeschlagen war, fand sich weder ein Hinweis auf den Absender noch auf den Inhalt. Der Bote hatte auch nicht verraten wollen, wer ihn geschickt hatte.

Das Päckchen musste von weit her kommen. Offensichtlich war es durch viele Hände gegangen. Vorsichtig begann sie, es zu öffnen. Der Knoten an dem Band, mit dem es einmal längs und einmal quer verschnürt worden war, ließ sich nicht so leicht auflösen. Magdalena stand auf und suchte am Stehpult vor dem rechten Fenster nach einer Schere. Wie immer hatte Eric das Pult akribisch aufgeräumt. Sie schmunzelte. Dass Eric so viel Wert auf Ordnung hielt, lag wohl daran, dass er im Tross seinem Empfinden nach in ständiger Unordnung gelebt hatte. Nicht einmal auf Bertas Gehöft schien es anders für ihn gewesen zu sein. Wie hatte er gestrahlt, als sie im letzten Jahr in diesem Haus nahe der Frankfurter Fahrgasse endlich ein eigenes Zuhause gefunden hatten!

Gedankenverloren strich Magdalena mit den Fingerspitzen über das sonnenwarme Holz des Pults, bevor sie die Schere aus der Schublade nahm. Prüfend wanderte ihr Blick durch das holzgetäfelte Kontor. Die drei hohen Fenster zur Straße ließen gelbliches Licht herein. Der Tag neigte sich bereits dem Ende und verströmte mildes Licht. In den schräg einfallenden Strahlen tanzten die Staubkörner. Der zarte Geruch nach Flieder, der seit Tagen durch das Haus zog, verriet den endgültigen Frühlingsanbruch. Ein eigenes Zuhause! Sie musste sich an den Gedanken, in dem dreistöckigen Gebäude unweit des Mains mehr als nur ein vorübergehendes Quartier zu sehen, allerdings noch gewöhnen. Selbst nach über einem Jahr fiel es ihr nicht leicht, sich vorzustellen, für immer in diesem Haus mit dem dreiseitig umbauten Hof zu bleiben.

Dabei lag es keinesfalls an den räumlichen Gegebenheiten, dass sie noch immer fremdelte. Das Anwesen war großzügig angelegt: Im Erdgeschoss befanden sich außer Erics Kaufmannskontor noch die Lagerräume und im Anbau zum Hof eine Küche nebst Hühnerstall und Schweinekoben. In den Geschossen darüber lagen zwei großzügige Wohnetagen für Eric, Carlotta und sie sowie die Gesindekammern. Dank guter Geschäfte direkt nach Ausrufung des Friedens von Münster vor fast drei Jahren hatte Eric genug Kapital angehäuft, um ihnen in der reichen Messestadt einen solch weitläufigen Komplex einzurichten. Selbst für eine ansprechende Möblierung und eine üppige Ausstattung mit Geschirr und Wäsche, soviel das Herz begehrte, hatte es gereicht.

Wieder lächelte Magdalena versonnen. Anders als Eric war sie ihr Leben lang freiwillig von Ort zu Ort gezogen. Es hatte sie nie gestört, nirgendwo und gleichzeitig überall zu Hause zu sein, nicht einmal, wenn sie den Winter über in einem Zelt oder Planwagen bei Schnee und Eis ausharren mussten. Das Einzige, was für sie zählte, war, ihre Lieben um sich zu wissen. Seit sie Eric und Carlotta wiedergefunden hatte, war das erreicht.

Inzwischen aber wohnte sie nicht nur in einem Haus, das ihr oder vielmehr ihrem seit wenigen Monaten rechtmäßig angetrauten Ehemann gehörte. Seinetwegen hatte sie sogar den Traum, weiter als Wundärztin zu arbeiten und ein unabhängiges Leben zu führen, aufgegeben. Es war ihr sehr schwergefallen, das ihrer Mutter Babette, die weiterhin dem Kölner Haushalt des verwitweten Fassbinderonkels vorstand, mitzuteilen. Natürlich hatte Babette ihren Hohn nicht verhehlen können und ihr über den schreibkundigen Onkel gleich einen Brief zurückgeschickt: »Jetzt bist du doch noch eine sesshafte Bürgersfrau geworden.«

Wehmütig rief sich Magdalena gelegentlich die unbeschwerten Sommerwochen des Jahres 1644 ins Gedächtnis. Bis zum heutigen Tag zählte sie die zu den glücklichsten ihres Lebens. Damals war sie noch sicher gewesen, sich nie an der Seite eines Ehemanns fest an einem Ort niederzulassen. Selbst wenn sie nicht, wie die Mutter es damals gewünscht hatte, ihren dumpfen Fassbindervetter hatte heiraten müssen, war es wohl immer noch das Dasein als bürgerliche Ehefrau, woran sie sich am meisten gewöhnen musste. Deshalb fühlte sie sich in ihrem eigenen Haus immer noch wie ein Gast.

Das Päckchen! Seufzend besann sie sich auf ihr eigentliches Vorhaben und ging zurück zum Tisch. Die Holzdielen im Obergeschoss knarrten. Carlotta tollte mal wieder in der guten Stube herum. Sie sollte hinaufgehen und die Kleine zur Ordnung rufen. Für ein wohlerzogenes Mädchen gebärdete sie sich viel zu wild. Schmunzelnd trat Magdalena in die Diele. Wenn sie ehrlich war, gefiel ihr das. Carlotta sollte tun und lassen, was sie wollte, vor allem aber lernen, den eigenen Kopf zu gebrauchen. Darin war sich Magdalena mit Eric zum Glück einig. Lauschend verharrte sie im Treppenhaus und lauschte dem lustigen Plappern und Singen ihrer Tochter. Offenbar war sie ganz in ihr Spiel vertieft. Das schrille Lachen eines zweiten Kindes übertönte bald Carlottas Stimme. Matthes war also da, der Sohn der Nachbarn. Magdalena beschloss, den beiden die Freude zu lassen, ungestört etwas Unerlaubtes zu tun. Erwachsene durften nicht alles wissen. Sie kehrte ins Kontor zurück.

Entschlossen schnitt sie das Band um das rätselhafte Päckchen auf. Sobald sie es aus dem Wachspapier ausgewickelt hatte, stieg ihr ein penetranter Geruch nach Lederfett in die Nase. Noch bevor sie das braune Etui ganz freigelegt hatte, wusste sie, was es war: Meister Johanns schweinslederne Rolle mit dem Chirurgenbesteck! Ihre Finger begannen zu zittern. Kaum gelang es ihr, das gute Stück vollständig freizulegen. Sie tastete rückwärts nach dem Stuhl und sank darauf nieder. Tränen verschleierten ihren Blick. So lange hatte sie nicht mehr an Meister Johann gedacht! Dabei hatte er über Jahre mehr für sie getan als ihre Eltern, insbesondere ihre Mutter, und ihr auch viel mehr bedeutet. Wie hatte sie ihn nur vergessen können?

Dass sie nun das Lederetui mit dem kostbaren Chirurgenbesteck in Händen hielt, verhieß nichts Gutes. Sie öffnete es und strich über die blankpolierten Instrumente. Die Schere, die Zange, der kleine Löffel, die Nadeln. Wie oft hatte sie die Meister Johann gereicht. Zum ersten Mal hatte sie die Rolle damals in Amöneburg in Händen gehalten, ausgerechnet an jenem Tag, an dem die schicksalhaften Ereignisse ihren Lauf nahmen. Als wäre es gestern gewesen, erinnerte sie sich an jede Einzelheit. Nie hatte der Feldscher ihr verraten, woher er das wertvolle Besteck hatte. Eric war der erste Patient gewesen, bei dessen Verletzungen es zum Einsatz gekommen war. Wie viele Stunden hatte sie die Instrumente hinterher gesäubert und auf Hochglanz gebracht! Sie schluckte die Tränen hinunter.

Als sie die Rolle verschnüren wollte, fiel ihr ein kleines Papier in die Hände. »Für Magdalena« stand darauf. Mehr nicht. Es genügte, sie auf dem Tisch niedersinken und in Tränen ausbrechen zu lassen. Wer hatte nach Meister Johanns Tod gewusst, dass sie damit gemeint war? Und woher hatte dieser Unbekannte gewusst, wo sie inzwischen zu finden war? Wie so oft dachte sie an die unergründlichen Verbindungen, die Eric überall im Land unterhielt. Darüber musste auch das Etui seinen Weg zu ihr gefunden haben.

Sie wusste hinterher nicht mehr, wie lange sie so dagesessen und geweint hatte. Als sie den Kopf hob, weil sie Erics Hand auf der Schulter spürte, war es dunkel geworden. Eric entzündete eine Lampe und betrachtete sie mit sorgenvoll gerunzelter Stirn. Im flackernden Schein sah er müde aus. Zum ersten Mal wurde ihr bewusst, dass er die dreißig überschritten hatte. Aus seinem rotblonden Haar stachen einzelne weiße Fäden heraus. Die Falten oberhalb der Nasenwurzel blieben stehen, selbst wenn er aufmunternd zu lächeln begann. Der tiefgründige Blick aus seinen blauen Augen wirkte ein wenig erschöpft. Zwei mal zwei Jahre, über die er kaum ein Wort verlor, hatten ihre Spuren hinterlassen. Längst hatte sie es aufgegeben, ihn nach der Zeit zwischen Freiburg und Amöneburg und nachher auf Bertas Gehöft zu fragen. Von sich aus verlor er nie eine Silbe darüber.

Eines Tages, das hatte sie inzwischen begriffen, würde er anfangen zu reden. Bis dahin musste sie warten und sich mit dem wenigen begnügen, was sie gleich bei ihrem Wiedersehen im November 1648 beredet und was ihr andere erzählt hatten. Das musste reichen, um zu wissen, dass sie das Richtige getan hatte, als sie zusammen mit Meister Johann seine Flucht in die Wege geleitet hatte. Carlotta zumindest trug ihr nicht nach, dass sie zwei Jahre getrennt gewesen waren. Längst hatte sie jede Erinnerung daran verloren. Sogar Elsbeth, die sie immerhin genährt und in dieser Zeit wie eine Mutter umsorgt hatte, war aus ihrem Gedächtnis verschwunden.

Magdalena wischte sich eine Träne aus den Augenwinkeln, erhob sich und stellte sich dicht neben Eric.

»Jetzt sind alle tot«, sagte sie leise.

»Alle nicht.« Eric schüttelte sacht den Kopf. »Carlotta, du und ich, wir leben noch.«

»Und wir sind wieder zusammen.«

»Weil du uns wiedergefunden hast«, ergänzte er und nahm sie zärtlich in den Arm.

»Ich habe dir doch gesagt: Ich werde dich immer finden, ganz gleich, wo du steckst, und ganz gleich, ob ich deine Geheimnisse kenne. Du entkommst mir einfach nicht.«

Nachbemerkung

Der Dreißigjährige Krieg markiert einen epochalen Umbruch in der deutschen wie in der europäischen Geschichte. 1618 zunächst als Streit um den rechten Glauben begonnen, zeigt das Geschehen bald sein wahres Gesicht, und es entspinnt sich ein Jahrzehnte währendes Ringen um Macht, Einfluss und Geld. Wer dabei wann genau gegen wen mit welchen Motiven kämpft, ist schon für die Zeitgenossen nicht immer leicht zu entscheiden. Auf den höheren Ebenen geht es zunehmend um den Ausbau und Erhalt von Machtpositionen, während ein Großteil der Bevölkerung ums nackte Überleben ringt, ungeachtet dessen, ob es sich um Bauern und Städter oder um Söldner und Trossangehörige handelt. In den anfangs als rein katholisch, protestantisch, kaiserlich oder schwedisch konstituierten Regimentern kämpfen bald die verschiedenen Konfessionen und Nationen mit- und gegeneinander. Das Auftauchen der eigenen Regimenter wird in den vom Krieg betroffenen Regionen oft sogar als schlimmer empfunden als der Überfall feindlicher Truppen.

Doch der »Große Krieg« hat nicht alle Gegenden Deutschlands gleichermaßen erfasst, auch bedeutet er nicht nur Hunger, Elend und Tod für die Betroffenen. Gerade in der Auseinandersetzung mit dem allgegenwärtigen Sterben entwickeln die Menschen jener Epoche eine besondere Fähigkeit, das Glück des Augenblicks zu erfassen und aus den schlimmen

Erfahrungen trotzdem noch Gutes zu gestalten. Eine ganze Generation wächst wie selbstverständlich in den Krieg hinein und lernt, sich damit zu arrangieren. Während die Männer in die Schlacht ziehen, organisieren die Frauen ihr Leben zu Hause völlig eigenständig. Wider Erwarten liegt gerade für Mädchen und Frauen im Heerestross häufig die Chance auf ein selbstbestimmtes Leben, wie es in einer bürgerlichen oder bäuerlichen Existenz nicht denkbar ist.

Der Wunsch, vom Leben eines solchen »Trosskindes« zu erzählen, war Anlass für den Roman *Die Wundärztin.* Magdalenas Schicksal ist frei erfunden, wie auch die anderen Romanfiguren und ihre Erlebnisse der schriftstellerischen Phantasie entsprungen sind. Die Schilderungen, wie Menschen wie sie damals gelebt und vor allem, wie Magdalena das Handwerk einer Wundärztin ausgeübt hat, orientieren sich an zeitgenössischen Überlieferungen. Die historischen Ereignisse aus der letzten Phase des Dreißigjährigen Krieges bilden die Kulisse für die Bühne, auf der die Romanfiguren agieren.

Heidi Rehn, München, im Herbst 2009